枕水听涛

卢锡铭 / 著

花城出版社
中国·广州

图书在版编目（ＣＩＰ）数据

枕水听涛 / 卢锡铭著. -- 广州：花城出版社，
2022.10
　　ISBN 978-7-5360-9739-1

　Ⅰ．①枕… Ⅱ．①卢… Ⅲ．①散文集－中国－当代
Ⅳ．①I267

中国版本图书馆CIP数据核字(2022)第147499号

出版人：张　懿
责任编辑：杜小烨
技术编辑：凌春梅
封面设计：黎国泰
供　　图：卢伟尧　卢锡铭

书　　名	枕水听涛 ZHENSHUI TINGTAO
出版发行	花城出版社 （广州市环市东路水荫路 11 号）
经　　销	全国新华书店
印　　刷	广州市岭美文化科技有限公司 （广州市荔湾区花地大道南海南工商贸易区 A 幢）
开　　本	787 毫米 ×1092 毫米　16 开
印　　张	25.75　2 插页
字　　数	360,000 字
版　　次	2022 年 10 月第 1 版　2022 年 10 月第 1 次印刷
定　　价	98.00 元

如发现印装质量问题，请直接与印刷厂联系调换。
购书热线：020-37604658　37602954
花城出版社网站：http://www.fcph.com.cn

目录

序
　于云水长天处听涛
　　——读卢锡铭散文集《枕水听涛》\ 陈剑晖 \ 1

写在前面
　嬗变之门 \ 卢锡铭 \ 1

故园水韵
　古埠记事 \ 4
　傍河小巷 \ 16
　火船拖省渡 \ 23
　咸水歌里人家 \ 31
　横水撑渡人 \ 40
　儿时的小河 \ 48
　流动的骑楼 \ 53

又闻木屐声 \ 60

缠脚秀才娘 \ 64

自梳草织女 \ 72

三弦弹出盲佬歌 \ 82

古屋飘溢翰墨香 \ 87

乡里乡亲

沃土殇痕 \ 98

贝月花开暗香来 \ 104

安伯坟前三支烟 \ 112

椰菜花与大笨象 \ 119

那一片黑松林 \ 127

带走一盏渔火 \ 134

救命稻草 \ 140

无字墓志铭 \ 149

孤墩守夜人 \ 157

瓦钵蒸出黄金流 \ 165

山坳上的彩虹 \ 172

捕捞，扬帆闯向深海 \ 180

蜃楼烟雨

木棉六月天 \ 192

"装甲司令"与"卧槽马" \ 200

鳄鱼的眼泪 \ 209

蜃楼烟雨 \ 218

风掠芦花洲 \ 232

沉寂中的星光 \ 244

跌宕大溪水 \ 254

磨碟口品"三杯酒" \ 264

龙的嬗变

浪拍虎门千帆疾 \ 276

满城尽是霓裳浪 \ 289

龙的嬗变 \ 301

宁馨儿的诞生 \ 316

热土，谁是赢家 \ 328

搏击，虎的风采 \ 338

夜探伶仃洋 \ 352

胜览太平 \ 357

跋

梦中的水声（范若丁）\ 365

打开秘扃之匙（黄树森）\ 367

散文林中的一支响箭（章以武）\ 375

虎门散文第一书（左多夫）\ 377

鲜活着的民间记忆（伊始）\ 379

史与诗的调性（郭小东）\ 381

后记

并非一抹乡愁了得 \ 387

序

于云水长天处听涛
——读卢锡铭散文集《枕水听涛》
陈剑晖

卢锡铭的散文如水，有水的味道、水的性格、水的韵律和水的温润宽厚。卢锡铭出生于珠三角的沙田水乡，可以说从小就与水结缘，与水同生共长，相融相通。所以在散文集《枕水听涛》中，他说"虎门最能拨动我的心弦是什么？是水声！"是的，水声、水性、水意、水韵，正是卢锡铭这本以虎门为书写中心的散文集的内蕴与特色之所在，也是它最能体现作者的创作个性，并吸引读者的地方。

但卢锡铭的散文，不仅有水的温润、水的柔美、水的包容与和谐圆融，而且在他的"水"里，有历史云烟的缭绕，有万里长天的辽阔，有大江东去、涛涌浪飞的激荡，还有白帆与落霞齐飞的大气，亦有浸润于岁月深处的人性哀歌。而这一切，皆发生于虎门，发生于中国南部最著名的水乡，发生于珠江口东岸这片咸淡水交汇之地。

卢锡铭的散文，首先吸引我的是与水有关的意象与韵致：小桥、石狮、河涌，在河涌中捕捉鱼虾的小孩，茶楼酒肆间或榕荫下人们在"听古"和斗嘴；还有小艇、渔火、吊脚寮等富于岭南水乡风情的景物；等等。这些都是沙田水乡特有的风物与场景，卢锡铭以审美的眼光，用诗性的笔调，如数家珍地将这一切展现出来。读着卢锡铭这一类散文，我们自然会联想起陈残云的长篇小说《香飘四季》，以及秦牧那些描绘岭南风物的散文。因他们的根脉是共同的。他们的气韵相通，审美情趣相近。所以，在评论卢锡铭的散文集《带走一盏渔火》时，我曾断言："卢锡铭的这部新作是他散文路上的新起点和新突破，也是近几年来我读到的最富'岭南味道'的散文。"卢锡铭的散文创作"师承了秦牧等老一辈岭南散文家的传统，而又有所突破"。（《岭南散文，又见传人》，载《羊城晚报》2009年6月10日版）

说卢锡铭的散文师承岭南散文家的传统又有所突破，是因为他还有另一类散文，写的是沙田水乡下层人民特有的生存状态和精神状态。比如《咸水歌里人家》《横水撑渡人》《流动的骑楼》《缠脚秀才娘》《自梳草织女》《三弦弹出盲佬歌》《孤墩守夜人》等。在这类散文中，卢锡铭总是以人文的情怀、深情的笔调，以及感恩和悲悯之心，记叙着故乡独有的人事，其间有"水上居民"，即"疍民"的漂泊生活和风俗，还有给这些"疍民"暗淡生活增添一抹亮色的"咸水歌"，有"横水渡口"的摆渡人阿驼，有"缠脚秀才娘"梅娘，有"一心只想活出真我"的自梳草织女，以及帮助我家度过饥荒之年的安叔……他们都很卑微弱小，但他们都十分质朴善良；他们大多命运多舛，生活坎坷，但他们活得有声有色、有滋有味，活得自足与坦然，充实而豪迈。《枕水听涛》中还有一些散文，以现代性的眼光和批判精神，思考人与自然的关系，同时批判那些破坏生态环境、践踏大自然的行为。从这些作品可以看到，卢锡铭的散文并非都是田园牧歌，他有时也用匕首与解剖刀来直面历史与现实。因此，收录在《枕水听涛》里的这些散文，绝非"一抹乡愁了得，乡愁只是一种催化剂、一种心绪、一种情结"。（《枕水听涛》后记）

要写出虎门的全貌，自然不能缺失或遗忘虎门这个千年古镇厚重的历史与辉煌的现实。卢锡铭对此有着自觉而清醒的认识。集子中的《浪拍虎门千帆疾》《满城尽是霓裳浪》《龙的嬗变》《宁馨儿的诞生》《热土，谁是赢家》《搏击，虎的风采》《夜探伶仃洋》《胜览太平》等篇，均属这方面的内容。在卢锡铭笔下，虎门既是历史之门、英雄之门、人杰之门、物华之门，也是改革开放之门与嬗变之门。正如作者所说："虎门，是中国近代史的缩影；虎门，是农耕文明向工业文明嬗变活的标本。"（《嬗变之门》）不同于以往的咏史怀古类写作，卢锡铭立足于虎门这块神奇的土地，他"思接千载"，又"视通万里"，既穿越历史的隧道，又超越现实的重负。他纵情于改革开放、春风吹拂的岭南大地，酣畅淋漓地为壮阔的时代、英雄的人民、民族的复兴放歌。因此，卢锡铭的这类散文，自有其独特的内涵与品格。他所抒发的，既不是"多情应笑我"之类的个人忧愤或叹惋，亦有别于"江畔何人初见月，江月何年初照人"一类的雅思逸兴。他的散文，是海洋文化与珠江文化相碰撞的产物，是在水声水性水意水韵，在血与火交织的历史烟云中结出的奇葩异果，也是与众不同、万种风情，富于岭南味道的新时代"水乡篇"。

卢锡铭的散文，每一篇都散发着浓郁的岭南"原乡"生活气息。我们知道，文学需要一种"原乡精神"，去沉淀历史的记忆，去探寻自己精神的来路。所谓"原乡"，就是故乡最本色的生活，它是被历史文化浸润过的人、事、景物、氛围和情调，也是中华民族心理中一种重要的文化积淀，是我们每个人感情深处最柔软的神经。因此，"原乡"既是文学的根，也是文学的魂。文学，尤其是散文创作，如果拥有一种"原乡精神"，便不仅具有地域的独特性，而且更有"根性"和普遍性，更容易引起人们阅读的兴趣，并被记住。然而，每个人心中的"原乡"又是各不相同，各具形态的。散文只有写出了"各不相同"，即写出了真正属于"我的"原乡，它才具有独特性。我们看到，卢锡铭笔下的虎门镇都是"我的"。请看他写割莞草的场景：

沿着这条小河的一带河滩，开垦了大片大片一望无际的草田，草田上就种植着这种莞草，这莞草长得青绿青绿的，比人还要高出一头，远远望去，仿如一个波涛翻滚的大海。这水草一年收割一次，收割时节乡亲们叫"斩草"，"斩草"是最精壮的乡民们干的活，因为收割是在盛夏，他们往往选择在月夜，壮男们用一条水布围着下身，便挥动着寒光闪闪的草镰，一阵狂砍便割下一大片，然后扎着一大束一大束，放落河中像放木排一样，顺着水流运回"草寮"中去，在寮中早有一群妇女在等候，她们用铜制的草刀，把草一条一条地串进刀中，然后像拉弓般，左手执刀，右手握草，膝盖往刀柄一顶，手往后一拉，草便被破成两半，晒干后染上各种颜色，织成多种图案的草席与地毯，销向东南亚一带。

　　此处写壮男斩草，妇女扎草、晒草、织草的生活场景，不仅描写得既细致具体且富于层次感，同时还融进了"我与小伙伴们"躺在草席上晒太阳的真切感受，以及对人与大自然的关系的理解。在《咸水歌里人家》里，卢锡铭写"水上人家"的风俗也给我留下了深刻印象：一是这些"水上人家"在船上养家禽。他们将竹笼吊在船舷上，在竹笼里养满了"三鸟"。于是，我们常常看到这样的情景：每当台风来临前夕，一百几十条船艇会泊在太平桥畔避风，这时笼子里的鹅鸭鸡齐鸣，先是一条艇，接着是相邻的两三条艇，最后几乎是全部艇的"三鸟"都欢叫起来，那简直是"水上人家"生活的交响曲。二是"水上人家"每个小孩腰间都挂着个大葫芦，船艇一靠港，小孩纷纷拥上岸，排成一大方阵向街上走去，腰间的大葫芦在不停地晃荡着，简直像一群"打酒"的"童子军"，煞是壮观。三是"水上人家"的婚嫁旧俗亦很特别。一般男未娶于船尾放一盆草，女未嫁则放一盆花，以招媒妁。像这样原汁原味的例子，在《枕水听涛》中举不胜举。这些生活场景的描写勾画生动活泼，且富于生活的情趣、氛围和质感。更重要的是，这些生活场景不仅是沙田水乡共有的特色，而且是属于卢锡铭自己的。换言之，卢锡铭散文中的故乡是"我的"，情感也是"我的"。而这，正是千百年来，乡情每每被吟唱，而歌声却永远不同，永远不绝如缕、催人泪下的原因。

卢锡铭是散文写作的坚守者和有心人。他对散文写作有思想与审美的"高标"要求，特别在"怎么写"这个问题上，他一直在思考和探索，这就是"要写得深厚点，写得真实点，要用岭南散文温润的笔触说好虎门的故事"（《〈枕水听涛〉后记》），还要调动各种艺术手段来写人，使人物更加形象生动，具体可感。我们看到，卢锡铭不但有自觉的艺术追求，而且善于通过具体的创作实践来体现这种追求。这是《横水撑渡人》中他对撑渡人阿驼的描写：

"阿驼，背并不很驼，只是有点像"筲箕"背，学术用语是含背，这大概与他长年累月含着背撑船有关吧。他个头并不高大，但有一张岁月风刀雕刻出来的古铜色的脸，一双咸水腌出来带红且有点泛黄的眼睛，但眼神却异常锐利与纯朴。"

用极省俭的白描手法，寥寥几笔就勾勒出阿驼的形神，尤其是"一张岁月风刀雕刻出来的古铜色的脸，一双咸水腌出来带红且有点泛黄的眼睛，但眼神却异常锐利与纯朴"，让人读后久久难忘。对阿驼撑篙和撑船的描写，同样十分传神：

"阿驼的撑篙，油光滑溜，杯口般粗，近两丈长，选材楠竹，坚硬而又柔韧。他手中的撑篙，仿如孙悟空手中的金箍棒，使得出神入化。乘客上船时，他把撑篙往桥柱一搭，成了乘客的扶手棍。乘客上齐了，他把撑篙往浮桥一点，艇便像离弦的箭射向江心。在江面上，他挥动着撑篙，东一篙，西一篙，像跳着撑篙舞，躲过一个个扑来的浪头，避过一只只穿梭而过的船艇。靠码头了，他把撑篙往江中一插，船儿轻轻地泊向码头，那撑篙此刻又仿如一定海神针，任凭风浪起，小艇稳如山！"

散文写人有它的特点和要求，它不像小说那样从外到里面面俱到，工笔细描，而是抓住人物的特征，勾勒出人物的肖像或侧影，即所谓的以一斑窥全貌。散文之写人，虽只限于记叙性散文这一品类，但简洁且形神兼备地写人，的确能给散文增添光彩。应该说，《枕水听涛》中的人物，大多能达到简洁用笔、突出特征、形神兼备的要求。

与以往的岭南"水乡篇"相比，卢锡铭的散文除了在主题的挖掘上更为深入，内蕴更为丰厚，感情更为复杂外，他的散文在日常生活细节的提炼方面也颇见功力。散文中的生活细节，是一篇作品的重要组成部分，也是散文联系现实生活，能否引起读者阅读兴趣的关键。遗憾的是，当今的一些散文家只重精神、重文化而轻视生活细节的描写，这就不可避免地导致了一些散文创作成了"纸上的写作"，或成为缺少血肉和生活气息的"思想的表述"。卢锡铭的散文有效地避开了这种不良的创作倾向。由于出身于乡村，贴近大地，加之善于观察生活，同时注重个人体验的积累，这样落实到具体的写作中，卢锡铭的作品自然便以真实丰满的细节见长。如在《又闻木屐声》中，他这样写春叔制作木屐：

"他用锯子把一块块木头锯成模坯，然后用凿子凿成屐形，再用刨子刨得油光滑溜，一旦钉上一块用皮做的屐面，一双木屐便告诞生。木屐可分白屐与花屐两种。所谓白屐，是没有上漆的，而花屐则是刷上一层油漆，且在上面画上花花草草，或画上一只帆船、一群白鹭，或一间木屋、一缕炊烟！"

他这样写木屐被"废物利用"：

"木屐破了，我们会来个废物利用，剥下屐面的皮剪成一个圆圈，做毽子的底，这样一来既保护了毽子，踢起来也脆响。木屐则拿来做成小木船，这小木船可做得精巧呢，我们在木屐中间钻个洞，插上支小竹做桅，然后将桅的顶端破开，再夹上块纸皮做个帆，在船的底部尾端插上块铁片做个舵，然后放在池塘里斗谁的小木船驶得快！"

一双小小的木屐，竟有如此奇妙的用途！很显然，如果没有个人的亲历、感情的温润、心灵的渗透和细致的生命体验，肯定写不出这样情致丰满而又充满童真稚趣的生活细节。

卢锡铭的散文富于人文情怀和文化内涵，他善于在平凡的日常生活中发现美。他的散文还有一个可贵的特点，就是思想与诗性的融合，寓理性于感性之中。因有诗性的滋润与感性的中和，他散文里的思想便不再沉重，理性的思考也不会流于空泛。这是他笔下的咸水歌：

"嘹亮的咸水歌声，袅袅绕桅三匝，在河面上飘荡起来，引得天幕上的星星眨着眼睛，惊动的鸥鸟展翅飞向河的深处，一般闹至三更才散。'三朝回门'，新郎会划着小艇陪新娘回家，行头少不了左边一只鸡，右边一只鸭，艇中一埕酒，当然还有新娘一张莲花般的笑脸。吃过午饭便划艇回家，一路上一对新人还会兴奋地哼起咸水歌……"

"咸水歌声"插上想象的翅膀，带着诗性的遥思神逸，袅袅绕桅三匝，在河面上飘荡起来，引得天幕上的星星眨着眼睛，惊动的鸥鸟展翅飞向河的深处。此情此景，端的令人神往，引人沉迷。而写横水撑渡人阿驼，诗性的笔墨又有变化：

"春日的早晨，他用撑篙点破一江春水，拨开一江烟雨；夏日正午，他用撑篙勇闯汹涌急流，洒满一河江花；秋日傍晚，他用撑篙，拨动一江秋水，追着白鹭与晚霞齐飞；冬日夜深，他用撑篙，拨动一河磷火，扬起一江流星雨。阿驼的撑篙仿如一支彩笔，写着跳跃的诗，绘着飘动的画，谱着流淌的音符。"

这里采用优美的诗性文字，描状阿驼在春夏秋冬撑篙摆渡的风采神态。情景交融，文采行于其中；注重遣词造句，佳句与丽词并流，寓意共逸韵齐飞。同时，卢锡铭还善于融文字于情绪、氛围与境界之中，让文字浸润在水韵与历史云烟里。如此，卢锡铭的写作便不仅有人文的情怀、思想的含量，而且能将思与诗艺术地融合在一起。在我看来，这是一种比较完美的散文写作，一种可以使岭南散文走向优美和阔大的有意义写作。

将卢锡铭的散文放在岭南散文的坐标上来考察，我认为他有"三个新突破"：一是突破了传统岭南散文欢乐轻盈的格调，其散文既有田园牧歌，也有沉重的历史叩问，有质疑的精神、思想的重量和批判的锋芒。二是收于《云水问渡》集中的游记散文，突破了一般山水散文"印象式""导游式"的解读，而是山水与人文互融，历史与现实的叩问交织，这样就把自然景观人化了。而读者读到的山水，便不仅是抒情化的描写,而是在抒情中渗透了文化的沉思,将审美的诗化与审智的深邃熔于一炉。三是突破了一般乡愁的写作,不是限于一隅,也不是一人一事的罗列记叙,而是观古今,明得失,深挖掘,善借镜,从家乡这片土地的人物故事,去叙说历史的印痕与云烟,去展现故乡的沧桑变迁与民族的盛衰兴亡,从而以非历史的方式来筑构散文的丰厚。从上述的三个突破,可见卢锡铭散文创作的雄心,以及与时俱进的现代意识。他从不满足于自己,而是一直在"寻根"与"找魄",在探索追寻创新与突破的契机。而文学,永远都是属于勇者与探索者的事业。《枕水听涛》的成功,正是文学对于它的虔诚者和敬畏者的馈赠。

"文变染乎世情,兴废系乎时序。"(刘勰《文心雕龙·时序》)卢锡铭散文的可贵处,在于他是随着"世情"与"时序"的变化而不断变化,不断创新和发展。还有一点必须提及,即在立心铸魂这方面,卢锡铭的人与文均有可观之处。所谓"立心铸魂",首先是立德。而立德必先立己,铸魂培根必先铸己。只有将才情、学识、胸襟与道德贯通,才能达到人与文、道与器的统一。其次是修善。即宅心仁厚,以诚待人,温和谦让,宽容处世,与人为善。因为止于至善,方能臻至至美。最后是养气。即刘勰说的"吐纳文艺,务在节宣。清和其心,调畅其气"(《文心雕龙·养气》)。质而言之,散文若立了心,散文也就有了魂。具体到卢锡铭,我认为他的散文的魂就是"水"。熟悉卢锡铭的人都知道,他平时温和、宽厚、谦让,注重立德、修善与养气,这样他才对"水"情有独钟。可以说,水孕育万物,也滋养了卢锡铭的散文。水的纯朴自然、和谐圆融、仁爱包容、柔中有刚,与卢锡铭的天性气质达到了高度的契合。另一方面,还应看到,由于生长于虎门,从小就耳濡目染了虎门炮台的历史烟云和伶仃洋上文天祥的壮歌,所以卢锡铭的散文才既有水的柔软温婉,又有涛涌浪飞,长风浩荡的风骨、气度与开阔。也正基于这种判断,笔者才敢于断言:岭南散文,又见传人!

(陈剑晖:著名散文评论家,广东省人民政府文史馆馆员,华南师范大学文科二级教授、博士生导师,广州大学资深特聘教授)

写在前面

嬗变之门

卢锡铭

每当有人问我：你家乡在哪里？

我总自豪地说：在林则徐销鸦片的地方。

对方会眼前一亮：啊，虎门！

是的，提起虎门，人们便会想起中国人民英雄纪念碑的第一幅浮雕——虎门销烟。它描述了鸦片战争前夕——1839年6月3日，虎门海滩销毁鸦片的盛况。浮雕上愤怒的群众把一箱箱毒害中国人民的鸦片运到海边，倾倒在放有石灰的销烟池里销毁。画面的隐性背景是威武的六大炮台矗立在烟雨迷蒙的海疆，两条硕大的铁链锁住珠江咽喉要冲，还有整装待发的百艘战船，随时准备还击英帝国主义的挑衅。它，掀开了中国近代史的第一页。

其实，虎门销烟只是虎门历史的一个亮点，远不是它的起点，更不是它的终点，虎门是历史名城，可圈可点的事情实在太多，它既有厚重的历史，亦有辉煌的现实。

虎门，是历史之门，它从新石器时代走来。在1987年冬，为广深高速公路建设而进行考古调查勘探时，在虎门镇南6公里处的村头村西侧，竟然发现贝丘遗址。什么叫贝丘遗址？贝丘（Shell Mound），是古代人类遗址的一种，以包含大量古代人类食剩余抛弃的贝壳的特征，大都属于新石器时代，有的则延续到青铜时代或稍晚。广东省文物考古研究所先后两次对村头贝丘遗址进行了抢救性的挖掘，发掘出商时期的房基24座，还有大量的陶器、石器、骨蚌等遗物。于是专家认为，早在3500年前的新石器时代，虎门的先人已经在这块土地上伐木结庐，划舟捕鱼，踏滩采贝，穿林猎兽，栉风沐雨，休养生息。

虎门，是南疆之门，位居珠江"八门"之首。它，位于珠江口的东岸，是由伶仃洋和狮子洋两洋共同托起的一块绿洲。浩浩的珠江和缓缓的东江在此交汇，咸淡水的清浊在此界线分明，呈现一道亮丽的风景。珠江、东江这两大"动脉"穿镇而过，又使这镇河汊纵横，芦花飘荡，鸥鸟翔集，舟楫如梭。虎门的潮汐吞吐量居"八门"之首，年径流量超过六亿立方米，无比辽阔的江河与大海在此汇合，你根本分不清哪儿是河流，哪儿是大海。由于珠江口的狮子洋上，突起大虎和小虎两岛，仿如珠江口的两扇大门，民间俗称"虎头门"，至清初便简称为"虎门"。虎门毗邻港、澳、穗，是这三地的几何中心，而且是进入广州的门户，历来是兵家必争之地。

虎门，是物华之门。虎门地处珠江三角洲冲积平原，不仅有蜿蜒数十里的海岸，还有碧波万顷的海岛，有河汊如织的广袤沙田，有奇峰突起的山岭，以及可供跑马的平川与坡地。这里背山面海，沙滩辽阔。早在三国时期，先民已在这里煮海水熬盐；宋代最为鼎盛。天圣年间虎门之靖康、大宁等沿海十三个盐场，年上缴盐量比宋初增加二十倍。虎门的商业贸易自此开始兴旺。这盐滩还会产生"靖康海市"。在宋绍圣年间，苏轼贬官惠州，东莞人夏侯生曾陪同他划着小艇前往观看，苏轼即兴赋诗盛赞这遐迩闻名的奇景。这里河汊纵横，咸淡水交汇，咸草（亦称莞草）在河滩疯长。早在北宋、南宋，草织业已十分发达，《广东新语》载："莞席近销行外洋，靖康濒海诸乡种植愈伙，制作愈工，每一席庄用男、妇百数十人……"自此以后，虎门已成为繁荣的进出口商埠。在清咸丰年间，虎门的草织产品已畅销英国、荷兰、希腊诸国。莞香，是中国国家地理标志的产品，莞香于元、明、清时期就远销国内外，"香市"，被誉为广东"四大名市"之一。虎门，大岭山脉在腹地横亘，密林深处长满蜚声海内外的莞香，最近发现一棵千年莞香树就在大岭山麓虎门辖内的怀德村。东莞三件宝：海盐、莞香与莞草，虎门则是盛产三件宝之地；因此莞邑三大埠——莞城、石龙、虎门太平，太平则最为繁茂。

虎门，是人杰之门。自古以来这古镇倡教兴学，彰显珠江文明。这里从明朝天顺年间办起"凤岗书院""宁溪书院"，清咸丰年间，又办起"凤鸣书院"，一代代举人科场折桂，脱颖而出，仅明清两朝科场胜出者，计有进士26名，举人139位，而秀才则累百近千。曾出现"一村同榜两进士，一家子侄七登科"的奇迹。更可贵的是虎门地处珠江口，海洋文化与珠江文化在这里撞击，不时会擦出些火花来，使虎门人历来有"敢为天下先"的胆识与气质，历代以来产生不少卓尔不凡的人物来。明嘉靖年间，谭青海布衣上京，向朝廷上奏《三大礼疏》，令权倾一时的大学士张居正，称其为"当今奏议第一人"；明正德年间，虎门巡检何儒仿造弗朗机火枪，首创以夷器制夷的范本；明万历年间，有虎门布衣陈益远赴越南，冒着杀身之险，乘舟楫偷带番薯回乡种植，被誉为"中国引种番薯第一人"。辛亥革命前夕，西风东渐日烈，虎门涌现一批先知先觉者，出生于虎门的杨衢云，他在香港与孙中山并肩创立"兴中会"，于光绪二十一年（1895）被推举为兴中会会长，并主持策划广州的武装起义；虎门人王宠惠，光绪二十八年赴美留学，获耶鲁大学法学博士学位，光绪三十年，他在纽约协助孙中山用英文撰写《中国问题的真解决》，民国元年任南京临时政府外交部部长，民国十一年任国务总理，民国十二年任海牙常设国际法庭法官，成为现代中国法学的第一人。在抗日战争期间的1937年，时任十九路军总指挥的虎门人蒋光鼐,率十九路军将士率先打响淞沪保卫战,彻底粉碎了日本"三个月灭亡中国"的妄想。

虎门,是英雄之门。宋末,在王坡岭与元军激战的文天祥,兵败被俘,被押解在船上过伶仃洋时吟下"人生自古谁无死,留取丹心照汗青"的千古绝唱。林则徐在虎门禁烟,并筑起虎门的"金锁铜关",七次击败英夷进攻,腐败无能的清政府将他一贬再贬,最后竟被谪贬去伊犁充军,在西安与家人分别时写下"苟利国家生死以,岂因祸福避趋之"的诗句光照千秋。在清廷自毁虎门海防之后,英夷铁舰乘虚而入,副将陈连升父子率600官兵在沙角浴血迎敌,他跨上战马冲入攻上炮台的敌阵,挥刀砍杀数十鬼子,最后不幸中弹身亡。在沙角草山麓,如今还有"节兵义坟"埋葬当年没人认领的七十多具阵亡将士。水师提督关天培,在林则徐、邓廷桢被撤职之后,独撑虎门御敌的重担,在第一重门沙角炮台失手,他坐镇虎门第三重门户威远炮台,面对英夷铁甲舰队的疯狂进攻,这位63岁高龄的主帅横刀立马,身负重伤数十处,仍然亲自发炮,一发炮弹射来,只剩下半截身躯的他,依然横刀怒目屹立在炮台上。在鸦片战争中虎门军民同仇敌忾,在虎门抗英纪念馆有座《生死签》的雕像,纪念当年虎门自发组织水勇,争抽死签,抱着火药埕去炸游弋在伶仃洋的英夷军舰。如今威远炮台依然像南疆的长城矗立在海边,这是中华民族英勇不屈的脊梁。在抗日战争中,日本鬼子在大鹏湾登陆,虎门成了日本鬼子的战略据点,抗击日寇的东江纵队游击队活动的中心便在虎门,大岭山老虎崖便是东纵的司令部所在地。这是一块英雄的土地,1958年,中南局书记陶铸带领中山大学中文系一百多名学生到虎门参加劳动体验生活半年多,虎门的历史让他们感动不已,集体挥笔写下镇史——《英雄的虎门》,陶铸著名的散文《松树的风格》就是在虎门这块土地上写的。

虎门,是嬗变之门。这种嬗变的动力来自改革开放的浪潮。早在国门尚未开启,党的十一届三中全会召开前三个月,虎门便以"敢为天下先"的胆识,率先办起了全国第一家"来料加工厂",成为"第一个吃螃蟹"的镇。虎门引进"三资企业"成为全国之冠,最高峰时"三资企业"达1500家之多。服装、电子、电力三大产业,撑起"中国第一强镇"的天空。如今闯入虎门,如同闯进一个中等发达城市,只见交通如网,车流如梭,四座五星级酒店在镇中高高耸立。虎门大桥,仿如一条巨龙横卧在伶仃洋上,数以百计的花园式工业园在虎门大地星罗棋布,每一座村庄都成为一座小城,有人说"虎门似美国洛杉矶",每当夜幕降临,条条街道商店、食肆、娱乐场所霓虹闪烁,万家灯火,仿如天际流动的星河。在四十多年改革开放的历程中,虎门人以"敢为天下先"的胆识与智慧,把握先机,锐意创新和进取,先后摘取"全国财政之星""全国乡镇之星""全国服装名城"等桂冠,在城镇综合发展指数测试中,位居"全国千强镇"之首。

虎门,是中国近代史的缩影。

虎门,是农耕文明向工业文明嬗变活的标本。

诚然,这片土地,亦不尽是田园牧歌,亦绝非世外桃源,在这嬗变的过程中,经历过多少艰难和曲折,有过多少泪水,甚至血滴。前事不忘后事之师,抚摸履痕,是何等弥足珍贵,忘记过去就意味着"背叛",总结经验与教训,是为了更好地传承与发展。是改革开放的大潮,使这英雄而又富饶的土地真正崛起,凌空腾飞。看来,要国强民富、国泰民安,制度与路线是关键。当下,在建设粤港澳大湾区,虎门正是这经济走廊中的中心点,虎门已划出六十多平方公里建设一个滨海新城,迎接新的一轮腾飞!当然,在经济高速发展的同时,我们千万不要忘记注入这个历史名镇的文化底蕴,这是推动社会向前发展的软实力,也是永恒的动力。

当我写完这些文字,倚栏仰望天幕,只见星河在流动,突然,那首耳熟能详的《大地恩情》主题曲,从窗口流泻而入——

河水弯又弯

冷然说忧患

别我乡里时

眼泪一串湿衣衫

…………

若有轻舟强渡

有朝必定再返

水涨水退

难免起落数番

大地倚在河畔

水声轻说变幻

…………

我聆听着，它似乎在诠释我此刻的心境，但愿这本书能引起读者点点滴滴的共鸣……

故园水韵

Guyuan Shuiyun

古埠记事
傍河小巷
火船拖省渡
咸水歌里人家
横水撑渡人
儿时的小河
流动的骑楼
又闻木屐声
缠脚秀才娘
自梳草织女
三弦弹出盲佬歌
古屋飘溢翰墨香

3 \ 故园水韵

太平墟，真不虚，它的变幻与沉浮，可谓社会是否太平盛世的一个晴雨表。

古埠记事

在浩瀚的珠江口东岸，有座明珠般璀璨的千年古镇——虎门。它，濒临伶仃洋与狮子洋，珠江与东江穿镇而过，处于香港、澳门与广州的几何中心，是往来这三地的火轮巨舻必经之湾，亦是货船客舟可泊之港。它，具有悠久的商业传统，自宋历明，作为南粤盐业中心之一，食盐的开采、运输与贸易，带动虎门一带商业的发展。由于地理环境的不断变化以及管理机构的变迁，虎门的墟集也不断发生变动。明初，白沙、镇口设巡检司管理地方政务，白沙滩头建墟立市，成为当年虎门最兴旺的商业集散地。清初，白沙司归并镇口司，同时又建有海关，镇口便取代了白沙。清乾隆年间，虎门沿海一带裁盐改稻，沿海滩涂变陆地，镇口司移建在广济墟，于是广济墟又取代了镇口。清嘉庆年间，太平设墟，带来三江杂货的汇集，商贾如云往来。从此，太平墟独领风骚两个多世纪。

太平墟的长盛不衰，源于它独特的地理环境，前有珠江蜿蜒而过，东江南端在此奔腾交汇，后有鹅公山、石旗岭作为靠山，墟前的珠江南流不足十里便是伶仃洋，西流不足十里便是狮子洋，江面碧波荡漾，江阔逼近千米，对岸便是如诗如画的阿娘鞋岛，俨然是一个天造地设的良港。背靠的鹅公山，仿如一曲颈向天歌的硕鹅，漫山参天古树，登山均是通幽曲径，山顶有座望江亭，登亭西望，珠江口的岛屿与帆影尽收眼底；东眺沃野与山岭仿如海浪与绿岛直扑眼帘。与鹅公山隔运河相望的石旗岭，犹如一座天然屏障耸立在墟的北面，一道蜿蜒620余米的古城墙，仿如一条巨龙盘踞在山脊，南山麓便是赫赫有名的虎门寨。虎门历来是南疆的军事要地，明洪武年间至清初，虎门寨城几经迁徙，于康熙十九年（1680）便迁至石旗岭山麓，并筑起这飞崎山脊的寨墙，这虎门寨背靠龙盘虎踞的石旗岭，下临舟楫如墙的江流。寨中，古木涌浪，松涛如吼，百鸟和鸣，松鼠奔突。溪流顺岭而下与两岸的贝月花搭成一座花溪的长廊。长廊下，青青的鱼儿逐啄溪中的落英。"旗岭林涛""贝月花桥"历来是虎门两大胜景。

嘉庆十五年（1810）八月，两广总督奏准朝廷，增设广东水师提督一职，其衙署就设于虎门寨内，主管粤东沿海水陆营军务，成为广东海防最高指挥部，麻石路从石旗岭的西麓镇口蜿蜒数里，一直铺至石旗岭的东麓的官涌渡口，署内设讲武堂及操练场，为讲习武艺之用，亦称"虎门武堂"，操练场设在广武堂东面，可供步兵排兵布阵，可让骑兵百步穿杨，民间称之为"东校场"。当时虎门要塞，沿珠江口岸设炮台十座，大炮351门，在咽喉要冲又设拦江铁链和巡逻船舰，鸦片战争前期凭卫国的意志与这江防天险，屡挫英国侵略军的进犯。由于上石旗岭巡查的官员多了，此岭后来改名为"大人山"（官员当地称之为"大人"）。中华民国成立后，1920年虎门炮台等改编为虎门要塞司令部，水师提督署成为要塞司令部驻地。太平墟，成了虎门政治、经济、文化的中心，也是虎门地理环境的精华要冲。"一方水土，养一方人"。海洋文化与珠江文化在这里撞击，不断擦出火花，开阔虎门人的视野；珠江水又润育了虎门人柔韧而又善于创新的气质；鹅公山与石旗岭的风韵雕塑了虎门人磐石般的坚毅与"敢为天下先"的品格。

清咸丰年间，太平墟就已发展为东莞沿海一带水草加工场和贸易中心，有"草墟""草埠"之称。周边的手工作坊与新兴的民族工业也渐齐集太平墟。清光绪年间，进一步发展成为珠江口重要商品集散地，商船不仅可直达香港、澳门、广州，还可辐射莞城、惠州、宝安、中山、番禺、顺德、南海等地。民国时期，陈济棠主粤期间，太平墟的范围进一步扩大，商品流通畅达，市场发达繁荣，太平河口泊渔舟货艇四五百艘，工商铺店多达500余家，聚商贩数千之多。由于毗邻港澳，客船货艇均可一日往返，加之虎门亲友在港澳定居有十数万之众，往来也甚为频密，洋货早在这里汇集，虎门人早在一百多年前已体验西方生活方式，男人剪起了花旗头，穿起西装打上领带，女人烫起"椰菜花头"，穿上了连衣裙，喷上香水。男人骑起英国"三支枪"自行车，女人用上了美国"胜家"牌缝纫机。三五老友到西餐馆去割牛排，到咖啡厅去饮咖啡，什么洋火、洋灯、洋油、印花布、法兰西香水、日本时辰钟、意大利皮鞋充斥各大百货商店，这种西风东渐的景象比起内陆要早一个多世纪。当时，远近已有"小香港"之称，在民国十年（1921）在虎门寨修葺火神庙，太平墟捐赠的商号与船号竟达1417家之众，窥一斑而知全豹，可见它繁华的程度。它与莞城、石龙并称莞邑三大墟镇。东莞三件宝：海盐、莞香与莞草，虎门均是主要产地，所以是三墟最为繁茂的古埠。

太平墟，为何名"太平"？这得从虎门的传说说起。相传，很久很久以前，在珠江口的伶仃洋有个龙穴岛，岛下住着南海龙王，有一天龙王的三公主阿娘，到狮子洋畔的莲花山游玩，一只怀孕八百年的母老虎从山中蹿出，阿娘望洋而逃，母老虎穷追不舍，正在危急之际，崖边跃出一渔夫，挥起大橹向母老虎劈去，母老虎大吼一声，产下一只小虎。渔夫降伏了老虎，命它雄踞在狮子洋中，守卫着南疆大门，阿娘安全着陆之地，后来成了虎门的一个港口，取名"太平"，而阿娘在海域中失落一只绣花鞋的地方，浮起一个海岛，人称"阿娘鞋岛"，就是后来在岛上筑炮台的威远岛，这威武的渔夫便是虎门的先祖，这被降伏老虎和产下的小虎，便是如今屹立在狮子洋的大、小虎岛。

太平墟被虎门地域包裹，面积不大，方圆只有8平方公里，墟上居民不到两万人，墟的中心地带，只有围着鹅公山转的三条主要大路：一是则徐路，二是执信路，三是长堤路。路虽只有三条，却拿出两条路以林则徐、朱执信的英名来命名，虽然他们只是外乡贤士，虎门人却引以为荣，以其名命路名，以示对这两位贤士的浩然正气的尊崇，并乐于传承与发扬光大。这三条大路虽不算长，却有着密密麻麻的横街窄巷，铺店鳞次栉比，到处可见酒旗飞舞，霓虹闪烁。民居古色古香，青墙绿瓦，水流回环，充满岭南水乡的韵味。也许，你一不小心踩上的一块青石板，就会蹦出一串串故事来。它们既沉淀着深厚的历史文化底蕴，又演绎出万种浓郁的水乡风情。

则徐路，从鹅公山的东麓向南延伸，然后再拐个弯向北走，只要跨过太平运河，便可直抵石旗岭西麓的镇口村头。明末清初，这里还是一片芦花飘荡、海鸥翔集的海滩，当年林则徐就坐镇在这山麓，指挥兵丁与民众把收缴的19187箱、2119袋鸦片，在堆满石灰灌满咸水的销烟池化为灰烬，然后冲入大海。在销烟池旁有座玉虚古庙，庙中有座《生死签》雕像，林则徐被撤职之后，清廷自毁虎门海防，英夷乘虚而入，侵占了虎门，英艇在伶仃洋上游弋，虎门人自发组织水勇，就在这玉虚古庙争抽生死签，组织敢死队，抱着火药埕，潜水炸毁英夷军船，这雕像表述的就是这段故事。如今这里已建成古堡般的鸦片战争博物馆与林则徐纪念馆。

则徐路有三座标志性的建筑：其一是"太平居"，是座欧式的小洋楼，楼不高，只有五层，面积可大，有近500平方米，内中有数十间房。这"太平居"外墙全部是意大利批荡，台阶很高，窗户很大，窗枝很粗，窗口用的全是进口玻璃。这栋洋楼始建于何人，已经无从考究。岁月沧桑，中华人民共和国成立之初，此楼已分住许多人家，但均是非富即贵之家的后人，其中近代著名外交家伍廷芳的外曾孙赵泰来童年时就住在这里。赵泰来15岁赴港，后定居英国。三十多年来，他曾先后向中国各地博物馆、艺术院捐赠了六万多件艺术品。赵氏藏品众多之谜，与其家族在中国历史舞台上的显赫地位密不可分。在我的印象中，这幢小洋楼还开了两间诊所：一是牙科，二是跌打。门庭若市，人气很旺。其二是邮政局。这也是一座三层的小洋楼，也是欧洲的建筑风格，高高的楼层，宽宽的阳台，大大的门窗，窗楣下部塑着郁金香、薰衣草等西式的图案。邮政局经营着电报、电话、信件、报刊等业务，且辐射到长安、厚街、沙田等镇，把有关信件、报刊、邮件等，通过背着绿色邮包的乡邮员派送到千家万户。其三是新华书店。这是对着鹅公山而建的一座小楼，也楼高三层，却有古色古香的风韵，面向的就是登鹅公山林荫蔽日的古道，因而显得相当幽雅。当然最吸引人的是那丰盈的图书，有《红楼梦》《三国演义》《水浒传》《西游记》四大名著，有《儒林外史》《聊斋》《封神榜》《三侠五义》等通俗读物，有当代的《红旗谱》《创业史》《野火春风斗古城》《三家巷》《香飘四季》等著名长篇小说，还有《巴黎圣母院》《战争与和平》《基督山伯爵》《红与黑》等世界名著。爱书如命的我，成了书店的常客。由于家境贫穷，我去翻书多，购书少；由于抵不住诱惑，我硬着头皮束着腰带买了两本书：一本是岑桑的《当你还是一朵花》，一本是刘逸生的《唐诗小札》。这两本书在20世纪60年代初在小镇特别畅销。

与新华书店遥相呼应的是这路上的另一条名叫诚信街小巷的"小人书"摊档。别小看这摊档，其背后却有大文章：一、临十字街口；二、楼高两层，张姓老板深不可测，他坐镇楼下专帮人画炭笔像、刻图章；三、更奇妙的是楼上，是张老板大儿子的工作室，这儿子可厉害呢，身高一米八，英俊潇洒且才华横溢，他攻读武汉大学建筑系，还未毕业，一位漂亮而又时髦的大学女同学跟他私奔跑回家乡，在当时可谓"出格"之举，可就是这位人物，虎门很多标志性建筑的设计都出自他的手笔。出租小人书当然只是张老板的副业，他把"小人书"的封面贴满墙壁，你点中哪本，他就拿哪本给你看。每本"小人书"钉在一块小木板上，一来让你坐着小凳可放在膝上看，二来不易让人偷走。租本"小人书"只需一分钱，来光临的人特别多。"小人书"就是连环画，说是"小人书"就是专供小孩看的；但由于价钱便宜，加之插图特别精美，尤其是四大名著，也叫许多成年人爱不释手；我在镇上读中学时，也常光顾这"文化的快餐店"。

在则徐路中段的南端，有条东兴街。这是一条用麻石铺成的大街，两旁均是岭南风格的大屋，大屋的大门都嵌着麻石，装着趟栊。街中还有座华光庙，供的是华光大帝，香火甚为旺盛。华光庙旁有座仿若江南水乡祠堂般的大屋，两廊三进；大屋中间有个大天井，天井的四周是花圃，栽的是凤尾竹、米兰与番石榴，墙上爬满常青藤，屋檐结满燕子窝。清晨，可听梁上燕语呢喃；傍晚，可闻街上清脆的木屐声。雨天，屋檐下雨滴如丝，向外张望，满街尽是花雨伞。我读中学时的宿舍就设在这里，所以十分熟悉，每当我在街上徜徉，就仿如闯进广州的西关，领略岭南水乡些许况味。

执信路，是从鹅公山的东麓向西延伸到珠江边，执信路的起点，是当年朱执信牺牲的地点，也在如今的执信公园内。1920年9月21日，朱执信从香港前往虎门，调停攻入虎门的东江民军和驻虎门要塞的陈炯明桂军之间冲突，在两军突发的骚乱中被流弹击中，殉国时年仅35岁。对于失去这位协助自己完成《建国方略》的革命者，孙中山悲痛地说："执信是革命圣人。""执信忽然殉折，使我失去左右手。"朱执信的灵柩由"宝壁"军舰从太平经伶仃洋运回广州，孙中山亲自步行执拂相迎。1923年，蒋光鼐在朱执信牺牲地点立了座纪念碑，碑上有胡汉民手书的碑名和撰写的碑文。当年从虎门走出的蒋光鼐，曾一度与朱执信在香港设立讨桂办事处共事，当他闻听朱执信遇害，悲痛地即席挥毫，写了首《悼朱执信》：

追云握别未相忘，木棉泣血溅南疆。
初晓让船小虎岭，暮夜谈兵大梅堂。
海风高月诉谋略，江烟落日话兴亡。
空余壮志从兹去，只留丹心对斜阳。

"只留丹心对斜阳"不仅是对朱执信的赞颂，亦是作者的自画像。1932年1月28日，蒋光鼐率十九路军率先打响"淞沪保卫战"；次年他回乡歇息，目睹故乡缺医少药，偕同乡贤在朱执信碑旁建起了绿瓦红墙的虎门医院，1946年还在虎门医院旁办起了虎门中学。蒋光鼐成为抗日名将，是由爱国思想品格奠基的。早在辛亥革命前夕，他已是同盟会会员，跟随孙中山北伐与东征；他在家乡做此两件好事，也是证明他有股浓得化不开的乡愁。虎门人杰地灵，历朝历代都不乏爱国怀乡情怀的名士，蒋光鼐便是其中一位。

执信路末端，有段十字街，街上有段数百米的木骑楼，楼前种满高与楼齐的玉兰花，海风一吹，清香四溢。夕阳西下，透过树影洒下细碎的光斑，隐隐约约可见酒旗飞舞，灯笼迎风；漫步木骑楼下，可见雕龙画凤的屋檐下的阳台上，百花吐艳；可见穿着时髦的佳人在阳台上浇花；可闻小摊档"和味龙虱""腊鸭软喉""莲子糖水"的叫卖声，颇有几分洛阳古都的风韵。骑楼背后的一湾平湖则是另一种风韵。只见岸柳微拂，虹桥卧波，数艘小舟，划破一湖烟雨，惊飞一群白鹅。骑楼尽头，便是那条蜿蜒而过的太平运河。运河岸边古榕拂水，春燕剪柳，码头泊满渔舟客艇。清末民初，港澳奢靡之风吹到这繁华小镇，这河段曾一度成了妓艇集中之域，高峰期竟有妓艇近百艘之多，成了过路客商与往来海员的温柔乡。河的对岸是鹅婆山的南麓，有座林荫蔽日、曲径通幽的福荫堂。早在道光二十七年（1847）德国所属的基督教礼贤会传教士叶纳清便在虎门镇口一带传教；清光绪二十三年（1897）牧师王谦如在此购地18亩，建起教堂，初名纳清纪念堂，后改为"福音堂"。可见东西方文化早就在这千年古镇碰撞。

长堤路则沿着珠江河畔由南向北蜿蜒十里，这是太平墟最为繁华的路段。每当夜幕降临，江面上十里渔火闪烁流动，江边百艘船艇灯影幢幢，江岸上商铺鳞次栉比，一排排霓虹在飞红走绿，珠江太平河段泛着一河璀璨。鸦片战争后，造船、草织、粮食加工等行业在太平相继兴起，因为靠近码头，运输方便，这三大支柱产业均设在长堤路。造船厂在长堤南端的新洲地带，两大船坞像一双铁臂伸出江面，待修的客艇在岸边停泊，修好的渔舟在此扬帆出海。在中华人民共和国成立前夕，造船厂造船修船业务已辐射整个珠江三角洲。太平草织厂在长堤的北端，离鸦片战争纪念馆只有一箭之遥，而东莞进出口公司的码头则紧靠在它的旁边。太平墟草织行业在清末民初进入鼎盛时期，从事草织行业的商号六七十家，其中一家名为"源合"的草织厂常住工人竟达五六百人。东莞其他地方草织品也多通过虎门关口转运香港出口，销往东南亚及欧美，"兰花"等一些品牌成了巴黎的畅销货。草织产业出口量占全省同类产品出口量的四分之三，出口量仅次于顺德的蚕丝。而"大丰"等碾米加工厂则藏匿在长堤路路段的贵立街。从20世纪20年代"大丰"采用机械碾米，后来又有"陆丰"等碾米厂，成为万顷沙、南沙、虎门、厚街、沙田、长安等一带粮食产品的加工与贸易中心。当时太平墟有谷米铺七十余家。中华人民共和国成立后，这些碾米厂依然在，记得读初中时我经常挑着两个装上三四十斤稻谷的米袋到"陆丰"碾米，经常排着长龙在等候。但自从实行粮食统购统销之后，谷米铺锐减，在贵立街只有"太平粮所"。但这粮所很大，售货员有十来个，其中有位女售货员姓苏，身材苗条而又丰满，长着一张瓷娃娃般的脸，肤色洁白如玉，眼睛大而水灵，人们称她为"粮店西施"，很多未婚男士冲着她去粮店籴米。她对顾客如同对上帝一般，总是笑眯眯地迎送，想找她谈情说爱就免提啦。后来，她嫁给虎门中学一位语文老师，看来在那个年代"知识就是力量"。

商业网点也相对集中于长堤路的周遭，什么文房铺、杂货铺、医药铺、海味店、饮食店、理发店均散布于路旁与横街窄巷之中。"文房铺"一般兼营裁缝，20世纪30年代已有二十多家，到中华人民共和国成立之初已有二十七家，它们成行成市，这条街被称作"文房街"。杂货铺，货物齐全，经营灵活，什么油、盐、酱、醋、茶，什么火水、火柴、烟酒、海味，家用物品全有，有的大的商铺甚至售货员挑着货郎担下乡叫卖。老字号有"东利""广隆""和园"，20世纪40年代发展到三十多家商号，其中"广泰隆""振兴隆""永兴隆""广和隆""皆隆"，有"五隆"之称。太平因毗邻港澳，清末民初，草织品主要出口到香港，港货比内地货价格便宜，而且质量上乘，带动走水客偷运"洋货"；历届驻军也参与走私牟利；内地商人则多到太平采办"洋货"。这又对太平的"洋货"生意起到推波助澜的作用。日本侵略军占领香港后，日、伪官员开办商业公司，利用"南进丸"舰往来香港倒运大批日货、港货回太平销售。当时内地商品缺乏，太平成为走私日货的集散地；虎门沦陷时期，太平商店经营的谷米、布匹、棉纱、煤油、海味、小百货、香烟等亦多为走私商品。

夜幕降临，码头却是另一番情景。只见满江船影在流动，只闻澎湃涛声在吟咏，有人借着点点星火迷离灯影在江中击水，有人和着轻轻的晚风在船上拉着二胡哼着粤曲小调。这一切反倒让码头显得格外宁静。每当台风将至，长堤所对海域则成了一个天然的避风港，渔船如梭泊入码头，落下风帆，桅杆像森林般林立；货船在江中抛下长锚，像座岛屿般岿然不动；客船轻轻泊岸，将绳索抛码头桩柱系得紧紧的，然后船尾升起缕缕炊烟。一切显得紧张而又有序。霎时间，太平河段成了一个船的海洋。所以，长堤的中心地带，岸边几乎全是码头，有渔人码头，有货艇码头，有客船码头，有横水渡码头，还有省渡码头，码头繁忙的情景也十分壮观。渔船归帆，船与岸架起跳板，抬海鲜的人群如潮水般汹涌；货船到岸，岸上的起重机伸出铁臂，把货物吊往装货的车辆，然后缓缓运向货仓；客轮泊岸，鸣笛声脆，接来客的人群，握手的握手，提行李的提行李，脚步如涛，笑语喧天。可见，太平墟，亦是岭南一座老码头。

在我开始懂事时，已是中华人民共和国成立之初，长堤依然是舟楫穿梭，帆樯如林，商铺云集，人潮鼎沸。于我来说印象最深刻有三道风景：一是省渡；二是茶居；三是天光墟。

省渡，当时是用火船拖着的，它不仅是一艘客船，实在是城乡政治、经济、文化的一座桥梁与纽带，讲起来像一匹布那么长，用另一篇长文来叙述。

虎门的茶居，可是一道亮丽的风景。清末民初，太平茶寮与酒楼很多，当地人都喜欢统称它们为茶居。茶寮多经营早、午茶市，为水上茶居，搭于河畔，就像一吊脚寮，以竹为栅，以草为盖，以松皮为墙，寮顶与墙上都布满常青藤或爬墙虎。寮下，小舟穿行，水汽蒸腾；窗外，江景扑面，渔歌贯耳，还有阵阵江风入怀，温润水汽拂面，实在是一道江中奇妙的风景。酒楼，多设于内街，主营午、晚饭市，兼办喜庆宴席，较讲究豪华与气派。有人喜欢往茶寮里坐，有人喜欢到酒楼里挤，这叫"咸鱼青菜各有所爱"。清宣统三年至民国二十七年，太平茶居有"大中华""安浓园""冠南""金陵""东山"等，还有"发利""锡记""其利""灶利"等小食店。日军占领虎门后沉寂了一段，抗战胜利后，又恢复繁荣，有"豪华""小红楼""翠珍""莲香楼""新中国""太平""六同"等。最大，经营最久的可数"翠珍酒家"，它亦临江而建，位于果栏街口，民国十五年（1926）开业，1952年歇业，楼高四层，营业面积约400平方米。而最受人喜爱的莫过于"阅江楼"，因为它既具有茶寮的风韵，亦兼有酒楼的气派，其实，它原名叫"豪华酒店"，因为它坐落在省渡码头，是座三层高的小洋楼，整座楼全是意大利批荡，琉璃窗均是花花绿绿的纹，阳台临江挑出，栽满盆景，厢房用红木相隔，真可谓是中西合璧。而最惹人喜爱的是，登楼推窗，整个珠江太平河段风物尽收眼底。那追着霞光的帆影，那翔集对岸红树林的鸥鸟，那划破一江春水的横水渡，幅幅画面入目；那归航的汽笛，那欸乃的橹声，那撒网的乐韵，声声入耳；所以人们索性把它唤作"阅江楼"。

这些茶居大多茶市、饭市兼营，厨艺集粤、港、澳名师之长，厨料却取虎门材质之优，特别是海鲜，虎门处于咸淡交界之域，海鲜特别鲜美，虎门膏蟹、南面麻虾、镇口乌头鱼，珠江口的三黎、庵丁，河滩的花鱼、白鸽鱼、海鳝，当然还有白沙油鸭、厚街腊肠、旗峰腊肉等腊味都驰名海内外。早茶，广式茶点均有，什么叉烧包、糯米鸡、牛仔骨、排骨、烧麦、肠粉、油条；什么九层糕、钵仔糕、伦教糕、鸡蛋糕、咸九利；什么艇仔粥、三及第、茅根粥、柴鱼花生粥全齐。虎门家常菜亦很特别，而且美味，一是焗蟹饼。蒸器一定要用陶钵头，材料除了膏蟹，还要用鸡蛋与半肥半瘦的猪肉，千万别忘记放点薄荷，火候要把握好以钵底嗞嗞作响蟹饼有点粘钵为佳，让你左牙嚼过右牙香。二是蒸三鲜。将麻虾、花鱼和白鸽鱼放在同一碟里蒸，千万要下点阳江豆豉和烟台冬菜，鲜美得一端上桌，就让你流口水。三是蒸三黎鱼。这三黎鱼跟上海的鲥鱼是同一品种，产地与叫法不同而已，蒸这种鱼一定要放酒糟，蒸出来别具一种风味，也可用凉瓜焖三黎，鱼要先过过油镬，然后慢火来焖，真乃浓得扑鼻。粥，最好来一锅"泥猛粥"，煲时千万别忘记加点陈皮和撒点胡椒粉。饭，最好来煲腊味饭，待饭煮到"合眼水"时，再把白沙油鸭、厚街腊肠、旗峰腊肉放入饭中，一定要用瓦煲来煲，将熟时洒点生抽，放点葱花，一揭煲盖，满堂生香。当然，还有一种美食，就是食河豚，食河豚最好去百年老店，比如新湾渔港的"华记"牌子就很响！那是绝对安全和美味，河豚煲出来的汤如牛奶般雪白，蒸出来的鱼比鸡项还不知鲜多少倍，若能食上河豚的睾丸更是一件美事，它比两粒鸡子还要大，奶白奶白的，一口咬下去，软软的，绵绵的，滑滑的，口感好极了。此外，它还是补肾的极品，被虎门人称作"水上牛鞭"。

太平的天光墟声势颇大。虎门一带商业传统悠久，明清时期境内设有墟场。虎门最早的墟场是仁和墟，处于白沙与镇口两巡检之间。清嘉庆年间，虎门一带设有广济墟、堂头墟、大宁墟、白沙墟、北栅墟、怀德墟，各墟场均有河涌相通。到民国时期，人口增加，水陆交通发展，内陆大村也定日摆墟，而地处虎门中心的太平墟则天天均集墟，市场主要分布在则徐路的卖鸡地、虎门医院的公园前以及太平桥畔。前两处主要是农副产品集市，而太平桥畔则是肉、菜与水产市场。不到百步之遥的水埠泊满货艇渔舟，是珠江口沿岸及三江水产的集散地。天未光，市场已是灯火通明，埠头也灯影幢幢，供货的，采购的，人潮如涌，人声鼎沸。什么沙井的鲜蚝、石岐的脆肉鲩、万顷沙的狮子鱼、顺德的瘦骨鱼，当然还有当地的虎门膏蟹、南面麻虾、镇口乌头鱼，新湾渔港的三黎、庵丁、鲚鱼、黄脚立；还有狮头鹅、番鬼鸭、大骟鸡、小山羊、小黄牛。夏秋之间有荔枝、龙眼、黄皮、木瓜、番鬼荔枝各式岭南水果；入冬以后还有各式各样的腊味和海味，一箩箩一筐筐充斥着市场。整个市场散发出一股浓浓的腥味，这腥味有鱼腥，亦有"三鸟"的血腥，因为河边就有劏"三鸟"的店铺。开头真觉得难闻，有长达十年的时间这种腥味突然消失，甚至可闻到长堤紫荆花的香味，可看到跳上埠头散步的海鸥，我却陡然感到有种空荡荡的失落。幸好改革开放的浪潮又把这股味卷了回来，且比原来浓烈十倍，整个太平墟均是个繁华的大市场，当然不光是一个天光墟，而且是时装街纵横交错，电器城一座连着一座，海味铺成行成市，四座五星级宾馆成了虎门的地标，千余间茶楼、酒肆、旅社，以及娱乐休闲场所，更是星罗棋布于镇的东西南北，比内陆一座中等城市还繁华得多。

　　太平墟，真不虚，它的变幻与沉浮，可谓社会是否太平盛世的一个晴雨表。

这一条小巷的两种景观、两个世界以及众多平凡而又特有意思的故事，应是虎门自然景观与人文景观的一个缩影。

傍河小巷

太平墟的东兴街有条横巷，名曰富贵巷。富贵巷，多贵气的一个巷名，入巷的那座牌楼门便很霸气，它像一堵城门，用青石砌成，横额刻上"富贵巷"三个颜体大字。建巷之初，这里住的都是非富即贵的人家，我们中学一位姓李的副校长就住在这里，他老家广西，其曾祖父的生意就做得风生水起，他的祖父从广西搬来太平，成了富贵巷一大户人家。这里原是一排坐北向南的小洋房，与其他洋房不一样的是这些洋房大门口都装着东兴街大屋的那种趟栊，而楼内则充满西洋气：屋顶吊着洋扇，墙上挂着洋钟，走廊亮着洋灯；家家窗明几净，阳台栽满花草，偶尔还从小楼流泻出莫扎特的古典音乐。有时从洋楼里还走出一位穿着时髦的女郎，牵着一只洋狗在巷里溜达。用太平墟市民的话来说，他们是："住洋楼，玩番狗，架世堂！"架世堂者够势威也！

更令人羡慕不已的是那条太平旧涌在巷前蜿蜒而去，不时有咿咿呀呀摇着长橹的小艇从涌中滑过，涌的两岸则芦花飘荡，鸥鸟翔集；对岸后面便是百亩荷塘。盛夏时节，那怒放的荷花像一群出浴佳人，披着一袭轻纱随着海风吹来轻曼起舞，暗香浮动；间或有村姑戴着渔家斗笠，划着小艇在荷塘上穿梭，或在挖藕，或在采莲，那围在脖子上的花凉巾迎风招展，活像一只只翻飞的彩燕。她们采到兴起，还会来首咸水歌：

烟雨朦胧小城隐现,
如画水乡泼墨眼前;
弯弯小桥清清河面,
艇儿悠悠荷叶翩跹;
歌声流淌灌满田园,
小曲随风飘落街边;
…………

小巷展现的是田园牧歌的风光。

日月穿梭,沧海桑田。后来旧涌淤塞,河道变窄,穷人一户又一户挤进巷的岸边,搭起吊脚寮。这寮依涌而建,杉木做架,茅草封顶、松皮作墙。寮下都有水埠码头,码头系着小艇。因为大都是卖苦力的人家,挺懂得靠水吃水的道理,他们在寮下的河滩种满了丝瓜、水瓜与凉瓜,在寮旁种上芭蕉、香蕉与粉蕉,有人还索性搭个挑出涌面的凉棚。白天,可依着凉棚上的栏杆拿着吊桶向涌中打水,或架起一张缯网,在涌中捞鱼捞虾;入夜,可推开寮中之窗,可见旧涌深处三五点闪烁的渔火;夜深,可枕着潮声入梦;若逢夜雨,还可听到雨打芭蕉的乐韵!乍看起来,南面的吊脚寮好像占尽巷中的诗情画意。其实,一旦碰上狂风暴雨或海啸怒潮,他们可够惨呢,寮顶被掀开,寮墙被刮倒,潮水往寮里灌,暴风雨过后整条太平旧涌均是浮桶浮盆和浮木,这暴风雨往往一刮就是数天数夜,"屋漏最怕连夜雨,寮破最忌顶头风",每碰到这种灾害,一家子躲都没地方躲。而北面那些小洋房则"任凭风浪起,我自岿然不动"。

一条小巷可谓两个世界。北面是住洋楼的富贵人家,多是富商巨贾、官宦人家、侨商后裔,稍次之便是医生、账房先生、教师等用脑之人;南面是住吊脚寮的清贫人家,多是从海上搬来的船民,或外来太平落籍的打工一族。奇就奇在这两个世界的人竟能和睦相处,尤其是中华人民共和国成立之后，土地改革了，这些富贵人家在老家的田产被政府没收了，只能靠自食其力度日。公私合营了，富商巨贾也成了普通的职员，那些行医、做账和教学的本来就没啥架子，这样一来，虽依然有贫富之分，可人格上却人人平等。尤其是新的一代更不分楚河汉界。巷南巷北的小孩，男童女童混在一起在巷里玩耍，一起踢毽子、打陀螺、跳飞机、弹玻珠、捉迷藏、拍公仔纸、跳橡皮筋。

有这么两个小故事。

故事一：巷北有位姓陈的老板，解放前就开了一家较大的杂货店，经常拿一些米和油去接济巷南一些揭不开锅的人家，后来公私合营了，陈老板变成了这家大杂货店的一个伙计，老婆早早离他而去，留下年纪尚少的一双儿女，家中经常缺水缺柴。当时还没有自来水，富贵巷虽近河涌，涌中均是咸水，饮水得到虎门寨的五眼井去挑，来回得走上三里的路。当年做饭没煤气炉，亦没煤球烧，靠的是柴火，镇上买不起柴，就得到离镇十公里的大岭山耙松毛来当柴烧。曾被他救济过的人到五眼井挑水，少不了给陈老板一桶，到大岭山耙松毛，少不了给陈老板半担，这件事成了镇中的一则佳话。

故事二：有一天，王锡涛老师从巷里赶去中心小学上课，发现一个敦实的少年正和一群矮他一头的小孩玩耍。他心里一怔："这小孩这么大了怎还不读书？"一打听方知这小孩叫卢泰祥，是劏鸭组"肥女"的儿子。当晚他跑去她家，问"肥女"为何不送儿子上学。"肥女"屈指一算："是呀，孩子已经八岁半啦！"她丈夫卢金是从道滘镇来太平水产站工作，终年在各渔港跑，自然顾不上家里的事。此外，丈夫工资不高，为了养活五条"化骨龙"，她不仅要承担全部家务，还要兼职多份工作，白天在太平桥旁的河边劏鸭，晚上回家还要纺麻绳，织渔网，退潮时还到小河涌捉鱼摸虾帮补一下家用。王老师把小孩读书的事揽了下来，安排小泰祥插了班，还帮他交了学费。

住在富贵巷吊脚寮的人，人穷却志不短，可圈可点的人物也不少。先说刘达潮吧，他是我一位刘姓同学的叔公，1911年去香港昌兴公司的"日本皇后号"轮当学徒，开始了他的海员生涯。1919年在"加拿大皇后号"船工作时，他组织"余闲乐社"，发动海员与包工头斗争并取得胜利，维护了海员的利益。中华海员工业联合总工会成立后，他任"俄国皇后号"工会主持人，领导工人参加了1922年1月的香港海员大罢工。"省港大罢工"期间，他任罢工委员会会计部副主任兼纠察队军需长，经常来往于香港与太平之间，回太平他不住旅馆，就住在富贵巷的吊脚寮，发动太平不少团体支持香港海员大罢工，虎门成了香港罢工工人的大后方。1927年5月，他由陈郁介绍加入中国共产党，到香港海员工业联合总工会工作，秘密在多船组织赤色工会。1938年前往延安出席陕甘宁工人代表大会，并留在延安党校学习。在这期间，曾受到毛泽东的接见，还经常与周恩来、陈云、邓发等领导同志见面。1941年，他离开延安，奉命到新加坡工作；解放战争期间又奉命调回香港任海员工会副主席，1948年任港九工人联合会副理事长。中华人民共和国成立后任中国海员工会全国委员会主席。

再说当年被王锡涛老师送进学校的卢泰祥吧。他上学了，因为比别人长得高，被安排坐在后排正好靠后门。有一天，他的大姨路过学校，发现他站着上课，以为他调皮被老师罚站，一追问，原来学生上课是要自己带凳子的，因为正值"三年经济困难时期"，学校缺经费。他根本不敢回家讲，怕讲了家里也拿不出这份钱。大姨心里一酸差点掉下眼泪来，于是找来几块木块，钉了一张简陋的木凳给这个小外甥。凳是坐上了，但每天还得空着肚子上学。放学了，也不敢早回家，家里连煤油灯也点不起，他得借着一抹夕阳把作业做完，然后到学校旁的五眼井打两桶水，挑三里多路回家……1972年，他正在读高二，县里来人招工，他被招去东莞人民医院，经常在半夜三更听到从太平间传来死者家属凄厉的哭泣声，他暗下决心要当名救死扶伤的白衣天使。1974年，机会终于来了，经推荐，他考上中山医学院，就读医疗系，1977年毕业分配到中山医学院肿瘤研究所，做鼻咽癌的基础研究。经过近20年的研究与实践，他终于成为肿瘤医院鼻咽癌的首席专家,后来还当上肿瘤医院的副院长。卢泰祥有句名言:"能够让病人延长生命的时间,提高生存的质量,这就是作为肿瘤科医生的价值所在。"他延长别人生命的故事实在太多,挑三个说说。

其一,二十多年前,中山医科大学一名职工刚6岁的侄儿得了鼻咽癌,经泰祥精心治疗,孩子终于康复了。2004年,这小孩从清华大学毕业,拿到毕业证书那天,他特意从北京打来一个电话给卢泰祥报喜。

其二,2007年秋,台湾新竹一位女教师带着她的母亲来肿瘤医院找到卢泰祥,说她母亲在台湾治疗之后还到过美国、日本、德国等地去复查,都判断她母亲鼻咽癌晚期,生命危在旦夕。她最后查到泰祥在这领域的出色成就,于是前来求救。经泰祥治疗后,这位台湾老太现在依然健康地活着。

其三,2016年8月的一天,泰祥收到来自英国伦敦的一个包裹,拆开一看,是一本书,书名是《走读地球村》,副标题是五大洲22国110篇旅游散文,书中夹着一封信。

信是这么写的:

尊敬的卢泰祥、周成宜伉俪:
你们好!

我耍了几十年笔杆子了,此刻,真不知用什么语言来表达我们的感恩之情。十年前,我已领了"死亡通行证",是你们把我从死神手中拉了回来。十年,整整十年,我还活得好好的,并走了22个国家,写成了这本书,这两百多篇文章,不仅是我的足迹与观感,更是生命与活力的见证!这一切是老师你们给的啊!书出来之后,我第一个想寄的就是你们。我还要走下去和写下去,用生命的余热来回报你们的恩情。

此致

秋安

李春晓

2010年7月27日

书中还夹有一帧照片，照片的背景是伦敦格林尼治天文台，李春晓与丈夫分别站在东西半球上，年近古稀的李春晓，满脸春风，胸前那条红色的围巾，像一条红色的飘带在风中飘动。李春晓是活跃在广东新闻界的名记者，被行内人称为《羊城晚报》"四大名记"之一，刚退下来，本认为到了人生第二春还要好好作为一番，谁知发觉患了鼻咽癌，并已到了中晚期，一下沮丧得连动也不想动了。经泰祥夫妇的生理与心理的治疗终于康复，她虽然颈部留下一块疤痕，可她系上条红色的纱巾，依然是生活火红与生命跃动的象征。我曾为泰祥写过一篇7000字的报告文学，题为《为了延长别人的生命》，刊登在《时代周报》上，反响还挺强烈的。

再说说我那位姓刘的同学吧，我跟他从初一读到高三，还一齐留校两年。他就住在富贵巷的南面，我跟他处得特别好，因此我成了富贵巷的常客。刘达潮是他叔公，可他从来没在我面前炫耀过。他很聪明，读书也很卖命，本是读大学的料子，可高中毕业刚好碰上那场运动，读大学的梦想便破灭了。后来他参了军，当上了天山空军地勤的雷达兵，在高原度过了四个寒暑，复员回镇，被镇上安排当了农机厂的厂长。他后因超生了一个儿子，被一票否决贬为一介平民。他并没有因跌了跤而一蹶不振，改革开放大潮一来，虎门成了一个霓裳铺天盖地的时装城，他抓住时机办了家电子刺绣厂，专为时装绣商标，捞个风生水起。镇里看中他的才华，让他重出江湖，办起一个环球外贸总公司，为镇赚了数千万元外汇。当然，他本人也从富贵巷的吊脚寮走出，住上了半山别墅。

这位刘姓同学的故事有点特别，可住在吊脚寮当上千万富翁，他并不是特例，据统计，数以"十"计呢。他们"八仙过海，各显其能"，改革开放后的虎门遍地黄金，就看你怎么捡。你可以到"富民服装城"租个铺位，一年赚上近百万元；你可在近郊租上个厂房购上二十来台缝纫机，便可当上个小老板；甚至你在市场开档咸鸭蛋铺，瞄准做月饼的宾馆，专供咸蛋黄，一年也可赚四五十万元。同是我高中一个姓陈的同学，上山下乡到长安插队当知青，改革开放之前，靠偶尔偷闲上大岭山耙松毛帮补家中生活，耙到的松毛用单车来驮，他动作快，驮运技术好，每次上山均有数百斤松毛下山，落得个"千斤陈"的别名。改革开放后，他回城办起一家"海味店"，做到货如轮转，同样起了别墅，买了私家车，经常举家"自驾游"，游遍祖国的名山大川，余暇还写了厚厚两大本散文诗，他送给我看，写得有纹有路，稍做修改还可发表呢。

一眨眼数十年过去，据说富贵巷那一排吊脚寮早已不复存在，那条太平涌也不知流到哪里去了，据说已变成一个气势磅礴的广场和一片岚影缠绕的楼宇。然而，这一条小巷的两种景观、两个世界以及众多平凡而又特有意思的故事，应是虎门自然景观与人文景观的一个缩影，细细品来也特别耐人寻味。看来富贵不富贵，不是由巷名来定，也不是靠出身而定，而是靠社会制度的改变，靠的是改革开放浪潮的拍击，靠的是人的创新意识和发奋图强的精神……

"火船拖省渡",更像桥梁和纽带,它促进城乡两地政治、经济与文化的交流,它系着两地的乡愁、乡情与亲情。

火船拖省渡

太平墟有道独特的风景,就是"火船拖省渡"。船,原先靠桨或帆驱动,光绪末年,火船仔传入广东,船便靠火船拖着航行,所以又叫拖渡。这种轮船拖渡,19世纪末到20世纪80年代已成为粤东、粤西与珠三角水上主要的交通工具,我们把乘拖船赴广州的航行,称为"火船拖省渡"。此种船木造而且巨大,类似画舫,长约40米,宽约12米,船高三层。上层是餐厅,为一等舱;中层是公舱,为二等舱;下层与船头是货舱,为三等舱。船的装饰华丽,雕梁画栋,尤其在船尾装有彩色灯管,夜晚航行五光十色,斑斓异常,故称花尾渡。夜航的花尾渡,仿如一座金碧辉煌的宫殿在水上浮动,是旧日广东特有的河上风景。

小时候特别喜欢看省渡泊岸和离岸,因为花尾渡是拖船,每次靠岸、离岸都要泊、拖一次。靠岸时,火轮要减速,船工松开牵引绳,花尾渡就靠惯性泊至拖船边,船工再绑好两艘船的绳。两艘船就稳稳泊在岸边。省渡离岸开船则是另一番情景,船员首先把系在码头的缆绳解开,然后系在火船上,火船鸣笛三声,机声隆隆作响,烟囱上冒缕缕浓烟,船尾掀起簇簇白浪,拖船发力拖着省渡缓缓离开码头,是为"泊"和"拖"。据老人说,男女拖手仔一如两艘船"泊埋"拖行,于是,广府人将恋爱用其谐音称之为拍拖。每当省渡离岸那一刻,有人在船舷放鞭炮,有人在船尾撒溪钱，以示驱邪，让此航顺风顺水，漫天飞舞的爆竹屑、溪钱与追来的海鸥、穿梭的帆影连成一片，形成一幅有纵深感的立体画，小朋友一看到这种壮美的情景，又是拍手又是蹦跳又是哼歌仔，码头上一片欢腾。

我的童年，正是中华人民共和国成立初期。我去省城看我姑妈和表哥，都是乘省渡去的，因为那时若乘车须过三个渡口：一是万江，二是中堂，三是新塘。反反复复，上上落落，最惨就是要等渡，那等渡的"长龙"足有两公里长，有时一等就要两三个钟头，真的烦到抽筋。坐省渡就方便与快捷多了，一般只用四个钟头便可到岸。因为船上没动力装置，全靠前头的火轮拖，整个航程客船无噪声，不会震动。船上乘载的虽有不少乡亲，但更多的是来自四面八方的乘客，有做买卖的，有探亲访友的，有旅游观光的，各式各样人物，济济一个船舱。有的在船上打扑克，有的在走象棋，有的在品工夫茶，亦有在小卖部买瓶九江双蒸、一碟南乳花生，三五知己拼起酒杯来的，不管你找哪种乐子，都不约而同地边乐边天南地北神聊起来，整条船像个俱乐部，好不热闹。最令我喜欢的是花尾渡设有上下床铺，每张船票都配一个床位，完全可以躺在床位上看小人书呢。当然，我更喜欢站在船头或船尾看两岸的风景。站在船头，可看大船巨艇扑面而来，可看小舟划着船桨急急地躲避；站在船尾，可看渡船拖起飞扬的白浪，可观追着浪花飞舞的海鸥，可看到迎着斜阳撒网的渔舟，还可看到两岸逐渐离去的蕉林蔗海。莲花山则成为我们航程中的一个坐标，从太平到广州的水道，一过莲花山便进入了黄埔港，黄埔港可是个繁忙的海港，可见巨轮在那儿停泊，小艇在那儿穿梭，起重机张开巨臂在吊货，偶尔还看到军艇在那儿游弋，以及隐隐可看到耸立在黄埔军校山冈上的那座孙中山铜像，那时我始知道黄埔港比太平港大得多，气派得多。过了黄埔港很快便可以到广州的大沙头码头。这码头可是省渡云集，客艇穿梭，帆影如雁，鸥鸟如瀑之港。从广州回太平，过了莲花山，便马上到了大、小虎岛，一拐个弯便返回太平。

接送省渡也是件极愉快的事，其中一大快事就可趁机在"阅江楼"撮上一顿。接渡上阅江楼，我喜欢来一盘炒田螺。炒田螺也是虎门的特色小食，炒时可别忘放孜然及辣椒，吮田螺要嘴对嘴趁热食，那种又热又辣的味道好极了，于是当地有着半桶水的文人索性给吃田螺起个雅号叫"热辣辣的吻"。吃田螺还有一大好处：可打发时间。一碟田螺可吮上大半天，一面吮田螺，一面看江景，一边侧耳听笛鸣，这可是一种特别有意思的情韵。省渡一般12点到岸，涨潮时会从狮子洋转蛇头湾进岸，退潮时会从伶仃洋转三门口入来。从蛇头湾入路近而水浅，从三门口入水深而路远，省渡到蛇头湾或三门口时会鸣笛，提醒人们准备接船。听到鸣笛声接船的我们才慢悠悠从阅江楼走向码头，阅江楼与省渡码头只隔一条马路。送省渡时，往往请客人在阅江楼吃顿饭才下船，此刻我喜欢点个"焗蟹饼"，因为客人喜欢，我亦百吃不厌。嘴馋的代价是提着行李走5里的路，因为那时连单车也用不起，当然大行李还是大人扛，我只是装模作样提点小行李罢了，于是乐此不疲。

"火船拖省渡"，更像桥梁和纽带，它促进城乡两地政治、经济与文化的交流，它系着两地的乡愁、乡情与亲情。初始我只是到广州探我姑妈，再带表哥回乡探亲。我姑妈住在越秀山足球场那大台阶旁的清时街，清时街傍山而建，斜对面便是应元路。那里红棉高耸，古樟蔽天，法国梧桐飘着纷纷扬扬的落叶。街内还有一眼古井，青青的麻石砌井栏，打水用的是吊桶，凉凉的井水甘甜清冽。整条街砌的是青石板路，民居多是木屋，但花树掩映，青藤垂窗，在繁华的大都市可算是一片清幽之地。我去玩的最多是五层楼，那是广州的历史博物馆，那里有两样东西我感到特别亲切：一是古炮，虎门遍地都是，就是比五层楼的大得多；二是节马图。它是一块长方形墨黑的云石，上面雕了一匹扬鬃的战马，旁刻了首节马图赋，它讲的是镇守虎门沙角炮台战死沙场的将领陈连升被掳去香港的坐骑，终日向着虎门方向啼鸣，最后绝食而终。它表面赞的是节马，其实赞的是马的主人。虎门抗英纪念馆亦有一块，当时我搞不清哪是原件，哪是复制的。由于在博物馆反复阅览，让我对广州历史开始有了印象。还有中山纪念堂，那会堂可坐数千人却无一柱；这恢宏的建筑让我这乡下仔大开眼界。而广场上孙中山的铜像，让我这小学生仰视良久，表哥的讲解使我那时候开始注意什么叫三民主义，什么是辛亥革命。姑妈却喜欢带我去纪念堂旁的"三元宫"烧香拜神，拜的是天官唐尧、地官虞舜、水官大禹。当时我弄不懂姑妈为何对这三大员那么虔诚，长大了我才明白那是道教最尊崇的三大员，他们都是炎黄世界的先贤。

我亦愿意带表哥到乡下走走，于是在寒假快结束时常以安全为由让表哥陪我回乡。一次在乘船返虎门时，我们站在省渡的船尾看风景，海风掀翻了我的衣领，表哥怕我着凉，把自己身上穿的"飞机恤"脱下披在我身上，见我暖洋洋那种得意样子，爽快地说："送你啦！"这是一件外料啡色，内夹白绒毛的夹克，我穿起来有点长有点宽，但从小学一直穿到初中也舍不得丢，这不仅是因为它价值不菲，更因为它带着一种温馨的亲情。表哥来到虎门最爱看的是那山林、绿野、池塘、河涌等自然风光，最爱食的是白煮麻虾、清蒸黄皮头、**焗**蟹饼、炒田螺，兴趣几乎与我一样。表哥亦有调皮的时候，他喜欢用红砖头在墙上画画，他不画刘、关、张，不画宋江、林冲、鲁智深，他喜欢画刘胡兰英勇就义、画董存瑞炸碉堡、画黄继光堵枪眼，还特别喜欢画邱少云强忍烈火烧身，画美国佬缴枪投降，那时正是抗美援朝最火热的时候。我自小学二年级开始与我表哥通信，信中他教我怎么学习，怎么读课外书，怎么写日记，我的每一封信表哥都帮我修改，然后寄回给我，也寄了《卓娅和舒拉的故事》《钢铁是怎样炼成的》《牛虻》等名著，还有很多小人书，这些我都把它当成宝贝，一直珍藏着。后来他考上了铁道学院，毕业分配去了南宁，当上了设计师。他业余喜欢演戏，演《刘三姐》中的师爷，后来跟演刘三姐的漂亮柳州姑娘结了婚，在广西生了根开了花结了果。我童年的第一个偶像就是我表哥，那时我的钢笔字是模仿我表哥的，他说还有几分像呢。

那时我认识广州的亲戚朋友并不多，因为我祖父那一代家里很穷，姑妈自少就卖给广州大户人家做"妹仔"，她对老家的人认识不多，后来嫁给姑丈，姑丈是广西人，抗日战争期间在广州当国民党的一位上校团长，中华人民共和国成立之初，被遣散回广西老家，后来查清了他当年驻守在从化是主张抗日的，曾用机关枪扫射落一架日军飞机，甄别后才让他当上县政协委员，但一直没机会回城。所以无论是姑妈还是姑丈的广州亲戚朋友认识的寥寥无几。但我在广州并不孤单，姑妈家对门住着古医生一家，古医生是高州人，在清时街开了间中医诊所，医术医德都甚佳，深得街坊尊敬，屋内挂满了锦旗。古医生家与其太太家是世交，古医生世代悬壶济世，太太是名门之后，其父名叫莫应元，早年留学日本，在辛亥革命时期跟随孙中山闹革命。古医生夫妇把我当作子侄，经常端碗猪骨汤什么的给我喝；他们有九个儿女，每个人对我都特别亲切，比我大的把我当作弟，比我小的把我当作哥，他们经常带我到越秀山玩，爬百步梯，游越秀湖，登四方炮台，在山溪边摘野菊花，小弟雄仔还带我爬上越秀山足球场的栏杆，趴在那儿看国际足球赛。后来认识的亲戚多了起来，是缘于一次花尾渡事故。

我有一位堂叔也是走花尾渡的，他走的航线不是珠江而是西江。有一天，花尾渡从广州开出，当船转向西江时刚好碰上满江大雾，船被另一艘撞翻了。堂叔在船上当的是文书，负责管理文件与账目，他收集好文件与账本才撤离，当他带着装文件与账本的公文包跳入江中，刚好被倾斜而落下的烟囱铁盖压住沉入江底，不幸殉职。当他的遗体运回乡下安葬时，从广州来了几位家属，始知道他在乡下有个家之外，在广州还有一个家。乡下的老婆叫四婶，有个女儿叫阿笑；羊城的老婆叫桃婶，还有一个儿子和两个女儿。那个儿子叫超强，年龄与我相仿，那年回乡奔丧时我们认识的，记得当时他写了一个繁体的"卢"字让我认，我心想：我们是同宗兄弟，哪会不认识这个姓？我们一见如故，成了好朋友，他邀我到广州玩。他家住解放南路濠畔街，街很宽，清一色的青石板，屋很大，清一色西关大屋，门前都装有趟栊，可一间屋住着十几户人家，共用一条走廊、一排厨房和一个厕所，每户用木板隔成一间房，每房大概20平方米，房中搭了个小楼阁,大床下面还架了张小床,每当吃饭把小床撤了,摆上张叠桌。我去时就跟超强睡在小楼阁上,每天晚上走廊都摆满折叠床,上厕所时要侧着身潜行,那时我始知什么叫"七十二家房客"。

经超强带路一串门,我才知道广州有一大群亲戚。其实虎门到广州和香港又近又方便,在辛亥革命之后与中华人民共和国成立之前,有大批人到广州和香港谋生,光我们同宗族的亦有不少,岭南著名书画家、收藏家和鉴赏家卢子枢便是其中的一个。其实我爸在二十世纪三四十年代也在广州谋生,土地改革前夕才回乡买田和办草织厂的。此后,凡是寒暑假一有机会我就乘省渡往广州跑,除了住在姑妈家,间或也住在超强的小楼阁里。他带我到亲戚家串门,还带我去爬白云山,去游荔湾湖,去逛上下九,去看陈家祠,当然去得最多的是儿童公园和文化公园。去儿童公园喜欢去照西洋镜,去溜滑梯,去打秋千。文化公园则喜欢去中心舞台看粤剧,听民乐合奏;去展览馆看各种展览,有画展,有根雕展,有菊花展,真可谓琳琅满目;有时兴起还会去东湖划艇。寒假则喜欢留在广州过年,除夕去西湖路逛逛花市,正月十五去五仙观赏赏花灯。当然临返乡下还忘不了到南方大厦逛逛,用姑妈给的一些红包买点礼物回去,北京的小皮球、上海的雪花膏,还有海南的椰子糖、中山杏仁饼都挺受欢迎的。可见我从小受广州文化的熏陶可真不少呢,对广州市我打少年起就不陌生。

踏入社会之后,我去省城最多的是20世纪70年代初期,那段时间我与公社其他文艺爱好者组织了一个业余文艺创作组,并编发了《虎门文艺》,得到时任《广州青少年报》副刊编辑杨羽仪先生的欣赏,他跑来虎门组稿,并邀请我到该报去见习,从1973年到1977年的暑假,我都到《广州青少年报》当业余记者与编辑,一边学采访,一边学写作,一边学编辑。记得有一年恰逢召开全省知识青年代表大会,我跟他一起深入大会采访写了篇散文《黎母山上五彩路》,一篇报告文学《沧河浪》,前者发在《广州文艺》,后者登于《广州青少年报》,杨老师手把手言传身教,让我受益良多。

花尾渡速度慢，抗风能力差，给安全埋下隐患。在20世纪70年代中期，一些发达地区已逐渐淘汰，加之1982年2月7日凌晨，"曙光401号"在开平水口以西五公里的潭江河面遇强台风翻船，死难301人；同年11月26日，广西"桂民301号"于南丹遇台风翻沉死100人。自几个沉船意外事故后，花尾渡已在内河客运上消失。虎门至广州改乘的是"红星"客轮，但虎门人依然称之为省渡。

登省渡，令我没齿难忘的是赴广州上大学的情景。那是1978年初春的一个中午，春雨绵绵，春风扑面，我太太带着三个小孩，还有一帮亲戚朋友送我上船，场面异常热闹。我能上大学在当时的乡间可算是个奇迹。我高中毕业于1966年，五月考完毕业试，七月准备考大学，谁知六月那场运动就爆发了，高考从此中断了十一年，到1977年8月恢复高考。我高考的分数线达到全国重点大学的录取线。中山大学录取时说我已30岁，老了点；华南师范大学招生的见我已是三个孩子的爸爸，家庭负担重了点，也把我的档案丢了出来。系主任黄守登老师，是专捡漏网之鱼的，他翻开我的档案，见我当过乡村中学校长，又当过大队干部，而且发表过不少文章，有篇还被省上选进高一语文教材，认为是一个难得的人才便录取了我。这一捡便改变了我人生的轨迹。踏上省渡跳板的那一刻，我相当兴奋，回眸一望，大家都向我招手，我看到我爱人抱着的小女儿一面向我招手一面哭泣："爸爸再见，爸爸再见！"我的热泪马上从眼眶涌出，心情从兴奋转为沉重。兴奋的是我终于圆了读大学的梦，沉重的是一家的重担全压在爱人的身上，她刚招工回城工作，每月仅得30元的工资。省渡离岸远行，送行人还站在岸上纹丝不动，影影绰绰可见他们在不断地挥手，小女儿的哭泣声渐渐被轮船犁开的浪涛声所淹没，可它却永远撞击我的心弦，永远珍藏于我的心底，我此行除了时代的召唤，还肩负着家乡父老乡亲多少代人的重托啊！

刚入学，我们近代史的第一课是在虎门上的，因为虎门销烟翻开中国近代史的第一页，记得我们政治系一年级全体新生一百七十多号人是乘

"红星108"到虎门的。因为我是虎门人,顺理成章当了一回联系人与导游,一路上我如数家珍地介绍了莲花山、大、小虎岛与虎门的传说,以及虎门销烟、抗英的历史。大概航行了四个小时便到虎门,当晚住的就是海滨宾馆。次日参观了鸦片战争纪念馆、沙角炮台与威远炮台,次日晚上我们班的一些同学到我家做客。当时我的家安在新洲长堤水产站旁岳父家,岳父杀了条黄狗,焖了一大煲狗肉招待大家;三个女儿可高兴啦,又是唱歌又是跳舞又是演活布剧:二女儿把双腿反弯到脖子上让两个人用扁担挑着在屋里转,小女儿则拿了把大葵扇扮演媒人婆;黑夜降临了,我们班的同学和我家人一起还在长堤的珠江边放起烟花来。

随着改革开放的深入和发展,珠三角的高速公路纵横交错,省渡从20世纪80年代始已基本上完成它的历史使命。一晃就是二十多年没坐省渡了。省渡,不仅是一段交通史,一段虎门的历史,一段城乡融合的历史,也是一段与我人生紧密相连的历史,值得我永远好好地去回味,我多想再坐上一回。我想,这省渡已不是交通工具,而是一种飞船形的渡轮,一种好像国外内河渡轮那样豪华的游轮。

啊,省渡!人生与社会之渡!!

咸水歌早在明末清初就很流行。天苍苍，水茫茫，咸水歌成了"水上人家"暗淡生活中的一抹亮色，亦是"水上人家"文化的一道亮丽的风景线。

咸水歌里人家

"水上人家"，是岭南一个很独特的民系，其中的一支，跟虎门又有千丝万缕的关系。虎门自古以来是一个天然的渔场，珠江在此入海，江海在这里相汇，咸淡水在这里交融，浮游动物极为丰富，它又是浅海鱼虾贝类天然的诱饵，加之水温与气温适宜，无论春、夏、秋、冬季，江海鱼类都喜欢在此洄游与繁殖。早在史前，虎门境内已有氏族部落及渔民聚居，以渔猎为生，这些便是虎门"水上人家"的始祖。汉代以后，虎门一带沿海盐业逐步兴起，广大盐民、灶户也兼营渔业。自明代以后，虎门成为莞邑海鲜与咸鱼的主要产地和集散地，生产的渔货畅销广州、港澳，也销往莞邑本地，虎门与"水上人家"可谓源远流长。

水上居民，旧社会被称为"疍民"，虎门人称之为"疍家"。"水上人家"主要从事水上运输和捕鱼，他们以船或艇为家，"处处无家处处家"，过着四海漂流的生活。过去，被视为"不谙文字，不记岁月"的"水上吉卜赛"族群。"世世水为业，年年艇做家；浮沉波浪里，度日海天涯"为旧社会"水上人家"的生活写照。加之天灾与人祸，更叫他们苦不堪言。天灾，主要来自台风。珠江口是台风的多发区，清同治十二年（1873）在虎门海域台风大作伴以海啸，潮高七八米，卷翻船艇无数。刮起龙卷风亦是常有的事，我在读小学时就常见过，龙卷风来时一阵强烈的旋风把海水卷起一股强大的水柱升腾在半空，在海面上旋走着，若艇儿碰上了准被抛至半空，我们称之为"龙上水"。在1964年10级以上的台风亦达五次，可见直到20世纪60年代暴风亦不会停止它的肆虐。人祸，主要来自外夷的入侵与内匪海盗的为患。珠江口历来是冒险家的乐园，在清道光二十一年（1841），英国一艘大轮、三艘三桅兵船侵入虎门横档海面，纵火焚毁"水上人家"在岸上搭起的篷寮和停泊在岸边的船艇。在抗日战争期间的民国二十七年（1938）九月日军占领虎门后，大肆烧、杀、抢、掠，先后杀害渔民一百多人，烧毁渔船60艘。此外，珠江口一带海盗横行，清嘉庆年间，以张保、郭婆为首的海盗啸聚虎门的龙穴、三门口、竹州山一带打家劫舍，民国时期，番禺的李朗鸡与麻涌的凤凰九诸股海盗，于月黑风高之夜，在珠江口抢船夺艇，"水上人家"苦不堪言。日月沉浮，沧海桑田，"水上人家"亦分流于江海，有些人上岸搭起茅栅，在沿海的大沙田农耕，家闲时兼营捕鱼与捞蚬，亦有人在江河一隅摆起渡来，余暇兼营捕鱼与拾蛤。中华人民共和国成立之初，在江海上漂流的"水上居民"仍占多数。

"水上人家"，虽然是漂泊于江海，但还是有他们自己独特的风俗与文化的，他们保留较多的是百越风俗，其图腾为蛇，自称为龙种，"黥面文身"，以"类蛟龙之子"为荣。的确，"水上人"几乎每个人都有一手水上绝活，或搏波击水横渡珠江，或潜入海底扳船救生，或撑篙避开旋流暗礁，或摇橹闯过急流险滩，他们以能当"浪里白条"为傲。我曾目睹一个放木排的"水上人"，在太平桥畔潜入海底，为一打散的木排重新扎上缆绳足足潜了二十来分钟，在急流中能潜那么久，真不知会破了潜水的哪一项纪录。

"水上人家"的风俗我印象最深有三种：

一是船家亦养家禽。

在船舷吊满了竹笼，在竹笼里养满了"三鸟"。我们常常看到这么一番情景：每当台风来临前夕，一百几十条船艇会泊在太平桥畔避风，每当我们踏进熟人的小艇，便可听到笼子里的鹅欢鸭叫鸡鸣，先是一条艇，接着是相邻的两三条艇，最后几乎是全部艇的"三鸟"都欢叫起来，那简直是"水上人家"生活的交响曲。我们还发现也有人养猪，但不是在艇仔，而是在较大的船上，因为猪体积大，那竹笼要特别大，织笼的竹片要特别地粗，且船上人要多，因为人多，残渣剩菜才多，那东西可是喂猪的上等猪泔。

二是"水上人家"小孩腰间挂的葫芦。

"水上人家"每个小孩腰间都挂着个大葫芦，船艇一靠港，小孩纷纷拥上岸，排成一大方阵向街上走去，腰间的大葫芦在不停地晃荡着，简直像一群"打酒"的"童子军"，煞是壮观。一经打听才恍然省悟，"水上人家"常年在水中漂浮，大人怕小孩溺水，腰间挂上个葫芦，等于穿上个水泡，万一不慎落水，既可漂浮且易辨认，并能随手打捞。

三是"水上人家"的婚嫁旧俗亦很特别。

男未娶，于船尾放一盆草，女未嫁则放一盆花，以招媒妁。由于过着"浮家泛宅"的生活，男家于结婚前几天托人或自己亲友，预先租定一艘大泥船，在船中搭起一个大帐篷来遮阳挡雨，既是做酒用的厨房，又是会客饮酒的客厅。此外，还在大船的桅杆挂满彩旗，一则添加喜庆，二则作为标志。这种船被"水上人"称为"疍家祠堂"，颇显几分庄严与肃穆。结婚"正日"，前一天，远近亲戚朋友划着小艇赴宴，聚集在"疍家祠堂"四周，称作"埋艇"。"埋艇"时按内亲外戚的亲友次序排列停泊，以"新郎艇"为中心，一边排列着父母、兄弟、叔伯等的艇，另一边是舅父母、姑父母、姨父母等的艇，如此一层层把"疍家祠堂"围起来，荡起一簇簇的浪花，掀动一圈圈的涟漪，惊飞一群群的鸥鸟，激起人们一阵阵喜悦的心潮。

娶亲酒宴一般是四至六餐，"埋艇"（开厨）一至二餐，"正日"二餐，"散艇"（下厨）一至二餐。"正日"那餐须有九大海碗菜肴，鸡、鹅、鸭、扣肉、海味、时菜样样齐全，当然，还少不了"百年好合"（芹菜百合）、"早生贵子"（红枣莲子），其余日子多是三五个菜的便饭招待。饮宴时，贵客在"疍家祠堂"入席，其余宾客即在各自的艇上入席，无论在哪里开席，一律席仓（仓板）而坐（蹲），颇有日式榻榻米的味儿。亲朋赴宴须带点礼物，常规是一块布料加两三元作为礼金，于是"疍家祠堂"挂满布料做的喜帐，船顿时扬起一面面彩色的风帆。"散艇"前主人鸣谢，回少许糖饼，以示礼尚往来。

接新娘也是以艇做轿，艇头要挂朵大红花，船舷要挂满红绸带，新郎不须同行，可由男家于前一晚派三五个能说会道的男亲友去接，不过一定要在夜间进行，一般于凌晨四五点把新娘接回。新娘出阁前一天晚上招来几个姐妹姑嫂互诉离情别绪，人们远远便可听到咸水歌声在河面上回荡：

明朝出嫁心潮涌呀姑妹，
姐妹情分难分离呵呢，
姑嫁家务靠你地呀姑妹，
但愿娘家像蔗从头甜到尾呵呢……

唱的内容极为丰富，从亲到戚，逐个轮唱下去，这叫"叹爷、叹母、叹兄弟姐妹、叹世道、叹本身"，直到翌晨男家艇来接为止。说是"叹"，其实心底却难掩一股激动的浪花，新娘过艇时，婆家会有人打红伞遮头，一路上鞭炮齐鸣，漫天飞舞的爆竹屑撒红了一艇与江边。

天亮以后，新郎头戴毡帽插上金花，身上挂红。新娘穿上红袍，梳髻、戴花、扎红绒，手拿鹅毛扇或花纸扇掩面，拜天地、祖先、父母后，一对新人出来向宾客按亲疏尊卑依次敬茶敬酒。是日晚，贵宾上"疍家祠堂"上闹新人，谈笑嬉戏，男男女女趁机打闹相互逗唱咸水歌：

女：你若遁入插实支竹篙压实尾洞，
　　若哥有情有义唱到天红（天亮）。

男：筷子一双在台面放，

　　未知何时同阿妹筷子挑糖（比喻黏在一起谈婚论嫁）。

嘹亮的咸水歌声，袅袅绕桅三匝，在河面上飘荡起来，引得天幕上的星星眨着眼睛，惊得鸥鸟展翅飞向河的深处，一般闹至三更才散。"三朝回门"，新郎会划着小艇陪新娘回家，行头少不了左边一只鸡，右边一只鸭，艇中一埕酒，当然还有新娘一张莲花般的笑脸。吃过午饭便划艇回家，一路上一对新人还会兴奋地哼起咸水歌……

咸水歌主要类别包括"长短句咸水歌""高堂歌""大缯歌""姑妹歌"和"叹家歌"等，婚礼上的咸水歌只是唱了其中的一些类别。咸水歌可谓是"水上人家"文化的一种标志，"中山咸水歌"被定为中国非物质文化遗产。其实，整个珠江三角洲的咸水歌都是一脉同源的，虎门"水上人家"的咸水歌与"中山咸水歌"没有什么根本的区别，只是政府重视整理与宣传力度有所不同而已，"江行水宿寄此生，摇橹唱歌桨过滘"。这是清初学者屈大均写的一首诗，他在《广东新语》中记叙："疍人亦喜唱歌，婚夕两舟相合，男歌胜则牵女衣过舟也。"可见，咸水歌早在明末清初就很流行。天苍苍，水茫茫，咸水歌成了"水上人家"暗淡生活中的一抹亮色，亦是"水上人家"文化的一道亮丽的风景线。

中华人民共和国成立之初到1953年期间，虎门"水上人家"依然为个体经营阶段，渔民几乎是"连家艇"，各艇各户到处漂流谋生。捕鱼的，一般在伶仃洋与狮子洋的浅海滩或珠江与东江的内河撒网。运输的，一般在内河运沙石和运红砖，还有些往来东江的上游运松杉或毛竹。1954年，太平"思贤涌渔业合作社"成立，1959年，太平渔业管委会在广济涌召开渔民新村成立大会，太平渔民开始陆续在陆上定居。当然，在相当长岁月里，仍然有不少以艇为居的"水上人家"。

"水上人家"的故事，我听得实在太多，在读初中时有意识地在一远房亲戚艇上着实体验了一回。这是一条并不那么大的渔艇，食宿仅能容三四人。这位远房亲戚叫阿水,年约30岁,可宽阔的额头已布满深深的皱纹,刻满了沧桑故事;他的妻子叫阿娣,扎着一条花头巾,有双水灵的眼睛闪动着笑意,一看就是位贤妻良母!为了让船显得宽阔点,他们把小孩托养在外婆家。我们是从贤思涌的码头上船的,阿水长篙往岸上一点,小艇便箭一般射出海湾。我发现渔艇有点像江南水乡的乌篷船,艇比乌篷船大一点,却没乌篷船涂得那么黑,艇板上涂满桐油灰和漆上光油,显得闪闪发亮。艇舱,灌上水便是鱼舱,摆上餐桌便是饭厅,铺上甲板便是客房。舱前、舱后、舱中均吊着马灯,夜幕中它们便是在浪中闪烁的渔火。阿水在船头撑篙兼撒网,阿娣在船尾摆橹,偶尔还轻轻地哼着咸水歌,那婉转的歌声和着欸乃的橹声以及哗啦哗啦的水声,在低吟浅唱,在轻奏和音。两旁海滩不断闪过芦花荡、水草丛与红树林,也不时从那儿飞出野鸭、海鸥与水鸟!小艇沿着伶仃洋与狮子洋的浅水滩游弋,阿水站在船头,看准了水韵,"星星索"就是一网,然后慢慢地收网,在斜阳照耀下,网上银闪闪地跳着鱼虾,有小白鲳,有黄脚立,有乌头鱼,有麻虾、竹节虾和白鳍虾。当然,也不时有网空,网到的只是水流柴和一些浮游物。每过一段时间,就收艇尾的拖网,网上挂着狮子鱼(当地叫黄皮头)、小黄鱼,还有庵丁鱼。海面的风景更叫人赞叹:早上,可以看到旭日从伶仃洋的地平线上喷薄而出,朝霞在天边变幻无穷;傍晚,可以看到归帆追着落霞齐飞,可以听到晚唱的渔歌互答;入夜,可以看到江面上十里渔火在闪烁,看到天幕上的星河在流动;夜深,可躺在摇篮般的艇上,枕着涛声入梦。当然,一日三餐也令人极为惬意,阿娣是位烹调的高手,早餐一窝沙窝粥热气腾腾,粥中有鲜鱿鱼,有鲍鱼仔,还有膏蟹,粥煮沸良久,再加点葱花,撒点胡椒粉,味道鲜极了。正餐,待饭煮到"起虾眼",打开煲盖,把刚捞上来的白鳝、黄杉、红支笔往煲里一放,煲盖一盖,顷刻鱼香四溢,食得满嘴流油,齿有余香。有顿饭阿娣特意为我换了些口味,拿出早准备的食材,来了一碟咸鱼蒸花腩肉,并在腩上面加点虾酱,另加一碟生晒的鱼干虾干,让我着实领略了另一番野味。晚饭后,我们坐在船头，瞭望着辽阔的江天、沉浮的渔火，他们倾诉了多少心底的话题……

他们对"水上人家"风俗与文化亦分析得相当精准，对"水上人家"的苦与乐表述得相当豁达！旧社会对"水上人家"的评价确实有点偏见，"水上人家"不愧为一个勤劳、勇敢、智慧而又豁达的族群，他们在苦与乐的交响曲中不断扬帆奋桨，搏击生活中的浪涛。

1959年，中共东莞县委决定在三门口的木棉山对面的牛头山下建设新湾渔港。渔港建成后，东莞县另外两个渔业公社的渔民也陆续搬迁到新湾渔港一带定居，虎门南部的新湾一带成了东莞渔民的主要聚居地，而太平则以塘坐为船民区，塘坐是太平墟的一块飞地，与墟中心只有一涌之隔，那里原是一片鱼塘桑基和长满芦苇的沼泽地，沼泽地上游弋着野鸭和翔集着水鸟。"水上人"在那塘坐和桑基上盖起了吊脚寮，以竹木为架，以松皮封墙，以茅草盖顶。当然他们亦会向塘内延伸搭起阳台，种起水瓜和丝瓜，也会让葡萄及常青藤爬满凉棚与屋顶，颇有大沙田人家的风韵。亦有人在塘边搭起木架，将整条旧艇搬放在那儿，成了陆地艇屋，那多是老人在住，因为老人舍不得跟他们风里来雨里去几十年的老伙计。当然更多年轻人坚决让老人与孩子居住新寮，宁愿自己依然以船为家，以水为居，沿江海去漂泊。

后来，船民区不断扩展，蔓延到太平新洲。新洲是太平墟清末民初开发的一片绿洲，它处于长堤路的南端，在墟的中心踏过太平桥便进入新洲，塘坐就在其的东郊，在民国末年已有的造船厂建在新洲的最南端。中华人民共和国成立之后，太平很多工厂就建于此。随之，太平机械厂、太平水泥制件厂、灯泡厂，还有太平水产站、太平木材公司、太平水运公司的放排组均建于此。不少墟上的居民也迁居此地，并经营着杉竹铺、杂货铺、打铁铺、洗衣店等小本生意。这种更替蔓延，不仅是"梅花间竹"般，"陆上人"与"水上人"共处一地，而更多是两种生活风俗与文化的碰撞与交流。新洲有三个"水上人"特别愿意光顾的地方：一是坐落江边的"河畔茶居";二是坐落在太平桥头的"苏记理发店";三是临太平河畔的打铁铺。

"河畔茶居",飘出河面,窗边有飘飘的绿萝,楼下是荡漾的微波,入怀的是轻轻的海风,周遭停泊的都是货船与渔艇,茶居里船民与居民喜欢同桌共餐。早上,来一壶"香片",来一碟排骨或一笼虾饺;午饭,来二两"玉冰烧"或"九江米酒",蒸两碟海鲜,炒两个时菜,或来一煲腊味糯米饭。他们谈彼此的生活状况,谈市井的新闻,谈政府的动向,谈着谈着竟成了朋友,甚至对出一些"亲家"来。

"苏记理发店"那位姓苏的师傅,专做"水上人"的生意,他拿手的一招就是讲"古仔",什么《封神榜》《三侠演义》《洪熙官大闹红云寺》讲得有声有色,"水上人"有空就带小孩往那里转,一面让小孩理发,一面听苏师傅动听的"古仔"。

打铁铺临江,前面有棵古榕,古榕下有石台石凳,打铁铺的老板姓陈,除了打铁之外,还有一大爱好——玩乐器,晚饭后在大榕树下点起"大光灯",全家来个民乐大合奏,大儿子敲扬琴,二儿子拉二胡,他本人弹秦琴,广东音乐玩得特别动听,什么《饿马摇铃》《赛龙夺锦》《雨打芭蕉》《二泉映月》,美妙的乐声在长堤河畔流泻,很多水上人一到傍晚就担着木凳子坐在榕树下当听众。

太平墟来新洲定居的居民并不多,可出落出几位亭亭玉立的靓女来,最惹人注目的有三位:一位是铁匠的女儿叫"大姐";一位是洗衣店女老板的女儿叫"女仔",还有一位是杉竹铺伙计的女儿叫"阿婵"。她们三位是闺密,常常在一起玩,三人并肩往街上一走,就是一道流动的亮丽风景,被太平墟的人称为"新洲三朵金花"。"水上"的女孩以与她们相识为荣,偷偷学她们三人的穿着打扮与言谈举止,其实她们三人的穿着都很朴素,但显得十分得体、淡雅与清纯。于是,"水上"女孩,从打赤脚换成穿凉鞋,从穿大襟衫换成夏威夷T恤,从穿宽宽的"陈堂裤"换成"西装裤",从头上扎条红绒绳换成扎橡皮筋,从走路行八字脚换成袅袅婷婷的小方步。后来,郭妹等一批"水上"女孩成了"三朵金花"的挚友。

"水上人"渐渐喜欢参与镇上的文体活动，太平桥旁有间太平电影院，观众"水上人"占了不少，上映《故宫》《十三陵水库》《武汉长江大桥》等纪录片，《南征北战》《青春之歌》《早春二月》《林家铺子》等故事片。从纪录片里知道不少历史与时事，从故事片里懂得不少人生的哲理。他们也到镇总工会溜冰场去学滑冰，有的"水上人"竟成了镇上的体育明星，身高一米八的"长腿"成了篮球场的男中锋，体重近200斤的"肥佬何"成了拔河队压尾阵的"大铁砣"。"水上"龙舟队成了"赛龙夺锦"的金牌得主。

　　"水上人"成了太平水运队的主力。1959年成立了太平水运队，船队的船员几乎清一色都是"水上人"。起初船队用的是木帆船，20世纪60年代初，太平船队将机帆船改为机械动力船，1975年起开通港澳直达航线，运输船只逐步向"大吨位，水泥化，准钢质化"发展。"水上人家"生活发生翻天覆地的变化是在改革开放之后。1980年，太平运输队改组为太平水上运输公司，拥有船只13艘，专运东莞的草席、红砖、蔬菜等土特产到香港。1984年7月7日，虎门开通直达香港的客运航线，首先出航的是"流花湖"高速客轮，1993年后相继有"东太安""太发""太建"3艘高速豪华双体客轮投入客运。这些客轮的海员亦大多从"水上人"选取。"肥佬何"一个家族竟有七人当了船长，其中第一艘客轮"流花湖"便是他的大儿子阿贵当的船长，我的一位妗弟阿福就是"肥佬何"家的老二，也是七位船长之一。这批海员有一个特殊的待遇，每年可从香港免税带一件大电器入关。我的电视、电冰箱、洗衣机均是我的妗弟帮我从香港购回来的，他们成了"获得改革开放第一桶金"的一个群体，也成了第一批先富起来的人群，"肥佬何"在20世纪80年代初，便在起竹洲山麓建起一座小洋楼，用他们的话来说："今时不同往日！"

　　看来，"水上人家"的命运，亦与时代的变化有关，昔日被称作"水流柴"的"水上人家"，早已在岸上安居立业，与镇上居民融为一体，"风正帆悬"，他们正高扬生活的风帆，唱起抑扬顿挫的咸水歌，极具韵味地驶向幸福的彼岸！

横水渡口，成了一曲韵味悠长的《江河水》，一首充满乡愁的散文诗，一段无法从虎门历史删去的记述与标志。

横水撑渡人

虎门，河汊纵横，水脉如网，在桥梁远没那么发达的年代，横水渡便是过河主要的交通工具。虎门，横水渡口可谓数不胜数，若论水流急，江面阔，乘客多，非数太平墟与阿娘鞋岛的横水渡口不可。

当然，这跟两地的特殊地理位置有关。太平墟，是虎门的最大商埠，而阿娘鞋岛也是虎门重要的一脉。阿娘鞋岛，位于珠江口，南临伶仃洋与狮子洋，东与太平墟隔江相望，北与珠江三角洲平原的白沙河、屯西河相邻，西与大、小虎岛遥遥相对。岛岸线全长19.23公里，面积达16.8平方公里，人口近2万人，中有海拔一百多米的砂页岩丘陵横贯，有说其状如鞋，故称阿娘鞋岛。宋元时期为沿海（江）渔民靠泊之所，明、清则为南疆的军事要地，岛内有南面、北面、九门寨、武山沙四个自然村，因它们所处的地理位置不同，在不同时期分别发挥不同的作用。

鸦片战争之后，威远岛的军事基地只保留了南山的三大炮台，以及北面蛇头湾的"军事"要地，其他地域，均做农耕与渔业之用，由于九门寨面临太平水道，思贤涌是太平船民聚居之所，且所有村庄都是临河而建，村村有码头水埠，它与大沙田的武山沙异曲同工，出门登船，运输用艇，岛上过渡的主要集中在南面与北面村人。所以，这渡口人们习惯叫南、北面渡口，亦被称为威远渡口。

横水渡口，在九门寨与武山沙的河岸交界处，渡口对岸便是太平墟的省渡码头，潮涨时省渡可直接泊码头，潮落时还得加块跳板，乘客方能上落。横水渡口，面对的是波光粼粼的珠江，江面上穿梭着追着落霞齐飞的帆影。横水渡口靠岛的两旁，是如绿带般蜿蜒的红树林与水浪林带，它们是水鸟与海鸥在此翔集的天堂。清晨，它们会迎着朝阳飞往海滩觅食；傍晚，会乘着流霞与暮色回林中憩息。渡口，有两棵古榕，长髯飘飘，绿荫如伞，覆盖面足有两亩余地。榕下，有座风亭，亭中供着妈祖，塑像虽有点小，可香火却甚旺，亭周有数座石台石凳，供等渡人歇脚乘凉，甚至品茶。这渡口从凉亭辐射通往四大自然村的麻石小路，往东南通往九门寨，往东北通往武山沙，往西南的通向南面，往西北通向的是北面。

这四条小路中，通往九门寨、武山沙的最近，最长的是北面，尤其是蛇头湾，它处于岛的最西端，与大、小虎岛云水相望，与威远炮台只有一箭之遥，好在这路虽穿不少通幽曲径、蕉林蔗海，但一路还算平坦。最难行的恐怕是南面路了，它地处岛角，出入渡口均要翻越一个又长又陡的山坳，当年南面流行这么一首民谣："爬山走路，过河摆渡，托着单车过山坳！"

其实，我亦体验过这民谣中的其中三昧。我在虎门中学读初中时，班里就有几位同学住在南面村，因为常被邀去他们家玩，于是我成了过南面坳的常客。从渡口往南面不足百米就要爬南面坳，这坳又陡又长，坳顶还有一段一线天，宽只有丈余，两壁陡峭，壁上长满"浪箕"，其状如"桫椤"的浓缩版，叶状如伞，蕊色鹅黄，头形如狗，长满黄桑桑的金毛，我们称之为"狗仔毛"，挖出来往书案一摆，活脱脱一上乘的工艺品，其毛可是止血的良药，若有外伤出血，拔撮"狗仔毛"往伤口一敷，血即止。

我发现有种奇特的现象，运货过坳的南面人，男的一般用单车，女的一般用肩挑，看见他们累得满头大汗，总乐意上前帮上一把，男的还好说，在单车后面帮忙推便行；女的便犯难了，她们挑的往往是到太平墟碾米的稻谷，或是到墟上卖的番薯、南瓜或萝卜之类的农产品，且多是满满的两大箩，足有一百来斤，像我这么一个孱弱的小年轻，一上肩恐怕便被压扁。令我觉得奇怪的是，挑担过山坳的姑娘，总是乐呵呵的，重担压得她们面如桃花，汗水把她们的上衣湿得玲珑浮凸，长长的辫梢不停地滴汗，却丝毫没有苦不堪言的神色。累了，她们也会搁下担子，在路边的石凳上小憩，用白草帽或渔民圆帽往怀里扇风，加之山风海风袭来，那飘飘的长发，仿如那黑色的飞瀑在山间流泻着，那水灵灵的眼睛流溢着秋水般的波光，那红扑扑的脸充满了阳光的气息，实在是山坳上一道亮丽的风景。也许能赶一趟墟对于她们来说也是一件惬意之事，或是可见镇上的情郎，或是可以剪一匹心仪良久的花布，或是可买一盒可供美容的雪花膏。我曾问过她们最大心愿是什么，她们异口同声地说："这坳削平点就好了。"

　　作为外来者的我，更多感叹的是这山坳实在是太美。山坳的两旁是参天的古松，有时还会飘绕着几缕岚影，每隔一段山路，古松下还有一条石凳，在凳旁长着一丛丛茅草，怒放着迎风飘荡的芦花。山坡是一望无际的茵茵绿草，偶尔会冒出三两株山稔花或三两丛野菊花。那山稔果有点像蓝莓，摘下来往嘴里一嚼，甜甜酸酸的，嘴唇则像涂上一层紫红紫红的口红。那野菊花金黄金黄的，迎着山风散发出一股股淡淡的幽香。绿草丛中会偶尔蹿出一两只松鼠，松树丫上会跳跃一两只啼唱的雀鸟，这一切是那么天然，那么和谐，那么充满野趣！也许是大自然有意给艰辛的跋涉者一种馈赠吧？！想一想老天有时也真公平的！

　　其实，最值得歌颂的还是摆渡人。这横水渡口，始设于哪个年代已无从考究，横水渡口的热闹与沉寂，大概跟太平墟与阿娘鞋岛的兴衰以及与这渡口的功能变化息息相关。这摆渡人换了多少代也无从得知。听老岳父说，在中华人民共和国成立前后摆渡人叫阿驼，岳父住在太平墟的新洲，工作也在新洲，与阿驼的渡口只是一河之隔，且常与阿驼在太平桥旁的河畔酒家一起饮茶聊天，讲起阿驼他老人家就眉飞色舞，故事也特别多，我从街坊和岛中同学的口述中，也印证过阿驼的不少传奇性的故事。

阿驼，背并不很驼，只是有点像"筲箕"背，学术用语是含背，这大概与他长年累月含着背撑船有关吧。他个头并不高大，但有一张岁月风刀雕刻出来的古铜色的脸，一双咸水腌出来带红且有点泛黄的眼睛，但眼神却异常锐利与纯朴。他的真实姓名叫什么，人们懒得去追问，他也懒得去解释，谁叫他阿驼，他总是和颜悦色地就答着。人们说阿驼有三件宝："撑篙、老婆与竹刀！"

阿驼的撑篙，油光滑溜，杯口般粗，近两丈长，选材楠竹，坚硬而又柔韧。他手中的撑篙，仿如孙悟空手中的金箍棒，使得出神入化。乘客上船时，他把撑篙往桥柱一搭，成了乘客的扶手棍。乘客上齐了，他把撑篙往浮桥一点，艇便像离弦的箭射向江心。在江面上，他挥动着撑篙，东一篙，西一篙，像跳着撑篙舞，躲过一个个扑来的浪头，避过一只只穿梭而过的船艇。靠码头了，他把撑篙往江中一插，船儿轻轻地泊向码头，那撑篙此刻又仿如一定海神针，任凭风浪起，小艇稳如山！阿驼就是这样，手执撑篙一年四季风里来雨里去，没有白天，也没有黑夜。春日的早晨，他用撑篙点破一江春水，拨开一江烟雨；夏日正午，他用撑篙勇闯汹涌急流，洒满一河江花；秋日傍晚，他用撑篙，拨动一江秋水，追着白鹭与晚霞齐飞；冬日夜深，他用撑篙，拨动一河磷火，扬起一江流星雨。阿驼的撑篙仿如一支彩笔，写着跳跃的诗，绘着飘动的画，谱着流淌的音符。其实，阿驼的甘苦有谁知？早期阿驼食宿全在一艘破旧的艇上，艇舱盖着一个乌黑乌黑的船篷，铺盖、炉灶均在艇舱内，这条旧艇系在渡口旁，掩没在芦苇荡中。神奇的是哪怕是深夜，只有两岸稍有人要渡河的动静，他马上本能地从床上弹起，岸上有脚步声，他马上持篙在渡口等候；对岸若有电筒或马灯在晃动，他马上把艇撑往对岸。诸如寒风腊月夜抢渡难产产妇、狂风暴雨抢渡重伤病人、潮猛浪急抢运上岛防汛护堤的人群、三更半夜接送迟归者等等"江湖救急"故事，人们讲起来如数家珍。我就亲眼目睹这么一幕：20世纪60年代的一个仲夏，珠江口闹海潮，整个大沙田一片泽国，快成熟的水稻被淹得只能探出个头来在水中摇曳，那个年代粮食便是命根，我就读的中学组织学生到各水乡抢割，我们正好派去南面岛的沙田区，一连几天都泡到齐腰深的水中割稻，累得浑身散了架。一天深夜，一位同学又拉又吐，右下腹疼得直打滚，随队来的校医及当地卫生所医生一会诊，怀疑是急性阑尾炎，并说这病要及时动手术，否则延误了会腹腔感染，甚至会危及生命。当地卫生所简陋得要命，也没人懂做手术，根本不具备做手术的条件，必须马上往太平医院送。我们班几个个子大点的，冒着狂风暴雨，翻山越坳，一人背一段，直往渡口里奔。我们意想不到的是，阿驼穿着一身蓑衣，握着一竿撑篙已在渡口等候。当我们在舱中坐稳，他已把船撑到江中，我们好奇地问："你怎知道我们要渡河？！"他笑着说："你们闯出这么大动静，我怎能不知，看山坳上的手电筒在乱晃，便知道有人要急于渡河啦！"人们说阿驼有"千里眼，顺风耳"，他淡淡一笑："我既是这里的摆渡人，就得上点心！"正是这么简朴的一句话，足以证明他心里装着渡口两岸的人。是啊，没有一颗善良的心，哪来撑篙的一手绝技？！

　　阿驼的老婆，名叫阿娇，虽不是个大美人，却真的跟她的名字一样长得有几分娇俏，黑里透红的鹅蛋脸衬着一双大眼睛，长长的辫子里扎着一条红绒绳，一看就是一位水上妹子。大多数人说，好人有好报，可亦有人说阿驼艳福不浅，甚至亦有为阿娇鸣不平："如此一个靓女，肯嫁给一个上无片瓦下无寸土的撑渡人，真有点鲜花插在牛粪上！"当人们知道这段婚姻的缘由却异口同声地说："这是天赐的良缘！"那一年强台风暴潮袭击珠江口，沿海堤围尽毁，风急浪涌，沿海低洼之水没及屋檐，破旧点的茅屋被大水冲垮，阿娇从海口还没来得及赶回基围，船便被掀翻，她在慌乱中抢抱一根浮木，在江海漂浮了整整一天一夜。次日天还未发亮，阿驼发现漂满杉木盆瓢的珠江水道上竟有人在浪中沉浮，赶忙上前打捞，发现是一位年轻的女子，他把奄奄一息的她抱上艇，一阵人工呼吸，女子把一肚的水全吐了出来，阿驼为她灌了一碗姜汤，当她醒过来又为她喂了一碗红糖水。事后阿娇拿点鱼虾送给阿驼，接触多了感到阿驼为人老实，竟萌生了爱意，也许初时阿娇嫁给阿驼更多带有点感恩的成分，婚后才发现谁也离不开谁，人们说他们俩是"先结婚，后恋爱"的现实版。阿娇真的是"入得厨房，出得船舱"，她烧得一手好菜，把阿驼养得手臂起瓜，印堂发亮。摆渡有三个高峰期：一是清晨；二是中午；三是傍晚。这三段时期阿娇都有在船尾帮忙摇橹。夫妻俩一撑一摇配合得天衣无缝，仿如两人合奏一首摆渡曲，人们逗笑阿驼阿娇"琴瑟和鸣"。阿娇还有一大本领，特别能生养，一年生一个胖娃，头三个还好，待生到第四胎，阿娇就犯难了，这么多这么密咋养啊？！每当怀上孕阿娇就犯愁地拍着肚子喃喃地说："这死鬼肚又大啦！"这大窝"化骨龙"怎对付？这下两口子就急了，商量结果，第四胎后送给殷实人家。收养人家一般会回赠一担谷或二十来三十块钱的，坊中有人给他编了一顺口溜："阿驼送仔，胜过上山打柴。"阿驼何曾想啊！这都是当年没有科学避孕惹的祸。也就是这顺口溜，给阿驼的自尊重重一击，他在渡口围周遭转了一圈，发现这原生态到处是宝，他暗想，我怎能捧着金钵头去当乞儿？于是决定用自己的勤劳和智慧改变这种生活状态。

于是阿驼在渡口榕树旁的烂河滩挖起了荷塘，在荷塘周遭种上了凤尾竹，荷花盛开的季节凤尾竹与荷花一起摇曳，为渡口平添另一种风景。他一有空余，便到对岸的杉竹铺偷师学破竹，竹长高了，他的破竹刀功亦学到了家。阿驼不想阿娇跟自己住破艇，砍了凤尾竹，在榕树下荷塘边搭起一座吊脚寮。阿驼早就盯上了海滩上的鱼虾，一有空闲便砍下几支楠竹，把竹横放在一张长板凳上，他左手拿竹，右手拿刀，对准竹口一刀劈去，那楠竹吁的一声被破开两边，然后用如此刀法把竹破开四边，再四开八，如此分解下去，然后刮掉竹囊，便成了一条扁扁的薄薄的柔柔的篾，阿娇就在寮中，拿篾来织虾笼和花鱼笼，原来阿娇是织篾的高手，除了这两种笼，还有"笃箕""鱼篓""蒸笼"都织得似模似样。这虾笼有点像长形的灯笼，两头细肚子大，笼口里还有一圈倒扣的须，虾一钻进笼里就无法出来；花鱼笼，其实是虾笼的浓缩版，形状也扁一点，这是水上人捕虾与捉鱼的一种最奇特的工具。海滩是一个天然的渔场，渡口两旁一旦退潮，红树林下便是一片裸露的滩涂，虾儿在跳，螃蟹在爬，花鱼在钻洞。虾儿是男人最佳食品，螃蟹是女人最佳补品，花鱼则是烹煮软饭喂婴儿的上乘营养品。阿驼涨潮时把虾笼与花鱼笼放到河滩上，潮落了便下海收笼子，每次收起虾笼内的虾儿在笼内活蹦乱跳，收起花鱼笼花鱼就往笼底里钻。每趟潮汐都可收获一两斤鱼虾，多时亦有三四斤。一家老小各有所得，过得有滋有味。阿驼喜欢把虾壳晒干，拿来泡米酒，每晚饮上一二两。有人偷偷问过阿驼："你生仔那么厉害，有何诀窍？"他会在问者耳边悄悄说："虾壳浸九江米酒，独味单方，会让你小弟弟誓不低头！"这秘方一经传出，不少人偷偷学，能否奏效，谁也没统计过。他们还在寮边养起三黄鸡来，后来竟在亭外摆起个早餐档，阿娇用自己编的蒸笼用阿驼捉的虾和养的鸡，再在荷塘摘片荷叶，蒸起虾饺和糯米鸡来，让赶渡人买来做早餐，让人们赞不绝口。若有人错过饭市，阿娇也会给你来碟虾仁炒饭，几粒虾仁，几片蛋角，再撒几点葱花，味道好极了！他们还用大玻璃瓶腌起萝卜、藕片、木瓜咸酸来。上渡、落渡的人帮衬的可不少呢！小家子能积点钱了，于是把吊脚寮的茅草换成了松皮，人们打趣地说："阿驼威，威过威士忌！"他唠叨着："早知有今日，当初我们就不会把仔送人啊！"就这样，他们用勤劳与智慧撑起这个并不那么起眼却充满甜蜜的家园！

20世纪70年代后期，南面山坳被削平了，横水渡也用上了机动船，驾驶机动船的是阿驼的儿子阿辉，阿驼也放下了手中的撑篙，每天清晨乘渡船到新洲的河畔酒家叹茶养老。

20世纪80年代后期，威远大桥建成，人流与车流从威远大桥驶过，机动船亦歇业了。威远岛的武山沙与九门寨的临江地带成了太平墟居民的别墅区；白花山麓建起"西湖花园"高级住宅区；南山北麓建起"虎门火力发电站""东莞职业技术学校"；九门寨建起的威远公园、游泳池、网球场点缀在绿榕丛中。而武山沙的长堤成了十里食街，每当夜幕降临，霓虹闪烁，食客把酒临风，它与太平墟时装街的灯光夜市，互相辉映，成了两道亮丽的夜景。20世纪90年代初期，镇远大桥建成，可直通南面以及新建的鸦片海战馆与威远炮台，那里木棉如火炬般怒放，槟榔树迎着海风飞舞。20世纪90年代中叶建成的南粤第一大桥——虎门大桥，相配套的太平大桥也相应建成高速公路，穿越九门寨的白花山，再穿越南面的武沙山，然后再飞越横卧伶仃洋的虎门大桥，经广州南沙再奔向顺德、中山、珠海以及粤西各市。

横水渡口，成了一曲韵味悠长的《江河水》，一首充满乡愁的散文诗，一段无法从虎门历史删去的记述与标志。

偶尔还可以看见一两叶轻舟从桥底轻轻划过,欸乃的桨声与橹声伴随着船影,渐渐消失在一笼烟水的夜幕中……

儿时的小河

我的家乡有条小河,它汩汩地从村前流过,然后绕过高耸的寨城,绕过繁喧的小镇,再流入珠江口。跟别的小河不同之处是河岸都铺上麻石路,这条麻石路一直延伸到虎门寨城。我们不时看到河上穿梭的帆影,岸上往返的挑夫,据说以前它可是虎门水陆交通的要津。虎门地形复杂,物产丰富,伶仃洋畔是银光闪闪的盐场,珠江河汊是绿波翻滚的水草,横亘莞邑中部的大岭山脉,密林深处长满蜚声海内外的莞香。莞盐、莞香、莞草的东莞三件宝,就从这里运往香港,销往四大洲。在我们村前就有一个水埠码头,供来往的商船停泊。我们经常在码头的大榕树下,听老人诉说它昔日的辉煌。

这小河有一个很特别的名字:官涌。小时候我百思不得其解,为什么小河会有这么个怪怪的名字?后来,我才知道这名字有着一段荡气回肠的故事。据史籍记载:在清康熙年间,有一位叫晋淑玉的武进士,出任虎门古寨最大的军防长官。当时虎门是莞邑西南政治、经济中心,是珠江口商品集散的埠头。为了水陆交通的畅顺,他倡修了这条河。为此,他捐出自己的俸禄与家中的资产,不足之资由兵饷中抽出百分之一来补够。不料却被别有用心的同僚煽动了"兵哗",并串通上峰以克扣军饷罪处其以死罪。行刑那天,当地百姓沿河哭奠,感动得老天大雨倾盆,河水涨满七天不退，百姓为晋公筑庙，庙中的晋公依然是官服加身，一脸正气，在人民的心目中，他永远是一名为民谋利的清官。为了纪念他为官时的政绩，人们把这小河命名为官涌，涌者，小河也。

这小河，可是造福一方的生命之河，它不仅是虎门水陆交通的要脉，而且灌溉着万顷良田，使古寨成为鱼米之乡。也正因为这条河，引进咸淡交错之水，使这一带盛产闻名中外的莞草。沿着这条小河的一带河滩，开垦了大片大片的草田，草田上就种植着这种莞草。这莞草长得青绿青绿的，比人还要高出一头，远远望去，仿如一个波涛翻滚的大海。这水草一年收割一次，收割时节乡亲们叫"斩草"，"斩草"是最精壮的乡民们干的活，因为收割是在盛夏，他们往往选择在月夜，壮男们用一条水布围着下身，便挥动着寒光闪闪的草镰，一阵狂砍便割下一大片，然后扎成一大束一大束，放落河中，像放木排一样，顺着水流运回"草寮"中去，在寮中早有一群妇女在等候，她们用铜制的草刀，把草一条一条地串进刀中，然后像拉弓般，左手执刀，右手握草，膝盖往刀柄一顶，手往后一拉，草便被破成两半，晒干后染上各种颜色，织成多种图案的草席与地毯，销往东南亚一带。记得小时候，我父亲与人合伙办起一间席厂，他既是厂子的管理者，又是染草的一把好手。印象中那染草的锅好大好大，停灶时分，在玩捉迷藏时，我常躲进锅中把锅盖一盖，躲过小伙伴们的"搜捕"。那一张张方方的草席和那一卷卷长长的地毯，铺满了村后的小山冈，我与小伙伴们常躺在草席上晒太阳，在地毯上翻跟斗！

小河可是我儿时的乐园。退潮时我们在河中捉鱼摸虾抓螃蟹。那跳跳鱼最鬼，满河滩里跳，常常弄得你一身泥一身水；那参鱼最狡猾，一鱼躲两个洞，你从这个洞掏它，它从那洞逃跑；那螃蟹最凶，你捉它，它张开双螯跟你对抗，一旦夹着你的指头，哪怕是把它的螯折断也不肯松开，夹得你叫爹叫娘钻心疼。我们一旦捕获便用水草将它五花大绑，回到家中放在锅里一煮，来个以牙还牙大饱口福。涨潮时，小河成了我们天然的浴场。我们与女孩子们各划一段，谁也不准越雷池半步，因为男孩子们常是光着屁股在河中嬉戏，直至稍微懂事，才懂得穿条裤衩遮遮羞。记得小河有座石板桥，桥面用三条又粗又长的青石搭成，我们管它叫"三条石"，每条石约有二十米长，一米宽，有二十来吨重，真不知当时人们是怎样从山上采下来，又是怎样砌上去的。我们常赞叹着人的勤劳与智慧！这桥面离水面有十来米高，它成了我们天然的跳水台，这也是检验我们这群野小子勇敢与否的试金石，因为稍微懦弱者是不敢往下跳的。敢跳者又被划为上下两等，上等者来个燕子式，双手朝前一展，腾空一跃用头先着水，我们称之为"插水"；下等者来个炸弹式，纵身一跳用脚先着水，我们戏称为"种葱"，谁敢跳燕子式，谁就在孩子中拥有威信！我是属于不怕死的那一种，常常跳的是燕子式，但也偶有失败，肚皮先着水，摔得肚皮又红又痛，我们称之为"摔生鱼"！我们就是在这种摔打中渐渐长大的。

这小河又是我儿时的启蒙老师，起码在天文知识方面是我的启蒙老师。我们可以从小河涨潮的大小去判断是农历的初一还是十五，可以从潮涨潮退认定是正午还是黄昏，还可以从小河的咸淡程度去判断是腊月还是初春，可以从春潮的大小去推测当年是干旱还是水涝。最有趣的是我们这班小淘气去捣马蜂窝时，亦要看是涨潮还是退潮。若是涨潮时被黄蜂蜇中，其伤口奇肿无比；若是退潮中被黄蜂蜇中，其肿则轻多了。这是老人们的经验之谈，也被我们实践中证实了的，其中奥秘，我至今还未破解。

小河最热闹是在龙舟节。五月的龙舟水，让小河的水涨得特别满，龙舟节就在宽的河段举行，五月初五那天为龙舟大景。所谓大景，便是龙舟赛那天万人空巷，周边的每个自然村都要"出龙舟"。龙舟之乡往往是武术之乡，赛前"开景"，人们围在祠堂前，一阵雄狮跳跃腾挪之后便是武术表演，有人打南拳，有人舞大刀，有人耍钢耙，有人舞长龙棍，最后大头佛前面引路，麒麟跟随着锣鼓声起舞相随，乡亲簇拥着一直把划船手送至河边，赛时两岸人墙围观，那"赛龙夺锦"之际，有人在龙舟中击鼓，有人在龙舟船尾使舵，有人在龙舟船头摇旗，水手随着旗的起落一齐划桨呐喊，亦有人在岸边放鞭炮助威，其激烈场面，颇有气壮山河之势。赛后全村人集中在各自的祠堂大食"龙舟饭"。待退潮，村里再组织壮汉把龙舟埋在河边的沙滩上，以便很好保全，这龙舟多用旧船的"龙骨"做成，异常坚硬，它可是村中一宝，平日谁也不敢动它。

小河最富诗意的是仲夏之夜，石板桥又成一景。桥上站着躺着一桥乘凉的男人，我们常常跟着去凑热闹，一面仰望天幕上流动的星河，一面享受着轻轻吹来的江风，一面听成人们在斗嘴，在讲市井趣闻。偶尔还可看见一两叶轻舟从桥底轻轻划过，欸乃的桨声与橹声伴随着船影，渐渐消失在一笼烟水的夜幕中，不灭的是小河深处那三五数点忽明忽暗忽高忽低的渔火……

小河最为壮观的是除夕之夜。那夜，新年爆竹刚刚响过，我们一大群小孩，便用甘蔗芙点燃的火把，组成一支卖懒的队伍，沿着小河的石板路朝石板桥走去，先是一支小队伍，随后跟来一支又一支别村的小孩队伍，在河岸上形成一条长长的火龙，把河水映得红彤彤的，而那卖懒歌从小组唱汇成大合唱，在小河的上空回荡着：

卖懒去，
买勤来，
桃花开，
菊花开，
今晚我们来卖懒，
明天清早过新年，
…………

队伍汇集在桥头，然后相互交换了火把，再班师回朝，等待到天明讨父母的压岁钱……

既长在城里求学和工作，离家乡远了，可故乡的小河却不时闯进我的梦来，仿佛要与我倾诉什么！早些时候我抽空回家乡一看，家乡变繁华了，小巷变成宽敞的街道，田园变成林立的工厂，四座五星级的酒店巍巍耸立在小镇上，向世人宣示它的富有。可家乡的小河再也找不到儿时的踪影，那清清的河水不见了，取而代之的是一条墨黑墨黑的浊流，河面上再也看不到鱼游和虾跳，河岸上也看不到青青的水草和白白的芦花，也看不到偶尔从红树林中飞出的鸥鸟与野鸭。当然，更看不到孩童在河中戏水，看不到小舟从小河中滑过。那座青青的石板桥也不见了，新建的是一座板着脸孔了无生气的水泥桥，桥墩被污水染成个大花脸，一阵淡淡的愁绪顿时涌上我的心头——

很明显，这是工厂的污水，使美丽的小河被污染成一条面目可憎的臭水沟，这污染是带灾难性的污染，它不仅使小河变丑，而且使这一方土地生态环境恶化，水质遭到毁灭性的破坏，人的身体健康受到严重的威胁。

啊，一个地方的现代化是否一定要以牺牲自然的生态为代价？人怎样与自然和谐相处，这是一个不可回避，也是十分迫切需要解决的命题，若是破坏这种和谐，人类迟早是要遭受惩罚的，在建设的进程中呼唤环保的意识是多么重要！

什么时候，能还我儿时的小河？！

这里听不到车水马龙的喧嚣声，听到的是哗啦哗啦的桨韵……当加快了划桨，那一排排的骑楼急急后退，给我的感觉不是艇在动而是骑楼在流动，我仿如闯进一个童话的世界。

流动的骑楼

你见过闻名遐迩的湘西吊脚楼，可你是否看过大沙田的吊脚寮？它的那种风情，那种神韵，比起湘西吊脚楼来，却别具一番滋味，大抵是一种抹不去的情结在作怪吧，说出来你定会赞成我的说法的。

这种吊脚寮在我们家乡的沙田地区就有，其中最具特色的可数德水围和湾仔了。我初次结识德水围与湾仔是在少年时代。读初二那年暑假，我班一位叫江涛的同学邀我到他家玩，并大言不惭地说："保证你乐而忘返！"他家就在德水围。

德水围与湾仔均飞峙珠江口的岸边，而湾仔离沙角和入海口更近点。这一带清代中叶为海岛，北面水域为海滩，是龙户（渔民）靠岸停泊之所，早在元代就有人在此搭起茅寮，种起芭蕉，升起炊烟，过着亦渔亦农的生活。清初，在沙角建炮台，成为珠江口要塞第一重门户，驻守炮台的官兵退役后常留居当地从事屯垦，直至20世纪30年代，此地仍被称为"差乡"（旧时从军叫当差）。鸦片战争后，清政府在此屯田养兵，在沙角一带滩地修基筑围，围滩招垦，到民国时期已形成了十几个基围水乡小村，而最具大沙田特色的便是德水围与湾仔这两个围口水乡小村。

这两条围只距两里之遥，隔河隔滩相望。我们从太平镇出发，沿着太平水道划艇前行十来里，过了新湾渔港便看到一望无边的大沙田。我第一次到那儿正际夏收稻熟时节，大沙田仿如一个浩瀚的大海翻滚着一排又一排的金浪，在浩瀚的稻海中，我们看到四排茅寮沿着两条小河的两岸向珠江口蜿蜒而去。雨后初霁，这四排茅寮闪着橘黄色的磷光，远远望去仿如两对出海的蛟龙。

走近一看，这茅寮清一色是吊脚寮。这吊脚寮与湘西吊脚楼的相同之处：其一，两者皆吊脚；其二，两者皆临水。不同之处：其一，吊脚楼只吊半边脚，即一半搭在岸边，一半吊在水边，而吊脚寮则全吊在水中，在寮与岸之间搭一独木桥；其二，吊脚楼多是砖木结构，而吊脚寮则多是草木结构，稍微富裕一点则用松皮代替禾草。吊脚寮为何选用这种结构？据说，一是为了省钱，二是为了冬暖夏凉。吊脚寮的特别之处，是每座寮边均有一个水埠头，每个水埠头均系着一只小艇，"出门临水，行路划艇，相傍大海，半渔半耕"便是他们生活的写照。倘若划着小艇在小河中滑行，仿如闯进了威尼斯的水城，这小河便是水城的水街，不同的是威尼斯的水街两旁是高低错落的洋房，而这水街的两旁则是仪态万方的吊脚寮。穿行在吊脚寮的寮底，仿如在马路的骑楼下行走，可这里听不到车水马龙的喧嚣声，听到的是哗啦哗啦的桨韵，看到的是鱼欢虾跳，看到莲花在摇曳，海风徐来，一阵花香夹杂着泥香扑鼻而来；当加快了划桨，那一排排的骑楼急急后退，给我的感觉不是艇在动而是骑楼在流动。我仿如闯进一个童话的世界，一住竟是一星期，把两条围品了个透。

这两条围，最热闹的是清晨与黄昏。

清晨，几声雄鸡的啼唱，唤醒了吊脚寮群，几缕曙光撩开了小河的一笼烟水，有几条货艇披着一袭薄雾在河中穿梭，艇中装着猪肉、牛肉、鸡、鹅、鸭和各色蔬菜，还有油、盐、酱、醋、茶，在河中高声叫卖，只要吊脚寮中有谁在阳台上说要点什么，艇马上划至你的阳台下，只要你把吊桶与钱吊下，马上会得到你需要的东西及找回的钱！货艇亦收购鸡、鹅、鸭或鱼干、虾干、莲藕什么的，互相间可讨价还价，好一派河上互市的风韵，使人想起了江南水乡的乌镇与周庄。

稍后，每个水埠头开始繁忙起来了，一个个小伙子携着一个个疍家妹子，走下水埠头，解开了小艇的缆绳，小伙子用竹篙往岸边一点，小艇像箭一般射向河心，疍家妹子一边摇动着双桨，一边唱起悦耳的咸水歌，那一条条色彩斑斓的头巾，迎着晨风飘动着，活像一只只贴波游弋的飞燕。送走了上田的哥哥姐姐，水埠头一下子成了疍家小妹妹的天下，她们一个个挽着小竹篮走向临水的石阶上，或洗着青菜瓜果，或捶打着衣服被单，一边干活，一边叽叽喳喳地说笑，其状如一群雀跃的水鸟，间或她们也会学着野小子向对岸埗头的小妹妹扔一颗番薯或一节莲藕，于是两岸遥相呼应闹成一片……

黄昏，这里又是另一番光景，收割的船队回来了，载着一船船金灿灿的稻谷，一小桶活蹦乱跳的河鲜，也载着一船船丰收的喜悦回来了。跟着船队后面的竟是一队游着水的水牛，只见一个个戴着竹笠的牧童，每个人一手执着牛绳，一手扬着牧鞭，赤裸着上身骑在牛背上，有的竟然吹着曲韵悠扬的芦叶，其得意的神态仿如一队得胜回朝的骑兵。当人们把满船的稻谷卸上岸，小河顷刻成了一个天然的浴场，小伙子只在下身围了条水布便一下扎进河中，疍家妹子则全身披挂下水，小伙子们一齐起哄，涌起阵阵波涛，把她们的花衣裳在水中鼓起，于是河面上霎时盛开着朵朵雪白的"莲花"！

紧接着，每座吊脚寮升起了缕缕的炊烟，一抹斜阳射过炊烟从灰白变成金黄，在河的上空袅袅娜娜地飞舞，活像一位位佳人穿着薄薄的金缕衣，扭动着风情万种的腰肢，煞是让人看不透也看不够。亦有人在横河的浮桥上放起风筝来，这风筝像彩蝶在翻飞，整个水乡上空像一群佳人在扑蝶。

这两条围，最富有诗意的是夜晚。

当一弯新月把清晖洒进小河，吊脚寮的身影便影影绰绰映入河中，河上燃起的星星点点渔火，在微波荡漾中高低明灭。偶尔也有人划着小船在河中撒网，不仅网回活蹦乱跳的河鲜，也网起了满河的星斗。这种淡雅的韵味，不知比水墨画胜多少倍，它胜就胜在不仅有画面，而且有声韵。这声韵除了桨声、蛙声、虫声和隐隐传来大海的涛声之外，还有从吊脚寮传来的箫声与二胡声，这竹箫声与二胡声分明来自河的两岸，可它们的合奏却是那么默契，那么和谐，先是一曲欢快的《赛龙夺锦》，继而是一曲委婉的《江河水》，最后是一曲韵味悠长的《雨打芭蕉》。

其实，要真正领略《雨打芭蕉》的神韵，最佳在沙田的雨夜。因为沙田的基围上就长满蕉林，那长长的绿绿的芭蕉叶，几乎伸到吊脚寮的窗前。夜深了，两岸的灯火已陆陆续续地熄灭，沙田水乡变得一片寂静，当你将睡未睡之时，寮外忽然下起雨来，雨点敲打着窗前的芭蕉，是那么清脆，那么绵长，而在这清脆与绵长之间又富有起伏与变化，听着听着会勾起万千的联想……

德水围与湾仔，可称得上真正意义上的鱼米之乡，那香喷喷略带红色的"咸敏米"满仓满库不消说，那活蹦乱跳的河鲜更是唾手可得。用他们的话来说："煮熟饭再找鱼虾也不迟。"的确，每座吊脚寮均有临江阳台，他们边生火做饭，边在阳台上垂钓撒网，待饭熟了，满筐的河鲜也到手了。有一天我跟江涛到田上收割，好家伙，凡有积水的小氹，均挤满鱼虾蟹，一天下来，我们竟捉了满满两大桶。晚上，我们把盏临窗，边欣赏沙田的月色，边聆听大海的涛声，边品尝满桌的河鲜，那种意境，那种感觉，那种味道，好极了！

临回镇的前一天晚上，江涛带我到老支书钟伯家做客。钟伯宽阔的前额一道道皱纹刻满着故事，古铜色的脸庞流溢着岁月的沧桑，他两鬓斑白，却精神矍铄，他热情地接待了我，一边吸着那用大碌竹做成的水烟筒，一边向我们讲述德水围与湾仔的沧桑与变迁……

德水围与湾仔围均是个百家姓，它主要来源于三种人：其一，是水上人，这水上人大多是渔民，他们的祖先一只小船一个家，拖着一张渔网，在江海中漂泊，处处无家处处家，被岸上人称作"水流柴"与"疍家佬"。他们厌倦了漂泊无着的生活，在海边的小河旁搭起了吊脚寮作为栖身之所，把海滩围起来作为耕作之田，一年两造忙着在田里耕耘，农闲之时出海打鱼，过着半农半渔的生活，他们是沙田人的主脉。其二，是从古寨退下来的兵勇，他们或是不愿两手空空回到穷乡僻壤的老家，或是当差时与疍家妹子产生了感情，而横下心在这里落籍，且政府也鼓励这么做，这批人亦不在少数。其三，是从四乡疏散而来的村民，他们多是在村中站不住脚而迁移到这里来的。中华人民共和国成立后，迁来这儿的有两种人：一是土改划为地主或富农成分被驱赶到这里的；二是"反右"时划成右派被贬到这里来的。江涛阿爸江帆就是被划成右派安置于此的。这三种人虽来自不同背景，却也相安无事。他们要共同对付的是天灾与人祸。

天灾：一是咸潮，二是台风。

咸潮袭击是一件非常可怕的事，因为这里的大沙田紧靠珠江口，这里是咸淡水交汇的水域，在同一水脉中淡水与咸水泾渭分明，成了一道独特的风景。那股清中带蓝的便是咸水，那浊中带黄的便是淡水。如果哪一年夏季的雨水少，那么秋季从各支流汇集在珠江口的淡水便少，那大海的咸潮便乘虚而入，涌向小河，灌进沙田。这样，整围大沙田的水稻便会"爆炸"，说是"爆炸"，其实是刚灌浆的稻谷被咸气烧坏了！这样一来，眼看快要收割的流金稻海，数夜之间便会扯起一望无边的"白旗"，严重时会颗粒无收。

台风的肆虐也是可怕的。因为地处珠江口，外伶仃、内伶仃、狮子洋就汇集于此，天气变化无常，我小时候就经常看见海上刮龙卷风，我们称作龙上水，它卷起巨大的水柱在珠三角上空游走，十分吓人。据县志记载，于1874年8月13日，台风大作，伴以海啸，风从东南卷来，潮高六七米，浊若泥浆，这两条围被夷为平地。有些年份台风10级以上达5次之多。珠江口刮起台风，这两条围便会首先遭受袭击，除了蕉林、稻海深受其害之外，吊脚寮也很难幸免。因为吊脚寮一般用的是简易的材料，寮顶最多用的是稻草，而墙壁则是用稻草抹上一层河泥扎成的。台风一来常把寮顶掀掉，墙亦会被刮得七倒八歪，台风过后，小河漂满了盆盆凳凳。整条水围一片狼藉，只有吊脚寮一根根的桩柱还巍然屹立在水中。路是咸泥筑成的基围路，海水一泡一片泥泞，滑得你无法立足。冬天，泥硬如刀，黄尘滚滚，让你无法睁开眼睛；春天，水淹堤围，要蹚水而行。诗人谭日超在《大沙田放歌》中的"腊月里黄尘迷眼，三月里雨巷划船"，正是对昔日大沙田的真实写照。

人祸，一是来自日寇，二是来自海盗。

日寇侵占虎门，选择在对面的威远岛登陆，我们这两条围躲过灭绝性的洗劫，可沙民出海打鱼，常遭日本巡逻艇的袭击，船毁人亡的就有好几家，这里常见一些炸破的渔船与浮尸漂到涌边来。

珠江口是海盗横行的多发地，这两条围受害也相当严重，明末清初到中华人民共和国成立前从来就没断过，从宝安过来的张宝仔，从市桥过来的李朗鸡，还有本县邻镇的凤凰狗，就没少光顾。趁夜黑风高牵走耕牛，是海盗作案的主要手段。没有耕牛，在这茫茫的大沙田如何耕作啊！那只有听天打卦的份儿。好在这两围不少是退下来的兵勇，他们自觉组织起乡丁来，晚上加强驾艇巡逻，一旦发现匪情，便敲锣鸣警，全围青壮年手执茅枪与齐眉棍守住河口，海盗便不敢贸然进犯，让匪患稍有降低。

沙田人祖祖辈辈与这两大天灾与人祸抗争着，日子是苦不堪言的，只有在解放后走上集体化道路之后，他们团结起来在河的入海处筑起了四架闸水闸，并引来东江的淡水，抵住了咸潮的侵袭；他们在海边筑起了海堤，并植上了防风林带来抵挡台风的肆虐，一般的台风是能抵挡过去，但强台风的袭击依然无能为力，会遭受极大的损害，1964年"6402号"台风伴发暴潮，这两条围的海堤崩决，湾仔被洪水围困，中国人民解放军驻沙角、新湾部队出队抢险，连长奎德庚等5名指战员牺牲，群众也因灾死亡3人。同年12月因台风刮断电线失火，湾仔烧毁茅屋、松皮屋120间。

自中华人民共和国成立后，这两大人祸倒是绝了迹，而强台风的袭击仍然须高度防范。

在"上山下乡"的大潮中，我的小姨子恰好被安排到德水围插队，我是亲自骑单车送她到那里去的，后来又去探望过数趟。听围上人说，在那场"文革"中,钟伯亦被陆上来的"农纠"当作走资派批斗,我早就听说过钟伯的很多故事,当年为了防匪,他每晚都扛着支"七九"步枪巡夜。为了堵堤坝,他把祖传的大门都拆了,腰也被洪潮卷翻的大石砸伤了。这样鞠躬尽瘁为水上人的人,算什么走资派?此外,还有一条罪状是重用江帆父子。江涛阿爸江帆被划成右派后遣到德水围,钟伯见他有文化,就让他当起民办教师来,于是他在一座公用的吊脚寮上架起了黑板,把全部精力都投入简陋的讲坛上,为输送不少德水围学子到中学里读书。他写得一手好字,全围的春联都出自他的手笔。江涛初中毕业后回乡,在钟伯的支持下,办起了水上文化室,农忙时节还出了黑板报。给他们父子的罪名是:父亲江帆假热爱教坛,实逃避劳动改造;儿子江涛假积极传播文化思想,实想捞取政治资本,对他父子俩狠狠地批了一通。这真是欲加之罪,何患无辞,好端端一个"水上桃源"被闹得鸡犬不宁。不愿戴着镣铐跳舞的江涛后来乘船偷渡去了香港,改革开放后怀着一腔恋乡情结,又返回德水围办厂。钟伯把领导位置留给有文化的后生,自己当起顾问来,村民在他们的带领下,也各出其招,有些办起蕉园,有的筑起蟹塘,有的办起鸭场,亦有人办起超市,互相携手共谋发展,如今德水围与湾仔人富起来了,吊脚寮已变成吊脚楼,它跟湘西的吊脚楼不同的是全吊在水中,它们再也不怕风雨的袭击了,而水乡的风韵却依旧引人入胜。

一部吊脚寮与河上互市的历史,便是一部大沙田人的历史,它有诗、有歌,亦有血与泪,无一不随社会的变迁而变迁!它只是社会变革交响曲中的一个小小音符而已。一个地方的发展,不仅需要一个生态环境,还需要营造一个人文环境与政治生态,德水围与湾仔的历史便是一个很好的佐证。

我的小姨子,早已招工回城,自那以后,我再也没到过德水围与湾仔。如今,吊脚寮与河上互市不知变成什么模样,有空真想回去看看!

它既勾起我童年的记忆，撩起我缕缕乡情，它有点美，美得像一场梦境，美得像一支牧歌……

又闻木屐声

  那年初春，我去湘西的凤凰古城，栖宿在临街的吊脚楼上。入夜，我带着一笼烟水，一帘幽香，进入甜甜的梦境。不知过了多久，一串嗒嗒的木屐声敲醒了我，我睁眼一看，窗外刚露出一抹玫红。是谁起得那么早，赶得那么急？我临窗往街上一望，只见一个湘西的妹子，挑着一担青菜，正往集上赶去。晨风轻拂着她那裹着头巾的秀发，红扑扑的双颊，像两朵盛开的桃花；脚踏的那双木屐，有节奏地拍打着小街的青石板，与肩上那根竹扁担吱呀吱呀地吟唱，合奏成一支充满边城气息的晨曲……

  望见她那远去的娇俏背影，听着那仍在小巷回荡的木屐声，一种久违的记忆，蓦然浮在我的脑际。我的童年时代，家里并不富有，连皮鞋是什么样子我亦未见过，能得到一双新的木屐便像过年般快乐，特别是我的小妹，每当她得到一双新木屐，准会穿着它踢踢踏踏地走上村边小河的石板桥，又是跳又是唱，那双小羊角辫随着那踢踢踏踏的节拍来回地摆动着，那可是一段充满童稚的踢踏舞！

  当然，穿木屐也有禁忌的时候：一、捉迷藏时不能穿，一穿那踢踏声无疑告诉"敌人"："我在这里！"二、"跳飞机"时不能穿，因为很容易扭着脚。三、在晒谷场开大会不能穿，那木屐敲着地堂的声韵，吵得村长无法讲话，会遭大人训斥。

我们家的旁边就有个极其简陋的木屐工场，主持大局的那位木匠既不高大，亦不威武，是位瘦小的老头，可人却十分和善，他叫阿春，我们都亲热地叫他春叔。做木屐可是他的绝活儿，他用锯子把一块块木头锯成模坯，然后用凿子凿成屐形，再用刨子刨得油光滑溜，一旦钉上一块用皮做的屐面，一双木屐便告诞生。木屐可分白屐与花屐两种，所谓白屐是没有上漆的，而花屐则是刷上一层油漆，且在上面画上花花草草，或画上一只帆船一群白鹭，或一间木屋一缕炊烟！或一潭碧水浮着两只白鹅。那个时候我可佩服得五体投地，觉得他是一个了不起的大画家。这下子，我家的墙壁可没少遭殃，我没画花没画草，觉得画那些东西不带劲，是临摹着小人书，画起张飞、关羽和赵子龙来！气得我老爸拧着我的耳朵直骂我是"甩绳马骝"，可是他没命令我把画擦去，他拧着骂着却在画前停了下来，脸上掠过一丝不易觉察的笑容，我心中暗暗地得意。

其实，这也与春叔有关，他除了做木屐，还有一手绝活就是讲故事，讲《封神榜》，讲《水浒传》，讲《三国演义》，也讲《伦文叙与柳先开》，他讲得最精彩也是我们最爱听的是《三国演义》，有些章节他讲过三四遍了，我们还要他讲，什么"辕门射戟"啦，什么"百万军中藏阿斗"啦，什么"张飞喝断长坂桥"啦，什么"过五关斩六将"啦，我们几乎能倒背如流。那些古道热肠的忠义之士自然成了我们童年崇拜的偶像！

那时，木屐工场成了我们童年的乐园，工场前面有一个用竹篱笆围起来的果园，果园里种满了木瓜、荔枝、龙眼、葡萄和番石榴。果熟时节我们悄悄地摸进果园，偷果子吃，让春叔抓住了，小小的屁股便挨狠狠的一顿揍。末了，他命令我们把摘下的果子吃掉，这可是先苦后甜，于是我们便屡教不改。久而久之，他就懒得管我们这群"马骝仔"了！仲夏之夜，我们喜欢到木屐工场乘凉，躺在木工凳上，一边侧着身看春叔做木屐，一边竖起耳朵听他讲故事，有时听着听着便呼呼睡去，有几次是在熟睡中被老爸抱回家去的。稍大，我才惊呼我怎么能够在那窄窄长长的木工凳上熟睡而不会掉下来？莫非那时练就了一身童子功？

对于木屐的使用和保护，我们可煞费一番心思，木屐本身很耐用，就是屐面那块皮易破。于是，待那块屐面将破未破之前，我们换上从车胎或篮球裁下来的一块皮子，这样穿起来又耐用又舒适，有时为了保护木屐，索性在屐底也钉上一块橡胶皮，这样做最大的遗憾是那种踢踏的声韵不见了。木屐破了，我们会来个废物利用，剥下屐面的皮剪成一个圆圈，做毽子的底，这样一来既保护了毽子，踢起来也脆响。木屐则拿来做成小木船，这小木船可做得精巧呢，我们在木屐中间钻个洞，插上支小竹做桅，然后将桅的顶端破开，再夹上块纸皮做个帆，在船的底部尾端插上块铁片做个舵，然后放在池塘里斗谁的小木船驶得快！放小木船可讲究学问，主要是要懂风向，顺风放了，小木船真能乘风破浪，像箭一样射向彼岸；逆风而放，小船会纹丝不动，或在池塘中打转。没风不行，风太强了也不行，船到了池塘的中央也会翻船。那时候我们也懂点物质刺激，我们赌的是烟盒、火柴盒和公仔纸。更主要的是精神上的满足感，若是获胜了，那份高兴劲，可像个凯旋的舰长。

后来到小城求学，穿上了布鞋，再后来在大都市闯荡，穿上了皮鞋，每天看见的是那些石屎森林，听到的是那行色匆匆的皮鞋声，倒怀念起那木屐和木屐声来！我知道，那心底是厌烦了大都市的喧嚣，厌烦了无休止的厮杀，而渴求一种环境的幽静和心境的平和。然而木屐何处寻？

那次去荷兰，我们参观了一个木屐工厂，荷兰不仅盛产风车，也盛产木屐，这工厂位于阿姆斯特丹的近郊，工厂颇大，用的是机械化，手工做的木屐不见了，见的是不同模子做出来的各种木屐，奇怪的是它的木屐均不带皮面，全用木头做成！穿上去哪有木屐那种休闲的舒适劲？硬邦邦的，夹得脚生疼，简直是在受刑。我走近直销的橱窗一看，形形色色的木屐可称得上琳琅满目，有做成壁挂的，有做成笔插的，亦有做成锁匙扣的，上面均漆上漂亮的图案。我蓦然明白这木屐工厂，其实是一个工艺厂。这木屐王国街上早已看不到木屐，这木屐仅是作为一种怀旧的文化而存在。

我想，现代物质的文明必然会对传统的工艺进行强烈的冲击，传统工艺的消亡或削弱只是迟早之事，怀旧者对此只有无奈复无奈的份儿。荷兰的做法是值得借鉴的，它既可以挽救传统的工艺，也可成为经济的增长点，且可以成为旅游的一道风景线。人们去西藏愿意跑八角街，游丽江愿意逛四方城，以及到一些老城的步行街走走，就是为了寻觅传统的工艺。出于木屐情结，我精心挑了一只木屐笔插买下，至今还摆在我的书桌上。

又闻木屐声，可谓百感交集，它既勾起我童年的记忆，又撩起我缕缕乡情。它有点美，美得像一场梦境，美得像一支牧歌，美得像一首散文诗，然而隐隐中又有点隔世的感觉……

她是那么俏丽、那么聪慧、那么善良的一位女人，可惜她生错了年代，生前是那么孤独，走时又那么凄清。我真不知，她那尖尖的小脚，如何迈得过那座奈何桥？！

缠脚秀才娘

缠脚，仿佛是一件遥远的事。我没见过缠脚，我可见过缠脚娘，我家对面的横巷就有一位。旧日村中民居的风格喜欢在屋前建条横巷，横巷两头建座门楼，大门一关，便自成一个大院。我家的横巷正好对着缠脚娘的横巷，中间只隔一个小果园和一片绿草地。缠脚娘，嫁的是位秀才，她姓什么我不清楚，只知道单名梅，同辈喜欢叫她秀才娘，因高出我们两辈，我们则尊称她为梅娘。

梅娘，最初引起我的兴趣是她的绣花鞋。每当阳光灿烂的时候，她总喜欢把十几双绣花鞋，用一个轻便的竹鞋架盛着，晾在靠草地的墙边，此刻往往也正是我们一班甩绳马骝仔在草地上玩踢皮球的时候。因为此时，那茵茵的绿草地，经太阳一晒，升腾起一层淡清的薄雾，让人有种温温润润的感觉。茁壮的野草，厚厚的，柔柔的，在草地上奔跑，仿如踏上地毯般舒坦。梅娘住的是三间两廊的青砖大屋，那堵向西的墙又高又大，仿如一座硕大的屏障，挡在草地的前面，我们这班调皮鬼，少不了把它当作球门来射，但有两样东西绝不当靶：一是窗户；二是绣花鞋。前者怕惹"官非"，后者实在不忍。我们虽有点狂野，倒也相安无事。

梅娘的那架绣花鞋，显得特别抢眼。远看，仿如绿茵上的一丛花树；近看，颇似下乡演戏花旦穿的绣花鞋。花旦在戏棚演"三寸金莲"时，会翘起兰花指、甩起水袖，踏着莲花步，咿咿呀呀地唱起戏文来，煞有古代佳人的那种韵味，可那"三寸金莲"却远远不止三寸。梅娘的绣花鞋可比它精巧得多。不仅长度绝不超三寸，且呈弓弯之状，鞋面底色丰富得不得了，有黑底的，有绿底的，亦有蓝底的，并绣有荷花、牡丹或玫瑰，亦有绣凤凰、孔雀或鸳鸯的，斜阳一照七彩纷呈，栩栩如生，煞是一道奇妙的风景。

听老妈说，梅娘出身于清末的书香世家，从小便缠了脚，她嫁的是我们村中一位秀才，才子佳人可谓门当户对，可惜秀才体弱，加之热衷于功名，积劳成疾，患了个肺痨病，梅娘年纪轻轻便守了寡。民国初期，夫家与娘家均家道中落，留给梅娘的家产便是这一座深宅大院和两亩薄田，秀才没有留下子嗣，梅娘深居简出，这深宅大院便成了村中一座神秘的迷宫。

我第一次进入梅娘这迷宫，缘于被她的守门狗狠狠地咬了一口。梅娘平日的横巷两扇大门是关着的，那天我放学路过，横巷大门却敞开着，走近横巷一看，门口躺着一只大白狗，一是出于好奇，二是出于逞勇，三是穿过横巷回家可免走很多弯路，于是便想硬闯过去。大白狗见有人闯门，蓦地站起扬起一身白鬃狂吠，那身高差点与我肩齐，情急之中我捡起路边一枝大树枝，高高举起做搏击状，那大狗不但没有退缩，反而吠得更大声，且跃起前爪作要扑过来之势。我见势头不对，扭头便走，那狗呼的一声猛扑过来，我顿觉屁股一热，用手一摸黏糊糊的，反手一看，糟，是血！

正在危急之际，忽听背后一声断喝："小虎，别咬！别咬！"我扭头一看：是梅娘！那被称作小虎的大白狗乖乖地摇着尾巴，躲在梅娘身后。梅娘见我如此狼狈，拉着我的手柔声细气地说："铭仔，让你受惊了，快进屋，让我帮你止止血。"我顺从地跨进横巷，发现巷的南墙根，有一排用青砖砌的花矶，矶底长满绿茸茸的青苔，花矶上长着茉莉花，叶子翠绿，花朵雪白，巷风一吹，馨香扑鼻。大屋的门槛很高，我看见已经有点伛偻的梅娘，是扶着门框才吃力迈进去的。

跨过天井进入大厅，梅娘忙于去拿药酒纱布，我仔细打量了一下，只见窗明几净，地板光洁如洗，中堂一帧旧照片分外显眼，这是梅娘的新婚照，由于岁月的蒸腾已有点泛黄，可依然十分清晰。梅娘跟她新婚燕尔的新郎，分别坐在一套红木茶几两侧的太师椅上，左侧的新郎一袭长衫，披着一件马褂，头戴一顶毡帽，高高的鼻梁上架着一副金丝眼镜，眉清目秀，一表斯文；左边的梅娘，一袭大襟黑绸纱衫，襟上还挂着条花手绢，梳着一个高高的发髻，花容月貌，一脸端庄。啊，真可谓男才女貌，天生的一对。可梅娘为《女儿经》却独守了数十载的空房，岁月与"三从四德"真弄人啊！

梅娘拿药棉沾了红花油，往我伤口一敷，剧痛的伤口顿觉一阵清凉，舒服多了，她还拿了纱布和胶布把我的伤口包扎好，然后说："把裤子脱下来吧？"我有点害羞又有点不解。梅娘把嗓音提高八度对我说："你的裤子都被咬破啦，回家不怕被老妈骂?！"她从八仙桌上拿出一个笸箕，箕上盛着一个灰布团，其大小与形状颇似一个沙田柚，上面插满了针针线线，有黑的，有白的，有黄的，有红的，有紫的，仿如七彩的流苏，活像一个造型奇特的工艺品。梅娘戴着副老花镜，眯着眼睛，捧起我的破裤子飞针走线地缝了起来，那动作轻轻的，柔柔的，优美极了，颇有点像在耍太极，我仔细地端详着她，岁月的风霜在她的额角刻下不少细碎的皱纹，可她依然是那么白皙，那么淡然，那么慈祥，那么热爱生活。

我拿起缝好的裤子一看，线口细细的、密密的，竟看不出一点曾被咬破的痕迹来，怪不得乡亲们都说梅娘的"女红"手艺十分了得。我正想离开，梅娘却一把拉住我："不急，不急，喝杯茶再走！"于是她颤巍巍地弄起茶来，又是烧水，又是沏茶，最后她用玻璃杯端给我的一杯，淡绿淡绿的晶莹剔透，杯底沉淀着几粒鲜红鲜红的枸杞，几片淡黄淡黄的甘草，杯中沉浮着几颗绿桑桑的龙井嫩芽，茶面漂浮着几朵雪白雪白的茉莉花。我用手托着茶杯，端详了良久，然后轻轻地呷上一口，有点微甘，有点幽香，有点清甜。啊，梅娘特意在我的杯中放了点冰糖呢，心里顿时涌起了一股暖流。我从小没见过外婆，特希望有外婆疼爱一番，每当听别人唱起"摇！摇！摇，摇到外婆桥……"的儿歌时，这种渴望就越加强烈。此刻，我仿佛看到外婆就站在我的前面，这种感觉是那么亲切，那么美妙！

我满以为被狗咬的事会遮盖得天衣无缝，哪知食饭时往板凳一坐，屁股还是一阵剧痛，不由得"哎呀"一声大叫，被老妈一阵盘问，我只好一五一十告知原委，并好奇地追问起缠脚的事来。老妈沉吟了半刻，喃喃地说："到我们这一代缠脚已经很少，但依然有人在缠，你们外婆那代人可就多啦，'小脚一双，眼泪一缸'啊，这种让脚变小，是硬生生把脚的拇趾以外的四根脚趾，强行弯曲在脚底下，前行只能靠脚的拇趾抓地，走起路来一摇三摆的，却被认为美，其实难看死了。缠脚一般是从四五岁开始，用一条长长的白棉布来缠，就像医院晾出来的那些长长的绷带，缠脚晾出来的绷带常常带着血丝呢，因为这年龄指骨较为柔软，直缠到成年骨骼定型后，方将布带解开，每当夜深人静，村中常听到缠脚人家传出凄厉的啼哭声。缠脚多是富贵人家干的蠢事，我们穷苦人家从小就得打赤脚上山打柴，下田插秧，还要落涌捉鱼，若是缠成'三寸金莲'，岂不是'自己找难受?！'哎，梅娘从小缠脚，本已命苦，早早守寡更是雪上加霜，自古红颜多薄命啊！真不知她这几十年是怎么挨过来的，你们这班马骝仔，以后少给梅娘惹麻烦，要力所能及为梅娘干点事。"

自此，我对缠脚的事，就多了一个心眼，以前，虎门人缠脚的可真不少，不知多少人为此受了不少苦难。据记载，在1938年日本侵占虎门时，北栅南坊村5位老妪因为缠了小脚不便行走，无法随村人逃难，又恐遭日军凌辱，便一起投井自尽。

读高小时我发现我们一位姓何的女老师，走起路来一拐一拐的，一些调皮捣蛋的同学，背地里给她起了一个绰号：跛何。我觉得何老师蛮和蔼可亲的，一定有什么难言之隐，后来我找一位老师一打听，何老师亦有段缠脚的辛酸史，她出身于一个殷实家庭，也是5岁被逼着缠脚，缠了几年痛苦得她实在熬不下去了，加之民国初年兴起新生活，她偷偷从家中出走，把缠脚布拆了，她的"三寸金莲"落个"半生不熟"，根根脚趾向内拐不是，向外拐也不是，走起路来像鸭蹄子般嘚嗒嘚嗒呈八字形。她本来长得亦挺娇俏的，且后来她父亲做了妥协，供她读了师范学校，可脚儿落得这般模样，却难嫁得出去，后来只好嫁给一个外号被称作"道友汗"的人，"道友"是对吹鸦片的人的别称。好在中华人民共和国成立了，在政府帮助下，她把丈夫的鸦片给戒了，还跟他生了三个儿子，大儿子叫道生，二儿子叫明生，三儿子叫林生，以示戒了缠脚戒了毒，在新社会获得了新生！

对于缠足的历史，我长期以来都是一知半解，直到后来去了乌镇参观了"三寸金莲纪"念馆，我才知道缠脚是我国古代妇女裹足的陋习。裹足之风从什么时候开始的说法不一，一说是南唐后主有宫女嫔娘纤丽善舞，饰物除珠宝之外还喜欢绣以瑞莲，后主令嫔娘以帛裹足，屈做新月状，穿素袜行舞莲中，回旋有凌云之态，此风从宫中传向宫外。到了宋代，女子裹脚就逐渐从宫廷推广到民间。一说裹足始于北宋后期，兴起于南宋，元代的裹足继续向纤小的方向发展，明代的裹脚之风进入兴盛时期，出现了"三寸金莲"之说，人们把裹足脚称为"莲"，而不同的脚是不同等级的"莲"，大于四寸为铁莲，四寸为银莲，而三寸则为"金莲"，"三寸金莲"为当时人们认为妇女最美的小脚。到了清代，裹足之风蔓延至社会各阶层的女子，并一直延续到20世纪民国初年开始才逐渐式微。

自从那狗咬事件之后，梅娘的横巷门一直都向外敞着，那只守门的白狗，一见我们也摇头摆尾，表现得特别友善。我亦常邀几位同伴上山拾点枯树枝给梅娘当柴烧，下河捉点小鱼虾给梅娘助助餐，到收成后的田头地尾捡拾点遗漏的番薯芋仔花生什么的给梅娘补补饥，我们成了梅娘家的常客，梅娘也很喜欢小孩子，常把我们当作她的孙子一般对待。以前，我们把梅娘的这横巷看作是一段深不可测的隧道，如今却把它当成一个温馨的港湾。我们发现梅娘除了"女红"这手绝活之外，还有两大让我们深深敬佩的本事：一是写得一手好字，尤其工于柳公权的楷书；二是精于唐诗宋词。《唐诗三百首》，苏东坡、辛弃疾、李清照的词倒背如流。于是梅娘的横巷成了我们补习的课堂，她请村中木工师傅做了块小黑板，一是替我们补毛笔课，二是替我们补唐诗宋词。补毛笔课先从执笔教起，然后教"永字八法图"，再教临字帖。唐诗宋词，先从王之涣的《登鹳雀楼》讲起，然后讲岳飞的《满江红》，讲苏东坡的《念奴娇·赤壁怀古》，讲得声情并茂，辅导得细致入微。

我发现梅娘有一个秘密，特别爱读李清照写的词，她用那娟秀的毛笔字写下李清照《声声慢·寻寻觅觅》那首词，压在她梳妆台的玻璃板下，当年少年不知愁滋味，我见梅娘那么热爱这首诗，也囫囵吞枣把它背下来……

寻寻觅觅，冷冷清清，凄凄惨惨戚戚。乍暖还寒时候，最难将息。三杯两盏淡酒，怎敌他、晚来风急！雁过也，正伤心，却是旧时相识。

满地黄花堆积，憔悴损，如今有谁堪摘？守着窗儿，独自怎生得黑！梧桐更兼细雨，到黄昏、点点滴滴。这次第，怎一个愁字了得！

为何梅娘对这首诗情有独钟？开始我只认为她是欣赏李清照那如泣如诉的一腔深情和高超的写作技巧。长大后，特别是爱上文学创作后我才懂得，那个时期李清照的作品，再也没有当年那种清新可人，浅斟低吟，而转为沉郁凄婉，她抒写对亡夫赵明诚的怀念和自己孤单凄凉的景况，也许正是此，才引起梅娘强烈的共鸣。当年新婚之后的梅娘曾跟夫君有过一段"红袖添香夜读书，卿正欣喜吾欲狂。携手相看徘徊处，知音鸳侣共徜徉"的生活。思之越深，念之越切，只能用此词宣泄一下情感，我真不知梅娘数十载的漫漫长夜是怎样熬过的。

中华人民共和国成立之前，梅娘的两亩薄田是租给佃户的，每年可收两三担谷，土地改革时成分被划作小土地出租，平日她是靠帮乡亲做点女红来度日的,她可以裁新衣,亦可以缝补破衫,且孩童的小棉袄做得特别惹人喜爱。此外,她还有一门手艺,替妇女修眉毛、修脸和梳髻,女人有什么节日和喜事,特别是出嫁,总喜欢让梅娘扮靓一番。她靠自己的勤劳和巧手,倒能过上些殷实的日子。生活上的一些重活,对她来说无疑是一种压力,诸如担谷到镇上去碾米,漫步到街市去买菜都是一道很大的难题。幸好碾米有族中男丁帮忙,菜肉每天都有菜贩在村中叫卖,且到了村中肯定会到这横巷中来,而她做女红用的那些针头线脑倒有货郎挑担送上门来。

到了公社化,集体饭堂设在村中的祠堂里,从梅娘的大屋到祠堂可要走一段路,这段路对常人来说不是很长,可对梅娘来说无异于一段"长征路",好在管饭堂的普宁叔很有同情心,让梅娘家的叔侄每天用饭盒打饭拿回给她。公社饭堂热闹了一年多,碰上三年经济困难,大饭堂断了炊,梅娘只好跟我们一起吃"瓜菜代"。什么"糠饼""猪𦛨菜""木茨渣""木瓜树心",食得她肚子胀鼓鼓的,一个星期拉不出便来,那白皙的脸变得蜡黄蜡黄的。一年的暑假,我约了几位男仔头,到田间捉了几只田鼠,到刚拔了花生的地里捡了点漏在地里的花生,请厨师安伯来了个"老鼠焖花生",我们端了碗给梅娘,梅娘嚼得很开心,喃喃地说:"好久没食过这样美味的东西呢!"她追问是什么东西,我们抿着嘴笑没作答,她也没追问下去,也许她也算出几分,反正在那年代吃不死人的就是好东西,况且在那困难时期田鼠是乡间认定的美妙佳肴呢!

三年经济困难熬过了,梅娘脸上的血色又回来了,但毕竟是年老体弱,哪经得起这番折腾,她落下了很重的胃病,并伴有帕金森病,手不断地颤抖,女红无法干了,她成了村中的"五保户",最后竟一病卧床不起,我们常带点汤饮去探望她,她总是坦然地说:"人嘛,到时到候,总得走一回,没有什么可遗憾的!"其实,我看到她脸上还是掠过一丝不易发觉的愁思!有天,我正要路过梅娘的横巷,只见横巷的门楣上吊着两个白灯笼,上面写着粗粗的"奠"字,在萧瑟的秋风中摇晃,显得那么惨白、那么悲凉、那么无助！我猛然心里一沉：梅娘走了，她是那么俏丽、那么聪慧、那么善良的一位女人，如果没有缠脚的陋习所害，她完全可以当个出色的乡村教师或当一个裁缝师，如果没有"女人经"三从四德的桎梏，她也不会锁在深闺数十载，她的人生轨迹恐怕会重写，会活得很精彩的，可惜她生错了年代，生前是那么孤独，走时又那么凄清。我真不知，她那尖尖的小脚，如何迈得过那座奈何桥？！

她不会再像以前的"自梳女"那么多清规戒律,自己来缚自己,一心只想活出真我的风采。看来,这方水土"敢为天下先",并非只是男士独尊。

自梳草织女

"阿莲自梳啦!""阿莲自梳啦!"

这消息,穿街过巷不胫而走,竟成了村中一大稀奇事。

"自梳女"在我们乡间早已式微,如今冒出个搞"自梳"的人,不仅传得厉害,议得也像一锅煮沸的粥,议得最热烈的可数"三姑六婆亭"。

其实这"三姑六婆亭",既没有亭,更没有阁,只是一个小小的地塘铺在小巷的一条小小流溪上,那股由山水汇成的小溪流从小地塘的暗渠穿过,不时发出叮叮咚咚的水声。这小地塘处于我的门楼与小巷对面的门楼之间,门楼之间搭起竹架,爬满了葡萄藤、蔓萝与水瓜苗,白天可遮阳光,晚上可挡雾水,加之小巷的穿堂风穿过,无论是烈日当空的正午,还是雾水浓密的夜晚,都是纳凉的一块圣地。晚上,月上柳梢头,忙完家务的三姑、六婆、八婶、十妗娘便会携张小竹椅徐徐而至,一边匆忙解开大襟衫最上端的纽扣,一边用大葵扇往体内扇风,一边扯开大嗓门嗑了起来。讲乡下旧时的风俗、民情、乡规、民约,讲张家长李家短,讲苏家喜,讲谭家悲。这小地塘时而成了"百家大讲坛",时而成了"新闻发布会",时而成了"道德法庭",坊间给它起了个别号:"三姑六婆亭"。

我亦喜欢去那儿纳凉。

拿张小草席往地塘一铺,乘着凉飕飕的晚风,看天幕的星河流动,它像天上挂着的一匹哈达,显得那么高远,那么空灵,又那么神圣。当然,对"三姑六婆"的叽叽喳喳,我有点烦,可于我有兴趣的话题,我亦会竖起耳朵去听的。

记得那天晚上,天幕上飘着几缕黛云,天际间滑落几颗流星,让人的心境平添几许凼翳,几丝郁闷。借着"阿莲自梳"的话题,三姑竟挑头讲起"自梳女"来。她出身于书香世家,读过几年卜卜斋(私塾),略通一点文墨的她又喜欢翻阅民间典籍,讲起话来有板有眼,自然而然地成了"三姑六婆亭"的亭主。

她说:"自梳",对于我们珠江三角洲的人来说并不陌生。这个名头本来就来自我们这里。过去,广州与珠江三角洲的未婚女子都喜欢梳着一条又长又大的辫子挂在背后勺,结婚时由母亲或长辈替其把辫子绾成一个椭圆形紧贴在脑后勺,称之为髻,"自梳女"就通过一种特定的仪式,自己将辫子绾成发髻,表示不嫁人,独身终老。我国古代封建礼法严苛,什么"三从",什么"四德",这类精神枷锁压得我们妇女喘不过气来,一些妇女不甘受虐待,矢志不嫁,或与女伴相互扶持以终老,这就是"自梳女"的雏形。

六婆说:"自梳"也要讲条件的,起码能自食其力才行,若没这种能力,"自梳"个屁,想作死吧?

三姑说:是呀,为什么"自梳"的起源与珠江三角洲有关?这是因为在明代中后期的珠江三角洲的南海、顺德、中山、番禺蚕业的兴起,随之是莞邑草织业的蓬勃发展,为我们女性提供了独立谋生的机会,也给"自梳女"风俗提供赖以风行的条件,并使它得以沿袭三百余年,在晚清至民国前期达到高潮,20世纪30年代以后,随着女性社会地位的提高和战乱的影响,虽有所消歇,但依然难以断绝啊。

从顺德嫁过来的八婶一拍大腿插嘴道:唉,有头发谁想做癞痢?!什么"三从""四德"我不懂那么高深,这还不是拜婚姻无自由所赐?!

于是她用浓重的顺德口音讲述她家乡流传的这么一个故事来。

她们村中有对青年男女，男的叫阿水，女的叫阿萍，从小是青梅竹马。到了当婚的年龄，阿萍出落得似朵花，被村中一大财主相中，要娶她入门当他弱智儿子的媳妇，阿萍抽鸦片的父亲抵不住重金的诱惑，居然答应了这门婚事，收了聘金签了婚约，择日过门。阿萍哪里肯依？与阿水相约一起逃去南洋谋生，在一个黑咕隆咚的夜晚，阿水划着小艇在村边渡口等候，阿萍提着包袱偷偷溜出家门赶去与阿水会合，正要闪出村口，便被财主负责盯梢的家丁盯上，他们提着火把，带着一班人追赶。阿萍大声呼唤阿水快走，因为她清楚，若两个一齐被捉住，会认定是通奸，会被绑至祠堂用乡间的族规来惩罚，说不定还会游完街"浸猪笼"呢，这会死得更惨，更为难堪。阿水稍作犹豫便奋力划着小艇逃脱，阿萍却被两边的家丁追至桥顶，眼看逃不脱身，纵身投向河里。阿水事后潜回村，听说阿萍投河自尽，悲恸欲绝，想上坟上炷香，坟怎么也找不到，他朝河拜了三拜，便孤身一人闯了南洋，有人说阿水走水路搭的船遇上大风翻了，有人说他到了南洋开矿被矿石压残了，有人说他赚了点钱当起一间杂货店的小老板，反正他再也没返过乡，没有踏回过这片令他充满浓浓乡愁又令他肝肠寸断的故土。而阿萍恰好被一位夜间打鱼的渔民救了，并认她当了干女儿，从此隐姓埋名，后来"自梳"到广州一大户人家当了佣人。

听了八婶那段"阿萍投河"的叙述，大家一阵沉默，只听见远处田野的蛙鼓与虫鸣，近处后山的蝉啼与蟀叫。随即三姑、八婶、十妗姆叽叽喳喳讨论起来，三姑说："你看！你看！这就是'自梳女'被封建礼教逼出来的铁证！怪不得"自梳女"在顺德最流行。"六婆说："呵呵！我斗大的字不识两箩，不懂什么叫封建礼法，也没看见过'浸猪笼''投河'这类令人伤心欲绝的事。但我听过见过的'盲婚哑嫁'比牛毛还多，鲜花插在牛粪上的例子两日两夜都诉不完！"十妗姆附和说："这些什么礼什么法真是害人不浅，反正在旧社会我们妇女就贱过脚底泥，连歌仔都有得唱啦！"于是她轻轻地哼了起来：

鸡公仔，尾弯弯，
做人新袍（媳妇）甚艰难，
早早起身都话晏（晚），
眼泪未干入下间（厨房），
…………

开始是十妗姆在哼，接着几位竟和着拍子唱起来。这流行乡间的童谣由上了年纪的人唱，有点诙谐，有点悲凉，有点无奈，它随着晚风飘向原野，飘向远山……

我也目睹过这么一幕：那天我放学回家，见涌边围了一群人，我挤上前一看，只见涌边的芦苇丛中，浮着一具女尸，身穿花衣裳，头戴新凉帽，面部泡得惨白，浮肿得五官难辨，凉帽檐儿那圈用来挡风遮阳的黑纱，随着潮水一晃一荡一响，发出幽幽怨怨的低泣声，仿佛在为亡者唱安魂曲。有人下水打捞尸体，发现她双手紧抓住茅草的根部而插入泥中，水乡人自少熟习水性，很难想象她用这个方式了却生命，不知她在水中挣扎了多久，这种痛苦又如何描述，乡亲们在岸上议论着，叹息着，陪着掉眼泪。

据后来查清，死者是村中一位出嫁女，远嫁去宝安的新桥，名叫阿嫦，五年没怀上小孩，家婆认为"不孝有三，无后为大"是老祖宗的遗训，整天对她黑着一张苦瓜似的脸，丈夫不予理解，又家暴成性，经常把她打得青一块紫一块。她实在忍不下去了，那天她梳妆打扮了一番回娘家看了父母一眼，便趁着迷蒙的夜色，偷偷在村前的小涌投河自尽。这种悲剧实在让人唏嘘不已，街头巷尾议得沸沸扬扬，当年亭中"道德法庭"归纳了五点：一是阿嫦家婆真可恶，老公更可恨，怀不上小孩还不知是谁的问题呢；二是阿嫦真傻，当时已是土改之后，怎不懂把丈夫告上政府，用法律保护自己的权益？三是这方水土毗邻港澳，西风东渐比内地要早一百来年，观念怎还那么守旧，来个离婚岂不一了百了？四是封建的遗风依然是那么可怕，地处珠江三角洲的鱼米之乡，竟有如此被爱情遗忘的角落；

五是旧社会这一带"自梳女"那么盛行，皆有源头可溯。

岁月如洗，随着时光的沉积，"阿莲自梳"的来龙去脉，逐渐清晰起来。

阿莲有这么个家庭。

她老爸早年闯南洋，在一家饭馆当"后镬"，厨艺精湛过人，后来自己开了间小的中餐馆当起了小老板。这位南洋归客口圆脸满，印堂发亮，逢人三分笑，像个佛爷，招来不少食客，经过近半个世纪的奋斗，也积蓄了一些钱，告老回乡置了些田地，也盖了间大屋，在当年可算得上是一殷实之家。由于他有一门好厨艺，村中有什么红白大事，都请他掌后镬。阿莲是家中老大，有一个弟弟三个妹妹，里里外外一把手，因经常为她掌厨的老爸打下手，也学会炒儿味靓菜。

阿莲是个草织工。

虎门盛产莞草，当地人称作"咸草"，它长在海边或河边，灌的是咸淡水，草往嘴上一嚼，有种淡淡的咸味，这种草纤维特别细腻，又软又韧，弹性特好！莞邑人买肉买鱼买菜从不用竹篮或纸袋装，用莞草把肉或鱼或菜一索（系），提着便走，哪怕是翻山越岭过海，从不会脱落。这莞草破开两半晒干，雪白雪白，往染草镬上一染，顷刻变成各种颜色，且永不褪色。这草用来织地毡，织坐垫或草席更是上乘之材，草织工艺独特，花式丰富，经久耐用，外形美观大方，自明末清初开始一直深受珠三角人的青睐，并远销东南亚及欧美地区。莞邑草席出口量竟占全国的三分之二强，有一个"皇后"的品牌居然一直是巴黎的畅销品。莞草在沿海地区一片连着一片，翻滚着一个接一个绿色的波涛，沿海水乡几乎每个村都有间草织厂，我们村草田也有近百亩，村上也有间几十架草织机上百人的草织厂，阿莲就是其中的一个女工。

别看一间小小的草织厂，工程却十分庞杂，我老爸是席厂的管理者，且染得一手好草，我妈及我姐亦是席厂的女工，席厂自然成了我一个玩耍的要地，对厂里的一些运作也了如指掌。种草、斩草、破草、晒草这类前期的活是不需要席厂管的,但斩草的旺季也需女工前往草田上的茅寮支援破草,这些细巧的活,男人是干不来的。到了织席阶段还需很多工序,如纺麻绳、纺草绳、漂染、织席、晒席、剪席等20道烦琐而又细腻的工序才能完满完成。纺麻、纺绳多是发外加工,乡里的女性均可来领麻领草在家中纺织。染草、晒席、剪席这等粗重活均让粗壮的男工完成,女工主要是织席。

织席需一扣手和一梭手,两人隔一段时间就互换一下角色,由扣手变为梭手,由梭手变为扣手,这种默契的搭档,一配便是数年,甚至终生。扣,珠江三角洲念作"垢",用坤甸红木做成,分大扣和小扣。大扣较长,小扣较短,大扣用来织大席或地毯,小扣用来织小席或坐垫。大扣长2.8米,小扣长1.5米,均呈长方形,宽20厘米,厚10厘米,当中分布一对扶手,中间布满圆孔和长方孔,这些孔用来穿麻绳用,这麻绳仿如一组经线,一旦穿上麻绳,整部机就仿如一线形的窗帘。梭,用楠竹做成,细细的,长长的,顶端刻下一道沟槽,仿如一道扁形的鱼钩,这槽是用来串草用的,整把梭有两米来长,薄薄的、柔柔的、滑滑的、油油的,既像一把长梭,又像一条竹鞭。席机的右侧斜放一个木栅,栅上排放着各种色草。

我特意去偷偷观察阿莲的技艺,她的搭档年龄与她相仿,名叫麻利娇,手快、脚快、嘴快,是个快枪手。阿莲当时正好当扣手,站在高2.5米、宽3米的机架前,双手把扣一侧抬,席机的小麻绳马上分成左右两边,中间变成一行空道,当梭手的麻利娇把草儿钩在梭上,飞梭通过通道,然后迅速抽出,阿莲马上将扣往下一压,砰的一声,草便平稳织上,再用兰花般的巧手以迅雷不及掩耳之势把草边打个折扣一锁,便织成一根纬线,若扣手手不巧,锁草的手随时会被扣压扁。席便是靠一根一根的草织成的!席初织时,阿莲和她的搭档均坐矮凳,当越织越高时便会换成中凳及高凳,我看她们坐上高凳操作就知道席快要织成。一对龙凤呈祥的图案便栩栩如生地跃然席上。席分花席和白席,织白席简单,用的全是白草,不断重复提扣飞梭压扣锁边便成;花席则须用各色花草织成图案,因为穿错一根草，图案便会变形，就得停下来把穿错的草换掉重织。我强烈地感觉到织席虽没有很高的技术含量，但配合却要非常默契，无论是扣手和梭手，心都要特别细。

  我闯进席厂的车间，便会看到几十架席机在飞梭走草，可闻到"索"的梭响和"轰"的扣鸣。席厂仿如一个舞台，梭手和扣手更像一群舞者。我清楚，初学者会手忙脚乱，一旦入门便熟能生巧，她们一边积席一边谈笑风生，一时兴起还会哼起咸水歌或粤曲小调，唱得堂音四起绕梁三匝，甚至还有人讲起歌书来。让你觉得这车间简直像个娱乐场，她们就是这样辛苦并快乐着度过岁月的。

  阿莲就是席厂一位出色的扣手与梭手，当地有个风俗，凡是结婚都要织一对喜席，喜席上有龙凤呈祥的图案，阿莲就是织喜席的高手，村中谁有喜事都特别喜欢请她帮忙织上一对。那时，已实行按件计酬，阿莲赚的工分比男性还要多，经济独立早已绰绰有余。

  阿莲情感有这么一段经历。

  席厂设在村后的山坡上，这坡上有片大地塘，这地塘夏收和秋收时晒谷，平时晒席。地塘旁有一垄一垄的山地，这都是天然的晒席场，晒在地塘与山坡的地毯或草席，就像大地铺上的一条条织锦，又像天边洒落的一片片云霞。每当天幕上飘起乌云，男工们赶忙抢着收席，卷的卷，扛的扛，用他们的话来说："像打仗那么紧张！"若是乌云翻滚，马上会狂风大作，大雨倾盆，女工亦会停下手中活，出来抢收。那天正是盛夏星期天的中午，"六月天，孩子脸，说变就变"，刚刚还是阳光灿烂，顷刻乌天盖地，飞沙走石，这是下暴雨的前兆，这可是无声的号令，阿莲连头巾都顾不上披，便赶到晒席场前，扛一卷席便往仓库里走。扛了几回，天越来越黑，风越刮越大，沙石朝脸上越打越猛，突然，一个黑影向她蹿来，把一顶帽子往她头上一扣："戴顶帽，遮遮头！"她扭头一看，一个陌生的白脸书生站在她跟前，她正想多谢，那书生已冲到人群去收席。当她与工友们收完最后一张席，雨像倒水般瓢泼而下，阿莲朝晒席场望去，那白脸书生正向席厂冲来，冲到跟前早已被暴雨淋成一只落汤鸡。她蓦然感到，这书生文弱的身躯有股用不完的活力，那张俊俏的面此刻虽有点苍白，却透着一股洒脱而又刚毅的气质。带着深深的谢意，她把帽子还给书生，书生接过帽子冲她微微一笑，一点多余的话都没有，一种莫名的情感浪潮般强烈地撞来，这是阿莲第一次邂逅情感。她后来一打听，这书生是刚调来的教书先生，姓万。

席厂与小学，仅是一坡之隔。小学是用祠堂改造的，村中人把祠堂叫作厅，早盖的叫"旧厅"，后盖的叫"新厅"，这小学原本就是"新厅"。席厂的职工上班，都要路经小学的大门，阿莲每当见到这位英俊的小伙，都投以亲切的目光，温文尔雅的万先生都报以礼貌的微笑。

一个仲夏之夜，热风微吹。

万老师突然宣布为席厂的女工办个扫盲的识字班，阿莲第一个报了名，每晚都拿着凳子坐在头排，万先生那生动的讲课，让她听得出神。她发现万先生单身一人，忙得都无法到市场买菜，伙食好一顿坏一顿的。于是她不时用花旗参炖些乌鸡，用沙参玉竹烧个鱼头汤拿给万先生补充一下营养，逢年过节还用她学到的厨艺炒上两味好菜，端到万先生的桌前。冬天来了，寒风呼呼，她还动手织了件深灰色的毛背心给万老师御寒。工友们都笑她暗恋上了这位先生仔，她总红着脸回答："人家是知识分子，哪会喜欢我这个乡下妹？"

又是一个仲夏之夜，星光熠熠。

夜校上课了，万先生领着一个梳短发的姑娘教大家唱歌，这姑娘俊俏极了，一副柳眉如两弯新月，一双杏眼晶莹含辉，一张口，歌声如叮当的泉声！万先生当众介绍她给女工们认识，原来她竟是万先生的未婚妻，他们在读师范时已是一对恋人。阿莲仿如晴天一个霹雳！当夜无法入睡，一连蒙头在床上躺了三天三夜，后来她终于想通了是自己单相思啊，万先生一直把她的关怀看作是大姐般的照顾，从来没往婚恋那里想！第四天天刚蒙蒙亮，阿莲便起床与搭档阿娇精心织了一双喜席，还挑灯绣了对鸳鸯枕给万先生送去，祝他们新婚快乐！

厂里有个维修技工阿球，来自邻镇厚街，人生得牛高马大，经常为阿莲修机、修扣、修梭，亦挺喜欢阿莲的，阿莲感到他勤快老实且动手能力强，可就是文化低点，自己文化已经够低，低对低，将来如何教育下一代？于是婉拒阿球的暗示。一晃又是几个秋，这几年当中，没少人跟她做媒，她就是看不上，大抵人一旦有了参照物，一比较就没法上心了，她总把介绍的对象与万先生对照。

眼看弟妹已超适婚年龄，这下连有点开通的父母都急得唠叨这事，阿莲竟择了一个吉日"自梳"起来。父母深知自己这个"死女包"从小就倔强，拿定的主意，十头牛也拉不回来，虽有点唉声叹气，也只好认了！阿莲此举的确有点创新，按珠江三角的风俗，过去女子出嫁，须由母亲梳髻，立心不嫁者则履行一定的仪式自行梳髻，称"自梳"。仪式通常在"自梳女"及不落家妇女聚居的"姑婆屋"内举行，当事者预先购备新衣、鞋袜、妆镜、头绳及香烛、佳肴，用黄皮叶煮水沐浴，设供拜观音，立誓永不婚嫁，然后由年长的"自梳女"将其辫子梳成发髻，更换新衣新鞋新袜，向其他"自梳"姐妹一一行礼，经济富裕的还须摆酒宴客。履行仪式后，该女子即为"梳起"，正式成为"自梳女"，终生不得反悔。阿莲倒好，一切从简，什么都免，说句老实话，在乡中她也找不到"自梳女"梳髻，也无法找"自梳女"一一行礼！更找不到"姑婆屋"来庆祝。"自梳女"在莞邑亦曾流行过，但在20世纪30年代已经日渐式微，只是还有些人到香港、澳门及广州当富裕人家的佣人，而"自梳"起来，但长期浸淫于都市，"自梳女"也渐渐开化，碰到合适人家还是出嫁了。阿莲也顾不上那么多，也讨厌那老一套烦琐，自己动手找了一些黄皮叶和柚子叶煲了一大窝水沐浴一番，穿了早准备的新衣、新鞋、新袜，对镜子"自梳"起来，并亲自入厨请阿娇等几个闺密吃了一顿，人们笑称阿莲是真正的"自梳"，这一下成了四乡的新闻中的新闻。

自此之后，阿莲除了织得一手好席之外，还平添几种业余爱好：一是喜欢做媒，热心为互相心仪的男女青年撮合；二是喜欢为办喜事的人织喜席，成了沿海水乡一带的抢手货；三是为出嫁女梳髻，将髻梳得油光滑溜，好不光鲜；四是为婚宴掌厨，什么"凤凰和鸣"，什么"百年好合"，什么"早生贵子"，款式和花样不断地翻新。后来，阿莲的一串弟妹，娶的娶，嫁的嫁，阿莲独守两位老人。以前珠三角的"自梳女"平日可继续居住娘家，但村中会有间"姑婆屋"，是"自梳女"众姐妹聚居之所，在生活中互相扶持，亲如家人。"自梳女"年老或病危，必须移居"姑婆屋"，绝不能在娘家去世。阿莲倒好，自姐妹嫁出后，她独守一大空房，她不搞"姑婆屋"，却把它变成"娘仔间"，专招"未出嫁的女青年入住"，凡是七月七日，便搞一个"七巧"节，又是蒸松糕，又是拜七姐，成了乡中一道热闹的风景。而阿莲给入住她"娘仔间"讲得最多的一句话是：要找到一个如意郎君，除了人品好，手艺高，一定要提高自己的文化水平。

　　人们说阿莲是最后的"自梳女"，她的"自梳"不是来自封建礼法的逼迫，而是张扬婚姻的独立自主。有人说，假若她碰上一个如意郎君，说不定也会出嫁呢。反正她不会再像以前的"自梳女"那么多清规戒律，自己束缚自己，一心只想活出真我的风采。看来，这方水土"敢为天下先"，并非男士独尊。

　　还是一个仲夏之夜，月白风清。

　　"三姑六婆亭"又挑起阿莲"自梳"的话题，不知怎的，大家竟少有地沉默起来，连后山蝉鸣都听得清清楚楚。还是亭主三姑按捺不住，她若有所悟地说："哎，时代不同了，哪怕是'自梳'，也梳出不同的况味来！"

但愿当今社会乐事就是乐事，不会再从中派生出像杂耍徒弟那样的辛酸，不会再有当年步行五里路看一场电影的那种饥渴，更不要出现像盲佬歌手明叔那样的悲剧！

三弦弹出盲佬歌

儿时家乡除了逢年过节热闹点，平日就没有什么娱乐活动，我们一群小孩就盼着三样乐事：一是看杂耍，二是看电影，三是听盲佬歌。这三样东西均跟我们村前的107国道联系起来，因为它们均从这国道上传递着这种信息，而且时间往往就在黄昏，所以每到黄昏，我们都眼睁睁地盯着107国道，看有什么奇迹出现。

此中"三乐"信息的传递，杂耍是最虚张声势的，真可谓未见其人先闻其声，我们一听见锣鼓与唢呐声，便知是杂耍队要进村了。他们进村之后还要穿街过巷地吹呀敲呀打呀，弄得满村鸡飞狗走。每当这时我们就上前凑个热闹，有的在村头摘下片杨树叶子，有的从家中拿来铜煲锑煲，有的在垃圾堆中拣了一块烂铁，跟在杂耍队伍后面，吹呀敲呀打呀，搅得整条村子沸腾起来。

杂耍往往在晚饭后才进行，他们在村头的大榕树下支起三脚架，吊起了"大光灯"，村民们围了一圈又一圈，便成了一个杂耍场。杂耍是文武兼耍，文耍主要是演折子戏，武耍主要是舞拳弄脚。而文耍往往是"整色整水"，一两个半老徐娘的花旦，往那席上一坐，对着镜子往脸上涂呀抹呀画呀，穿呀戴呀脱呀，一两个钟也没化妆完，偶尔也向观众抛一两个媚眼，或摆弄一下满是皱纹的兰花指，或扭动一下水蛇般的腰肢，就是不见她们出场。老一辈说她们是用来吊胃口的，就算出场，你也别指望她们有什么精彩的表演，最多与"丑生"来一段"傻仔洞房""呆佬拜寿"什么的。而武耍则往往是真刀真枪，有耍大刀、钻火圈、睡钉床、碎大石，甚至是钢枪刺喉什么的，让你看得目瞪口呆。

杂耍队的目的是推销什么"跌打油"和"狗皮膏"之类药物。有的为了证明他们药物"坚嘢"！往往会来一下真家伙，我就曾目睹这么一幕：一个被称作徒弟的年轻人，他跪在地上，把一只手伸向一张板凳支起的三块红砖上面，一位被称作师父的人，用一条绳子把他的手绑住，叫一观众牵着盯住以示"坚嘢"！然后这位师父扛起一块100多斤重的麻石，狠狠向这手砸去，那被称作徒弟的年轻人"哎呀"一声惨叫，翻滚在地上，那师父拿起药酒一面往年轻人手上搽，一面口中念念有词："天灵灵，地灵灵，我的药一搽就灵！"我看那躺在草席上的年轻人到杂耍完毕，再也没起来过！我真怀疑，那年轻人是用钱雇来供他们来作秀哄人的！师父付出一点钱，是为了赚更多的钱，那可怜的小伙子就惨了，我一直认为那小伙子的手骨可能碎了。我幼小的心灵从中悟出钱字的血腥与辛酸！

看电影的信息是由军车传递的，离我们村庄大约有5里路，有一个北栅墟，墟上有家部队的医院。每逢周末晚上，驻军会派电影队去那儿放一场电影。每到周末黄昏，我们一群小孩就盯住村前的国道，一看见军车从国道经过，我们便一齐欢呼，又是跳又是拍掌又是唱："军车过呀3512！军车过呀3512！"然后互相奔走相告，晚饭后便有一支看电影的小分队在村头的榕树下集结，然后沿着国道向北栅墟进发。临时的电影场设在医院的一块空地上，那里早已围满了黑压压的人群，我们几乎每次都是站在后面踮起脚跟看完电影的，两个钟头下来，脚都有点发麻！那是解放初期，看的大都是苏联的电影，什么《夏伯阳》呀，《卓娅》呀，《党证》，等等。

其实看电影最大的考验不在去时须走五里路，也不在于踮高脚跟伸长脖子站两个钟头，而在于看完电影往回走的那段路。在途中我们要翻越一个叫"跌死猫"的山坳！这山坳又陡又长，不但让你爬得气喘吁吁！更可怕的是坳旁有个坟场，而且是一个"打靶地"，即是一个刑场，那阵死囚是拉去那里枪毙的，尤其是清匪反霸那阵子，一批就枪毙了十多人。我们这班小孩的好奇心可大，每次枪毙我们都削尖脑袋去看，死囚背后插着死签趴在血泊中的情景我们都历历在目。我们看完电影往往已是夜深时分，若碰上月明之夜还好一点，若是恰逢月黑风高之夜，每过这山坳心里就发毛，加之山坳两侧又是松林密布战壕交错之地，常有野兽出没，那林间蹿出的只只飞萤，就像点点闪烁的鬼火，偶尔还会传来三两声禽兽的嚎叫。狼嚎的声音有点暴戾，那猫头鹰的叫声更是可怕，像是病人在呻吟，且越呻吟越大声，并越叫越近，每当此时我便越挨越近，年纪较大一点或胆子大一点的便自觉领前和断后，整支队伍便会加快脚步而又悄然无声地行进。事后谈起来我们都有点后怕，然而每到周末黄昏，我们还是眼睁睁盯住国道，一见军车过便一样地欢呼，晚饭后照样在村头榕树下集结。现在回想起来，那是对文化的一种饥渴也。

　　"盲佬歌"来时是最悄然无声的。它发出的信息是那杆盲公竹！那盲人叫"盲明"，我们小孩都尊称他为明叔！他家住在邻镇长安，离我们村近20里地，那时没有公共汽车，哪怕有，他也坐不起，他是靠着那根盲公竹沿着107国道摸来的！严格地说，我们是听不到盲公竹声的，只是看到一个身穿灰布长衫，背着一把三弦琴的盲人，手执一杆盲公竹在国道上摸行着，我们凭着那根盲公竹的起落，想象着它敲打着国道那种"当！当！当"的声韵！于是我们会一溜小跑上前，解下他背上的三弦琴，然后拖着那根盲公竹把他带回村中。我妈是听盲佬歌最热心的组织者，所以明叔每次都在我家中落脚，且"盲佬歌"就在我家开场，我家祖屋是一座三间两廊的大屋，且门前有条横巷，横巷两头都有一座门楼，八仙桌往厅中一摆，便是一个绝好的听歌场！每次听歌，厅中、天井、走廊、横巷都坐得满满的。明叔往八仙椅上一坐，一阵激烈弹拨，厅中响起一阵疾风骤雨般的琴声，"盲佬歌"便算开场了！这"盲佬歌"有点像评弹，是一种边弹边唱的艺术，或者说是用边弹边唱的方式来说书！我印象最深的有《梁天来》《孟姜女》《窦娥冤》《包公审郭槐》等。明叔的三弦琴弹得出神入化，随着情节的变化时而婉转，时而欢快，时而低沉，时而高亢，歌书唱得声情并茂，余音绕梁，听歌的人听得如醉如痴！往往一听就是三五晚，直到把一本歌书听完为止。

　　明叔在我家住久了，我们便成为一对忘年交，对他的身世我便有了一些了解。其实，他生下来并不盲，家里有钱，很早就供他读私塾，那年他得了天花，其父不惜钱财带他到处求医，病治好了，眼睛却瞎了，还落得满脸麻子，不过那麻子倒不很难看，是属于"白豆皮"的那种，不落眼看是不易看清的。他父亲替他取名天明，命运之神却让他成了盲人。有段时间他很悲观，曾想到死，后来他听到邻巷的三叔婆在唱木鱼歌书，又听见卖唱的人在弹三弦，这两者都让他听入了迷，加之土改时他家被评定为地主，家产都被没收了，他要成为一个自食其力的人，于是练了唱盲佬歌这手绝活。

　　他还有一手绝活就是修理钟表，说出来真令人难以置信，我也是偶然发现的。那天他坐在我家等着食午饭，我家饭厅墙上挂着一个老式的日本时辰钟，他听着听着一脸认真地对我们说："墙上的钟很快便会停了！"我听见时钟还在那里嘀嘀嗒嗒地响，看见那秒针还在嗒嗒嗒嗒地跳！我便调皮地跟他开玩笑说："钟还在走呢，可惜你看不见！"我妈使眼色示意我不得无礼！他也不跟我理论，埋头食他的饭，饭还未食完，钟果真停了下来，神了！刚食完饭的他抹抹嘴微微一笑说："把钟卸下来吧，我来修修看！"他从口袋中摸出一个小布包，包内装着钳子、螺丝刀等修钟工具，大约用了一袋烟的工夫摸索着把时钟拆了又装上，然后加了点油。好家伙，钟立即行走起来！这事一传开，村里人纷纷拿钟来给他修理，于是他白天又多了一种活：修钟！

　　还有更神的事，就是一天清晨他起床在天井漱口，他对我说："明仔！"哈！我的乳名跟他同名呢！我忙应道："什么事？"他笑着说："你猜屋檐上的燕子窝有几只乳燕。"我望着那个燕窝，只听见一窝的乳燕在嗷嗷待哺，实在不知有多少只，于是冲口回答："我又看不到，怎么知道。"他侧耳听了一下说："5只，不信你上去看看。"于是我搬了架梯，上去一看，窝中果真有5只乳燕！我在梯上如实告诉他，他笑得那么畅怀，甚至有几分小孩的天真！真想不到这么一个自食其力、这么有悟性、这么率真、这么热爱生活的人，在那场运动中吊死了！

运动开始不久，他被专政队揪了出来，其罪状有两条：一是地主的孝子；二是贩卖封建主义破烂货。专政队把他的三弦琴砸得粉碎，并用铁线吊着个大木牌挂在他的脖子上，押着他游街示众，且勒令他每天打扫全村的街巷和厕所，刮风下雨也不得延误，他累得病倒了！专政队见他几天不出来扫街，便兴师闯进他家里问罪，只见他已吊死在床架上。亲友们把他解下来，只见他那双盲眼睁得大大的，人们用手去抹它，怎么抹那眼睛还是没闭上。

这事一晃便过去几十年，每当我回乡探我妈，她老人家还会跟我谈起明叔，谈起他的盲佬歌。末了，她总是喃喃地说："造孽哪，连这样的好人也不放过！"是啊！那真是一段造孽的岁月！连那么一个循规蹈矩自食其力的残疾人也不肯放过，本来文化土壤就贫瘠，可连仅有一点乡土色彩的文化苗儿也掐断，是造孽啊！如果明叔还活着，他准是一位出色的民间艺人，可惜他死了，盲佬歌在家乡一带也就绝了迹！本来想谈家乡一些难忘的乐事，想不到还带出这么一段悲剧来！

如今家乡变了，变得跟城镇没有两样，像杂耍这样一些低级的乐事再也不会有什么市场，各种推销产品的"秀"五花八门，目不暇接。电影院也设在家门口，有些人甚至还拥有家庭影院，人们再也不用因为看一场电影而要引颈盼望，且要经受一场恐惧的考验！当然，盲佬歌如果能流传下来，老一辈还是愿意听的，如果加以改造，说不定还会成为一种很受欢迎的传统民间艺术呢。但愿当今社会乐事就是乐事，不会再从中派生出像杂耍徒弟那样的辛酸，不会再有当年步行五里路看一场电影的那种饥渴，更不要出现像盲佬歌手明叔那样的悲剧！

农村向城镇转变，这是历史的必然，在这华丽的转身过程中，千万注意别毁了有价值的历史文物。倘若楼宇"长"高了，街道变宽了，优良的传统文化却矮化了，变窄了，这可是一件十分可悲的事呢……

古屋飘溢翰墨香

我们的村后，有一片桃园，桃园中有一座青砖黛瓦的老屋，每至冬末春初，那一片桃林，桃花灿灿，桃叶嫩绿鹅黄，远看如天边洒落的一片云霞。那座老屋，经历了数不清的风风雨雨，墙角长着几丛青草，墙上布满了斑驳的青苔，乍看像位刚出浴的老寿星，虽面带沧桑，倒也铁骨铮铮，冒着腾腾热气，依然充满一派生机。

老屋中住着我们族中的一位长者，精神矍铄，长衣飘飘，颇有一派儒者风度。早年随他父亲在省城悬壶济世，老了退隐乡中，偶尔也为乡亲把把脉，开开方，在乡中颇负盛名。这位老者叫卢善成，按族中辈分我们尊称他为"十公"，属于我们祖父辈的人物。他有一位慈眉善目的老伴，我们称之为"十婆"。他们育有如花似玉的独生女，我们称之为"苏姑"，她中学毕业回乡，一面跟着十公学医，一面侍奉两位老人，他们特别喜欢族中孩子串到他们家中玩，于是桃园便成了我们儿时的乐园。

这桃园可不是陶渊明所说的桃源，陶公的《桃花源记》，描述的是一个虚拟的世外桃源，而这桃园却有袅袅的人间烟火。不过这桃园主人有个特别的癖好，满园栽满了梅、兰、竹、菊。梅林不大，只在远离桃林的墙边种了数棵，但跟桃林相映成趣，梅树跟桃树，无论树形与花形都有点相似。起初，我们真的有点难以辨认，日子长了，就觉得它们还是有很大的区别。从花期上看，梅花比桃花开得早点，梅花是在冬季披一身霜雪怒放，而桃花则在初春沐一树春光盛开，一般是梅花谢了桃花开；从花色看，梅花红、黄、白、青、绿纷呈，而桃花则一般为粉红和淡白；从叶子来看，梅先开花，花谢才长叶，而桃花则嫩叶伴着鲜花；从花香来看，梅花香味芬芳浓烈，而桃花则清淡沁雅；从果子来看，梅子有点小，带点青，而桃子有点大，且有红嘴白鼻之俏；从欣赏的角度来看，有人喜欢梅花以示高雅，有人喜欢桃花以示满堂喜庆。所以从欣赏与实用的角度来看很难去评判它们的优劣，而梅花之所以被文人骚客称为"四君子"之首，也许是看中它"凌寒独自开""俏也不争春"的品格吧！

梅跟桃不能间种在一起，因桃需要的水分太多，根延伸得很长，种在一起，会影响梅的生长，梅跟竹则可间种，民间把生男生女相间，称为"梅花间竹"，被认为是最佳的配合。十公的竹就种在梅林中，种的是罗汉竹、琴丝竹与凤尾竹。罗汉竹竿不高，头却大，上身小，头部几节像"罗汉肚"，高高地凸起，憨态可掬；琴丝竹，竿面呈淡黄色，上有精细相间的线条，形如琴丝，微风吹来，瑟瑟作声，颇添一份雅兴；凤尾竹，竿儿纤弱，叶子细长，迎风摇曳，形如凤尾，颇具婀娜之姿。

兰花与菊花十公却用盆栽，或放在用青砖砌的台阶上，或吊在用楠竹搭的花架上。花园吊着两块啡底绿字的牌子，一个写着"兰圃"，一个写着"菊苑"，字体苍劲而又飘逸，一看就知是出自"食过夜粥"之人的手笔。

"兰圃"种有蕙兰、春兰、建兰、墨兰与寒兰。每种名贵的品种都用一个小木牌注明，蕙兰的名贵品种有各种颜色的荷、梅、水仙、蝶等瓣形。春兰中有种珍蝶春兰可称名品，远看仿如一彩蝶在翻飞。建兰，夏秋季开花，淡黄绿色，有紫色条纹，晨风袭来，散发着淡淡的幽香。墨兰，叶呈带状，墨绿带点蜡质，常带清香，品种繁多。寒兰，呈暗绿色，花为淡黄色，香气浓郁。

"菊苑"的菊花可谓色彩斑斓，光是名贵品种的名字，就特具诗情画意,"黑牡丹""胭脂点雪""紫龙卧雪""朱砂红霜""瑶台玉凤""天鹅舞""绿水秋波""花红柳绿""红杏山庄""飞鸟美人""白鸥逐波"。菊虽富贵不如牡丹,娇艳不如月季,幽香不如茉莉,但它不争一时,不浮不躁。从容走进秋风中,不惧风霜欺压,宁可枝头抱香死,何曾吹落北风中,所以在"四君子"中争得一席之地。

我们问十公:"为何对梅、兰、竹、菊情有独钟?"

十公微笑着说:"等你们长大之后便明白啦。梅,剪雪裁冰,一身傲骨;兰,空谷幽香,孤芳自赏;竹,舞风弄月,潇洒一生;菊,凌霜自行,不趋炎附势。'梅、兰、竹、菊''四君子'共同的特征就是高洁、虚心,气节坚贞,不屈不挠。我这么说你们会'水流鸭背',不往心里去,长大了自会领悟其中的原委。"

是的,当年真的不懂,隐隐约约地感到园主是在追求"四君子"一样的品格吧!真可谓一花一世界,一叶一菩提,任何一种生物,在人们心中都有不一样的寓意,更何况"四君子"哉!

在"兰圃"与"菊苑"旁,还有一个小菜园,园中有几畦菜地,种着豆角与水瓜,那豆角苗与水瓜苗沿着竹搭的架子疯长,那一条条豆角,像一根根翡翠做的筷子吊在绿叶中间;那一个个水瓜,则像一个碧绿的棒槌悬挂在竹架之下。在豆角与水瓜间种的是紫茄与红薯,瓜菜开花时分常常引来蝴蝶与蜻蜓,花蝴蝶在园子中翩翩起舞,红蜻蜓在枝头亭亭玉立,煞是惹人喜爱。

十公一有余暇,便会撸起袖子在花圃中剪枝浇水,在菜园子里松土施肥,忙得满头大汗也不亦乐乎,我们乐于为十公打个下手。说句老实话,我们这班调皮鬼对此并没有多少雅兴,兴趣更多的是集在园中那道原生态的风景。园中亦有为数不多的几棵荔枝、龙眼、黄皮和木瓜树。在荔熟蝉鸣时节,我们会用碱水粽粘在竹竿的尖顶上,去粘趴在荔枝上啼鸣的蝉儿。蝉儿捉到手,它亦会唱个不停,很是动听;龙眼熟了,我们会爬上龙眼树去捉"纺花娘",然后用线儿拴住它的一个脚跟,"纺花娘"便会以线长为半径三百六十度旋转个不停，挺过瘾的；黄皮熟了，我们会爬上树捉螳螂，螳螂十分敏锐且凶猛，前爪像两把带刺的利刀，一旦把指头夹上，虽没蟹蜇那么疼，但也会让你流点血丝，我们却乐于追它玩。在桃园的东北角有堵塌了的墙，墙上长了一棵大榕树，气根像一张大网，把土墙紧紧网住，当然亦有气根把土墙撑裂的。这堵墙蟋蟀特别多，每当听到蟋蟀在叫，我们便拿着竹竿去翻着墙捉，捉到了，便向十婆要来个大木盆，在园中的石凳上斗起蟋蟀来，蟋蟀一边互相撕咬，一边啼叫，煞是热闹，谁的蟋蟀输了，就得为胜方赔上"公仔纸"，最惹我们喜欢的"公仔纸"就是《水浒传》一百零八将的单人肖像。

园中有条通幽的曲径，通向村的后山，山上有片森林，森林后面就是王屋村，这是卢屋与王屋两不管的地带，因而带点原始味，林中长满杂树、藤蔓与野果，我们这班"马骝仔"扮演了《三国演义》"五虎将"的角色，砍了杂树做各自的武器，自封关羽的做青龙偃月刀，自封张飞的做丈八蛇矛，自封赵云和马超的做长枪，自封黄忠的做弓箭，做完兵器，森林中的旷野之地便成了我们的"演武场"。玩得肚子饿了，就在林中摘野果充饥，野果最多的是山稔、蛇喷蒲和奇异果，山稔熟透了有点发紫，有点儿像蓝莓。蛇喷蒲一丛丛地长，青藤上长着刺，一不小心就会被刺得手指流血，那果子鲜红鲜红的还长着红绒毛，有点像草莓。奇异果像小拳头般大，皮黄褐色，瓣裂开肉质绿中带红，甜甜的有点像猕猴桃。有时也会到"牛筋"树找一个Ｖ形的树丫，再加两条橡皮筋一块牛皮做一个弹弓，专去菜园打啄食蔬菜的麻雀，玩得满身大汗，便回到园中那口古井旁，打起水来痛痛快快洗个澡。口渴了会捧水大口大口地喝，那古井的水又清又甜，一捧落肚，那股清甜劲从心底涌出口腔，甭提多爽了。

年纪稍长，我们的兴趣便从园子转到老屋中去。老屋是座三间两廊的宅子，入了大门是一个天井，入了二重门是个大厅，大厅前是一红木屏风做的玄关，这屏风分为四扇，分别雕着梅、兰、竹、菊。啊，嗬！又是"四君子"，可见主人对之真的是情有独钟。这"四君子"不着一点色彩，只有精湛的雕痕，虽经岁月的蒸腾，却依然不减它的神韵。厅的正中挂了一幅中堂，这是一幅国画《秋江独钓》，两边的条幅是"山碧林光静""江清秋气凉"。画中的近处有苍松高耸，有笠翁垂钓；远处有黛色远山，有追雁帆影。画风既空灵又高古，字体既苍劲又飘逸，诗、书、画融为一体，流溢一股澄明、坦荡与超然的气质，署名：子枢。

作者绝非等闲之辈，一经询问始知，子枢，卢子枢也！他原名沛森，又名沛霖，以字行，号顾楼、九石山房、不蠹斋，岭南大书画家与鉴赏家也，更令我惊讶的是他竟是十公的世侄，出生于这座老屋。卢子枢成为莞邑颇有影响的书画家，与其家庭氛围有极大的关系。他在3岁时失怙，8岁又丧母，因此便由祖父代为抚养，祖父卢介眉是乡中塾师兼中医师，在国画上也有一定的造诣，目前仍有四幅净墨山水斗方存世。由此，祖父也名副其实地成为卢子枢孩童时的启蒙老师，教他读书识字，写写画画，培养了他对美术的浓厚兴趣。此后，卢子枢也开始涉猎《芥子园画谱》《桐阴论画》《画学心印》等相关书籍，爱不释手。祖父病逝后，他又由伯父卢勉斋抚育。伯父是清末秀才，也非常喜爱国画与书法，且在文学上亦有极高修养，先为吏于虎门衙署，后到广州定居供职，便将他带到省城，他以优异成绩考取广东省立高级师范学校。可见，十公与卢子枢同出于一书香世家，不同的是十公专心学父辈的中医学，乐于悬壶济世，而卢子枢则继承祖父辈的书画国学，在岭南书画坛上驰骋！

厅中东西两壁墙全是书架，重重叠叠藏满了书。有中医四大名著《黄帝内经》《伤寒论》《金匮要略》《温病条辨》；画籍有《芥子园画谱》《桐阴论画》《十竹斋画谱》《山水论》《笔法记》；字帖有王羲之《兰亭序》、孙过庭《书谱》、赵孟頫《赤壁赋》、黄庭坚《松风阁诗帖》、董其昌《岳阳楼记》《三思疏》；文学经典有《三国志》《古文观止》《文心雕龙》《全唐诗》《宋词》；元曲有关汉卿《窦娥冤》、白朴《梧桐雨》、马致远《汉宫秋》、纪君祥《赵氏孤儿》、王实甫《西厢记》、汤显祖《牡丹亭》。从此，十公的书架成了我的图书馆，我匆匆忙忙地翻，囫囵吞枣地记，我对书画及文学的兴趣大概是从那里开始的，一些粗浅的文学功底也是从这儿开始打下的。

进入青年时代，我对十公这个人更感兴趣。十公除了精于中医术之外，琴棋书画，也无所不通，此外还懂武术。爱玩古琴，每当月明风清之夜，十公沐浴更衣之后爱把古琴搬至天井，然后焚起一炷莞香，泡上一壶龙井茶，正襟危坐抚起琴来，我听得最多的是《梅花三弄》《春江花月夜》《平沙落雁》，那种幽深、静远、淡然、超脱的曲韵，像行云流水一般的音符流淌在我的血脉里，竟然有一种微醺之感。棋，他爱下的是象棋，棋下得出神入化，在乡间难逢对手。书画却很少见他动手，但评起书画来却是满腹经纶。说起书法，他主张多临帖，认为临帖得先入帖，然后出帖，不入帖就会缺功底，笔画无出处；不出帖就会没有自己的风格。他认为临帖有三种境界：一是形似；二是神似；三是气通。第三种境界便是形神兼备，笔断气连的最高境界。画，他主张从《芥子园画谱》等学好基本功，且特别强调写生，才能画出生活况味，画出自己的风格来。他虽没铺开宣纸疾笔挥毫，但每逢春节他挥起大笔为村中父老乡亲写了不少对联与挥春，平时他亦用毛笔开处方，那一手行草就写得苍劲而又飘逸，颇具二王的功底，不瞒你说，我以各种方式偷偷藏了不少。武术呢，他南拳、北腿、太极均有一手。南拳北腿讲究力度，挥起拳来呼呼作声，踢起脚来虎跃龙腾。太极拳耍起来，则刚中寓柔，柔中寓刚，刚柔相济，运化无方，看似轻巧，实是力敌千钧。我喜欢听他抚琴和解读书艺，我那调皮的弟弟超平却醉心于跟他学下棋和玩拳。

我高中毕业那年，刚好碰上那场运动，高考戛然而止，我回乡务农，读大学的梦想破灭了，对人生的前程感到一片迷茫，经常跑到老屋与十公探讨人生道路。十公凝视我一会儿，摇起头背起《周易》中的一段话："天行健，君子以自强不息。地势坤，君子以厚德载物。"他拍着我的肩臂说："君子，应法上天刚健，运转不息之象，而自强不息，进德修业，永不停止。不管现在刮什么风，这种不正常的乱象，肯定会过去的！"这次谈话对我启发很大，后来我跟镇上的同好搞起业余文艺创作组来，在省、地、县发了不少文艺作品。他很高兴，不时给予我鼓励，还把卢子枢的儿子邀回乡跟我一起交流，回乡的是卢子枢的老三与老四。老三卢泳祈喜欢画国画，老四卢炜祈喜欢书法与篆刻。诗、书、画本同源，我们聊得很投机。他们既继承父亲的风格，又很着意创新。卢泳祈除继承父亲山水画的特长之外，对画花鸟也很有心得，他送了我一幅画，画面左上角是春燕剪柳，右下角则是母鸡带小鸡，栩栩如生，颇有生活气息。卢炜祈除继承父亲书法的飘逸之外，特别强化苍劲之风，且篆刻特别棒，书法跟篆刻作品都曾在日本展览，并获大奖。我跟炜祈刚好同年，特别谈得来，他为我刻了两枚章，一枚是"锡铭藏书"，一枚是"闲来一得"。我明白他的用意，前者是鼓励我多读书，后者是希望我业余多搞些文艺创作。谈起书画篆刻来，他们兄弟俩一套一套的，却很少谈父亲，两人都认为艺术道路得自己去闯，不能抬出父亲来为自己贴金。

恢复高考，我考进了华南师范大学，毕业后一直在新闻出版界转，忙得一头烟，加之老四炜祈移民去了美国，而卢子枢在我入学的第二个月便辞世，我错过了当面拜访这位族中长辈的良机。

到我当上出版社的社长，有一天美编室主任黎国泰来找我，说要出版一本《中国一代书画名家卢子枢》时，我才跟卢子枢的老二卢汝祈接上了头。汝祈读的是地质学，长期在大西北搞勘探，近年才调回广州。我和汝祈兄聊起来，国泰兄才知道我们之间家族的渊源。说句老实话，之前，我对卢子枢的画书造诣只是一知半解，当我终审定这本书稿时，才有个清晰的认识。卢子枢大学毕业后，于1922年与国画界同人在广州组织"癸亥合作画社"及国画研究会，1929年参加上海全国美展。解放后被聘为广东省文史馆馆员，精研国画，尤工山水，善鉴赏兼长书法。其山水画从清初"四王"入手，又精研"元季四大家"。早在1929年，全国美展国画大师黄宾虹便评论他的画作《松溪高隐图》："上师董源，局势雄厚，笔法浓淡野黑白干湿兼用，**骎骎**乎古，卓尔不群。"著名文献家王贵忱认为：

"卢子枢的绘画由学院画一脉下来，具有比较鲜明的'清、贵、雅'特点，他的繁笔山水和简笔山水也都达到一个相当高的境界，其尊古又不囿于古，进出自如，自出机杼，最终从传统走出，回归自然而独自面见，饶有建树。"中宣部举办已故百名文化人书法展和百人画展，子枢先生名列其中，并有书画作品参展，现有《卢子枢书画集》《不蠹斋友人书札》《中国一代书画名家卢子枢》等出版存世。

可惜在农村向城市化华丽的转身过程中，卢氏几代读书人经营的桃园不见了，取而代之的是高楼大厦。值得庆幸的是，那座老屋却保留下来，政府拨了一笔资金把它修葺一新。此外，2002年镇政府还在卢子枢的家乡虎门，建了一个"卢子枢艺术纪念馆"，它坐落在执信公园内的古榕下，走进纪念馆，迎面便是雕塑大师潘鹤塑的卢子枢塑像，他双目炯炯，神态超然，眺望着家乡的山山水水；馆内展出他的书画作品300余件。我想，假若这纪念馆搬到老屋去更具历史的况味与书香的韵味。农村向城镇转变，这是历史的必然，在这华丽的转身过程中，千万注意别毁了有价值的历史文物。倘若楼宇"长"高了，街道变宽了，优良的传统文化却矮化了，变窄了，这可是一件十分可悲的事呢。

乡里乡亲

沃土殇痕
贝月花开暗香来
安伯坟前三支烟
椰菜花与大笨象
那一片黑松林
带走一盏渔火
救命稻草
无字墓志铭
孤墩守夜人
瓦钵蒸出黄金流
山坳上的彩虹
捕捞·扬帆闯向深海

土地是经不起折腾的,而土地的主人更经不起折腾,谁要是折腾这两者,谁就是历史的罪人!

沃土殇痕

虎门这方水土,是地地道道的鱼米之乡。

就拿我们村前那片原野来说吧,在我的印象中这是一片锦绣般的大沙田。它头枕着石龙山,面临着流沙河。一条十里长堤沿河而立,它仿如一道石壁,挡住咸潮的袭击,顶住洪水的肆虐。这堤上还种上一排排的火炼树和一片片的芭蕉林,远远望去,仿若一道绿色的长城,它虽没长城那么伟岸那么严峻,却多了几许色彩,多了几分风姿,多了几抹温润。那火炼树春季淡紫花开满枝丫,海风徐徐吹来,满堤翻滚着淡紫的烟雨,满围飘溢着淡淡的清香,那些春燕那些海鸥就在这淡紫的烟霞中穿梭翱翔。这火炼树夏季结果,一串串一簇簇吊满枝头,其状如吐鲁番丰收的葡萄。它们嫩时翠绿,熟时金黄,像玻璃弹珠,像黄色玛瑙般闪着晶莹的光,引来无数黄雀啄食。我们则喜欢摘来打仗,因为每颗火炼籽有弹珠那么大那么实,打在身上会有些生疼,机灵的会用青竹做把冲锋枪,将竹节打通,在竹的中段凿个长方形的眼,在眼上装上篾做的弹簧,把火炼籽当作子弹,在枪口上膛,可单出,可连发,射程可达十多米。那些壮小子可嫌它麻烦,手执一束火炼籽,边冲边摘边掷,威力可真大。我们常分成两个阵营,一方做志愿军,一方扮"鬼子",就在堤上干将起来,当然我们谁都不愿扮"鬼子",那就仗前抽签或玩"剪锤",谁输了就认了。这火炼树木质很柔韧，木纹细腻，是做家具的上乘材料，常被用来做台椅和衣柜。我们都喜欢爬上树，坐在树丫靠着树干小憩，但只能闭目养神一下，稍迷糊不慎摔下来非头破血流不可，可谁也不操这份心，所以堤上经常看到躲在树上休息的"树熊"。

芭蕉一般长在靠水的堤边，那芭蕉叶长长的，大大的，就像《西游记》中铁扇公主的芭蕉扇，海风一吹，轻轻地扇起风来，柔柔的，润润的，扇在身上蛮舒服的。有时困了，我们也会用小刀割下数块芭蕉叶铺在堤上，尤其是雨后堤面湿漉漉的时候更得铺上，它们像一张张铺开的雨衣防着水呢，那可是天生的凉席，躺上去凉丝丝的，让人容易入梦见周公。芭蕉结起果来，那可是一大摞，一摞就有十来二十梳，足有二三十斤重，最大的"芭蕉王"可有近百斤呢，绿莹莹的像那翡翠，耀眼极了。雨打芭蕉很清脆，但《雨打芭蕉》要雨夜住在茅屋里才能品到那种幽静而又空灵的意境。我们倒是喜欢在芭蕉叶下避雨，那宽大的蕉叶是把天然的雨伞，小雨可以，大雨不行，因有海风刮过，那横风横雨，一瞬间便让你变成落汤鸡。我们最喜欢去蕉丛中找"树黄"来食，蕉长熟了会变黄，我们称之为"树上熟"，把它摘下来随口就食，那味道比起生的摘下来熏熟的要清甜多呢。

堤外的河滩一丛丛红树林、芦苇荡和咸草海，滩边常有野鸭和水鸡出现，每当捉到水鸡，我们喜欢用咸泥把它裹起，找来火炼树的枯枝生起火来，把它烤熟，然而这"厨艺"最讲究的是火候，火候不够，鸡会生且有浓浓的血丝，火候过了，鸡虽不会变焦但会发干，当我们把烤够火候的咸泥剥去，水鸡的毛已全部粘在咸泥上，呈现在我们面前的烤鸡皮色光亮金黄，鸡香扑鼻，扯个鸡腿咬一口，肉质肥嫩酥烂，我们称这为"乞儿鸡"，这种野趣可谓"湿水棉花无得弹"。

在堤围的中段开有一个水闸，水闸内蓄有一潭淡水，这一潭淡水通过网状的河汊向这片大沙田灌去，以保障禾苗足够的水分生长。平日，这一大片潭水与众多的河汊，放养着鱼、虾、蟹。春耕时分，人们划着小艇，载着一艇艇青青的秧苗，用一双双巧手在这广袤的大沙田上描上一片春色。夏日，这里成了一个天然的浴场，我们一班浑小子，经常在这里捉鱼摸虾赛艇打水仗。秋收时节，人们划着小船，上田收割，每个积水的水氹都有活蹦乱跳的鱼、虾、蟹，顺手一捞，就是一大把。傍晚时分我们载回一船船金色的水稻和一筐筐肥美的河鲜，借用陶铸书记的话来说："这方水土，煮熟饭再去找鱼虾做餸亦不迟。"冬日，青壮年的乡民们把沙田犁翻，名曰"晒冬"，让稻田吸纳充足的阳光与氧分，继而在上面撒上紫云英等各色各样绿肥的种子，于是一丛丛一簇簇长着黄色、红色、紫色小花的绿肥，铺满了一田一垄，它们在微风中荡漾，远远望去，整个大沙田俨然是一匹硕大无朋的锦缎。这些田上还长满艾草，我们用竹篮子一篮篮地采回去，用来煎艾薄饼或包艾角，留作二三月"补天饥"，阳春二月，景色很美，但也正是青黄不接之时，这种艾就是这个时期食物的一个极好补充。家乡人不但勤劳而且智慧，天赐的良机能用就用，包括天赐的食用良品。

这方水土，曾遭三番折腾。

首先折腾的是"全民大炼钢铁"。时值1958年，新中国迈进第九个年头，第一个五年计划刚刚完成不久，成绩斐然，全国上下对改变我国经济文化落后状态的愿望十分强烈，当时就刮起一股"大跃进"的风，各种宣传画画满了村舍祠堂，各种歌谣流溢着大街小巷，其中提出一大口号就是要十五年赶上英国。要达到这个目标，钢铁产量的增长便成为全国首要的任务，一份大报的社论指出："全国其他部门停车让路，让钢铁元帅升帐！"于是"让钢铁之帅升帐"之风吹遍大江南北，掀起"全国大炼钢铁"的高潮。虎门并不是世外桃源，在这股热潮的裹挟之下，亦疯狂起来。在这年的初秋八月，先是太平农机厂建起了高炉开始土法炼钢，在同年初冬十一月，虎门竟来个"全民大炼钢"，并说树田狮子山有铁矿石，于是浩浩荡荡的开矿大军开进山里，搭起茅棚没日没夜地开采，其实这个矿石的含铁量少得可怜，白白花费了大量的财力、物力和劳力。城乡的每条街道每条乡村都建起高炉，我们小学旁就建有一个，我们拿着鼓风机去炉膛鼓风，执着大葵扇在炉口扇火，常把自己熏出个黑乌乌的大花脸来。各街道各乡村动员群众献出家中的破铜烂铁，还说公社已有饭堂，家中旧镬已经没用也大量收缴。说拖拉机快进村，旧的犁耙没用啦也缴上。最惨的是那些洋楼里的铁窗枝，也被撬来放进高炉里熔炼，更荒唐的是连阿娘鞋岛上的抗英古炮也被运往广州熔炼为铁水。炼钢急需的是煤，珠三角水乡哪来煤？只好让碳上阵，这下山林就遭殃了，基本所有山林都被砍伐一空，连陶铸当年欣赏的大人山上那片松林，连上百年的荔枝老树也难逃此劫。

其次折腾的是深翻改土。

记得在"大跃进"的第一个秋天，不知上头是谁提出了"深翻三尺土，瘦土变黄金"的口号，于是，在这片大沙田云集了深翻改土的大军，乡亲们在田里安营扎寨，搭起一排排工棚，入夜男男女女共挤在一起，中间只隔着一层雨布。在大沙田的中央竖起一座高高的箭楼，上面安装了一面战鼓和一个高音喇叭，它成了临时的指挥部。白天，战鼓咚咚，彩旗飘飘；夜间，火把齐明，牛叫人喧。那时，还戴着红领巾的我，亦参加了战斗，人们不知从哪里来的干劲，也许是相信"苦战三年，幸福万代"吧，也许是蒙昧与奴性惹的祸根，真的把大沙田翻了个身，把三尺深的瘦土翻了出来，把表层的沃土埋了下去。然而瘦土并没有变成黄金，翻出来的土不仅缺乏养分，而且把沉积经年的咸气翻了上来，次年的水稻成了弱不禁风的"三支香"……

最后折腾的是移苗拼块。

这次与其说是折腾，倒不如说是一场闹剧。所谓"三支香"就是一棵禾上只长出孤零零的三支稻穗，这种低产田怎么能对付上级收割前的大检查大评比？于是，又有头儿想出绝招：移苗并块。大沙田再次云集了劳动大军，当然也少不了我们的学生军，我们用一些草绳织成一个网兜，用两支楠竹两边一串，便匆匆上阵，仿如一队队支前的担架队，将刚刚灌浆的水稻连根拔起，十亩并作一亩，这样一来，预测的亩产便一下子翻了十倍。于是，招来了一茬又一茬参观高产田的人群。报纸上、广播上以"放了一个亩产超万斤的卫星"的醒目标题，予以大肆宣传，这种自欺欺人的闹剧，到后来连始作俑者也自以为真，一得意，在公社食堂杀猪宰羊来个提前犒赏三军，一连三日三夜喝了个天昏地暗。

没多久，这场闹剧便遭到惩罚。

山林被砍光，植被遭破坏，水土流失严重，山洪把山上的表土冲得体无完肤，泥石流把山塘填高，把河流淤塞，雨水储流不了，船舟不能在河上行驶。连红树林、咸草海也一片片地枯萎。水鸭不见了，海鸥也不来栖宿。在虎门这临海的珠江三角洲竟然不是涝就是旱，涝时沙田成了泽国，雨巷可以划船；旱时水田可以晒谷，龟裂时裂缝甚至连脚也可伸进去，田中的鱼虾没有了，禾虫也就绝了迹。白天，看不见鱼跃；夜深，听不到蛙鼓。昔日那"风调雨顺"的流油之地，不知跑到哪爪哇国去了。

拼在一块的水稻，由于密不透风，虽日夜用风扇去扇，用鼓风机来吹，还是不顶用，加之深翻的土地咸气上涌，还未长饱满的稻谷全烧坏了，偌大的一片沙田竟颗粒无收。这样一来，连公粮都无法上缴。上级一听，可恼也！原来不是说放了高产卫星吗？怎么一夜之间会变成减产歉收？连鱼米之乡也完成不了公粮，那还了得？！一定是有人在"打埋伏"！于是来了个"反瞒产运动"！被派往基层的工作组，把当地的干部关起来，逼令他们把"打埋伏"的粮食吐出来，基层干部挨不过日夜的轮番"轰炸"，只有坦白交代实情，实情能当饭吃吗？不成！迫于无奈他们只好把历年积存的粮食交了上去，干部是放出来了，群众可遭了殃，没有粮食食什么？只好来个"瓜菜代了"，后来连瓜菜都食光了，蕉皮、糠头、木瓜蕊，也就成了盘中的"佳肴"。

有两件事，在我当时弱小的心灵留下不可磨灭的印象。

一件是我目睹的。公社饭堂已揭不开锅了，工作队还不善罢甘休，他们带着一班人挨家挨户去搜查私人收藏的粮食。邻巷有位叫兴嫂的，已怀了六个月的身孕，她把为新生婴儿准备的一点粮食，藏在灶膛的草木灰里，以为能躲过此劫，谁知还是被搜了出来，她跪在工作队跟前，哭求为即将出世的婴儿留条活路，工作队还是狠心将粮食缴去。一个月后不足月的婴儿出世了，再一个月婴儿离开了人间。有人说是死于水肿，有人说是缺奶水饿死的，我亲眼看见死婴被一只粪箕装着停放在她家的门口，兴嫂在一边抽泣一边为婴儿烧着纸钱，那化成灰的纸钱，像一只只灰白的蝴蝶在门口翻飞着，仿佛在诉说哀情与不忿，那境况实在令人心酸。后来邻村来了一"四索佬"用旧毡将婴儿一裹，用锄头一扛，背到后山去埋了。打那以后很长一段时间，我常看见兴嫂坐在自家的门槛上发呆，活像鲁迅笔下的祥林嫂，那悲愤而又无助的眼神，至今还灼痛我的心。

第二件事是我亲历的。经济困难时期正是我长身体的时期，1960年我正小学毕业，因为要考中学，必须到镇上去体检，已经病了几个月的我，瘦弱得连三级风亦会被刮起，我实在迈不开双腿。我爸妈见我求学心切，轮着把我背到镇上医院去。在测视力时，我怎么也站不稳，好心的护士搬来张椅子让我坐着测，可怜我连坐也坐不稳，只好让我爸我妈一左一右地扶着，才吃力地把视力测完。医生告诉我患的是胃病，我知道那是啃糠啃杨树叶啃木瓜心啃多了留下的后遗症。后来国家经过三年的调整，经济恢复起来了，我的胃病亦好了，脸上也泛起了红光。然而，那心灵上留下的创伤是无法平复的。

这些听起来近乎荒诞的事，一眨眼便过了半个多世纪，可上了年纪的人，对这片土地上经过的折腾，却依然记忆犹新。据我后来所知，那个年代，经受折腾的又何止这片土地？现在要追究谁来对这段历史负责已没多少积极的意义，关键是要吸取这段历史的教训：土地是经不起折腾的，而土地的主人更经不起折腾，谁要是折腾这两者，谁就是历史的罪人！

如今，党中央提倡以人为本，提倡科学的发展观，提出"绿水青山就是金山银山"，土地啊！但愿你不再遍体鳞伤，不再流泪；土地啊，但愿你与你的主人不再受折腾！

虎门，这方水土盛产木棉花与贝月花。木棉花，有火一般的血性，它象征着这方水土男儿敢担当的品性；贝月花，像地一般质朴，它象征着这方水土女性默默奉献的特质。

贝月花开暗香来

我的祖屋有点特别，主屋是典型岭南水乡三间两廊的大屋，跟我们同住一大屋的是同族的一位伯娘，名叫苏锦香，我们管她叫锦香娘。我们住的是东厢，她住的是西厢，共用一个天井、一个大厅，共同拥有一条横巷，关起门来就是一家人。我们这大屋与众不同的是，我们东厢的东墙多背一厢房，用当地的话来说就是拥有一个"柜头"，这厢房有自己独立的大门、天井、厅和独立的房，厨房与大屋接通，面积当然比正房小得多。东厢，有段时间既是我的书房又是我的卧室，老祖宗盖的房子，墙上均不开窗，是借着天窗和天井来取光，靠又高又厚的墙来防寒与防暑。当我稍微懂事时起，我就一门心思在东墙凿个窗，年纪稍大一点我就凭着一股"牛力"真的凿出个窗来，我在窗棂上吊了几棵绿萝。清晨，任朝阳洒入，任花影横斜；傍晚，让晚风轻送，让蛙鼓入耳。我借着一抹星光和淡黄的油灯，在一片宁静的窗下读书，或躺在竹做的躺椅上，望窗外的星空，想村野的故事。

而锦香娘的西厢，则有另一番情韵。她在西墙外加了一个围园，园中种有一棵贝月花，人们亦把它叫鸡蛋花，树有五米来高，花冠如伞，整一个夏季与秋季开满一树繁花，花开五瓣，中心呈鲜黄色，轻轻的晨风与徐徐的晚风送来淡淡的花香。别看这么孤零零的一棵花树，它亦有极为热闹的时候。清晨,东方刚露一抹淡青的曙色,栖息在树上的小鸟便开始叽叽喳喳地啼唱,它仿如一个哨子,一旦吹响,马上引得雄鸡"喔!喔!喔"地高啼;猫儿"喵!喵!喵"地低吟,以及梁上燕子呢喃般地和唱,为乡村弹奏一支清晨的交响曲。太阳出来了,这园子又是另一番景象。那只小花猫蜷曲着身子,懒洋洋地躺在树根下晒太阳,那只老母鸡携着一群小鸡在树下觅食,那只大雄鸡展开双翼,雄赳赳气昂昂地在树下梭巡。小姑娘会偷偷潜进园内摘下带露的花儿插在**仔**辫上,然后嘻嘻哈哈溜出去。老婆子却大摇大摆地挽着竹篮踏进园中,在树下拾起飘落的花儿,回家洗净晾干,拿来**焗**茶给儿孙们喝,这可是消暑去湿解表的独味单方。据说,这贝月花来源于墨西哥,后传入亚洲的热带与亚热带地区,它落叶后,光秃的树干弯曲自然,呈各种盆景之美,适合于庭院、草地、溪边种植,虎门地区种植亦挺多,虎门寨的贝月花桥就是一道亮丽的风景。

贝月花没有华丽的外表,没有神秘的传说,没有优雅的气质,没有高贵的身世,却有着很简单的外表——用五片花瓣,淡黄的色彩,组成一种简朴又清新的花语:顽强生长,孕育希望,不事招摇,造福人生。每当见到贝月花,我便想起锦香娘那平凡、朴实而又闪光的人生。

儿时,我感到特别荣耀的是,大屋的门楣上高挂着区政府赠送的一块红匾,上面写着"烈属光荣"四个鎏金大字。每当朝阳升起,那牌匾都闪着耀目的光芒。每当春节,乡里都由民兵营长带队,敲锣打鼓舞着狮子前来慰问,爆竹噼噼啪啪地响,引来村中多少孩子羡慕的目光,这牌匾当然有着不平凡的人文底蕴。

虎门是个古塞,历来是兵家必争之地,虎门人有着浓郁的抗击外敌的传统,鸦片战争自不消说,抗日战争亦有很多可歌可泣的故事。自从1937年7月7日"卢沟桥事变"之后,日寇便对虎门虎视眈眈;8月18日,便有4架日机蹿入虎门低空侦察。此后不断对虎门进行军事骚扰,日机轮番盘旋轰炸虎门。1938年10月22日,日寇大举进攻虎门,大角炮台守军与之血战,全连官兵阵亡。日寇飞机轮番轰炸虎门,共投弹1000余枚,23日晨,日寇登陆阿娘鞋岛，侵占太平。当晚，日寇侵占广济墟，杀害无辜平民数人，并纵火使大多数店铺、民房化为灰烬。日寇占领虎门后，大肆烧、杀、抢、掠，奸淫妇女，其罪行罄竹难书。

虎门是块英雄的土地，日寇的淫威并没把虎门的人民吓倒，虎门人民密切配合王作尧率领抗日壮士模范队（东江纵队的前身）抗击日寇，其司令部就设在虎门大岭山的老虎崖上，处于大岭山边缘地带的怀德、远丰、王村等乡村便成了东江纵队的根据地。我们村也成为东纵游击队的一个地下联络站，因为村环境十分特殊，宝太公路穿村而过，东边是北栅坳，过了坳便到北栅，再走不足五里路便是抗日根据地的怀德乡；西边是官涌坳，翻过坳便是虎门寨，是日军的司令部所在地。我小时候，就看过北栅坳的山岭上纵横交错的战壕，战壕上长着人高的浪箕，仿佛还在散着硝烟味。官涌坳的宝太公路旁有座钢筋水泥筑的碉堡，堡上还残存着不少弹痕，这里便是当年日伪为控制居民进城设的一道关卡。

我们村不足200户人家，形势也相当复杂，宝太公路穿村而过，把整条村切成两边，南面称大卢，北面称细卢。大卢的东头有地主盖起5层高的炮楼，盖时是防止海盗打"明火"（抢劫），沦陷后却成了日伪军的据点，细卢一大户人家竟出了一个日伪的"侦缉"，还有人当上半兵半匪的"七星军"的大队长，整条村笼罩一股白色恐怖，然而"地火"却在村中奔突。当年的地下交通站就设在村中的小学里，这小学原是一间旧祠堂，有个姓关的老师就是地下交通员，还有位女士假扮他的太太。这对假夫妻经常潜入太平墟与墟上的联络站取得日伪的情报，然后连夜送往大岭山抗日根据地。虎门地下党十分活跃，地下党支部设在太平墟，他们一边搜集情报，一边发动群众参加抗日游击队，据统计，虎门参加东江纵队的有百人之多，光我们细卢这个不足百户人家的村子便有6人，锦香娘的丈夫卢裕亨便是其中一员。中华人民共和国成立了，当年参加游击队的都当上连长、营长什么的而衣锦还乡，锦香娘盼来的却是这么一个牌匾，她不相信这是事实，关起门来偷偷哭了两天两夜。后来与裕亨伯一起去参加东江纵队的祥叔回乡探亲，并详尽告知裕亨伯牺牲的全过程，这才让锦香娘不得不接受这残酷的现实。

祥叔是我的堂叔，也是我细姨的叔仔，回来时肩上佩着上尉的军衔，中华人民共和国成立前夕，他转成海军，那一套蔚蓝色的军服往身上一穿，手枪往腰间一别，挺威武的，当年还在塘边手把手教我打手枪呢。他行李刚放好便跑到我们大屋探望锦香娘，他们参加游击队是1942年，那时正处于抗战的相持阶段，日寇做垂死的挣扎，游击队的生活还相当艰苦，过着"四两米二钱油，食咗饭睡山头"的日子，他们转战惠、东、宝一带，裕亨作战很勇敢，由于他做得一手好菜，后来调去炊事班当班长，他总是想着法子改善战士们的伙食，俗话说"三年天旱饿不坏火头军"，裕亨伯却从来把好的食品让战士们食，把最差的食品留给自己，时间长了竟落得个夜盲症，可他心清意坚，耳朵出奇好使，练就一套"夜老虎"的本领，晚上野猪到伙房偷食，也被他捉住。1946年8月，他潜入宝安大鹏王母墟购买食材，刚好碰上鬼子戒严，他逃出了城外，为了掩护战友撤退，他摸出藏在箩底的手榴弹，炸翻了几个鬼子，他自己也中了弹，当祥叔和几位战友前来接应时，他已经奄奄一息，是被祥叔抱在怀中离去的。也许有了多年的思想准备，锦香娘显得出奇地平静，当区里管民政的同志问她有什么要求时，她沉吟了半晌柔声地说："让我女儿阿顺去当个乡邮员吧。"当年裕亨叔参加游击队时女儿顺适还不足5岁，那天深夜离开时女儿正在熟睡中，锦香娘看到丈夫凝视女儿时的眼神有点依依不舍，小声地说："女儿都会行会走了，还能帮手买酱油呢，你放心随队伍走吧，家中有我撑着呢！"现在，当年的小孩已长成亭亭玉立的小姑娘了。

其实，"乡邮员"这担子并不轻松，多年后一个暑假顺姐病了，我帮她顶了近半个月的班，才真切体会到她的甘苦。邮件一般要等省渡泊码头才到，我一般是在中午十二点多赶到太平邮电局，把分拣好的邮件、报刊及包裹用一个大的绿色邮政包装好，通常有十来斤重，然后背回乡，再村连着村穿街过巷去派送。这邮区管的是6个自然村，博头、博尾、大卢、细卢、王屋、社岗和新联。从社岗到新联那段路是最难行的，因为新联是从大岭山新围大涧迁移过来的一个客家村，与博涌乡隔了座白坑水库，藏匿在古木参天的将军山的山麓中间，到那里要走段又窄又长的山路，这山路，两壁峭立，长满芦苇与剑麻。晴天还好，斜阳一照，倒有一丝暖意，若是碰上刮风下雨，便有一种阴森之感。好在当年是个夜不闭户的平安岁月，否则顺姐一个弱女子，若遇抢劫，恶果真是难以想象。每当我送完邮件回家，锦香娘都会在门口守候，她会递给我一条用刚烧过的草木灰焖好的番薯和一盅焗好的鸡蛋花茶，我一边啃着香喷喷的番薯，一面饮甜幽幽的鸡蛋花茶，一面端详锦香娘那一张慈祥而又关切的脸，那种奔波的劳累便全丢到爪哇国去了呢，而且心中平添几分自豪感！须知我当时也只有十二三岁。

  锦香娘有一手绝活：治乳痈。她的老父亲善用生草药在四乡是出了名的，很多疑难杂症都能医，他定下一条家规：医术只传男不传女，唯有治乳痈则相反，只传女不传男，于是锦香娘被授予这门绝技。当时乡村医疗卫生条件并不佳，加之人们的封建意识浓厚，这些患者是喂奶的少妇居多，患者的乳房又红又肿，疼痛难忍，若不及时治疗还会引起病变，严重的会恶化成乳腺癌。锦香娘在草织厂织席，要是谁得病了，下班她就得赶紧跑上山找草药，回到家夜幕已降临，既顾不上煮晚餐，更顾不上吃晚饭，便在贝月花树下，用一个圆柱形的铁臼盛着草药，用一根仿如拌面用的圆柴锤的铁杆来舂着，铁杆撞铁臼，叮叮当当撞得特别脆响！每当听到这种锤声，村中人便知锦香娘又在为人治病啦！草药一旦捣好，锦香娘会用荷叶包着，让患者往乳痈上敷，快则一星期，长则半个月，患者便会痊愈，治愈率近乎百分之一百。锦香娘从不肯收医药费，把这看成是为乡亲做点好事，她的口头禅是："乡亲乡故的收什么钱！"患者总觉得过意不去，常会送她一些自己种的番薯、芋头、花生什么的，也有送鸡蛋、小母鸡的呢！这样一来，我也没少享口福。

  锦香娘还有一大特性：有点侠义之风。村中有位队长的太太，仗着老公有点小权力，专门欺负村里的一些弱群众，人们暗地里称她为"霸巷鸡乸"。有一年村中有位姓苏的姑娘，在惠阳读卫校，暑假回乡参加义务劳动，期满要队长写份鉴定回学校，霸巷鸡乸因跟她母亲拌过嘴，而且对方是村中的杂姓，没什么宗族势力，她硬叫老公不要出具证明，小姑娘委屈得哭肿了眼睛。锦香娘一听，可恼也！这不是仗势欺人吗？杂姓怎么啦？同村人就该一家亲，怎么欺人欺到这个份上？！共产党领导穷人打天下，打生打死，不就是为了人人平等吗？现在掌了点小权就敢欺压百姓，这不是有违共产党闹革命的初衷吗？于是她领着小姑娘登上队长家的大门，厉声质问队长与霸巷鸡乸："你写还是不写？！"霸巷鸡乸见势顿时软了下来，这叫一物降一物，村中她最怕的就是锦香娘，于是乖乖地叫老公把鉴定写了，小姑娘破涕为笑，高高兴兴拿着鉴定证明回校去。

那个年代，实行的是统购统销，不仅购油买米剪布都要凭粮票、油票和布票，购肉也凭肉票，因每月每人只有二两肉票，人们喜欢购的不是瘦肉，而畅销的往往是肥肉和猪肝，肥肉可以炸油，油渣可以炒菜，而猪肝是营养的补品，特别是治肝炎有较好的疗效。到村中售肉的往往不到半头猪，猪肝也只有一小块，有位"楠叔"患了肝炎，很想买猪肝补补身体，可老是被霸巷鸡乸抢先购去，锦香娘闻知就有点打抱不平，于是连续半个月为"楠叔"代购，因为烈属有优先购买的乡规，锦香娘从来不用这"特权"，这下她就来个"破例"，弄得霸巷鸡乸只好干瞪眼。

乐于成全别人，是锦香娘的又一特点。我们村中有位青年人长得比牛还壮，人们为他起个别名叫牛仔卫，他为人老实又有一副牛力，给邻村社岗一位私塾先生看中，将女儿嫁给了他。后来他们有一个儿子，老私塾先生帮外孙取名为"南山"，其意为寿比南山。这南山从小胃口就特别好，小小年纪便能食下两碗饭，正当小南山长身体的时候，刚好碰上三年经济困难的瓜菜代年代。阿牛凭着一副牛力上山取野果，下涌摸鱼虾，总把南山喂得饱饱的。可惜鱼米之乡在自然灾害面前也有枯竭之时，阿牛只有束紧腰带把仅有的那份少得可怜的粮食全让给儿子吃，连到田头地尾翻土弄到的一些收成后残留的番薯、芋细也全盛到儿子碗里去。他发觉村后的簕竹竟开满了花，这可是六十年一遇之事，他偷偷上山把竹米取来煮食，先是患了肚胀，后得了水肿竟一病不起，儿子南山保住了命，他却离开了人世，剩下阿莲一个寡妇拖着南山过活。村中有位大龄青年叫发根的，他本来就跟阿牛是老友，如今看见他们孤儿寡母怪可怜的，总去帮阿莲干点重活，阿莲也到他家帮收拾一下家头细务，洗涤一下被单和缝补一下衣服。"寡妇门前是非多"，不少人背地里嚼舌头，锦香娘听见这些闲言碎语很不是滋味，发根同是烈属，其兄亦是参加东江纵队牺牲了的，其父老实一辈子，也穷了一辈子，她曾到他家看过，真可谓家徒四壁，连灶头都是靠几块砖头垒起来的，发根根本没机会读书，虽有一身气力，但已年过三十，还是孤身一人。寡妇的滋味锦香娘品尝过，光棍的滋味她也能揣摩出三分，何不将他们撮合在一块。于是她把他们叫到贝月花下，一边饮鸡蛋花茶，一边敞开心扉谈两人"拉埋天窗"之事，谈得两人都有点心动。阿莲的父亲这位老私塾先生思想却有点守旧，"三从四德"为妇之道一套一套，他担心女儿这样做遭乡里人非议，阿莲怎么说他一直在摇头。锦香娘手提一篮鸡蛋花，到社岗登门拜访这位老先生，她单刀直入："寡妇的滋味不好受，现在是新社会了，妇女都已经解放了，你还守着封建思想那一套有个屁用？你是要守住自己的脸子，还是为女儿和外孙的幸福着想？"老先生虽有满腹经纶，却抵不住锦香娘连珠炮般的质问，最后只好点头赞成。结果发根当了上门女婿，一家三口过得乐也陶陶，不到一年他们得了一个儿子，私塾老先生喜不自胜，帮外孙取了个名叫连枝。父亲叫发根，儿子叫连枝，取其生根开枝散叶之意。这成了村中一段佳话，人们都说锦香娘做了件功德无量之善事。

锦香娘近45岁那年，突然中了风，发根一班青壮年用独轮车载着她，有人在前面拉，有人在后面推，有人在两旁扶，闯过长长的官涌坜，风驰电掣般把她送到镇上医院，没有谁动员，全村的青年男女，轮流到医院日夜守护，医院亦倾尽全力抢救，锦香娘奇迹般闯过鬼门关，且没有留下任何的后遗症。其后锦香娘招了一个上门女婿，是位转业到邮电局当机要员的公职人员，为她添下两男一女三个外孙。

锦香娘一直活到了93岁，临走前的一年，她拄着拐杖，拿了一瓶晒干了的鸡蛋花给我妈，要我妈一定要转到我手中。

虎门，这方水土盛产木棉花与贝月花。木棉花，有火一般的血性，它象征着这方水土男儿敢担当的品性；贝月花，像地一般质朴，它象征着这方水土女性默默奉献的特质。这瓶鸡蛋花我一直舍不得冲茶饮，却常常打开瓶盖，闻闻那淡淡的幽香，它引起我对与锦香娘共处那段日子的回忆，它让我品赏到锦香娘那平凡而又高贵的品格，它让我牢记这片生我养我的水土，它鞭策我好好做一个品质高尚的人。

我始终不忘在安伯墓前供上三支上等香烟，因为我知道……他一生爱烟，哪怕是中年后患了帕金森症，也不肯放弃这种嗜好……

安伯坟前三支烟

清明时节，是最令游子牵挂的节日，外出工作的自不消说，连一些旅居海外的游子亦会远涉重洋赶回故里奠祖。清明节源自上古时代的祖先信仰与春祭礼俗，兼容自然与人文两大内涵，自然是踏青，人文是祭祖。这个时节，生机旺盛，大地呈春明之象，正是踏青春游与行青春祭的好时节。它跟春节、端午节、中秋节并称为中国四大传统节日。除了中国，世界上还有一些国家和地区过清明节，比如越南、韩国、马来西亚、新加坡，这些国家的华侨回乡祭祖的特别多，其动因：一是缅怀先人，二是为己祈福，三是访访亲友，四是解解乡愁。中华人民共和国成立之前，乡里祭祖是一件极为隆重的事。每到清明时节，从各地赶回来的族中男丁，一大早就在祠堂集结，他们迎着晨曦，抬着金猪，挑着元宝蜡烛，扛着鞭炮及各种祭品，浩浩荡荡地向祖坟进发。祖坟在本地的，路程最多三五里；祖坟在外地的还得穿州过岭，走上二三十里亦是常有的事。而穿州过海跨小桥，一路山光水色，燕舞莺啼，绿草如茵，流水如吟，也着实把青踏了一遍。每当这时候杜牧那首《清明》诗便回荡在人们心间：

　　清明时节雨纷纷，
　　路上行人欲断魂。

借问酒家何处有？

牧童遥指杏花村。

它既点出清明节令的情景，也勾起外出游子的一腔浓浓的乡愁。

我家乡地处珠江三角洲，属于河网与丘陵交织的地带，那时兴土葬，一般村中有人仙逝，后人会找个罗庚先生在山丘上找块风水宝地埋了，什么"左青龙右白虎"，什么"远眺有山水，背后有靠山，左右有交椅位"，风水先生的噱头可多着呢。于是水土稍佳的山丘，随着岁月的推移，坟墓越来越密集。因为墓地都在山上，因而乡里人把祭祖唤作"拜山"，亦有人说"行青"。这两种叫法也颇为传神，前者，因为墓都在山上，烧香拜祖仿如拜山；后者，一路踏着春色而行，无异于行青。这情景也着实有点壮观。这些连绵起伏的山丘，虽有古木参天，清溪流韵，平日却是人烟稀少，一片沉寂，只有清明重九，才会蓦然沸腾起来，拜山的人潮一浪接着一浪，爆竹声此起彼伏，谷应山鸣，香火与岚影浑然一体，在山际间缭绕飘荡，若是碰上绵绵细雨，更显烟雨凄迷。拜祭后的黄昏，一抹斜阳在雨后的林间洒下斑驳的光影，映照着漫山遍野丢弃的供果，散发着一种浓烈的沧桑意味。然而，此刻正是乞丐与流浪者活动的黄金时段，他们提着粮袋满山梭巡，那些鱼呀虾呀蟹呀之类的供品便是他们的盛宴中的佳肴。

拜奠的队伍回到村中祠堂，最热闹的场面是分金猪，它由族中长者主持，族中数位壮年挥刀，将烧猪劈成一块一块，男丁一人一份，这就是所谓："太公分猪肉。"有些家中男孩尚幼，为了能分到这份猪肉，便由稍大的姐姐背上成行，真可谓是"三斤驮两斤"，哪怕要翻山越岭，她还是乐也陶陶地成行。若是男丁分不到一份，那是一桩很大的事，这意味着被族人踢出围，只有犯了族规的人，才会遭此惩罚。祭祖可分大族祭和小族祭。大族就是同村同族，甚至不同村同族的，远溯五代之远；小族则是近三代的才聚在一起。我父亲三代单传，在族中属于很弱的一支，祭祖既没有那种浩浩荡荡的壮观,也没有那种抬金猪、放长鞭炮的奢华。虽是如此,每到清明重九,我们兄弟几人还是感到莫名的兴奋。那个年代学校是放假扫墓的,当时乡间流传一句俚话:"清明重九,先生唔走学仔走!"老爸是一个极其看重扫墓的人,一大早他便提前把一个个祖坟的杂草除干净,午饭后带我们兄弟三人,逐个逐个坟地奠拜,要转好几个山头呢。一路上风景是那么迷人,那满山满岭的古松杂树,飞翠流绿;那纵横交错的流溪,浅唱低吟;那满坡满沟的覆盆子、山稔,泛红吐紫,清香扑鼻。还有这几座坟均遥对珠江口,这个时令江面上往往烟雨迷蒙,那屹立大海的岛屿,那追着流云的帆影,若隐若现,呈现一种朦胧美。若是雨后斜阳,则是彩霞满天,有时在海天相接处,还会出现一弯彩虹。每次行青,我们都受到大自然一种美的熏陶。其实老爸也说不清楚哪个坟葬的是哪位祖先,他记得最清楚是他自己的父母,拜祭时他在坟前摆上佳肴、果品、酒水,然后压上纸钱,插上香烛,神情庄重地敬香、洒酒、默默地跪拜、祈愿,那种认真、那种虔诚,我至今记忆犹新。

拜奠完毕他会在古松掩映、香火缭绕的坟前跟我们讲起祖辈的故事。祖父早年家中没田没地,手中也没技能,只身漂洋过海到安南(今称越南)谋生,在矿山开矿,在淘金坑淘金,在小食店洗"大银",后来染上了鸦片烟瘾,害了一场大病,回来不久便去世了。祖母伤心得哭瞎了眼睛,那年父亲才6岁,祖母是靠帮别人缝补衣服和舂米赚点钱,把父亲拉扯大的,因为祖母眼瞎缝补衣服时常被针刺得鲜血直流,每讲至此父亲的眼睛都闪着泪花。穷人的孩子早当家,我姑妈不够8岁就卖到富裕人家当妹仔,辗转在香港、澳门、广州等地,后来在广州嫁了一个好人家,才跟老家联系上。父亲7岁便下田拾稻穗,或提着篮子装点小食跟收割的人"兑禾桶谷",在童年他从没穿过鞋,有双木屐穿他便会高兴得跳起来。他从没读过书,8岁便在商店当伙计,每到商店打烊,便点起油灯请老伙计教他认字教他打算盘,几年后居然能把算子打得啪啪响,算得又快又准呢,且还写得一手好字。农忙时也返家帮手,犁田耙田插秧都是一把好手,有次全乡插秧比赛他还夺了头筹呢，当然这是他年过半百的后话。在20世纪40年代初期父亲终于与我姑妈联系上，去广州打了好多年的工，再后来得到姑妈的一些资助，在土改前两年回乡办起席厂来，他既是席厂的管理者，亦是染草技术工的佼佼者。我自小便挺佩服我老爸的，他用勤劳和智慧撑起一个九口之家，也从那时候起在我的幼小心灵里便明白做人要知道感恩，要想能在社会上立足得靠自己努力磨出一身真本事来。

去省城读书与工作之后，虽然离故乡远了，我依然牵挂着清明节，只要能抽空我都会赶回去。那时候我老爸老妈还健在，一则趁这个机会看看两位老人家；二则看看故园的山山水水，释放一腔乡愁；三则是我着实惦记着安息在村后山冈上的安伯。

说起来安伯与我们并没有血缘关系，却与我们家有割不断的情缘。安伯从小就是一个孤儿，年轻时便替一富庶人家打长工，东家为了控制他，诱他吸上了鸦片，弄得他一年到头为东家白干活，且中年还未过便患上帕金森症，东家见他没有力气再干重活，便一脚把他踹了出来。我父母很同情他，因为从祖父的身上，知道吸毒害人，帮他戒了毒，还替他找了一份工作。不久，土地改革了，村里组织了互助组，把村中一些孤寡老人都分到一些殷实人家里去，我爸是互助组的组长，当然不会袖手旁观，于是安伯成了我家中的一员。后来，互助组解散了，他仍留在我们家中，我们兄弟姐妹几人都把他当成伯父来尊敬，他亦把我们当作子侄般疼爱，有两件事令我终生难忘。

记得我7岁那年初夏的一个黄昏，放学后的我牵着一头大水牛在田埂上放牧。水牛不知何故受惊，突然撒起四蹄狂奔，来不及松脱手中缰绳的我，一下被拉得趴在地上，并像被拉雪橇一样，瞬间便被拖出十多米，我紧闭双目脑袋一片空白。在这千钧一发之际，正在田中耙田的安伯见状，马上扔下牛鞭，一轮箭步扑到水牛前面，一把揪住牛的笼头，这是一个非常危险的动作，弄不好会让狂奔的牛连肚皮都踩破。他制服了发了癫般的牛，一把将我从地上抱起，差点吓昏了的我，此刻才哇的一声哭出声来。

他见我的下唇摔破，正在流血，忙从口袋中掏出一包烟丝，往我的伤口一捂，然后从上衣撕下一块布，替我包扎起来，见我的血还在不断涌出，他慌了神，背着我向家中一溜猛跑，回到家中把我安放在一张宽板凳上。他一面捂住我的伤口，一面吩咐人叫医生来，在泪眼蒙眬中，我看见他的脸部抽搐着，那种痛苦和关切的眼神我至今仍历历在目。我嘴唇上至今还有当年摔破留下的疤痕，这是我永生难忘的一个印记。

在三年经济困难时期，正在长身体的我曾有七天没一粒米进肚的纪录，咽的都是野菜和粗糠，还有芭蕉树的芯、杨树的嫩叶什么的。大个头的安伯也瘦了一圈。开头他自己动手织网，用楠竹架成一张虾搭，用竹篾织了一个鱼篓，到山坑到氹边到河涌去捕鱼捉虾，晚上还用手电筒去农田捉田鸡，后来打这主意的人多了，鱼虾田鸡都被捉绝了迹，他老是坐在家门前的小竹椅上望着乡村后山的荒原发呆，过一段时间我看见他带着砍刀和锄头往后山跑，回来后身上划满青一道红一道的血痕。我好生奇怪，偷偷尾随着他看个究竟，原来他在砍了一片箣竹林辟出一块荒地，那箣竹浑身长满又硬又锋利的竹刺，一划便是一道深深的血痕。他在村前村后垃圾堆挑了土，这是一种天然的有机肥，硬把这荒地变成了沃土，在上面种上了烟苗。为防止牲畜践踏，在园的四周种上了剑麻，这剑麻长得又高又大又密，浑身布满尖尖的刺，成了一圈坚固无比的篱笆墙。此后，他天天从村前的池塘挑水，爬近二里的上山小路，一担又一担地浇灌，烟苗绿油油的，一天天往上长，他却一天天往下瘦，要知道在食不果腹的日子里，这可是一种高强度和高消耗的体力活啊！空闲时他把砍来的竹破成篾，然后再织成长方形的竹笪。到了收获季节，他摘下一块块两巴掌大的烟叶，夹在竹笪里放在天棚上晾晒。不到一星期，绿油油的烟叶变成黄澄澄的黄金叶，他取下来逐块逐块地剥去烟梗，每几张烟叶卷成一卷，在板凳上用磨得贼亮的菜刀切成烟丝。他切烟丝的动作，我可特别留心观察，因为他患了帕金森病，握刀的手颤得厉害，我生怕他把压住烟叶的另一只手的手指切了，可他下刀时又稳又快又准，把烟丝切得如头发丝般细，这仅是他刀法的精湛吗？不！那是意志和毅力的使然。他将切好的烟丝用杜林纸包好，然后拿去镇上赶集，换回一些米碎和番薯。看见我们兄弟姐妹几人津津有味地喝着番薯粥，他吧嗒吧嗒地抽着用旧报纸卷着烟梗的"大喇叭"，清癯的脸上荡着一丝平日不易见到的微笑。是他，用他的血汗与爱心，让我们平安地度过饥荒之年啊！

我结婚之后分了家，他跟我一起过。1977年恢复高考，高中毕业已十一年的我，跨过独木桥考进了大学，此时我已经30岁，已是三个孩子的爸爸。我读大学时，他帮助我爱人支撑着一个家。毕业后我留在城里工作，本想把他与爱人小孩一块接到城里来，他说不习惯城里的生活，要留在乡下跟我父母和弟弟一起过，我拗不过他只好作罢。每次回乡我都带上两条上等的香烟给他，每次接过香烟他总是絮叨："花那么多钱买那么贵的烟做咘嘢？带两包烟丝就得啦！"我看得出他嘴是这样说，心里还是挺高兴的，看他那微微向上翘的嘴角便知道。我知道他看重的不是那上等香烟，而是那份剪不断品还甜的亲情和孝心。

他病危的时候，我刚好出国考察，据家里人说，他在弥留之际还叨念着我。没能赶上为他送终是我一生的遗憾一生的痛。

如今，珠江三角洲兴起了墓园，比起以前的坟地奢华了，气派了，集中了，但少了以前的那份野气、那份幽静、那份水清与山明。所以扫墓时兼踏青的那份闲逸、那份清爽、那份自然没有了。现在有钱的人多了，攀比之心重了，祭祖也摆起排场与阔气来，清明祭祖的花样也在不断翻新，不仅是烧猪越弄越大，鞭炮也越放越长，烧冥币也越烧越多，而且还烧一大堆纸糊的手机、冰箱、信用卡、奔驰车、别墅，甚至还有佣人、保镖什么的，弄得整个墓园火光冲天，烟雾腾腾，令扫墓之人心烦气躁。我始终不忘在安伯墓前供上三支上等香烟，因为我知道他一生爱烟，哪怕是中年后患上帕金森症，也不肯放弃这种嗜好。我清晰地记起，他把粗粗的烟梗切成细细的"烟丝"的那种专注，用旧报纸把"烟丝"卷成一支支"大喇叭"的那种认真，把"大喇叭"一支支装进烟盒的那种惬意。我更忘不了的是，他抽"大喇叭"所蕴含的那种爱和恩情！这种爱和恩情我们十辈子也还不清啊！

　　每次清明扫墓归来，我心中都油然萌生一种感慨。扫墓缅怀先辈是我们中华民族的传统美德，这无疑要传承下去。然而好好对待每一位活着的亲人和恩人恐怕更为重要。乡中有句俚语：生前给一颗豆豉，胜过死后供一头金猪。是的，生前对父母尽点孝心，让他们颐养天年，比死后为他们烧金山银山靓车别墅，不知要胜多少倍，泉下毕竟是一个虚幻世界，哪怕是最奢华的供品，他们能享受得到吗？倘若他们知道后人如此烧钱亦会感到浪费与心疼的，而让他们生前活好每一天那是最为实际的。此外，人的一生要经历多少风雨，要踏过多少坎坷，又有多少人在我们艰难的时候施以援手，这援手是多么温暖、多么有力、多么珍贵，正因为有这些援手我们才得以渡过一个个难关，受伤的心灵才得以抚平。当然，施恩者未必图报，有些连姓名也没有留下来，可是受人恩惠千年记，正所谓"滴水之恩，涌泉相报"，这也应该是中华民族的一种传统美德吧？试问一个不珍惜亲情的人，他怎么懂得去爱别人？一个不懂感恩的人，他又如何懂得去爱集体、去爱民族、去爱国家？更遑论去报效它们了。倘若一个国家，每一个人都珍惜亲情，都懂得感恩，都懂得去爱每一个人，那么这个社会就会少一分戾气，少一分罪恶，多一分和谐，多一分吉祥。

村后那片簕竹林一夜之间，开满竹花结满竹米……这是一甲子难遇一次的怪事；更奇异的事是，一向纯朴的村姑，头上竟长出"椰菜花"来。

椰菜花与大笨象

经济困难那几年，天地人间常有点异象。天幕上，常有火烧云，始青渐紫，最后一片赤彤，一簇簇一排排汹涌而至，仿若千匹赤兔马在天际奔驰；海面上，常有龙卷风，像条黛色的巨龙，从珠江口突然蹿起，在珠江三角洲飞旋，把海上的小舟掀上岸边，把田畴的禾桶与水车抛入河中，当地人称之为"龙上水"；村后那片簕竹林一夜之间，开满竹花结满竹米，那一丛丛竹花像芦苇荡的芦花随风飘荡，那一簇簇竹米像涧边的狗尾粟弯腰垂溪，人们说簕竹开花人会死，人食了竹米会腹胀而亡，这是一甲子难遇一次的怪事；更奇异的事是，一向纯朴的村姑，头上竟长出"椰菜花"来。

阿举便是最显眼的一位，她本是村中出名的靓女，那张俏脸像鸡蛋剥了壳般白里透红，那双明眸像后山那眼山泉般清澈透亮，那两条又黑又长的孖辫甩在背后，走起路来就像两缕黛云在飘飞。不知什么时候，阿举得了场大病，那张俏脸带有菜色，那双明眸有点失神。那年初夏，省城的姑妈回来看见她这样，抱着她的头："这是饿得啊，饿得啊……"说着说着大滴的眼泪滴在她的脸上，她感到必须把侄女带回省城调理调理，于是阿举在省城住了两个月，回来时阿举长孖辫不见了，头上却顶了朵"椰菜花"。有人说得更尖刻，说像顶了个"鸡𪨊窦"。

其实，这种发型，乡里并不陌生，在洋火、洋油、香皂、香水、雪花膏之类的广告牌中早就见过,来虎门的广州客和香港客的女性中也屡见不鲜,甚至在太平墟也有理这种发型的,有位学生哥说,用专业术语,这叫电发,亦叫烫头发!大家感到诧异的是平日清纯得像潭泉水的村姑,怎么突然变得那么时髦?更让大家感到奇特的是阿举那张俏脸飞回点红晕,那对明眸寻回了亮色。听见人们在窃窃私语,卿嫂却在抿嘴一笑,她本是广州西关的一位小姐,嫁给当年在广州做生意的本叔做姨太,土改前三年才跟本叔回乡下过日子的,什么世故风情没见过?有人问她有何高见,她诡秘一笑:"行为有异,必有所图,下来肯定有戏!"人们问她有什么戏,她压低声音说:"你看她脸带桃花,桃花运啊!"

果真,同年深秋,阿举又去了趟省城,一个月后竟带回个"大笨象"。"大笨象"是乡里人对五大三粗的人的一种戏称。那时我年纪尚小,可是阿举的妹妹是我的同学,两小无猜常有串门,"大笨象"来时我正好在她家帮她病中的妹妹补习功课。只见他长得虎背熊腰,身穿一套像牛仔布的工作服,脚踏一双翻毛的大头皮鞋,也许是鞋底嵌了铁掌,踩在客厅的地板上嘣嗒嘣嗒地脆响,粗壮的脖子上顶着个"陆军头",据说是造船厂一位打铁的师傅。当他们俩手拖着手往村前一走,一个像村头长满横纹的牛筋树头,一个似塘边临风摇曳的弱质垂柳,我当时也感到极不般配呢!

村里人的反应,像炸煎堆煮开的油镬,滚烫得直冒烟。有人投以羡慕的眼光,说阿举有本事,到省城钓回个金龟婿,以后大把好世界!有人一面疑惑,阿举入城户口咋办?以后孩子户口跟谁?有人心里很不服气,特别是早已暗恋阿举的阿壮:"这位仁兄有什么巴闭(了不起)?要样没样,要文化没文化,跟我一样得铺(只有)牛力,比我多了点什么?多一本粮簿!"

粮簿!粮簿!这点到了问题的要脉,这本粉红色的粮簿在那年月可是命根的象征,当时实行的是统购统销,有了这个粮簿,意味着有城镇居民的户口,国家会配给大米;没有这粮簿则意味着是农业人口,要靠公粮之后再分配余下的稻谷。"食米"者，意味着"旱涝保收"；"食谷"者，则要"望天打卦"，倘若歉收就得挨饥抵饿！粮簿！粮簿！就是这么一个粮簿，它是那个非常年月"婚恋"天平的一个重要砝码。人往高处走，水往低处流，它夺走多少乡村少女那颗纯朴的心！

阿举之举，就像一颗酵母菌，迅速在乡中发酵，先是跟阿举织席的拍档阿群，她俩不仅是最佳拍档，而且是超级闺蜜，阿举婚后回乡跟阿群同床共被，推心置腹聊了一整夜：

阿群："你是怎么动了嫁去省城的念头？"

阿举："是姑妈踱的桥（想的计）。"

阿群："你长得那么靓，怎不找个靓仔点的？"

阿举："哈，你拣人，人拣你，我再靓也是乡下妹啊。再说啦，正如姑妈所说，靓仔能当饭食吗？反正一熄灯都是男人一个……"

阿群："怎不找个职业好点的？"

阿举："唉，我又何尝不想？有好职业的人要你吗？要知道我嫁出去，还是个'黑人黑户'，全家靠的就是他那个粮簿，打铁工可是份高温职业，比其他工要多十来斤粮食呢。"

阿群："你在广州能找到份正式工吗？"

阿举："没正式户口很难呢。"

阿群："那怎么办哟？"

阿举："找点临工干干，我摸了一下底，也可学别人'走走鬼'摆个小杂货摊什么的，甚至可到公园门口卖点咸酸、瓜子、粟米、花生或牛杂、和味龙虱亦可以，我想赚够两餐总可以吧！"

阿群有点打破砂锅问到底，阿举声音有点嗫嗫嚅嚅心绪不清，她俩就这样，有时瞧着室内如豆的油灯辗转反侧，有时看着窗外的星星想着各自的心事。谈谈停停，从月上柳梢，谈到雄鸡啼晓。阿群太累眯了一会儿，醒来发现阿举已经走了，可她的枕巾却湿了一片。是眷恋这块故土？是怀念那位暗恋她的阿壮？其实阿举对阿壮又何尝没有好感，只是出于女子的矜持，还没将这层纸捅破而已。

阿群心中虽仍有很多疑虑，但总抵不上那本粮簿的诱惑，她在思索，在寻觅，求一个万全之策，后来她瞄准了复员军人阿晃。阿晃是邻村的一个远房亲戚，复员后被选上当镇供电所的电工，虽依然住在镇远郊的乡下，但拿的是粮簿，乡中也有祖屋，嫁给他既可有粮簿，他所在的村亦有席厂，嫁过去依然可当织席工，来个亦工亦农岂不两全其美？阿群出嫁那天可热闹极啦，阿晃从单位借了辆永久牌自行车，胸前戴着朵大红花在前头开路，跟在他后面是一群乐手，又是吹唢呐，又是敲锣，又是打鼓，接着是一大溜接伴娘与载嫁妆的独轮手推车，车把式是清一色的壮小伙，这条队伍浩浩荡荡向村中开来，比起阿举出嫁的只有十来位亲友送上省渡热闹多了。据说阿举是悄悄走的，有位送亲的回来说阿举躲在船尾偷偷地流泪，眼睛都哭肿了呢。阿晃为阿群娘家村里做的第一件好事，是在村尾装上了一个变压器，让全村人家都装上了电灯。村中有谁烧了保险丝，炸了电灯泡，要换条光管什么的，阿晃随叫随到，人们跷起拇指称阿群父母找了一个好女婿。一年后阿群生了一个男孩，一家子过得倒也安稳。

阿群这一家亦工亦农模式真顶用，乡里人有样学样。阿月长得没阿举那么漂亮，亦没阿群出落得那么亭亭玉立，她又肥又矮，像个冬瓜，最要命的是眼睛特别细，笑起来眯成一条缝，有位读书人偷偷送了她一个雅号"闭月"，可阿月也有一大砝码：家庭背景劲！一是有个哥当兵提了干，虽只是一位中尉参谋，可行情看涨；二是老爸是生产队长，握一队权柄。在那讲究根正苗红的年代可是一块金字招牌啊！可毕竟长相失了分，最后找到一位阉鸡的，此人住在镇口，拿的是粮簿，姓万名林，人们管他叫"阉鸡林"！长得高高瘦瘦像根竹篙，这一高一矮、一瘦一肥的配搭，那位书生又赠了一句："电灯杉配老鼠箱！"这位阿林倒特爱打扮，每当下乡穿街过巷帮人阉鸡，那身行头总是白恤衫蓝斜裤，三七分的花旗头打满发蜡，梳得油光滑溜，跌得死黄丝蚁。我出于好奇，曾细细观察了他阉鸡的全过程。他一进村，便运足丹田气高喊："阉鸡，阉鸡啊，阉鸡！"这吆喝声在村内街鸣巷应，引起嗡嗡嗡的回音。这阉鸡阉的是小公鸡，小公鸡因是满街满巷追小母鸡，老是不长膘。一旦阉了就啪啦啪啦地疯长，会从一斤多长至四五斤，甚至六七斤。乡下人每当除夕晚，都要用这种大阉鸡来祭祖酬神，所以这种阉鸡的生意特别红火，尤其是八九月，阉了的鸡正好赶上过年宰。

一旦巷中响起阉鸡林的阉鸡声，满村顿时鸡飞狗走，家里要阉鸡的，忙着去捉小公鸡，小公鸡为躲此劫，满屋里飞，满栏内跳，弄得狗儿跟着汪汪地叫。阉鸡林吆喝一通之后，便在村头的榕树下守候，他的工具不多，一把锋利的手术刀，一把两边带钩的弓，一个小竹篓。当人们把小公鸡捉来时，阉鸡林第一个动作是用一个女人用的发夹，把自己分头那绺长发往上一夹，然后撸起袖来，左手把鸡一抓，右手在鸡胸处拔去一撮毛，用脚踏着两只鸡脚，手起刀落把鸡胸劐开一个口子，然后把带钩的弓把刀口撑开，用手往鸡胸内一掏，一对鸡子（睾丸）便露了出来，将刀一切将两颗鸡子取下，顺手往竹篓一扔，再拔些鸡的绒毛往鸡的刀口一抹，一松手，那被阉的小公鸡，便扑腾扑腾往家里奔。阉鸡林为阿月村里人阉鸡，采取特别优惠待遇，只取鸡子而不收费，也算为乡亲做件好事，每当除夕人们食起大阉鸡时，也偶尔提到他。靠阉鸡赚钱并不会大富大贵，可那一篓篓含有高蛋白的鸡子，可是度饥荒的神物。

长得亦有几分娇俏的阿燕亦动了心思，可她是个独生女，要留在年老的父母身边。有时姻缘要来躲也躲不过，那天天刚亮，要上工的她从小巷转出村前大路时，被迎面而来的一辆单车撞倒在地，踏车的是一个小伙子，赶忙把她扶起，连问撞伤没有。阿燕拍拍身上的泥尘，抬头一看竟是一位有点脸生而又有几分英俊的年轻小伙，"你是……？"阿高一打照面，发现被撞跌的竟是标致的村姑，忙说："我是镇上照相馆的阿高！"然后拍拍他的车尾架："你看我的架生（工具）都在这里呢！"

阿高，我们并不陌生，他在照相馆里专跑外勤，哪个边远的学校毕业照呀，谁家红事的全家福呀，甚至哪位老人想为自己留张遗照，只要有需求知照一下，他便会踏着这破旧的单车上门服务。想起我们小学毕业那年，正是他来给拍的毕业照，他那老式相机像个黑盒子，用三脚架架着，上面还铺了块黑布，他对好了镜头，将每个照相人的头部都要动手端正一番，当然碰上哪个女生长得靓点，他的纠正时间会长点，动作会多点，随后躲进黑布里，手执气囊叫了声："一、二、三！"捏了一下气囊，啪！再说："别动！别动！再来一次。"又拍了一张，拍下来的合照表情最僵硬便的是他动手端正得最多的那位靓妹子。尽管如此，并不影响他的生意，因为全镇"独此一家，别无分店"。阿高勤快，有点技术，就是有看见靓女眼仔禽禽青（发光）的味道，镇上丑的他看不上，靓的人看不上他，近30岁了，还是光棍一个。阿燕三步不出村门，当然不知道阿高这类故事。

　　阿高见阿燕有几分姿色，于是灵机一动："来！来！我为你拍张照片，补偿补偿被撞了一跤的你！"刚好路旁有个农家小院，一枝丫梨花正好斜出墙外，阿高叫阿燕靠墙站在梨花下，这下可不敢乱端阿燕的脸，只瞧阿燕扮鬼脸，阿燕回眸一笑，阿高咔嚓一声拍了下来，这张靓照阿高放大了，摆在照相馆外墙的橱窗里！过路行人都赞阿燕有几分明星相呢！阿高拿了这相片参加墟上摄影展，夺了一个二等奖。想不到这一撞竟撞出一段姻缘来。

　　从墟下来的老袁专教村里文娱组的人晚上唱戏，阿燕虽然当不上当家花旦，却可演个梅香丫鬟之类的角色，老袁见她常神不守舍，问她有何心事，阿燕见老袁是个热心之人，便把阿高追她的心曲和盘托出。老袁暗中摸底，发觉阿高是个未婚的孤儿，且经村前一撞彼此都撞出点火花，让阿高当个上门婿岂不合晒何尺（合拍）？老袁对阿燕说："有人说阿高有点好色，哪个后生哥不喜欢靓女仔？我教你三招，保证治得他嗒嗒冚（无点差错）。"老袁在阿燕耳边面授了机宜，阿燕羞涩地点头称是。老袁一牵线一拍即合！于是阿高每天日出踏着那辆破单车到镇上上班，日落踏着那破车回到乡下与阿燕团聚，每当工休还帮阿燕干起自留地来……

看见后生女靓的丑的不靓不丑的，走省城的走省城，嫁墟上的嫁墟上，留在村上找上门婿的找上门婿，阿壮他们一班牛精仔聚在村中更楼上，一面抽闷烟一面好一顿尽情发泄，把那些卷成喇叭的烟头丢了一地，阿壮发狠地说："嫁吧！嫁吧！都嫁粮薄去吧！我就不信我们农村仔没翻身之日！到那一天我们还要娶墟镇的靓女归来，我们这一代不行，等下一代，下一代不行，再等下下一代。"有人击掌赞曰："到那时我们这些农村仔便可以扬眉吐气啦！"有人深感怀疑："这简直是天方夜谭呢，等日头从西边出吧！"有人沉默不语，在拼命吹大碌竹，那股薄薄的烟雾透出了窗外，弄得墙边那丛凤尾竹一直摇头，天边那丛黛云在飘来飘去，让人感到挺压抑的。

日月经天，江河行日。村前那条小河在日夜地流淌，河边芦苇荡的小鸟日夜在翻飞。农村人的命运何时能变？人们翘首盼望着！

改革开放大潮拍天而至，滚烫的热土呈现出无限的生机，一股回流之风甚劲。当年偷渡出港靠勤劳和智慧积累了些资本的，纷纷回虎门投资办起厂来，不少懂点技术或懂点管理的亦回乡为港资厂搭一把手。当年拼命往省城里挤的，觉得省里竞争太激烈，远没在乡里的发展机会多，便想尽各种办法打道回府，以便一展拳脚！正所谓"三十年河东，三十年河西"。

当年追阿举的阿壮和他的伙伴，在改革开放的大潮来临之初，都洗脚上田，各当了"三来一补"工厂的管理者。阿壮被选去一毛织厂当厂长，当他意识到时装在虎门能成大潮时，他辞掉厂长，自己当起老板来，他把临街的祖屋增建成三层小楼，在小楼的后院办起制衣厂。厂不大，只有三十来台制衣机，可时装设计新颖，今晚在香港电视出现的时装，一星期后他的厂便能按样出货，他请的设计师便是职校时装设计专业毕业的高才生。他二、三楼用来住人，楼下的前厅则用来做时装店，门市与批发兼营，做得风生水起。更厉害的是他对后代的投资，他花尽精力让儿子好好读书，小儿子考上了华南理工大学计算机科学与技术专业，毕业之后立志回乡创业，他利用老爸的资金，搞塑料钢化研究，获得近10个专利产品，在虎门、江苏、湖南均设了厂，公司在香港上市，年纪轻轻的他竟成了亿万富翁，长沙一位才女与靓女慕名投奔他的旗下成了首席会计师，后来则成了他的夫人。

阿举虽然经近20年的艰难曲折，终于把自已以及三个儿子的户口迁至广州，可孩子读书总找不到好的学校，由于先天不足，在竞争相当激烈的省城，工作总不顺心如意。连当年怂恿阿举嫁出广州的老姑也觉得倒不如回乡更有发展前途，阿举通过不少关节把三个孩子全迁回虎门，均在阿壮儿子旗下的工厂任职，通过企业送去相应机构代培，回到车间也挂了个主管什么的，职位高了，收入亦挺不错，分别在乡下建起了新楼，娶上了媳妇。阿举与她那位退了休的"大笨象"也迁回虎门养老。虎门不仅是块热土，而且是座宜居的海滨城市。

阿举有日邀了她当年的姐妹在龙泉宾馆四季厅饮茶，谈起当年不胜唏嘘："早知如此，我当年根本就不用嫁出去！"几位昔日的姐妹都捂着嘴在笑，笑得那么舒心。

数年后,一个残阳如血的黄昏。我在黑松林的沙滩上漫步,在岸边海滩卧着一条破船,船上有两个黑洞,像一双深不可测的眼睛……

那一片黑松林

1962年仲夏。

烈日。

熏风。

"到黑松林去!"

"嘘,小声点,隔墙有耳!"

什么事让人提起黑松林就显得那么神秘,那么令人心惊肉跳?黑松林我并不陌生,它飞峙伶仃洋畔,东望长安,西靠沙角,东南方正是去香港的出海口,濒临公海边的是大铲岛与小铲岛,它们像两扇大门关着边境。岛上,驻有海关与海警!岛下,是滔滔的白浪与片片的帆影。黑松林,一半长在临海的山冈,一半长在大海的岸边,这片松林莽莽苍苍,树高达三十余米,树龄近一世纪,树干如鳞片裂,树针墨绿浮光,既像海边一堵黛绿的长城,又像墨绿汹涌的海浪,人们称之为黑松林。

黑松林下,是一弯半月形的沙滩,当地人称之为磨碟口,远望仿如一把银色的长弓,那条忽涨忽退的海岸线,则像一张一弛的弓弦。沙滩如雪,沙细如糖,嵌满彩贝,爬满蟛蜞。在水沙亲吻处,偶有梅花鱼在漂浮,它浑身透明,鱼鳍微张,像一朵朵雪莲趴在沙滩上。也常可看河豚在浅水中蠕动,它七彩缤纷,那薄而滑的嘴唇一张一合,有时会鼓起一泡腮，胀得似一个滚圆的气球。当地人称之为鸡抱鱼。在沙滩的积水处还有来不及逃跑的鱼虾与正在爬行的螃蟹。

岸边亦有许多搁浅的海上漂浮物，有枯枝，有竹杉，有木桨，有吊桶，有木盆，亦有搁浅的破木船，每件物品都有一个故事。在海滩的东侧有一片红树林，长满海杧果、黄横、银叶树、海棠果、无毛小黄皮、刺桐，涨潮时红树木成了一片绿岛，潮退时露出粗壮树干和发达的气根，气根与气根之间有坑坑洼洼的水凼，凼中爬满跳跳鱼。清晨，借晨光一缕，在林中会游弋出一列列一队队野鸭；傍晚，借一抹斜阳，会飞回一群群归巢鸥鸟。这里是鸟的天堂。

黑松林是远离村庄的一片旷野，一切动植物都保持着原生态，是大自然恩赐的一个聚宝盆，周遭的村民免不了去取取宝。一是打鱼，村民喜欢在海边装张大罾，这大罾可是个大家伙，它是在靠海边，搭起一座简易的吊脚楼，在楼前的海面上用四根大楠竹，撑起一张横五丈竖五丈的大网，在楼的前面装个大木轮，用木轮的转动来控制网的收放。在楼下系着一木排或一叶小舟，专用来收网时兜浮出水面的鱼，每天收获可以十斤来算。二是村民喜欢到黑松林去拾柴火，或是扒松毛或是折枯枝，在那没煤气的年代，这是绝佳的燃料。三是村民喜欢背着鱼篓在滩边或红树林捉蟛蜞，一拿来育肥鸭，二拿来做蟛蜞酱，将蟛蜞捣成酱再加点炒米碎和白胡椒，用来送粥及煮腩肉，味道鲜甜甘香，是可以跟台山的虾酱媲美的。

在读小学始我们便盯上这片风水宝地。

春天，我们喜欢来这里踏青与野炊。从镇上的城区到这里大概要走10里路，要渡过河涌，要跨过小桥，要穿过芦苇荡，要踏过青草地，一路上风光无限，一来一回也算踏了一次青。我们在远离黑松林的岸边拾起石块搭起炉灶，从松林里拾来柴火，去海边捉来鱼虾，再把从镇上带来的咸鸭肾与西洋菜煮上一锅汤，在海边铺上几张芭蕉叶，一边饮汤，一边品鱼；一边吃饭，一边看远去的帆影，一边听拍岸的涛声。一切都那么天然，一切都那么惬意，一切都充满童真。

夏天，我们喜欢来度夏令营。这里是一个天然的泳场，沙滩柔软如棉，海水清澈见底，海底没有蚝壳与岩石，我们在海边戏水，在沙滩拾贝壳，在黑松林拉个吊床，边小憩边看小人书，甚至在沙滩架起个帐篷过夜。傍晚，看海边的落日，看红树林百鸟归巢；夜里，数海上天幕的星星，听涨潮澎湃的涛声；清晨，还可看到海上红日喷薄而出，看赶海的人，升起风帆远行。这自发组织的"夏令营"无拘无束，野趣天成。

秋天，我们喜欢到这里摘松果。这黑松林四月开花，雌花生于新枝的顶端，呈紫色。雄花生于新枝下部，呈淡红褐色。它们互相守望，成熟时交织在一起，松子随风飘飘扬扬撒满一地。松果要等至翌年秋天才成熟，成熟前呈绿色，熟时呈赭色，仿如一陀螺呈圆锥状。因公社要绿化荒山，我们每年都要交松果，交的斤数多上学校的光荣榜，为了不落后，我们便瞄准了黑松林，这里的松林又高又大，最高有三十来米，最大的须两人合抱，我们像猴子般爬树，够得着的就摘，够不着的就拿带钩的竹竿来钩，然后跳下来满山满坡地捡，松果熟透会张开壳，我们还掰出松子往嘴里塞，嚼着嚼着满嘴留香，有时我们还会逮着松鼠，当然会玩它一阵才放生……

冬天，我们会跟着图画老师来这里写生。这黑松林四季常青，哪怕是寒冬腊月，依然是一片苍翠。当然不仅是素描，最佳是画水彩画。那青青的松，那白白的浪，那白中带点淡黄的沙，那海上日出的清晨，那海鸥追着归帆的傍晚，那海天一色的壮阔，那百鸟归巢的空灵，那渔舟出海的张力，均可入画。那是一首首流动的诗，虽然我们画得相当幼稚，但绝对让我们从小平添一点审美的意识。

自从公社饭堂变成"瓜菜代"，这块风水宝地沉寂了一段时间。但自1961年下半年始，这里又活跃起来。一打听，原来那里成了"督卒"训练场，难怪人们对去黑松林，那么让人讳莫如深。

偷渡这股风，人们说是从宝安刮过来的，"大跃进"搞了三年，实际是一场大倒退，大灾难，可怕的饥荒像瘟疫一样传遍南粤大地。宝安与香港只隔一条深圳河，河那边的高楼如林、车流如梭，酒店和食肆红红火火，深圳这边抬头可见，甚至耕种的农田也相互"梅花间竹"，你中有我，我中有你。河那边，天天"叹早茶"；河这边，天天"啃蔗渣"。河那边，能用电视机、洗衣机、电冰箱；河这边，天天抓七（锄头），挥镰刀，住泥砖屋。人比人，比死人！"督了卒"（过了河）就是另一番生活，咋不跑？！"民以食为天，管你姓资还是姓社"！起初先从居住在边境的人跑起，随之全县成风。开头当地政府想尽各种办法去堵，可越堵这股潮水越猛，当地的"父母官"痛定思痛，认为"天下第一要义，就是让老百姓吃好饭！饭都不能让人吃上，人家用脚来投票能怪谁？"这么一想便松懈下来，甚至有领导还有意放水，这股潮水便翻江倒海，不少村庄竟成了"鬼屋"，当时当地流行一民谣："宝安三件宝，苍蝇、蚊子、沙井蚝，十屋九空逃香港，家里只剩老和少。"

　　虎门与深圳只有一镇之隔，中间隔的是长安，长安一抬脚便是宝安的沙井，虎门与宝安还不到百箭之遥！且宝安与虎门通婚的不少，我有一堂姑就嫁到宝安的新桥去，沙井一带的宝安人都喜欢来太平趁墟，沙井蚝则成为太平墟市集的一大品牌，宝安的船只均在太平船厂修理，宝安船员成了太平客栈与茶居的常客，虎门人对宝安逃港的方式、路线以及妙招了如指掌。开头这里是个秘密的训练场，当地民兵发现后在这里设伏，来一个捉一个，押回大队去"办学习班"，为首者还会押送到镇上的拘留所。据说，晚上偷渡，黑松林是一个出发点，若妄图从这儿乘船偷渡，被抓到的还押送到县上的大朗源看守所去。后来深圳边境有松懈，治安部门对黑松林也懒得去设伏了。来训练的人越来越多，有人索性在黑松林拉起吊床中途休息，有人竟搭起帐篷在此过夜，黑松林真的成了名副其实的"督卒"训练基地。后来这种训练场地，又从黑松林蔓延出一些山塘水库，一些海湾与河涌亦若隐若现涌动起来。所以一提黑松林人们还是有点忌讳，生怕受到牵连。

　　这种狂澜，我亦亲眼所见。

我们村前面正是107国道，是逃港时从西路到深圳的必经之路。最高峰的那几天，从这条国道涌向深圳的人，仿如黑压压的一股洪流，他们戴着各式各样的帽，背着各式各样的行囊，疾风般潜行，谁也没有多余的话，只闻匆匆的脚步声，那情景，有点像赶集、赶庙会，也更像赴一场决战。对于这种情态，香港媒体曾用"五月大逃亡""水银泻地"冠之。

我们这条小小的村庄，这非常时期亦并不平静，我们村称之为卢屋村，107国道穿村而过，把整条村划成两半，路的南边为大卢，路的北面为细卢，大卢傍新涌通向流沙河，细卢前依小河，背靠黄屋山。大卢人口等于细卢人口的两倍，两边村都姓卢，查族谱同属一曾祖，可两边村的文化却迥然不同，大卢人近海爱冒险，旧社会涌现不少草莽英雄；细卢靠山爱读书，出现不少秀才、名医和书画家。土改后这种民风基本不变，大卢那草莽气有所收敛，老老实实在家种田与捕捞。细卢那边读书之气却日旺，不少人考上大学，留在省城；读上师范的，当起了教书先生；亦有不少人读到高三便参了军，成了"学生兵"，当个参谋、文化教员、通信兵什么的。逃港这股风刮来，细卢这边纹丝不动，而大卢那边则"秣马厉兵"，到"黑松林"去"练兵"的不少，细卢认准了读书、当兵会有前途，而大卢则认为"督卒"是他们唯一的出路！据我所知，大卢逃到香港的有20人之多，而细卢则一个人也没跑。

刮这股风时，我正在虎门中学读初二，这所虎门的最高学府也不平静，跑的人亦不少，从地域来说，跑得最多的是大宁、北栅与南栅，还有沙田一带的"水上人家"，前三者主要是香港的亲戚较多。大宁与长安相邻，离香港最近，中华人民共和国成立之前，到香港谋生的人很多，几乎每户都有亲戚在香港，我的外婆家在大宁，舅父就是在旧社会去香港打工的，在鱼栏替人卖鱼。北栅与南栅是两个大乡，在旧社会北栅在香港做生意的居多，有钱人家可不算少，而南栅在国民党里当兵的不少，不足5000人的一个乡，当上国民党的将军的竟有八位之多。这三个乡的人大半人家里都有个"南风窗"，靠"八分钱邮票"得到不少香港亲戚的接济，在经济困难时期也不时关照内地亲戚。我那一日只捞得两餐温饱的舅父，也曾托人送我们一大钛煲面豉炖猪肉，在那饥荒"瓜菜代"的年代，可是一大个宝啊，一家人也舍不得一下子食光，美滋滋地匀了半月来食。这三个乡的人逃港有人接应，一可暂时寄居，二可缓暂时找不到职业的经济危机，三是有人从中搭路找份工作。从沙田出逃的，大概是因为相对贫穷，饥荒时期，鱼捕捉干净了，大沙田的盐碱地种番薯也难种上。蔗渣、蕉芯食完了，再也难找什么东西来充饥。加之，他们几乎家家户户都有小艇，水性又好，水路逃走方便，但遇上大风大浪翻船亦特别多。

我们小小一个班亦有4位出逃。第一位是渔村的，姓郭名水，长得牛高马大，嗓门高，饭量大，常在嘀咕，学校分的的二两饭不够塞牙缝，偷渡潮刚刚兴起时，班上突然不见他的踪影，过了近一个月，他的好友"细眼"，接到他从香港寄来的信，始知道他随船偷渡到了香港。第二、三位是一对孪生兄弟，兄叫松，弟叫柏，这一松一柏是太平墟人，读书绝顶聪明，但"工商业兼地主"的家庭出身，压得他们喘不过气来，有次我跟他们兄弟俩登上鹅公山的望江亭，看见珠江如练，帆樯如林，海鸥追着落霞，海面浮光耀金。阿松发出无限感慨，河山可是无限好，但我们的前景在哪儿？！我追问为何有此想法，阿柏说："我们能上初中已是阿弥陀佛的保佑，读高中难，读大学便是难上加难！"当偷渡大军从107国道向深圳奔涌时，这孪生兄弟亦被这洪流所裹挟，直奔深圳的白石洲，还未下水，便被边防军逮住，反押回来，学籍掉了，被镇劳动服务站分配当临时工，一个在工艺厂，一个在药材铺。第四位是来自海岛的阿凤，长得娇俏，丹凤眼，柳叶眉，瓜子脸，笑起来两颊浮起两个深深的酒窝，人们说她是海岛飞出的金凤凰。阿凤亦是乘船走的，一走却杳无音信，有人说船过大铲海域时碰上大风大浪，整条船翻了，全家人葬身大海。

人们对这段历史一直讳莫如深，直到改革开放30周年时才解密。据说这偷渡狂潮引发各级领导的思考，这也是引发深圳搞特区的主要原因之一。省人民出版社出了本《大逃港》，引起了轰动，这本书把逃港潮的来龙去脉交代得清清楚楚，把这股狂潮的反思也写得相当透彻。这当然是后话。

　　数年后，一个残阳如血的黄昏，我在黑松林的沙滩上漫步，在岸边海滩反卧着一条破船，船上有两个黑洞，像一双深不可测的眼睛，船舷长满了青苔，爬满了喇叭花，船的四周长满着萋萋芳草，飘荡儿丛白白的芦花，几只蟛蜞在朝天的船底爬呀爬，我突然蹿出一个想法，这是不是阿凤乘坐的那艘被打沉的船，然后被潮流冲搁在此？阿凤可在船内？我蓦然感到这沉船仿如一座孤坟。看，那飘荡的白芦苇，不是在为他们招魂吗？那呼啸的芳草不正是他们在哭泣？那爬行的蟛蜞不正在为他们跪拜吗？看那船背划满斑驳的痕迹，这不正是岁月的风刀在刻着让后人沉思的墓志铭？！

　　珠江滚滚南流，千帆浩浩竞渡。

　　波涛拍打海岸，有激浪，亦有回潮，但大江毕竟东去……

它在风中雨中浪中闪烁、沉浮与明灭，我常陷入沉思，思索着它蕴含的人生底蕴……

带走一盏渔火

带走一盏渔火
让它温暖我的双眼
尘封的日子不会是一片云烟
…………

每当唱起陈小奇作词作曲的这首《涛声依旧》，在我的眼前总晃动着一盏渔火，尘封的日子便会穿越岁月的云烟，形成一股强烈的情感潮拍击着我的心弦。

那是三年经济困难时期，当时我正在家乡读初中。一个秋日的黄昏，放了学的我，为了家里能增加点食物，背起鱼篓拿起渔具，蹚过家乡的小河，到外乡大沙田的水围里捉鱼。饥荒时，家乡河汊里的鱼已被捉得差不多了，年纪轻轻的我，也只好孤军远征。

也不知过了多久，大沙田的上空已拉下了沉沉的夜幕，东边的山崖也顶起了一弯朦胧的新月。我的鱼篓里也有一斤多的鱼虾，于是我收起渔具，拖着疲乏的步履，走上围基往家乡方向返回，突然从水围的草寮中蹿出两个人影，一边大喊捉贼，一边向我扑来。

什么贼？这水围从来没禁过捕鱼，分明是贼喊捉贼想抢鱼罢了。我拼命地跑，看见家乡的小河便纵身往里跳，只要蹚过小河我便安全了，因为河的对岸便是家乡的地界。河中积满了淤泥，我艰难地迈向河心，那两个大汉也跳进河里并大声叫："你逃不了啦！你逃不了啦！"

一是心慌，二是肚饿，我双腿发软，再也迈不动了。想，这下完了，不但鱼虾没了，渔具没了，说不定还会让他们拉上岸狠揍一顿。我只好闭上眼睛，等待着厄运的来临！

在这千钧一发之际，我忽然听到一声大喝："别吓坏孩子！别吓坏孩子！！"我睁开眼睛循声望去，只见一只小艇，箭一般向我驶来，船头晃动着一盏渔火，渔火映亮着一张饱经风霜的脸。啊，是虎叔！我心中一喜：这下有救了。大抵虎叔也看清是我，高声说："铭仔，别怕，我来了！"他把船贴近我，将我拉上了船。赶来的两条大汉已扑到艇边，伸手要拉我下水，虎叔哪里肯依？他往艇头一站，把篙一横，厉声喝道："谁敢动手，别怪我不客气！"看那架势，仿如一位横刀立马的将军。那两人想不到半路杀出个程咬金，先是一怔，继而互使一下眼色，竟然一齐动手扳船，企图将船翻转过来。

虎叔挥篙便打，那两人一边潜水躲避，一边迂回反扑，虎叔篙打不着，索性跳入水中，赤手与他们打将起来，只见水花飞溅，只闻拳头噼啪，那两人见势不好，拔腿走了，虎叔也成了一只泥牛。看见他的这副样子，我感动得两眼有点模糊，他却拍着我的肩膀安慰我："没事了，没事了，这个年头人饿急了，什么事都做得出来，一个小孩摸到外乡去捉鱼多危险！"

见到我一脸的无奈，他旋而又说："改天我带你出海捕鱼去，现在先送你回家，那么晚了，你阿妈准急坏了！"于是他把小艇掉了个头，直向村里驶去。一股无言的感激顿时涌上我的心头，我真想扑在虎叔怀里痛哭一场，可看见虎叔那张刚毅而又可亲的脸庞，我的泪水在眼眶打了个转，终于忍住了，我要学他那样做人要坚强点，像一个男子汉！

其实，虎叔的名字叫泉忠，但村里老一辈的人都叫他老虎仔。

说起他的这个乳名，可有一段不平凡的来历——

那是抗战初期一个夏日的夜晚，泉忠的父亲灿叔公，摇船运了一天货，提着马灯，扛着一支大橹回家，刚至村口发现一只野兽叼着一个小孩往村外跑，灿叔公抢上前抡起大橹向野兽打去，野兽狂叫一声，丢下孩子向村外逃窜，灿叔公抱起孩子一看，正是自己的孩子小泉忠，只见他被叼得人中两侧在哗哗地流血，灿叔公忙从烟袋里抓了一把烟丝捂住那伤口，小泉忠才哇的一声哭出声来。半月后，小泉忠的伤口愈合了，人中两侧却留下两道深深的疤痕。

这野兽为何物？因为月色朦胧，连灿叔公也说不清楚，有人猜是老虎，有人猜是野狼。猜是老虎的理由，说那爪痕似虎爪。猜是野狼的理由，说那段时间不少逃难者饿死在路边，饿尸常被野狼叼走。那天夜里，小泉忠在家门口的晒谷场上乘凉睡着了，被饿狼误认为是饿尸叼走。后者比前者可能更符合实际，因为华南虽有虎，但村近河边却远离深山大岭，且凭老虎那股狠劲，叼上了哪肯放？可人们更愿意相信它是老虎，一是说这小孩属虎，是虎命；二是说小泉忠人中两侧的两道痕，特像小老虎的两撇虎须；三是说小泉忠从小有特犟的虎劲，曾三拳把一个欺负小姑娘的阔少打得趴在地上。所以村里的大人都"老虎仔，老虎仔"地叫开了，到后来，人们竟忘掉他的真名。

我们后辈尊称他为虎叔，一是他比我们辈分高出一辈，二是他有两段令我佩服得五体投地的"威水史"。

"威水史"之一：他参加过抗美援朝。在一次狙击战中，他所在的连队在阵地上坚持了三天三夜，在击退敌人的一次强攻之后，战友们累得都睡着了，深夜他起来小解，发现敌人躲过岗哨从后山摸了上来，他端起冲锋枪一轮扫射，鬼子倒下一片，他左腿也中了一弹，枪声唤醒了战友，及时把扑上来的那股鬼子歼灭了，他立了二等功。

"威水史"之二：他复员回乡当民兵营长，在经济困难的头一年，公共食堂食物贫乏得揭不开锅，恰逢队里的一头水牛饿死了。饿坏了的社员盼着队里宰来分掉吃，可县里派来搞"反瞒产"的工作组长，却硬说这不卫生，下令在死牛身上插满洞并撒上农药，抬到小河中的孤岛里埋了。趁着月黑风高，虎叔提着他那祖传的马灯，悄悄带上几个民兵划着小艇到岛上把死牛挖了出来，当他们系好小艇，抬着死牛班师回村之际，被早埋伏在村口的工作组长抓个正着，情急之下虎叔只好命令民兵把工作组长反抓起来，关进了民兵部。他们在食堂一齐动手，把死牛洗干净，用大锅煎过了两次水，去掉农药与杂味，再用蒜头豆豉烩了两大锅，唤醒全村老小，饱餐了一顿。然后他端着一碗特意留下的牛肉，到民兵部去负荆请罪。他动情地对工作组长说："委屈你了，我掂量过了，什么罪最大？饿死人的罪最大！人都快饿死了，还那么穷讲究，人心能服吗？这事怎么处置随你，我认了！"这件事后来被演绎成"聚众私宰耕牛事件"，上了县政府的通报，虎叔的民兵营长职务给撤了！村民为虎叔叫屈，虎叔却坦然处之："违心当官，不干也罢！"在我们心目中，虎叔是一位了不起的大英雄！

一个周末的傍晚，虎叔果真邀我去捕鱼，我坐着他的小艇，从家乡的小河一路划出了珠江口，展现在我前面的是一片浩瀚的大海，大、小虎岛雄踞在滚滚的浪涛中，背后的山崖正是让英夷闻风丧胆的沙角炮台。虎叔用手一指："看，那就是我的捕鱼台！"我顺着他指的方向望去，在炮台下的一个海湾的靠岸处，搭有一座吊脚楼，简单地说，是用四根木桩撑起一座小木屋，在小木屋前的海面上，有四支大楠竹分布在东西南北角，撑起一张硕大的渔网。虎叔把小艇系在木桩上，拉我爬木梯登上小木屋。木屋真的很小，只有两米见方，且四壁皆空，只有数块松皮遮住人字形的屋顶，屋子的底板前端装有一个用几根木头做成的木轮，颇像大船的舵，只是方位不同，舵跟水手的身体平行，而这木轮则跟捕鱼人的身体垂直。虎叔把那盏马灯往木屋一挂，说了声："咱们动手吧！"他把系着木轮的绳子一松，然后轻轻地倒着木轮，只见四根楠竹慢慢向海面倾斜，渔网也徐徐贴近海面，当楠竹不见了，那大网便沉入海底，神奇极了！

虎叔一面吧嗒吧嗒地抽着他那用大碌竹做成的水烟筒,一面用那双鱼鹰般犀利的眼睛盯着水面的动静,只看见小木屋一星一星的火苗在跳,只听见大海一阵一阵的涛声在吟!大概过了一袋烟的工夫,他动手一圈一圈地扳动着木轮,渔网渐渐地浮出水面,当渔网快要见底时,我忽然发现一片银光在网中闪动。虎叔把木轮系好,说了声:"你在这儿盯着,我捉鱼去!"

于是他摘下马灯,往腰间一系,然后爬下木梯,撑着小艇向海面漂去,那马灯顷刻变成一盏渔火,在浪中高低明灭,小艇一下子钻进了网底,虎叔从艇中取出了长长的渔兜,一个漂亮的勾手倒扣,渔兜在空中划了一个弧形,往网中敏捷地一兜,好家伙,满满的一兜鱼!

虎叔把小艇撑回小屋,把长篙往水中一插,朝我朗声说了句:"铭仔,下来!先填饱肚子再干!"我爬下木梯,拿起渔兜一看,乖乖!满满的一兜鱼在活蹦乱跳!有海鳝、黄花筒,还有乌头鱼!我们从艇中取出炉具,在滩边搬来三块岩石,架起一个灶头,在岸边拾来了干柴,把鱼洗干净,往锅里一扔,再盖上锅盖。片刻,鱼香四溢,我迫不及待地打开锅盖,贪婪地夹起一块往嘴里一送,香喷喷的嫩滑滑的满嘴流油,那是我一生中食过的最鲜美的鱼。虎叔看见我那馋样,冲着我笑了笑,继而若有所思地指着海湾的山崖对我说:"你知道那山崖的古炮台叫什么吗?它叫'捕鱼台'。昔日,我们的祖先把来犯的洋鬼子当作鱼来捕;今天,我们在这里捕的是真鱼,我们对付的是什么?是饿鬼!有这么丰富的海产,我们有什么理由要挨饿?这叫天无绝人之路,改天多组织些乡亲来捕上一把,度度饥荒!"他的这番话,一直在我耳边回响了几十年,这是英雄土地的后人自强不息的骨气啊!

以后每逢周末,我几乎都跟虎叔去海边捕鱼,一则为家人补饥,二则学点捕鱼本领。而最令我感兴趣的是看系在虎叔腰间的那盏渔火,看它在风中雨中浪中闪烁、沉浮与明灭,我常陷入沉思,思索着它蕴含的人生底蕴。

后来，我离开故乡，与虎叔一别就是三十余年，进城创业头几年我没空回乡，可虎叔的行踪我是常打听的，听说后来他的"罪名"得以甄别，上头要请他出山，他婉拒了，说自己老了，让有知识的年轻人干！政府要发荣誉军人的补贴给他，他硬是不领，说自己鱼打不动了，但还跑得动，主动请缨到山塘去守水库。我曾托人给他捎去糖果与茶叶，他也托人给我捎来鱼干与蛇酒。改革开放后，我的事业有了点基础，几次回去探访他均擦肩而过，听说退休后的他相当活跃，跑去香港找乡亲回家乡办厂，还领着一班老党员到沿海一些地区参观学习。

三十多年来，我虽然一直看不到他，但那盏渔火却不断地闯进我的梦来，它温暖我的双眼，带给我一段难忘的真情与记忆；它像一颗晶莹剔透的心，教我善良地对人；它像一盏明灯，让我分清黑白是非；它像一支火炬，教我自强，溶掉前进道路上的一切坚冰！虎叔们啊，你们是中华民族屹立于世界民族之林的脊梁！

啊，渔火不灭，涛声依旧。

珠江口的航道上一船船金灿灿的稻草运往香港，一船船白花花的化肥从香港运回虎门，前者像一条条金龙出海，后者似一条条银龙归岸。

救命稻草

1961年，初夏。

珠江岸边，残阳如血。

一个中年男子，正扛着一辆旧单车，踏着跳板上横水渡，前往威远岛去，他头戴一顶渔民帽，脚踏一双用轮胎自制的水陆两用鞋，将裤筒高高挽起。他个头不高，甚至有点矮，可他天庭饱满，双目炯炯有神，下巴有点儿兜。此人是谁？他原是北栅大乡的乡长，1958年9月，虎门、北栅、长安、太平等几个大乡合并成虎门公社，公社主管财贸的副书记老陈，此刻的他脚步虽有点快，心情却像灌满铅一样沉重。

三个月前，中央为了应对大饥荒颁布了"农业六十条"，改革管理体制，准许社员发展家庭养殖业，恢复自留地，解散集体食堂，粮食分配到户。他下乡调查全公社贯彻执行中央这条例的情况，他骑着单车碾遍公社的山山水水，跑了山乡跑水乡，跑了埔田跑沙田，这一趟的目标就是跑海岛。据他调查了解到，自从贯彻中央这一系列政策以后，社员生产的积极性有了很大的提高，但大饥荒依然没有能马上缓解。有很多问题仍不容乐观，特别是伴随逃港、水肿、缺粮、缺肥四大问题出现的一连串要命的数字，就像一串射来的利箭，让他这财经书记怎么都无法躲避，顿有点心力交瘁之感。

逃港是颇为敏感的问题。自1959年底，太平渔管区渔民便大量逃港，1960年底，太平又有15艘渔船15户共75名渔民出逃到香港，虽然这一问题直属县里管辖，可它像一颗信号弹射上了虎门地域的上空，一股蠢蠢欲动的暗流无所不在，黑松林海滩、山塘、水库、港湾等地成了"督卒"的训练场。据治安部门摸查，有逃港动机的人数无法摸得精确。大有"山雨欲来风满楼"之势，这是大饥荒还没解决惹的祸！

水肿，是粮食短缺营养不足引起的病，得病的人数可真的不少，严重的患者全身浮肿，脸部发黄，并会引发肝硬化和肾衰竭，甚至死亡，这些病例越来越多，老陈在北栅医院探过几位重病患者，医院已发了病危通知书，那几双绝望与求生交织的眼神，灼得他寝食难安，目前这种流行病还在蔓延。人命关天啊！为官一方能坐视不管吗？

缺粮，虎门本是鱼米之乡，一般状况下都储有三年余粮。但在1959年夏，社里秉承上意推行"双龙出海"密植办法，秋又搞"移苗并块"致使粮食严重减产，却谎报增产丰收，公粮早已交不上，上级再来个"反瞒产"，更是雪上加霜，几乎所有大队除低标准分配口粮给社员外，生产队的仓库只剩下了谷种，有些生产队连谷种都保不住，"瓜菜代"的日子依然没过去。

缺肥，由于"大跃进"来了个"深翻三尺土，瘦土变黄金"，把沃土深埋，把瘦土上翻，若不施足肥，只能长"三炷香"。前段时间靠土法上马，把屋前屋后的"沃土"挖光了，只剩下瓦砾和灰沙，山前山后的野草杂叶采光了，连地上的草皮也翻了个遍，这些土法上马的绿肥与土杂肥的资源已经枯竭。县里的磷肥与当地的化粪肥，也只是杯水车薪！

粮！粮！粮！粮是维护社会稳定和保障人民生命安全的一大关键，而肥，则是提高粮食产量的最大要素！他站在渡船的船头，抬头看见滚滚东南流的江水，看见穿梭而过的片片帆影，喃喃自语："水可载舟，也可覆舟，现在去责问是天灾还是人祸，去追究是谁的责任有什么意义？当前最现实的问题是让社员吃饱饭才是硬道理！若连一餐饱饭都吃不上，叫谁来拥护你，人是会用脚来投票的啊！"

在邻近宝安的怀德、树田、大宁、村头调研时，他获得一个重要信息，一些乡民在深圳同鼓岭一带边境的远房亲戚，挑着柴草过香港卖，然后买回化肥。"柴草——化肥，化肥——柴草"，一言点醒梦中人！这倒是一条绝世的"好桥"啊！深圳与香港隔的是一条河，虎门跟香港隔的是一重海，他们从陆路过去，我们可以从水路运去，他们用肩挑，我们可以用船运啊！理出这么条思路他兴奋得一夜睡不着。

上了岸，他直奔思贤涌走去。思贤！思贤，乡亲是多么渴望贤者带领他们走向温饱，再奔幸福之路，自己不能当个贤者，起码不能当个草包！思贤涌位于九门寨，是珠江口的一条内涌，这一带在明代便是虎门要塞的军事基地，清后才撤往虎门寨，由于它是一天然的避风港，撤军后，便演变成一个渔村。公社的渔业大队就设在这里。走进渔村，只见帆樯林立，小艇如鲫，炊烟袅袅，渔歌晚唱，在大饥荒年代很难闻到这种升平的气息！

他直闯渔业大队部，找大队长老郭。这里说是大部队，其实是艘废弃的大船，只是在船舷多挂了一个牌子而已。一脸古铜色，一圈络腮胡的老郭，健步迎了上来："哎呀，我的陈大书记，什么风把你刮来啦！"老陈握住老郭的手："无事不登三宝殿，先饮几口'土炮'再说！"说完从挂包里掏出瓶太平玉冰烧："别说这是几毛钱的廉价货，好喝得很呢，找点下酒的菜，什么都行，这年头不容易！"

老郭眉头一锁，心里寻思："陈副书记历次来检查工作，便饭都不肯留下食顿，今天主动带酒上门要喝上几杯，肯定有紧要的事密斟。"于是找来一位队委商议了一阵，然后搬了张茶几和两张小竹椅，沏了壶竹叶茶，拉着书记坐下："来！来！来！先喝粗茶，待会儿再尝淡饭。"他们坐在船头，迎着轻轻的海风，伴着涨潮的涛声，一边抽着大碌竹水烟，一边喝起茶来。

不到一袋烟工夫，下酒菜端上来了，一钵菜脯煮庵丁，一碟咸鱼蒸虾干。老郭笑着说:"俗话讲'不怕丑,咸鱼送烧酒',这年头只能拿这东西招待你这位大员啦!"老陈接过话头说:"哪里!哪里!现在尝几口白饭已不容易,这些菜已经很奢侈啦,比柳毅去龙宫赴宴更醒神呢。"随后他哼了《柳毅传书》几句:

生疑念呀生疑念,
此身如在龙宫殿,
与龙君欢宴饮琼筵,
…………

老郭明白书记在故作轻松,于是两人一杯接一杯,喝了起来!

远处,珠江口的一盏盏渔火在浪中沉浮,像一点点流萤在旷野忽明忽暗忽灭;近处,退潮的回头浪拍打船舷发出啪啪啪的涛声。珠江口的寥廓显得有几分冷清、寥落,但又隐藏着几分潜流与张力。老郭借着三分酒兴大声说:"书记,你说!什么事有劳你大驾光临?!"

陈副书记借着三分酒力大声说:"老郭,你们去粤东捕鱼,须绕过香港吗?"

郭:"是呀!"

陈:"能在香港停泊一下吗?"

郭:"颁布'农村六十条'之后,因为有30%可留成,可自行处理,香港我们可以停泊,把自留部分的鱼拿到鱼栏去卖掉!"

陈:"你们拿了港币可到香港购物吗?"

郭:"只要我们不要做盲头苍蝇到处乱撞,瞄准目标购完便走,或者来个以物换物也行,但交换什么要预约好!"

陈:"你们咁死好胆?"

郭:"一些食物与日用品不犯忌。"

陈:"带回的货物我们海关不查?"

郭："只须有证明，可放我们一马，最多拿点鱼虾打点一下。"

陈："香港警察不查？"

郭："我们有通行证，港方亦会睁只眼闭只眼！"

陈："你老实告诉我，你们有没有去一些繁华的场所？"

郭："什么场所？夜总会我们不知深浅，斩你一颈血也不知怎么一回事，我们哪敢去？最多去串串亲戚到茶居饮饮茶。不瞒你，有时也会去跑马场看看热闹，下点小注。"

陈："跑马场？"

郭："若书记觉得不妥，我叫他们别去便行！"

陈："不！不！我说跑马场马多吗？"

郭："哎呀，可多啦，别看出来跑的只有几匹马，其实差不多每个大富豪都有自己号定的马，由马场统一管理！"

陈："马吃什么？"

郭："当然是吃草料啊！"

陈："禾管草吃吗？"

郭："当然吃啦，稻草切碎来喂，那是上等好料呢！"

陈："你怎知道？"

郭："我听马场的几位朋友说的。"

陈："这草料从哪儿来？"

郭："他说从东南亚进口的！"

陈副书记把手掌往大腿一拍："对，有套路了，就这么干！"

郭瞪大眼睛望着书记："什么就这么干？！"

陈握着郭的手严肃地说："深圳边境的村民挑着柴到香港换化肥，我们就用稻草来换化肥！"

老郭瞪大眼睛望着他。

沉默了一会儿，老郭贴近老陈耳边悄声说："上面没指令，这里面风险大着呢！"老陈深深吸了一口有点腥味的海风，也悄声对老郭说："我们运的可是救命的稻草啊，有什么风险我来担！"

郭："那你需要我们干什么？"

陈："我需要把稻草运出去，再把化肥运回来，我思来想去，你们最合适了。"

郭："现在偷渡的暗流汹涌，走了一批都是渔民，你就不怕我们反水，携款潜逃？！"

陈："我管你们多年，也考察过你多年了，我对你为人干事的底线清楚得很，你及你带的团队我信得过！"

郭把胸口一拍："既然信得过我，这活我干了！"

一弯新月从海边升起，船头上两双大手紧紧地握着。潮涨了，浪起了，涛大了，海面上传来海鸥搏击风浪的呼啸声。风定帆悬，一场稻草换化肥的暗战，正在悄悄地拉开序幕！

夜深了，公社的红洋楼灯火亮着，这座红洋楼是蒋光鼐的妻弟所建，后来他出国了，交给政府打理！公社成立，暂做办公大楼。灯光下的老陈一会儿望着窗外洒满清晖的广榔树出神，一会儿埋头奋笔疾书。他从思贤涌回到社里，怎么也无法入睡，索性跑到办公室起草起《稻草换化肥的可行性报告》来，他既兴奋又沉重，兴奋的是：一是落实运输队伍；二是锁定销售对象；三是确立代购代销策略（此事可由供销社负责）。沉重的是：一是找到马场进口稻草的拍板人；二是稻草的出口与化肥入口存在的风险；三是先干了再报告，还是先报告批下来再干？

他放下报告，在办公室踱步沉思，找马场的稻草购买的拍板者，可由侨办发动大家找，虎门香港同胞多的是，总能搭上这条线；风险倒是避无可避，只能设法降到最低点；报告递还是不递？递，这是有犯天条的大事，谁有批这的胆量？不递，所有风险得自己一人全背，考虑再三，他豁出去了，毅然决定两点：一、不请示书记，二、不提交党委会讨论。前者不想让书记担这风险，后者没红头文件委员很难表态，弄不好还会节外生枝！反正自己是主管财贸的副书记，有指挥权，能实施这方案，有什么天塌下来的事，我当被来而便是！没有什么事比救命要紧！

一个多星期后的一个傍晚，海滨茶楼望江房。八仙桌只坐着四个人，主人是副书记老陈，他带的是供销社主任老邓；客人是香港马场负责进口草料的一位部门经理，他带的是一位助理。坐下不久，服务员端上虎门的三道名菜：虎门膏蟹、南面麻虾和白沙油鸭。这三道菜是老陈叮嘱酒店经理千方百计都要弄到的，他从公文包里掏出一瓶山西汾酒，是他老妈珍藏着准备腌腊味用的，他偷偷地拿了来。

主人与客人，都是生意场上的高手，就像碟韭菜花一落镬就熟。陈副书记从侨联的介绍知道，这位姓王的经理是莞籍的香港同胞，讲乡情，于是直逼主题说："这稻草换化肥，是为了提高粮食产量度饥荒的，换句俗话来讲是用来救命的！"王经理点了点头："我明白，我也是冲着这点来的。'救人一命，胜造七级浮屠'，何况这绝不是救一个人的问题！"陈副书记紧追着说："你识做，我也不让你难做，因为这事你也得过董事会的关，我有两点保证：一是稻草质量是绝对上乘的；二是价格可比你们从东南亚进口的草料低5%。"这王经理想不到共产党的干部竟然那么懂做生意，也那么懂做人！更难得的是为了救民，把自己的乌纱帽也押上去了。他心里油然而生一丝敬意，也不好意思出什么难题，只谈了一些具体操作的细节，一场跨境的生意就在边喝酒边品虎门特产的过程中谈成了，并签了协议。

接下来，一切都按老陈副书记亲拟的方案悄悄地巧妙而又缜密地进行。夏收一结束，供销社派出大批人员负责收购稻草，并在太平码头建起临时仓库。渔业大队悄悄地把稻草运往香港，又从香港悄悄地把化肥运了回来，其中遇到多少风浪，进行多少巧妙的周旋，这里无法一一细述，郭络胡子是条硬汉，是虎门汉子一诺千金的种！

购回的化肥，按计划分配给各个大队，这种"稻草换化肥"方案似是完美告一段落，这场经济上的战役算是传来凯歌，可因此而引起的那场政治风暴却席卷而来，县里派出抓逃港风的工作组获知此情报，却紧张得如天塌下来一般：我们在这里反偷渡，有人竟悄悄地撬开门道溜去香港与资本主义搞交易，这还了得？

夜深了，月亮躲进了云层，寥落的苍穹，几颗星星在眨着迷惘的眼睛。还是公社的那幢红洋楼，会议室的灯光下却电闪雷鸣，充满了火药味。工作组长带着他的几个组员，把陈副书记找来问话。

工作组长劈头一句："交代你这样做的动机！"

陈副书记义正词严地答："为了救命！"

工作组长怒形于色问："偷渡风不去刹，却搞旁门歪道！"

陈副书记一扬眉严峻地答："偷渡风刮的直接原因不正是饥荒引起的吗？生活好了，谁会背井离乡去冒这风险？我之所以这样做是为了对付饥荒，缓解偷渡风之裂变！"

工作组长冷笑几声，说："这是里通外国行为，恶果你是知道的……"

陈副书记把腰一挺，毫不示弱："香港是外国吗？什么恶果？大不了撤我的职，当官不为民做主，不如回家种番薯，连餐饱饭也不能让社员吃上，还要我们这些干部有个鸟用？！怎么处理悉随尊便，不过得给我一个处理的正式红头文件……"

工作组长语塞……

公社书记下乡回来得知这情况，马上找工作组长说，这事他跟我商量过，要处理把我们一起处理吧，其他党委成员知道也纷纷签名，要求慎重处理此事。

可是一份处理报告还是层层上报，其性质被上纲为虎门一小撮领导，不去狠抓遏制打击逃港风工作，反而与港英当局大做交易，把公社的稻草卖给香港马会喂马，让资本主义的马食社会主义的草，实际上是一种助纣为虐，为虎作伥，里通外国的通敌行为……

这报告可谓捅上天。耐人寻味的是，这样"严重的阶级斗争新动向"，上报到中南局，竟不了了之。这可能与高层中有识之士暗中保护有关。在"阶级斗争，一抓就灵"的喧嚣中，虎门的领导竟敢冒天下之大不匙，偷偷撬开"门缝"，用稻草换化肥借以发展生产力，以度饥荒，以缓逃港之风，这是何等的气魄，何等的担当！

秋收来了，各大队来了捷报，有了化肥，果真每亩增产超百斤。供销社社长问陈副书记，还干吗？陈副书记斩钉截铁地说："干呀，上面没有红头文件制止，说明我们还可以干，上面没有公文撤我的职，我还有指挥权！为民办事，顶硬上！干！什么风呀雨呀，来了我顶住，还是那句话，天塌下来当被盖！"

于是珠江口的航道上，一船船金灿灿的稻草运往香港，一船船白花花的化肥从香港运回虎门，前者像一条条金龙出海，后者似一条条银龙归岸。啊！看来在关键时候，稻草真能救命！不过要领导者有"敢为天下先"的胆识、睿智与担当才成！

陈益临终时嘱咐后人每年祭祀必以番薯做供品，陈氏后人代代遵循。而虎门乡间则以"补天饥"的风俗作为纪念，一是缅忆乡贤陈益，二是不忘"积谷防饥，未雨绸缪"的祖训。

无字墓志铭

1961年，早春二月。

虎门这千年古塞却没有一点春的气息，广袤的大沙田，没有紫云英在飘动；浩瀚的珠江口，也难见与落霞齐飞的帆篷。见，只见西边斜阳如血；听，只听见枯枝上的乌鸦在啼鸣。

与这肃杀的景观相反，在威远岛南山北麓的北面乡增堂下的一片竹林旁，却有楚楚动人的一幕：一群社员撸起衣袖，悄悄地在一片绿油油的薯地上收获番薯，一条条红皮黄肉的番薯，像手臂瓜那么粗，堆在地基上的番薯像一座小山那么高，在斜阳的辉照下，闪着耀目的玫红之光。他们喜滋滋地挑回队部过磅一称，这不足一亩地，薯重竟达5738公斤。

这无疑像一星星之火，一下把本是番薯之乡却沉寂一段时间的古塞大地燎原起来。

引进番薯的中国第一人，是虎门的乡贤陈益。陈益，虎门北栅人，出身于书香世家，祖父陈志敬在明弘治十七年（1504）中举，任广西浔江通判。嘉靖六年（1527）因平叛有功，升为江左兵备道；嘉靖十二年（1533），以"戎政疲剧"而"悬休归里"。回乡后，耳闻目睹盐丁困苦之状，遂深入调查，秉笔写下《请省赋敛以苏盐丁疏》，字字血泪，力透纸背，朝廷深受触动，遂大诏减免靖康盐场盐税的一半。嘉靖二十八年

（1549）卒，葬于小捷滘山冈。翰林院编修黄佐为其墓撰表称其"断大事，决大疑，恤士难，拒大敌，成大事，卓有定见"。陈益胞兄陈履，自小聪敏，未到20岁文章誉满莞邑。明嘉靖三十七年（1558）考中进士。逾年任蒲圻知县；万历九年（1581），升任苏州海防周知；后任户部员外郎，监税浙江，时值荒年，陈履奏准宽其税期；万历二十二年（1594）升任广西按察使司副使，积劳成疾，乞假归。回到家乡后，陈履继承祖德，关心盐民疾苦，多次上书朝廷，为恳请免赋税，乡亲感念其恩德，建祠将其与祖父陈志敬一起供祀。

陈益生于何年，记载不详，有一点却甚为清晰，他虽没踏入仕途，却不忘师承与为民造福的祖训。明万历八年（1580），随友人往安南（越南），当地酋长以上礼相待，筵席上，陈益首次品尝到一种软滑、香甜、甘美的食品，为国内未见之物，一打听，得悉该美食为甘（红）薯，可做食粮充饥。晚上他长夜难眠，家乡正在闹饥荒，倘若引种回乡，定能造福一方。于是他跋涉安南各地去考察番薯的种植方法，一一铭记于心，当时越南法例严禁薯种出境。万历十年（1582）陈益回国，买通酋奴取得薯种，将其巧藏于铜鼓中偷运出境。酋长获悉，发舟追捕，陈益乘风扬帆，闯过险境。回乡后，先将薯种植于庭中花坞。是时，邻村有位土豪，横行于乡野，陈益曾多次加以干预，这土豪怀恨在心，当他听闻陈益夜间叩击铜鼓，以其从异邦偷带"妖物"回乡蛊惑人心为由告官。陈益被捕入狱，乡人传信其在户部任郎中的胞兄陈履求救。适逢陈履同僚史某奉旨巡察南粤，闻讯秉公审理该案，判陈益无罪释放。陈益归家时，花坞中甘薯已长成熟，遂掘薯煮食，味美不输安南甘薯。于是在小捷滘其祖父陈志敬墓地旁购地35亩，招佃种植番薯，因薯种来自番邦，故名为"番薯"。

自从陈益引薯之后，让虎门人首先度过天饥，后广种于天南，为国人度过饥荒起到不可磨灭的作用。

据载，番薯最早种植于美洲中部墨西哥、哥伦比亚一带，由西班牙人携带进入东南亚一带，最早传进中国是明朝的万历年间，是分三条路线进入中国的广东、福建、云南。在较长的一段时间认为长期在吕宋做生意的福建人陈振龙传入最早，但后来经专家考证，陈振龙引进的时间为明万历二十一年，而陈益则是明万历十年，比陈振龙要早整整十一年。陈益，实为中国引进番薯的第一人。

万历二十二年（1594），陈益临终时嘱咐后人将他葬于小捷滘山麓其祖父墓旁，墓向番薯地，每年祭祀必以番薯做供品，陈氏后人代代遵循，而虎门乡间则以"补天饥"的风俗作为纪念。一是惦忆乡贤陈益，二是不忘"积谷防饥，未雨绸缪"的祖训。

"补天饥"可谓乡梓给陈益无字的墓志铭！

何谓"补天饥"？为何要放在"早春二月"？为何煎番薯薄餐作为"补天饥"的节兴供品？当年我带着这些疑问请教族中的老中医十公。

十公走南闯北，学富五车，他背着手踱着步沉思了一会儿说："天饥者，天灾造成的饥荒也。补天饥，就是度过天灾造成的饥荒是也。《逸周书·文传解》中的一篇《夏箴》曰："小人无兼年之食，遇天饥，妻子非其有也。"说的是普通百姓，没有隔年之粮，遇上天灾，连妻子都不是自己的了。据历史记载，1942年，中国河南省发生过惨绝人寰的大饥荒，整个河南省饿殍千里；1943年，天南大灾，从四周前来太平逃荒讨饭者成群结队，每天饿死街头竟达六七十人。如果不是虎门人用番薯救济，更可能是尸横遍野。"补天机"节兴为何要选在正月十五之后的早春二月？因为过了元宵，便要进入春耕大忙，此时春节积存的食品基本打扫得差不多，夏稻还远未收成，正是青黄不接之际，若闹饥荒这是最难挨的时间段。为何要选番薯作为食材，据乡间流传就是为了纪念引进番薯补天饥的乡贤陈益吧！于是随着他的娓娓道来，陈益的形象从那时便披着历史的风烟闯进我的脑海。

番薯，是一种优质杂粮，栽种容易，繁殖很快，多种于坡地，开垦地畔，截苗斜插，薄施粪肥，一年四季均可种植，但忌积水，怕霜冻，春种秋收居多。自从陈益引薯之后，虎门种植长盛不衰，尤其占有较大量坡地的怀德赤岗，还有海岛的南北面种植较多，产量也较高，在互助合作社期间，南北面就种植番薯240亩，平均亩产达1500公斤。赤岗山冈多为红土，是种植番薯最优质的土壤，该村出产一种名为"牛黄"的番薯，皮薄薄的，心黄黄的，味甜甜的，可谓番薯中的极品。

虎门人有开放兼容的品性，乐于引进各地番薯的优良品种，白皮的、红皮的、白心的、黄心的、红心的、紫心的，各种优质品种样样齐全。当地人除了喜欢食赤岗的"牛黄"之外，对紫心番薯却高看一眼，在紫心中布满斑斑的麻色，乡里人觉得有点奇异，称之为"鬼打粉"，那紫心番薯有点像薯姜田种的"大红薯"，与其同时种的还有"大白薯"，食起来的质感有点像"淮山薯"，乡里人"过冬"做小年时必拿"大红薯"煲鸡蛋糖水，意在"转红运"。乡里人还乐于取优于外地的加工工艺，把番薯晒干碾成"薯粉"，做成"粉丝"，煮熟晒成条状或片状的"薯干"。"薯粉"有清热润肺之功能，乡里人是拿来煮给病人食的。"粉丝"煮鱿鱼或虾米绝对是餐桌上的上乘佳肴。"薯干"则是绝妙的"零食"，因番薯的糖分高，一旦煮熟再晒干，就仿如蜜饯的甜，口感好极呢！当年我在镇里上初中，要在学校寄宿，每次返学校我都用铁罐装上一罐，早上天蒙蒙亮起来跑步，我都先啃上两根垫垫肚。晚上自修完肚有点饿也嚼上两根顶顶饿。当然，乡里人用得最多的是煲番薯糖水。东莞遍种甘蔗，每条自然村都有糖厂，每家每户都囤有一米缸的红片糖，乡里人干活时是拼老命的，农忙季节往往要食五顿，除了早餐、午餐、晚餐，还有午餐与晚餐之间的一顿"晏昼"和晚上的一顿"夜宵"，乡里人大多用煲番薯糖水来打发，在番薯糖水上放上几片生姜，去点湿气调点味，打上一个鸡蛋，家庭富裕点的还会外加一个核桃酥。哗，那味道好极了！

"大跃进"年代，搞的是"以粮为一"，番薯在广东不算主粮，曾一度被打入冷宫。

粮食没有了，以番薯为主的杂粮也被铲得精光，饥荒便如珠江的潮水一般袭来，公社的饭堂连"瓜菜代"亦成了一大难题，好一个鱼米之乡竟呈现一片"万户萧疏"的景象,哪怕是春节这么热闹的节兴亦显得落寞凄清。除夕前,不闻"开炉"的炒米声、打饼声,也不见"开镬"炸煎堆的袅袅炊烟,连除夕沿着小河"卖懒"的队伍也无法找到一条甘蔗芙来照明,当新年的钟声敲响,村落只传来几串零零落落的爆竹声。到了"补天饥"的节兴,人们想找条番薯来做块薄饼,拜拜神补补饥,竟比登天还难!到处可见的是浮肿的人群像潮水般涌进医院,时不时见荒野上平添几座新坟。

"补天饥!补天饥!"陈益这无字墓志铭,深深铭刻在虎门人的心里,可那个年代"一切行动听指挥",哪怕是田地种什么作物,什么时候种,怎么种,都须政府发号施令!

威远岛人成功种番薯就是无声的号角,这星星之火不到半年燎原整个古寨,点燃了整片当年陈益冒死引进薯苗以"补天饥"的乡梓大地!虎门人不仅有勇气,而且有智慧,番薯忌积水怕霜冻,他们见招拆招,占有坡地的山村自不消说,占有水田的平原与水乡,秋收刚过,马上将田犁翻晒干除去湿气,把常规一年两造改三造,把夏种秋收的番薯改为冬种春收,它跟马铃薯成了第三造主要的作物,冬种易遭霜冻,便来个"稻草盖被"以防寒。数九寒天,当北国千里冰封万里雪飘之际,在南疆古寨却依然是漫山遍野飞翠流绿,次年早春二月,冬种番薯便可收成,丰收的番薯满垄满野堆积如山,正可赶上"补天饥"。

这种"补天饥"可谓"及时雨",正值少年的我,可曾深深体验其中三味。

一味,是在公共食堂食第一顿番薯煮猪䭔菜。因数天没有一粒米落肚,几个月也没尝过一片番薯这种杂粮,用大伙的话来说是肚饿得快长青苔了,一听说这顿有番薯食,在开饭前一个钟,大家拿着饭箪在食堂门口排起长龙来,不少人还用筷子、汤匙,把饭箪敲得叮叮当当响。开饭了,每人在窗口上分得一饭勺,大家一边走一边美滋滋地食。我亦打了一碗,那番薯黄中带白,那猪䭔菜青中带紫,黏糊糊地浆在一起,我赶忙挑了一块番薯放在嘴里嚼着,久久忍着不往肚里咽!其美味不知要胜丰年品鲍鱼多少倍。

二味,在大沙田食第一块"番薯薄餐"。那一年正值夏收夏种季节,骄阳当空,广袤的大沙田,天气酷热像蒸笼一般,连那轻轻吹来的海风也烫人的。我与一群青壮年社员在"背带围"的大沙田割稻,每个人的汗水都湿透了衣背,在围基的茅寮蓦然传来一阵大声呼叫:"开饭喽! 开饭喽!"我们赶忙放下手中的镰刀向茅寮奔去!火头军普宁叔已守候在寮边,寮的大门口放着一担箩,两箩筐装满番薯薄饼,普宁叔一人派了一块,我接过一瞧,这薄餐有大海碗碗口那么大,有海碗碗底那么厚,除了番薯还有青菜粒和米糠碎,嚼起来虽有点粗、有点涩,但甚能填肚充饥,普宁叔笑眯眯地告诉我们,这是为我们这班干重活的后生做的,在村中饭堂的人啃的都是椰菜叶呢!

三味,在山野食了一条烤番薯。食烤番薯时已是"农村六十条"颁布之后,那时每家每户都分有自留地。那一年的冬天,我牵了头大水牛到山坡上放牧,时快中午,太阳还躲在云层里不冒头,寒风呼啸着,刮到脸上仿如刀割一般疼,我又饥又寒,灵机一动,跑到自己的自留地上,挖了两个拳头那么大的番薯,在山坡捡起一束松枝,在一条挡风的高坎下生起一堆火。一边烤火,一边把番薯埋进火炭里烤,大概一袋烟的工夫,扒开焦炭,那个番薯被烤得黑黝黝的,可剥开皮却是黄桑桑,正往外涌出糖汁,咬上一口,冒着腾腾热气,虽有点烫嘴,但软绵绵甜津津的,几唉下肚,心中暖暖的,肚中有食物垫底,那种饥寒交迫之感顿有所驱。

自从"农村六十条"颁布之后,生产队有自己种植的自主权,社员有自己的自留地,于是他们因地制宜,最适合种什么就种什么,为补天饥,各种能填肚的杂粮一齐上。首先是怀德大面积种植南瓜。坊间曾流传这么一首民谣:"赤岗番薯怀德瓜,大宁乌头白沙鸭。"讲的就是虎门特产的分布图,怀德所种南瓜可谓独树一帜。

南瓜,是一年生蔓生草本植物,茎常节部生根,伸长达2至5米,且在节根开花结果,果实丰盈。南瓜原产于南美洲,已有9000年的栽种史,哥伦布将其带回欧洲,以后被葡萄牙引种日本、印尼、菲律宾等地,明代开始进入中国。李时珍在《本草纲目》中说:"南瓜种出南番,转入闽浙,今燕京诸处亦有之矣,二月下种,宜沃地,四月生苗,引蔓甚繁,一蔓可延十余丈……其子如冬瓜子,其肉原色黄,不可生食,唯去皮瓤瀹,味如山药,同猪肉煮食更良,亦可蜜煎。"

南瓜是喜湿的短日照植物,耐旱性强,对土壤要求不严格,但以肥沃、中性或微酸性沙壤土为好。怀德地处山区正是拥有这种土壤。怀德引进的南瓜品种有许多,其中最好的两种品种便是大磨盘南瓜和牛腿南瓜。大磨盘南瓜果实呈扁圆形,横径30厘米左右,大的至40厘米,高约15厘米,大的到20厘米,其状如一大磨盘,最重达三十来斤。牛腿南瓜,属晚熟品种,果实呈长筒形,末端膨大,顶端较细,仿如一条牛腿,故名曰牛腿南瓜,最大的有二十来斤重。当年东江游击队以怀德为根据地,过着"四两米,二钱油,食咗饭,睡山头"的艰苦生活,就是南瓜作为杂粮来充饥,度过艰难的抗战时期的。如今,漫山遍野种上南瓜,来度过饥荒。

各乡也各出奇招,靠山区的种玉米。玉米,乡里人称为"包粟",有很强的耐旱耐寒耐贫瘠性,于是在山区的坡地、在水渠的堤坝,乃至在大沙田的堤围都栽满绿油油的粟米苗,粟苗长粟米时,会在粟米的顶端长出一绺绺的红须,仿如一杆杆红缨枪的红缨,在秋风中飘荡。玉米一般10月初便可收成,妇女们肩挎一箩筐,哪颗长饱满了就摘哪颗,摘下的玉米堆在晒米场上比小山还要高,亩产一般可达1000公斤。粟米的食法竟有几种之多,的确是补天饥的好杂粮。马铃薯,乡里称为"荷兰薯",植株对土壤的要求十分严格,以表土层深厚、结构疏松、排水通气良好和富含有机质的土壤最为适宜,于是埔田片每条村前塘边、墩边的肥田冬季种的尽是马铃薯。最大的马铃薯有拳头那么大,一棵苗就长一大串。马铃薯既可做主食,亦有做菜的,用点咸菜一炒,便是上等佳肴。芋头,性喜高温湿润,不耐旱,较耐阴,并具有水里植物的特性,于是在塘边基边种满了芋头，它与番薯一样，既可当杂粮，亦可煲糖水，拿来做芋头扣肉，这可是做"九大簋"的主菜。当然，那是丰年之事，当年谈起这道菜，只有吞口水的份儿。

天饥之初，这批杂粮以产量高为主；天饥过后，这批杂粮则以品优为主，成了价值不菲的经济作物。

天是同一个天，地是同一片地，人是同一方人，决策失误，政不通，人不和，社会便会遭殃，人民遭祸，就会天谴人怨，看来政策一旦顺应社会的发展，天地人便能融为一体，创造出人间奇迹来。

大道无形，至理无字。陈益这无字的墓志铭，却永驻虎门人的心里。

饥荒之年，确保番薯丰收，可是救命的大事，他守着这片番薯地，仿若小说《麦田里的守望者》中的"守麦田人"一般神圣。

孤墩守夜人

夕阳。

炊烟。

灯火。

在故乡它们总是交织在一起，缠绵在一起，组成一轴"日出而作，日入而息"的农耕文明风俗画。

每当夕阳在西山落下，山野与田畴一片玫红。在田间的小路上，农夫扛着犁耙，哼着粤曲小调凯旋，牧童坐在牛背横着竹笛，吹着咸水童谣返村；那守在村边榕树头的狗儿、猫儿、鹅儿，摇着头，摆着尾，曲着颈迎着主人回家。片刻，家家农舍升起的缕缕炊烟，随着晚风向后山袅袅娜娜地荡去，那锅碗瓢盆交响曲在横街窄巷中流溢出来，村前的池塘水埠洗犁洗耙洗脚的水花四溅，塘中鱼儿虾儿以及贴波飞翔的燕子欢跃，搅得整个池塘仿若仙女散花。夜幕降临了，用树干架起的路灯亮了。霎时间，村中百家灯火齐明，大窗、小窗眨着神秘的眼睛。远处山林与田畴传来了阵阵的蛙声、莺啼与蟋蟀叫，时而低吟，时而浅唱，却声声入耳，引得嵌在天幕上的星河在流动，引得爬上树梢的弯月在偷窥。

在离村百箭之遥的旷野上有座孤墩，孤墩上有座茅舍，此刻也会亮起一盏豆黄的灯光，也许是透过蕉林与竹影，灯光有点微弱，有点分散，有点孤单。可是，这盏灯光却无时不在牵动着乡亲们的心。

孤墩的茅舍里住着端伯，他姓傅名端，本是个船民，船就是他的家，处处无家处处家，常泊之地是在镇上的珠江口与广济河交界的岸边。他的祖先在威远炮台当差，退役后留在古塞当居民，祖传给他的是一支猎枪和一条渔船，他练有一手好枪法和撒得一手好渔网，这使他过着半渔半猎的生涯，渔的旺季出海打鱼，淡季时上山打猎。

1938年初秋，一个月黑风高的夜晚，六艘日本军舰偷袭了虎门寨，攻下了炮台，烧掉沿海六十多艘渔船。端伯闻讯从游猎的大岭山上赶回，只见海边火光冲天，他的船连同他熟睡的妻儿被烧成一堆焦炭，望着那片焦土，他号啕大哭，提着枪要与鬼子拼一死活，还没冲入敌阵，已被鬼子击中握枪的右臂，鲜血如注直流，恰巧碰上逃难的一群船民，把他拦腰抱住，并帮他包扎好伤口。鬼子放火烧了船还不罢休，像发了疯一般，在追杀逃出来的群众，连小孩也不放过，因为要拿他们为受伤的鬼子输血。

他只好随难民一起逃难，在宝太公路边的官涌村民在孤墩临时搭起一竹栅，为难民施点粥水，让他们歇歇脚，村中一位老中医还为他的伤敷上了药。官涌离太平墟很近，鬼子的临时指挥部就设在墟上，随时都有追来的危险。次日，天还未亮，官涌的村民也与难民一起逃往大岭山。日本鬼子烧杀狂潮稍歇，难民纷纷回家，端伯却无家可归，村中那位老中医邀他到家里疗伤。他见孤墩一片荒芜，索性在孤墩上搭了间草寮，种起茅竹与芭蕉，还挖了口水井，成了村外之村，且一住就是二十载，乡亲也没把他当作外乡人看，哪怕是"太公分猪肉"，也少不了他一份。

端伯也没把自己当外人，他学着犁田、耙田、播种、插秧、收割，种番薯、芋头、花生，逐渐练成农耕的一把好手。农忙季节，他帮乡亲们搭个手，农闲季节却拿出他看家本领上山打猎，下河捕鱼。他有三件法宝：猎枪、猎狗和电筒。他的枪法准，百发百中；他的猎狗猛，敢与野兽撕咬；他的电筒长，可装四节电池，亮起来仿如一盏探照灯。这三件法宝可为乡亲们帮了大忙。抗日战争与解放战争期间，虎门地区的海盗与土匪互相勾结，本地长安的大土匪麦浩勾结番禺的李朗鸡以及道滘的凤凰狗，专做洗劫路过珠江口商船的大案，而小股土匪的活动则相当猖狂，到沿海村庄打家劫舍，掠耕牛抢围谷，甚至"镖心"，即绑架人要家属拿钱来赎。端伯把孤墩当作前哨，一入夜便值起班来，那条猎狗一见到可疑的陌生人就狂吠，端伯便提着猎枪执着电筒去搜索，一旦发现有什么可疑的地方，他就用电筒打着信号报警，倘若土匪来得猛且急，他就鸣枪告急，更夫便会上更楼敲锣，村中巡丁们便会执起长枪与长矛在村前的围墙防守，土匪知道村中已有防备就不敢贸然入村，端伯用他的担当与胆色，为保一方平安尽了一份力。

这期间，中共地下党认为端伯可靠，将孤墩作为一个秘密联络点，经常深夜在这里开秘密会议，每当这时，端伯便牵着猎狗躲在竹林里当起警卫来。他还不时闯过敌人的关卡往根据地投送特急情报。有次他赶到根据地适逢鬼子扫荡，他参加阻击战，亲手击伤两个鬼子。他要求参加游击队，游击队长告诉他，隐蔽战线同样重要，更需要他。在解放战争中他参加领路迎接四野部队一个师进入虎门。在土改时他扛着猎枪牵着猎狗，跟随着土改队队长穿山过岭入村发动群众，当起一名贴身的保镖来。区政府说他有功，要给他每年发补贴，他笑着说："我只是个编外人员，做了些该做的事，我有手有脚，哪还领什么补贴！"

土改后，经过清匪反霸，匪患已除，可自然界的"三患"却非常猖獗，一是猪患，二是鼠患，三是鹰患。猪患，其实是野猪闯的祸，那个时期战火纷飞，从猪栏跑出的猪特别多，它们的后代便成了野猪。村民们称它们为箭猪，浑身的猪毛如箭，又粗又硬，猪嘴特别长，猪的獠牙特利，性情特凶猛，蹿到山坡的甘蔗林、粟米地、木薯坡又拱又咬，把庄稼糟蹋得一塌糊涂，村民将它恨之入骨。鼠患，指的是田鼠与地鼠，这些老鼠个头特别大，田鼠专挑禾苗来咬，地鼠则专偷花生来食，虽说过街老鼠人人喊打，这些作恶于田野与山地的田鼠、地鼠则人人喊灭。鹰患，防的是山鹰。那时山林特别浓密，山涧战壕特别多，离大岭山群峰也不远，常看到山鹰在田野的上空盘旋，尤其是秋后，农户喜欢用锄头挑着鸡笼，把小鸡放在收割完的稻田去放牧，让它们去觅啄散落在稻田里的稻谷。盘旋在上空的山鹰眼睛特别犀利，一发现小鸡，一个俯冲下来，叼上小鸡便高飞而走，几个回合下来，一群小鸡便会被叼得一只不剩，让放牧者叫苦不迭。

这怎么能成？！端伯琢磨除掉"三患"的绝技。

跟野猪斗既要斗勇更须斗智。第一步摸清野猪的生活习性是关键，他归纳有这么几条：其一，野猪白天通常不出来走动，一般在早晨和黄昏时分出来觅食，有时还会趁着朦胧的夜色行动。其二，当野猪受到威胁时，公猪会用獠牙来对付，这獠牙可比匕首还要锋利。其三，野猪的鼻子特灵，尤其是对猎人的气味相当敏感，猎猪时一定要躲在逆风处。其四，野猪对敌的攻击呈直线狂冲，与野猪相斗须避免正面对峙。摸准野猪这些习性后，端伯制定一套对付办法，他带着猎狗找到甘蕉林、粟米地或木薯遭破坏最厉害的地方，躲在逆风的灌木林处守候。当野猪跑到这些地方觅食时，端伯对准猪屁股就是一枪，受伤的野猪朝前狂奔，端伯放出猎狗猛追，追上就咬，当受伤的野猪累得在地上翻滚，端伯赶上再补上几猎刀，野猪便会就擒。端伯扛着战利品，回村把野猪宰了，给乡亲分享，我亦尝过，比家猪野味多啦。端伯先后带头猎过三头野猪，野猪虽凶猛，但也怕碰上猎手，从此野猪在这地方销声匿迹。

除鼠患要靠勤。鼠最大的特点是繁殖得相当快，无论在山地的土坎还是在水田的田基，都布满密密麻麻的老鼠洞，有时一个老鼠洞便有一窝老鼠。端伯去打铁铺特制一种老鼠钊，这老鼠钊呈丁字形，钊柄是一条四寸长的圆木，钊长一尺余，钊头呈小铲形，异常锋利，专门拿来钊老鼠洞用的，当然亦可用来为旱地作物除草。端伯头戴竹笠，身穿蓑衣，腰系一个竹篓，不管烈日还是雨天，他满田基满地坎地游转，一天下来捕捉的鼠足有半篓多。田鼠与地鼠都是一道美食，可用花生来焖，亦可晒老鼠干，那老鼠干比腊肉味道还要美味。还有那刚生下来的鼠崽，乡亲们叫老鼠仔。这些刚生下的老鼠仔肉团团的，眼眯眯的，还未能睁开，浑身白里透红，可用来泡酒，亦可拿来生吞，我亦试过多次，开始有点害怕，拿起来吞时，那鼠崽子还会四只小脚乱爬，一骨碌吞下去，在肚子里似乎还会动，试过两回后就不再害怕，当地人把它当作一个宝，这可是治风湿与跌打的独味单方呢。有一条大家都特别注意，就是不能食屋鼠，屋老鼠偷油食，身上会有毒，食了满脸会长老鼠瘤，一团团一坨坨，红的，紫的，难看死了。不过当地人很懂识别，什么是山老鼠，什么是田鼠，什么是屋鼠，一看便知道，准得很！这治鼠患得打"人民战争"，光靠端伯绝对是难以对付的，他有一招：把小孩召到孤墩来，又请吃老鼠干，又请吞老鼠仔，大家兴趣一来，这场灭鼠的"人民战争"便打响了。到了合作化，社里定了一个合约，谁交老鼠尾一条，就记一个工分，每年谁灭鼠最多，便发一个"灭鼠能手"的奖状。于是灭鼠成了一个常年性的机制，鼠患也就逐渐消灭了。

  鹰患对于端伯来说是最棘手的。他本就是猎手，打鸟是他拿手的本领，按照他的枪法，只要他躲在芦苇丛中，当山鹰俯冲下来叼小鸡，他会一枪一个准，因为他用的是砂枪，一声枪响那枪砂仿若一股飞镖奔过去，山鹰便会应声而栽下来。可他不忍心，虽然当时并没公布动物保护法，更不知道山鹰后来被定为国家二级保护动物。他只知道山鹰是稀有动物，打一只便会少一只，且山鹰受伤会发出凄厉的哀叫声，长期与山禽走兽为伍的他似乎听懂这种声音！为了保护小鸡又不伤害山鹰，他想出一个绝招：吓！当有乡亲在田野放牧小鸡时，只要看见山鹰在上空盘旋，他便躲在田埂的芦苇丛中，山鹰往下俯冲时，便提枪对空射击，砂枪射程不远，射二三十米，可声响特别大，像雷鸣一般，山鹰没被打着，却着实吓了一惊！再也不敢往下俯冲，一而再，再而三，这一招相当奏效。可问题来啦，那么多人放牧，而且每时每刻，他哪能顾得过来。于是他又想起一招，来个以假乱真，他在放牧的地方做了个稻草人，头顶插了支小红旗，两手抱着他做的木枪，开头几次他也躲在草丛中，每当山鹰盘旋后俯冲，他照放枪，弄得山鹰草木皆兵，再也不敢来叼小鸡了。

在合作化，尤其是公社化之后，用集体的力量筑了不少山塘水库，公社让端伯当起管水员来，哪个合作社哪个生产大队需要放田水还要找端伯呢。他守山塘、守水库外，还要巡视灌渠，他肩扛一把锄，一年四季风里来，雨里去，从未出过一点事故。后来，公社见端伯年事已高，再挑风里来雨里去的重担有点过意不去，强令他好好休养，只安排他一个巡视灌渠的闲职。可端伯哪里能闲得下来，只好在自己的孤墩上躬耕农亩，种种蔬菜和水果。他除了在茅舍前种了楠竹与芭蕉之外，还在墩边种了荔枝、龙眼、黄皮和木瓜树。天刚露一抹曙色，小鸟便在树上跳来跳去，叽叽喳喳地啼唱，端伯喜欢搬张凳子坐在茅舍前晒晨光，一边抽大碌竹烟筒，一边听树上的鸟啼。猎狗会乖乖地躺在他的身旁，深情地注视他那布满沧桑的国字脸上绽出的淡淡微笑，亦会欢欣地摆起尾巴来。以阿闯为首的那班"马骝仔"，因灭鼠与端伯结下不解的情谊，一放假就去墩里玩，在菜田上捉那些跟蟋蟀长得极像的"土狗"，在荔红时节还在树上捉捕蝉的螳螂。螳螂的一双前爪有点像螃蟹的双螯，螃蟹的双螯像把钳，而螳螂的前爪则像把带齿的镰刀，锋利极啦，你一旦捉它，它会张开一双前爪跟你对抗。螳螂可凶呢，一旦被它抓破了手指，马上便会鲜血直流。可它越凶小伙伴越感到有挑战性，并乐此不疲，比谁捉螳螂捉得多。这里的荔枝、龙眼、黄皮、木瓜熟时都任由这班"马骝仔"去摘来吃，端伯把他们当作自己的子侄一般疼爱，这群小伙子也把孤墩当作自己的家。

这方水土在那"大跃进"的年代，经过一番折腾，进入三年经济困难的"瓜菜代"年代。虎门的乡贤陈益早在明代便冒着生命危险从越南偷偷引回番薯，让乡亲们度过饥荒，是全国第一个引进番薯的人。在饥饿之年人们当然记起这个典故，海岛一旦突破"以粮为一"之纲，在家乡种番薯便遍地开花，尤其是在秋收之后冬种大面积的番薯。于是端伯主动请缨守护着孤墩四周那一片一望无边的番薯田。把他的故事推向高潮的是他"夜驱偷薯人"。番薯苗长了，一寸两寸，一尺两尺，最后爬满畦顶和畦沟，长得绿油油一片。黄昏斜阳一照，遍地洒满细碎的光斑；晚风一吹掀起一层层绿浪。霜降一至，天上就下着飘飘洒洒的冻霜，番薯怕冷，一受霜冻，地下结的番薯会"生蚁"，创口一点一点地扩张，甚至全部烂掉，于是他带头为番薯盖上禾草，为它们加上张"被"来抗寒，地下的番薯稍稍长大，绝迹了好几年的老鼠，似乎又"返了生"，它们在番薯地上打洞，把薯苗跟番薯相连的薯头咬烂。可恼也，这还了得？他拿上鼠钊满田满垄找它们算账。

眼看埋在地里的番薯越长越大，端伯心情却一天比一天沉重。有天清晨他去巡薯田，发现十几棵番薯被挖，啊！有人偷番薯。担心的事儿果然来了。他没声张出去，因为他深知偷番薯的人得手还会再来。当晚他拿着枪牵着狗，执着电筒，在出事的地点蹲着，到了头更时分，他见一群黑影悄声蹿来，声音怎么那么轻？身形怎么那么小？借着一缕月色，他发现来偷番薯的竟是一班十四五岁的小孩！怎么办？他的心一下乱了！这个年代饿倒人，他常有所闻，民以食为天，饿比天还大啊！况且他们还是一班小孩。可此风不刹住，开了头，快丰收到手的果实就完了，那会让更多的人挨饿！猎人那种急中生智的意识马上在他心头涌起，他轻轻给猎狗套上个口罩，往它屁股一拍："追！"猎狗闻声向黑影扑了过去，端伯举枪朝天放了一枪，那班没毛的小伙子连滚带爬地走了，端伯喝住了猎狗，踏着蹒跚的步伐回到了孤墩的茅舍里，这一夜孤墩的灯光彻夜未眠！

次日，治保主任来到孤墩，见到端伯双眼肿成一个包，问起昨晚的枪声是怎么回事。端伯说："有人来偷番薯，被我开枪吓跑了。"治保主任问："认得是什么人吗？"端伯说："月色朦胧，我看不清，可能是外乡人吧！"治保主任又说："这年头人饿疯了，什么事都做得出来，你可要小心点，要多派些民兵出来帮手。"此事，治保主任那关过了，可端伯的心事却未了！

当日黄昏，他把自己在孤墩种的番薯挖起煮了一大镬，悄悄地把阿闯几个毛头小子叫进他的茅舍，让他们饱食一顿后，和颜悦色地盯着他们说："你们这班'马骝仔'昨晚干的好事，还以为我不知道，一看背影就认出是你们！倘若我不给猎狗戴上口罩，你们的裤裆早被咬穿，屁股也会被咬掉一块肉，要是我朝着你们开枪，你这班'马骝仔'个个身体开花！"阿闯他们面面相觑，面色有点发白，嘴却在分辩："端伯，饿得实在顶不住啦！肚里快长青苔啊！"端伯正色地说："肚长青苔只是你们吗？有谁不是啊，人人像你们这样番薯还没长熟就来偷，哪来个好收成？全村人岂不等着继续挨饿？我告诉你们，我鸣枪是吓你们，也是向人们示警，这番薯地有我守着呢！今天天刚蒙蒙亮，治保主任找我了，倘若我把实情告诉他，你们等着被开除学籍吧，你们的爸妈也等着挨批斗吧！"阿闯他们脸色由白转红，又由红转青，嗫嗫地说："端伯，我知道你是菩萨心肠，告诉我们该怎么办。"端伯说："正值寒假，晚上帮帮我守守夜吧！"阿闯一班'马骝仔'一下欢腾起来，连声说："好！好！我们帮你打下手！"从此之后，夜间多了一班毛头小子在协助巡夜，当然大队也多派了几位民兵！饥荒之年，确保番薯丰收，可是救命的大事，他守着这片番薯地仿若小说《麦田里的守望者》中的"守麦田人"一般神圣。

　　来春，番薯收获了，一大堆一大堆红皮黄肉的番薯堆得比山还高，端伯站在孤墩上望着这丰收的景象笑逐颜开，心里比灌了蜜还甜，乡亲们可缓解一时之饥了！

　　那晚，孤墩上的灯光也彻夜未眠，它像茫茫黑夜的一颗星斗放着微弱而又异样的光彩！

从"借船出海"到"有风驶尽帆",这便是虎门人的智慧与品格。

瓦钵蒸出黄金流

1961年,深秋,黄昏。

沉寂了好一时段的南涌口蟹塘,突然热闹起来。它位于虎门南栅东北村,南望珠江滚滚南流,落霞追着帆影远去;东望旧涌蜿蜒而来,鸥鸟觅食贴波低翔,前面便是咸淡水交界的珠江口,清浊是那么分明,这是一个鱼虾蟹在此回环繁殖的大乐园。一方蟹塘就嵌在这岸边的芦苇丛中。

一个中年汉子,正划着小艇,拿着网兜在塘中捕蟹,不时网起两三只放入小艇的鱼篓中;塘基中的番石榴树下站着几个人,他们边看捕蟹边议论着;站在前面的一位身材魁梧,手拿着一顶白草帽,为自己扇凉,开阔的前额还淌着大滴大滴的汗水,炯炯有神的双眸,闪着睿智的光,已有点秃顶的头上长满沧桑的故事,他正是广东省省长陈郁。在他身旁的一位身材有点高瘦,脚踏水陆两用鞋,卷起长短的裤脚,朴素得像位老农,他是县委书记林若。跟在他们身后的便是公社卢书记与大队王大队长等做陪的几位社村领导。

此次陈省长轻车简从,从省里直接下到虎门镇来考察。虎门,他并不陌生,这是一块英雄的土地,虎门人的那种情怀、品格与智慧他也很清楚。他出身于海员,是当年"省港大罢工"的领导人之一,在这场运动中,他介绍火线入党的一个手下刘海潮就是虎门人,当时虎门地区就是

"省港大罢工"的大后方。刘海潮在中华人民共和国成立时就当上了全国海员工会主席。虎门有厚重的历史，陈郁省长希望虎门也有辉煌的现实，特别是国家困难时期能做出点榜样来。

公社卢书记带他走遍了虎门的山区与水乡，最后把他带到这蟹塘上来。当然卢书记亦有他的小算盘：虎门是江海汇冲之地，东、西、北江江水汇聚于此入海，大量的浮游生物在此积聚回环。加之咸淡水比重适度，水温相宜，成了浅海鱼、虾、蟹及贝类的天然饵物。虎门盛产青蟹，亦称青壳蟹，其实是种海蟹，其雄性叫"肉蟹"，体大肉多；雌性叫作"膏蟹"，肉较少，但其膏多且香酥无比，哪怕是清蒸不放油盐也能尝到个中美味。清代民俗大家屈大均的《广东新语》对虎门的膏蟹有过精妙的描述："虎门潮水接牂牁，春淡秋咸蟹总多，水肉金膏随月满，精华更奈稻花何？"可见虎门膏蟹在明末清初已享有盛名。

虎门人心灵手巧，人工养殖"膏蟹"便是其中一大绝招。旧志载：虎门膏蟹以园螺洲为盛产地。历史上的园螺洲正对太平河口，是现在的金洲、竹洲、新洲、南栅、宁州一线的洲汀小屿。鸦片战争后，清廷下令"屯田养兵"，陆续由沙角炮台向北沿太平河筑堤建闸，由武山炮台沿阿娘鞋岛围滩造田垦耕，大片水域从此成了水网沙田，每每潮涨开闸，大量鱼虾蟹随流涌入，遍布河涌草塱，乃至稻田。

虎门人早在晚清时期萌发养蟹欲望。养蟹有两大优势：一是不受季节限制终年肥美，二是产量会有更大的提高。第一个"吃螃蟹"的是南栅乡南冲口村的吴氏家族的吴康宁，他出身贫苦，父亲靠祖传两亩沙田一方草塱过活，但他勤耕俭食，也要送子上私塾学馆，小康宁从小聪敏过人，比同辈学子才高，深得私塾先生赏识，可惜家境贫困，几年后被迫中途辍学，但他潜心求学之心不改，钓虾摸鱼捉蟹之余，常常潜入学馆旁听。后村中一学友考取秀才，康宁设法向他请教。秀才之父乃村中乡绅，肚中有点墨水，觉得儿子与康宁这穷小子结交有伤风雅，有意当着私塾先生及众学子之面想奚落康宁一番，于是出联讥讽他，上联："虫居火下，微光顿失。"萤属虫，虫居火下即"萤"字，语刺康宁虽有天聪，若与儿子才华相比，犹如火下之萤，连微光都顿失。这上联让众人听之搔首低眉，觉得难以应对。康宁思索片刻，乃出惊人下联"鸟立江边，壮志犹存"，不仅对仗工整，而且取"燕雀安知鸿鹄之志"之意反讽。

  一日，康宁挑着鱼虾到太平墟赶集，鱼栏的蟹档挤满省、港、澳的鱼贩，从中他悟出虎门膏蟹深受顾客的青睐。于是他驾着小舟到广州以及珠江三角洲的中山、顺德、南海等市场考察，发现虎门膏蟹成了省城以及珠江三角洲一带市场酒肆的抢手货，且价格比其他蟹高出数倍。通过观察他也发现膏蟹有个致命的弱点，多在秋季凝膏，若能使之常年凝膏，更是奇货可居！想干就干，他把此作为一个难题来突破。于是常常蹲在滩涂边，细心观察蟹的生活规律和它喜欢觅食什么饵物，寻到答案后便在草塱围上竹篱种上番石榴，在滩边铺上细沙，然后将蟹苗放入塱中，并将蟹特别爱食的白蚬从其他河涌捞来撒下塱中喂养，不出数月，蟹苗养成大蟹，一只只"蟹封嫩玉，壳凸红脂"。试养成功，让他信心陡增，于是辟塘扩养，多投白蚬育肥，不到两年工夫便成一种大的产业。从此，虎门膏蟹便以常年有膏独占风骚，吴康宁也成为广州西堤海产鱼栏的宠商，虎门膏蟹也从这里辐射到珠江三角洲去。后来，他把爱孙取名为"鸿安"，以"燕雀安知鸿鹄之志"为家训，自从康宁首开养蟹之风，乡人争相效法，虎门膏蟹成行成市，声名远播海内外。

  这是一顿很特殊的晚餐，餐设在南棚大队"旧饭堂"，公社饭堂的大锅饭撤了，可饭堂的壳儿还在，厨师还在，餐具还在。菜式亦很特殊，美其名曰"螃蟹宴"。一张八仙桌，有点旧；几张竹椅子，有点破。当陈省长、林书记等围在一起，佳肴一端出香气扑鼻来，主菜是一碟姜葱炒蟹，一盆清蒸蟹，一钵蒸蟹饼。

  这三种蟹的做法，很独特。"姜葱蟹"以多片生姜，先下油和蒜泥，待油烧爆后，下蟹锅中，明火炒匀，加少许绍酒及胡椒粉，盖上锅盖，文火把蟹焗熟，再加生葱、麻油搅拌，即可上碟，此做法既鲜美又香浓，食之甘饴，闻之微醉。"清蒸蟹"就是原只蟹在锅中煮熟，食时动用双手剥开，白雪雪的肉，黄桑桑的膏，不用油，不用盐，一口咬来原汁原味，唇齿留香，妙不可言，口味重者，可蘸点酱油或蒜泥、浙醋，有种天然的满足感。"蒸蟹饼"是虎门特有的做法。先将蟹切开洗净，另有半肥瘦鲜猪肉、鲜蛋、姜葱调味，剁烂拌匀，再以三两片食用薄荷叶用瓦钵盛好，放入镬里蒸，等水蒸干了，贴着瓦钵的蟹饼微焦，便香气扑鼻，因为蟹黄与蛋黄显露，端上桌来视之仿若盛满满钵的黄金，吃之蟹、肉、蛋三味兼有，香味浓郁扑鼻，未食先诱人，妙不可言。

陈省长对"蒸蟹饼"特感兴趣，夹了一块放在嘴里，香香的，酥酥的，滑滑的，其鲜无比！他冲口说了一句："我从未食过如此鲜美的蟹！"他侧头问了卢书记一句："原以为虎门只是河豚厉害！原来膏蟹还这么霸道！现在规模是否太小了点？还可以大力发展呀！"在旁的卢书记等的正是这句话，忙说："我们何尝不想，我们缺资金和政策啊！"于是他如数家珍般说起虎门膏蟹的水质环境、虎门膏蟹的养殖故事来，听得省长入了神！听完后拍了一下卢书记肩膀："哈哈！真有你的！你今天摆的是'鸿门宴'啊！"林若书记在旁幽默地调侃一句："当地的土话叫'顺藤摸瓜'，俗点当地叫'打蛇随棍上'。今天既讲吴鸿安，又设鸿门宴！"卢书记狡黠一笑："打蛇随棍上有点不恭，若硬要套用一句成语那叫'借船出海'吧，这船可是党的政策、陈省长的支持啊！"陈省长微微一笑："得啦！得啦，我叫外贸局批两万元给你，你把虎门膏蟹等水产名优产品给我搞出个名堂来！"

虎门人说干就干，利用这笔资金在南栅的东北村建起21亩蟹塘来，两万元在那年代也能办成点事，更主要的是获得多种经营这方面的政策，一路通，路路通，虎门发展名优产品的思路，挖蟹塘可谓是"借船出海"，而接下来的一系列动作则是"有风使尽帆"。

继南栅蟹塘的开挖之后是围养虎门麻虾。虎门沿海地区土地大部分属大沙田地带，历来盛产麻虾，南面出产的麻虾尤为出名。南面跟南栅，仅隔一条太平河，面对的都是咸淡水交汇的出海口，养殖水产都是超一流的水质。这里原是威远岛一片芦花飘荡的大海滩，亦有红树林蜿蜒的纵横河汊。涨潮时可以荡舟，退潮时鱼蹦虾跳，本来就是一个浅海的天然鱼虾场。自鸦片战争以后，清廷实施"屯田养兵"的方略，之后，这里变成一片堤围高筑、水闸林立、河汊如网、水草翻滚的大沙田。每当沙田要趁涨潮入水，那些麻虾会随着潮水，从水闸涌入沙田，沙田那枯叶纷飞的河网，浮游生物特别丰富，把麻虾养得又肥又大。每当大沙田随退潮须放水的时候，麻虾又会随着潮水回归大海，只要此刻在水闸上装上张渔网，每趟潮水均可收获一二百斤鱼虾！当然在夏收或秋收季节，整个大沙田要放干围水，此刻河底及田上的水氹，鱼虾则更多了。

当把大沙田改成虾塘来养虾又是另一番光景了，整个大沙田会变成白茫茫的一片泽国，可以划着小舟在塘内撒网或垂钓，围基边却会长满芦苇、水草乃至红树林，田中也会有意堆起几个小岛，让岛上长满茅草、杂树野花，让鸟儿在岛上栖息，在虾塘我们经常可以听到斑鸠、黄雀在岛上啼叫，看到野鸭、鸥鸟在滩边翻飞，塘中长满浮游生物，成了鱼虾充分的食饵，而水质又是原生态的，它跟原生态的虾没有本质上的区别，跟网箱放养的虾则有天渊之别。它为虾塘引进的都是咸淡水，这里的虾兼有海虾与河虾的优点，其肉质鲜嫩、爽脆！因为其虾身上长着麻点，所以当地人称之为麻虾！麻虾蒸、焗、灼、晒均佳，深受消费者的欢迎。

与"麻虾"大面积放养的还有"蚝"，俗名"海蛎子"，学名称之为"牡蛎"，是世界上第一大养殖贝类，是抗逆性最强的水生动物之一，数千年来潮间带多变的环境练就牡蛎对温度、盐度、露空和海区常见病原极强的抵抗能力。虎门地处珠江口，海滩多，野生蚝亦特别多，宝安的沙井蚝名气很大，其实沙井与虎门相邻，在历史上沙井亦曾划为虎门管辖的地域，在与沙井相邻的虎门海滩，便叫蚝滩，产出的蚝数量相当大，虎门产蚝的历史相当悠久，在石器时代的丘贝遗址，就出土有用蚝壳砌的蚝墙。牡蛎不仅具有肉味鲜美的食用价值，蛎肉还有"养血、补血、滋阴"

之药用功效，《本草纲目》中记载了牡蛎治虚弱、解丹毒、止渴等药用价值。根据文献报道，牡蛎尚有制酸、降压、抗癌、防衰老的作用。虎门地区蚝的养殖历史亦相当悠久，而且规模很大，最高峰期曾达2000多亩。虎门所产的蚝，其特点是个大体饱，肉白嫩滑，有"玻璃肚"之美名。虎门的蚝是道美食，我从小对蚝有种特殊的偏好，鲜蚝可姜葱焗，可煎蚝饼，可炸蚝，可炸蚝油，可晒蚝豉。那种生晒蚝呈玉竹色，有种透明感，蒸熟之后，淋点麻油，撒点葱花，那种鲜味，真叫人左牙嚼过右牙香，这远近闻名的特产，亦销往港澳与东南亚。发展水产养殖除养蟹、养虾、养蚝之外，还发展养鱼。镇口大队与大宁大队的池塘均有咸淡水的水质，这两个地方放养的乌头鱼又肥又大又香，被称为"水底鸡行"，蒸时放两片柠檬，蒸出来都是满碟的黄油，连潮州人都喜欢找来"打冷"，又是珠三角，乃至潮汕抢手的水产品。

虎门人既懂得传承，也勇于创新。另一养殖加工的名优产品"白沙油鸭"便是例证。"白沙油鸭"历史悠久，距今已有近200年的历史。其特点是色泽光亮洁白，口味香醇，肥而不腻，被誉为"腊味之王"，历年称雄香港市场，饮誉东南亚各国。其实"白沙油鸭"是博采众长、自成一家的产物。油鸭即腊鸭，北方人称之为板鸭，早在清末，白沙一郑姓村民跑遍了全国有名的板鸭产地。其中江苏南京板鸭、四川建台板鸭、福建建瓯板鸭以及江西南安板鸭被并列为中国传统四大板鸭。他细心考察后觉得江浙一带养鸭有窍门，腌制板鸭前讲究围起来喂谷育肥，所以鸭的个头肥大；而江西南安板鸭腌制水平高，色泽白净，尾油丰富，骨脆可嚼，美味可口。所以各取其长并加以改造。

在养鸭吸取江浙一带的育肥技术的基础上加上重要一招，就是"吹"米，用一锥形锌铁筒插入鸭子的喉咙，强迫鸭子大量吞食谷物，让它催肥后再宰杀，因而比江浙一带所养之鸭更要肥大；在腌制时取江西南安白净的卖相，而在肥而不腻、口味香醇上下功夫。一是用山西的汾酒来发酵，让其骨头酥脆，肥而不腻；二是用溪水把宰杀的鸭子的血水洗净，使其有白净的腊光。

　　说起这溪水,并非一般的溪水,虎门一带的人称之为"神仙水",说起来便使"白沙油鸭"平添一抹神奇色彩。早在宋理宗年间,有位福建莆田的书生姓郭,名都,他随任广东按察使的父亲游历至东莞,被虎门的一深溪龙潭胜境所吸引,并在此地结庵隐居修道,道名郭真人。他常往返于离此地不远的白沙村庄一带,与村民相处融洽,郭懂医术,常为村民治疗病痛,深得村民敬重。宋理宗淳祐八年(1248)天久旱,村民焚香燃烛祈求上天降雨无济于事,郭真人看在眼里,急在心上,他夜观星象,打坐到天明,悟出了"通天感应",于是告知村民要亲自出面求雨。就在白沙的山兜村前的山坡下,堆起一堆"飞鹤"模样的干柴,郭真人端坐在柴堆上打坐念咒画符,已到午时,还不见半点风丝云影,正当人们焦急之时,郭真人突然大喝一声,点燃的香烛飞入柴堆中,顿时烈焰腾空。众村民欲前往救火,可四处无水可寻,正在哀号天助之际,一阵狂风刮起,霎时乌云密布,暴雨倾盆,但烈火依然熊熊燃烧,雨幕中但见一只黄鹤腾空而起,郭真人骑在鹤背,慈颜如故,向深溪龙潭方向飞去、山兜从此出现一条清澈见底的流溪,灌溉万顷良田,人们用手捧饮之,清甜入肺,据说能治很多病。事后,村民为纪念舍身求雨的郭真人,在其焚身之处建起一座土地庙,名叫"郭真人庙",将那绕庙而过的溪流称为"神仙水"。"白沙油鸭"由"神仙水"腌制,因而光洁如洗,颇受世人喜爱。

　　如今白沙油鸭主要由白沙以及它的邻乡博涌发展加工业,曾年产200万只,创汇上千万美元。

　　从"虎门膏蟹"到"南面麻虾"至"白沙油鸭",从"借船出海"到"有风驶尽帆",这便是虎门人的智慧与品格。卑贱者最聪明,根本不用人在头上指手画脚,只要给他好的政策,便可以创造出人间的奇迹来。

　　这就是瓦钵蒸出的黄金流!

那铺满色彩斑斓草席的东校场,则像山坳上的彩虹,在这片经过血与火洗礼的英雄的土地上,闪耀着夺目的光辉。

山坳上的彩虹

1963年早春二月,傍晚。

在虎门中学读书的我,正与几位同学在校园一边散步,一边欣赏路旁如火如荼般怒放的凤凰花。突然,轰隆隆几声春雷的炸响,从东方一公里处传来,我们循声望去,只见几股浓烟夹着沙尘腾空而起,然后天女散花般在空中撒落!

啊,那不是虎门寨的东校场吗?

这个地方我们太熟悉了,不但地方熟,而且历史亦清楚,历史老师黄旭跟我们讲过这段历史,且带我们参观过历史的遗迹。在清康熙二十四年(1685),清廷将虎门寨从三门口迁往石旗岭,因后来官员(当地人称为大山)经常在此巡查,便改为大人山。当地乡绅牵头筹款,花了两年时间沿着大人山脊建起一道长620米的城墙,远远望去,仿如一条金龙虎卧在古塞的云端,整座山岭苍松如云,松涛如吼。康熙二十八年(1689),晋淑玉任虎头门协将,筹资修建了一条麻石路,从镇口通塞城一直抵丫帽山东麓的官涌渡口,全长数公里,并在塞内修了衙署,建了关帝庙,造了石桥。这石桥官涌渡口有一座,用三条又长又大的花岗岩石造成,乡里人称之为"三块石"。石桥呈拱形,常有舟楫在桥下咿呀咿呀地划过,这是我儿时的水上乐园。

嘉兴年间，海盗在珠江口一带抢劫过往船只异常猖獗，英国护货兵船借口协助缉拿海盗，先后四次进入中国领海，停泊在虎门的海面上。嘉庆十五年（1810）清廷为加强沿海防务，增设广东水师提督署，督衙就设在寨内，并添建兵房百余幢，并辟了个校场，由于它位于寨城的东头，乡间称之为东校场，此后虎头门寨改称为虎门寨。

虎门寨一带，原下临江海，帆樯如林，舟楫如梭。清朝以前这里渔户散居，建寨之后，随着军队的驻防，军眷随之增多，清乾隆年间沿海地域裁盐改稻；鸦片战争以后，实行屯田养军，退役兵留居不少，加之草埠的发展，涌入不少商户及草织工人，虎门寨遂成为虎门域内一大繁盛的聚居点。这条麻石路两旁店铺林立，酒旗飞舞，成了一条十里长街。民国前期兵戈四起，加之日寇侵占虎门时的狂轰滥炸，寨城及军营衙署毁于战火。从此寨城废墟陆续建起民居，我一位姓李的同学，其姑母就住在虎门寨的东头，她家院子正对着东城门，离东校场仅是一箭之遥。给我印象最深的是城头长着一株大榕树，树冠如伞，浓荫覆盖近两亩地，那些粗壮的树根纵横交错，把一段残墙裹得严严实实。海风吹来，那长长的气根飘飘洒洒，那浓密的树叶沙沙作声，仿如一位老叟在诉说一段难忘的历史。

出了东门便是东校场，这校场宽可跑马，平可操兵，这里就是当年的演武场。在这里，将官排兵布阵，杀声动地；在这里，士兵纵马直驰，百步穿杨。校场的东端连的就是山坳，人们称之为东校场坳。它北接大人山，南接帽丫山，宝太公路就从这山坳蜿蜒而过。公路两旁却是深涧，常闻寒鸦在啼叫，常见苍鹰在盘旋，这山坳特别长又特别陡，山坳的顶端宽只有十来米，两边均是峭壁，峭壁连着两山的城墙，正可谓一夫当关，万夫莫开。公路的南面是丫帽山麓，有一片长满萋萋芳草的墓地，路的北面便是东校场，因长期被荒废，铺满灰沙的裂缝里长着细碎的野花。公社成立之后也曾热闹过，因公社社址就在校场下面的红洋楼，这红洋楼曾是十九路军总指挥蒋光鼐内弟的一幢洋房，红墙绿瓦，广廊掩映，花树扶疏，是寨上的一大景观。什么"全民大炼钢铁""深翻三尺土，瘦土变黄金"的万人誓师大会就在这里开。三年经济困难时期也就沉寂了一段。我们经常在这校场上放风筝，让风筝在这宽阔的荒野上自由地飞翔，也经常爬上大人山顶的城墙，瞭西南寻宴岗、步亭和武山当年的瞭望塔，瞭东北觅怀德、赤岗、白沙当年的烽火台。每次我们均失望而归，因为我们能看到的只是烟雨迷蒙的岛影与岚影缭绕的山冈，也许那些历史的陈迹已化作一缕轻尘。

就在听见爆炸声那个周末的黄昏，我返家路过山坳。喵，我家居官涌，无论放假还是返校都要经过这山坳，这山坳离学校与我家均是一公里，它正好是中转站。爬上山坳顶，看见几台推土机正在校场与山顶间推块平地，搅得满天尘土飞扬。听我老爸在公社当党委的同学说，公社要在此建一座虎门草织厂，还说那天红洋楼党委会议室通宵达旦地开会，研讨"度过饥荒后虎门经济发展规划"，讨论得相当热烈，良策纷呈，其中有一条很快达成共识："把传统的草织业振兴起来！"

虎门的草织业有着悠久的历史。

莞邑有三宝：莞盐、莞香与莞草。这三宝主要产于虎门地区。东莞的靖康盐场就在虎门宁洲、南栅一带，始于汉朝，盛于宋朝，在明末清初已式微。莞香主要长于大岭山脉，大岭山之南麓就在虎门域内，香港本是一个小渔村，因莞香在那儿停泊，故改名为香港。屈大均在《广东新语》说"广东四市"（罗浮的药市、东莞的香市、广州的花市、廉州的珠市）。东莞香市是"广东四市"之一，可见其声威之大。其实，莞草与莞香的名声不分伯仲。虎门位于珠江口，东江亦由此入海，整个地貌江河如织，咸淡水在此交汇，野生莞草在此蓬蓬勃勃地疯长，远远望去仿如一片片绿波翻滚的海洋，历来是东莞传统的土特产。莞草当地人称之为咸水草，简称咸草。早在宋元时期，虎门一带居民开始采集野生咸草编织"草席""手套"和"草垫"，野生咸水草，草质疏松，色泽暗淡，且编织工艺单调粗糙，很多草织品多限于自用。

清代，虎门草织业日益兴旺，草织工具逐渐改良，工艺水平与产品质量不断提升,草织品不仅畅销国内市场,而且开始销往国际市场,虎门一带开始出现专门的草织作坊(席庄)。早在康熙年间,屈大均在《广东新语》载:"莞席近行销外洋。靖康濒海乡种植愈伙,制作愈工,每一席庄用男女数百数十人……"鸦片战争后,国内外对草织工的需求激增,推动了东莞草织业的迅猛发展。虎门凭据优越的地理环境、丰盈的水草资源、成熟的草织经验以及四通八达的交通便利,吸引国内外商人来此设店办厂,收购加工水草,成为东莞沿海,乃至珠江三角洲地区水草加工贸易的中心。草织业在清末民初进入鼎盛期。一是引进郁南连滩人工种植水草的经验,清光绪年间,人工种植水草大面积推广,水草产量大幅度飙升;二是引进德国染料和外洋多色印染技术。两剑一合璧,使产品质量不断提升,并涌现出"飞机牌""虎门牌""新虎门牌""老虎牌""宝山牌""摩登牌""凤鸣牌"等十几个驰名国际市场的虎门草织品牌,在香港声誉渐隆,国际销路日广。虎门草织贸易到清末民初进入鼎盛期。清同治年间,太平从事草织行业的商号六七十家,其中一家名为"源合"的草织厂就有常住工人五六百人。东莞其他地方的草织品也多通过虎门关口转运香港出口,光地席(草席的一种,仿如长地毯)年销量就达18万张,草织品出口占全省同类产品出口量的四分之三,出口量仅次于顺德的蚕丝,虎门历来有"草墟""草埠"之称。

  虎门的草织业亦不是一帆风顺,几经挫折,乃至灾难性的打击。第一次世界大战是城池起火祸及池鱼;抗日战争时期则烈火焚身,虎门沦陷,日军封锁港口,水草及草织品无法外运,工厂倒闭不少,大部分草田改作农田;抗日战争胜利后虽有点复苏,但依然有点低迷。中华人民共和国成立之初,一些大的草织业主,抽资逃往香港,也使一批草织厂停产。1956年对手工业者的社会改造,虎门地区太平墟的19间草织作坊合并成一间工厂,1960年至1962年,三年经济困难时期,为了粮食产量上去,又砍掉水草种水稻,水草种植面积和产量逐年下降,草织业一片凋零。虎门党委将"振兴草织业"作为发展经济的主打产业,无疑是抓准了思路,要知道

"思路就是出路"啊！

这虎门草织厂兴建的速度，就是虎门的速度，不到两个月，几座崭新的厂房在东校场山坳上拔地而起，并袅袅升起几缕红黛交织的烟火，这是硕大的染草镬才能升腾起的烟色。我心里暗笑，众里寻"它"千百度，它却在校场山坳处。这不正是和平时代的"烽火台"吗？哪里有烽火，哪里就有搏杀，这场"振兴虎门草织业"的搏杀，就是一场没有硝烟的战斗！虎门在此设厂也是明智之举：一是此处是交通中枢。陆路，这是宝太公路与莞太公路的交会点，东可直达深圳，西可达莞城并延伸至广州。水道，离太平的大小码头只有一公里，南可顺流而下经伶仃洋直达香港或澳门，西可溯江而上，经蛇头湾过狮子洋达黄埔港到广州市。北可沿东江到莞城，乃至惠州。最主要的是离太平土产出口公司也只有一公里之遥。二是地处水草生产基地的中心。东有博涌、龙眼、大宁；南有金洲、南栅，小捷滘；西有镇口；北有白沙。这些乡村不是沿海就是沿河，历来是盛产水草之地，举目皆是飞翠流绿的草海，远眺能见像灯盏星星点点浮在草海上的草寮。各乡各村会组织人力用薄薄的草刀破成两半，晒干，捆好，送到东校场草织厂来。三是招工容易。草织厂的职工，绝大多数是青年女工，其中亦有不少是中年妇女，这里周边乡村有博头、博美、王屋、卢屋、虎门寨、镇口，它们离草织厂均在一公里左右，有些还不到一华里。家庭妇女可以早出晚归，既不影响上班，亦可分担一些家务，对厂来说还可节省宿舍。在我们村就招了一批，其中有我的姐姐与堂姐。四是可以充分利用东校场这片旷野。东校场占地面积近百亩，是一个天然的晒席场，在虎门既要靠太平墟亦要找这么一个空旷地方，着实不易。须知那些地席一张就有几十米长，几张铺下来就有几口池塘那么大的面积。

这席厂对我来说可有种莫名的亲近感，大概是我举家都跟草织沾边的缘故吧。我的老爸在土改前就办席厂，对染草有门顶尖的手艺；我妈跟我姐都是草织女工，围绕虎门席厂我乐意做这么几件事：

一是喜欢助推草上坳。从卢屋方向的东边上坳，坡特别长且要转两个弯；从太平方向的西边上坳，坡特别陡，送草的人有些用肩挑，但有条件的都喜欢用独轮车送，这独轮车是用木头做的，车头有个大独轮，独轮有滚珠做的轴承，车的中间有个长方形的木架，车尾是两条杉木做的车把。水草摆放在车架上捆结实，一般放四捆，每捆有大水桶那么大，有两米左右长，推起来像推座小山，重量有三百来斤。通常是一人在前面拉，一人在后面推，当年的公路是沙路，走平地倒可以，一上坡便很费劲，推至山顶两人均大汗淋漓，衣衫脱下来可拧出水来。我周末放假或星期天晚回校均要经过此坳，凡碰到运草的，我都会上前或拉或推帮上一把，虽累得我两腿有点发软，肩膀有点发麻，我却乐此不疲。每至坳顶，瞧见运草上山坳的车龙，就让我想起《南征北战》的支前运输队，心里陡增一股支前的自豪感。

　　二是喜欢在此歇歇脚。哪怕是没有帮忙推车，爬上坳顶总觉得有一身汗，有点黏黏糊糊的感觉，我喜欢到厂里拧开水龙头，湿湿手巾，擦擦身上的汗水。然后掏出本作业本当扇，借着徐来的山风，猛扇一阵子，那种清清爽爽的感觉惬意极啦。后来，小贩看中这里人来人往，便在山坳摆起摊来，有卖凉茶的，有卖菜酸的，有卖凉粉的，有卖豆腐花的，亦有卖糖水的，我嘴馋时喜欢掏五分钱来碗凉粉或豆腐花，摊主会给你加一汤匙蜜糖，那种清甜会从胃里涌出喉头。有时小货郎亦来凑热闹，什么雪花膏、红丝带、花手帕、鞋垫、手巾应有尽有，他们的主顾多是厂中的女工，这沉寂不知多少年的山坳顿时成了一条热闹的小街。

　　三是喜欢入厂"串串门"。若不急于赶路，我会闯入车间找我姐套套近乎，假若她刚发了工资，说不定会给我二三角零用钱呢，别看这二三角钱，当时它可顶用呢，须知我们学校每顿饭的菜票只用三分钱，三分钱可有两条黄皮头鱼呢。但是我很大成分更想看看她们织席，厂内有数十部织席机。那飞梭织草，那下拓轰声，简直是一幅立体画，一支交响曲。对文学有点兴趣的我，总喜欢比喻她们在织一帘幽梦！是啊，那个年代的人都很纯朴，只要有两餐饱饭，便会拼命工作，用他们的勤劳和智慧把奇迹创造出来。

四是喜欢为草织业写点什么。读高中的时候我们组织了一个文学社，创办了一份《苗圃》，其中有一期专题全是写虎门草织业的，我们花了不少工夫：其一到公社红洋楼采访主管工业的党委，他们对虎门草织业的历史如数家珍，对现状了如指掌，对发展前景思路清晰，为我们提供很多信息。其二是到厂里找厂长聊聊。当时虎门草织厂的管理也来了创新，公社集体饭堂解散了，厂的职工饭堂却建起来。生产队劳动是记工分的，他们却发工资，是按件计酬，多劳多得。厂里实行星期天休息制，当然生产旺季，订单紧时也鼓励加班，加班产量则提高，厂里呈现的是一派热气腾腾的高效劳动。其三是到太平土特产出口公司走了一趟，它位于鹅婆山下，这公司可大呢，设有专用码头与专用仓库，码头在公司的临江处，珠江水缓缓流过，货轮如鲫般穿梭，太平船队是公司约定的船队，货物运往香港，然后转销东南亚、澳洲、欧洲、美洲各地，其中最大宗的货物便是草织品，仓库亦沿江而建，进入仓库，仿如进入室内球场，那些整整齐齐的草席和水草堆得比小山还高。它跟太平草织厂与虎门草织厂形成了一个"铁三角"。

虎门地区的草织产业，在"困难时期"只保留太平草织厂一间大厂和四乡星罗棋布的小厂，"困难时期"后，不仅多了一间"虎门草织厂"的大厂，四乡的席厂也规模变大且数量增多。草织与水草种植互为促进，草织产业的迅猛发展，促使水草大面积的扩种，草织制品一直是东莞最大宗的出口商品，而水草的种植产量创中华人民共和国成立以来的纪录，若说草织业的业态，在经济困难时期前可谓是"一弯新月，满天星斗"，经济困难时期后则是"双龙出海，百舸争流"！

我喜欢站在校场的山坳上眺望，它是虎门天然的一个观景台，虎门的山山水水全收眼底，最佳时光无疑是清晨与黄昏。当古寨刚露一抹淡清的曙色，太平河段一笼烟水，在细雨迷蒙中，一艘艘机帆船扬帆而出，仿如一群从鸟岛飞出的鸥鸟。大人山上岚影飘飘,那蜿蜒于山脊的城墙,像条虎伏的巨龙,时刻准备腾飞;傍晚,当太阳快要躲进狮子洋,虎门的天空红霞万朵,银带般的珠江却闪动着万道金光。那归帆追着落霞归来,听见的是悦耳互答的渔歌,看到的是沉甸甸的收获。而大人山顶高耸的城墙此刻则闪着金光闪闪的蜡质之美,它多像虎门人的脊梁,不!它是中华民族的脊梁,不管岁月风刀的疗伤还是雨箭的洗礼,它永远都铁骨铮铮,而那铺满色彩斑斓草席的东校场,则像山坳上的彩虹,在这片经过血与火洗礼的英雄的土地上,闪耀着夺目的光辉。

捕捞，扬帆闯向深海去！从经济困难时期
缓过气来的新湾渔港制定这宏伟的蓝图……

捕捞，扬帆闯向深海

　　1963年，阳春三月。

　　虎门新湾渔港，沐浴着和煦的晨曦。

　　码头两旁，一树树木棉花开，像一支支擎天的火炬，燃烧着一团团赤彤的烈焰。一排排"台湾相思"繁花怒放，像一群群彩凤，舞动着轻轻吹来的海风。岸上，锣鼓喧天，雄狮腾挪，引起湾应山鸣。鞭炮齐鸣，漫天纸屑，像落英般纷飞。

　　停泊在港湾的30艘渔船，整装待发，船头插满红白小旗，高高的桅杆升起了风帆，像一堵堵帆樯，遮蔽了渔港的天空。几声出海的汽笛拉响了，一艘艘机帆船，像展翅的鲲鹏，朝大海深处飞去。

　　"捕捞，扬帆闯向深海去！"从经济困难时期缓过气来的新湾渔港制定这宏伟的蓝图，得到县委、县政府高度赞赏与鼎力扶持。此次首闯深海，气势不凡，兵分两路。一路闯西线海域，由县委渔畜部部长汤潮率领，开辟新渔场的路线是：出珠江口，抵沙堤，经台山上下川岛达阳江闸坡、电白博贺、海洲岛及至北部湾，开展的是拖网作业。一路闯东线海域，由东莞水产局局长黄秋率领，路线是出珠江口，绕过香港抵澳头港、三门岛、勒甲岛以至汕头南澳等渔场，主要开展围网的作业。

　　这是一次划时代的壮举。

渔业，自古以来便是虎门一项经济发展的优势产业。珠江在此入海，江深海阔，岸线绵长，江河交汇，浮游生物众多，是浅海鱼虾贝类的天然饵域和生殖洄游的必经之处，兼之气温水温适宜，每年春夏季都有许多江河、海洋鱼类在此洄游、产卵、繁殖。自史前开始，虎门境内即有氏族及渔民聚居，渔猎为生。汉代以后，虎门一带沿海盐业逐渐兴起，广大盐民灶户也兼渔业。自明代以后，虎门成为莞邑咸鲜鱼货的主要产地和供应地，出产的鱼货远销广州和珠江三角洲一带。

为何等到这年代才闯深海捕捞？

是没有闯深海的胆识？不！虎门人（当然包括渔民）从来就具有"敢为天下先"的品格和敢闯的气质，"行船跑马三分命"，闯海亦是行船业态之中的一种，它比起客运与货运还多出了几分凶险，既然干上这一行，哪怕风险最大，都要"顶硬上"！

是没有捕捞的智慧吗？不！太平渔港一大队陈有、陈胜和陈澜等人驾驶机帆船闯出珠江口捕鱼作业时，曾一网拖获庵丁鱼6000余公斤。只是受各种条件的制约，一直没有成行而已。

那年暑假，我有机会随船闯了一次深海，闯的是西线，深入细访了一回和着实体验了一番。

那天，天刚蒙蒙亮我们便从新湾渔港出发，船升起了风帆，犁开一排雪浪。一群海鸥追着船尾掀起的浪花翱翔。一至海口，顿觉得风急浪大，船时而被抛上浪峰，时而被摔至谷底，好在船形较大，相对平稳点，我虽习惯在内河坐船，且出发前吞了片抗晕的茶苯明，还是觉得有点晕眩，我看见戴着渔民帽站在船舷上的青年仔青年女一个个像铁铸铜雕般立在船舷上，便佩服得不得了，我靠在前舱的窗口，并嚼了一片早已准备好的咸头菜，也就慢慢地缓过来。航至中午，已抵万山群岛。万山群岛位于珠江口，原是陆地上的一座山峰，到了新世纪中期，由于海面上升，淹没了山间谷地与低洼地域，才与大陆分开，形成星罗棋布的岛屿，岛上峰岭逶迤，海岸陡峭，海湾峡谷比比皆是，主要岛屿有大濠岛、香港岛、三灶岛、横琴岛、南水岛、淇澳岛等十大岛，以及经蓬列岛、担杆列岛、三门列岛等岛群和外伶仃岛、桂山岛等，大小岛屿300余个。它们仿如一艘艘艨艟与巨舰驻泊在珠江口外的大海上，形成大大小小的港湾与渔场，闯进万山群岛，仿佛闯进水上的八卦阵。

由于万山群岛不是鱼汛季节，加之我们那次目的地是北部湾，所以没有在此停留，也没在这儿撒网。路经阳江海域时已近黄昏，天下着毛毛细雨，整个海域烟雨迷蒙，加之渔舟的穿梭，颇有点蓬莱的意境。此时，我们却发现阳东渔场有大批鱼群，到口的猎物怎能错过？船老大老樊用无线对讲机下令并指挥两船来个合围，于是两艘渔船顷刻忙乎起来，有人驶舵，有人拖缆，把鱼群赶至岸边，然后越围越近，我亦跟着年轻的渔民老兄穿着连衣水靴下水拉网，看上去有点轻，拉起来却有点沉，得用拔河般的力气才拉得动，感觉到激流在冲击着身躯，感觉到海沙在脚底涌动，不时还会碰上礁石与蚝壳，偶尔还会感觉鱼儿往身上撞。当网快露出水面时，只见白花花的鱼群在跳跃，弹起一簇簇晶莹透亮的水花。好家伙，一网足有一吨多，有青鳞鱼、庵丁鱼、乌头鱼、八爪鱼，还有风鳝和螃蟹。

当晚，船就泊在阳江的海湾上，船尾升起了袅袅的炊烟。端到我们饭桌上的就是刚刚捕来的鱼，盯着两大铜盆的风鳝和螃蟹，一位叫海仔的青年渔民高兴得嚷了起来："樊老大今晚开恩啦，让我们刷餐劲的！"我清楚，别看渔民一网打那么多鱼，但最大最贵的鱼是舍不得食，是用来卖个好价钱的，风鳝与螃蟹无疑是珍贵的品种，要不是招待我们，他们断然不会拿来下酒的。

酒过三巡，一弯新月已在海湾冉冉升起，伴以满天的繁星，眼前是半湾渔火，耳畔是阵阵涛声。饭后，樊老大趁着余兴与几位渔民兄弟拉着我，在船头一边喝茶，一边抽大碌竹，一边讲起捕鱼经来，樊老大主讲，几位渔民兄弟不断地插话，条理十分清晰，细节十分丰盈，极具历史的纵深感，简直像叙述一部捕鱼的史诗。

"闯海三章"好像电影的镜头般在我眼前迭现。

船的突破，此是闯深海捕捞的第一关。

"水可载舟，亦可覆舟"，什么船闯什么海，这是闯海的铁律。闯海前，没出过海的人总会憧憬它的诗情与画意。早上，可看红日在海平线上喷薄而出，那一束束光芒像万把金梭，穿过天边云端，织出满天锦绣；黄昏，可看滚圆的夕阳，慢慢沉入海底，那白鹭追着流霞，就像一幅流动的画；晚上，可观十里渔火，像千颗红宝石在黛色的海面上闪烁迷人的光；入夜，可躺在摇床般的船板上睡觉，可枕着涛声入梦。没错，这种情景每天都可以体验到，可那风浪的考验亦是相当无情的。船一出珠江口，浪就有点大，闯入深海，那浪涛就有点吓人，正可谓"无风三尺浪，有风浪三丈"，若碰上起风，那浪墙便排山倒海地扑来，我们乘的已是80匹马力的机帆船。船若不上吨位，没有足够的马力，碰到这类情况，很容易被掀翻，落得个连船带人葬身海底。闯海，文人骚客着意体验的恐怕多是诗情画意，我们深入生活追求的也许是文人骚客的情怀，而渔民兄弟感受更多的是在与风浪的搏斗中讨生活。

清代以前，虎门一带的渔船，都是一丈半长的抛渔船，到了民国时期陆续增加载重大点的艇类渔船，到了新中国成立之初，虎门渔民使用的渔船，依然多为小艇，有抛鱼艇、索艇、蚬艇、虾罟艇、杂流艇，渔民往往一家大小住在船上，俗称"连家船"或"连家艇"。早期的"连家艇"靠人力做动力行驶及捕鱼。"女人划桨，男人撒网"，这些船经不起风浪，只能在江、河、涌、滘捕鱼，那扬起风帆，靠风力驱动的帆船也只能到珠江口内一带水域作业。

1956年，太平思贤涌渔业合作社引进了"阳江索"船形，首次可冲出珠江口外的小万山群岛、台山的上下川岛及阳江的放鸡岛。"阳江索"船较艇大，可装置拖网，可捕有集群较多的大黄鱼、庵丁鱼及经济价值较高的对虾。当年年底太平镇一带的渔民改装了12条对浅海作业的"阳江索"渔船，渔场范围由珠江口内海逐步拓展到珠海、宝安、中山、台山、阳江海域，部分渔民还到番禺、增城、博罗、惠阳、三水、清远等水域捕鱼，甚至还扯起风帆远征广西、湖南等省的江河捕鱼，但直到20世纪50年代末，作业范围主要还是在江河水域或珠江口近海渔场，没有开发中、深海渔场。

1959年成立渔业公社后，渔船开始向机械化进军，石碣渔业大队周兴首先购置一艘机动渔船，取名"飞龙一号"，揭开东莞渔船机械化的序幕。机帆船与原来只悬挂风帆的渔船相比，船体大速度快，能开展拖网、围网的作业，产量大幅度提高。由于碰上三年经济困难，机帆船的增速减慢。1963年经济稍有复苏，仅一年，太平渔业公社就一下子投产机械帆船21艘，安装大马力的新渔船16艘，并安装4对大马力的拖网、围网兼作的双拖渔船，占领同年代渔船装备的制高点，完全具备结队浩荡向深海作业的条件。

鱼汛的把握，是要闯深海捕捞的第二关。

鱼汛，就是鱼类由于产卵、繁殖以及索饵等，在一定时期内高度密集于一定水域，适于捕捞的时期，主要分为季节性鱼汛及捕捞对象类鱼汛。

季节性鱼汛：

有万山、清澜围网春汛。万山，年平均气温22.1摄氏度，盛产黄花鱼、鱿鱼、墨鱼等。这里虽是峡谷纵横，暗礁密布，但海底大多平坦，海流不急，鱼群一般在春季聚集，可用围网捕捉。清澜，位于海南岛东南部海域，面临大东海，海滩有全国最大的东寨红树林，海岸有全国最长的东部椰林，海湾有芦花飘荡水墅摇波的月亮湾，滩中爬满各色各样的昆虫，林中栖息数以万计的飞鸟，湾中浮游动物极其丰富，加之湾内水流不急，风浪不大，鱼群喜欢在春末夏初在此集结。最多是蓝圆鲹，还有海鳗、蛇鳗、对虾以及海马，被称作海南的第二大渔场。

有粤东甲子暑海汛。粤东甲子是四千年古港，渔船云集。地处粤东的陆丰南部，面临南海，这里湾阔，岸线长，浪静风平，盛产马鲛、鳗鱼、石斑、龙虾等优质海鲜。加之，夏季，西南风盛行季节，蓝圆鲹仔随季风海流，从北部湾浮游到沿海浅海湾，在南澳岛至台湾浅滩、红海湾、大亚湾、大鹏湾一带都有大量幼苗索饵鱼群分布，通常与其他中、上层鱼类的幼苗共同构成暑海鱼汛。

有粤西北部湾秋冬汛。北部湾渔场，中国四大渔场之一，位于中国南海西北部，面积大约有26000平方公里。北部湾因饵料丰富，盛产鲷鱼、沙丁鱼、金枪鱼、比目鱼等。海底地形平坦，海底地势由西北微向东南倾斜，水深为90米至120米，鱼群喜秋冬聚焦。

捕捞对象的鱼汛：

有溯河产卵洄游型鱼类汛期。一是鲥鱼汛。每年4月（农历三月），在海洋育肥的成熟亲鱼，开始大量溯入珠江繁殖，形成鱼汛。二是鳗鲡汛。鳗鲡俗名风鳝，意即秋风起鳝肥味鲜，也是名贵的溯河产卵洄游性鱼类。鳗鲡在大海里繁殖，因鳗鲡（至少6年龄）产卵后，大部分在海洋留下后裔即自行死亡，在珠江口捕到的幼苗，是由大海向珠江洄游的幼苗。农历八月十五至十一月底为珠江口鳗鲡汛期。

有河口型鱼类汛期。一是棘头梅童鱼汛：棘头梅童鱼俗称黄皮头，广泛分布于珠江各入海口，在珠江三角洲捕鱼业中占有突出的地位。棘头梅童鱼体形小，肉味鲜嫩。棘头梅童鱼产卵期较长，由11月至翌年3月为部分雌鱼产卵期，群体产卵盛期为4月底至5月初（一直延续至9月，仍有雌鱼产卵）。二是七丝鲚鱼汛：七丝鲚鱼又称凤尾鲚，凤尾鲚，俗称马鲚、鲚鱼，广泛分布于珠江各入海口。七丝鲚的产卵期为每年3至9月，主要产卵期为5至7月，形成七丝鲚鱼汛期。三是对虾汛：其一有中国对虾，俗称大白虾、明虾，在南海北部和北部湾海域有一定数量的分布，珠江口以内水域的咸淡水交汇区，每年可捕到几十吨。对虾汛期较长，7月零星分布于伶仃西水域，9月分布在龙穴岛附近水域的对虾已成一定群体。其二有刀额新对虾，俗称泥虾、麻虾、沙虾。在南海北部主要分布在粤西海区，每年3至8月，游向盐度较低的沿岸河口产卵繁殖，幼虾长大后，逐渐游向较深的水域生活。

我深知，鱼汛仿如一本《捕鱼秘籍》和一张《鱼虾分布图》。渔家从扬帆开始，便对鱼群的行踪了如指掌，于是直奔鱼汛之地，直至满载而归。而我，则如获至宝，用笔记详记并加以认真整理。

渔具的突破，是要闯深海捕捞的第三关。

古语云"工欲善其事，必先利其器"，捕鱼其器便是网具。清代以前，虎门一带的抛渔艇，都是夫妻艇，工具只有抛网、刺网和钓钩。到了民国时期，陆续增加载重较大的索艇、蚬艇和箩艇等类渔船，作业工具也增加拖网、张网、虾罟网，耙刺等。新中国成立，随着捕捞技术的进步，虎门渔民的捕捞工具也不断更新换代。一只小艇，数只鸬鹚，划破一江春水，喜看鸬鹚吞吐游鱼，看起来多具诗情画意啊？这种驱使鸬鹚捕鱼的作业方式，为中华人民共和国成立后颁布的《保护水产资源条例》所取缔，那将雌性鲻鱼绑在船后诱捕雄性鲻鱼的"引鲻"及在海底耙挖乃鱼的"乃挖"，多具野性味道，也因其原始的作业方式被淘汰。"捕鱼网"作业方式则一直沿用，但要在中、深海作业根本无济于事。

要闯中、深海，随着船形的改良和马力的增大，渔具亦应同步突破，从1960年起，大力开展网具革新，以前用网捕鱼，进入网袋的鱼通常会返溜出去，革新后索仔艇网上增添一块短网，名叫网须，溜到网口上的鱼触到网须便会折回网中。接着大罾网也加装虾笼须。拖网，原来都是用木材做浮子，因浮力少易发霉，改用玻璃浮子因易破碎，最终用塑料做浮子。渔民在珠江口常用一种叫"刺网"，靠网眼四周的鱼丝卡住鱼体，但各种鱼类体积不一，大的碰到网眼过不去折回，小的穿过网眼又卡不住，鱼群较多时也易逃脱。后改用三重流刺网，这种网网眼中间层较密，前后层较疏，能同时捕捉大小鱼类及大宗鱼群。这叫实践出真知。

要从内河浅海向中、深海发展，从20世纪60年代至70年代起，引进了围网、底拖网等大型适应中、深海捕鱼网具，这些网具的捕捞能力很强，有时一网产量能达5000公斤左右。随后，又从密网改疏网，密网拖带速度慢，只能捕捉浦鱼、庵丁鱼等游速慢的鱼类，而快速网还能捕捉蓝圆鲹、马鲛等游速快的鱼群，新湾渔港渔民船产量从345.5吨提升到625吨，增幅为80.8%，捕鱼作业水域从30米深升至40米深，将网具加长加深，增加浮子和增长网绳缆，最高网产量竟达20吨。

在网具突破的同时，对助渔设备也设法同步突破，中华人民共和国成立前后，渔民出海捕鱼往往靠经验作业用悬绳测水深，根据汛期、水流、风向，鱼在水面的动静，将耳朵贴近船底听水下传来的声音来估测鱼群，凭经验观察星象，靠近岸山形等参照物测障碍物、定船向等。随着中、深海捕鱼作业的开展和渔业机械化、现代化水平的提高，各种先进的捕鱼辅助设备也得到广泛应用，全面配备了超声波探鱼仪、定位仪和雷达，还有两对渔船配备卫星导航仪。到后来还普遍配备无线电对讲机和电台。渔船之间，渔船与陆上之间，能像打仗般互通信息、指挥捕捞。

一路上，我以新奇的眼光特别观察了超声波探鱼仪，它辅助寻找水下鱼群位置、探测水位、水温和水底状态，并通过数据电缆传输给人机界面，并由人机界面显示出来。船队虽对鱼汛了如指掌，但在行进过程时有变数，有了这超声探测仪，可以随时调整行程。

啊！捕捞，好一个"深海三章"，章章精妙！

次日清晨，我们迎着薄雾向北部湾出发，越雷州半岛、穿琼州海峡，闯北部湾。一路上，只见椰林成带，海湾如弓，十里银滩，鸥鸟翔集，浩瀚大海，水天一色。

北部湾（旧时称东京湾），这里位于中国南海西北部，东临雷州半岛，北临广西壮族自治区，西临越南与琼州海峡和南海相连，被中越两国陆地和海南岛所环抱，哪怕冬季水温也在10摄氏度以上，加之浮游生物丰盈，鲷鱼、金线鱼、竹䇲鱼等50多种有价值的暖水性鱼类以及螃蟹、贝类喜欢秋冬季在此集结，而形成北部湾秋冬汛。

我们乘着下午的斜阳闯进北部湾渔场，那里早已云集各路捕鱼船队，那帆船，如白鹭贴波飞翔；那捕鱼艇，如响箭穿浪而过。那撒网声、收网声、轮机声、汽笛声，汇成一支海上交响曲，编织着一幅南海捕鱼图。我们赶紧下网，因有南流江，红河水注入，成了咸淡水交融水域，不但鱼多，而且有较高经济价值的鱼类，一网上来，白花花的活蹦乱跳的一大兜，每网有一两吨，有比目鱼、鱿鱼、蓝圆鲹，还有金枪鱼、龙虾、鲍鱼和膏蟹。

当火红火红的太阳快要沉入大海，辽阔的海域会响起一阵阵归航的笛声，一队队渔船，像一群鸥鸟飞回北部湾渔港，那一弯弯的鱼排会霎时点起盏盏渔火，那一幢幢渔庄就会升起袅袅的炊烟，渔人码头，为一艘艘归航的渔船架起了跳板，那一部部吊重机，张开铁臂将一筐筐的活鱼吊到车厢里，货车卷起一股鱼腥把鱼运到水产站，一切是那么繁忙，却又那么井然有序。北部湾是一个成熟的大渔港，全国的渔民都可在此大展拳脚！

入夜，我睡在渔船的甲板上，一边望着天际流动的星河，一边望着海湾的十里渔火，耳畔回荡着樊老大那充满自信而又自豪的话："自从向中、深海捕捞进军，新湾渔港最高一年网产量从6吨增到87.5吨，翻了14.5倍。"我枕着涛声做了一个梦，不管天气如何变幻，也不管风风浪浪多大，只要敢于扬帆，善于撒网，定能取得捕捞旭日的辉煌。

蜃楼烟雨

木棉六月天
「装甲司令」与「卧槽马」
鳄鱼的眼泪
蜃楼烟雨
风掠芦花洲
沉寂中的星光
跌宕大溪水
磨碟口品「三杯酒」

那一年的木棉花开得特别迟，已是6月底，那满树的花苞，经海风一吹，那花壳在噼噼啦啦地爆响，那绽开的木棉花絮仿如漫天的雪花，纷纷扬扬地飘下……

木棉六月天

我的母校虎门中学，位于太平鹅公山东麓，校园高低错落，古木曲径，绿草如茵，繁花似锦。院内有两种花树特别抢眼：一是沿着校园运动场疯长的凤凰树，花开起来，像一群群彩凤漫天飞舞；结起果来，那花荚像一把把玉雕的弯刀。二是沿着校园中轴线拾级而种的木棉树，高大挺拔，绿叶如伞；花开时节，像一支支擎天的火炬。特别是闯入校园，上第一道石台阶旁的那一棵，高与天齐，岚影飘飘，树干两人合抱般粗，岁月风刀在上面刻满铮铮铁骨的年轮，那一树怒放的木棉花，如火如荼，仿若天边洒落的一抹云霞。

这棵木棉树横出的一粗壮枝丫，吊着一口日本轰炸留下的弹片做的钢钟，上课、下课，校工阿扬将它敲响，钟声激越，余音袅袅；学校倘要紧急集合，一阵重锤，钟声山鸣谷应，从各教室、科室涌出的人流，像溪水般在操场汇集，煞是壮观。木棉树下有一精致的告示栏，红木做的框，青瓦做顶，玻璃的推门，学校重要的通告都在这里发布。栏内还设有一"校长短语"，常有李庆良校长亲笔写的短文，笔迹苍劲而又飘逸，文笔干练而又清丽，颇具文采而富哲思。我常在栏前伫立，当作"范文与语丝"来品读。此外，木棉树下有口石砌的水井，水源丰盈，清冽如泉，井口宽大，可供八人同时吊水；井旁有洗衣台，晾衣场后亦有数排冲凉房，在那还没装自来水的年代，这里似是校园唯一供水的源泉。这一钟一井，一个声音雄亮，一个声韵悠扬，可谓相得益彰。这棵木棉树是学校奠基时蒋光鼐等校董所种，栽者的寓意十分清晰，他们要在英雄的土地上栽英雄树，希冀它能根深叶茂，高大挺拔，怒放出如火如荼的满天繁花。它既是虎门中学办学的精神象征，更是虎门中学办学的理念，虎门中学人一代代地往下传。后来，校方索性把红棉设计为校徽，其图案是蔚蓝的底色托起翻开的书本，书本上有朵含苞待放的红棉花蕾，其寓言是中西方交汇的海洋文化，托起一叶学海之舟，孕育着蓬勃向上的英雄花。正是办学的意旨谱写虎门中学悠久的历史，铸就其深厚的文化底蕴。

虎门中学，创办于1946年。1945年抗日战争结束，被日军占领长达7年之久的虎门满目疮痍，百废待兴。当时虎门籍乡绅名流发起重建莲溪局（今日虎门、长安当年俗称莲溪），并从汉奸手中收回莲溪公堂产业，翌年考虑虎门地广人多，每年小学毕业生达三四百人，亟须建立一所完善的中学。经抗日名将蒋光鼐偕同王若周、王光海、王应榆、王庄持等虎门籍的军政要员倡议，成立筹委会，在鹅公山东麓建校，蒋光鼐将军当校董会首任董事长，聘任乡贤谭之良当首任校长。虎门中学创建，得到社会各界鼎力援助，蒋光鼐带头资助图书馆所有设备，并赠送"万有文库"第一、第二套全部书籍，白沙传经堂郑献庭献地7亩及鱼塘一口用作扩充校园，当时广东省督军张济昌前往视察，称赞虎门中学颇具园林风韵。

虎门中学，历来具有光荣的革命传统。办学初期，中共地下党组织就在学校开展活动，民主进步思想得到传播，首批20多名教职员工中，就有中共地下党员鲍照华和进步教师罗阳、曾尔、彭厚望及罗以逊等多人。抗日战争结束后，国民党反动派坚持独裁内战的方针，虎门中学成为当时太平地区的革命活动中心。虎门中学发展一大批中共党员和新民主主义青年团员，向党的武装部队、各级党组织输送大批人才，为人民解放事业做出了贡献。

虎门，历有重教传统。早在明代，虎门出现专馆设教。明天顺年间

（1457—1464），陈圭、陈璋带头捐资，组织北栅乡人集资开办"凤冈书院"。在此期间，大宁乡亦办起"宁溪书院"。清咸丰元年（1851），广东水师提督洪名香、水师提辕中军参将何芳（赤岗人）发起兴办"凤鸣书院"。至此虎门的"三院"鼎立，另有众多书舍、塾馆分布各村各坊，"延聘名师，课训乡邑子弟"，为地方造就一批人才。明代，虎门士子参加科举考试，共有8人考取进士，占莞邑明一代考取进士人数的十分之一。清一代，虎门先后有16名士子考取进士，占莞邑清代考取进士人数的四分之一。当中不仅有父子侄同科中举（北栅），更有父兄弟科甲（怀德），科名蔚出，一时成为莞邑佳话。

辛亥革命以来，虎门也涌现大批乡贤，有曾任中国最早的资产阶级革命团体——"兴中会"第一任会长的近代革命家杨衢云，有曾任中华民国外交部部长、代总理、国务总理，海牙国际法庭任职中国第一人的王宠惠，有抗日名将——十九路军总指挥蒋光鼐，有抗日战争期间奔赴延安后当中南局宣传部部长的王匡等。

当年蒋光鼐等乡贤倡办虎门中学，绝不仅是方便虎门地区学子就近入学，而是要在这块东西方文化撞击融合的地灵之乡梓，培育出更多的人杰，让虎门"人杰地灵"之文脉，一代一代地传承下去。

原来的虎门中学只有初中部，1958年夏始招高中，成了当时东莞县三所完全中学之一，与东莞中学、石龙中学形成鼎立的三足，支撑起莞邑高级中学教育的天空。历年来，虎门中学培育不少政界精英、商界巨子、学界名流、医界名刀、艺术界名士。当年没有办高中的长安、厚街、沙田等镇学子上高中基本在虎门中学就读，它成了虎门一带的最高学府。1961年虎门中学首届毕业生有60人，考上高等院校的就有18位。1965年"文革"前一届高中毕业班有33人参加高考，考上大学的有10人。在当时这高考入学率是相当高的了。我们是虎门中学1966届高中毕业班，就是"文革"前最后一届。我们这一届只招一个班，毕业时共42人，来自全县13个镇，招来的均是各地的学习尖子，若不是那场"狂飙"突至，高考中断，入学率绝对不会低的。

虎门中学，吹洒着两股热风。

一是勤学之风。

其一是书声琅琅：星罗棋布在鹅公山东麓的课室，早上有阵阵朗朗的书声，晚上有丛丛自习的灯光；在晨曦初映的清晨，在夕阳西照的傍晚，在茵茵的草坪，在通幽的曲径，可看到一袭连衣裙的学生妹、一身运动短打的学生哥，手执一沓卡片，踏着一路露水或披着一抹斜阳，或在背英语单词，或在默数理化公式，或在念唐诗宋词。

其二是书海荡舟：窗明几净的图书馆是同学们热衷抢占位置的地方。这是一幅颇像欧洲小镇教堂式的建筑，前面有两层高的门楼，楼楣刻着"人人为我，我为人人"的校训。图书馆是一长廊式建筑，它用一排绿萝隔成两部分，前三分之二是阅览厅，摆满长形方桌与椅子，后面三分之一是藏书室，室不算大，藏书却极为丰富，几十个书架装得满满的，蒋光鼐赠送的那两套"万有文库"，可谓镇馆之宝；也有中国四大名著，唐诗、宋词、元曲，现当代小说、散文、诗歌等文艺书籍，还有社科类的经典丛书，以及数理化的参考书和科普书籍应有尽有。阅览厅两壁挂着唐代著名诗人韩愈的一副治学名联："书山有路勤为径；学海无涯苦作舟。"这图书馆正是一学海荡舟的好去处，馆内座无虚席，却静得只听到翻书声，窗外偶尔传来几声鸟啼，更显一馆的幽静。

其三是课外拾趣：虎门中学，绝不是"死读书，读死书"的学堂。校内课余活动相当活跃，什么文学社、书画社、文娱社、无线电小组、农艺小组都搞得有声有色，什么"读书三境""写作入门""唐诗、宋词赏识""过去·现在·未来""知识就是力量"等讲座也特受欢迎。各种比赛亦从不间歇，什么作文比赛、数字比赛、英语比赛，甚至无线电收音机制造比赛、航天模型比赛，亦搞得颇具规模。当然最热火朝天的是文体比赛，白天下运动场竞技，夜晚上舞台见高低。运动场上体操、篮球、排球、足球、田径，还有乒乓球杀得难分难解，最体验集体力量要数"拔河"，拉绳的、助威的形成一股合力，呐喊声地动山摇！舞台上常有自编自演的精彩节目，像根据虎门民间传说编的话剧《生死签》、歌颂抗日根据地的歌舞表演《大岭山之歌》，像根据水上居民编成的咸水歌《划艇仔》，还有根据藏族歌曲编的表演唱《逛新城》都轰动一时。当然，还有师生同台演出的现代话剧《青年一代》更走红东莞三镇。

二是和谐之风。

师生们校外还有三个热衷走走的去处。

其一是沙角。昔日沙角，是抗英的古炮台，这里每一寸土地都由先烈的鲜血浸染过，如今是海军的摇篮，南海舰队的官兵出海前，都要在此经过培训。海上战斗英雄麦贤德就是从这里出来的，这是我们夏令营的好去处。我们可以在伶仃洋畔的沙角炮台，看当年陈连升将军父子横刀立马血染抗英疆场的遗迹，聆听《节马图》的感人故事；可以到正对面的尚存的白草山麓的节后义坟，凭吊无名的抗英英烈；可以到军营接受军事训练，进行实弹射击和投掷手榴弹；可以跟官兵们一起在晚上看电影，开影前听他们有趣的大队与大队之间的拉歌！这地方与焚烟池、威远炮台互为补充，接受一场爱国主义的熏陶。

其二是鹅公山。鹅公山是虎门中学的后花园，往后山麓登高，是我们一大乐趣，小路盘山，花树互搭，暗香浮动，芳草萋萋，芦花飘荡。我们喜欢登上山顶的望江亭，南望香港，北眺广州，看滚滚珠江南流，看大、小虎岛虎伏在狮子洋上，看万吨巨轮在江面穿梭，看白鹭追着流霞远去，听白帆载着互答渔歌归来，一种山魂水韵滋润着灵魂，一种江山大气充盈在胸间。

其三是海军医院。海军医院是我校的邻居，从校园那棵木棉北走不到百米，通过一道小横门便到。这医院亦是蒋光鼐捐款所建，也是抗战后为解乡梓缺医少药之困而建，当时称作虎门医院。中华人民共和国成立后，虎门地区驻扎许多海军部队，便划拨给驻军，改作海军医院。院内幢幢小楼红墙碧瓦，是中西合璧建筑之典范。院内古木参天，花树蔽路，有水池、有假山、有小桥、有流水，又有江南园林的风韵。它的北大门就是执信公园，朱执信纪念碑就立在那里。我们常在那里漫步，当作公园来逛，这本是军事禁区，有解放军把守，看见戴校徽的我们从不加以阻拦，每到星期天晚上，是他们的放电影日，院方会提前告诉我们放什么电影，并欢迎我们去看。入夜，我们便扛着凳子浩浩荡荡前往。《南征北战》《柳堡的故事》《上甘岭》《山间铃响马帮来》《铁道游击队》《列宁在十月》《静静的顿河》《这里的黎明静悄悄》《青年近卫军》等一批电影都是在那里看的。医院在我们学校的南侧山坡上有幢旧洋楼做的宿舍，医院的医生护士上下班，都要穿过我们林荫蔽日的校道，那些年轻的护士一个个裙裾飘飘，充满青春气息，在我们眼前健步而过，就是一道亮丽的风景。有时医院的医生还与快出院的伤员组织一支球队跟我校师生比赛，在球场四周坐满拉拉队，助威声此起彼伏，和谐得仿如一家人一样。

  1966年6月上旬，那场"狂飙"像龙卷风般袭来，那"好学"与"和谐"之风，被刮得无影无踪，那一棵高大的木棉树青青的绿叶被刮满一地。我们被这股浪潮裹挟着，上街去"破四旧"立"四新"。有一天木棉树下那口钟，被敲得轰天响，是上级派来的工作组进驻学校，动作是组织师生斗"走资派"和"反动学术权威"。其一，斗头号"走资派"李庆良校长。李校长，虎门中学的高中部是他一手所创，成东莞的名校。他高风亮节，培养不少人才，这样的当权派有何不好？为何一定要给他戴上一顶"走资本主义道路"的帽子？其二，抽反动学术权威欧阳荣。欧阳老师是从小参加革命的红小鬼，自学成才成了高级教师，他历年都是高中级的级长，我们从高一到高三都是他任班主任，一连三届都获全校唯一的"四好班"，他上的语文课旁征博引，深入浅出，同学们受益匪浅。我们爱戴的老师，他的学术何来反动？我从一名无知的少年成长为共青团员，而且当上学校的团委副书记，都是他们培育的结果。团委书记是青年教师当的，我这副书记被工作组认定是学生中最大的头目，是最权威的知情者，要我检举揭发他们的罪行。他们都是我的恩师，心目中的偶像，"滴水之恩当涌泉相报"，我救不了他们，但绝对不能落井下石，往他们身上泼污水。我据理力争，他们根本不听，最后我选择了沉默。

这场骤然而至的"狂飙"，把人性中的魔鬼释放出来，各类人物粉墨登场，各种无中生有的大字报满天飞。有位姓刘的年轻女老师，平日喜欢画画眉，扑扑粉，爱穿一袭连衣裙，被人贴大字报攻击为资产阶级情调生活，作风不正派，她精神一下崩溃了，拼命舔大字报的墨汁，她那张俏脸满是乌黑黑的墨汁，那件洁白的连衣裙呈现东一斑西一斑的污点，她满校园地奔跑，那双漂亮的大眼睛满是惊恐，躲到墙角低泣：我没堕落，我没堕落……

宁静校园，硝烟滚滚，风声鹤唳，草木皆兵。

6月下旬。

校园突然闯进一群南下的"小将"，这班人穿着绿军装戴着红袖章，无非一班愣头小子和稚气未脱的丫头，却一个个杀气腾腾。他们将关进"牛栏"的一班"牛、鬼、蛇、神"赶到木棉树下，解下身上带铁扣的军用皮带，不分青红皂白，每人一顿猛抽，李庆良校长、欧阳荣老师被打得最惨。

那一年的木棉花开得特别迟，已是6月底，那满树的花苞，经海风一吹，那花壳在噼噼啦啦地爆响，那绽开的木棉花絮仿如漫天的雪花，纷纷扬扬地飘下，仿若《窦娥冤》那场"六月飘霜"的场景。啊，也许木棉也懂人性，在为含冤者诉说不平。

这世界咋啦？走，我们到外面看看是怎么回事！随着"大串联"的我们拉起一个三十来人的"长征队"。我们打着背包越过粤北的南岭梅关古道，闯进江西，进吉安上井冈山，串南昌，赴上饶，抵杭州，至南湖，一路沐雨栉风，步行2000余公里，历时三个多月，最后抵达上海。每到一个城市就沿街拾传单到大学抄大字报。到了翌年阳春二月，中央下令停止串联，我们才乘火车返回学校。一回学校，发现两派斗争战火纷飞。不久，搞起"复课闹革命"来。其实，所谓复课，就是读"红宝书"，闹革命则是"学工、学农、学军"。学工到工厂去糊纸盒，学农到农村去抬大粪，学军则最为搞笑，连队列操练亦要贴上政治的标签！虽是如此无聊、无助和无奈，可新生照招不误，新生入学了，旧班的序号自然要往上推，我们这老高三咋办，只好称"高四"了，现在听起来有点搞笑，然而这却是历史。我们无课可上，只好一边留下来当小班的辅导员，一边等待高考的到来。到了1968年夏，眼看高考无望，只好离校回乡当知青。

当我们背着背包离校的那一刻，我站在木棉树下，凝视着它高大挺拔的身影，心潮逐浪，陷入了沉思。木棉啊，木棉树！在你高大挺拔身影下的校园，何时能安放一张平静的书桌？在课室教坛前，何时给回一点师道的尊严？在这片英雄的土地上，你何时再怒放满目的繁花？

说他是躲在"五马归槽"的一匹卧槽马，一匹有着韬光养晦大智慧的卧槽马，一旦时机成熟，他会扬蹄飞奔，洒下一路雷声般的蹄点……

"装甲司令"与"卧槽马"

虎门，从来不是世外桃源。

这千年古镇，地处穗、港、澳的几何中心，历来都是时代风云的一个窗口。

在那场"浩劫"中亦然。

1966年6月，行驶太平—广州的省渡"红星108"客轮上的十多位船员，在太平镇省渡码头旁的果栏街口，贴出第一张鼓噪这场"革命"的大字报，一下点燃了这千年古镇"文化浩劫"的"星星之火"。

是年8月，太平、虎门分别召开干部大会，动员开展"这场运动"。会后乡村、街道组织大"破四旧"，"四旧"者即旧思想、旧文化、旧风俗、旧习惯也。俗语说"秀才造反，十年不成"，这下可好，工农发动起来，其火力比学生哥更猛十倍。他们很快与"革命小将"合流，有的冲入图书馆、书店、旧书摊，去搜"旧书"，把除"红宝书"以及推介"八个样板戏"之外的书，当作宣扬"封、资、修"的书，拿去公园当众焚毁。有的蹿到祠堂，架起竹梯上屋，掀掉屋脊两头的鳌鱼头，把墙壁上的古字画统统铲掉。有的走上街头，看谁理了港式的"飞机头"，当众按住，改剪"阴阳头"。有的守住路口，看谁穿香港式"喇叭裤"，不由分说，冲上前就拦腰剪断。更荒唐的是，有的直奔林则徐纪念馆及朱执信公园，用水泥浆去涂抹纪念碑，把整个具有深厚文化底蕴亦有现代气息的古镇搞得乌烟瘴气，镇上的文物、古籍、古建筑，几乎遭到毁灭性的破坏。

1967年1月，从上海刮起的"一月风暴"席卷全国，在这股浪潮冲击下，刚到东莞县履职不久的县委书记老饶被造反派掀去"站波台"。太平镇造反派去找谁？镇委书记老邓早两年已被调去搞"四清运动"，于是代理书记朱林顺理成章地成了活靶！

斗他啥？

论出身，他根正苗红，几代都为工人阶级，本人当镇领导前就是太平搬运站的站长，是从扛大米提上这位置的。论勤政吧，身材魁梧的他长期穿着解放鞋，戴着白草帽，修堤筑路，疏通河道，是出了名的"平民书记"。论政绩吧，他带头抬大石筑了十里长堤，把太平河段疏浚得可见鱼翔浅底，把一河两岸的道路绿化得如绿色长廊。论廉政吧，为把太平镇办成全国的卫生镇，他主动把太太送去卫管所当环卫工人，去扫大街，去洗厕所，去走街过巷收大粪。

说起他太太当环卫工人，这里可有段动人的故事。

朱书记一家大小七口，挤在镇干部宿舍一个不足60平方米的小屋里，其中一个孩子因车祸截了一条腿，太太忙于照顾老人与小孩长期都没上班，靠朱林一人的工资养活一大家子。后来小孩稍大，太太就想找份工作帮补一下家庭，镇委有人提议安排去太平百货公司，站站柜台，收收钱币，又轻松又体面。朱书记说："那可不行，百货公司站柜台，可安排年轻形象好一点的女孩子去，那可是镇上的门面。自己的爱人已三十好几了。再说，领导干部带头把家属安排去好单位，群众怎么想？这个后门不能开啊！爱人身体还不错，可做些重活粗活，可到卫管所去清厕所。"

爱人一听，脸色有点难看，怎么也想不通，不去百货公司无所谓，干点粗重活也行，冲洗厕所，又脏又累又没面子，工资又不高，谁都不愿干。何况，你是个堂堂的镇委书记，老婆竟然扫厕所，就算自己不避脏和臭，可说出去还不是给你丢脸吗？

朱林却不以为然，耐心跟太太说："我以前不就是个搬运工吗？干的不同样是扛大米托草席？至于面子，人家北京的时传祥不也是个掏粪工吗？还当上了全国劳动模范，上天安门呢，刘少奇、周总理等领导还多次接见了他。镇委书记的老婆就不能扫厕所了吗？"琢磨起时传祥"宁肯一人脏，换来万户净"的精神境界，太太想了好几晚终于想通了。

太平镇环卫工作，真的不是那么好做。一是要扫大街，二是洗厕所，三是要掏大粪收大粪。太平虽是个繁华的商埠，可连抽水马桶这个发明于16世纪英国伯爵约翰·哈灵顿的洋玩意儿，在20世纪60年代在镇上还没普及，只有"敦煌""海滨"两大宾馆及"豪华"这样的大酒家才配备，镇中的公厕用的依然是蹲的坑渠。每家每户则是各施各法，用各种各样的方便工具。

每天清晨，天刚露一抹曙色，"倒尿啊！倒尿啊！"街上便有一高亢的女高音，打破古镇黎明的宁静，撩开海滨的一缕薄雾。横街窄巷的住户，一户一户地亮起了灯，大门小户吱吱呀呀地打开。大婶们急急脚，抬着圆肚木质的红色马桶，少妇们掩着鼻，提着淡蓝色的高脚痰盂，老伯父颤颤巍巍地拎着瓷质尿壶，一个个睡眼惺忪地走向早已熟悉的手推马桶车。

为了太平成为全国的卫生镇，朱林不仅送太太到卫管所去扫厕所，还为镇的环卫做了两件实事。

一是改造了屎埠。中华人民共和国成立前后很长一段时间，镇内的粪便大都由四乡的农民挑着粪桶穿街过巷收购，镇内收集粪便的地方则规模很小。于是朱书记在镇郊的虎门浮闸旁找了块临江的地方建了一座屎埠，把全镇的粪便集中在此，让河汊纵横的四乡农民们划着小艇来此购粪。这屎埠仿如一座巨大的吊脚楼，一边搭在岸上，一边飞出河边，搭岸的打开粪池便可收粪，靠江边的拧开粪槽便可输粪下船。为了方便管理，镇政府索性把镇的卫管所迁至屎埠旁，这是一座园林式的大院，院内种满鸡蛋花、番石榴和大芭蕉，靠墙角的花圃栽满玫瑰、茶花和米仔兰，江风徐来，暗香浮动，闻不到丁点的臭气，环卫工人工作之余，也乐于在此小憩。

二是改装了粪车。原来用的是手推的两轮粪车，推起来虽比挑两只大粪桶方便，可依然是又臭又累，朱书记当搬运工用惯了三轮车，他灵机一动何不依样画葫芦，用三轮车来改装改装？于是亲自设计，在三轮车上装上一个类似油车油箱般的铁箱，箱顶装个大型铁盖，箱尾装条大型输粪的气喉，整个箱涂上墨绿色的油漆，远远望去仿如一辆装甲车。环卫工人可以像踏三轮车般，一边踏车，一边摇铃，既可穿街过巷收粪，亦可到公厕去掏粪。经过这么一改装，既轻便又不那么臭，环卫工人顿感兴奋。清晨，一辆辆粪车从卫管所浩浩荡荡驶出，奔向大街小巷；入夜，一辆辆粪车奔向全镇各个厕所。镇上居民经常发现，在周末，一位身材魁、梧理着平头，穿着文化衫，肩搭一条拓布的人驾粪车冲在前面，定睛细看才认清这正是朱书记，人们暗中笑称他"装甲司令"！

我们读高三时，全社会掀起一个学习时传祥的热潮，连续拿了"四好班"的我们当然会热烈响应，经常抽空到镇上去掏大粪，偶尔也会跟朱书记撞个正着，撞得多了我们竟成了"老友记"。收大粪是在清晨，掏大粪则在夜晚。我们发觉朱书记有个特殊的爱好，每当掏完大粪，其余兴节目是在卫管所冲凉房洗个澡，然后骑着自行车到长堤码头的海上游泳。那个年代，珠江如练，江水如泉，十里渔火，闪闪烁烁，对岸如带的红树林，偶尔传来几声鸟啼，更显一河幽静。深秋之后海水含磷较多，晚上游水，轻轻一拨，水花便会蹿出一串磷火，活像一群飞舞的流萤，是小镇一道亮丽的夜景。

朱书记肩阔腰圆，游起水来简直像"水上蛟龙"！一千米宽的珠江能游一个来回。我们问他："你游水怎么那么厉害？"他一边抹去脸上的水花一边微笑着说："我们住在江边，从小玩水玩大，哪有不懂水的道理？小时贪玩，长大了，才发现游水不仅可以锻炼身体，还可以锻炼人的意志，人生仿如大海，不知啥时会碰上什么风浪，练就坚强的意志，就不会在风浪中沉没！"我们默默地点头，想不到这位工人出身的干部，竟会说出如此带有人生哲思的话来。那一年起，太平获得了全国卫生镇的殊荣。

"水上划龙船，陆上有眼见"，朱书记干得如何，镇上干部群众心中有数，可这一位如此为民、亲民的书记，却要被造反派揪上台批斗，而斗得最卖力的则是平日干得极差，没被朱书记提拔之人。天理何在？干部看见心寒，群众听了唏嘘，难怪有人说这是个黑白颠倒的年代！批斗了几场，实在批斗不下去，于是停了下来，造反派组织专案组千方百计挖他的"黑材料"，最后找到三大"炮弹"：一是认工贼当偶像。爱人去掏粪学的是时传祥，时传祥是受国家领导接见，运动一开始便被定为"工贼"，这不是向工贼学习又是什么？二是有通敌嫌疑。他儿子截肢时，有位香港的亲戚寄过30元给他，那时香港被认定是敌特的"桥头堡"，这钱很可能是活动经费。三是坚持走资本主义道路。其一，扩大草织厂规模；其二，创办水泥制件厂；其三，增设烧砖窑。这些产品全销往香港，这不是走资本主义道路又是什么？

真是"欲加之罪，何患无辞"，台上热得像一锅粥，台下却一片嘘哨声。不断有人在场下高声议论："又不见你们这班人送老婆去屎埠当环卫工人？正式屎忽鬼，什么工贼？这叫高风亮节！""什么通敌嫌疑，丢，这算个球？！请问虎门地区哪家哪户没有香港关系？困难时期，有谁没受过点香港亲戚接济？""什么走资本主义？不壮大经济，哪来钱筑长堤、修马路、疏通珠江和养你们这班食塞米？"很多人附和："对呀！这班人真是班搞屎棍，无嘢揾来搞！"

这是一场逆向的淘汰。

其手段也就无所不用其极！

虽然凑不上一条像样的罪名，可在那不分青红皂白的年代，说你有罪就是有罪，有罪就得改造。造反派别出心裁：他原来不是当个兼职的"装甲司令"吗？让他堂堂正正去当好了！于是朱书记被发配去"卫管所"掏大粪。对于这种重活脏活在朱书记来说早已习惯，可是在人格上的侮辱不是一般人能受得了的。可朱书记却淡然处之，与往常参加义务劳动一样，一袭文化衫，一顶旧草帽，一条旧扛布，驾起粪车，风里来，雨里去，走街串巷，一脸从容，当起合格的装甲司令来，后来人们索性把"装甲"两字去掉，一碰上他都亲切称之为"司令"，他总是微笑地点头。哪怕在那风雨如晦的日子里，他亦奋力潜行，用自己的双手，不让全国卫生镇的名誉受损。

…………

为了维稳，早在1966年9月下旬，风潮刚起，太平镇政府便将101个认为有不稳定因素的人遣散到农村居住。也许尝到了甜头，军管会决定把一批被"打倒"的干部和知识分子遣到五马农场去劳动改造，朱林书记是被遣散名单中的第一位。

镇上的革委会把"装甲司令"一群人作为弃儿，扔到被城里人认为是"西伯利亚"的五马农场劳动改造。其实这是保持原生态的一片风水宝地，这是驱赶人的始作俑者意想不到的。这"五马"位于虎门镇东部的后拢山脉，有五座骏马奔腾般的连绵山冈。它们白云缭绕，岚影飘飘，松林如吼，溪流如泉，西有白坑水库，东有鲫鱼岗水库。晴日，斜阳一照，波光粼粼，鱼游浅底；雨天，轻舟滑过，烟雨蒙蒙，远山如岛。人们把这风水宝地称为"五马归槽"。

"五马归槽"原是中国风水学堪舆用语，一般指一条像五匹马形的山脉共同指向一处住穴的地方，而这里的"五马归槽"从历史上看确是块福地。坐落在这地脉的赤岗村依山而建，聚落呈块状分布，村内土质赤黄，因而得名赤岗，20世纪60年代曾在村后山地发现史前及南北朝时期的陶片，因此推断，在那里时始已有人居住。明清时期，这里处东莞古驿道上，由明历清均设有赤岗铺，至清末才废弃。抗日战争时期，这里成了东江纵队的根据地。此地，元明时代为五方杂处之域，其后周邻村落渐废，村民以何姓居多，为虎门望族。

这方水土，崇文尚武，人才辈出。明成化八年（1472）何瀚举进士，成为虎门开代进士,后升任福建按察使。清代赤岗人何芳,曾随广东水师提督关天培血战威远炮台,后因治军有方,升任琼州总兵,清咸丰年间,捐资在虎门寨建"凤鸣书院",培育了不少虎门学子。在日本侵华期间,村民何和出于民族义愤,手刃前来掳掠妇女的日本兵。

"五马归槽"的腹地"五马",曾因战火荒废而沉寂了一段,1951年秋,太平镇政府要来办起五马畜牧场,说是畜牧场,其实只是个农场而已。1958年虎门大办水利,这里先后在其前后筑了白坑水库与鲫鱼岗水库。1962年秋,又办起了太平的五马林业中学,平添了点人气,恢复它本来的风光。

此刻,这块风水宝地敞开宽阔的胸怀,张开双臂欢迎这班落难之人。当然,同一个地方,不同的心境有不同的感受,有人觉得在此度日如年,有人觉得在此暂避火坑,回归自然是一种解脱,希望在这涅槃中重生。朱书记显然是后者,那场怪异"飙风"可以剥夺他的职务,却无法剥夺他内心的那份坚守、那份自信、那份坚韧。这位"装甲司令"操回他的老本行"掏大粪",不过在这崎岖的山路无法再驾起他的"铁甲车",而是挑起两只大粪桶,不是运去屎埠,而是运去浇浇庄稼,他不是陶渊明式的士大夫,无法体验悠然见南山的那种心境,但长期在圩上生活与工作的他,倒乐意体验一下农耕文明的那种天人合一的况味。真可谓心底无私,心境一片澄明,远离那无休无止的折腾,哪怕劳作再沉重,亦可觅出一片宁静来。他与难友一起在山地上种起南瓜、沙葛、红薯,在水田种起紫茄、土豆、白菜,在溪边种起丝瓜、水瓜和佛手瓜。

工余,他有两大爱好。

一是傍晚到两大水库去游泳。这两座水库其实是两个大湖,四周有飘飘的芦花,有清清的水草;岸边,有割草的少女,有垂钓的笠翁;水面,有游弋的野鸭,有捕鱼的小艇。有时游完泳坐在坝上,欣赏这里的夜色,抬头仰望流动的星河和滑行的弯月,侧耳可听旷野虫鸣蛙鼓与湖上风声浪声,哪怕远山还隐隐传来豺吠与狼嚎。这无形中怡养了他的性情,充盈着一股江山正气。

二是入夜在孤灯下读书。他本与姓庞的一副镇长住在一杂物间里，副镇长得了重病，被释放回家休养，这间低矮潮湿的陋室成了他一人独享的领地。长时间跟一班知识分子厮磨在一块，工人出身的他陡然感到知识的贫乏，于是产生要补补这门课的愿望。那是一个书荒的年代，找本渴望读的书，何等艰难，林业中学的老师愿意帮他这个忙。除了把"红宝书"放在破书桌的左上角，他把能搜集到的书藏在枕头底下，他抓到什么读什么。这里聚集一大群知识分子，除了林中的老师，还有跟他一同下放农场劳动的虎门中学老师和各路才俊，同炉同煲一段时间后，他们都愿意辅导他这位"大老粗"，他除了读"红宝书"之外，居然读了一批经济学、管理学、社会学的书，这无形为他的头脑充了电，填补了知识有点苍白的脑袋。

这两大爱好，使他得到意想不到的收获。

这运动磨掉了他几层皮，灵魂深处也受了重伤，可这里的山山水水倒慢慢抚平了他的创伤，让他产生一种"天塌下来当被盖"的坦然心态，虽然社会上的大环境依然是凄风苦雨，可其内心却涌出一股自信，一股对艰难的党和卑微的"我"的自信。前者的艰难，但长期不懈地奋斗，涌现一批坚韧的智者。后者的卑微，但他没丢掉一个共产党员应坚守初心的一种品格。

跟他深入接触过的知识分子对他几乎产生一个共识，说他是躲在"五马归槽"的一匹卧槽马，一匹有着韬光养晦大智慧的卧槽马，一旦时机成熟，他会扬蹄飞奔，洒下一路雷声般的蹄点……

果不出智者们所料，运动一结束，解放受迫害干部政策一出来，这位"卧槽马"马上被恢复工作，县委经过考察，深感他是位忠诚者与实干家。运动后的中国，百废待兴，地处中国南部的东莞亦是如此，运动后城乡亟须大搞基建，其中一条思路便是路通财通，需要大量的水泥来筑路，于是让他创办大型的东莞水泥厂，并任命他为厂长兼书记。改革开放大潮涌起，"三来一补"企业蓬蓬勃勃发展，县委又调他当县外经办副主任，他又在这新的战线上大展拳脚……

据说后来全国掀起"廉政风暴"之后,各地纷纷搞起"廉政墙"来,虎门镇委也在虎门公园搞起一堵"廉政墙",朱林早已离开虎门,可虎门却没有忘记这位老代书记,在这墙显赫的一角宣传起他的事迹来。是的,他虽没有动天地的政绩,亦没有泣鬼神的故事,只是那场不可思议的浪潮中,一簇小小的浪花而已,可他用坚定的自信,书写了一段古镇平凡而且令人尊敬和耐人寻味的"装甲司令"与"卧槽马"的传奇!

细品两人的故事，会陷入沉思，起初沉重得像吞了一坨铅，继而激动得像翻起一股浪，最终流动着一眶泪，这绝不是"鳄鱼的眼泪"，而是心花绽开之泪。

鳄鱼的眼泪

小镇，可谓藏龙卧虎，不知何时何地，会蹿出一匹黑马，让你目瞪口呆，在那"文化风暴"中更是如此。

"鳄鱼的眼泪"。

以此为题的大字报，在小镇一出，马上引起轰动，在大字报栏前，人头攒动，争相观看。此刻，"文革"已进行一年多，形形色色的大字报，已贴满了大街小巷，连马路上都用扫把蘸着石灰水刷满了大标语，为何这大字报竟会卷起一股旋风？归纳起来，大概有"三大怪"。

一是标题怪："鳄鱼的眼泪"；二是招数怪：连出几论；三是作者怪：名不见经传。

"鳄鱼的眼泪"，文化不高的人，有点丈二金刚摸不着头脑，有位戴着眼镜的先生说：这是一句西方的谚语。众人追问得紧，眼镜先生捻着须儿诠释：传说中的鳄鱼在吃人之前，会流下虚伪的眼泪，做悲天悯人状，使人被假象麻痹，而对它的突然袭击失去警惕，在毫无防范的状态下，被它凶残地吞噬。其实，鳄鱼根本不是伤心，而是在润滑自己的眼睛。当鳄鱼潜入水中时，鳄鱼眼中的瞬膜就闭上，既可以看清水下的情况，又可以保护眼睛；当鳄鱼在陆地上时，瞬膜就被用来滋润眼睛，而这时就需要眼泪来润滑。可见，鳄鱼既有凶猛残忍的一面，又有善于伪装的一面。

作者以此为题，暗示什么？

"鳄鱼的眼泪"，一发不可收，连出九论。有人说，仿如元宵放烟花，来了个连珠炮，真乃大阵仗！有人纠正说，不！这简直像点了九响山炮，来了个石破天惊。一位干部模样的人说，这"九论"可内有乾坤呢，早两年，中共中央以《人民日报》和《红旗》杂志编辑部的名头，一连发表了9篇评论苏共中央公开信的文章，史称"九评"，这阵凌厉的大论战，引起国际性的强烈反响。众人如梦初醒，附和说，对呀！这不就像八仙桌上放灯盏，明摆着的吗？此位仁兄，是在仿"九评"啊！

作者，心气高也！

作者的签名是陈炽基，这老兄是何许人也？

你看这大字报的毛笔字，龙飞凤舞，铁笔银钩，不食过几天"夜粥"，哪来如此笔底？大字报引经据典，博古通今，不学富五车，哪来这份学养？大字报论点清晰，论据充盈，哲思缕缕，警句频出，若不是写作高手，哪来如此犀利的文笔？这系列大字报，还有一个很明显的特点，不是文人在"丢古书包"，玩洋名词，而是对社会历史与现实了如指掌，对镇上的过去与现在如数家珍，对社会上的时弊心明如镜，评论起来入木三分。若不经沉浮，不经磨砺，不经观察，不经思考，这"九论"哪来那么多沧桑味与厚重感？不管观者来自哪一派，均众口一词，这家伙，太有才啦！

作者，何方神圣？

经多方信息的汇集，《鳄鱼的眼泪》出笼的社会背景，以及作者神秘的来历逐渐清晰起来。

那场风暴，电闪雷鸣。

不久，造反派被汹涌澎湃的浪潮裹挟着，镇上跟全国一样从上到下被分裂成两大派，这种派别渗入每一个单位、每一个家庭。这两派势同水火，却有一共识：革命靠"两杆子"，一是"枪杆子"，一是"笔杆子"。为了后者，当然要网罗耍笔杆子的人才。于是，陈炽基便成了两派激烈争夺的焦点人物之一。

陈炽基，虎门南面岛人，从小读书聪颖，高中毕业考上了中山大学法律系，课余的他热衷博览群书，文、史、哲无不涉猎。来自小镇的他，平日有点沉默寡言，甚至带有几分腼腆，偶尔辩论起来，却口若悬河，话藏机锋，他喜欢写点随感之类的文章，颇能切中时弊，在校园小有名气。1957年春，正是他读大三时，在系一位头儿笑口吟吟的动员下，他亦提了几点建设性的意见，当运动进入大字报大辩论期间，他被点名批评，反右斗争一来，则被定性为右派，对他揭发最早、批判最狠、定性最坚决之人，竟是笑口吟吟动员他提意见的人。他整个人蒙了，每天黄昏，踏着斜阳，在宿舍的楼顶徘徊，有几次都想从楼顶跳下去。当他看到大学门楼前那滚滚南流的珠江时，顿然感到生命不应如此停息！运动一结束，他被押上火车，遣送到新疆的大漠戈壁劳动改造。戈壁的荒芜与酷热，孤寂着他的生活与蒸腾着他的灵魂；大漠中的无助与沙暴，窒息他青春的梦想与差点吞噬他的生命，只有那胡杨的品格支撑着他与多舛的命运抗战。1964年他被定性为错划的"右派分子"，帽子虽摘了，说不定有什么风吹草动，帽子又给戴上，政府部门没任用他，将他遣回原籍，在太平草织厂当名普通工人。

"鸡蛋咁密都能孵出仔"，他的这段经历，当然逃不过那些管人事档案的人来。于是两派巧舌如簧般动员他出山，并满口笑吟吟地答应，运动后帮他调动一份能发挥他才华的工作。

入夜，躲在陋室里的他，望着有点破旧的窗口，看到那流动的星河，偶尔坠下的流星，他总觉得游说者的笑脸与当年动员他提意见的笑脸，像魔影般重叠起来，那场批斗的刀光和剑影，那片大漠戈壁的荒凉与悲催，那前程的暗淡与迷茫，穿越时空的隧道向他奔涌而来，这一切都让他铭心刻骨，稍一触摸便会全身抽搐与痉挛，稍一追忆便有强烈的余痛与后怕。岁月如刀，前车可鉴，请他出山者与背后主使的，说不定运动之后，正是推他下地狱之人，重蹈覆辙，恐怕是世上最弱智之人。这一张张笑脸，这一串串承诺，无异于鳄鱼的眼泪。

可是，心高气傲的他，并不甘寂寞，很多话积在他心头令他如鲠在喉，不吐不快。于是，他以"鳄鱼的眼泪"为题，一连九论，对社会上那种"口蜜腹剑""猫哭老鼠""黄鼠狼给鸡拜年"等表面慈悲而暗下毒手的社会现象，用嬉、笑、怒、骂一一加以解剖，像投枪、像匕首，可谓入木三分。

别以为他只有一副冷峻的面孔，只有一副铁石心肠，其实，他有一张豁达的脸，有一颗灼热的心，尤其是对同道中人，他与怀德的阿慕的交往，便可窥一斑。

有一期《东莞文艺》登了他一篇小品，同版还登了虎门阿慕的一个对口词，他越看越觉得很有味道，在那喜欢空喊口号的年代，很难有这种意境与文笔；而阿慕读他那小品，也越嚼越觉得有点嚼头。经五马林业中学任教的同学一搭桥，他们认识了。陈一休息会到大岭山打柴，常顺道到山下怀德阿慕家讨杯水喝，一来二往，两人便成了好朋友，深入一交谈，始知同是天涯沦落人，都有很多鲜为人知的故事。

1958年毕业的阿慕成绩很好，因为家庭出身不好，却考不上公立的虎门中学，因为考分高，被太平民办中学录取。后来民办中学停办，才拨到虎门中学来。考高中时他成绩优异，依然因为成分问题，被拒之于高中的门外。这种唯成分论，是阶级斗争为纲的产物。这种产物，像一堵带电的高墙，把一批本可塑造为国家栋梁之材，但又出身不好的人，拒在进一步深造的殿堂之外。

其实，阿慕的家庭出身本来值得甄别。是的，他祖母在临解放时花了一些积蓄，购置了十几亩的田地，可其父邓松荫从小便随其舅父在广州读书，舅父陈超是中共地下党人，其地下工作与《潜伏》中的余则成好有一比。邓松荫受其影响，解放前便参加革命，土改时返回虎门区政府工作。有这么段小插曲："文革"后期，阿慕调到白坑农场工作，会计傅锦见他是怀德人，问他认识不认识邓松荫，阿慕脱口而出："他是我父亲啊！"

傅锦动情地说:"你父亲是老革命啦,当年他别着驳壳枪,在武山沙当土改队长,我当民兵队长。他经常夜里去区政府开会,我扛着"七九枪",当他的保镖呢。"见证这段历史的还有欧灿,他们两人一起搞土改,在三年经济困难时期,欧灿已当上东莞县委组织部部长,而邓松荫在广州南武中学当总务主任。一次邓松荫回乡探亲,欧灿闻讯找他相叙,问他有何需要,松荫说:"给我弄两船番薯芋仔吧,为学校的师生'疗疗饥'。"每当说到此,欧灿都感慨地说:"松荫一生清廉!"按评定成分他本人应是"革命干部",其儿子的家庭出身应按此填,可就是这样一个人的儿子,也被打入另册,这种斗争哲学的残酷便可见一斑。

高中的大门关闭了,但知识的大门是关不住的。落榜后的阿慕回乡,被派去大队的青年农场当看牛倌。跟一个老看牛倌看10头牛。他把牛赶上山,守住山口,坐在石磴上看书。有时没书看,拿着旧报纸糊的纸袋,也翻来覆去看上半天。老看牛倌是位摘帽右派,有点文墨。看见这位年轻人那么好学,打心里欣赏,经常主动为阿慕多看牛,让阿慕潜心读书。1963年阿慕患了肺结核,这在当时是一种较难治的病。父亲把他带去广州市白鹤洞教工疗养院治疗,每治完一个疗程,便带一批针剂回家休养一段。每次回乡,他都将从父亲和舅父陈超那里搜来的杂志捆成两捆,用扁担挑着,乘省渡回家。这些书中有《文学评论》《人民文学》等,这些杂志都成了他的精神食粮和钻研文学的范本。

他还在读初中时,他父亲写了篇《从林则徐到关天培祠》一文,登在《羊城晚报》的副刊上,很多人问他:"邓松荫是不是你父亲?"他父亲在家乡享有盛名,不到10岁便为全村人写对联,被认为是神童。是的,他父亲是有才华的,土改后他回到广州,在一所中学除了当总务主任之外,还兼任高中语文老师,曾与麦华三等书法家同场展出过书法作品,还写了不少戏剧评论,经常在刊物上发表文章。父亲是他心目中崇拜的偶像,乡亲的追问,更使他觉得写文章会出名,受人尊敬,于是他跃跃欲试投稿。初中毕业那年,《羊城晚报》征集对联,他写了"银河耕壮志,铁笔写雄心"一联，竟登了出来。次年参加讨论《知识青年到农村大有作为》一文选登了他的一百来字的短文，虽然只有豆腐块那么大，可他高兴得一个晚上睡不着。其后，他的作品一发不可收，诗歌、散文、曲艺什么都写，散文见于县、地的文艺刊物上。1964年，为配合社会主义教育运动，涌现了《打铜锣》《一条赶牛鞭》《补锅》等一批短小精悍的小剧，深受群众的欢迎。他写了一个《喜相逢》发表在《南方日报》的农民版上，被戏剧家乔飞看中，谱成了方言剧，成了当时农村热演的一个剧目，后由广东人民出版社收在"中南曲艺戏剧丛书"中。

正当他的作品如山泉般涌现的时候，那场文化浩劫来了，阿慕几乎被这场"天火"烤焦。

先是他父亲遇难，继而是他自己遭殃。

早在1960年，他父亲与中学老师李而民及粤剧名伶吕玉郎，写了一个粤剧《袁崇焕》，代表广东参加中南五省的会演。袁崇焕是个民族英雄，袁崇焕之死，是让人扼腕之事。他受命于危难之时，出任兵部尚书，在山海关前，把努尔哈赤轰得重伤并死于溃逃途中。随后再打败他的儿子皇太极，让金兵闻风丧胆。昏庸的崇祯皇帝轻率地听信朝臣的谗言，又愚蠢地中了敌人的反间计，竟在京城被金兵团团围困之际，将独力支撑将倾大厦的他杀害了。这样忠贞为国却含冤而死的英雄是多么值得千秋歌颂啊。加之，袁崇焕是东莞人，他父亲更是蘸着一腔深情来写，剧本写得荡气回肠，十分感人，演出后引起强烈反响。

可就是这么一个正气凛然的剧本，竟被认为是为叛徒翻案，作者则被打成陶铸文艺黑线的人物，被挂上黑牌进行无休止的批斗。真是欲加之罪，何患无辞！这压顶的乌云何时散？靠大众的觉醒与同情？当他想起袁崇焕被处以剐刑，那些薄薄的带血的人肉，被皇城根下北京胡同里的民众吃掉的时候，他的心就不寒而栗。在那年代，在奴性的教化下，还有谁敢相信公道自在人心啊？！当年屈原忧国，沉吟于汨罗江畔，最后以投江明志。国学大师王国维，心因难解，带着千古之谜，沉入北大未名湖。一个寒夜，他徘徊于白鹅潭畔，最后还是跳进了珠江。那夜没有星光，天地一片漆黑，只有刺骨的冷风和饮泣的江流……

心中的偶像坍塌，精神支柱成了碎片，它像把利刃割得阿慕心脾疼痛难支。然而，悲剧并没结束。1968年，那场席卷全国的清理阶级队伍运动的浪潮，拍打着虎门这个边陲小镇，每个大队都成立了深挖阶级敌人的专案组。邻镇长安掀出一个"特务组织"，因为其中一个头目，与他在文学创作上有过交往，于是他成了"特嫌"，被关进了"牛棚"，在私设的"公堂"上，专案组逼他交代参加"特务组织"的经过，逼他交代发展过什么下线。这本属子虚乌有的事，如何交代？自己蒙受不白之冤，又怎能再陷害别人？沉默！再沉默！

他们审累了，就把他关进"牛棚"。白天，拿着牛鞭赶着他与一班老"牛鬼蛇神"出去扫街、洗厕所、抬大石；晚上，逼他们在昏黄的煤油灯下，写交代材料。这"牛棚"，是山边一间废弃的老屋，因为地处山塘的下面，阶砖地板潮湿得渗出水来，他们在上面铺着一块薄薄的尼龙布，横七竖八地睡在上面，四周墙壁长满青苔，散发出一股呛人的霉味，望着那在风中摇晃的孤灯和那夜空中沉沉浮浮的星宿，听着野外的虫鸣与村中偶尔传来的几声犬吠，他辗转反侧难以入睡。重沉的劳役与猪狗般的饭食，他咬咬牙能挨得住，但那精神的折磨，却像野兽般噬咬着他的灵魂。这"特务案"无疾而终，三个月后他被放了出来，可他却得了风湿病。

1972年，林彪摔死在蒙古温都尔汗的第二年，邓小平复出，全国掀起一股拨乱反正的热潮，广州市亦在中山纪念堂为十个人召开平反昭雪大会，其中就有阿慕的父亲邓松荫。市政府重新认定他为革命干部，补发抚恤金1000元，家里用它盖了一幢新房，一缕阳光射进了小屋。

此刻，缪斯又把阿慕刚刚平复的心挠得痒痒的，他重新捡起那支曾让他又爱又恨的笔。那毕竟是乍暖还寒的时候，他写了一首诗《接锄》，却不敢拿去发表，最后试着与当工人的同学联名发出，不想一枪即中，被登在《南方日报》上，后来还收入《灿烂的星辰》诗集中。这无疑给他服了一服兴奋剂：自己不仅能写，还可以用自己的名字发表，于是他的作品不断地见于地市文艺杂志副刊和报纸的副刊上。他写的对口词与陈炽基的小品文正是在这段时期发出的。惺惺相惜，一来二往，炽基与阿慕成了老友记，当时阿慕已近30岁，这样的年龄在农村早已儿女成群，当炽基得知阿慕还是孤身一人时，于是他把胸脯一拍："我把表妹介绍给你！"

一个星期天的中午，炽基在他虎门寨的小屋，精心安排了一场约会。他一早起床，把特意积下的两个月的肉票，在烧腊铺买了半斤叉烧，还托人从市场买了一条鱼，准备了一瓶玉冰烧。阿慕换了套干爽的衣服提前到了，表妹也风尘仆仆从海岛赶来。表妹虽然有点黑瘦，却也端庄大方，还读过初中呢，阿慕心中已有点喜欢。表妹也喜欢他的老实，佩服他的才华。两杯下来炽基挑起主题，当谈到彼此的家庭出身时，表妹犹豫了，她喃喃地说："我出身富农，已经抬不起头，若再嫁入这样的家庭，将来的子女就永远没有出头之日啊！让我们认作表兄妹吧！"

表妹颤抖的声音，压得很低很低，但它却像一把锋利的锥子，深深刺痛阿慕那根最敏感的神经，表妹说的何尝不是大实话？家庭出身这沉重的包袱压得多少人直不起腰啊，不仅与参军、招工、升学等好事无缘，更悲哀的是在人生路上处处遭受歧视，这种歧视极易使人成为精神上的侏儒。他很自卑，也很自尊。此刻，他努力控制情绪，但怎么也难以把持，没等把饭食完，赶忙拿起草帽往头上一戴，夺路而逃，匆忙之中，额头被门重重地撞了一下，一股殷红的鲜血马上流下来。受伤的岂止是额头？他那颗心在滴血！事后他发表的那篇《第一次相睇》，写的就是当年的心境，那年他28岁！

滴血的何止阿慕？当日炽基站在门槛望着阿慕那远去的背影，他心里发酸，眼泪在眼眶里打转，当年他在戈壁滩上劳作，也没掉过一滴泪，后来人们从表妹口中得知这一细节，可谓百感交集，有人深情地说，阿基流的绝对不是"鳄鱼的眼泪"，模糊的泪眼下可藏着一颗菩萨的心！

其实，真正的佛光是来自党的方针、路线。"四人帮"垮台了，阿慕被调去白坑农场当公社宣传队的编剧，戴在身上的精神镣铐砸碎了，他甩开了手脚奋笔疾书，一连写了十多个反映现实题材的剧本，这些剧本切中时弊，剧情生动，丝丝入扣，演出后在社会上引起强烈反响，其中粤剧《修车风波》参加全省第一届群众文艺会演，一举夺了金奖，他成了省业余文艺创作的标兵。县文化馆的领导很关心他的婚事，在他们的撮合下，与有"长安红线女"之称的孙老师结成秦晋之好，他扔掉遮颜的破帽，尽情沐浴妩媚的春光……

党的十一届三中全会，确定了以经济建设为中心的路线，给那没完没了的阶级斗争哲学画了个休止符。这一年，陈炽基被召回中山大学；阿慕调去虎门文化站当副站长，一年后又接任了站长。这一年恢复了高考，我已去广州读大学，但他们的行踪我是十分清楚的。

对文化站长这角色，阿慕可谓如鱼得水，文艺创作、摄影、曲艺、舞蹈、书画等群众文化活动十分出彩，虎门文化站作为广东唯一代表，两次出席全国的群众文化研讨会。1997年被市委宣传部相中，调上市文联当副主席，他复办了《东莞文艺》，旗下凝聚了市一批文艺创作的主力，创办《南飞燕》，成了新莞人的精神家园。他本人也笔耕不辍，其中有篇登在《羊城晚报》的散文《粉红色的回忆》还获得"秦牧散文奖"。退休后还编了一套"东莞人物"丛书，丛书分"古代""现代""当代"三卷，共180余万字，给东莞市积下沉甸甸的精神财富。

陈炽基被召回中大后，筹办了一家律师事务所，一连打赢不少官司，声名鹊起，在政法战线占了一席之地，暮年却完成了青年时的梦！此是后话。

细品两人的故事，会让人陷入沉思，起初沉重得像吞了一坨铅，继而激动得像翻起一股浪，最终流动着一眶泪，这绝不是"鳄鱼的眼泪"，而是心花绽开之泪。

让我省悟的是,哪怕是海市蜃楼出现之地,也不是世外桃源,亦会有迷蒙的烟雨,亦会有"龙卷风",有"白撞雨"……

蜃楼烟雨

人生,有时很像一场没有剧本的戏剧,演完这一幕,还不知下一幕演什么。有时则像海市蜃楼,方才还是仙山琼阁,瞬间仙境尽失,烟雨迷蒙,置身其中,真弄不清等待你的是福还是祸。

一

我从学校回乡务农,刚好碰上夏收夏种,这是一年最忙的季节,夏收完马上进行犁田耙地,紧接着便是夏种,像脚踏风火轮,在骄阳下苦干三个月。

"双夏"期间,最怕一风一雨。一风,是龙卷风。这龙卷风往往从珠江口刮起,一阵旋风卷起一股庞大的水柱,像一条蛟龙直蹿高空,然后在珠江三角洲的上空旋转疾走,所到之处,连人带物卷上半空,再狠狠抛下。每当龙卷风刮来,我们马上狂奔上堤围,也不敢躲进草寮内,因为龙卷风会把草寮连桩带顶一起拔掉,我们只好找个背风的地方或废弃的砖窑躲起来。一雨,是"白撞雨"。刚刚还晴空万里,骤然大雨倾盆,刚刚晒得滚烫的身躯,忽然浇来一场冷雨,真可谓"冰火两重天",体质稍差点的人,马上会患上感冒发起高烧来。大自然本有无比的亲和力,但有时也会闹起恶作剧来，真可谓"天有不测之风云"！看来，对天还得有敬畏之心，不要轻言征服。

夏收夏种正值三伏天，火烧火燎地一天干下来，真有点累，好在正值青春年华，睡一觉便恢复过来，加上那田园牧歌式的农耕文明情趣，也把心灵的疲惫驱赶得干干净净。一个夏收夏种顶将过去，虽然黑了点、瘦了点，依然显得龙精虎猛。

在夏种刚结束的那天晚上，我正在老屋昏黄的灯光下，翻阅刘逸生先生的《唐诗小札》，党支部书记陈淦登门找我谈心，说大队要办所初级中学，经党支委讨论聘我当民办老师，问我愿不愿意。我顿生一种天上掉下馅饼的快感，忙说："愿意！愿意！"送走陈淦书记，我望着小屋自制的书架上的书陷入了沉思。满怀期待的高考停止了，我读大学之梦被击成碎片。我认为这辈子可能与课本绝缘了，那种被抛至知识荒岛的落寞，像只老鼠不时噬咬着我心中最敏感的神经，是那么痛苦，那么无奈，那么不甘。这教师，虽然在前面加个"民办"，但毕竟可以教书育人，无疑把我那悲怆与无助之心着实熨烫了一下。

我还没到新办的中学报到，便接到公社文教办发的参加"教师培训班"的通知，又一惊喜袭来，原因有二：一是当教师于我而言，毕竟是张白纸，多想通过这次培训结识一些老行专，让自己今后的职业生涯少走一些弯路。二是办班的地点是南栅，南栅是虎门一个大乡，自然环境优美，人文环境深厚。我初三的班主任吴鸿安先生的老家就在南栅，那年暑假，吴老师带我们几个被他认为得意的学生，到南栅考察了数日。他的祖父正是养虎门膏蟹的鼻祖，"吴鸿安"这个名字还是他的祖父起的呢。他带我们考察养膏蟹的水网与草塱，也带我们考察南栅的历史遗迹与人文环境。晚上我们在凉亭上一边啃他家养的膏蟹，一边听吴老师讲南栅记述的史料与坊间流传的故事。

南栅，原名涌源。据乡中《王氏族谱》记载，王氏先祖于唐末五代时期因避战乱自韶关曲江迁入，至于从那儿迁往曲江却众说纷纭，其中一说是从中原经南雄珠玑巷再到曲江的。起初,结庐象山脚下。"因当时山在海中,山下有涌泉",而得名涌源。南栅诸村以此发祥。宋代因临近大宁盐场,流经乡中的广济河为盐运要道,官府于此设盐栅管理盐务,称"海南栅"。涌源之名遂被取代。后因海洋渐渐远去,人们索性省去"海"字简称之为"南栅"。

南栅曾是海市蜃楼屡现之地。宋末明初之前的南栅为浅海域。正月间每有海市蜃楼出现,称"靖康海市",向来为"东莞八景"之一,靖康海市十分神奇,据清代周天成等修纂的《东莞县志》载:海市多见靖康场,当晚夜海光忽生,水面尽赤,有无数灯光往来。螺女鲛人之属,喧喧笑话。鹦锦数钱量米之声,至晓方止。在历代有关海市蜃楼的描写中,只有影像的描述。在海市蜃楼出现的同时,还能听到各种声音,则只有靖康海市、青州海市才有。"靖康海市又与青州不同。靖康海市见于夜,青州海市见于昼。"古人无法解释海市蜃楼的成因,以为那里过去曾是墟市沉没之地,神仙出没进行珊瑚贸易,故此靖康海市又有"珊瑚夜市""沉州夜市"之称,为靖康海市抹上许多神奇的色彩。

明代陈珪曾写了篇《靖康海市》:

　　滔滔腥浪激洪流,白昼蛮烟结蜃楼。
　　仿佛桥梁两岛隔,依稀人物半空浮。
　　船舟不辨芦花渚,鸥侣难寻杜若洲。
　　一阵狂风忽吹散,长江依旧水悠悠。

陈珪,虎门北栅人。授承事郎,曾与弟陈璋(将仕郎)在乡中倡建"凤冈书院"。明清两代名人雅士吟"靖康海市"者众,流传至今仍有数十首,可见靖康海市流传之广、影响之大。

海市蜃楼出现之地并不虚妄,曾是名噪一时的繁华之乡。南栅的广济墟在元、明、清初是虎门一带交通运输的中心和商品集散地。清嘉庆年间,镇口司衙署移建在此,道光年间,又立虎门同知署。广济墟商铺林立,商民集聚,兴盛百余年。清末太平墟商业日趋兴旺,此地商铺开始迁出,其后因时局动荡,又屡遭火劫兵灾,广济墟才日渐衰落而散墟。

这海市蜃楼之地历来崇文重教,读书成名者历代不乏人。北宋以孝、悌、睦、姻、任、恤、忠、和八种德行选士,以鼓励人们遵守儒家的道德规范。南宋淳熙年间,王知在应试"八行科"中进士,乡中将该村命名为"八行坊"。其后到清末,南栅共有三人中进士。民国期间,南栅人多从军,涌现出以一代抗日名将蒋光鼐为代表的将军八人,蒋光鼐的故居"荔荫园",位于南栅垌园坊,是蒋光鼐祖父蒋理祥于清道光、咸丰年间修建的,因园内广植荔枝而得名。1930年蒋光鼐在祖屋内辟建一座西式别墅,名"红荔山房",园后山麓有蒋光鼐父母墓,墓台坐北朝南,矗立一座十多米高的"考妣碑"。左侧有前清进士张其淦为蒋父写的墓志铭,右侧为国民党元老胡汉民为蒋母写的墓志铭,离碑百步有蒋光鼐为其阵亡的堂兄蒋光鲁而建的"光鲁亭"。此外还有三位参加孙中山同盟会的乡贤,一是王若周,二是王光海,三是王应榆。王若周,保定陆军军官学校毕业,参加过北伐战争,追随孙中山革命,参与保卫孙中山大元帅,平定商团叛乱,参加东征与北伐,到南京后任国民革命军独立第六师师长兼两地盐务缉私局局长,在抗日战争时出任第四战区第四游击纵队司令。王光海是朱执信介绍加入同盟会投身资产阶级民主革命,曾任滇黔绥靖办公厅中将主任。王应榆,北伐时任国民革命军第七军及第三路军参谋长,其后数十年为治理黄河奔走,著有《黄河视察日记》《治河方略》。此三位乡贤均曾协助蒋光鼐筹办了虎门医院与虎门中学,为故乡办了几件实事。当代则有抗日期间奔赴延安当战地记者的王匡,解放后他任中南局宣传部部长,"文革"后又任全国出版局局长,香港回归后又被派去香港当新华通讯社香港分社社长……

一个不足5000人的乡间,有如此深厚的文化底蕴,有如此密集的乡贤,实在是甚为罕见。公社选择此地办班是否有意识让老师们在这曾现海市蜃楼之地，好好体验一下这里独特的自然环境与人文环境？

我猜想着。

二

培训班的地点设在南栅中心小学，它位于象山下，原是王氏的一家旧的大祠堂，祠堂改作学校，是虎门地区在中华人民共和国成立之初的一大特色，几乎所有大乡均如是。祠堂前的格局亦基本一致，祠前有一口大池塘，池中浮动几朵睡莲，旁边杨柳拂水，燕子穿梭，盈盈池水，鸭儿游弋。南栅中心小学校门与池塘之间，有片沃土，两棵古榕，绿叶如伞，气根如髯，覆盖面足有两亩，树丫上结着雀窝，偶尔会听到雏雀的几声稚嫩的啼叫。古榕下，摆有石台石凳，只见数位少妇，身穿鸡翼短袖衫，手摇精细的檀香扇，体态优雅，面带微笑，一边品蔗，一边谈天，想不到在这乡村竟流溢着一派小城的气韵。

祠堂的门楣挂着学校的牌匾，这祠堂气势不凡，前后三进，中间夹着两个大天井，有前厅、中厅、后厅。三个大厅堂，一厅比一厅稍高，厅堂的两旁都是厢房，长长的方方的，窗明几净，均拿来辟作教室。大天井的两旁都有花圃，栽有鸡蛋花，从树干的粗粝与苍劲来看，已有数十载的年轮。它们盘龙而上，高与祠齐。叶有点稀疏，花却十分浓密，花开五瓣，粉中带黄，堂风穿来，暗香浮动。雀儿在枝间跳来跳去，偶尔还会来几声清脆的唱和。两大天井的侧面，都开有弯月形的拱门，从左门出去迎面的是十数排教室与老师的办公室，可见花树掩映，翠竹扶疏。从右门出去可见的则是学校的运动场，有篮球场，有羽毛球场，有跑道、单双杠、吊环，还有跳高跳远的沙池，运动场的周围种满木麻黄和大叶桉。祠堂后面是一片山麓，栽有荔枝、龙眼、黄皮、番石榴，还有玉兰、海棠、桂花、玫瑰、茶花、米仔兰、茉莉花、夹竹桃、美人蕉，真可谓繁花吐艳，姹紫嫣红。园中曲径通幽，弯弯的小路两旁长着山菊、山稔、牵牛花、覆盆子、细碎的花朵，星星点点，散发着微微的幽香，偶尔还会飞来几只红蜻蜓和花蝴蝶。师生们说这是学校的后花园，在清晨或黄昏，这里流溢着朗朗的读书声，好一座幽静的学堂，真不愧为崇文重教之乡。

  陆续来报到的老师，按地域被安排住进各个教室，我们把两张书桌一拼，铺上被铺，挂上蚊帐便成了床，顷刻一个教室便成一间大的集体宿舍。入夜，从窗口可窥见天上的星河在流动，可见花丛中流萤在飞舞。忽然，从学校的后花园传来一阵委婉的小提琴演奏声，侧耳细听，啊！是《梁祝》，琴声时而欢快跳跃，表现出一种空灵与飘逸；时而委婉低回，流溢着一种缠绵与悱恻；时而愤懑与凄切，如泣如诉……《梁祝》我并不陌生，它那优美的旋律、永恒的爱情主题、深邃的思想内涵，穿越了历史，穿越了国界，既为国内民众经久传诵，也在国外引起强烈的共鸣，成为我国艺术，乃至世界音乐艺术中的经典。让我意想不到的是，在我们乡村教师中，竟有如此高手，把这首名曲演绎得如此淋漓尽致。我循着琴声觅去，在花丛前，在银色的月光下，一中年男子正出神地拉着琴，清晖照得他的脸色有点苍白，一撮长发正盖着那张充满沧桑感的面孔，那副厚厚的近视眼镜，却闪烁着迷离的光。我不忍心上前打扰，放轻脚步回到宿舍。躺在床上我浮想联翩，跟着这么一群文化人，在这么一块有着深厚历史文化底蕴的土地，我们一定会享受一顿文化的盛宴，于是我枕着远处田野隐隐传来的虫鸣与蛙鼓入梦。

  梦，是那么甜。

三

  次日清晨，风云突变。

  一阵急促的哨声把我从睡梦中唤醒，我抹了抹惺忪的睡眼，发现象山还笼罩在一片灰蒙蒙的雾霭与岚影中。

  早餐后，全体老师集中在礼堂开大会，这礼堂便是学校的三进厅，由于人多，黑压压的人群把两个天井也占了，人们席地而坐，怕脏的拿张旧报纸垫了垫屁股，有些斯文的女教师掏出条手帕当坐垫用。主席台设在稍高一点的后厅上，简陋得很，两张长桌一拼，再铺了张红布了事，主席台上方横梁挂了条横额："虎门公社教师集训班"。

好一个集训班！

主管教育的林党委往主席台上一坐，一出口便直逼主题：这次集训就是开展清理阶级队伍运动。在那场浩劫中，这类名词我并不陌生，换句话来说，就是把隐藏在教师队伍的阶级异己分子揪出来，再清除出去……整个祠堂顿时充满浓浓的火药味，整个会场鸦雀无声，寂静得令人有种窒息之感，连刚才还在天井鸡蛋花树上叽叽喳喳的鸟儿也收了声……

散会之后，南栅中心小学的隐蔽角落挂满了检举箱，学校的公布栏贴上运动领导小组和专案组人员名单，整个学校的空气凝固得即将爆炸，颇有种"山雨欲来风满楼"之感。

当晚，月亮爬上了树梢。

每个教室的灯却全黑了。

次日白天，分组讨论，大家面面相觑，鸦雀无声。

次日夜晚，天上布满了星，后花园的幢幢灯影下，专案组的人，找了一批又一批人秘密谈话，被找去谈话的人回来一脸凝重，未被找去谈话的人满心疑惑：鬼鬼祟祟在说些啥？

第三天白天，被找去专案组谈话的人风车般转。

第三个夜晚，每个教室的灯彻夜不熄。

有人在地上铺张纸龙飞凤舞地写着大字报，有人躲在阴暗的角落写检举信，有人站在窗前望着星空发呆……

第四天清晨，哨声未响，整栋校舍骚动起来，人们发现在学校大大小小的走廊里贴满了大字报，我迅速浏览了一番，大字报的名堂五花八门。×××校长当过伪保长，×××老师瞒报地主出身，×××脱帽右派大肆宣扬反党言论，×××贪污学校公款，×××生活作风不正派……在那检举箱还不知有多少检举信。

有两件事给我印象特别深刻。

其一，一张漫画。那是第四天清晨，一张漫画贴在学校的报告栏上显得特别引人注目。画面上还画着戴眼镜的中年男子在侧着头拉着小提琴，右下角是一弯新月挂在柳梢头，柳树下一对男女在勾肩搭背地约会。漫画题目赫然写着：有志并不雅致。副标题是：小提琴拉出风流韵事。画中那副面孔怎么那么熟悉，我猛然想起那正是报到那晚在后花园拉小提琴的那位。

这漫画如何解读？我请教我的新拍档欧耀辉老师。

他悄悄的解读令我陷入深深的迷茫。

画中人叫邓有志，自小有音乐天赋的他，初中毕业考上佛山的艺专，刚好碰上三年经济困难时期，学校下马了，他只好回乡务农，拉得一手好小提琴的他，还会作曲填词，是位难得的才子，被一山区小学的校长相中，聘他当民办老师。这小学建在远离村庄的一个小山冈上，村小学里多是当地民办老师，夜晚留守学校的只有他与另外一个外地的女教师，他俩一个住在学校的东头，一个住在学校的西头。有志本有一位娇妻，却得急病走了，为他留下一个5岁的女儿，他又是爹又是娘的。那女老师是一位比他大十多岁的老大姐，出于女性的温柔与体贴，在生活上对他父女多有照顾，经常煲点汤饮与他俩分享，有时还教他女儿英语单词与汉语拼音。每当女儿睡着了，备完课的他，喜欢提着琴在学校池塘边的柳树下，借着一轮新月拉起来，《仲夏夜之梦》《流浪者之歌》《三套车》《莫斯科郊外的晚上》《绿岛小夜曲》，美妙的音符常从他的琴中流泻出来。然而，他奏得最多的还是《梁祝》，懂音乐的女老师听得入神，偶尔还会倚在窗边哼上几句。这无疑为寂静的山村平添几许乐韵与情趣……流言蜚语却接踵而来，有真凭实据吗？没有！可三人成虎，传得有鼻子有眼的，推理的逻辑很惯性、很直接，也很简单：孤男寡女，共处远离村庄的一隅，孤寂的夜晚能干什么呢？

这次倒也干脆，终于有人用漫画把它端了出来！既然有人揭发，专案组便来传讯，那天我刚好路过专案组的审讯室，正好碰见邓有志先生从里面放出，只见他脚步踉跄，高度的近视眼显得又红又肿，那张脸像刚刷过灰水的墙那么灰白，那厚厚的嘴唇在滴着血，可能是被牙齿不停地咬着所致吧，可他那高昂的头证明他内心在反抗着！是自己的尊严与人格被贬损被踩躏的一种反抗？

我猜想着。

其二，厕纸事件。一天天刚蒙蒙亮，有人上公厕发现一张报纸，领袖的头像及其语录被撕去一半，于是马上拿去专案组报案。专案组一分析，这还了得，另一半肯定拿去抹屁股了，这简直是对领袖及其伟大思想的仇视！于是马上立案侦查，要求前后两天上过厕所的人都要报上名来，然后逐个进行筛查，一旦查出则要按现行反革命论处，够大镬的啊！弄不好要投进监狱，谁肯招这供？于是查了数天始终成了一大悬案。

这下可把一些人的敏感神经调动了起来。入夜有人听见花丛中嘀嘀嘀的响声，以为有人在偷偷发电报，马上向专案组报告，专案组一班人围将过来，发现是虫鸣。又是一个月夜，有人发现有人影在晃动，以为有串供，专案组闻讯，马上去捉个现行，赶到才发现是两个被晚风摇动的树影。这样一来，整个运动变得有点风声鹤唳、草木皆兵……

开班的第五天，我与耀辉被派了一个公差，去保安县调查陈玲老师解放前在那里任教的一段历史。这陈玲老师可有来历，她是晚清进士陈伯陶的"十三公主"，陈伯陶是东莞中堂凤涌人，出身于诗书门第，从小好学，10岁通读"四书""五经"，光绪十八年参加会试中壬辰科进士，殿试获一甲第三名（探花），授翰林院编修。清光绪年间，几个陈姓族人倡议在广州筹建一座全省陈氏合族祠堂，各地陈氏热烈响应，纷纷慷慨捐资。1892年京城传来喜报：一名陈姓子弟被钦点探花郎。族人喜不自胜，建祠的功效突然如此灵验。这座祠堂就是闻名至今的陈家祠。提起这陈家祠，人们就与陈伯陶联系在一起。陈玲刚好在我大队博头小学任教。如此家庭出身，当时的历史背景并不认为是出身名门的书香世家，而认为是封建官僚的遗少，属审查清楚之列。欧耀辉是大队教育领导小组负责人，管的是大队五所小学，我成了他的新搭档，这次调查活动就落在我们两人身上。

  我们到公社办了边防证，按当时的规矩，要先到宝安县革命委员会接洽，然后再下去调查。当时革委会的所在地在深圳，我们坐长途汽车到达深圳已是下午三点多，那天刚好是星期天，深圳革委会并不办公，我们只好找了一个小的旅店住下，百无聊赖的我们决定去百货公司闲逛打发时间。当时心想深圳离香港近在咫尺，说不定也可购点港货呢。到店里巡了一轮，港货果真不少，耀辉刚当父亲，他为刚出生的女儿买了浴巾，买了童装，买了香皂。我则买了老妈喜欢的新加坡驱风油和"虎头牌"万金油，也为自己买了件的确良衬衣。我们满载而归，刚回到旅店，狂风大作，下起倾盆大雨来。反正舟车劳顿，睡一觉再说。一觉醒来，雨已停了，天也黑了，肚子也饿了。上街转了一圈，发现到处都是乌灯黑火，路灯也是昏昏沉沉的，连找间小食店食碗云吞面也找不到，怪不得人说深圳只是个小渔村，连我们的太平墟还远远不如呢。

  忽然，我们发现在两三里远的地方亮着一片璀璨的灯光。我们想有灯光便会有商铺，有商铺肯定有饮食店。于是我们朝灯光处走去。我们越走越近，发现前面一公里处有座桥，桥那边隐隐约约有草绿色的炮楼，炮楼下还有高高的铁丝网，我们猛然觉得不对，千万别误闯禁区。我们马上按原路返回，大约走了100米，后面追来了一架单车，当骑车人赶到我们前头把车一停，冲着我们厉声一喝：你们是干什么的？我定睛一看，眼前这年轻人穿着套军装，腰间束了条军皮带，臂上戴了个"工纠"的红袖章。

  我们异口同声说："我们找东西食呀！"

  "找东西食怎么找到这地方来？"

  "这是什么地方呀？"我们茫然地问。

"别装蒜，这里是文锦渡，过了桥便是香港。"那人越说越凶！

一说是文锦渡我心中暗暗打了个战，这可是过香港的一道关口啊！

"我们是来调研的，我们有边防证，也有调研公函。"耀辉忙解释。

"调研也不能往这里闯！"

"我们已往回走了呀！"

耀辉觉得势头不对，想给对方一下马威，忙说："别看你穿着军装系威系势，我亦当过六年兵呢，我一看你的军官装，就是战士服改的，把两个袋改成四个袋！"

那人脸涨得通红，刚好此时来了几个戴袖章的"工纠"，喝问什么事，那人在他们耳边嘀咕了几句，那几个人不由分说把我们推着揉着，送到一临时收容所里。这收容所一看就是用一个仓库临时改的，只是外面多了一堵高墙，墙上挂了铁丝网。一个身穿军服管教模样的人，漫不经心地看了我们的证件，询问我们大概半个钟，便把我们往仓库里送。

这是一个高高宽宽的大仓，在接近天棚处有一排排气的窗，水泥地板上，横七竖八地躺着一大堆人，一股浓烈的汗臭味直往鼻子里灌。灰白的墙上斑斑点点，贴满被打的蚊子残骸。没有风扇，闷热得喘不过气来。我们找一个靠墙的角落坐下，一个中年男子往我们这边靠，并主动跟我们搭讪。此人长得眉清目秀，仪表斯文，只是头发长了点，胡子也好些天没刮，显得有点萎靡不振，他一张口便问我们有没有带烟。耀辉掏出烟给他送了一支，他点着深深吸了一口，然后闭着眼睛，将烟圈往上一吐，然后长长呼了一声："好长时间没吸烟啦！"

他说他是广州知青，下放在宝安的光明农场，坦然说他是曾想过"督卒"的，可三次没成功也就死心啦。这次倒是没想偷渡，是去大鹏湾探访一知青，路过梧桐山，被认为是偷渡捉住送来的……

想不到我走上社会，第一次出差就碰到这类事，还不知事态会发展成什么样，真有点纠结。那人见我闷闷不乐，便开解我："送你去看守所就麻烦啦，这里只是临时收容所，就是事实不清，案件性质不明，临时收容的，只要你们单位有人来认领，你们便可以回去。单位若来领我，我也无事，单位可能认为我是'惯督'（'督卒'惯犯），根本无人管我，我便在此滞留了两个多月……"

听了他的话我稍微有所安慰，但还是彻夜未眠，想得很多很多，心里一团乱麻，只听见手表嘀嗒嘀嗒在响，每响一声就仿佛在过三秋那么漫长。

次日中午我们被叫去收容所的办公室。办公室里坐着两个人，我定眼一看，是我们公社武装部的，虽然叫不上名字，面孔还是挺熟的，我们想这下可有救了，正想前往握手，那两人一摆手："咪住！咪住！你这两只马骝，不知搞边科，咱们回去再说。"他们在接收单上签了字，然后掏出手铐往我们一人一手一铐，就往外走。我们到旅馆结了账，带走行李与所购的礼物，就往车站赶。一路上行人用异样的眼光打量着我们。我第一次尝到被别人用看罪犯的眼神审视的滋味，虽心里有些坦然，但出于自尊还是脱下一衣袖把手铐遮挡着，目光是躲过了，但心头那种屈辱感却无法平复下来。近两小时的车程我们在默默中度过，我猜不透等待我们的是福还是祸！

回到公社，训练班专案组的人早已在那儿守候，在训练班的审讯室，我们被盘问了一个多钟头，然后把我们放了。后来专案组一熟人偷偷告诉我们，你们幸好有三条：一、有购物回家的物证。二、有没有跨出边境半步的证据。三、找不出你们越境的动机。对我们两人总算是网开一面，我不禁有点哑然失笑：去审查别人，反被人狠狠地审查了一番。从此，我对这类运动产生一种莫名的逆反心理。我开始怀疑那些所谓"确凿证据"并不是那么确凿，那些所谓"险恶居心"并非那么险恶。我开始意识到，靠推测与猜想去定一个罪行与犯罪动机，这本身就是对人权的一种侵犯，对人性的一种践踏！

四

　　世上一切丑恶的事情一旦开了头，便会裂变，便会一步步走向深渊。随着运动的步步紧逼，各种推测与猜想越来越变本加厉，专案组感到人手严重不足，领导又觉得教师队伍不可靠，便借用南栅当地的治安力量，于是大队治安主任带了十多个"农纠"，浩浩荡荡进驻南栅中心小学。于是，运动的"火药味"便加了码。

　　于是揪出的"牛鬼蛇神"人数迅速蹿升，从几个到十几个，最后猛增至六十余人。"牛栏"装不下，于是在走廊上临时搭起"牛棚"来。

　　案件，变得越来越吊诡。什么反党反社会主义言论，什么国民党的残渣余孽，什么"地、富、反、坏"的孝子贤孙，什么贪污腐化乱搞两性关系等满天飞之外，最触目惊心的是揪出特务组织，起初查出一人，接着查出一个小组，最后竟查出一个特务网，地域牵扯长安、厚街、沙田等公社，人员达一百多人。

　　批斗，变得越来越吓人。为了触动被揪出来的人的灵魂，集训班开展了批判会。开始只是小组进行所谓"帮助"，继而是大组进行"批判"，最后发展成大会的批斗。而这种批斗竟在灯光球场下举行，且敲锣动员南栅的群众前来参加。

　　记得第一次批斗大会的那天晚上，天黑得像洒满了墨汁，可学校旁的那个灯光球场亮得如同白昼，球场早已挤满了黑压压围观的人群。大会主持人刚宣布批斗大会开始，两个"农纠"便把一个青年人推上会场，这青年人身材高大，足有一米八多。我定睛一看，吓了一跳，这不是虎门中学高我两届的王鸿达吗？他可是虎门中学篮球队的一员骁将，身手敏捷，健步如飞，投篮又准，他当队长的虎门中学篮球队，打遍虎门地区无敌手。他高中毕业因家庭成分复杂考不了大学，回乡当了小学的民办教师。推他出来批斗的罪名竟是特嫌！列举罪证是：一、亲属是国民党的高官，临解放逃到香港。二、跟香港的来信有半箩筐。三、经常散布香港人自由的言论。四、经常有香港的汇款，怀疑是特务活动经费。五、经常拿从香港寄回的包裹到学校炫耀。六、拿香港印有美人头像的扑克牌在学校玩，是宣传资产阶级的生活方式。"农纠"追问他认不认罪，王鸿达昂着头说："我有错，我无罪。""农纠"说他负隅顽抗。几个"农纠"上前挥拳便一阵乱打，打得他鼻青脸肿，他还是不低头。一个"农纠"拿起堆放在球场边的红砖，往他后背一顿猛拍，牛高马大的王鸿达当场昏倒在地。"农纠"还说他诈死，上前便是一顿乱踩乱踢。场上一阵骚乱，有人说打得好，有人说还未定罪这种打法会出人命的，围观的好多都是南栅的乡亲，不少人实在看不下去，便纷纷离场回家。

这样的批斗会隔三岔五便来一趟，王鸿达被打成重伤，组织者怕出人命，不得不将他送进医院。专案组还不肯收敛，美其名曰：这有震慑功能。这的确能震慑，震慑得人的灵魂出窍，无人被活活打死，却有两人被吓得自杀而亡。

离开南栅中心小学那天清晨，站在古榕下，我的思绪就像那些根须有点飘忽，有点凌乱。真想不到，踏入社会上的第一堂课，上得让我有点心惊肉跳，让我省悟的是，哪怕是海市蜃楼出现之地，也不是世外桃源，亦会有迷蒙的烟雨，亦会有"龙卷风"，有"白撞雨"，这"龙卷风"亦会把哪怕沉积得如此深厚的人文环境撕成碎片，像鸡毛般散落满地；这"白撞雨"，亦会让一个身体健全的人淋得遍体鳞伤，乃至丢掉生命……

有人说：这场"文化革命"，真是革文化之命，革传统文化之命，哪怕优良的传统文化！

人啊，有时被贫乏生活倒逼，反而寻觅到生存的野趣；有时被不测风云驱赶，倒会把长风当作浩歌。

风掠芦花洲

一

1968年金秋。

学习班结束之后，我旋即到博涌初级中学走马上任。这是一座崭新的校园，位于虎门东校场之东，宝太公路与莞太公路夹角的一座小山坡上，距太平墟仅一公里。山坡上，古松掩映，凤竹扶疏；山坡下，荷塘浮翠，风荡微波。校园围墙之东，是公社的农机厂；荷塘的南坡是大队的服务站，站内设有榨油厂、榨糖厂、竹木加工厂；翻越校园的北坡，是大队的农场，种有荔枝、龙眼、黄皮、番鬼荔枝等果树，还有红薯、南瓜等瓜菜。从学校出发，可沿太沙公路，直抵海军的摇篮——沙角；亦可乘渡轮过海岛，直抵威远炮台。新校园造建于此，初衷有三：一是方便"学工、学农、学军"；二是此地位于五大自然村的几何中心，方便各村学子们上学；三是有山有水，风景如画，宜于学海荡舟。

我们则把它作为安身立命之地。三尺讲台，我们认认真真执掌教鞭。有益的社会活动，我们搞得有声有色。不久，公社教育领导小组下达一纸任命书，任命欧耀辉为博涌教育领导小组组长，统领博涌所属的五所小学和一所初级中学，我则被任命为副组长，协助组长工作，主抓博涌初级中学。我并不看重这个职位，看重的无异于为我们的"文锦渡事件"彻底平反。

课余，我喜欢在荷塘的西堤坐着，堤上有轻拂池水的杨柳，有遮天蔽日的浓荫。可观荷塘芙蓉出浴，可赏鱼儿跃起叼花。可察红蜻蜓挺立荷尖，可看春燕贴波飞翔。其实，我更着意凝视堤边的莞太公路，看伍时春老师是否在此路过，因为伍时春老师下放白坑水库的虎中农场劳动，他无论是从农场返太平墟，或是从墟上回农场，这里都是必经之路。

说来，我跟伍时春可有段不解之缘。他是我初中的英语老师，这英语课上得特别生动，朗读起课文来抑扬顿挫，极富乐感。他还有一项绝活，就是当乐队的指挥。记得初三那一年，全校举行大合唱比赛，每个班都要出一节目，在班内找来找去就是没人敢当这合唱的指挥，班主任吴鸿安老师找到我劈头就说："你是班长你来当指挥，无论如何都要顶硬上！"五音不全的我咋当指挥？！我嗫嚅地说："恐怕顶硬也上不了呢。"吴老师胸有成竹："怕啥，我找个高手点拨你几招！"这高手就是伍时春老师，他点的几招果真厉害，我终闯过了这难关，于是我们成了忘年交。

伍老师高大英俊，戴着副金丝眼镜，眉宇间流溢出一股儒雅之气。让我们猜不透的一个谜便是，已近天命之年的他依然孑然一身，我多次旁敲侧击地询问，得到的是黯然神伤的沉默，我想他一定有难言之隐，便不敢再追问下去。在一个月光如水之夜，晚自修后，他主动约我到学校周边走走，散步至虎门水闸，我们倚着栏杆，望着从闸门轻轻划过的小舟，看见渐渐走远的小舟的渔火，在浪中沉浮明灭，他沉吟了半晌，终于把藏在心底之谜诉说出来——

他出身于商业世家，用俗语讲是"含着金菠萝出世"。在省城十三行当买办的父亲为他起了个很特别的名字：伍时春。一年四季，四时春已是人生的极致，取名伍时春，是父亲期望他的人生比四季如春更上一层楼。然而希冀终究是希冀，命运有时总会捉弄人，残酷的现实却让他历尽人生的坎坷与艰辛，既将他推上了人生的波峰，又狠狠把他摔下人生的低谷。

他生性聪敏，且有家学渊源，从小就是个学霸，英语尤其出类拔萃，初中便敢去广州的沙面跟洋人聊天。高中毕业以高分考取了外语学院，他喜欢到图书馆借原版英文书籍阅读，包括文、史、哲。有次学院文艺会演，他用英文朗读起英国著名浪漫主义诗人雪莱的诗《西风颂》，当他念到诗的最后两句：

If winter comes, can spring be far behind?（如果冬天来了，春天还会远吗？）全场爆发雷鸣般的掌声！

他多才多艺，懂得多种乐器，什么小提琴、大提琴、长笛、短笛、小号、萨克斯无所不精，被学院乐队推荐为指挥。乐队演奏时，他穿着燕尾服，登上指挥台，挥动指挥棒时，那种淡定、那种从容、那种飘逸，倾倒多少听众，成了外语学院众多女生追逐的白马王子，终于，学院的校花成了他的恋人。

大学毕业，他以全优的成绩，分配到海关工作，精通外语的他干得如鱼得水，很快被认定是重点培养的业务骨干，在次年的反右运动中，有位跟他很要好的同事揭发他说过"我们海关的管理水平远不如西方，主要是外行领导内行"。运动结束，他被划为右派。在坐上被遣送去新疆军垦农场劳动改造的列车时，他最盼望与他热恋的那位前来送他，等来的却是一封无情的绝交信，西去的列车把他曾有的甜蜜的梦碾得粉碎。

他下放的军垦农场，位于北疆的阿勒泰，地处阿尔泰山脉中段南麓，准噶尔盆地北部。经过数不清的摔打，他学会了骑马，成了一个牧羊人，他骑着高头大马，驱赶着如白云飘动的羊群，沿中哈、中俄和中蒙连绵800多公里边界放牧。这地域属典型的温带大陆气候，夏季干热，冬季严寒，他沐雨栉风，漂宿荒野，带着一身草原的气息，混合了风沙、秋草、毛毡、酥油和羊膻味，用细碎的蹄声，踏破的晨雾与冷月，腾起滚滚的烟尘，走过三个春秋，把那踏碎的梦的灰烬，散落在茫茫的大草原上，他认定自己是一个被爱情遗忘的人。

三年后他被摘了右派的帽子，可帽子依然抓在专政机关的手里，说不准哪一天重又扣在头上，他只能戴着镣铐跳舞，随后被调回广东，辗转分配在虎门中学当一名英语老师。虎中毕竟是虎门地区的最高学府，在那儿当名老师，被尊师重教的当地人当作高级知识分子。虽然岁月沧桑让其睿智的前额爬满细碎的皱纹，西北高原的风沙让他白皙柔和的面孔多了几分棱角与冷峻，然而心底诗书涌出的那份儒雅气质，依然让他充满成熟男子的魅力，不少乐善者为他做媒，都被曾经沧海的他婉言谢绝。

二

那场风暴来了，他这脱帽右派，跟数位老"牛鬼蛇神"第一批被扫出校门，被驱赶到白坑水库农场劳动，还不时被集体押回学校批斗。

我与几位要好的同学，曾偷偷地去农场看过他几回。这白坑水库，位于虎门镇东北部，崇山环抱，岚影飘飘，碧波万顷，烟雨迷蒙。东邻赤岗，西近358省道，南接龙眼，北靠新联，距镇中心太平墟约6公里。白坑水库为拦截白沙坑水而成，尤其是山洪暴发之时，低洼地一片汪洋。这种溪流形成的一片湿地，长满波涛汹涌的芦苇，那白茫茫的芦花，随风摇曳，被劲风吹散的花絮漫天飞舞。芦苇丛中偶尔会蹿出几只野兔与野鸭，会飞出几群野鹤与白鹭。周遭的农夫与小孩喜欢在此放牧，在那一片弯弯曲曲轻波微澜的水域，会不时看到一个笠翁驾着小舟，赶着鸭群在此觅食，在那绿草如茵的岸边，会看到肥壮的水牛在啃草，牛背上会骑着一横笛的牧童。所以，人们在建水库之前，唤此为芦花洲。水库建成之后，这里成了水库水渠的出口，依然是芦苇飘飘，很多人对它的称谓仍不改口。

1955年虎门地区天大旱，加之海上咸潮上涌，虎门掀起一个联社修水库的热潮，这白坑水库便是其中一个。它始建于1956年，1959年建成。水库集雨面积5.7平方公里，灌溉面积120公顷，主要灌溉周边村庄的农田，水库仿若一大平湖，水波荡漾，微澜轻扬。晴天，波光潋滟，斜阳耀金，鱼游浅底，岸柳摇风；雨天，溪水飞泻，白浪滔天，烟波迷蒙，船舟隐现。从20世纪60年代初期，水库水位低，裸露出不少水田，镇上不少单位，经公社水利会认可，在此圈田，并在水库周遭的山坡上搭起茅棚，升起炊烟，建立星星点点的小农场。

虎中农场是这批小农场中的一个，它与新联村隔一水库相望，虎中农场建在水库南端的一个小山冈上，新联村建在水库北端将军帽山下，那水库大堤仿如一根扁担，把它们俩担挑起来。虎中农场说是农场，其实只是架在半山腰的一座孤零零的茅棚，以及茅棚周边的三五亩山地与山冈下水库裸露出来的十来亩水田。茅棚地下有三间大的储物间，装满了锄头、粪箕、扁担、尿桶，还有犁耙等农具，农忙时专供学生来学农用。茅棚的上半空搭了一个阁楼，成了当初"牛鬼蛇神"们的大通铺，后来那批人陆陆续续回镇上去，偌大的大通铺空空荡荡只剩下伍老师一个人，与他做伴的只有一头老得快掉光毛的黄牛。在茅棚的周遭有几块菜地，离茅棚不到五米，用红砖砌了一个简陋的厨房与卫生间。伍老师的日常工作有三：一是当看场人，像林冲当年被发配到沧州看草料场般；二是看着这头老黄牛；三是拨弄周边的几块菜地。

三

我们赶到农场时，伍老师正在为种在茅棚边的指天椒与薄荷浇水，那指天椒像一根根红扑扑的小手指，直指白云飘飘的天际；那薄荷浮翠流绿，散发着一种特殊的幽香。见我们到来，伍老师饱经风霜的脸，露出一抹难得一见的喜悦，他把我们引进茅棚，拿起一张用纤维板钉成的茶几，并搬来几个树墩，让我们做凳子来坐。在厨房烧了壶水，在腐乳瓶瓢上有半瓢黄褐色的叶子，为我们冲了壶茶。我们尝了尝，涩涩的有点苦。见我们皱着眉头，伍老师吊诡一笑："别急，马上有股甘味涌来！"语音未落，舌中果真有股甘味游动，让你忍不住舔舔口水。我们有点诧异："何来这等宝贝?!"

他眯着眼睛背着手踱着步,背起陶渊明的《饮酒》来:

> 结庐在人境,而无车马喧。
> 问君何能尔?心远地自偏。
> 采菊东篱下,悠然见南山。
> 山气日夕佳,飞鸟相与还。
> 此中有真意,欲辨已忘言。

背完诗,他沉吟了半刻,若有所思地说:"陶渊明辞官归故里,过着'躬耕自资'的生活。我最要紧的,是因地制宜寻找活下去的办法,我经过多年的摸索,发现这里有'天然三美味'。"

我们急问:"哪三美味?!"

"别急,待我慢慢说来。"在艰难的日子,他也忘不了幽默的天性,他卖了一下关子继续说,"你们刚喝的茶就是第一美味榴叶。榴叶、番石榴叶也,它入口虽有点苦,稍后即有微甘,它能清热解毒,这里漫山遍野都是石榴树,是我取之不尽的天然茶场。"

"啊,那二美味呢?"我们追问。

他指着茅棚一角的一只小木桶:"你们去看看便知。"

我们走前一看,是一桶塘螺,上面放着一把菜刀。塘螺,我们太熟悉啦!这塘螺,它不像田螺与山坑螺,没田螺那么滚圆肥大,没有田螺那股浓烈的泥味。虽没山坑螺那么清爽,却比山坑螺肥美。

他捂嘴一笑:"这种塘螺长在池塘里,所以得此名,但在山塘水库及干渠也特别多,它们都是我天然的营养库。多年来我也积累了炒塘螺的妙招!只要在桶里放把菜刀,再养上一两天,便会将塘螺中泥味去得精光。炒前敲掉螺尖,炒时再加点辣椒与薄荷,便是下酒的上等佳肴,等会儿我炒盘让你们试试我的手艺。"

"还有三美味呢？"我们穷追。

他指着吊在寮边的筛箕说："你们看看，我捉来晒了一筛箕呢。"

啊！是蓝刀。蓝刀，我们也并不陌生，它是南方水域里一种水上层活动觅食的小鱼。它形如小刀，浑身长着青蓝色的细鳞，爱群居群游，游起来像一把蓝莹莹的小刀，在水中飞舞。我们知道，把它晒成鱼干，蒸时加点麻油与姜葱，既是送饭的佳品也是下酒的上品。

"榴叶、塘螺与蓝刀！"

啊！好个三美味！！

看来伍老师不仅有活下去的顽强意志，而且有苦中寻乐的生存智慧，也许是在西北高原放牧历练出来的吧？我们既轻轻地赞叹，也长长地舒了一口气。

我们发现一个秘密，旧日滴酒不沾的伍老师，在茅棚一角堆满九江双蒸、太平玉冰烧等廉价酒的酒瓶。伍老师平静地说："管他什么酒，有酒就行，每当夜幕降临，我会炒上碟塘螺或蒸上盘蓝刀，举杯邀上冷月或疏星，它们是最愿意听我倾诉内心世界的朋友。"

我们发现另一个秘密是，酷爱音乐的他，竟连一件简单的乐器也没带。看见我们疑惑的眼光，伍老师低首深思一会儿说："这些年，我最喜欢听的是天籁之音，那水库的低吟，那灌渠的浅唱，那芦花洲的呼啸，那山冈松涛的澎湃，那是最质朴、最纯真、最不掩饰、最不矫情的音韵，都有一种天然的质朴与张力……"

人啊，有时被贫乏生活倒逼，反而寻觅到生存的野趣；有时被不测风云驱赶，倒会把长风当作浩歌。我想，人与人之间如若人与大自然一样和谐相处，没有利益的纠缠，没有权力的纷争，没有尔虞我诈的算计，没有你死我活的倾轧，这世界将是多么宁静而又美好。

此后，我们还去过多次，穷书生的我们还是千方百计筹点小钱，带点比九江双蒸酒、太平玉冰烧稍好一点的酒，带上一两个与塘螺、蓝刀不一样的小菜，带点比石榴叶好一点的茶叶，与伍老师在茅棚前痛痛快快地喝上两盅，品上两杯，聊上一阵。直到月上柳梢，繁星满天，蛙声如鼓，虫鸣如琴，才悻悻离开。我们注意到，每当此刻，伍老师眼镜后那双眯着的眼睛闪着晶莹的泪光。也许人在最孤独的时候，最需要的是人间温暖，哪怕是一星星一点点，都会像一束烛光，照亮前行的路径。

四

踏入社会，特别是当上老师之后，我们抽不出时间去看望他，只好一有空闲便坐在荷塘西岸"守株待兔"，希冀奇迹的出现，约他到我办公室品一杯茶，留待傍晚再饮一杯酒。不知咋回事，一守数年，连他的踪影也没见着。

后来，传来一个消息，说他结了婚，娶的是新联村一个寡妇。再后来说他有了一个女儿，有人说常见他挑着一担山柴到墟上卖，然后用那挑柴的茅枪，一头挂着籴的米，一头挂着买的油盐酱醋，扛回山村去。有人说他的两鬓有点花白，板直的腰杆有点佝偻，看上去俨然是一个典型的家庭主男。也许，他并不想碰上熟人，也许他真忙于锅碗瓢盆的家务琐事，每次他早早出来，然后悄悄地绕路回去……

我有点不解，常自嘲是被爱情遗忘的老师，啥时候、啥原因，碰上这么一段缘？！

新联村，我清楚，这村学童跟我们村的学童共读一完全小学，读初中时我那当乡邮员的堂姐病了，我代她天天往那儿送信，它坐落在将军帽山麓，山上松林密布，山涧流水潺潺，前面便是波光潋滟的白坑水库，大坝前面那一大片湿地，便是白茫茫芦花飘荡的芦花洲。

新联村，是条水库移民村，原是厚街戎旗墩村，1958年修横江水库迁来此地，我曾跟村中一群小伙一起去那里伐木建房。那村崇山环抱，古松参天，深涧纵横，野兽出没，进村得走羊肠小道，翻过几个山坳。我曾用单车驮着一根砍下的大松木出村，路过一小木桥，因体力不支跌进了数丈高的深涧,那沉沉的松木把我压进流淌的涧水里,好在是旱季涧水不深,否则会没命的了,是村民听见呼救声,把我从涧里捞上来的。我被扶进一泥砖老屋,因是深秋,浑身湿透的我有点发冷,大爷让我烤火,帮我烘衣服;大娘为我煮了碗红糖姜水让我饮下,发了一身热汗,整个人才暖和起来并回过神来;那位身材高大的大哥哥,为我重新捆好松木,帮我一直推出村外的大道上。我深感那里村民的纯朴。新联村土地瘠薄,农耕条件较差,也许他们祖祖辈辈过惯穷日子,倒是乐也陶陶地在此生活着……

五

我找了从新联村出来在公社农工商事务所当干部的邓文礼同学,询问起伍老师这段姻缘,文礼一拍大腿:"嗬,这可是段情系芦花洲的奇缘,在我们家乡可传为佳话。"

于是他绘声绘色地讲了起来。

新联有位寡妇阿娇,她丈夫是经济困难那年走的,留下一个女儿,如今已快五岁啦!村里见她体弱派她去放牛,每天她都背着女儿牵着一头大水牛到芦花洲的草地上放牧。一天黄昏,她突然发现灌渠对面的草滩上有个人躺在地上,一头老黄牛不时在舔着他的脸孔,可那人一动也不动!她认得那头老黄牛是虎中伍老师放的!她心里一惊:不会是他出什么事了吧?!她赶忙跳下水渠,蹚了齐膝的水,上岸一看,果真是伍老师。平日,这两个放牧人,一人放牧在灌渠的南岸,一人放牧在灌渠的北岸,常在隔渠相望,日久也就彼此认识,见面也就相互点点头问问候。她赶忙上前,一摸他的额头,烫得惊人,连呼数声,还是昏迷不醒,于是坐在地上,把他的头抱置在自己的腿上,把随身带的水壶,猛灌他几口水,并从裤袋里掏出驱风油在他人中、太阳穴、天庭与命门穴来回猛擦,数分钟后,伍老师苏醒过来,睁眼看见自己枕在阿娇的大腿上,脸有难色,忙挣扎起身,阿娇按住他急说:"别动!别动!躺会儿再说,这下好啰,被你吓死我啦！"

　　伍老师猛然想起自己昏倒的一幕：黄昏时分，自己赶着老黄牛在芦花洲的草滩上放牧，突然浑身一阵发热，然后出了一身冷汗，骤然天旋地转，跌倒在地上，便失去了知觉，若非阿娇及时发现并抢救，真不知是否驾鹤西去。一股温暖涌上心头，歇了十来分钟，他还是再挣扎着立起身来，在阿娇的搀扶下回到茅棚。他躺在铺上，阿娇先灌他饮了半杯开水，湿了条热毛巾，抹了一把脸，用驱风油在他命门穴位再来来回回地擦了一通，让伍老师再冒一阵热汗，随后去厨房张罗，煲了一煲白粥，喂了半碗。夕阳西下，夜幕降临，见他已无大恙，她才放心去芦花洲把那头老黄牛牵回虎中农场，再去把自己的那头水牛牵回村中。

　　次日，天刚蒙蒙亮，阿娇便提了一煲粥到伍老师床前喂他。这是她昨晚漏夜提着锄头到芦花洲挖的茅根，再放几片淮山薯和马蹄熬的粥，这是当地人给患重感冒虚脱者服的良药。一连几天，伍老师身体稍有复原，阿娇把家中那只母鸡宰了用党参煲了鸡汤让伍老师补补身体。

　　阿娇见伍老师的"寝室"乱得像个"狗窦"，常往伍老师茅棚里走，把他的被铺、厚衣服拿回家去洗净晒干烫整齐再拿回给他，伍老师感到一股暖流在涌动。

　　自此以后，两位牧牛人，不再是一河两岸各不相干，而是两人两牛不是在南岸便是在北岸，让水牛与老黄牛在溪边嚼草，他们俩则在石榴树下，今日一起吮伍老师炒的塘螺，明天一块嚼阿娇煲的花生，两人竟有说不完的话题。有时兴起伍老师还会摘块芦叶，吹起《在那遥远的地方》等曲来，听得阿娇两腮浮起了红云。后来两人索性搭起伙来，在虎中农场升起了炊烟。这一切早被新联村的村民看在眼里，村妇女主任一听，好事啊！她一直觉得阿娇一个人拉扯一个女儿，怪孤苦伶仃的，早想帮她撮合一门婚事，就是寻不到合适的人选，这不正是好姻缘吗，于是她将这层纸捅破，帮他们俩拉起"天窗"来，婚礼很简单，由村出面摆了个茶话会，新房就设在阿娇的平房里。于是一个城里人一个乡里人，一个家庭两个窝，一个在村里，一个在农场，两边来回走动，婚后次年便添了一个胖女娃。

六

一个荔红时节的星期天，我骑着自行车，车尾驮了一筐桂味荔枝和一盒点心，车头挂着两瓶酒，去新联探望伍老师，老友文礼提前在村里的榕树下等我。这条"新村"已有点陈旧，有点灰灰白白的感觉，虽有点简朴，却是井然有序。伍老师的新居在村后，背靠的是将军帽山，可见山顶巨石峥嵘，岚影飘飘，可听松涛如吼，竹韵呼啸，一条山间小路蜿蜒而上，一条山溪顺流而下，溪边古树鸟语喧天，在飘满落叶的旷野上鸡鸭嬉戏。伍老师的小屋前用竹篱笆围着一个小小的围园，园内两棵富贵子树高与屋齐，树上挂满了凤眼果，红扑扑的外皮包裹着一双双凤眼，十分惹人喜爱，还有几只小雀在枝头跳了跳，叽叽喳喳叫个不停。树下几畦沃土搭着瓜棚，吊着一丛丛豆角与丝瓜。

我们拍着柴门大叫："伍老师在家吗？"

伍老师应了句："来啦。"

他抱着一个女婴出来，我们上前一看，白净净的圆脸，水灵灵的眼睛，跟伍老师仿若一个饼模倒出来的。菜园里一个编着羊角辫的小女孩正拿着个竹筛往地上撒着谷子，一群走地鸡在抢食。我猜这正是他们的大女儿。我们正想上前拉她的手，她羞涩地挣脱，躲到墙角里去。伍老师忙说："别怕，别怕，是叔叔，是叔叔！"她冲我们笑了笑，上前牵着我们的手带我们到厅中，然后一顿小跑搬来凳子让我们坐，多乖巧的孩子！

这是一座两房一厅的平房，中堂贴着幅领袖画像，两边贴着一对对联："翻身不忘共产党，幸福不忘毛主席！"雪白的左墙挂着两个相框，一框嵌的是伍老师与阿娇的结婚照，另一框嵌的是新拍的全家福。结婚照，伍老师戴着副眼镜两鬓花白，眉宇间依然流溢一股夫子气。阿娇盘了个髻，憨厚的脸笑得像朵盛开的莲花。全家福则是伍老师抱着婴儿，阿娇前面站着五岁的大女儿阿嫦，全家流溢一股祥和之气。

此刻，阿娇从厨房捧了一个托盘出来，盘上盛着一壶茶及一套茶杯，还有一碟煮熟的富贵子，微笑着一边为我们斟茶一边招呼我们："请饮茶，品品凤眼果！"我们抬头一看，有点潮红的脸上有两点豆花，厚厚的嘴唇，流溢着一种天然的朴实；大大的眼睛，沉郁中闪动一股真情，好典型的一位纯朴客家村姑。我猛然发现，在结婚照下挂着一支洞箫，那撮红缨迎着入屋的穿堂风，在微微地飘动着，我一阵窃喜，这可是新生活开始的一个象征？！

从伍老师家中出来，已近黄昏，路经芦花洲时，一阵山风吹过，那白茫茫的芦花，在一抹如血的残阳的照射下，摇曳扑朔迷离的光斑，在芦花洲蜿蜒而去的干渠的水面上，一双白鸭像一双白天鹅在游弋，那两双红掌荡起阵阵的清波。一群群蓝刀鱼在水中自由地穿梭，清澈见底的渠水可见塘螺在乱石间蠕动。

想起伍老师新婚照下那支洞箫飘动的红缨，我觉得经历了数十年风风雨雨的伍老师，似乎找到个赖以避风的港湾，亦似乎找到了心灵的慰藉，可这是爱情还是宿命？这是喜剧还是悲剧？

我真有点纠结与茫然……

凝聚在一起的正能量，会变成一股洪流，一股势不可挡的洪流！它会掀起拍天的涛涌，它会响起撼地的雷声！

沉寂中的星光

岁月如流，这事一晃便过去近半个世纪，现在追忆起来心情依然有点激奋，这是一段激情燃烧的岁月。

虎门公社业余文艺创作组是虎门文化史上无法抹去的一段履痕，虽然它并不惊天动地，却闪烁着可圈可点的火花。

逆境而生

什么新生事物的出现，都会有一个与它密不可分的背景。20世纪70年代之初，那场浩劫并没结束，文艺百花园一片凋零，偌大的一个神州，舞台上只有八个样板戏，书店里只有"红宝书"及《金光大道》《艳阳天》《欧阳海之歌》几本小说，有五千年文化底蕴的中华大地，对文化有一种强烈的饥渴感。

作为历史文化名镇——虎门，有一股潜流在涌动，有一批人暗地里搞起业余文艺创作来，在北栅初中任教的陈庆祥，"文革"前已是县内富有才情的业余作者，课余时间在偷偷地写小说。我与北栅当教导主任的祁浩鹏常在一块探讨写诗的技巧，祁先生在"文革"前已在大报发过诗作，我把他当作师父来拜。在树田当民办老师的邓庆初，常为大队宣传写点演唱材料，为大队墙报写民歌。而在公社办公室工作的何锦池更是个多面手，写得一手好字，画得一手好画，散文诗也随手拈来。在公社搞报道的卢炽成，应《华南民兵》之约，写了个华南民兵的斗争故事，这故事一炮而红，这仿如一点可燎原的星火，把大家满腔奔突的内火一下点燃起来。

我们这班人虽处不同地域不同单位，可业余文艺创作这条红线却把我们的心紧紧地拴在一起，我们经常借各种机会凑在一块，谈读书心得，谈生活体验，交流创作技巧，传阅着一些在浩劫中幸存的书，记得有《唐诗小札》《傅雷家书》《鲁迅语录》国内读物，还有《钢铁是怎样炼成的》《牛虻》《基督山伯爵》等外国名著。有时一谈便到雄鸡啼晓，然后再奔回各自的岗位去卖力地工作。

"与其单打独斗，倒不如成立一个业余文艺创作组"，记不清这是谁的提议，反正一拍即合，并得到虎门公社党委的支持，他们认为这是值得扶持的新生事物。

天时、地利、人和，齐了！还等何时？1971年5月一个艳阳高照的下午，虎门公社业余文艺创作组便宣告成立，没有礼炮，没有盛宴，甚至没有挂牌，可创作组成员心中却有一团烈焰，有一股豪情，要干出一番名堂来。当时推举在公社任职的卢炽成为组长，组员有陈庆祥、我、祁浩鹏、何锦池、邓庆初。我们在虎门公社饭堂吃了一个工作餐，以茶代酒，庆祝初生的"婴儿"呱呱坠地。凝聚在一起的正能量，会变成一股洪流，一股势不可挡的洪流！它会掀起拍天的涛涌，它会响起撼地的雷声！

锋芒初试

虎门公社业余文艺创作组，仿如一棵壮苗，刚一破土，便显示其蓬勃的生机和无限的张力。虎门公社业余文艺创作组人数很少，却活力很强。创作组成立后的第一个动作，就是出版油印刊物《虎门文艺》。办刊的初衷有二：一是有个发表习作的园地；二是让它作为与各方面联系的桥梁和纽带。当时一班人做了个分工：卢炽成负责稿件的收集，何锦池负责版式的设计，陈庆祥、我、祁浩鹏负责编辑。当时还请来邓文礼帮忙刻蜡版，他在公社农工商公司上班，不仅书法、篆刻不错，业余还搞起小说创作来。既是同好，一请便到。

当时虎门公社所在地的"红洋楼"，是当年蒋光鼐内弟留下来的一幢别墅，古木参天，十分幽雅，公社居然腾出一个空间作为我们的聚集点。经过一个月夜晚及周日的奋战，《虎门文艺》第一期，便以"内容丰富，版式精美"的姿态问世。内容有邓文礼的中篇小说，有卢炽成的故事，有陈庆祥的散文，有我及祁浩鹏的诗，有邓庆初的演唱材料，还有何锦池的散文诗、画及工地速写，邓文礼还约了他的老乡邓汉平写来了歌曲。版式有题花、有插图、有留白，用宋体刻的钢板字如铅印般工整，美妙得像一首抒情的散文诗，有张有弛，它一问世便产生了强烈的冲击力。

杂志一出笼，我们便寄去县、地、省和报刊，以期引起各级伯乐的重视。

反应最快的是《广州青少年报》。杂志寄出不到半个月，便接到该社打来的电话，说他们报的《朝阳》副刊部杨羽仪和符启文两位编辑来我们虎门创作组座谈。他们来的那天刚好是星期天，我们一早就在公社门口等候。看，来了！来了！前面那位穿啡色中山装戴着宽边眼镜的，一脸儒雅，他便是杨羽仪。后面一位身材颇为壮实，头有点谢顶，一派诗人气质，他正是符启文兄。我们为了不惊动公社的干部，把他们带到虎门寨小学，找了一个课室并桌而坐，两瓶啤酒一把花生，我们谈得非常投机，一直聊至深夜两点，谁也不愿离去。他们回到广州不久便在《朝阳》副刊为我们登了整整一版，这无疑为我们刚刚点燃的创作热情添上一把火。

其后，便是东莞文化馆。馆长黄士超，副馆长黄奇芬，主管《东莞文艺》的张剑东、叶演森，对虎门公社业余文艺创作组的作品很是看好，决定在《东莞文艺》为我们出个专辑。

那是1971年底的一个周末，陈庆祥、我、何锦池、祁浩鹏等人一下班，借着一抹晚霞便在公社门口集结。一声铃响，每人骑一辆单车便往县城赶，那时跑的是沙石公路，一路上斜坡又多，尤其是分离山和赤岭，山坳又长又陡，哪怕骑得我们上气不接下气，可我们并没下车，还没到厚街，天已发黑，没有路灯，只有呼啸的寒风，我们只有借着疏朗的星光往前冲，渴了啜一口自带的开水，饿了啃一口自带的公粮。赶三十多公里的路到文化馆，已经是晚上十点多了，我们也顾不上找县委招待所，在文化馆的舞台上点起蜡烛便修改起稿件来。

累了，我们就躺在舞台上瞌一会儿。凉了，就扯来幕布往身上盖。上有蚊子在轰炸，下有跳蚤在叮咬，我们照样睡得十分香甜，天刚发亮，我们爬起来，始发觉每人脸上都叮满斑斑点点的红包，我们相互苦笑一下，扭开水龙头抹了一把脸，连早餐也顾不上食，又开始干起来。前段《虎门报》重发的《东莞文艺》1972年第一期那个虎门公社业余文艺创作组专辑，就是这样弄出来的！倘若心中没有一股激情在燃烧，谁肯这样卖命地干？当时正应了时下流行的这么一句话：痛苦并快乐着。

扎根沃土

世上任何事情，根深才能叶茂。虎门公社业余文艺创作组后来不断发展壮大且弄出点名堂来，这跟深深扎根虎门这块沃土有关。创作组成立初心，并不是为个人成名成家或出个什么风头，而是为虎门这块英雄土地和历史名镇的文化繁荣尽一份力。其实杂志一出来，我们首先考虑的是发到公社的企业和各大队中去，让它在群众中扎根，基层很快便成为我们深入体验生活的基地，几乎所有星期天都是我们的活动日，那烟尘滚滚人流如织的大溪水筑坝现场、那激浪排空船艇穿梭的珠江口筑堤工地都留下我们的身影。反正我们赤着脚把足迹踏遍虎门的山山水水，走得最多的是沿海的基宁、南面，山区的怀德、树田，中部腹地的赤岗、大宁、龙眼、博涌、白沙等。创作组源于生活的很多作品，登上各大队的黑板报，出现在各类中心工作的战报上,演唱材料则搬上大大小小的舞台,创作的故事则流传在街头巷尾以及村头的榕树下……

有活力,就有吸引力;有凝聚力,就会有爆发力。创作组的队伍在迅速地扩大,邓慕尧、钟淦泉、谭满矾、王力君、何润祥、邓汉平、李硕俦等相继加入,这班人也十分了得。邓慕尧在"文革"前就在《羊城晚报》登过小戏,且散文、故事、诗歌、文史十八般武艺无所不能;钟淦泉的报道也登过《南方日报》的头版头条;谭满矾的故事讲得有声有色,邓汉平的歌曲写得悠扬婉转,我曾经和他合作一首歌曲《我为公社驾铁牛》,我写词他谱曲,传唱甚广;李硕俦是后起之秀,诗歌也登上《广州青年报》。

要长成参天大树,离不开丽日与春风。生长在这片热土的业余创作组的迅速成长,也离不开上级的重视和名师的指点。县文化馆要把虎门的创作组作为一个先进典型来抓,在虎门公社举办了东莞县文艺创作培训班,班上虎门创作组介绍了业余文化创作的经验,县里的一批秀才便是在那时结识的,有麻涌的周自涛、东坑的李逸江、常平的周世勤、桥头的莫树才,还有知识青年龙莘尧、朱达成等。杨羽仪老师也把虎门作为他体验生活的点,经常来虎门为公社业余文艺创作组授课,上课的地点就在公社的红洋楼,讲的课也很有针对性,谈如何读书、如何体验生活,如何写小说、散文、报告文学,也谈如何改稿、如何编杂志,使我们获益良多。在他的启发下,我们的进步也如登楼梯般步步走高。

我与杨羽仪老师也成了忘年交,说是忘年交,其实他大我不到十岁,但在我的心目中,他就是我的长辈,我的良师,我的益友。记得从1972年开始,每到暑假,杨老师便邀我到他的编辑部当起业余编辑。记得第一年的暑假,适逢省里召开全省知识青年代表大会,他带我到大会采访,并合写了两篇文章,一篇散文《黎母山上五彩路》,一篇是报告文学《沧河浪》,前者发在《广州文艺》,后者发在《广州青少年报》副刊《朝阳》上。如果说我以后的写作有点成果,编辑生涯有点成就,其中很重要的一条，我一上路便碰到一位好老师。

　　此外，《惠阳报》和《东江文艺》的老师们也经常下来虎门。一是《惠阳报》的黄雄超和刘云甫。《惠阳报》是惠阳地区的机关报，当时东莞县隶属于惠阳地区，黄超雄在《惠阳报》副刊《东江》当编辑，散文、诗歌写得也很棒；刘云甫是摄影记者，摄影技术特别高超。他们下来虎门就跟我们一起下工地采访，一起到流金的稻海和谷堆如山的晒谷场拍丰收照，也一起端一杯清茶交流写作的心得，并满怀热情地向我们约稿，《惠阳报》的副刊《东江》多次刊登我们创作组整版的作品，创作组现存的很多生活照，都是当年刘云甫为我们拍摄的。二是《东江文艺》的主编欧阳翎和副主编范怀烈。他们继《惠阳报》之后，也常到虎门来指导创作组的创作，这两位都是从省作家协会《作品》编辑部下放到惠阳地区文化局的，他们本身就是诗人和散文家，业余创作指点得特别到位，当年《东江文艺》也登了我们创作组不少作品。记得有次上县参加先进典型的采访，我采写附城周屋的一篇散文《花繁果硕》就登在《东江文艺》上。

声威大震

　　由于扎根在虎门这块热土，加之有强劲的春风春雨的吹洒和浇灌，虎门业余文艺创作组很快形成一大极具张力的业余创作气场，创作的激情和水平有迅猛的提升，以致花繁果硕。

　　从1973年底作品开始见诸在省级的文艺刊物和报纸上。陈庆祥的小说《考试》登上1973年12期的《作品》，邓慕尧的诗歌《接锄》登上1974年1月6日的《南方日报》，钟淦泉的通讯《古塞怒火》登上《南方日报》1974年4月8日的头条。我的《夜巡珠江口》1974年8月18日登上《南方日报》的副刊，我记得诗开头几句是这样写的：

轻轻！轻轻！

莫把海湾惊醒，

快，披上全副武装，

快，解开小舟缆绳，

双桨荡开珠江浪，

长橹击落满天星。

出航汽笛，为我出巡助威，

归帆渔火，为我点燃满腔豪情！

…………

那澎湃的激情，那明快的画意，那浓郁的诗味，虽时隔四十多年，现在读起来依然没觉过时。

一个小小的公社，竟然出这么多高质量的作品，实在不简单！于是虎门创作组成了全省业余文艺创作一面旗帜，省一级的报刊和出版单位到虎门组稿接踵而来。

首先是《南方日报》。该报副刊部主任陆梦洋老师在1974年的一个盛夏，为了迎接一个有特殊意义的日子，要组一批特急的稿，于是他跑到虎门来！我们接到通知便漏夜从各地赶到公社，在会堂点起煤油灯便干了起来，当时有陈庆祥、我、邓慕尧、祁浩鹏、何锦池、钟淦泉等人。我们赶个通宵达旦，让陆梦洋老师深为感动，亲自上街给我们买了早点。食完早餐我们又各自奔回自己的工作岗位，如此连续干了三个晚上，终于完成陆老师交给我们的任务。记得当时我的一首诗被陆梦洋老师挑中，离开时他激动地说："想不到你们写那么快，写得那么好，那么高质量完成我的组稿任务，虎门业余创作组果真名不虚传啊！"他回去不久，创作组整辑作品便如期登在《南方日报》副刊上。

其次是广东人民出版社。该社文化编辑室主任王伟轩于1974年的一个暑假，领着编辑廖晓勉，以及中山大学中文系教授易新农带着中文系的一班实习生浩浩荡荡来虎门组写一个故事集。创作组挑了一班人关在公社招待所夜以继日地苦战半个月，终于完成了一批稿件。当时我跟邓慕尧合作，以博涌社岗一抗美援朝转业军人叶端为素材写了一篇长篇故事《松柏长青》。回去不到一个月，出版社把这批作品集中起来，以钟淦泉写的《铁拳头》为书名，出了一本故事集。

再接着，广东人民出版社的美编室孙锦裳，也下虎门组织连环画脚本，卢炽成编了个《兄弟队》，我将自己写的那篇报告文学《沧河浪》改编成一册连环画脚本。这两本连环画不到两个月便在新华书店面世了。

1974年陈庆祥调到公社文化站，兼任了创作组的组长，我当上了副组长，随之钟淦泉调到公社报道组，邓慕尧调到公社宣传队当编剧，谭满矶、何润祥调到公社放映队，于是创作组派生了几支队伍：一是故事组；二是宣传队；三是报道组；领军人物都是创作组的骨干。他们活跃在虎门的大地上。

以陈庆祥、谭满矶、何润祥、王励君、邬敬婵为队伍讲的故事传遍虎门的村庄、工地，有段时间公社开大会，都以一个故事作为开场白，名震整个县，谭满矶的《东征》还上了省电台。以邓慕尧为编剧、何炳辉为队长的虎门宣传队不仅把精彩的节目带到每个大队演出，还带到会战工地；在县、地、省会演屡夺奖项。其中，邓慕尧所写的小粤剧《放萍时节》夺得全省会演一等奖。以何锦池、钟淦泉、王沛权、王力君为主力的报道组，通讯不断在《人民日报》《南方日报》《惠阳报》《东莞日报》见报，且屡登头版头条。

据统计，到1980年，虎门创作组的成员在全国、省、市发表的文学作品共500多篇。

虎门公社业余文艺创作组既是虎门文化工作的一支轻骑队，也是当时惠阳地区，乃至广东省最有影响力的一支业余文艺创作队伍，是一面猎猎迎风的标杆旗帜。正是创作组及其衍生的各支小分队的共同艰辛努力，谱写了虎门文化花团锦簇的艳阳天。

余音袅袅

改革开放之初,虎门文艺创作组人才分流,1977年恢复高考,我考进了华南师范大学;1979年冬,陈庆祥调入省作协会文学院当专业作家;钟淦泉读完大学分到市委宣传部,搞起政工来;邓慕尧调至文化站当站长,忙于应付时装节等各种大型会演;谭满矶调去市广播电视局当领导;何锦池下海当了旅游公司的总经理。主要骨干各奔东西,社会的兴奋点转移,文学一度被冷落。

1985年,在广东省作协当专业作家的陈庆祥和在《黄金时代》任职的我,依然惦记着家乡的文学事业,不忘昔日与文友们激情文学的那段岁月,连同在文化站任职的邓慕尧,在旅游公司当总经理的何锦池,在北栅当校长的祁浩鹏等老友和在公社当干部的王沛权、王力君及在企业的谭家骅,在红旗小学的温应森以及80年代初期涌现的文学新人王爱璋等,在当时镇长的刘树基支持下,成立虎门文学会,陈庆祥当会长,我和何锦池当副会长,重新集结队伍。1985年5月12日,在当时虎门最豪华最气派的虎门宾馆举行成立大会,筵开十数席,费用全由镇政府包办,书记、镇长等领导与虎门籍文化人喜气洋洋欢聚一堂,举杯齐贺,谈笑风生,20万头的鞭炮响彻虎门大地。

虎门文学会成立后即创办了会刊《虎啸》,使会员有充分展示自己作品的园地,可以说虎门文学会是虎门公社业余文艺创作组的延伸,《虎啸》是《虎门文艺》的翻新。镇每年拨10万元经费给文学会,《虎啸》一创刊便是全彩的印刷,起步印行2000份。1990年高峰时印行2万多份,1991年《虎啸》获得了广东省新闻出版局颁发的广东报刊出版许可证,成为全省第一份获省出版证的镇级报纸,全国多家新闻媒体如中央电视台、《人民日报》《南方日报》《羊城晚报》、上海《文艺报》都介绍过虎门文学会和《虎啸》。上海《文艺报》主编谷泥亲自撰文《黄埔滩头闻虎啸》。

可见当时虎门的文学生态环境,政府器重,社会高看,让文学写作如鱼得水,虎门文学会也真正为普及提高虎门的文学创作、培养文学新人、推动虎门名镇的文化蓬勃发展，做出了积极的贡献。

的确，虎门业余文艺创作组造就了不少人才。陈庆祥成了一级作家，有多部作品问世。我转战于新闻出版战线，在书、报、刊的单位均当过领导，一直当到广东省出版集团副总经理，成了享受国务院特殊津贴的专家，业余也写了4部散文集，其中《带走一盏渔火》还获得第四届全国"冰心散文奖"。邓慕尧当上省业余文艺创作的标兵，后被调市当了东莞市文联副主席兼任《东莞文艺》《燕南飞》的主编，在《羊城晚报》还发了小说、散文、随笔。其中散文《粉红色的回忆》还获了"秦牧散文奖"，还为东莞市编了一系列大型丛书。钟淦泉先后当了镇长、镇委书记，后来当了统战部长、市政协副主席。谭满矶当上了东莞市广播电视局局长，李硕俦曾当市卫生局副局长，业余还写了两部长篇小说。后来当了镇委副书记的王沛权、当了副镇长的王力君、在香港当上大书法家的何润祥等一批成功人士，当年都是虎门业余文艺创作组的成员……

然而，昔日的辉煌有些遥远了。

《虎门报》多年前曾有篇新闻《虎门文学何时再能星光灿烂》，细数以往的辉煌，慨叹现实，不胜嘘唏："如今，要是你想在虎门找一批千万富翁，甚至是亿万富翁的话，是一件不算为难的事，但如果你要问还有几个人在坚持文学的守望，即使扳起指头数也数不出几个来。"或许，清寒孤寂，十载披阅，恰是文学回归它的一种状态吧！不过，人的价值观会随着时代的潮流而变，人总会有一种比物欲更高的精神追求。你看虎门的业余摄影、业余曲艺、业余书画，那么蓬勃活跃，业余文艺创作会一直沉寂下去吗？

我坚信，有虎门这块热土在，有虎门浓厚的文化底蕴在，有当年激情的种子在，有各级政府的支持，虎门文艺创作的春天会又一次降临。倘要再次发力，我愿发挥我的余热，并会携一大批专家为虎门帮点忙。

我坚信，富起来的虎门当今依然有股业余文艺创作的潜流在涌动。关键在于挖掘，在于有力地把他们组织起来！

文艺创作春潮快点来吧，我拭目以待！

无论风云如何变幻，发展生产绝不能停顿。历史证明，水永远是虎门的命根。

跌宕大溪水

一

　　夜深了，大溪水依然灯火通明。但整个大溪水水库工地已经酣睡，只有密林深处偶尔传来的狼嗥与猫头鹰的呻吟声，才打破这荒山野岭的宁静。

　　大溪水，位于大岭山的腹地。大岭山是虎门镇东北境内山峦的主峰，高535米。大岭山脉，群峰逶迤，横跨虎门、大岭山、长安、厚街四镇，涧深林密，沟壑纵横。当年东江游击队就活跃在这一带，大岭山的老虎崖成了东江游击队的司令部，大岭山的腹地以及周边的山村构成了游击队的根据地。

　　大溪水，历朝历代都是块别有洞天的风水宝地，众峰环抱，岚影迷蒙，林深似海，松涛如吼，深潭似泉，溪流如歌。一条石洞河从岩中穿过，河水清澈见底，可见工艺般圆圆的石蛋，可观叼食落英的游鱼。两岸杂树繁花古藤攀绕，撒满黄褐色松毛的地面，好像铺上一张厚厚的驼绒毡，常见松鼠与野兔在毡上藏身与奔窜，参天古木枝条横空，长满青苔小花，常闻斑鸠与夜莺在树上啼唱。直逼蓝天的峭壁与埋藏峡谷的深涧，偶有苍鹰与大雁在盘旋。清人郭皋在游历大溪之后写了首《登深溪山》：

深溪深不及，上与绛河连。

直泻千条瀑，横分十道泉。

玲珑穿洞壑，咫尺换云烟。

何事仇池穴，遥寻小有天。

就在1972年的金秋十月，这里集结一支近5000人的队伍，要在此建一座水库，名曰大溪水水库。于是一座座临时搭的茅棚，星星点点地散落在周遭山麓，一盏盏昏黄的灯光，仿如一颗颗星星撒落在群山众壑之中。本来，这里松林密布，琥珀般的松明结满枝头，可谁也不敢去采摘，更不敢拿来做火把，因为进山第一要素是防火，稍有不慎，不仅烧掉整座森林，而且会火烧连营，危及民工，在茅棚里照明的是煤油灯，外出活动只能提着电筒或点起马灯。篝火晚会这类浪漫的活动是绝对不敢开的。别以为这里的文化活动就很贫乏了，为解决这个问题，公社从虎门文艺创作组的骨干中抽调人马，组织一支宣传与业余文化的轻骑队正活跃在这崇山峻岭之间。

说它轻骑，是起初只有三个人，成员有陈庆祥、钟淦泉、梁天喜，由公社干部潘茂培亲自指挥。说它厉害，是它包揽了三大使命：一是编《简报》；二是搞广播；三是活跃工余文化生活。这三位仁兄，各有一把刷子，钟淦泉别看他刚出校门，笔杆可来得快，刻蜡版刻得可如印刷体标准，用来做标题的字又刻得"龙飞凤舞"，担纲编《简报》可谓如鱼得水。梁天喜本身就是路东大队的广播员，能写能编能播，当起主播来也是出口成章，妙趣横生。陈庆祥则一个人可出神入化演活一台戏，他有三绝：一绝数白榄；二绝玩魔术；三绝讲古仔。他们三人既有分工，又有配合，年纪稍长经验老到的庆祥当起"三军的统帅"来。

他们住在工地的临时指挥部里，这指挥部只是在一山坡的一片空地上搭起一座两层高的茅棚，"三军"自己动手，在棚顶架起天线，在高与天齐的古树枝丫挂起高音喇叭，在棚内简陋办公室设立了《简报》出版部，一张办公桌既是写稿，又是刻蜡版且是油印台。在指挥部前的一场空旷之地，临时垒起一个舞台，庆祥除常一人演一场晚会，还请公社电影队与故事组前来助阵，电影队一个月来放两场电影，故事组隔三岔五来讲场古仔。

每天清晨，高音喇叭播出的《东方红》，吹响了起床的号角。"经典歌曲""粤曲联唱""广东音乐""战地快报"与工地的凿石声、锄泥声、推土声、夯桩声、砌石声，混合成战地的交响曲，在大溪水上空山鸣谷应。每当黄昏，高低错落的山涧峭岭升起袅袅的炊烟，一张张《简报》便像雪片般送到各队民工的驻地，让民工们一边食晚餐，一边在阅报栏上看当天的战况与好人好事。当然，最壮观和富有诗意是夜晚，特别是有演出与放电影的夜晚。每当夜幕降临，他们用溪水抹了一把脸，便匆匆忙忙上路去占个好位置。于是，一盏盏马灯、一支支手电筒，前前后后在四周八方的林中小路闪现，仿如在夜幕下一盏盏渔火在浪中沉浮。散场时，则一盏盏马灯连着一盏盏马灯，一支支电筒接着一支支电筒，从各山间小路流泻而归。此刻，时而像一条条游龙在崇山峻岭中飞舞，时而又像一条条星河在流动，晶莹而又璀璨，十分亮丽，十分壮观，这可是大溪水工地一道独特的风景。

二

我们创作组几位当老师的弟兄，常在星期六晚前往大溪水探班，与我们常驻指挥部的老兄们搭铺。目的有二：一是搭搭手帮他们干点活；二是好好体验生活搞点文艺创作。这里是浩浩荡荡、千军万马的修水库大会战阵地。山炮隆隆，石破天惊；推土机张开铁臂，地动山摇；这里挑土、打夯、扛石、筑堤的人如潮涌。当然，这里缺不了前线的总指挥，总指挥是公社书记祝裕辉，副总指挥是副书记何友坤，工程总监是水利会主任方乐。我们第一次进工地就看见他们在工地上干活,只要公社没有什么重要事亟须处理,他们便戴着草帽卷起裤筒骑着自行车赶来工地,跟我们同住在指挥部的茅棚里。祝书记喜欢去抬大石,身体较肥的他,每次回来都全身湿透,冲完凉才去简陋的食堂食饭,食完饭便匆匆忙忙下到各驻扎点找基层干部及民工聊天。何副书记是个高个子,喜欢上山凿炮眼点山炮,他说自己当过兵,点炮有经验且手长脚长跑得快,其实大家清楚炸山最危险,他历来的风格是哪里险就往哪里跑。方主任是壮汉,脸如赤枣,像位关公,可跟他面相不相称的是他可是位心细如发的技术型干部,经常与技术员一道,下工地指挥砌涵洞,检查砌大堤。我们几位老兄则成了游击队,既去挑挑土,又去抬抬石,还与三个民工一道,用四条绳索捆一个石磨,唱起号子拉起夯子打起桩来,把堆在坝上的浮泥夯实。其实我们对点火炮蛮感兴趣的,每当黄昏收工食晚饭,工地上空无一人,此刻便是放山炮的时候,只听见哨音响起,山炮轰隆!只看见山石冲天而起,随即大石漫天滚下。此情此景多有挑战性,撩得我们心里痒痒的,何书记说这太危险,我们讲干了口水,也不让我们去。

一天下来,平日少体力劳动的我们浑身像散了架似的,吃完晚饭,冲了个泉水凉也就感到浑身畅爽,便打着电筒到各大队驻扎点去采访,回来在灯下赶稿。脱稿了,方觉窗外传来阵阵蛙鼓与声声虫鸣,它仿如一小夜曲,催你入眠,可我躺在床上辗转反侧无法入睡。有几个问题一直在我脑海里盘旋:

其一,真难想象虎门面临伶仃洋、狮子洋,珠江、东江环绕,大小河汊纵横,是个典型的沿海水乡,怎么还要修水利?

其二,站在指挥部的高地上,往南一望,便可以看到碧波万顷的怀德水库,它众山环抱,古木参天,攀满青藤。巍巍大坝,长满青苔,一眼望去,便知历经数十载的风风雨雨!它何时所建,为何而建?

其三,据我查找资料得知在20世纪50年代中期,在全国公民大搞水利建设的热潮中,虎门自1956年开始又大规模投入水库建设,先后建成白坑、鲫鱼岗、芦花坑、花灯盏、百足地水库。已有这么多水库，为何在它身旁又要建座大溪水水库？

于是利用近水楼台先得月之便，见缝插针采访起这三位领导来，三位领导各有侧重。祝裕辉来公社当党委书记前，是县政府的秘书长，他从宏观战略上谈得高屋建瓴，逻辑性时代感非常强；何副书记从来都是实干家，外号"拼命三郎"，从微观战术上去谈，时间表、路线图都十分清晰；而方乐主任是本地赤岗人，又曾当过大队支部书记，亲自带过民工修建多个水库，当他接任水利会主任后，对全社的水利设施进行细致的调查研究，对水利的技术有深入的钻研，所以对虎门水利的前世今生及未来的展望讲得头头是道，对任何一个水库历史都如数家珍。对于这三位领导的采访我厚厚记了一个笔记本，把原来脑袋里的那团乱麻理得一清二楚。

三

虎门濒河临海，雨量丰沛，历史上少有抗旱水利设施及抗旱之举，百姓多习惯于"望天打卦，靠天吃饭"。虎门农田常受两大自然灾害的肆虐：一是旱灾；二是咸潮。而这两者是孪生兄弟，往往同时降临，雨水小，咸潮就上涌。虎门靠北的怀德、树田、远丰，乃至赤岗一带靠山农田更易受旱灾，这些地区哪怕是村前的肥田亦常因旱失收。只有山溪两侧的田地，尚能靠水车和戽斗车戽溪水灌溉，故怀德—赤岗一带村落一年两造稻之地极少，稍遇春旱即只能"莳大路（单造田）"。而境内的大沙田（一般称为咸田），一般每年须到四月雨水天后才能开耕。若遇春旱之年，往往贻误农耕而影响农作物产量，甚至是颗粒无收。

1943年大旱，竹开花，靠东江河的白沙乡一带河枯井涸。当时正值日伪统治，物价飞涨，民不聊生。白沙乡有近1200名农民靠吃竹米度日，有72人吐血而死。因天旱东莞及周边郊县粮食失收，涌向时为商埠的太平墟逃荒，讨饭人成群结队，露宿街头，不少人饿死冻死在街头和公路边。据老"四索佬"（从事丧葬之人）苏海回忆，每天收殓死尸六七十具。时太平敷善堂负责收殓陆上死尸，虎门医院负责收殓水上死尸，有些来不及收殓的，还会被野狗叼走，其状惨不忍睹。

乡贤王应榆，虎门南栅人，是有名的水利专家，毕业于保定军校，戎马一生，北伐时曾任国民革命军第七军第三路军参谋长，他一生在军政界任职，但主要贡献却是在水利方面。民国二十一年（1932），他任黄河视察专员，历时三个月对黄河进行详细的考察，花了不少时间写成了《治河方略》，可惜由于种种原因治河之策未能实现。民国二十五年（1936），他回乡发现，受咸潮侵害，大片农田失收，于是倡修家乡南栅西头村前的新涌，引东江水排咸灌淡。抗战胜利后，他回东莞当明伦堂水利指导董事，他目睹虎门受旱的惨况，决定改变乡梓这种现状。他亲自踏遍虎门的山山水水进行探测，倡议在大岭山南麓的怀德乡修建一座水库，因其地处怀德乡，便取名怀德水库，并由明伦堂贷谷作为怀德水库的工程费用，民国三十五年动工，为当时全省最大的蓄水工程，由广东省建设厅工程师李一柱主持查勘、测量、设计并施工，到1949年冬，除隧洞外主体工程基本完成，1950年7月全面竣工，一座集水面积达6.14平方公里的水库，仿若一个轻波微澜的天湖，躺在大岭山群峰众岭的环抱中，它蓄水容量达140万立方米，通过7公里长的灌渠，灌溉虎门土地300公顷。

怀德水库虽然是当时全省最大的蓄水工程，但解决虎门天旱依然是杯水车薪。1955年，春夏连旱，山乡片六成稻田无法播种。虎门乘全民大搞水利的热潮，自1956年开始进行大规模水库建设，前后花了三年时间，先后建成了白坑、鲫鱼岗、芦花坑、花灯盏、百足地水库。虽然水库已星罗棋布，虎门大地遇上大旱依然赤地万顷。1963年大旱，全镇山塘水库干涸，山溪断流，水井枯竭，广东省省长陈郁亲自到虎门视察旱情，指导抗旱，虎门干部统统下乡，集中劳力，带上铺盖，在最旱的山区安营扎寨，驻扎最受旱的地域抗旱。当时我正读初三，参加过这场旷日持久的抗旱，记得当时抗旱工具主要有三种：一是水车，二是吊斗，三是戽斗。其难点是找到水源，有水才能发挥它们的威力，三种工具各具特色。水车分大型和小型，大型水车长两丈，小型水车只有丈余。大型水车要架起水车架，其状仿如单杠，但在低端还得装条横杠，将水车的车头呈45度斜角放在这横杠上，这水车头还得装上两大车轮，车内装有一弯坦克铁轨般的车叶（当地人称作"龙骨"）。车水时须双人操作，两人四臂排排齐枕在上杠里，双脚踏着车轮，车轮带着龙骨，龙骨兜起水，水就会顺着车叶哗啦哗啦地流入需灌溉的田中。小型水车不用搭水车架，水车头搁在田埂，水车尾放进水中便行，可两人操作，亦可一人操作。两人操作一右一左单手搅动水车手柄，一人操作则要双手左右开弓来回搅动，水亦顺着水叶灌向田中。吊斗最富有诗意，一个圆圆的吊斗左右两只耳，每只耳有上下两个洞，各系一根绳，吊水时两人分站田埂两边，各执两条吊绳，吊桶往下甩时同时放上绳，吊桶便会向下兜水，吊桶往上送时，要抽下绳，那一兜满满的水便会飞向空中，吊桶将到田中则要把上绳一拉，那水便灌入田中，那吊桶一上一下，那水声一哗一哗，如此往返节奏分明，这可谓是田园交响曲。戽水就简单得多，亦劳累得多，要双手执着戽斗，站在水中，一弓腰一弓腰地把水往上戽，常常一昼下来，整个人变成一只散了架的泥牛，这活常是青壮男子单打独斗。两人车水与两人吊水都十分讲究密契，大多一边劳作一边哼着"嗨哟！嗨嗨哟！"的号子，或哼着小调，这两大工种一般都是夫妻档或情侣档。这种活苦，但欢乐着，一季抗旱下来会流传不少甜蜜的故事呢。

历史证明咸潮是天旱的孪生兄弟，往往同时降临，因为雨水小了，咸潮往上涌。可见，除筑水库之外，排咸引淡亦是虎门一项迫不及待的水利工程，由于种种历史原因，这项工程拖至1970年1月才开始，东江引水工程是东莞水利建设中规模最大的一项引水排灌工程。它是以20世纪50年代兴建的东莞远河及沙田引淡渠为基础，下延上伸连接而成。虎门地区主要是从沙田引淡，在东莞运河出口石鼓堵口建闸，接通沙田引淡渠至厚街石角东闸进入沙田围；在其左侧建节制闸，开新河接入运河直抵虎门镇口，在镇口堵河筑闸，并在堵河堤之东端的镇口村前建节制闸。这堵河筑闸可是一艰辛的工程，尤其是镇口堵河水深5米，河底淤泥厚二十米，初时用抛石、填土、打圆墩的方法筑堤，因淤土沉陷量大，涨潮抢筑加筑20多次，三次合龙仍未成功。后来运用了几十艘船从上游40多公里合龙，桥下采运河沙1万多立方米，经过一个多月夜以继日的奋战终获合龙。20米宽的新河绕则徐公园，自西向东穿过太平镇，沟通太平涌、广济涌，并在两涌口建排水闸，经金洲至磨碟口。筑磨碟口水闸，起防潮排水蓄淡灌溉的作用。这工程在虎门镇境内全长16.3公里，为虎门沿海地区万顷沙田提供充足的淡水资源。

四

解决咸潮，回过头来再筑水库，经勘察锁定的便是大溪水，它在怀德水库下游约1.3公里处，它拦截的是石洞的河水，与怀德水库形成了"子母库"，总库容量520万立方米，灌溉面积800公顷，水通过输延的灌渠往怀德、陈村、北栅、厚街的新围等一带农田。

建成后的大溪水库，成了深嵌在深山大岭中的一道独特风景：水库高水位时，怀德水库被淹没，两个水库连成了一片汪洋；低水位时则两口水库相互辉映，两水库无论是连成一湖，还是呈子母湖，比起昔日平添一股江山大气，它位于大岭山森林公园的中心，成了游人如织的闲游中心。如今大溪水腹地，众多溪流如歌，众多碧水如泉，浅溪可让小孩捉鱼摸虾，深溪则成了"贵妃池"，成了成人沐浴之潭。这里，湖光山色十分诱人：春天，烟雨迷蒙，真像身着蓑衣的笠翁；夏天，阳光普照，碧波浮金，颇似赤身玩水的顽童；秋天，万山红遍，层林尽染，仿如一位身穿彩甲的武士；冬天，堤洒微霜，林滴冷雨，则像一位冷艳的佳人。这"大溪湖光"被评为"虎山新八景"，我的虎门老友——"秦牧散文奖"获奖者邓慕尧填写了《调寄忆江南》一阕赞之，词曰：

虎门好，大溪赏湖光。最爱紫霞嵌碧山，松间踏浪飘红裳，芳兴岂能忘……

位于大岭山森林公园的腹地与园中的观音寺、碧幽谷、茶山顶、同心圆相映成趣，成了游客旅游观光之地，亦成了当地人休闲小憩的好去处。

虎门崇尚英雄与贤人，在庙宇供奉的大都是现实中的英雄人物，为卫国血洒虎门雄关的关天培筑了庙，为海滩销烟的林则徐建纪念馆，为求雨自焚的郭真人盖真人庙，为筑桥修路的晋淑玉筑晋公祠。崇尚的菩萨则是观音，乡人认为观音菩萨最具善心且有求必应，凡是风水宝地大多建观音庙，且香火特旺。

大溪地的观音庙，就在大溪水石洞景区中心，始建于明朝，距今已有300多年历史，寺内有一道清泉，清甜可口，长期饮用可益寿延年。原来这道清泉流淌过的地方，林荫蔽道，树根交错，把泉水遮得个密不透风，形成一道地下河，让仙泉保存着神秘莫测的灵性。在观音寺人们只能闻泉水之声，不见泉水之貌，故此泉水又名"隐泉"。后来人们称之为观音圣泉。

碧幽谷是贯穿石洞，上至霸王城，下至环湖绿道的一道山谷，全长1500米，谷内竹茂林丰，绿荫如幄，怪石嶙峋，流水潺潺，许多珍稀动植物在此栖息繁殖，密林深谷下的瀑布水溪，或激越或沉静，潺潺溪流交错跌宕，出现筒喷效应的大量负离子，浓度每立方厘米超过1.2万个，空气清纯程度达到A级，让人享受大自然的恩赐。

园中最高点是"茶山顶"，海拔500多米，登上峰顶，大溪水湖光山色，飞瀑流泉一览无余，最佳时光则在日出与日落之时。日出时，湖上烟雨迷蒙，群山岚影飘飘，荡漾着一缕缕紫气，喷薄一束束霞光；日落时，一抹斜阳洒落，万顷碧波浮光跃金，像万条金蛇在蠕动。而那飞瀑流泉染上玫红，强时仿如一股激越的铁流，奔腾咆哮，引人激奋；弱时则变成万斛琥珀色的美酒,让人微醺。加之笠翁在湖边垂钓,黄雀在芦丛翻飞,白鹭在林中低翔,更平添一股活力。而那从四道涵洞飞泻而出的激流,更像四道瀑布流泉,跌而荡之,浩浩荡荡沿着蜿蜒的灌渠去浇灌万顷良田。

你不由得感叹——

跌宕的大溪水,您是历史的见证,无论风云如何变幻,发展生产绝不能停顿。历史证明,水永远是虎门的命根。

跌宕的大溪水,您是一道滋润千年古寨的生命之水!

唯独这"三杯酒"之海岸，有三大决口，它们仿如三个喇叭，每当涨潮，海水便冲往这喇叭口灌，遇上飓风，暴潮更是呼啸着澎湃而至，激起的浪花有数丈之高。

磨碟口品"三杯酒"

一

1976年12月1日，夜。

虎门磨碟口水闸上小屋的灯还亮着

磨碟口，就是磨碟河的河口。磨碟河的上游是石马河汇入的东引运河，这运河可是东莞防咸引淡最大的一项工程，在历史上发挥极大的作用，基本上解决东莞咸潮的肆虐。这运河的淡水一部分引入虎门的广济河，而这两条河交汇后形成了磨碟河，一路上又有蚝坦涌、化石涌、夏岗涌、孖斗涌、塞古涌相继汇入，经虎门长安而直奔磨碟口流入珠江口，磨碟口河汊纵横，形成方圆十里的湿地，这湿地红树林，绿波翻滚，候鸟低飞，鱼欢虾跳，芦花飘荡。此刻，湿地酣睡了，寂静得只闻朔风翻卷芦苇荡的呼啸声。

磨碟口的正南面，是涛涌浪飞的外伶仃洋，再往外便是浩瀚的南海。此刻，伶仃洋处于半睡半醒的状态。傍晚那夕阳快要沉入海底、腊月寒风把海岸线夕阳红冻得泛着蜡质之光的那种诗情不见了，那疏疏密密的帆影在朔风劲吹下，仿如一群群大雁追着落霞齐飞的画意也不见了。见，只见十里渔火，把内伶仃与外伶仃两洋连成一片，在汹涌的浪峰中沉沉浮浮。

夹在外伶仃与内伶仃之中的龙穴岛，像一颗红宝石在波涛中忽明忽暗，闪烁着神秘之光，这里相传就是龙王出没之地，也是幻现过海市蜃楼之所。

真正醒着的是磨碟口水闸小屋那盏昏黄灯光下的那个人，他披着一件褪了色的军大衣，高高的个子，剑眉下一双朗目，本来白白净净的脸庞在带着咸味的海风冷雨熏陶与沐浴下有点黑里透红，闪着一脸阳光的气息，那微微有点翘的嘴角流露一般青年难有的坚毅与沉稳，他正在一张有点破旧的办公桌上，铺开一张规划图，手拿一支红铅珠笔，在上面圈圈点点，做了密密麻麻的注释。他，正是公社的党委书记兼防洪筑坝的总指挥黎桂康。

一阵紧接一阵的涛声拍打着海岸，亦拍打着他的心弦，他的思绪潮水般涌来。他是土生土长的东莞人，出生在东莞中堂的潢涌。潢涌跟虎门一样是个典型的水乡，它位于东江与珠江汇流而成的三角洲，西与广州的新塘只有一河之隔，东与陈残云写的《香飘四季》所在地麻涌也只隔河相望，南则临大、小虎岛虎伏的狮子洋。他从小看惯穿梭的帆影，听惯如雷的涛声，看惯飘荡的芦苇，听惯天籁般的鸟鸣。目睹过决堤江水的汹涌，经历过筑堤抗洪的艰辛。他跟我同一届，1966年高中毕业于石龙中学，刚好碰上那场史无前例的"大革命"，高考暂停，他只好回乡，当上小学民办老师，一年后调至公社当材料员，不久升任党委、革委会副主任兼团委书记。1975年2月，28岁的他被提拔到虎门这经济重镇当党委书记兼革委会主任，成了全县最年轻的公社书记之一。县委让年轻的他来镇守虎门这经济重镇，也许是考虑他的家乡与虎门同是水乡之故吧？当然更是把他当作重要的苗子来培育。毕竟出身水乡的他，对水乡的自然环境与人文环境有种天然的理解，他前来虎门就职之前，就通过县志对虎门的地理环境有过了解：虎门镇地势东北高，西南低，南临珠江口，西濒狮子洋，北部群山连绵，间有一马平川的旱地，南部和西部则地势低洼，河涌密布，包裹着一片又一片大沙田。虽然虎门乡贤为排涝挖通了大沙河，为抗旱修筑了怀德水库，可中华人民共和国成立前，虎门地区"洪、涝、旱、咸、潮"

五大自然灾害肆虐，农业生产受到严重影响。中华人民共和国成立之后，虎门的历届领导，响应县委的号召，与这"五害"进行了反复的搏斗，特别是农业合作化以后，虎门因地制宜地进行大规模的水利建设：拦山截坝建水库，开河挖渠排涝，引进东江水防咸，加筑海堤防潮，建设水电站排灌，经过一系列的兴修水库整治河涌，逐步建成初具规模的"遇旱能灌，遇涝能排，遇咸能引（淡水）"的水利体系，但依然遭受特大的台风与海潮的肆虐。

这两大自然灾害，跟旱灾与咸潮一样，也是一对孪生兄弟，往往是暴风挟着暴潮汹涌而来，对海堤造成极大的威胁。他刚到虎门脚尚未站稳，这两大灾害便给他来了一个下马威，当年10月6日、14日的"7513号"与"7514号"两次强台风连续袭击虎门，广袤的大沙田的蕉林、蔗海、池塘等经济作物严重受灾。

二

"没有调查研究就没有发言权"，他带着水利会几位技术人员，察海堤踏水闸穿涵窦，以及翻县志查镇史，走访水乡老农，对虎门台风海潮的肆虐以及筑坝和水文的前世今生有个透彻的了解。

虎门濒海，河汊纵横，南海台风（包括太平洋热带低压的飓风）不时骤然而至，卷起的海潮拍天而来，每年的6月至10月均为台风季节，明、清、民国《东莞县志》中多见"大风折木""民庐漂没无算""大木尽拔，屋瓦皆飞""覆舟无数死者众"之类的记述，绝非《大沙放歌》"腊月里黄尘迷眼，三月里雨巷划船"那么抒情，那么简单。

略抄几段史实证明之：

同治十三年（1874）八月二十六日，台风大作，伴以海啸，风从东南卷来，潮高六七米，浊若泥潭，虎门缉私船多艘被毁，驻虎门水师自参将以下官员死十余人。

民国三十七年（1948年9月3日）农历八月初一，虎门地区遭受台风袭击，沿海堤围闸坝尽毁，风急浪高，沿海低洼处变成一片白茫茫的泽国，水淹没屋顶，茅屋被洪流卷走，流金稻海毁于一旦，淹死十余人。

日期不详，虎门曾突遭暴风雨加冰雹袭击，正在龙穴岛附近作业的11艘渔船被掀翻沉没，30多人落水，死亡20人，失踪5人，数天后才找到5人的尸体，实际上死亡人数达25人之众。

中华人民共和国成立之后，党和政府组织人民群众整治海堤，疏通渠道，虎门地区水患逐年减轻，一般性的洪涝及暴雨已构不成严重的威胁，可特大的台风挟带着暴雨，特别是龙卷风卷起狂潮的袭击，依然给虎门带来巨大的灾难。

也是几段惊心动魄的史实：

据统计，从1957—1975年直接影响虎门的台风多达40余次，肆虐严重则有20余次。1964年5月28日，"6402号"飓风驱赶着暴潮排山倒海而至，临海堤围没顶0.5米。太平镇街道水深达0.53米，冲锋艇可在横街窄巷中行驶。新湾一带堤围被潮水摧毁，洪峰咆哮着向周遭的村庄奔去。

同年8月8日，"6411号"台风在珠江口登陆，风力10级，阵风11级，怀德有棵300多年树龄的古榕，被连根拔起，整个虎门地区房屋被毁数百间。

1971年8月17日，"7118号"台风在虎门登陆，风力达11～12级，阵风12级以上，台风夹着闪电驱着暴潮，像一条条黑色狂龙在虎门上空狂舞，整个珠江口的村舍砖瓦横飞，太平港店铺被毁100多间，海水越过海堤汹涌入镇，曾是西式教堂改成的太平人民医院，高耸入云的广榔树被拦腰折断，住院大楼被潮水冲塌，一些病床被海潮卷走……

1976年9月，"7618号"台风正面袭击虎门，风力达12级以上，威远岛海堤告急，黎书记马上调动1000多人的青壮年驾着数十艘船赶往海岛抢险，抢险队冒着狂风暴雨，顶住排天激浪，一些险情排除了，可九门寨的3000多米海堤还是决了口，数百顷流金稻海被淹，多处村庄房屋倒塌了一大片。这触目惊心的一切告诉他，抢险只是应急，防洪才是根本，要"防患于未然"，只有"未雨绸缪"，其目的只有一个：把虎门的堤围筑好，保一方水土平安。

三

虎门地区的海堤建筑历史悠久。虎门临海，河汊纵横，由于台风与海潮的袭击，沿海一带，靠海边靠河边的大都为水塱湿地，芦花在飘荡，鸥鸟在盘旋，野鸭在游弋，野兽在奔突。见只见，戴着竹笠的渔翁在撒网，披着蓑衣的猎户在狩猎。在唐五代之前，沿海根本看不到稻海在流金，也看不见莞草在翻浪。当然，海边有银光闪烁的盐场与烟波浩渺的蚝滩。早在宋朝元祐年间，东莞县令李岩已有在沿海一带筑堤防潮之举。清代，虎门沿海一带裁盐改稻，开始大规模在沿海滩涂洲渚筑堤围垦，至清末，虎门境内已有沙角河仔围等被河涌分割的小围多条。中华人民共和国成立前夕，虎门一带共有大小海堤9条，但均为零星分散的堤段和木窦，但多是土堤，低矮而且单薄。中华人民共和国成立，特别是20世纪50年代中期以后，人民政府组织人民群众联围筑闸，堵支强干，引淡防咸，重点对海堤进行增高和加固，但要对付强风与暴潮的袭击，还须进一步规划与加固。

根据深入的调研与科学的探测，新的海堤规划蓝图，依照虎门的地形地貌划分为三大海堤，分别为虎门联围海堤、威远围海堤和木棉山海堤。三条海堤共长29.03公里，每个海堤各具特点。

虎门围，位于珠江口左岸，靠山临海，地势北高南低，南面海边有一边小山连成天然屏障，东至磨碟口与长安接壤，西至沙角炮台。其中磨碟口水闸的西侧"三杯酒"有三小段缺口，是重点补筑的堤坝。西面沿江筑堤，南起沙角炮台，北至太平港，拱卫太平港、沙角部队营区，新湾渔港和40多个自然村，以及纵贯南北的太沙公路，全长围集雨面积139.7平方公里，有耕地1620公顷。其中路东"三杯酒"堤段及沙角至新湾，面临大海与珠江口，为一级堤，共长3.22公里。新港至东引运河段为河堤，为二级堤，长7.41公里。太平桥至虎门桥段为涌堤，为三级堤，长1.44公里。虎门围以河仔围历史最为悠久，据载，始建于19世纪60年代，拱卫的农田全市海拔最低，且历来是台风暴潮袭击的首当其冲之地。中华人民共和国成立以后，尽管多次维修加固，增加海堤高度，但围内农田仍多次被淹，造成较大的生命财产损失。

威远围，位于威远岛，东与太平港隔江相望，北与沙田围一河之隔。正南面对的是珠江口的伶仃洋与狮子洋的交汇处，海堤长14.88公里，集雨面积为20平方公里。威远围由威远岛上横亘东西的牛眠山分成南北两部分，南部海堤长3.12公里，均为面临大海迎风搏浪的一级海堤，捍卫北面、武山沙、九门寨三大自然村，有耕田面积415公顷，除蛇头湾面对的狮子洋1.39公里为一级堤外，其余10.37公里均为二级堤。

木棉山海堤，位于新湾渔港的对面，海堤长2.08公里，是二级堤，它捍卫的是渔港的避风港。每逢风狂潮暴，这里均是帆樯林立，晚上渔火云集，仿如天上流动的星河。

新规划的海堤，一律按省级抵御20年一遇10级台风加暴潮的标准进行加固，面向大海的一级堤为干砌石主体墙，浆砌石封顶。面向内河的二级海堤，堤外坡采用浆砌石护堤防浪，防浪墙顶高3.5米。内涌的三级堤堤面加高到3.5米，堤顶面宽4米，不达标准决不验收，不加固完毕决不收兵。

虎门是片英雄的土地，昔日为抵御外夷的入侵，构筑了坚固的炮台，当时有民谣：虎门六台，铁锁铜关，入来不易，出去更难。如今，虎门人民为抗自然灾害，构筑海堤三围，虽不敢说固若金汤，但起码能挡住非超常强风险浪。

1976年冬，兴建虎门围的螺号吹响了，首战的就是"三杯酒"。"三杯酒"位于磨碟口水闸的西侧，这"三杯酒"，其实是矗立在外伶仃洋海边的三座小屿，它们形如三只酒杯，呈"品"字形置于海边，屿上盛满天然的雨水与海潮涌上的浪花，一年四季绿莹莹的，仿如天酿的陈年美酒。

相传，伶仃洋龙穴岛下水晶宫的海龙王常邀各路神仙前来举杯邀月，来时风急浪高，潮声如吼；走时风平浪静，涛声如琴。黎书记跟干部们打趣说："昔日龙王敢请神仙来这儿品酒，如今我们也来品一品。"

从磨碟口至沙角海岸，其他各处有一座座小山仿如一道天然的屏障，挡住台风夹着海浪的袭击，唯独这"三杯酒"之海岸，有三大决口，它们仿如三个喇叭，每当涨潮，海水便冲往这喇叭口灌；遇上飓风，暴潮更是呼啸着澎湃而至，激起的浪花有数丈之高，而这"三杯酒"的堤围内便是有耕地1620公顷的虎门围。

这"三杯酒"的三大山间缺口共有450米，也就是说要筑450米的海堤。它面临的是浩瀚的伶仃洋，必须按一级海堤来筑。其工程难度非常大：其一，它每天都有涨潮，浪涛滚滚而来，要挡住这些潮水，须利用退潮时段在施工的坝基前筑一道海堤，利用多少个退潮段才能筑成，谁也难以估计；其二，坝基有数丈厚的淤泥，必须得挖掉才能砌基石，挖掉砌基石下的淤泥，其他淤泥也会往这里涌，挖多久，也同样难以估计；其三，正值严冬得冒着凛冽严寒作业，在水上，这是多么考验意志与毅力。

这"三杯酒"不好品啊！不好品也要品，顶硬上！龙王不请，我自来，谁叫我们是虎门人？！英雄土地上的虎门人就是不缺这种气魄！这成了全体民工的共识。

酣品"三杯酒"，情景如此壮观：

数十艘装满沙石的运输船，朝迎旭日，晚送夕阳，正午穿越于汹涌的波涛，在伶仃洋上来回往返穿梭，数百名青年男女，从岸上踏着跳板下船，或挑沙或抬石，把这些筑堤材料运至缺口旁的岸边。

清除淤泥的工地又是另一番韵味，青壮的男青年手执锋利的泥钊，将淤泥削成一个个泥砖形的泥坯，戴着花头巾的姑娘把泥坯搬起，青年小伙接过泥坯往泥旁一放，然后用力一推，泥坯就顺着滑梯般的泥旁向上飞滑至岸边，岸上再有一位姑娘接过泥砖然后堆放好。每条泥砖旁便是一条生产线，几十条泥旁的泥砖都随着嗦嗦的呼啸声在向上飞滑，仿如一股股车流在几十条高速公路上飞奔,一切显得那么高效,那么井然,那么有序,仿如合奏着一首田园交响曲。只是每天下来,每个小伙都成了泥牛,而每位姑娘都成了泥燕子,可他们都嘻嘻哈哈一点都不言累,更不言脏。收工之后,磨碟口水闸的那一潭清水,便成了他们的冬泳池。

石砌石堤则是一个技术活,堤的基底、斜面和堤面都有一定宽度和斜度,整条堤都要整齐划一,不显突兀,不显巉岩,都要用水泥灰沙来结缝,此刻民工便成了泥水匠。

在工地上,人们总看到一位高挑壮实的青年,头戴渔民帽,身披茅蓑衣,把袖子与裤筒撸得高高,或是站在船头指挥着沙石运输船有序靠岸,或是抬石或钊泥,或是砌堤,常是一身泥一身水,他便是前线总指挥黎桂康书记。

磨碟口水闸的四周搭满了一座座工棚,这便是民工们的住宿之地,他们伴着湿地归巢的百鸟,洗完澡食完饭,很早就回工棚将息,他们没有闲心去欣赏眼前的壮丽景观,只是伴着伶仃洋的涛声与湿地的蛙鼓进入甜甜的梦乡。

常常只有磨碟口水闸上面那间小屋灯光彻夜亮着。他,黎书记在这儿度过多少不眠之夜,他首先想着"三杯酒"堤坝如何合龙,想着"三杯酒"海堤的建成,只是构筑虎门三大堤围的一役,下来还有木棉围与威远围须筑堤,这两围除筑堤之外,其他配套工程也要跟上。一、木棉围为渔港打造避风港,让数百艘渔船在狂风暴雨和海啸袭来之时有个避风的港湾,亦为其他地域在珠江口捕捞的渔船,搭建一个避风的良港。二、在威远围旁围个养殖场。威远围可有大文章要做,南面围堤外滩淤深2.5米,宜于围垦的面积达400公顷,若围垦做养鱼场、养虾场和养蚝场,那将是一大经济增长点,这水域咸淡水交汇,浮游生物特多,养出来的海鲜特别鲜美。那白鸽鱼、花鱼肉质相当嫩滑,沙虾则特别弹牙,白鸽鱼、花鱼、沙虾,历来是海鲜上品,也称作"虎门三鲜"。那蚝称玻璃肚蚝,色泽通透,拿来做生蚝或姜葱焗或油炸,肥美爽口,均让人食后返寻味。这些海产可畅销海内外，捎上这咸淡水养殖的海鲜，到虎门围上"三杯酒"，这是多么美好的事……

  天上，风云变幻；海上，涛涌浪飞。伶仃洋拍岸的潮声如吼，它擂响了阵阵战鼓；海岸边十里渔火闪烁，它点燃虎门人满腔的豪情……

龙的嬗变

LongDeShanBian

浪拍虎门千帆疾
满城尽是霓裳浪
龙的嬗变
宁馨儿的诞生
热土,谁是赢家
搏击,虎的风采
夜探伶仃洋
胜览太平

龙的嬗变

改革开放就像一股汹涌澎湃的浪潮，拍击着神州大地，首先受到撞击的无疑是东南沿海。虎门，就像系在伶仃洋上的一叶扁舟，一旦解开缆绳，便可升起云帆，乘万里长风，破万里巨浪，驶向理想的彼岸。

浪拍虎门千帆疾

解缆：001号

1978年，金秋。

虎门太平港码头。

一个身穿夹克衫，手提公文包的中年男子，在码头的长堤上踯躅。带点咸味的江风轻拂着他的衣领，他用嘴唇舔了舔带点鱼腥的空气，望着那远去的帆影出神。滚滚的珠江与东江在这里交汇，然后直奔波涛汹涌的珠江口，珠江口伶仃洋对岸那片朦胧的远山，便是香港的新界。那条从广州蜿蜒而来的107国道，也从镇中心轻轻擦过，然后直抵深圳，而深圳只隔一条小河，便是香港的九龙。从虎门无论走水路还是陆路到香港也只需两三个小时而已。从太平码头西北而望便是威远岛外的狮子洋，过了虎伏在洋上的大、小虎岛北溯不足百里便是广州。向西南过番禺万顷沙，穿中山到珠海，过一重海关便是澳门，车程亦只需个把小时。虎门，正是粤港澳的几何中心之地。镇边的新湾渔港，帆樯林立，小艇如梭，渔民抬着一筐筐银光闪闪的海鲜，喜气洋洋到水产收购站交货，脚下的珠江，舟楫云集，偶尔还传来一两声笛鸣。街上的闹市，车水马龙，人声鼎沸，散发着一股股腾腾的热浪。好一个交通畅达、人气旺盛的繁荣小镇。它一衣带水，仿如系在伶仃洋上的一叶轻舟，只要解开缆绳，便可扬帆起航。

"啊，多好的一块投资的风水宝地！"中年男子不禁从心底里暗暗赞叹。他便是香港的客商张子弥先生。近两年来，香港的工业进入更新换代的转型期，厂房租金上涨，劳力资源奇缺，一些大型的企业向高科技转轨，经营小本生意的他举步维艰，再也无法支撑下去。香港的资讯发达，他清楚，打倒"四人帮"之后，内地的政治气候有点转暖，在靠近香港的深圳、毗邻澳门的珠海以及靠近台湾的厦门，三地两岸若明若暗都有一些经济上的交往，广东省委还主动上北京对这种交往寻求政策上的支持。1978年7月，国务院下发22号文件，特别针对广东、福建两省制定了《对外加工装配和中小企业补偿贸易办法试行条例》，坊间简称为"三来一补"政策。于是，他便壮着胆子在寻求发展的机会，连日来在珠江三角洲转了一圈之后，最后到的是虎门，他早就在书上看过，也听人讲过，虎门这个边陲古塞，人杰地灵，物华天宝，虎门销烟，掀开中国近代史的第一页，天安门广场的人民英雄纪念碑的第一幅浮雕，雕的就是这个壮举，它不仅是鸦片战争的古战场，而且历来是商品集散地和对外贸易的埠头，东莞三件宝"莞盐、莞香和莞草"，历来都从这里销往外地。从这里运出海外的莞香，当年就以出海口的小渔村作为中转站，后来那条小渔村才唤作香港。早在20世纪30年代，虎门便有"小香港"之称。真是百闻不如一见，他认定了虎门太平就是进入内地投资的落脚之地。他看准了太平竹器厂，这厂靠近太平土产出口公司出海码头，且离107国道仅有百步之遥。

于是，他直奔镇政府。刚刚接到国务院文件的镇政府觉得是件大好事，热情接待了他，因竹器厂隶属于县二轻局，于是镇政府派员与他一起上县。洽谈意外地顺利，签订的合约是：他以香港信孚手袋制品有限公司名义与太平竹器厂合作，共同兴建"太平手袋厂"，竹器厂提供厂房和劳力，香港信孚负责提供设备、样板和原材料，产品运往香港销售。这种运作模式，也许就是"三来一补"的雏形吧！

1978年9月15日，太平河畔，十字街内，"太平手袋厂"在一片鞭炮声中挂牌成立，厂长刘银、副厂长王秀娟和他们的姐妹们戴着襟花，站在门前喜迎前来祝贺的宾客，一个个笑得像盛开的莲花。她们原来都是太平竹器厂的职工，近年来竹器市场不景气，工厂濒临倒闭，新厂的成立无疑给她们带来新的希望。县二轻局与镇前来参加揭幕的领导目睹这种情景，隐隐约约感到有股新的浪潮拍击着这海滨小镇，心里也感到由衷的兴奋，站在他们身旁的张子弥也深深松了一口气：他终于可以在这块风水宝地上大展拳脚了！

培训在紧张地进行。

生产在顺利地进行。

各种花式新颖的女装手袋一批批地出厂，又一批批顺利地运往香港，再销往东南亚各地。

翌年1月，春节将临，张子弥先生从香港将第一笔加工费60万元，通过中国人民银行汇入太平手袋厂。在当时"万元户"已是顶呱呱的岁月，这可是一个天文般的数字，这笔可观的钱也是太平镇历史上首次收到来料加工得来的一笔外汇。它仿如在平静的江面投下一石子，激起一阵轻波微澜，使人们在睡梦中觉醒：通过这种开放的方式可以生财，可以兴旺，可以富起来！

这太平手袋厂，便是广东省批准的"三来一补"加工企业的"001号"。当然，也是全国第一家引进的"来料加工企业"！它的历史性意义在于，距离确立改革开放国策的中共十一届三中全会召开尚有3个月。

香港人讲，张子弥在内地不经意饮了个"头啖汤"！内地人说，虎门人胆子壮，生吞了第一只螃蟹。虎门人说，他们掘到了改革开放的第一桶金。这看似偶然，其实是历史的必然。所以我更愿意说这是解缆，它为虎门这艘系在伶仃洋畔的船解了缆。从此，它可以扬帆，可以竞渡，可以出海，可以越洋，可以走向世界。

逻辑推理当然容易，实际上后来发生的事，并非那么简单，这叶轻舟每前进一步，都是一种艰难的跨越，它需要"敢为天下先"的过人胆识，它需要搏击风浪的超人智慧。

升帆：又一个001号

1979年初春，乍暖还寒。

"红星008号"省渡离开虎门的太平码头，向广州驶去，船离开了蛇头湾，驶出了狮子洋，快要进入莲花山海域。龙眼大队支部书记张旭森，这个近一米八的高大汉子，迈步走出船舷，望着那滚滚东去的江水、那追着白浪翻飞的海鸥，一脸的凝重。

刚刚召开的党的十一届三中全会，像一股春风，吹得他心里暖烘烘的。改革开放，多好的国策啊，打开门户，引进资金，无异于引进蓬勃的生机。他从村民张细那里得知，其在香港的两个弟弟张铭、张超，打算回内地投资，并曾到番禺市桥探路。

肥水怎能流别人田啊？

张旭森下决心把他们请回乡办厂。他两次赶去市桥与他们接触，此后又多次去深圳香蜜湖商议，甚至把他们引回龙眼村其兄张细家密谈。张氏兄弟还是疑虑重重，他们不是不想回家乡投资，而是家乡人太清楚他们的底细：一是出身破落地主家庭；二是1962年偷渡去香港的。此外，虽然中央确立了改革开放的路线，可广东眼下正掀起一个反偷渡的高潮，他们是"督卒"过香港的，回乡投资，钱财被扣咋办！倘若人被扣那就更惨了。摸清了他们的心结，张旭森一点一点帮他们解开，并再三表示保证他们人身和财产的安全。

请张氏兄弟回乡办厂一事，在支部会上虽然有一番强烈的争论，张旭森的意见还是得到了支委们的一致支持，他执政那么多年业绩显著，大家信得过他。可有两件事使他觉得挨了一闷棍：一是张氏兄弟向村里赠了一辆面包车，这可算是投石问路之举。公社一个主管政法的领导马上有反应:"现在正在搞反偷渡,你们那里在接受偷渡客的捐赠,这算怎么回事?!"二是村中一位老干部在镇上趁墟,碰到公社临时主持工作的一位副书记,那位副书记不冷不热地说:"你回去告诉旭森,想食鸡鹅鸭到镇上买便是,不要借引外资来大饮大食!"听了传话之后他坐不住了,太平不是已引港资办厂了吗?那个张子弥不也是香港人?他马上骑单车赶去公社与那位主管工作的副书记理论,并大胆申述自己的理由。那位领导的回答很有火药味:"我不找你,你倒找上门来,太平是城镇,龙眼是农村,张子弥是合法港商,张氏兄弟是出身地主的偷渡客,怎么能相提并论?"

从公社出来,张旭森意识到事情并不那么简单,虽然中央文件已吹响改革开放的号角,要全党正确理解,要基层行动起来,还须有一段艰难的路要闯。回到村中他马上召开支委会,并连夜向公社党委打了一个报告,此行上省城,他就是带着这份报告,带着全村党员干部的重托,去找在省委党校学习的公社党委书记黎桂康的。

广州,黄华路,省委党校一间简陋却林荫蔽窗的宿舍,亮着一盏有点昏黄的灯光。张旭森接过黎书记递来的热毛巾,一面擦汗,一面汇报。黎书记一面听着,一面翻着那份报告,那清癯的脸上时而凝重时而兴奋!

黎桂康26岁便到虎门当书记,是全县最年轻的公社党委书记之一。在虎门执政多年,他了解虎门人那种敢想、敢干、"敢为天下先"的性格,一旦认准的事十头水牛也拉不回来。站在他面前的这位大队支部书记就是这样的人。为实现农业机械化,他平整百顷农田大刀阔斧,为疏通大沙河,浪遏飞舟。此次他到省委党校培训,就是学习中共中央十一届三中全会的精神,研读中央的有关文件,十一届三中全会的主旨不正是要改革开放吗?招商引资就是一种具体的行动,党委应大力支持啊,在行动中破点规矩,哪怕是闯点禁区也没有什么大不了的,改革开放没有什么现成的道路可循,也没有成功的经验可鉴,它需要的正是这种"敢为天下先"的胆识啊!于是他拍着张旭森的肩膀深情地说:"我支持你,前期工作你大胆去干,有什么事我担着!"简单几句话却力敌千钧,说得旭森浑身发烫,两个敢担当的热血男儿的手紧紧地握在一起。

黎桂康返回虎门后，召开了党委的紧急会议，专门讨论龙眼村办外来加工厂的事。会上，争论异常激烈，持反对意见的领导，有两点意见甚为尖锐：其一，不能让地主阶级的孝子贤孙回来剥削贫下中农；其二，不能让龙眼这面学大寨的红旗，变成资本主义的黑旗。黎桂康直陈支持的理由，获得了大部分党委的支持。经过两天激烈的争论，黎书记集中了大多数党委的意见，同意龙眼村与港商合作办厂，并迅速将申请逐级往上递。令张旭森和龙眼村支委惊喜的是，办厂的申请报告送到省政府很快得到了批复，批文是粤"三来一补"企业003号。

1979年3月，这家小型的龙眼发具厂正式开张。工厂只有60余人，干的是手织发具的活，工厂就设在张氏祠堂。别小看这家不起眼的厂，它可是全国农村引进的第一家外资性质的企业。从这个意义上说，它也是个001号，一个全国农村引进外资企业001号。

1999年，中央电视台为庆祝改革开放20周年，摄制组来到这张氏祖祠，主持人站在祠堂阶前，用洪亮的声音说"当年中国农村经济改革的序幕是从这里揭开的"，称张旭森和他的支持者黎桂康才是全国农村第一个吃螃蟹的人。

如果说"太平手袋厂"的创办是解缆，那么"龙眼发具厂"无疑是升起一面风帆，一面农村改革开放的风帆，它像一面旗帜，在改革开放的春风吹拂下，猎猎生威，彰显它非凡的号召力与强大的示范作用。

竞渡：一幅百舸争流图

说龙眼发具厂揭开了农村经济改革的序幕，也就是说其意义是划时代性的。说实在的，当时虎门人并没有上升到这个高度去认识。然而，它却很直观地传递着这么一个信息：农村可以引进外资办厂，农民可以"洗脚上田"当工人，可以当工厂的管理者，农村可以"借船出海"搞活经济，可以利用旧的祠堂、旧的仓库以及废弃的农村文化室当厂房，可以引进外来的资本、外来的技术、外来的样板、外来的市场，壮大集体的经济，让村民富裕起来。

榜样的力量是无穷的。历来反应快速的虎门人，谁也不甘人后，乡中有句俗语："契弟走得磨（慢）。"各个大队"八仙过海，各显神通"。虎门迅速掀起一个招商引资的热潮。

看！几员虎将冲了出来！

南栅大队支部书记王牛女，别以为是个女的，他可是一个气壮如牛的男子汉。别看他穿着西装打着领带，看上去依然像他的名字一样，土得有点掉渣，可就是他思想开放得很，脑瓜转得也特别灵。他连出三招：第一招，破了财经规定的制度，率先在村民中集资，举办了农村第一家自筹资金办的发电厂，名曰"南栅发电厂"，供电量可达11万伏，让外商投资者打掉农村缺电的顾虑；第二招，与太平邮电局合作，拔地兴办了"南栅邮电局"，优先拿到一批长途电话号，解决外商投资者担心电信不通的问题；第三招，请香港南栅宗亲会出面帮忙招商引资。以前他当过民兵营长，也当过治安主任，专搞阶级斗争，他要找的人都是那些他们曾经列为的斗争对象，因为南栅是条将军村，新中国成立前在国民党军队里有少将以上军衔的就有十余人，还有一批省级的党政要员，那些宗亲会的头头脑脑多是他们的后代，且多是偷渡去香港的，如今却要请他们当座上宾。这种思想的斗争，这种观念的转变，是多么艰难与痛苦，然而，他咬咬牙，转过来了！为的是响应党改革开放的号召，为的是村里集体经济的发展，为的是村民的共同富裕！这三招相当奏效，不到半年工夫，他引进了一家藤厂，一家锁厂，一家五金厂，且一发而不可收……后来为了接待外商，索性办起了一间星级酒店，再后来，南栅工厂林立，商铺纵横。白天，车流如泻；晚上霓虹闪烁，颇像一座繁华的小镇。

北栅支部书记陈灿安，别看他长得矮墩墩的，正所谓矮人有矮计，他打的是乡情牌。在荔熟时节他把香港的乡亲请了回来，举办一个"荔枝节",一面尝"桂味""糯米糍",一面叙着浓浓的乡情。他先动员香港乡贤捐钱筹办了"陈祖泽学校""雁宾医院",使村的面貌焕然一新。接着引资兴办了北栅手袋厂、东方毛织厂和北栅五金厂等,还沿着107国道,修建一批楼堂管所,使原来名为"北栅墟"的村庄更像一充满小城味的"大墟"。

大宁支部书记陈振权,T恤牛仔裤,乍看起来像个书生,足智多谋的他来个"后发制人"。他用前瞻的眼光,把村后的大板地,那片新中国成立前曾是杀人越货的荒岭推平,辟出一个园林式的工业园,并把五点梅水库的水引进园内,建起自来水厂,园内饮食、购物、娱乐、运动、休闲、交通、电信一应俱全,还在园旁兴建了外商别墅区,然后在香港《文汇报》登报招商。与此同时,还请旅港乡亲牵头,组织一个港商考察团到大宁参观。这一招一用就灵,在短期内先后引进毛织厂、电业厂和成衣制造厂等一批外资企业。

…………

"栽好梧桐树,自有凤来栖"成了虎门上上下下的共识,为了"筑巢引凤",虎门镇政府狠抓投资环境建设,千方百计配齐引资的软件与硬件。

1979年3月,虎门在全县率先成立"来料加工办公室",专管公社引进的"三来一补"业务。

1979年12月,通过多方努力,虎门设立了"广州海关驻太平工作组",其后又正式成立"太平海关",这样在虎门地域的"三来一补"企业进出关方便多了。

1983年9月17日,国务院批准太平港为开放口岸。这条件也是得天独厚,港商进出香港无须经过深圳,从虎门港便可直接往来香港。

1983年12月,港商胡应湘选址虎门,沙角电厂兴建,时任虎门书记刘树基出马与之谈判,投资31.90亿元,总装机容量达388千瓦,解除虎门的用电之忧。

1986年2月2日，太平到香港客轮通航，"流花湖"飞翼船每天往返香港、太平两地，航行时间只需一个半小时。

1986年1月，虎门货柜码头落成剪彩，年吞吐量达50万吨，可停泊3000吨的货轮，可吊装40吨重的货柜。

为了让外商有个好的生活环境，虎门镇政府吸纳外资办起了全省第一家外商宾馆——虎门宾馆。是年为1985年春。提起这宾馆，可有一段惊险的插曲呢。

有一天，省委一位主要领导前来虎门视察，因为要检查东江引水工程，虎门宾馆是必经之地，因为宾馆挂着夜总会的招牌，那时可是内地第一个挂这招牌的宾馆。书记刘树基心里打鼓：这招牌千万别让省上的领导看见，他陪省领导同坐一部面包车，路过宾馆时，刘书记情急生智，他霍地站起来，为的是挡住领导的视线。怎料车一颠簸，就在他跌坐在座位的一瞬，省委那位领导一下看见夜总会的招牌！领导厉声说："好呀，你这个刘树基，你好大的胆呀，你知道夜总会是什么吗？那是资本主义的精神鸦片！"随团的还有省某大报的记者，这段插曲，当天晚上便登上了大报的头版。

其实，这夜总会并没有那么可怕，它不过是请香港一些三流歌星回来唱一些《漫步人生路》《今宵多珍重》之类的粤语流行歌曲，广州的一些歌星与时装表演队也经常前来客串，以及有乐队伴奏跳跳交谊舞而已，其目的无非为了活跃一下外商的夜生活。于是刘书记与县委书记李近维专门上省里，向这位领导做了详细的汇报。那位领导开头还很生气，听着听着脸色平和了许多，最后他没明确表态。没表态就是表态，"敢为天下先"的虎门人，夜总会还是照开不误！现在讲起来轻松，当时他们可要顶住撤职查办的风险啊！

由于地理环境的优越，以及软硬件配套整齐，虎门成了外商投资的风水宝地。由于有几只带头羊的带领，也由于镇政府政策的扶持，到1985年底，全镇"三资企业"已有500多家。这一家家企业，就像一叶叶扁舟在扬帆、在奋桨，构成一幅百舸争流图。

出海：集结一支船队

夜黑，风高。

浪啸，涛吼。

大铲海关，这个茫茫大海中的孤岛，正在顽强地抗击着从四面八方袭来的风浪，而停泊在岛旁的渔船则无力反抗，它被来回翻滚的浪墙，时而托上浪尖，时而摔落谷底，有时还碰撞在礁石上，发出乒乒乓乓的声响，这条不足20吨的渔船快散架了，船上的人被摔得东倒西歪，呕吐得一塌糊涂。

一个天庭饱满身体壮实的中年人，把同伴聚拢在船舱内，他强打着精神，为大伙讲一些带荤的段子，借以消解袭来的晕眩、呕吐与饥饿。因为遭遇台风，他们在大海上漂泊了36小时。此人，便是当时的虎门区委副书记兼农工商总公司的总经理孙耀全。

此行，为的是到香港招商引资，同行的有主管外经的副手卢伟尧，还有外经干部冯国流。时值1982年秋，中国虽然早已推行改革开放政策，可香港的大门却依然封闭，他们要去香港招商引资，还不能办通行证，只能借可以出公海打鱼的船员证出海，到了香港也不能靠岸，只能在流浮山一带停泊，他们已记不清这是第几次用这种方式去香港了。

此次有点倒霉的是，碰上一只走私船被香港的水警截获，于是香港警方把整个香港的海域都封锁起来，要逐条船搜查通过后才能进入，他们在大铲海域停泊已快两天两夜了，本来准备6个小时用的食品早已吃光，连蒸鱼用的咸头菜都不放过，其实咸得咽不下肚，很快就吐了出来，因为连日的大浪颠簸连黄胆汁都吐得差不多了。

虎门"三来一补"的企业，经过几年的努力，已引进不少，但大多是香港一些小型企业，上规模的不多。民间说："现在已是满天星斗，若再来几轮明月则更佳。"领导说："虎门虽已形成百舸争流之势，但多是些小舢板，还须造几条大船，以便组织一支强大的船队，这才能出海，才能增强抗风险的能力。"于是负责招商引资的他们就负责去香港"钓大鱼"，他们首先把目标锁定台商蔡胜义及其老表张铭烈。蔡胜义是在香港投资较早的台商，而他的老表张铭烈更是一位猛人，他1974年从学校出来进入台湾宏泰电工企业，从基层干起，一步一个脚印做到了副厂长。5年后与大哥联手创立万泰电线集团，一路狂飙突进，至1987年，万泰电线已成为台湾最大的电线生产企业。当然，这是后话，但于当时他经营的企业已有锐不可当之势。

他们与蔡胜义及其老表张铭烈已有几次接触，经常从流浮山溜上香港，约蔡先生、张先生在鲤鱼门、西贡等海鲜城见面，或到大富豪夜总会一叙，晚上太晚回不去，就找宾馆住下来，夜间听到有人敲门他们就害怕，怕香港警察前来查房，被当作偷渡犯押回内地。他们仿如搞地下工作一般，经常提心吊胆，危险他们也就认了，谁叫自己是虎门人就是要有"敢"字当头的胆识，就要有不成功不罢休的韧性，个人的荣辱得失他们置之度外，他们担心的是怕误了招商引资的大事。

香港富丽华酒店咖啡厅，在柔柔的灯光下，音乐轻轻地流泻着，圆桌上的咖啡正升腾着一圈圈热气。台商蔡胜义、张铭烈与他们一班台湾朋友，一面听孙耀全眉飞色舞地讲述海上遭遇的故事，一面看他们一张张兴奋下难掩有点菜色的脸来。他们谈得甚是投机，当时台湾经济环境跟香港一样，劳力不足，生产成本锐升，发展遭遇了瓶颈。张铭烈曾去过许多国家和地区，如欧、美、东南亚，但人生地不熟，即使是在香港，仍因当时还受到英国殖民统治，依然有种不可亲近的感觉。经过多次深入的接触，他们被孙耀全、卢伟尧这些热忱而又真诚的人打动了。但有一道最大的关卡挡在那里：当时台湾当局不允许台商回内地投资。

张铭烈决定设法回内地看看，通过关系，在台湾办了一张国民党老兵回内地探亲证，于1986年5月12日以探亲的名义回内地转了一圈，他虽然祖籍是福建，但这是他第一次踏上内地，那种与生俱来血浓于水的感情涌上心头，让他最后下决心投资。于是他们设法来个迂回战术，把资金先转到加拿大及美国，再转到香港，然后以港商的身份在内地投资。

这是一场旷日持久的接触与运作，1987年1月张铭烈来到虎门，先是在龙眼租下3000多平方米厂房，万泰塑料厂终于在虎门龙眼落地投产，1988年3月正式开工，当时的名字不叫万泰，而是泰兴电线厂。

这是东莞最早的台商投资企业，也是中国最早的台商投资的"三来一补"企业之一，但当时根本不敢说是台资企业，因为台湾当局很敏感，张铭烈被台湾有关部门传唤了多次，并给他戴上"通共"的帽子。张铭烈看到大陆改革开放蓬勃的生机，于是义无反顾地大干起来，在1990年2月扩大了投资。在龙眼购买了土地，把厂房面积从3000平方米扩至17.3万平方米。公司的业绩在不断地刷新。当然，万泰的成长，离不开天时、地利、人和。天时，是改革开放的大气候；地利，是英雄虎门的福地恩泽；人和，是除了当地政府的鼎力支持，还有旗下一班志趣相投肝胆相照的"兄弟连"。万泰塑料厂年营业额从建厂初期的2000多万元，一度发展到8亿元。2000多个品种线的生产制造，从虎门源源不断地输送到世界各地。在张铭烈的带动下，不到两年时间，便有20多家台商在虎门投资，到1995年，虎门有120多家台资企业，张铭烈当了首届台商联合会的会长。

2000年，当新世纪露出第一缕曙光，虎门外经这支船队已形成一个强大的方阵，香港的星岛集团、德国洋行、田氏化工集团、富士高集团、台湾万泰集团、澳大利亚的太平洋制衣公司、日本的胜美达电机株式会社、德国的蒂森钢铁公司等一批在国际上挂得上号的大型企业都先后涌进虎门投资。其后又逐年递进，引进的三资企业成了全国之冠，最高峰时达1500家之多，投资的外资超120亿美元。在"九五"期间，虎门出口创汇已达35亿美元。服装、电子、电力三大骨干企业撑起中国第一强镇的天空。2001年7月，被国家外贸部授予"全国乡镇企业出口创汇十强镇"的牌匾。

这一批大型的外资企业，仿如一艘艘巨舰，把虎门外经打造成一支强大的船队，哪怕像1998年那场可怕的亚洲金融风暴，席卷整个东南亚，虎门外经这支船队，依然高扬风帆，在浩瀚商海中破浪前进。

一位党委书记曾幽默地说:"虎门新三件宝——一支枪、一门炮、一件衫。"

满城尽是霓裳浪

源起:"万国市场"

世上任何事情的发生,总有根源可寻。

早在清末民初,虎门的太平墟,已与莞城、石龙一道,被称为莞邑的三大商埠。这三大商埠各具特点:莞城,是县城,莞邑政治、经济、文化的中心,商业自然相对繁茂。石龙,清末民初广九铁路运输大动脉穿镇而过,成了"惠、东、宝"一带最大的一个火车站,由于交通方便,成了东莞轻工业产品的主要产地,什么药品、火柴、肥皂、米制品的销售与批发十分活跃。而太平,面临伶仃洋,地处珠江与东江出海的交汇点,701国道擦镇而过,水陆交通四通八达。加之,太平处于穗、港、澳的几何中心,南可下香港,北可溯广州,东可赴澳门,西可达惠州。无论是走水路还是陆路,均是100余里,行程仅需3至4小时。此外,虎门物产丰富,东莞三件宝:莞盐、莞香和莞草,均主要产于虎门。早在三国时期,虎门便盛产海盐,南北朝时期则盛产水草。虎门从明代起便是著名的盐埠,清末民初则是著名的草埠,莞香也是从虎门运向外地,中途经外伶仃的一个小渔村,后来这小渔村更名为香港。所以,虎门比石龙成埠要早得多,历来是珠三角一带最繁茂的商埠,它仿如一个老码头,帆樯如云,舟楫如梭,商店林立，酒旗飞舞，霓虹闪烁，汽笛声频。加之地处咸淡水交汇的虎门，是西风东渐最早登陆之地，整个小镇，早在一个世纪前已流溢着一股洋气。马路上，男士骑着"三支枪"自行车满街满巷里窜，女士头顶"椰菜花"的烫发在省渡码头溜达。百货商店热销花露水，西餐厅飘逸着浓浓咖啡味，歌舞厅响起"嘣嚓嚓"的爵士乐。早在20世纪二三十年代，太平墟便有"小香港"之称。

自从国门关闭之后，这繁荣的商埠沉寂了近半个世纪。国门打开之后，这里又活跃起来。一些"洋货"像潮水向这古埠涌入。时间的节点是20世纪80年代初。先是一些带洋味的生活用品在镇上流行，它在经常进出香港的人员与亲戚中使用，像"象牙筷子"，哪来的象牙呀，其实是塑料做的，但其色其形极像象牙，达到以假乱真的程度，往餐桌一摆，便平添几分豪气；"丝袜"，哪来的真丝啊？其实是尼龙做的，但它薄薄的呈半透明状态且极富弹性，往大腿一穿，平添几分时尚；"小洋伞"，其实是"折叠伞"，大名叫"缩骨伞"，可它打开如睡莲在空中怒放，伞色姹紫嫣红，收起来则小巧玲珑，往小坤包一放，平添几分优雅；还有那内衣内裤，各种颜色，各款雕花，半透半遮充满诱惑，那无疑是时髦女性的最爱。不久，这些洋货便成为人们日常生活中一种时髦的追求，人们想方设法去寻找，去购买，在这个商品经济意识从来都发达的小镇来说，有求必有供，于是在街头巷尾出现地下交易，一旦成了汹涌的潮流，这种交易便从地下涌上地面，从避人的角落涌向大众聚集的执信公园。

刚开始，商店只是些"塑料筷子""尼龙丝袜""缩骨伞""内衣内裤"，稍后增加了各色香皂、洗发水、洗衣液、尼龙布、运动鞋等。由于人气旺，摆摊的人越来越多，小小的执信公园容不下，便拥向执信公园斜对面的太平足球场。洋货的品种亦越来越多：有香港的西服、连衣裙；有台湾的运动鞋、运动服；法国的香水、香皂、内衣内裤；意大利的皮鞋、皮带、坤包；新加坡的驱风油、百花油；马来西亚的红花油、千里追风油；还有印度的神油、神药。随后，外国的各类走俏的水果亦相继涌入，有吕宋杧果、美国的蛇果、新奇士橙,还有称为"果王"和"果后"的泰国榴梿与山竹;食品则有丹麦的蓝罐曲奇、意大利的金莎朱古力、夏威夷的开心果。当然还有暗中交易的电子表、收录机、摄影机、傻瓜机。把整个足球场围个水泄不通,人们称之为"万国市场"。顾客除了本地人之外,更多是外地客,主要是来自珠江三角洲、广州,也有来自全国各大城市,包括上海与北京。也吸引不少港澳同胞来观光,他们游历的地方多,觉得这"万国市场"跟外国的一些"步行街""老鼠街""女人街"有些近似,但规模绝对没这么大,各国的产品绝对没这么多。

这些"洋货"从哪儿来?

起始源头主要来自三种人:一是船民,二是渔民,三是走水客。这三类人都跟虎门与宝安两地密切相关。

虎门,地处珠江口,大江纵横,河汊如网,自秦汉以来都是"水上人家"会聚之地,明末清初,政府实行"屯田养兵"政策,在浩瀚的浅海滩围起了万顷沙田。"水上人家"又分为沙民与疍家两支。沙民与退役兵一起,择基建起吊脚寮,耕耘起大沙田来,过着半渔半耕的生活;而疍家则依然以船为家,以捕鱼为业。到了民末,这疍家又分成两股:一股是船民,一股是渔民。船民搞起水上运输,渔民则依然划着渔船,拖着渔网,过着漂泊的生活,处处无家处处家。

中华人民共和国成立后,虎门的船民开始过着定居的生活,他们在太平镇郊新洲的塘基,搭起了松皮屋,升起了炊烟。公私合营之后,省航运厅把船民成立太平船队,归省航运厅珠江航运公司领导,搞内河的运输,运沙、运石、运蔗。改革开放大潮涌来之后,太平船队主要的运输业务是把东莞的土特产运到香港去。每天东方刚露一抹曙色,他们便可从太平码头驶出一支船队,近20艘"拖头"拖着6艘"铁趸"紧跟而上,它们掀开江中薄雾,犁起簇簇白浪向珠江口驶去,船上装满花碌碌的草席、碧绿绿的香蕉、白花花的米制品,还有赤彤彤的红砖与铁灰灰的水泥制件。两小时航程便到大铲海关,4小时便达香港,这群被称作"船员"的"船民",

政府给他们一特殊的优惠政策，一年可免税从香港带回一大件（包括摩托车、电视机、洗衣机、电冰箱），生活用品则可随便带。

渔民，中华人民共和国成立之初，以船为家，在珠江口入内河一带捕捞，休渔期间则在海岛思贤涌一带停泊。人民公社化时，东莞县政府把虎门地域以及散落沿海公社的渔民集中起来，在虎门出海口的一个港湾建起了两渔民新村，一条居住虎门地域的渔民，一条居住沿海地域迁入的渔民，统称为"新湾渔港"，挂牌为"新湾渔业公社"。在1963年起，渔港拥有机动船已达百艘，已赴深海捕鱼。国门打开后，他们可绕着香港到粤东及粤西一带海域打鱼。一到鱼汛期，数十艘机帆船齐飞，仿如一群展开翅膀的海鸥飞向大海深处。对出海捕捞的渔民，当时也有一项政策，捕获海产品达到收购的指标后，可到香港销售，同样可免税购回一些日用品。渔民与船民一起，便是万国市场"洋货"的最大来源。

走水客，则是长途贩运的小商贩。起初，他们主要到宝安的沙井、福永一带的船民或渔民那收购"洋货"，这两个地方离虎门很近，只有十来二十公里，平日他们都喜欢到太平墟趁墟。他们主要是把"沙井蚝"等海产品运到香港销售，或到香港一带海域捕鱼，同样会带很多"洋货"回来。后来，深圳沙头角开放，他们通过各种渠道，弄到特别通行证到沙头角的"中英街"拖货，用蛇皮袋大包大包把"洋货"拖回来，不少人一天出关两三次，为躲过海关的限量放行，不少人把十来件的确良衬衣往身上套，把十来双尼龙袜往脚上穿。每天过关的人数以千计，成了一道独特的风景，后来人们索性把这帮人称为"拖帮"，当年我在《黄金时代》当副总编辑，辟了一个栏目叫《秘密采访手记》，就专门派记者去采访，一篇《拖帮探密》写的就是他们的故事。这"拖帮"成了"万国市场"进货的第三种渠道。

不久，"万国市场"把足球场也挤爆了，摊档沿着太沙公路延伸，把马路堵了，把桥梁塞了。在20世纪80年代中期，虎门镇政府意识到"万国市场"必须规范管理，于是划出执信路靠"旧海军医院"围墙的一段路搭起栅来，让个体摊档进场经营，由镇个体经营管理委员会进行统一管理。于是"万国市场"则变成了"中英街"，由于有固定的摊位，不少档口由零售摊档变成了零售与批发相结合的"经销店"，这一下便来了一个辐射效应，广州、珠江三角洲等地一批批采购商蜂拥而至，后来成就了广州的"海印"、增城的"新塘"、番禺的"市桥"等一批"万国市场"。

拐点："富民商厦"

1987年10月，虎门城乡班子合并，建一座现代化的新城，成了新一届领导班子的一个宏伟蓝图，于是把"中英街"搬进商厦里经营便摆到议事日程中来。

1990年金秋六月，镇党委书记率队到新疆考察，此行源于新疆小马的建议。小马是《新疆青年》的办公室主任，跟在《黄金时代》任职的我是老友，有一年他来广州，我带他回虎门转了一圈，他被虎门古塞这片改革开放的热土深深吸引，回新疆动员了新疆烟草公司到虎门投资，与虎门镇政府合办了一座大富豪酒店，一来二往跟袁国扬书记很谈得来。他得知虎门想建商业大厦，便对袁书记说："别看新疆远在边疆，可商品经济却十分活跃，尤其是商业大厦都颇具特色。"袁书记觉得很有道理，于是率领一重量级的队伍成行。有管公安局的李玖、有管办公室的王沛权、有管城建办的王力君，有管个体户的主任孙俊才等。在小马的带领下，在乌鲁木齐各大商场转了一圈，最后大家一致锁定"友好商场"作为参考的蓝本。

"友好商场"位于乌鲁木齐的闹市中心，是乌鲁木齐市一标志性的建筑。它不仅外观宏伟（它没有北京、上海一些大商场那种富丽堂皇，却有浓郁的地方民族特色，总体体现一种圆融的风格），而且内部结构新颖独特，5层18个营业大厅围绕内外双层楼梯错位盘旋而上，7个踏步一层楼，浅浅的台阶使顾客信步而上，给人一种楼梯"若有若无"的强烈感受。富丽堂皇的中厅空阔透顶，阳光从楼顶的天窗照射下来，使每层营业厅明亮宽敞。4部货梯分布在商场东西南北，与营业厅、地下仓库相通。这座现代化商厦"奇楼招客"吸引众多中外客商，它不仅成为乌鲁木齐市的经济增长点，且为乌鲁木齐市景观平添了一抹风采。

一行人边考察边琢磨，一致认为"友好商场"基本可照搬，其最出彩之处是楼梯若有若无间，最后袁书记综合大家的意见决定再来点突破，索性从一楼到楼顶来个无梯级通道，这样一来，顾客不仅不用登梯，还方便顾客用手推车拉货，一部手拉车子，一个蛇皮袋，拉一车货可通行无阻，这方案获得一致通过。

商场大的设计理念定了下来，并定名为"虎门富民大厦"，还请了老省长刘田夫题名，建厦的目的很明确，要促进虎门的经济发展，让民众富起来。接下来要攻克三大难关：

其一是地域的选择。经勘察，政府在新城的中心选了一块东西南三面均靠近马路，北面靠河的地方，小河可泊小船，岸边尚有芦苇与芭蕉。占地面积合1.3万平方米，建商厦之外，还可腾出一块空地做停车场，对于建商厦来说，这是一块难得的风水宝地，当然亦有人不看好的，他们对着迎风微曳的蕉蕾说："在这里搞商厦？等着食蕉吧！""食蕉"可是当地最阴湿的一种嘲笑！

二是资金的筹集。这座商厦规划建5层，面积为4.5万平方米，内设1300个铺位，经预算需8000万元左右。这笔资金如何筹集？镇属银行只有信用社，财力极其有限。怎么办？虎门人"敢为天下先"，党委会议决定"办个变相集股，让大家提前认购铺位，按成本核算每个铺位60万元"，在当时可谓一个天文数字，那就镇干部开始认购吧！后来，动用方方面面的力量，才算把这笔款凑够。

三是铺位的招租。出钱认购铺位的人，大多数不是经营的人，这1000多个铺位如何租出，可困扰着这商厦的个体管理委员会主任孙俊才。虽然有一批在"万国市场""中英街"摸爬滚打的人很关注这商厦，工程刚竣工，有人看了这商厦宏伟的外观与科学的内部结构，很是看好，一些赚了点钱又有胆识的人，觉得要饮"头啖汤"，一出手就要了两三个铺位。但更多的练摊人，却有不少持观望的态度，觉得进厦经营，铺租翻了几倍，有点畏缩不前。商厦临开张，尚有几十个铺位躲在"深闺"，没有人认领。

1993年11月，富民商业大厦隆重开张，百万头的鞭炮满城飘红，六只雄狮跳跃腾挪，一大队乐手锣鼓喧天。可天公并不作美，初冬的小镇虽然林木葱茏，但那几天寒流骤降，意想不到的是远近的客商却像潮水般涌来，把各个铺的衣服连同多年积压在仓底的存货也一扫而光。这样的奇迹令观望者大跌眼镜，他们顿觉"执输行头惨过败家"，这是乡下的一句俗语，意思是："倘若事事落人后头，那可比败家的还糟！"这样一来，尚未租出的铺位顿时成了抢手货！

"物竞天择"是市场经济的丛林法则。既是商业大厦，当然任何商品均可进场，可经营一段时间，经营者发现，采购者均首冲着时装而来，他们认为富民的时装有四大亮点：其一，款式新颖，香港有什么款式，不到一星期虎门全有；其二，品种齐全，无论是男装女装还是童装，无论低档、中档，乃至高档，乃至奢华型的服装亦有，如皮衣、皮草，世界各种品牌亦应有尽有；其三，性价比高，同类型同档次的服装，批发价比其他都市要低20%左右；其四，质量保证，不会出现货不对板的现象。加之，富民商场的经营者讲究诚信，能按时按质到货，决不违约。于是"富民商业大厦"在全国服装批发市场声名鹊起，全国各地前来进货的人流蜂拥而至，有不少人索性长期驻扎在虎门，专门负责到"富民商业大厦"采购。久之，他们把"富民商业大厦"唤作"富民时装城"，于是这名字便代替了大厦原来的名字。

一家商厦旺，带动的是一个产业的兴旺，先是"富民时装城"周边的横行窄巷开满了时装店，接着是以人民路和太沙路串起两个面积达一平方公里的时装商业圈。人民路时装商业圈，原是虎门寨的一个工业园，它跟"富民时装城"仅是一河之隔，见"富民时装城"火了起来，马上转轨，先是"新时代""连卡佛""名店女人街"一批大型时装商厦拔地而起，继而是一平方公里内的大街小巷时装店遍地开花。另一时装圈则以太沙公路的"百家商厦"为中心，方圆一平方公里尽是世界各种名牌店。这三"城"呈鼎立之势托起虎门时装城一片璀璨的天地。

市场带动生产，时装贸易为虎门时装制造业透出一抹耀眼的霞光。虎门，一刹那平添两三百家制衣厂进驻城镇，织布、漂染、印花、刺绣等厂相应配套，两三千户个体户选择经营服装，有不少人产销一条龙，前是店后是厂，服装家庭作坊如雨后春笋般长满街街巷巷。这些小厂的产品适合近50万外来劳工的消费，于是便有了虎门镇中心银龙路的灯光夜市，川流不息的人群多是打工仔打工妹，每次返乡都手提肩托大包小包虎门服装，惠及家人与亲属。

"富民时装城"的确富了民，创造了惊人的财富效应，据后来统计它成为百万富翁、千万富翁最密集的地方，整个市场1500余户经营者，身家在百万元之上。这致富之路惊动了各级党委、政府的领导，1995年中共中央政治局委员、广东省委书记谢非亲自到"富民时装城"调研，在镇委书记孙耀全的陪同下，与个体户管委会孙俊才做了详细而又亲切的交谈！

"富民时装城"成了虎门服装产业兴旺的一个拐点。

跨越：打一张国际牌

1996年深秋，虎门镇政府大楼灯光彻夜通明，镇四套班子正研讨一个战略性的决策。接任镇委书记的孙耀全主持会议，从东莞市委宣传部副部长职位上下来当镇长的钟淦泉做了长篇讲话。

市委提出，"第二次工业革命"，意在进行产业升级，虎门应怎么办？改革开放近20年了，虎门的招商引资取得令世人瞩目的成果，成了一个"世界产品制造基地"。1992年邓小平视察南方谈话，在中国南方涌起一阵阵春潮，促进广深公路的通车与飞架虎门与万顷沙的虎门大桥建成，使虎门如虎添翼，成了珠江经济走廊的交汇点，这得天独厚的条件令虎门不能满足只是生产基地，它应兼有产品的集散地和出口基地的功能。

虎门应打什么牌来作为新一轮经济发展的突破口？大家异口同声说："服装！"理由有四：其一，虎门是上规模的服装生产基地。据不完全统计，虎门的服装厂大大小小加起来已近1000家。其二，虎门早已是服装的集散地，除了面积达11万平方米的富民商业大厦以及两个方圆一公里的服装步行街之外，还有"龙泉""黄河""裕龙""新时代""连卡佛名店"及"女人街"等大型民营商厦。其三，虎门已经形成产供销一条龙。制衣、面料供应，产品销售都十分畅通。其四，已初步形成辐射效应，已经带动了服务业，尤其是运输、旅游、商店、宾馆、酒楼、银行等服务业。

只需多燃一把火，这服装产业肯定能做大！

是什么火？！办"国际服装展览会"。

"小镇办国际展"，这异想天开的构想，竟又一次达成共识！会上班子做了详细的分工。书记孙耀全后台坐镇，镇长钟淦泉前台指挥。主管财务与主管外经的副镇长邓树稳与卢伟尧当助手。

既然打的是国际牌，又是国际时装交易会，就得有国外的客商来参展，这招商的任务便责无旁贷地落到外经委身上。主管外经贸的副镇长卢伟尧想到找香港贸促会协助。于是，他跟党委书记孙耀全一道去香港，直奔香港贸促会。贸促会的总裁助理黄林奕萍女士热情接待了他们。这位娇小玲珑却有大家风范的小姐，眼光独到地给他们提了不少建议，办起事来又风风火火。她认为香港很多服装厂在虎门，平日一出品就直接运往香港以及国外销售，国内根本见不到这些品牌，搞交易会可以通过虎门这个窗口向国内外展示，加速国内外贸易的流通。于是，她马不停蹄地协助奔跑，在短期内邀请了国外及港台地区在港有办事机构的服装行业参展，其中包括美国、欧洲以及东南亚各地的客商近100家。

1996年11月5日，龙泉商业大厦，彩旗飞舞，鼓乐喧天，在一片爆竹声中，举世瞩目的"第一届中国（虎门）国际服装交易会"如期举行。中国原纺织部长吴文英来了，广东省副省长游宁丰来了，东莞市市委书记李近维来了！交易会一炮而红，参展商有283家，其中有来自美国、德国、意大利、日本、韩国、泰国等国家的16家企业，以及港澳台地区63家客商，还有北京、上海、大连、杭州等市的企业。占展位270多个，虎门当地占100多家。参观人次达40万，成交额12.6亿元。

接下来第二届、第三届、第四届交易会如期举行，每届交易会却办成一个盛大的时装节，又是时装表演，又是评奖活动，又是放烟花，又是文艺晚会，连宋祖英也来登台献艺。每次成交额都超10亿元。

2000年，踏入21世纪的千禧之年召开的第五届交易会，更以崭新的面貌进入大众的视野。这届交易会在"黄河时装城"举行，来自各国参展的客商达500多家，接待中外客商60多万人次，成交额达16.3亿元，签订外资合作项目16家，吸引外资4000多万美元。此外，还有三大亮点：其一，举办"虎门杯"国际青年女装设计大赛。在1000多个选手中有300多位是海外设计师，为了保证其权威性，邀请了国外著名设计师刘洋当评委。其二，设立"专家论坛"。英国曼彻斯特大学副校长理查德·马雷、法国著名设计师Stedhen Rfivy以及《中国服饰报》总编辑魏林博士等权威"登坛论剑"。其三，展会期间有12个国家的驻华使节组团前来参观，参与采访的国内外新闻记者达200多人。

虎门镇镇长钟淦泉自豪地说："办国际时装展5年，虎门实现了'三级跳'，一跳打响了虎门的品牌，二跳跳向国内市场，三跳跳出国门。"是的，在短短的几年内，中国（虎门）国际时装交易会，以其主题鲜明，国际味浓，成交额大，与北京、上海、大连四大服装交易（博览）会并驾齐驱，受到世界瞩目。

近几年来，虎门打的是品牌战，其招数：一是"上京考试"，与高手过招，培育了"以纯""松鹰""夏雪儿"等一批名牌产品。品牌之路走出了郭东林、王国宾等一批服装企业家。二是走出国门，把服装展开到国外去，虎门服装协会首席设计师罗发展，在世纪之交，以"虎门霓裳"为主题，在美国三藩市奥克兰万人体育馆举办了一场"走向新世纪"的时装表演晚会，在当地引起轰动。

如今一批世界级的名牌产品，如"老人头""梦特娇""花花公子""华伦天奴""圣罗兰""金利来""苹果"等，都在虎门设立专卖店，而虎门本土推出的一批品牌，又以其独特的风格获得不少国际客商的青睐。不仅是国内各大城市，欧美、东南亚、俄罗斯以及非洲的客商也纷纷前来虎门采购，其中有两则俄罗斯客商的小故事，便可从中窥见一斑。

一个圣诞节前夕，莫斯科的玛丽娜和列娜两姐妹到虎门，购买了一批童装，回去不到一星期便销售一空，于是她们重返虎门，一下子再入600套。另一个故事是一个初冬的清晨，虎门来了一批俄罗斯商人，他们每人一下子便购了100万元的皮裘，问他们为什么购那么多，他们笑着说："虎门的货价廉物美，回去一件可赚7000到10000元呢。"由于从俄罗斯等地来虎门的客户越来越多，与中国民航协商，特开了深圳到莫斯科、吉尔吉斯斯坦和克拉斯诺三条直通航线。牛！真牛！一个小镇与国外的服装贸易便开了三条直通航线。看来，虎门这张国际牌已打得响当当了。

一业兴，百业旺。富民时装城，联结龙泉、百家、黄河、裕龙、新时代、连卡佛、名店女人街20多座民营商厦组成了出海的方阵，富民布料又牵手花城、宏发、财富、泰兴、博美、国际中心等大型布（辅）料商场，荟萃中外布商为制衣业配送货源；服装行业又带动了全镇的旅游业和服务业，车站车水马龙，四座五星级宾馆巍然耸立，数百家食肆客源爆满。如今，虎门服装在国内外的专卖店、连锁店15000多家。2010年底虎门已有一定规模的服装厂逾千家，约25万人从业，自主创新的著名品牌达30多个，注册商标5000多个，年产2.5亿件（套），年销售额达140多亿元，出口创汇4亿美元，被誉为中国服装第一镇。

党委书记孙耀全曾幽默地说："虎门新三件宝：一支枪、一门炮、一件衫。"这是一妙趣横生的概括：一支枪是指林则徐领导虎门销烟，怒折鸦片烟枪的壮举；一门炮是虎门抗击英夷侵略的爱国精神；一件衫就是带领虎门人民致富的服装产业。

　　虎门，满城尽是霓虹浪，这是千年古塞在改革开放大潮中，如彩虹般飞起的一道亮丽风景。

在虎门古塞，有条大沙河，它发源于大溪水，汩汩地向南流向珠江，在河口有一湾沙洲，大沙洲由北向南延伸，仿如盘踞在大沙河畔的一条龙，在沙洲坝头两侧有小丘对列，酷似龙之双目，于是被命名龙眼，人们说：这沉寂千年的龙，一旦被高人点了睛，便会嬗变为真龙而腾飞起来……

龙的嬗变

序幕：在张氏祠堂拉开

1999年，金秋。

虎门镇龙眼村。

中央电视台为庆祝改革开放20周年，摄制组风尘仆仆从北京来到村中的张氏祠堂。站在祠堂前，主持人用洪亮的声音说道："当年中国农村经济改革的序幕是从这里拉开的！"

一间旧祠堂哪来这般能耐？

这要追溯到20年前一段故事。

1978年，春。

刚刚召开的党的十一届三中全会，确立了改革开放的国策，它像一股和煦的春风，吹得人们心头暖烘烘的。

人们都说，龙眼村地处龙脉，龙眼村历史悠久，元代张氏祖先从莞城博厦迁入此地立村，村民从那时起祖祖辈辈便在这一弯沙洲上耕耘生息，这块风水宝地，人杰地灵，名人辈出，清代利辉曾任两广总督曾国荃旗下水师总兵，抗日战争期间又出了东莞战地县长张我东，"天上雷公，地下张我东"。龙眼因地处低洼，潮水可灌入村前，春秋两季又不时积水成涝，这张县长为家乡做了不少好事，如张我东主政开挖了新涌，让流沙河与珠江贯通，解决龙眼的涝和旱，可龙眼人依然穷得裤穿洞。乡间流传这么一首民谣："有女不要嫁龙眼，不是担沙就是担饭……"因为龙眼村前那条大沙河，从山上流入的沙白花花的，村民常在那儿挑沙供人建房，从中挣几个钱帮补生活，妇女不仅平日需要干这类重活，农忙时节还得在家煮饭，担到田间去与家中男丁一起食，食完还得脚踏黄土背朝天干农活呢。解放后，村民们的生活稍微安定了点，可在那以"以粮食唯一"的岁月里，粮食会多收三五斗，可依然摆脱不了贫穷的缠绕，在三年经济困难时期，家里揭不开锅也不是一家两家之事，很多人熬不下去，就沿着村前那条107国道潜行，在深圳的白石洲下海，偷渡香港，不少人为此而葬身鱼腹……

人们穷怕了，就盼着有翻身之日。

大队党支部书记张旭森，这个一米八个头的中年汉子，是位很有抱负的带头人，他早就想带领村民们脱贫致富，就是苦于找不到突破口。听村民张细说，他在香港的两位弟弟张铭、张超，极有意向回内地投资，曾两次到番禺市桥探路。

"肥水怎能流别人田？"

旭森两次赶去市桥截住张氏兄弟，兄弟俩你眼望我眼，就是不作声。此后，旭森多次请他们到深圳香蜜湖细谈，还多次壮着胆子把他们带回龙眼，在其兄张细家密商，力图用乡情打动他们。

张氏兄弟终于把心事全抖了出来，他们还是愿意回乡投资的，可家乡的人太清楚他们的底细了，有两件事一直压得他们喘不过气来：一是他们出身破落地主家庭，二是他们是1962年偷渡香港的。阶级斗争那套哲学令他们还心有余悸。此外，他们还担心内地的政策多变，况且广东正掀起一个反偷渡高潮，他们回来投资岂不是撞在枪口上？万一回来投资的财产被没收怎么办？若人扣下来不准回香港又怎么办？届时到西天告佛去？旭森将胸口一拍："这一切包在我身上，我拿我的性命和家产担保！"张氏兄弟看他那张真诚的脸，再也无话可说。

为了安全起见，他们放了个试探性的气球，给龙眼捐赠了一辆面包车。

村民们乐了，仿佛看到一缕曙色，可公社主管政法的领导却火了！他在全公社政法会议上不点名地批评："我们这边搞反偷渡，你们那边却接受偷渡客的捐赠，究竟想搞什么名堂？"

那位临时主持工作的公社副书记也发话了，那天他碰见龙眼退下来的一位老支书不冷不热地说："你回去转告旭森，想食鸡、鹅、鸭到镇上买便是，何必要借引资来大饮大食？"

旭森听出了弦外之音，意识到事情并不那么简单。他想到了公社党委书记黎桂康，于是他连夜给公社党委写了一份报告，次日清晨他不顾舟车劳顿，花了近6个小时赶到广州省委党校。正在那儿学习的黎书记，一面听旭森的汇报，一面翻着报告，脸上时而凝重时而兴奋。他这次来省委党校学习党的十一届三中全会的文件，研讨的正是如何贯彻改革开放的国策。引进外资，不正是实践这国策的具体行动吗？对于这件新生事物作为公社党委书记的他应该支持啊！在虎门当书记多年，他了解虎门人那种"敢为天下先"的性格。在封闭的20世纪60年代中期，虎门人也敢偷偷把稻草运去香港，然后又把换得的化肥偷偷运回来。他也深深爱上这种性格，改革开放没有成功经验可鉴，需要的正是这种"敢"字当头的闯劲啊！他拍着旭森的肩膀说："大胆地放手去干吧，有什么事我扛着！"旭森放下心中那块大石，他紧握着黎书记的手，激动得说不出话来。

初捷：雪球滚起来了

令旭森和其他支委惊喜的是，报告很快转了上去，省政府也很快地批了下来，它便是中国农村引进的第一家外资性质的企业！企业的名称是龙眼发具厂，厂址就设在张氏祠堂。中国农业经济改革的序幕，就是在这间不起眼的旧祠堂拉开的。

张氏祠堂，原是族人祭祖和议事之地，历来神圣不可侵犯，龙眼人破了祖宗的规矩，辟作发具厂。厂非常简陋，几张办公桌，一大堆原材料。规模也不大，仅容三十来工人而已。工种也极简单，织假发，一根根往头套上织。然而，就是这么一间小厂，将整条龙眼村都搅动起来了，因为来料加工量大，厂内的几十号工人无法完成，于是便发外加工，整条龙眼村成了它的加工厂，几乎所有村民都可以拿到加工费，一个月下来每户都有几百元进账，在当时可算是不菲的收入。有人积了一点钱，便拿出来参股，年终还可拿到一笔可观的红利。

就是这么个小小的工厂，它向国人昭示：农民可以"洗脚上田"当工人，甚至当管理者，农村可以这样"借船出海"去搞活和壮大集体经济，还可以集资搞股份制，让农民富裕起来。这种模式的诞生，预示着农村一种新的经济体制改革涌动，说它拉开农村经济改革的序幕，其理由大抵在此吧？

由此发端，这小厂好像雪球一样滚动起来。因为原材料的进口和产品的出口比较顺畅，也因为厂房和劳力的廉价，张氏兄弟的投资收到不少回报。此外，令他们放心的是他们的财产不仅没有被没收，人也没被扣，而且还被奉为上宾，官员把他们当作外商，村民们把他们当作财神，那种成就感和满足感，比多赚几个钱还要惬意得多。于是张氏兄弟索性把与发具配套的厂也搬回龙眼来办，什么发芯厂、烫金厂、洗发水厂等，不到3个月，一家伙便搬进十来间工厂。

一些香港同胞，看见张氏兄弟在内地饮了"头啖汤"，心里痒痒的，加之香港正面临转型期，厂租和人工都上涨，很多中小企业都快撑不下去了，所以回内地来办厂的心更是跃跃欲试。张氏兄弟乘机鼓动，做了义务的宣传员。张细也乐了，因为张铭、张超在龙眼的厂，几乎全交给他打理，他索性盖起一座小楼，专供供应商和投资商做会所用。在那儿可以谈生意，可以品茶、小酌，也可以看电视、打牌，小楼经常灯火彻夜通明，张细却乐此不疲，人们说他是不入编制的大队干部，戏称他是龙眼的"第八个支委"，张细笑笑，心里甜滋滋的，他打从出世到如今从来没有这样被人们尊重过啊！1980年他申请去了香港，更是以港商的身份回乡做起生意来，发具厂越做越大，生产的假发、发具品种达2000多个，成为世界最大的假发企业集团，全世界约有25%的假发都来自他的企业。当然，这是后话！

旭森和他的支委们，一旦启动了这方面的思维，摸透了这方面的管理模式，工作便高速地运转。厂房不够，他们把旧会堂、仓库和闲置的文化室都利用起来，再不够就动员村民集资，银行贷款，增建一批新厂房。管理人员不够用，就培养一批复员军人和高中毕业生上岗，让一批青年来挑大梁。为了做好服务工作，大队专门成立了一个"对外加工办"来处理这一摊的日常事务。为了让港商有个落脚之地，大队在办公大楼辟了一层做宾馆式的招待所用，房内配上空调、卫生间和热水器，在当时也是相当豪华的了。为了让港商出入方便，大队把港商捐赠的两台车，专门拿来往返龙眼、深圳两地，做接送港商及其技术人员之用。他们还有一招，凡来投资者一律免收3个月厂租，集体出了血，可招商十分有效，用他们的话说，"石头不上荔枝怎么下来？"

当然，旭森和支委们也不是守株待兔，他们设法走出去引资，但那时反偷渡的高潮还未退，火药味还浓着呢，报纸上把香港说成是臭港，把香港的高楼都画成斜的，把香港的蓝天画成是黑的。1979年，广东省报纸上充斥着打击偷渡客的各类新闻，12月省政府还通过了一个《关于处理偷渡外逃的规定》，对偷渡外逃者的处罚是相当严厉的！要想堂堂正正去港比登天还难啊！"碰到红灯绕路走！"他们冒着被打成偷渡犯的危险，到有船队出海的九门寨大队，办了几个船员的出海证，混进出海打鱼的渔民中去，然后越过公海，驶进香港青山一带，趁着朦胧的夜色，在张氏兄弟的接应下，摸出大港或九龙，并由他们穿针引线，约一些有意向回内地投资的港商见面。于是滚动的雪球产生效应，它越滚越大，不到两年工夫，引进的外资厂已达20多家。

当时，最威的是一家龙眼胶花厂，这胶花厂虽仅有一百多号人，可生产出来的胶花却特别棒！几可以假乱真，倘若往花瓶一插，再洒上几滴水，乍眼一看，俨然是一束带露的鲜花在怒放。这胶花深受海外市场欢迎，畅销欧美及东南亚。当时被中央办公厅看中，于是龙眼大队每年都往人民大会堂和毛泽东纪念堂送一批。现任宣传委员的张智伟，当年是刚出校门的小伙子，他就多次带着胶花，乘着飞机，雄赳赳地赴京，这是一种很高的荣誉啊！现在回忆起来，已迈进中年的他，还禁不住一脸的自豪。

突进：筑巢引得凤来栖

初捷，并不是高枕无忧的通行证，有几件事，使旭森陷入高度的焦虑之中。

事一，港商要与香港通个电话，得跑到镇上的邮电局去，再排上3个小时的队，就是为了讲几句话。港商在他面前叫苦不迭。

事二，圣诞节将临，胶花厂要加班赶做一批圣诞树，恰恰这时停电了。这批货都是落了订单的，届时交不出，可要罚大笔的款。急得港商直跺脚。

事三，有个港商，兴冲冲跨过罗湖桥，直奔虎门来洽谈投资的事，可在中途塞了6个小时车。他一气之下掉头去了惠州。

通信、电力和交通，是制约进一步引资的瓶颈啊，弄不好已经落脚的客商也会跑掉呢！找到了问题的症结，明确了进攻的目标，就没有他旭森办不成的事。

他骑着那辆除了铃子不响别的都响的自行车，跑到镇上邮电局找他那位局长老友去，经不住他的死缠烂磨，局长答应在龙眼专门设置一台总机，一家伙增加100多条线，虽然仍是手摇和拨号的，也要通过总机去转，但可以直通香港。这样一来，通信问题解决了。

接着,他约公社供电所的所长到镇上的敦煌茶楼饮茶。几盅铁观音下肚,他倒了一大桶断电的苦水,所长心软了,答应从王屋的变电站为他拉条专线。好家伙,一下增加了8000千瓦的电,用电问题缓解了。

最令他头疼的是交通,这可不是他旭森有能力解决的。改革开放之初,一下子涌进那么多的货柜车,107国道被碾得坑坑洼洼的,车一塞就几个钟头。要解决这问题,需要修高速公路啊,这是多么浩大的一个工程。算啦,来个变通吧,大队除了赠送的那两台车外再购两台,成立一个车队专门接送来往港商,先解决一下挤车之苦。

破解三大难题之后,旭森的眉头还没有舒展开来,现在工厂的分布太零散了,且上不了规模,也很不美观,得建一个工业区,把它们搬进去,还要把一些大型企业引进来!

一天黄昏,他蹲在村前的池塘边,望着大博那片坑坑洼洼的坡地出神,夕阳的余晖正把这片红土照得金灿灿的!他一拍大腿:"对,工业区就设在这里!"

他出身于会计,凡事都有一种规划意识。早在1974年,他出任支书不久,正碰上县里号召大搞农田基本建设,他就以107国道为中轴线,把原来很不规则的农田平整为1.5亩或2.5亩一块的格田,整个龙眼的田畴,就像一个硕大无比的棋盘,成了全县的典型。

认准了就动手干。他请在部队搞过测量的复员军人灿叔出山,在大博那片山地圈出80亩,绘出一个规划图来。

犁头车进场了,轰隆隆推平了土冈,填平了水坑,整个工地飞扬着一片黄土;打桩机进场了,砰!砰!砰!把一排排桩打了进去,唤醒了沉寂多年的土地;挖泥机进场了,在厂区与厂区之间,挖出一口口池塘,水为财嘛,把水大量引进工业区。

不到两年工夫,一个崭新的工业区凸现在龙眼村西。只见一排厂房,一排池塘,一排绿树,让人看得眼前一亮,好一个园林式的工业区啊!龙眼又一次成了市里的典型,来参观的支部书记一批接着一批!

比支部书记更感兴趣的是外商。台商张铭烈经4年的波折，终于决定回虎门投资。那是1987年春，他在虎门转了一圈之后，最后还是看中了龙眼这片工业区。这园林式的工业区不仅整齐划一有气派，且就在107国道边，交通十分方便。他投资办的龙眼中泰塑胶厂，是东莞市首家以台商名义开办的外资企业，次年他又增办了虎门万泰电线厂和龙眼万旭电业厂，他一年接一年滚动下来，最后组成了在虎门拥有近10家企业的万泰集团公司。他脚跟刚站稳便积极帮忙引商，由他带进来的台商共有二十来家，后来成了虎门台商协会的会长。

"栽好梧桐树，自有凤来栖！"旭淼和他的支委们乘势兴办了酒店、商店、银行、医院、邮电所、储蓄所、电影院等一系列生活设施，由于投资环境软硬件兼备，龙眼成了外商眼中的"风水宝地"，外商们口口相传，出现了以商引商的热潮，鼎盛期引进的外资企业达140多家，其中不乏大型的企业，像冠越玩具有限公司、乐迪卡电子游戏公司，投资都超1亿元，工人超8000人，年出口额达1亿美元。

跨越：向城市化进军

大批外资企业的引进，使龙眼走进致富的快车道，村集体经济和村民生活蒸蒸日上，然而在工业化进程中出现的问题也接踵而来，土地资源越来越少，龙眼已没有耕地，再也看不到大片绿野平畴，而富起来的村民又到处找空地盖楼，这东一座西一座的成何体统，且占地又多。工厂多了，一下拥进了近4万的外来工，面积仅仅3平方公里的龙眼，显得越来越逼仄。这些来自四面八方的外来工不仅带来差异的文化，还带来不少小农经济下的种种不良习气，带来了环保、治安、卫生等社会问题，如何管理也成为新的课题。

"走城市化的道路！"

说来容易，从农村向城市转变，是一种十分艰难而且痛苦的嬗变，不仅要把农村建设成城市，更要潜移默化把农民改造为城里人，要从外到内进行一次脱胎换骨，这是一个系统工程。

农村建设城市化，其关键是规划。

他们请来了化工部地质队，从1986年到1987年进行为期两年的探测和规划。旭森提出一种前瞻的理念，规划要适应20年后的发展！

一幅新的发展宏图诞生了：整个龙眼的版图划为生活区、工业区、商业区，由8条大街来互相连接，入村的大道为30米宽，入区的大街为26米宽，入屋的小巷为6米宽，保证每户都能进汽车。方针是：一次性规划，分期实施。

如今，进入龙眼村，一座繁华的小镇，直愣愣地扑入眼帘。进入村口大道，便闯进了热闹的商业区，那座"爱琴海"酒店耸立在大沙河畔，那座电影院掩映在文化活动中心的绿树丛中，那条笔直的商业大街，在两排热带树的后面，大店小铺鳞次栉比，什么时装店、百货店、五金店、日杂店、美容店、水果店、花店、茶餐厅应有尽有。医院、银行、书店、邮政所、信用社、菜市场则穿插其中，街道上车水马龙，人流如织，升腾着一股股热气。

进入工业区，只见各种造型新颖的厂房争奇斗伟，通向它们的大路小路，泾渭分明，绿树成荫，什么"明安国际企业"、什么"迪吉泰制衣配料有限公司"、什么"宝荣针织厂"各种商标都别出心裁，有的如一轮旭日东升，有的如一张风帆出海，有的如恋人相吻，有的索性用缩写字母来组合。门楼都十分讲究，有的如一道彩虹，有的如一只硕大的听音器，有的如巴黎的凯旋门，有的如一架倒放的风琴。进料出货的车队，进出其间，川流不息，偶尔看到一群身穿工服的打工仔打工妹，像潮水般涌出涌入，让井然有序的工业区平添几许动感与活力！

进入生活区，则是另一番情景，只见一排排小楼，井然有序，横街小巷均可驶进汽车，每幢小楼设计各具特色，有的用意大利的批荡，有的用玻璃幕墙，有的索性来个中西合璧，但有一点几乎相同的是楼前都有一个小院，院中都花树婆娑，或铁树，或水松，或玉兰，姿彩纷呈。阳台上攀悬着簕杜鹃或常春藤，偶尔还会飞出几枝玫瑰和海棠，柔风徐来暗香浮动。一阵阵轻音乐或广东小调，从小巷流泻出来，横溢着一股优雅的气息，村中的旧屋已拆迁完毕，1990年所有村民都住进小区中来。小区的不远处就是街心公园和人工湖，漫步其中自可怡情。村委会还有一个宏图，在生活区旁增建一农民公寓小区，17幢20层高的商住楼拔地而起，小区内有湖光，有山色，有绿色长廊，有泳池，有会所，绝不比城市的豪华小区逊色。

　　入夜，龙眼小城的味道更浓。

　　当最后一抹晚霞沉入伶仃洋底，龙眼骤然亮起万家灯火，大街上霓虹闪烁，滚滚人流如地下水般一下从工厂从生活区涌出来。那川菜馆、湘菜馆人气特别旺。那升腾着热气的麻辣烫火锅，吃得川妹子热汗淋漓；那大碗大碗的红烧肉，令湖南小伙又是猜拳又是碰杯。服装商场这个时候最为火爆，刚发了工资的打工仔打工妹，在那儿挑挑拣拣购买既合自己心意又廉价的衣物。购物中心手机柜前，洋溢着一张张兴奋而又充满青春气息的脸，新购的手机虽然款式不那么新颖，但毕竟可以往家乡给爸妈打长途啦！

　　最热闹的是文化广场，那两盏太阳能灯，把整个广场照射得如同白昼，一排排装饰灯，也怒放着火树银花。运动场上，篮球、羽毛球各队劲旅在进行激烈的争夺；各单位的拔河队在较劲，啦啦队的助威声响彻云霄。中心舞台正进行歌舞大赛，一队队年轻貌美的姑娘，穿着亮丽的演出服，在跳着富有民族特色的舞蹈；一个个男女歌手，登台一展歌喉，引得台下那黑压压的人群一阵阵波涛似的喝彩！舞台前的一排评委却一脸的正经，他们正在为表演者打分呢。

　　在街心花园，一群老人在自得其乐，他们三五成群，有的在耍太极，有的在跳扇舞，有的在下象棋，有的在打扑克，有的在踢毽子，一派悠闲的景象。不远处的文化中心那一排教室的灯光还亮着，但却十分安静，什么电子计算机班、会计班、商务英语班、服装剪裁班，正在静静地进行着。学员们成分复杂，有村中的管理人员，有民营的老板，也有企业中的白领与蓝领一族。他们的学习目的也各不一样，有的来是为了提升自己，把工作做得更出色；有的来是补补课，为将来求职做准备。

这种文化的熏陶，起到一种潜移默化的作用，它会提高人的文明意识，会去掉农民种种不良习气。然后，经过艰难的嬗变，变成一个城市人。如今，走在龙眼的大街上，碰上龙眼的村民，你简直不敢相信，他们就是"洗脚上田"的农民，一个个衣着整洁、光鲜，一脸的自信与阳光。

龙眼，正一步步地消灭城乡差别。

腾飞：从神话变成现实

从前，有一个画龙点睛的故事。传说，在梁代有位画师，在金陵安乐寺壁上画了条龙，没点眼睛，路人说了无生气，画师说点了就会飞掉，路人不信，偏叫他点上，他将画笔一点，顷刻雷声大作，那龙破壁腾云而飞。

在龙眼村口，也立着一条龙柱，一条龙盘云而上，做腾飞之势。这是一幅龙的图腾，它揭示着龙眼的文化底蕴，也寄托雕刻者的情怀与希冀。

如今，龙眼真的腾飞起来了，高人就是那位在南海画了一个圈的老人，其点睛之笔，便是改革开放。是改革开放这股强劲的东风，让这沉睡在大沙河畔的千年之龙，猛然翻了一个身，然后腾空而起，一飞冲天。

是的，改革开放40年是龙眼腾飞的40年，它办起的龙眼发具厂，拉开农村经济改革的序幕之后，不断锐意进取，取得一页又一页的辉煌成绩。1993年龙眼已成为全省"文明单位"，1998年跻身于全省"百强村"，到了2007年，总产值已达26.5亿元，纯利润达1.28亿元，拥有净资产8.71亿元，人均年收入达4.25万元。

这种腾飞不光有一串响亮的数字，这种腾飞更象征着这村已发生质的变化，已从一个贫穷的农村嬗变成一个城市化的小镇。这种嬗变揭示了农耕文明向工业文明进程中的必由之路。

这种嬗变体现在教育事业蓬勃发展。龙眼从1990年起，投入2000多万元兴建一所现代化的龙眼学校。园林式的校园，树茂花繁，曲径通幽。现代化的教学大楼，巍然耸立，远程教学的设备应有尽有。体育场所更是大得令人叹服，室外的足球场，绿草如茵，那铺着绛红色地毯的跑道，仿如一弯月亮湖。室内体育馆，篮球场、羽毛球场，还有各种体操器械。泳池更是碧波荡漾，浪花飞溅，回荡着笑语欢声。原国家体委主任伍绍祖参观后拍手叫好，还为体育馆题写了馆名。国务院原副总理吴学谦到龙眼视察，在校园前跟村干部合影。村委会还实行了助学金、奖学金、奖教金，本村子弟幼儿园和小学全部免费，读中学每人每年发放1500元的助学金，读大学发放2500元。村里还购买了大客车，专门接送到镇上读中学的龙眼子弟。这种重学之风，使龙眼的子弟发奋读书，每年都有一批人考上大学。

这种嬗变反映在人们的文化生活中。村委投资兴建了文化中心、龙眼广场、电视转播中心和游泳中心。这游泳中心占地数十亩，中心前有个广场，广场上有座喷池，池中坐一健康可爱的孩童，抱着一条大鲤，鲤口中喷出一水柱，在池中洒落万颗银珠。中心内有深水池，有浅水池，还有水中乐园，它绝对比一些中等城市的游泳场还要高档和现代得多。

这种嬗变表现在村民已踏入小康之家的门槛。龙眼的村干部实行退休制，老人及困难户有固定的生活补贴，村委会出资为村民买了医疗保险，建立了土地基金投资分红制度，真正做到幼有所教、老有所养、病有所医。有个故事在村民中广为传播，年届五十的村民张继忠，患了肝硬化，需要进行肝移植手术，共花了近50万元，病愈出院的他，逢人便说："若无医疗保险和村委给予我高额的补助，死定了。"

这种嬗变反映人的素质在不断提升。富起来的龙眼人，有新的追求，人生有五大需要，如今不少龙眼人追求的是最高层次的需要，那就是实现自己的价值。他们有的喜欢旅游，让自己的足迹踏遍全世界；有的喜欢上摄影，一有假期就背着"长枪短炮"往名山大川里钻；有人喜欢书画，小楼堆满名家的书画册，家乡的小河、渡口、小艇、榕树、吊脚寮，构成了他画笔下的小品。当然更多人是希望自己成为一个成功的企业家，张佛恩便是他们心中的偶像，他是从龙眼干出去的一位成功人士。村中人喜欢叫他的乳名：牛佛。改革开放前他驾的是手扶拖拉机，龙眼引进外资之后，就是他与张细一道，经常送货到深圳。掘到了第一桶金之后，他与张细合资在镇上办了第一家龙泉酒店，酒店不大，只有4层，后来张细退出，他独撑大局。积累了一批资金后，兴建了龙泉商业广场，这广场楼高9层，汽车可一直通到顶楼，集商场、旅业、娱乐、餐饮于一身，可容顾客数千，名震一方，虎门的第一届国际时装交易会就在那儿举办！如今他已拥有两座五星级酒店，"龙泉国际大酒店"巍然耸立在珠江河畔，"东莞会展国际大酒店"则开上莞城飞峙在市会展中心旁。龙眼人要学"牛佛"那样，靠真本领去赚更多的钱，然后好好回报社会！

新韵：总理来到咱们村

2008年初冬，一个艳阳高照的清晨。

大沙河畔，像往常一样笼罩着一种宁静而又祥和的气氛。一列车队下了深广高速公路，直奔龙眼，在冠越玩具厂停了下来，从一辆中巴上走下一位中央领导。他身穿一袭黑色夹克衫，戴着一副宽边眼镜，明亮的眼睛闪着睿智的光，慈祥的脸上挂着亲切的微笑。

"啊，温家宝总理！"龙眼支部书记张国平几乎叫出声来！

跟在温总理后面的是省委书记汪洋和省长黄华华。早在冠越等候的市长李毓全以及镇委领导迎了上去。

总理顾不上喝一口水，便直奔车间去，参观完生产线之后与企业负责人、技术人员和一线的工人进行了亲切的交流，详细了解企业在金融海啸冲击下如何度过，遭遇的经营困难以及企业在市场拓展、产品开发、企业融资、劳工运用等方面的情况，还不时询问随行的省市以及镇的领导……

送走了温总理以及省市领导，张国平回到了管理区的办公室，站在窗前的他心潮起伏。虽已入冬，窗外却一片葱绿，可世界上早已刮起一股寒流，这寒流就是金融海啸，导致了全球性的金融危机。谁对这场危机应对不力，谁就会导致经济的全面崩溃！很显然，总理此次南行是冲着金融海啸而来的。如今，中国南方，特别是珠三角正面临"第三次工业革命"，在金融海啸的冲击下，中小型企业如何在产业转型中平稳过渡，引起了总理的高度关注！

中国农业经济改革的序幕是龙眼一家小小的发具厂拉开的！龙眼也是靠一批中小企业才能进入致富脱贫的快车道，且仅龙眼这么一条小小的自然村便可以解决近4万的劳力就业。中、小型企业功不可没啊！当然，在工业化进程中也带来一些问题，诸如环境的污染、土地资源的透支以及外来人口剧增等，都不容忽视。走高科技发展的道路无疑是一条理想之路。然而，凡事都有一个循序渐进的过程，有些过程是不能一下跨过去的，走迟了会被远远抛在后面，走急了也会翻车。"腾笼换鸟"这思路当然好，可小鸟飞走了，凤凰如何能飞进来？剩下的鸟笼也不能空搁着，金融海啸一冲击，这种转型更应该考虑平稳过渡啊！像冠越这样可容8000工人的大型外资企业，主要订单来自国外，受金融海啸的冲击，订单锐减，如何抵御骤然而至的危机？其他中小型企业船小如何掉头？这一切都要运用科学发展观去深入调查研究，找出良策破解困局，如何根据实际情况制定相应的政策和策略？为此，他们管理区就目前的状况和应采取的措施向上级提交了一份报告。总理一行这次前来深入考察调查，证明中央以及地方政府已高度重视此类问题。这无疑给他们带来了扑面的春风和新的希望！

张国平2004年接下老书记张旭森交的班，当时他三十刚出头，已是龙眼的老支委了，可他丝毫不敢懈怠，利用业余时间，攻读完大学课程，在农耕文明向工业文明嬗变的进程中，需要破解多少难题，这都需要胆识和智慧。接任几年来他与其他支委一道运用科学发展观，率领村民开拓进取，各方面都上了新的台阶！这次总理前来考察，是动力，也是压力啊。动力是，他深信中央以及省市肯定有相应的政策出台！压力是，他深感自己肩上的担子不轻！如今，应是改革开放后30年新的起点，当年拉开农村改革序幕的龙眼，在新的一轮改革开放中，决不能落在人后。

历史的辉煌，不是高枕无忧的通行证。国际政治风云际会，国内改革浪潮激荡。离总理到访一晃又是10年，目前龙眼已跨进农耕文明向工业文明嬗变的快车道，建设粤港澳大湾区已成国策，市委在虎门计划出60平方公里土地成立滨海新区，虎门人面临新的挑战与考验。一直走在前的龙眼人不忘初心，使命在肩，祝你在新的一轮嬗变中继续腾飞，一飞冲天！

细视其坚实的底座,用烫金刻着"大宁"二字,这不是"宁儿"吗?再细察那一群绕双翼而飞的白鸽,它们掀起的是一股宁静而又温馨的风,我骤然明白:这是一座宁馨儿诞生的图腾。

宁馨儿的诞生

一双巨翼,在沐着艳阳的家园上,腾空而起,一群白鸽绕着它旋转了两圈,朝着布满瑞雪般祥云的碧空飞去,掀起一股宁静而又温馨的风。

这一座气势不凡、构思独特的雕塑,巍巍然耸立于虎门镇东部之广深公路(S358线)靠大板地的地段上。这便是大宁管理区的村标。一个成功的村标,往往揭示这个村的人文底蕴,以及雕塑它的主人的情怀与希冀。

站在这村标前,我细细端详着,琢磨了许久许久。这腾飞的双翼,既像一个横空耸立的"八"字,又像一个大写的"儿"字。这"八"字谐音是发,无疑是喻示着发展。那么这"儿"字呢,细视其坚实的底座,用烫金刻着"大宁"二字,这不是"宁儿"吗?再细察那一群绕双翼而飞的白鸽,它们掀起的是一股宁静而又温馨的风,我骤然明白:这是一座宁馨儿诞生的图腾。

古村落的源流

一个地方的人文底蕴,必须从历史上去溯源。

大宁,古为浅海,与之相接的便是珠江口烟波浩渺的伶仃洋。大岭山西南余脉的横斜线成了这里的海角,星星点点的屿礁,成了大海大大小小的浮雕。浅海的景观，随着潮涨潮落而变化。潮涨时，一片片茂密的红树林，成了一座座涛涌浪飞的绿岛；潮落时，裸露着的沟渠纵横的海边，则成了千顷铺陈的蚝滩。曙色熹微，一轮旭日从东方的海平线上冉冉升起；夕阳西下，白帆从天边与百鸟齐归。自石器时代起，这里已是疍民聚居之地，他们以船为家，只是在此停泊过过夜，避避风，也有人在岸边搭起吊脚寮升起炊烟，让老幼过过相对安稳的日子。自秦汉时起，这里已盛产海盐。宋初，此地设置了"大宁盐场"，成了名播粤桂赣三省的广东十三大盐场之一，盐丁、役使陆陆续续在此聚居。

及至南宋绍兴四年（1134），谭氏先祖惟月公举家从广州双桥迁入此地立籍。随后，赵、潘等姓相继迁入，村落逐渐扩大，但村民一直以谭氏居多。据《醒世恒言》说："汉朝取士之法，不比今日，它不以科目取士，惟凭州郡选举，虽则有诗学宏词，贤良方正等科，惟以孝宗为重。"孝者，孝悌。廉者，廉洁。孝则忠君，廉者爱民。但是举了孝廉，便得出身做官。谭惟月为何弃官弃闹市而隐居于此？也许他在此立籍之初，看中的正是这个"宁"字。这里，出海能捕鱼，上岸能农耕，居住有山水，出门可登舟。可以让子孙后代过上安安稳稳宁静的日子。谭惟月虽不热衷于仕途，但绝不甘平庸，他希冀子孙后代成为知书识礼，有知识，有胆略，有建树之人。他与择邻而居的北栅陈氏、白沙郑氏等书香世家，自立籍后，纷纷倡教兴学，开私塾，建祠堂，置社学，延名师，课子弟，一时竟蔚然成风，且代代延宕不止。据历史记载，大宁谭氏历继祖训，一向重视教育，明代建有"宁溪书院"，清代创办"靖康社学"。

有史可查，自宋以来，倡教兴学的虎门古镇，科名迭出，仕宦卓然，闻达者竟至数百人。大宁人虽不追求仕途的畅达，却谋略与胆色过人，具有满腔的家国情怀，他们津津乐道的一介布衣奇男子谭青海，便是其中一个。

谭青海，字永明，号见日山人，自幼家贫，好学博采，为人开朗率直，少年时代已经颇有名望。谭青海喜欢研究天下大计。嘉靖四十五年

（1566）穆宗即位，谭青海身穿布衣，着草鞋穿州过省，北上京师，以平民身份向朝廷上奏《三大礼疏》：一、恢复建文年号，并为至今下落不明的建文帝追加谥号；二、景帝的祀庙应属宗附庙；三、献帝的祀庙不能归入附庙之列。全文2300余字，立论鲜明，直逼主旨，文句犀利，字字珠玑。

对明史稍有涉猎者均知，谭青海的《三大礼疏》不啻是对历史问题的拨乱反正。弄得好，固然可一洗朝野翳月；弄不好，是要丢脑袋的。没想，他竟一发不可收，尔后又屡次上书，议论朝中十多件最为敏感的大事。

谭青海的凛然直谏，尤其是其真知灼见，令权倾一时的首辅张居正，以及都御史庞尚鹏、尚书叶梦熊，莫不对他刮目相看，皆称其为"当今奏议第一将"，并共力挽留他当"读书中秘"。谭青海称自己以当"真布衣而不能做假仕宦"，傲然辞官不就，幡然而归。

谭青海，好游历，足迹几乎踏遍神州，万历初年（1573）他仗剑出塞来到蓟州边关，适遇一代名将戚继光，细察边关布局后，他直言道："与其合兵，四面把守，何不集重兵于正面拒敌？！"戚继光一听，不禁拍案叫绝。其后，蓟城的要隘修筑，精简兵员，布防设阵，戚均采纳他的策略，戚继光上疏朝廷，推荐谭青海"倜傥非常之才，宜超格录用"。

谭青海两次推辞而还。归家路经饶州柘林，守备闻声远迎，为他接风洗尘。正值酒酣之际，城中忽然发生兵哗，众卒持械蜂拥而至，守备狼狈而逃。面对群情激奋的士卒，谭青海面不改色，从容应对，当他了解事因守备克扣军饷时，遂倾其囊中所有，尽散于士卒，兵变顷刻而息。

谭青海生性清高，不尚浮名，但所到之处，均以家国情怀为重。他认为，忧国忧民并非士大夫的专利，只要朝廷广开言路，国家岂有不兴之理？！

大宁人说仁者寿，谭青海豁达坦荡，追求过宁静与温馨的平凡日子。虽年届七十，仍健步如飞，他晚年隐居东樵罗浮山，建草堂于见日峰，自称见日山人。见日，取其字"永明"，意谓虽为游手山人，未敢忘忧国也。

在大宁，谭惟月与谭青海的传闻轶事，虽不至于妇孺皆知，却也是代代相传，未曾湮没于岁月的淘洗中，或许，从某种意义上说，先贤们800年前播下的种子，正是这国泰民安的宁馨之梦。而改革开放大潮拍来，大宁人敢立潮头，也是有源可溯了。

新浪潮的涛声

大宁，其实是一个古村落群，有大宁之南坊、西坊、北坊之外还有博投与江门等六个自然村。南宋时谭氏迁入定居之后，随后又有赵、潘等姓居民迁入，三姓均是名门之后，书香世家。这里，曾是繁华之地。

大宁的博投自然村，清时为墟场，以烧制壳灰闻名域内，因为博投的村前便是内伶仃，退潮之后便是万顷蚝滩。捞上岸的生蚝，取蚝之后便剩下体形极大的蚝壳，这两地蚝壳垒起来成峰成岭。博投不远处，便有个贝丘遗址，据考察，早在2000多年前的新石器时代，虎门的先民便用这蚝壳垒墙。蚝壳还有一妙用拿来烧制壳灰，这壳灰比石灰还好用。近代以来，由于红砖的出现，以蚝壳砌墙几乎绝迹，"敢为天下先"的大宁人胆识过人，索性来个废物利用，办起烧壳场来，加之，数箭之遥，便是宝安沙井，亦是有蚝田千亩之地。这里的壳灰便逐渐成行成市，成了名震域内外的壳灰墟。

大宁的另一自然村江门，处于网状的内河交汇处，亦成为域内重要的水埠，大宁处于咸淡水交融地带，河滩与沙田盛产水草，这一带草织加工厂密集成群，这水埠成了运输壳灰与水草加工品的天然码头。

这壳灰墟与水埠码头，恰好填补了清初盐田消失的自然条件之缺。然而，沧海桑田，这两大自然优势随着岁月的流逝也消失，让大宁人回归"脚踏泥土背朝天"的农耕生活，那宁馨之梦随之成为泡影。哪怕是中华人民共和国成立之后的很长一段日子，大宁人的日子过得也是紧巴巴的。

大宁，居虎门的最东南，毗邻香港可算最近。解放前，大宁人在香港谋生本来就多，几乎每个家族均有十数人在香港。在1962年及20世纪70年代初期的两大"逃港高潮"中，虎门"督卒"前往香港的数大宁最多，不仅是青壮年的男丁，还有不少是青壮年的村姑。有些村姑"督卒"四次才"督"成功。当然亦有不少葬身于深圳白石洲的大海里。尽管围追堵截，祭尽法宝，也无法刹住这股风。老书记陈振权说过："清点大宁的人头，一半在乡，一半在港。"可见大宁香港同胞之多与逃港之风之烈。

为何大宁人"督卒"最厉害？人们分析有五大原因：一是大宁人在香港的亲戚多，到那里有人接应。二是大宁人心头高，同是大宁人凭什么在乡比在港的人生活矮一截？三是离香港近，翻过大板地，走过长安便是宝安地界。四是大宁地处水乡，无论男女从小水性就熟。五是大宁人敢冒险，既然生了"督卒"的念头，便有一股"不到黄河心不死"的韧性。

当然，更主要的原因，是他们在这方水土被折腾怕了，先是"大跃进"的大炼钢铁，把树木伐光，再来深耕改土移苗拼块，让这鱼米之乡颗粒无收；后又来"割尾巴上天堂"越割越穷得响当当！开门三件事：种禾、割草、织席。后来引淡防咸，连水草业也渐处低迷。哪怕是草织最旺时，也织不出一个花团锦簇来，"人比人，比死人！"与香港的亲友一比较，心理落差就大。大宁是个半沙田地区，方圆不到6公里，6个自然村，2000多户人家，就守着这丁点水土，家家户户过着望天打卦、"脚踏泥土背朝天"的日子，能发达吗？

是改革开放大潮涌起，给大宁带来了生机。1979年5月，时任党支部书记的陈振权，与港商签了一份来料加工合同，说是港商，其实是老乡。他偷渡去香港，聚了点财。加之香港地的租金和劳力费用猛增，一些小本经营的企业难以为继，于是他提着一个皮夹回乡探路办厂。都是乡亲乡里的，加之各取所需，于是一拍即合，村里负责厂房、劳力，港商负责机器、资金，加之共同管理。厂房是现成的，把吃"大锅饭"时建的饭堂腾出来就是了。劳力，抽点青壮年来便成。一家毛织厂就这样办成了。当时，广东农村来料加工厂，龙眼的发具厂是第一，大宁的毛织厂是老二。

老二也绝对不简单哪。1979年，中国大地乍暖还寒，十一届三中全会刚刚开过，这次会议彻底否定了"两个凡是"的方针，做出党和国家重心转移到经济建设上来，实行改革开放的伟大决策，树欲静而风不止，社会上"姓社还是姓资"的争论之风也风头正劲。加之，在这个历史拐点上，虎门的逃港风依然很猛。中国往何处去，依然没有一个清晰的时间表和路线图。招商引资，特别是从香港引资，是一个全新的概念，向资本主义社会引资在一些人的眼中是"犯天条"的大事，有人甚至视若洪水猛兽。

陈振权并非不明白"出头鸟易挨枪子"的道理，但大宁人"敢为天下先"的胆识支撑了他，初中毕业在农村摸爬滚打十多年的实践告诉他，农民单靠抓"7"是永无出头之日的，只有从"开门三件事"的束缚中挣脱出来，才有新的出路，办厂便是其中一大思路，有思路才有出路啊！实践，很快印证他的思路是正确的。办厂的第一年，村里的收入就从可怜巴巴的2.5万元跃到65万元，整整增长了25倍。

初尝捷果，陈振权开始了更大的谋划。他说，这次是财神爷送上门来，多少靠点运气。我们可不能守株待兔，大宁有那么多乡亲在香港，我们为何不主动点，请他们回来走走？用什么理由请他们回来？正当他陷入冥思苦想之际，忽闻窗外的蝉儿在高声吟唱，他猛拍一下大腿："有了，蝉鸣荔熟，正好请他们回来品桂味与糯米糍！"通过大宁香港同乡会一发动，回乡品荔人竟有三十人之众。按当时的规定，香港同胞回乡，须到公社登记备案的，公社公安人员一看名单，吓了一跳，三十多人整个"军团"啊，他从没见过这么大的阵仗，他忙把陈振权拉到一边悄声问："现在反偷渡活动正搞得轰轰烈烈，你一家伙请那么多香港客回来不怕找麻烦吗？此举总得有个名堂啊，要么我怎向上级交代？"

陈振权有备而来，自然胸有成竹："荔枝熟了，请乡亲们回来吃荔枝呀！"

"吃荔枝也得有个名堂呀，我可要记录在案呢。"

"那就叫'荔枝团'吧!"

此后,陈振权索性名正言顺每年办起"荔枝节"来,除了请乡亲,还请一些著名的商贾巨子,它竟成了招商引资特灵的一招。

破难关的哲思

办厂,便是农耕文明向工业文明转变的必由之路。招商引资则是办厂的首要步骤,随着引资越来越多,马上凸显两大瓶颈的制约:其一是厂房;其二是劳力。

厂房,开头用的只是旧食堂,随之便是丢弃的文化室,最后便是旧祠堂,这些废置的建筑物毕竟有限,而投资者不断增多,需要的便是新厂房,要建新厂房就需要土地。在当时最不缺的便是土地,有些地方靠卖地增加收入,可是土地是命根子啊,以陈振权为首的一班支委,一开始就牢固树立科学的用地意识,尽量避免土地资源的消耗,因为土地资源毕竟有限,用一块就少一块,他们提出向荒山要地,经过反复的实地勘察,相中了大板地这片荒岭。那里就是由广深公路(S358线)串起的几座小山头,这片荒山,山坳连绵像条长蛇躺卧其间,两边悬崖壁立,茅草与杂树丛生,朗箕长得比人还高,偶尔会蹿出几只松鼠或野猫。山野遍布松林、杂草,夜间还偶闻狼嗥和猫头鹰的呻吟,十分阴森恐怖。新中国成立之前是长安麦浩土匪以及珠江口一带海盗出没之地。

陈振权就锁定在那儿建工业区!他们说干就干。

钱从哪里来,光"三通一平"就需要大量的资金,清光管理区的家底,再把所有干部的底裤全当光也玩不起来啊!

高人自有妙策!他们调来推土机把山坡推平,陈振权想了一个"无敌价",年租一平方米一元,但投资方自己投资盖厂房,再来修路,通水通电。

好一个"姜太公钓鱼,愿者上钩"。

此招报纸上说是"借船出海",我们叫双赢。客商一算:"抵过皮鞋!"

一待大板地立起了三座新厂房，就不用再租地给开发商开发了。自己盖，盖好了就搞厂房出租。租厂房可不比当初租地，那价码可是孙悟空领路，翻一个跟斗就上了云头。

盖厂的资金哪儿来？

那三座厂就是村里的银行，村里财政有钱了，再加上村民集资，盖个厂房还不易过借火？！

劳力如何解决？

起初，外来工还未兴起，主要靠本地农民"洗脚上田"当工人。可那时已是分田到户，一到农忙时节，特别是春耕与夏收夏种，劳力就跑回家，打理自己承包的"一亩三分地"去。而那时恰恰是工厂"赶货"最紧张的时候，工业与农业争劳力现象十分严重，常常顾得这头顾不上脚。厂长们一见书记就诉苦："权叔，你可得替我找人，想点办法，农忙一来，厂里的工人都跑光了，这样下去，工厂迟早得'执笠'。"陈振权心里清楚："一个企业家，谁不希望利润最大化？若生存不下去谁还敢来投资？！"

咋办？得设法改变农耕方式与格局，这种改革，首先要因地制宜啊。他想到大宁的农田70%是大沙田，他想到麻涌、望牛墩一带的水乡的沙田不是大面积种蕉吗？对，将禾田改为蕉田，但棋错一着满盘皆输啊！成不成得有科学依据才行。于是他走访了麻涌、中堂、道滘、望牛墩等蕉乡。从土质的需求、种植方法、用肥除虫，以及用工销售等诸项事宜，记下满满一本笔记本，最后还请了望牛墩的一位蕉农来大宁实地考察，还将规划种蕉地域的土壤送去农科所化验，一切数据准备好后，召开农户会议提出联户集体改种香蕉，既可按原农户的土地责任管理，也可以互相调剂出让经营，为增强信心，他与党支委带领农户代表专程赴蕉区考量，并决定种苗费由管理区的工业利润全额补助。这样一来，根据农户的上缴任务，留足粮油、糖生产用地之外，近2000亩土地连片规划改种香蕉。一年后香蕉产果，产值比种水稻高几倍。他们搞起承包责任制来，请了蕉农一人承包起十来二十亩的蕉田，两年后又与外贸公司签了收购合同，外贸公司还给农户预付成本。这样一来既节约了劳力，又增添了收入，可谓一箭双雕。

种了几年，后来出现大片"蕉公"，"蕉公"便是只长树不结果，科学解释是病毒引起的退化，产量下降得厉害。陈振权一班支委则见招拆招，从顺德南海的"鱼塘桑基"得到启示，于是把蕉田全部改作鱼塘，刚开始的时候，新挖的鱼塘没人敢承包。村里在鱼塘旁搭起鸭寮来，既养鸭亦可肥塘养鱼，请浙江的放鸭人承包放鸭，一包就是18亩。大宁是咸淡水交融的地方，乌头鱼养得特别棒，水草和蚬仔特别多，鸭儿养得特别肥，鸭蛋下得特别大。养殖户又卖肥鱼又卖鸭蛋，赚得盘满钵满。这样一来，2500亩鱼塘一下子承包出去了，后来鸭蛋价贱，他们又改养猪。大宁工厂多，猪肉不愁没销路。如今，虎门的塘鱼市场，大宁占了五成以上，因为大宁咸淡水特产的乌头鱼被称作水底鸡项，特别受欢迎。

2000年，大宁建成大板地、北林、赵屋和麒麟4个工业区，共引进各类工业企业94家，年集体经济收入6538万元，村人均收入2.84万元，经济实力居东莞市各行政村前列。

宁馨儿的韵味

随着经济社会的发展，大宁城市化进程不断加快，如今走进大宁，您简直不敢相信，这是一个古村落。

这里曾是一垄一垄的水田，如今高楼林立，大路纵横，绿树成荫，车流如泻，早在20世纪80年代，陈振权就请省里的城建专家将整个管理区作为一个小镇来做整体规划，除保证农耕必需的土地外，划分为四个区：一是商业区；二是工业区，三是文化区，四是生活区。在1987年铺就一条水泥路——大宁大道，到了2000年底铺设路面宽15米以上混凝土路面的马路与街道近20公里，马路与街道两旁均绿树成荫，它像一条彩带把四个功能区像网状连接起来，加之一条小河在绕着这四个功能区游转，小河有小桥、有流水，生活区还有人家，偶尔有人在小河上划着小艇，有人在岸柳下垂钓，看起来颇有江南水乡小镇的风韵。

四个功能区各具特点与功能。

商业区，地处最繁华的地带，几条商业街，商铺林立，霓虹闪烁，酒旗飞舞，人流如织。百货公司、宾馆、饭店、金铺、银铺、首饰店、杂货铺、书店、咖啡屋、西餐厅、海味斋、烧腊档、美容院，应有尽有，最红火的恐怕是时装店和食肆，除了粤菜，还有湘味楼、川菜阁、山东老家以及香港的茶餐厅与台湾的檫檫锅。有人说比内陆的一个县城还要热闹得多。是的，大宁除了当地有2340户籍人口，还有暂住人口3万多，这些都是消费群。

四个工业区，均是花园式的工业区，除了各式各样的工厂，整个工业区都辟有宿舍、食堂、商场，还设有小型的公园，有水池、假山，有锦鲤池，有风亭，还有飞红流绿的大树和长出点点小花的茵茵草地，摆着石台与石凳的成片悠闲之处，工余可以在那儿下象棋，在那儿弹吉他，还可以男男女女在月光下拔草根。人们说大板地工业区本身就像一个地地道道的小镇。

大宁的文化区，真可写上一笔。

首先，早在20世纪80年代初，投资2000万元改建扩建园林式的大宁小学，整个校区环境幽雅，洋溢着浓厚的文化气息，校园有教学大楼、科学大楼、图书馆、植物园、体育场、学生餐厅。这些场馆可不是一种点缀，科学大楼含有航模室、机器人室、人工智能室和化学试验室；图书馆拥有1万多册藏书，植物园有100多种珍奇的中草药；运动场则有室内球场和射击场馆，一所小学竟有如此多的现代化教学设备，真不得不让人折服。大宁小学2000年度被评为"南粤尊师重教的先进单位"。此外，对中学生，大宁也有激励政策，对应届考上大专以上的学子给予一定的奖励，金额从1000元到5万元不等，有力地鼓励莘莘学子发奋读书，将来更好地回报社会回报国家，这种激励措施，也让大宁人爱读书的优良的人文基因代代相传。

其次，在20世纪90年代末，建成占地6.4万多平方米的多功能文化广场，内有占地2.5万平方米、设有中心舞台的大宁广场，这广场绿树掩映，暗香浮动，绿化面积达4000平方米。广场四周有美国杜比环回立体声系统的影院，有藏书6万多册的图书馆，有占地4500平方米无柱式的体育馆，体育馆有室内室外篮球场、游泳池、网球场、足球场等文体设施。20世纪90年代起，大宁坚持每年举办"宁馨杯"文艺会演，自1999年4月起，每周举办"明日之星"表演活动，广大村民和外来员工"自荐、自演、自娱、同乐"。

除此文化广场外，还建有百福广场、麒麟公园、西坊公园和宁馨公园，分散在社区的各个角落，供当地村民与外来员工做休闲及小憩之用。可谓亭、台、楼、榭，无处不在。

生活区，可谓花团锦簇。

大宁建起村民住宅区两个，取名宁馨花园，几十栋高楼白云缭绕，几十栋别墅花树掩映，小河绕着花园蜿蜒而过，花园内有荷塘，有曲桥，有泳池，有花圃，充满着一种宁静而又温馨的气息。有98%的村民住进这豪华的新楼房去，部分村民还在住宅区外建起四层至五层的楼房用于出租。

我发觉大宁用"宁馨"这词的频率很高，悠闲场所有"宁馨公园"，文艺会演设"宁馨奖"，高级生活区叫"宁馨花园"，可见"宁馨"是当代大宁人聚焦的热点，亦是历代大宁人之梦！

"宁馨儿"的诞生，是大宁人将梦境变为现实。说到此还有两段余音：

其一，改革开放前大宁人拼命往外跑，如今大宁人过宁馨的好日子，以前跑出去的，哪怕是大城市都想往回迁，尤其是出嫁女，这种要求尤为强烈，以前嫁去城市是为了粮簿，现在迁回农村是为了股份分红，而且这里小孩读书不用钱，医疗有保险，退休有退休金，还可住上高级的村民公寓。这些都是梦寐以求的生活！出嫁女的回迁是老书记遗留的一个问题，后来继任者谭运璋给解决了。回迁可以，得拿钱参股。出嫁女愿意：拿低价的钱买高价股值！区里人乐意：反正乡里乡亲分点钱无所谓。走共同富裕道路为男人争啖气，值！

其二，现任大宁工委书记谭、启绵接过谭运璋的接力棒，正好碰上国家建设粤港澳大湾区，东莞市委、市政府紧跟形势，在虎门与长安划出60平方公里建立一个滨海湾新区，这新区正好与大宁擦边而过。谭启绵书记表示，要结合大宁发展实际，抢占滨海湾新区发展的先机，在新时代、新征程，要面向未来，砥砺前行，让大宁这宁馨儿在这东来紫气与祥云中迅猛地成长！

大宁人千载追宁馨，沧桑巨变，风云际会，不变的是那颗永远进取之心！

（此文有些史料由伊始提供）

成功者，道路也许有所不同，但一方水土养育一方人，同一方水土的成功者，其性格与气质总有点相似，比如那自强不息的精神、那"敢为天下先"的胆识、那不断思考勇于创新的睿智。

热土，谁是赢家

改革大潮，涛涌浪飞。在这千年古塞，涌现了多少弄潮儿，财富永远钟情于有胆识善经营的创业者，哪怕原来是一个穷得叮当响的泥腿子，一个外来的打工仔，积聚了第一桶金成了先富起来的弄潮儿，他们已经突破小商小贩小作坊的窠臼，在创业的大路中追潮逐浪……

龙泉飞瀑

连升路，是横贯虎门镇城区南北的十里长街，是为了纪念当年抗英猛将陈连升所起。在这繁华路段的中心地带，一座宏伟的建筑拔地而起，顶着古塞的蓝天白云，这庞然大物写着"东莞龙泉国际大酒店"9个鎏金大字，这座酒店楼高27层，占地面积8万多平方米，建筑面积达12万多平方米。两边辅楼各4层，大堂宽敞气派，高达4米，宽可跑马，一座用钢化玻璃的水族箱呈椭圆形，巍巍然耸立于大堂的左侧，水族箱养着的都是名贵的水族品种，十数只玳瑁或潜伏于水底的假山，或伸开触觉追逐于碧波中；几十条金龙鱼、银龙鱼金光闪闪银光闪闪地在畅游，微荡着一股温馨的水韵。总台呈半月形，背后是大理石嵌着世界各地的时钟，总台的两旁一字形排开的是商务中心与购物中心。左辅楼分层，设置保龄球馆、美容中心、歌舞厅、洗浴中心。保龄球场有6条球道，让您玩个痛快淋漓。歌舞厅装修豪华，流泻音色极佳的音乐，让您沉醉其中。右辅楼设有中西餐厅，多功能国际宴会厅，可供2500人同时就餐，当然，也供5000人集会。主楼三层为大小会议室，当然是为大小会议与各类培训班而设。四层以上为豪华客房，达800间，供大小商贾和旅人进住。楼外有小桥流水、花木扶疏的园林，有碧波微澜、清澈见底的泳池，还有可泊数百辆车的停车场，如此豪华、如此气派，当时被誉为亚洲最大的五星级酒店。

投资者是来自哪个国家的大亨？不！是虎门土生土长的张佛恩董事长，别看他脸上仍流溢着农民的那份憨厚，他脑瓜却灵活得很。这是他第三家龙泉酒店。他的财富从哪里来？这可有段泥腿子的传奇故事。

他出生于龙眼，初中毕业回乡当了"修理地球"的农民。后来开起了手扶拖拉机，改革开放跑起运输来，他驾着货车一身泥一身水穿市过省，随后他发现村前的107国道车流如潮，他想多少长途司机需停下来歇歇脚，食顿饭，冲壶茶啊，他跑了这么多年的长途，司机的这种心态他太懂了。这不是时势赐的一大商机吗？于是他在村前国道边开起"沙河餐厅"来，这"沙河餐厅"成了长途汽车司机的一个驿站，当然也方便了乡亲饮个茶食个饭，甚至摆个婚宴什么的。在餐厅与司机接触多了，知道跑长途修个车轮的零件需求量是挺大的，加之富起来的乡亲拥有车的人越来越多，于是他又开起汽车修配厂来。"市场急需什么，我就干什么"，这大概是最朴素的市场经济意识与生存的哲学，其实，这也是积累财富最顶用的一绝。钱，他一桶一桶地赚，财富也一笔一笔地积累。

"万顷良田三碗饭，千座大厦半床眠"，是千百年来农耕社会"知足常乐"最流行的口头禅，但虎门人生下就有一种自强不息的气质，人在生活上可以"知足"，但在事业上的追求是永无止境的，在张佛恩的奋斗字典里，更是找不出"知足"这个词。他觉得虽然干成了几件事，终是小打小闹，成不了大气候。1986年，他在城区与张细等合伙建起了全市最大的"农民宾馆"，但这农民宾馆一点不土，既有高级客房，亦有中、西餐厅，还有高级的歌舞厅，一到晚上霓虹闪烁，宾客盈门，火爆得很，这"农民宾馆"的名字叫"龙泉宾馆"，这名字不仅有浓郁的诗味，而且有深刻的寓意。

八年后，张佛恩又在城中新建占地面积上万平方米的一座连体九层的"龙泉商业大厦"。其最大的特点是内设九层联上的室内停车场，也就是说想在哪层购物、住宿、娱乐，就可以把车开到哪层停下来，若您到九层国际宴会厅赴宴，那车便可以直开到九层去，多有创新的意识！据传，此为全国同类商厦之最。还有一绝便是在大厦前T字路口架起全市第一座人行天桥。人们可以避开如泻的车流，从天桥移步跨至大厦，这商厦可比龙泉宾馆的规模与格局来个质的飞跃。它功能齐全，既有大型的商场，有大型的中西餐厅，有高级的客房，还有全东南亚最大最豪华的歌舞厅，顿时商贾和游客如潮如云般涌来。虎门第一届国际时装节就是在这里召开的。

这三座"龙泉"形成了一个系列，一个比一个高档，仿如三潭"龙湫水"，每一层经过深层的积聚之后飞瀑而下，然后汇到滔滔的江河中去，形成一道道"龙泉飞瀑"的奇观。

张佛恩止步了吗？不！之后他看中市里的城中心建了一幢大型展览中心——"东莞国际会展中心"。它占地面积约17.5万平方公里，与东莞兰花歌剧院、东莞城标的世纪广场互成掎角之势。他不仅看中财源滚滚的商机，更觉得要为这展览中心配套一座大型的酒店，于是他在东莞国际会展中心的北面，按虎门的龙泉国际大酒店的模式原封不动建起一座酒店来，名曰"东莞会展国际大酒店"。这酒店一路春风，与会展中心、兰花歌剧院、世纪广场，形成一组亮丽的风景。与此同时，他在虎门长安开发一幢幢高档商品楼盘。这一批批高档楼盘相继售罄。精明的商业头脑，使他一次次把握商机，自强不息的追求使他有用不完的活力，而诚信经营又奠定他的成功之路。他的名字连续几年上了胡润、福布斯的富豪榜。

可他的生活却极其简朴，为了商业上的应酬，他一年四季都穿着西装打着领带，皮鞋也擦得锃亮，可他常年却抽着7元一包的红塔山！我曾问过他："您是亿万富翁，为何还抽这么廉价的烟？"他笑着说："我习惯了这种口味！"您千万别以为他抠门！才不呢！他对自己是抠，对社会却大方着呢！

  他是一个懂得感恩之人，他深深知道，他的财富既不是天赐，也不是佛恩，更不是自己有非凡的本事，而是党的十一届三中全会制定的路线、方针、政策，让一些人先富起来，为他这种人提供了舞台和机会，既然积累了大笔财富，就不忘回报社会。在以他为会长的虎门民营商会，他率先垂范做好两件事：一是积极交纳税金。2001年民企纳税是1979年虎门财政收入的40倍。二是为社会的公益事业慷慨解囊，他们在赈灾扶贫、医疗教育、社会治安等方面捐资数以亿计。仅2008年政府组织"情系四川赈灾活动"的募捐晚会上，即场募集4000万元；其中民企捐款超半数，还有上百车的衣物。每次这种捐赠张佛恩都数以百万计。

  龙泉飞瀑，在古塞的大地溅起万簇浪花，在虎门的上空升起一缕耀目的光晕。

风正帆悬

  在虎门另一位耀目的弄潮儿，是何锐平。成功者，道路也许有所不同，但一方水土养育一方人，同一方水土的成功者，其性格与气质总有点相似，比如那自强不息的精神，那敢为天下先的胆识，那不断思考勇于创新的睿智，总给人一种似曾相识之感。

  在虎门与长安交界处，有座五点梅水库，但见碧波微澜，鱼翔浅底，芦花飘荡，野鸭游弋。在平湖的一角，一艘巨舰正扯起它的风帆，像一只展翅欲飞的鸿雁，走近一看却是楼宇高低错落，曲径回廊，芭蕉掩映，椰树摇风，颇具东南亚风格的建筑物，这就是五星级酒店丰泰花园大酒店。它以精美的结构与布局，于2006年荣获中国建筑工程最高奖项"鲁班奖"。2005年世界顶尖超级模特大赛世界总决赛全球唯一指定接待酒店，酒店的董事长，正是何锐平。

　　他，也是土生土长的虎门人。1963年出生的他，改革开放之初，不过是小小的泥水匠，起早贪黑在工地上搅泥浆，提灰斗，挥瓦刀，一天到晚一身泥一身水，只拿到一份微薄的工资。经过一段时间的摸爬滚打，他悟出了一个人生的哲理：只靠一副牛力是发达不了的，"刻苦耐劳"在农耕文明社会可作为一种传统美德，可在市场经济的大潮中仅靠一副牛力，在别人的眼中只是蛮牛一只。于是他学技术，从散工仔变成了技术工；他学管理，自己组织起工程队来，为了能接大型的工程，他除了学技术还刻苦钻研设计；除了学管理，还钻研资本的运营。1989年创立虎门建设发展公司，在承建行业大显身手，他相继攻下三大难关：一是1992年承建了"富民商业大厦"，这五层高旋转式商业大厦让虎门服装从摆地摊登上了大雅之堂；二是1995年出于强烈的社会责任感，接管当时全省最大的烂尾楼之一的"太平广场花园"，他用了3年时间，启动4亿元资金，盘活了该楼盘，保障了广大业主的利益，维护了政府的声誉，成了虎门标志性建筑——东莞大型电子城；三是于1998年承建了豪门大酒店，这是台商独资兴建，以精致为宗旨的五星级商务涉外酒店，楼高20层，登上楼顶，虎门全景尽收眼底，饭店外墙选材为西班牙进口沙安娜大理石，采用18世纪欧洲巴洛克式建筑风格，现代化建筑的高科技与古典欧式宫廷建筑风格完美结合。酒店试业时，刚好碰上镇上的时装节，镇政府招呼我住了一晚，迈进酒店只见室内布满了西欧古典的壁画与雕塑，营造出古典、尊贵、豪华、艺术和追求无限完美的特质。

　　2000年，虎门建设发展公司改名为丰泰集团，转制为民营企业，何锐平仍然当董事长。集团涉及的项目有几十项之多，锐平把主要的精力投入房地产投资开发上去，他最明智的思路是搞"绿色环保"的房地产开发，走出城区，借水库的湖光与周边的山色，把一片片穷乡僻壤打造成一座座锦绣山庄。有思路就有出路，他先后拿下了虎门白坑水库周边近乎废弃的山地，再拿下厚街的横江水库的水网山坑。开发时他有三大铁的原则：一、绝不能破坏周边的生态；二、保证水源的水质；三、保证储水与排灌的畅通。先后建起了丰泰花园山庄、丰泰福田花园、丰泰官山碧水山庄等等，这批山庄均拿到省环保建筑的奖状。它们并不徒有虚名，只见一幢幢高楼广宇，一座座别墅洋房，如一堵堵亮丽的屏风，如一簇簇耀目的星星，散落在水库的周边。他分别在水库建起湖心岛，在荒山上建起了望湖亭，在水库周遭筑起马路，在马路的两旁栽满了大叶杨、枫树与法国梧桐，人们索性把这个水库称作湖。每天东方日出，可见湖面铺缎织锦；傍晚，可见白鹭飞回岛上栖息；入夜，可见湖上天幕星河流动，可听湖上的涛声与岛上的鸟鸣。春天，可见渔舟在烟雨迷蒙的湖上撒网；秋天，可见满山枫林红遍，可见马路上梧桐叶洒下一片金黄。

我有一位高中同学陈柏枢，他从镇上迁居到白坑水库旁的丰泰花园，目睹幽雅的新居，情不自禁地写起一篇美文来——

> 原虎门镇白坑水库，坐落在虎门的赤岗、新联这群山环绕地势低洼的地方，经过岁月的沉淀，改名为白马湖……白马湖东西两个方向，各有一个人工岛，这两个湖心岛，灌木丛生，树影婆娑，天设地造成为湖鹭的洞天福地，这些天堂鸟翩翩翻飞，哄得白马湖泛起阵阵涟漪……三千亩湖镜，倒映着闲云野鹤，倒映着日出的辉煌，倒映着晚照的温馨……

这段美文反映着入住居民的心境，道出他们的心声。白马湖，不仅成了千年古塞一道亮丽的风景，也成了消灭城乡差别的一个有力见证！

2019年10月10日，何锐平以26亿元位列"2019年胡润百富榜"。他与虎门一群先富起来的人一样，从来就有一颗感恩之心，也热衷于做好两件事：其一是纳税。2003年交税便是东莞市民营企业纳税大户的"第三名"，同年便被广东省人民政府评为"广东民营企业一百强"。其二是公益事业。2005年，虎门助学募捐活动启动，丰泰集团率先向组委会捐出

3000万元人民币。2006年11月，适逢虎门中学迎来60年华诞，他向母校捐赠了388万元。2007年，为家乡赤岗社区捐赠100万元办学经费。此外，汶川的震灾、西藏的扶贫，他也是最踊跃的捐款者之一。此外，他出身于部队家庭，对军人有一份浓浓的情结，他公司安置复员退伍军人500余人，随军家属有数十人。

发展无止境，学习不停息。何锐军深深懂得在这一日千里迅速发展的社会里，仿如逆水行舟，不进则退，要想不断前进，就须不断地充电。早在2006年，他就参加中山大学管理学院的学习。他说："选择了中大EMBA，让我开阔了视野，结识了许多志同道合的朋友，体验到生活和生命的激情。我们怀着源自'中大'的自豪，铭记'慎思笃行'的训导，共同体会创业的艰辛，分享成功的喜悦。"他曾任中大管理学会EBMA联合会会长，2017年被选为中大金融投资协会第二届执行会长。

前面路正长，奋斗没穷期。21世纪20年代始，他挥剑指向英德的温泉疗养区的开发，为小康社会辟一养老基地。目前东莞县正在虎门搞起"滨海新区"来，何锐平秣马厉兵，正准备配合大干一番。他满怀豪情地说："虎门人从来不认做衰仔，虎门人要用实际行动，继续写好虎门的故事。"

风正帆悬，何锐军正迎着浩荡的东风，高扬风帆驶向新的彼岸。

万家灯火

虎门人富起来，全靠的是开发土地资源吗？不！绝不！！让我们听听"万家灯火"的故事吧。

2021年，早春二月，我到万泰光电（东莞）有限公司采访。一个壮实的汉子，在龙眼管理区的大门口迎接着我们。他头发有点发白，却声如洪钟，健步如飞。一经介绍是万泰厂的厂长张炽森。

万泰公司是一家现代化的光电公司，它巍然屹立在龙眼的风水宝地上,这是东莞首家台资公司,也是中国农村最早的"三来一补"企业之一。我很想找董事长张铭烈先生当面聊聊,可他因新冠肺炎疫情仍滞留在台湾。炽森知道我的心事,朗声地说:"我帮您来个视频对话!"经过一番周折,我终于与张铭烈先生来了个隔海视频对话,一谈便近两小时,张铭烈先生那种发展思路和一腔热爱祖国的情怀深深打动了我。而利索地忙前忙后的张厂长的热情与能力,也给我留下深刻的印象。

出于几十年记者生涯的磨炼,我跟炽森一混便熟,便打趣说:"我看你是一个视厂如家的好当家人!"

炽森微微一笑:"你讲对一半,视厂如家是真的,当家人是假的,我这个厂长其实只是一个打工的。"于是他跟我讲起他的故事。

他在1976年从部队退伍后,便转入当时东莞县农业机械厂工作,拿的是铁饭碗。1987年,张铭烈先生确定来家乡龙眼投资办厂,当时政策亦不稳定,还需要本地大力协作,管理区考虑他当过兵,有一定文化基础,就动员他回乡协助张铭烈先生创办工厂,于是他抱着支持家乡建设的心理,回家乡正式参与万泰电线厂的建设,厂长一干就是30多年。

"我当厂长,拿的是一份工资,并没有股份,我成不了百万富翁,但我的精神很富有,我感到自豪的有两处:一是看着万泰从一个小型的工厂发展成为华南地区"线缆符号式"企业的全过程;二是不仅看到万泰将旗帜插上线缆行业的'珠穆朗玛峰',而且看到万泰30多年来培养了众多优秀的企业家,先后有200多人从万泰走出去自己当老板,而且在业内都是重量级人物,他们将万泰比喻为电线电缆行业中的'黄埔军校'。"

这"黄埔军校"一点不假。

张玉良是东莞联升电线电缆有限公司董事长,他是土生土长的龙眼人,开头在厂里打杂,一个月后被提拔负责厂务工作,1991年参与筹建万泰旗下的联泰厂,后来当了该厂的厂长,一干就是七八年。1995年,张玉良离开联泰厂,注册成立东莞市联升电线电缆有限公司,并相继在深圳注册深圳联升科技有限公司。通过持续生产和研发,目前拥有涵盖电源线、电子电器类线缆、数据通信线缆等领域100多个系列的1000多种产品。历经多年的发展，积累了丰富的国际知名大企业配套服务经验，销售市场遍及中国、美洲、欧洲、日本、韩国、澳洲等世界主要国家与地区，可为全球客房提供包括OEM、ODM、OBM在内的多样配套服务模式，获得上述国家与地区的产品准入安全认证。公司现在年产值达5亿元。

永豪电业有限公司董事长吴三刚是湖北通城人，18岁高中毕业后在家乡做木材生意失败，1989年8月，背起行囊南下，被招入万泰。他从基层一步一步往上走，熟悉工厂每一个生产环节，学到了工厂先进的管理理念。因为在工厂做业务，结识了很多电线及上下游产品的企业家，积累大量的人脉关系。1997年离开万泰自己创业，在邻镇长安沙头投资开了一间生产电线、扎带和电线、插头的作坊，吴三刚一步步打拼，到目前为止，他成了永豪电业有限公司等4家公司的董事长，年产值超1亿元。

东莞领亚科技有限公司董事长白建功原来是贵州一个大型企业子弟学校的老师，1992年底他来到东莞石龙，在街头无意中看到万泰光电有限公司招聘业务员的广告，在200多人中抢8个名额的激烈竞争中竟被选中。从业务员一直做到业务经理，一干就是5年。1997年年底，他离开万泰，与朋友合伙在虎门博涌租了一层厂房，生产电子线。刚开始，年产值只有几百万元。随后，产值按几何级数直线上升。2009年年底，白建功又在东莞松山湖、深圳龙岗购置300多亩地，自建厂房，企业总部设在东莞，企业更名为领亚科技有限公司，目前，公司年产值10多亿元，每年上缴税3000多万元。

当然，从万泰出来的人，绝非只做电缆，不少人也会按自己的专业特长在另外的行业中干得风生水起。

在虎门路东的一个工业区内，有一幢相当气派的厂房，这家东莞市精铁机械有限公司的董事长谭良朋也是万泰出来的"学生"。他祖籍湖南，1990年他看到《羊城晚报》的广告，应聘到万泰，一干就是5年，赚到第一桶金8万元之后，在1995年毅然辞工，在龙眼租了半间厂房，创办了一家生产电线电缆配件的作坊，几年后产值超过3000万元。2002年，他在虎门路东买下1万平方米土地，建起自己的厂房。2006年，他又在苏州购买了50亩地，建起了新厂房。现在年产值超6亿元。

深圳金立通信设备有限公司常务董事卢光辉是金立手机的创始人，年产4000万台金立手机，大部分销往国外，年产值超300亿元。他毕业于湖南大学计算机专业，毕业时这专业很抢手，政府很多机关都缺这方面的人才，可他立志南下闯一闯，刚好有位师兄早两年已在万泰工作，经他推荐，万泰录用了他，在跑业务的过程中，发现线材下游产品比线材附加值更高，尤其是电脑业。于是1993年，他离开万泰厂自己到深圳创业，做起了电脑配件产品。2002年，又跨界进军手机市场，他和他的团队冲破重重阻力，终于闯出一片新天地来。

2013年，由万泰走出去的企业家成立了"万家灯火"同事会，张炽森当会长。万泰董事长张铭烈给同事会的题词是"情牵万泰光电，线绘五洲荣华，点燃万家灯火"。"万家灯火"同事会就是线缆业的"兄弟连"。当前正处在风云际会的变革时代，万泰和他的"兄弟连"抱团发展，迈向世界，取得最大的辉煌。

在虎门，像万泰电缆业这样的"黄埔军校"有多少？还没有谁去统计过，反正在虎门上规模的外企有1000多家，还有当地人办的大企业也有一大批，它们都像座座"珠江经济学院"，培养了一批又一批的学员，从虎门走出全国各地或来虎门历练而出的企业家又何止百千？闪耀万家灯火的又何止虎门这片天空？

在虎门这片热土遍地都是黄金，谁是赢家？

就看您有没有勤劳的双手，有没有"敢为天下先"的胆识和勇于创新善于创新的智慧。

虎彩，虎的风采，你不仅十分勇猛，而且相当睿智，愿你插上开拓创新的翅膀，用更新的姿态、更高的速度飞向理想的明天。

搏击，虎的风采

这是一场迟来的采访。

虎彩，早已闻名遐迩，到虎彩认真调研一番，则在2021年阳春三月。

那天清晨，我弟伟尧带着我，驱车撞破一路曙色，赶往大岭山西麓的陈村。它可是当年东江游击队的一块根据地，是虎门颇为贫瘠的一个小山村，一座座低矮的小泥屋，散落在山坡与沟壑；一丛丛繁茂的苦楝树，点缀在村头与垅尾。如今，气象一新，一幢幢工业园擎天而起，一排排小商店成行成市，一丛丛火红的簕杜鹃爬满一幢幢高低错落的小楼房，不变的是那横亘数镇的大岭山脉，依然是岚影飘飘，林涛如吼。一轮旭日从它东方冉冉而出，为山岚林海染上七彩的光环。

闯进村中的虎彩印刷产业区，仿如闯进一江南小镇的园林，只见这占地面积6万平方米的工业重地，没冒滚滚的浓烟，而是楼宇高耸云端，厂房如棋散落，大小道路纵横，繁花茂林掩映。办公大楼前，假山嵯峨，喷泉奏乐，风亭展翅，伴以小桥流水，鱼翔浅底，暗香浮动，莺舞燕歌，颇有大集团公司的那种气派与现代产业园的格局。它，可不是徒有其表，这里只是虎彩的总部，它从作坊小厂，到中国印刷行业的佼佼者，再到横跨印刷、啤酒、文化用品三大产业，旗下有9家子公司的企业集团，从广东、香港到山东、青海、浙江，再到北京，布局全国，产值从零开始到一亿到十亿再到百亿，一路攀升，执着不懈地朝着"卓越的国际化百年老店"的愿景迈进。

虎彩，展现的是虎一样的风采。

陈成稳满脸春风向我们走来。这位虎彩的掌舵人，虽已年过花甲，看起来只是壮年一位。看，身板笔挺，健步如飞，个子不高，却剑眉朗目，眉宇间流溢着一股睿智的气质，好一派儒商的风韵。坐下来一交谈，发现他口才十分了得，娓娓而谈，如数家珍，眼光超前，观念新颖，思路清晰，经营理念一套一套，特别谈到他的人生与商业的转型，给我以莫大的启迪。

随后，我们参观了车间与研发机构。一段时间里我认真审阅虎彩的相关资讯，并认真品读他写的经商专著《转型》，对成稳及虎彩集团的前世今生有个透彻的了解。

童年底色

陈成稳的一生，大概都与色彩有关。他出生于大宁一农户家庭，其实准确地说应是一手工业家庭。

大宁靠海边，一片片的咸草，在海风下翻滚着绿浪。咸草在《东莞县志》中称为莞草，它跟莞盐与莞香被称为东莞三件宝。莞草可织草席，又远销美洲、欧洲与东南亚，虎门沿海各区域遍地种的都是水草，各个村落都会办起席厂。尤其是大宁、博涌、金洲、白沙、小捷滘等均是水草与草席加工的重要基地。草席为何能远销国内外，且成为法国巴黎的一大品牌？其中一大因素是草席能织上色彩斑斓而又精美的图案，染草可谓席厂的首席技工。陈成稳的父亲陈富就是染草的一把好手。这绝活可讲究技术含量，尤其讲究火候与色泽，火候不够不行，火候过了也不行，色粉放少了不行，放多了也不行。

说起来我们家与成稳家可谓世交，我父亲在村里办过席厂，染草也是他的绝活。我童年时记得很清楚，我爸既要管理几十人的厂，又要染草，忙得分不开身，于是常邀陈富前来帮忙。他亦在我家搭餐，我们都亲切叫他"富叔"，富叔又勤奋又能干。染草既是个技术活也是一个重活，最让人难受的是高温，那染着各色的水蒸气翻滚，您得用弯刀形的染草钩，把草浸入沸腾的锅中去，染了一段再用染草钩把它捞上来，如此循环往复，滚烫的水蒸气会烫得您的手生疼，熏得你睁不开眼睛。我常见富叔眼睛蒸红了，且不停地眨着眼，也许这是染草常患的一种职业病。这富叔便是成稳的老爸。也许，成稳跟我一样，厂里劳力调不过来，常被拉去凑数当起老爸的伙夫来。那染草灶可是庞然大物，每个大灶一般有前后两个染草锅，便于染草人下不同的色粉和左右开弓。每个锅直径足有三四尺宽。煮沸的水一旦撒上色粉，蒸腾出来的水蒸气，可谓姹紫嫣红，染出来的各色水草，油光滑亮，七彩纷呈。织席工用这些色草，按席版织成各种各样的图案，经进出口公司，远销欧美及东南亚。也许陈成稳对色彩的判断力从此开始的吧？这为他早期搞印刷铺下一层底色，亦培育一种审美的潜质，亦为他的人生增添一抹亮色。因为印刷与染草乃至人生，从某种角度说同出一辙。印刷用的是机器印色，草席则是手工染色，而人生则是进击着色而已。

　　陈成稳1957年生，长身体时，正好碰上三年经济困难时期，家中有个姐还有两个弟，靠的是父亲染草，母亲织席，生活过得紧巴巴的，缺乏营养的他个子长得并不高，可他有聪敏的脑袋与一股虎劲，在村里成了一群"马骝"的"猴子王"，当然"猴子王"不是说当就能当上，他是凭实力才坐上这把交椅的！有这么一组镜头——

　　在村头的大榕树下，两个孩子进行一对一的摔跤比赛，大榕树的空地上黄尘滚滚，一群孩子或坐在树头或爬上树丫观战。高个子以力相搏，矮个子机灵闪过，高个子扑了一个踉跄，矮个子乘机把高个子拦腰抱住往下摔，高个子憋足了力气用肘子往矮个子脖子上撞，矮个子体力不支，翻倒在地，围观的孩子们发出一片嘘声，矮个子猛地爬起，满脸均是黄泥，眼里闪着泪水，高个子把手一招，做出个挑战的动作，矮个子吐了吐带泥的口水，猛然用头向高个子腰间撞过去，高个子应声倒在地，再也爬不起来。矮个子得胜，脸上露出一抹倔强的笑。这矮个子就是童年的陈成稳，从小他就有股"永不言败"的倔强劲！

几年之后，陈成稳升上高中，一天，姐姐的身影竟然出现在虎门中学的校园，一脸愁容的姐姐说："父亲病倒了，被乡亲们抬到了太平医院。"姐弟俩匆匆赶往医院的留医部。父亲的病是突发的，也是隐藏日久积劳成的疾。那天父亲起得很早，惦记席厂要赶工交货，得提前入厂开炉染草，但从床上坐起时，顿觉头晕目眩，手软弱无力，浑身淌着冷汗，他很想再躺一会儿，放松一下沉重的身躯，但一想他不动身，全厂便要停工，也想到他不拿工分，家中那窦"化骨龙"谁来养？本来一天的劳动仅顶几枚邮票，不挣工分更是连饮粥的钱也没有。他费力地坐到床边，突然眼前一黑，地转天旋，轰然倒下，他这硬汉便被中风这恶魔击倒。看到病床上父亲脸色惨白，双目紧闭，任成稳姐弟怎么悲痛地呼喊，泪水怎么滴落在他僵硬的手臂上，父亲就是醒不过来。

父亲在太平医院治疗了几个月，没有好转便转到广州中山医学院，母亲去陪护，年轻的姐姐就把一家子撑起来，她不仅要织席赚工分，还得包揽所有家务：煮饭、洗衣、喂猪，还要照料两个未成年的弟弟。成稳打算退学帮家中渡过难关，但是，母亲反对，身体不能动弹的父亲更是频频摇头。成稳明白，父母是希望自己读好书，将来有个出头之日。

由于有个在香港的舅父接济，一家人总算在苦难中熬了下来，父亲的病也得到些微的好转，一年后，终于能起身颤巍巍走上几步。

1974年，成稳终于熬至高中毕业，那年头高考被废除，他回到家乡务农，那年代讲究"以粮为纲"，主要经济来源的织席产业也日渐式微，他想继承父业操起染草技能也成了空想。只好拿起锄头，操起镰刀，"脚踏泥土背朝天"去"战天斗地"。

那一天，陈成稳到十几里外的大岭山帮亲戚砍盖房的松木。中午时分，有人急匆匆赶来，说他父亲快不行了，成稳赶回家中，父亲已闭上了眼睛，他家住的逸耽公祠香火缭绕，那一沓沓化成灰色的蝴蝶纸钱乱飞乱撞，撞得人心头发怵！他听见母亲及姐弟在撕心裂肺地哀哭，他脚都软了，跪在父亲的床前哀痛得竟哭不出声来，一种念头在锥他的心：虎门，这个鱼米之乡依然难抹贫困的底色，父亲这个硬汉为何倒下？还不是带病强撑这家？这都是贫困惹的祸！他心里暗暗萌生：要用自己的勤劳和智慧改变这个贫困的家以及养我育我的这片家园。

商海沉浮

父亲走了，成稳成了一家的主男。农忙时节，他用单薄的身躯扛着最重的农活；春耕时分，他冒着电闪雷鸣又是犁田又是耙地；夏收夏种，又得收割又得耘田又得插秧，起早摸黑整整要忙两三个月，那炎炎的夏日晒得像个黑炭头，那滚烫泛黄的田水染得双腿像只黄脚鸡；家闲时节，天还没亮，让妈叫醒，匆忙啃完番薯芋头，拿上柴刀竹耙和绳子，骑着那孖管旧红棉单车，往十多里的大岭山进发，又是砍枯枝，又是耙松毛，中午时分从松林深处把柴火挑出到山路边，再捆绑在单车上，骑回村里，将柴火卖给糖厂赚几角现钱，来帮补家用。

苦他熬得住，但他深深觉得，光靠一副牛力，是无法改变命运的，必须运用更多的生存智慧才能活出个尊严来。他发现当时最吃香的是手艺人，比如木匠、铁匠、篾匠、泥水匠，乃至补镬与弹棉花的，不仅能赚钱且受人尊重。他选中的是木工，它的工艺不仅可变着花样，而且还可涂上色彩，一有空他便往村里的木器厂里钻，细细观察木匠师傅斧、锯、刨、凿、钻、锤的各种工艺，然后买齐各种工具在家试将起来。心灵手巧的他，不久那些桌、椅、柜、桶、凳，技术含量高的家具，像变戏法似的从他手里弄将出来。他弄的家具有四绝：一是线条特别美，二是结实耐用，三是榫口代替铁钉，四是油漆特别明亮。还会绘上梅、兰、菊、竹图案，甚至画上朦胧的远山与飞雁、古榕渡口与横舟。这大概是童年对色彩审美奠定的基础因子吧。不知不觉间他竟成了大宁乃至虎门一带的名匠，娶亲嫁女，新房装修，打造嫁妆，人们首先想到的是找他。他不但撑起一个家，还把村中的美女兼才女谭运璋娶回了家。

1978年，党的十一届三中全会召开，南国改革开放春潮涌动，继太平镇第一家"三来一补"企业太平手袋厂之后，成稳家乡也引来港资办起一家毛织厂，成稳作为有为青年被选进厂，并作为管理人员被派去东莞培训三个月。在外资厂，无疑为他寻找人生更大的舞台垒起了台阶：一让他学会管理，二让他扩大了视野，三让他积累了人脉。毛织厂的原材料通过深圳罗湖口岸进来，加工成毛衣之后又从罗湖口岸出去。这种周而复始的运作流程，让成稳把深圳当作"下间路"，当地人把厨房唤作"下间"，就是说去深圳跟去厨房那么随便那么方便。罗湖区口岸只隔了一道桥便是香港，看得见隔河那边车水马龙，霓虹闪烁，而在河的这边则是摆卖洋货的市场，什么香烟、香皂、洗衣液、尼龙布、衣物、打火机、电风扇、电子手表、小收录机，这些商品在物质极度贫乏的年代，真让人眼睛发亮，那里疯狂的购物潮，拍激着他那埋藏在心底的商品经济意识：假使把这些商品运到太平去，肯定能抢手。看准就干，这是他的性格，开头他觉得不能抛头露面摆摊，而是悄悄倒卖给那些设摊人，这种经商方式，不需太多资金，既简单又快捷，多次成功之后，他觉得找到了商机，寻找到一个机会，于是他选择了辞职。那个时候，商品流通的渠道不断丰富，集体形式的商业机构逐渐冒出来，在政策的许可下，每个生产大队都可以集体办一个货栈。

陈成稳物色了三个志同道合的伙伴，承包了大宁货栈，没有资金，唯一的办法是由公社担保，向农村信用社贷款，经过一番周折，他们贷到一笔6万元的款项。6万元可是一个天文数字，因为当年万元户就被称为超级富豪。拿这笔巨款做生意，无疑是一个巨大的风险，陈成稳还是咬紧牙关，用颤抖着的手，把这借款合同签了下来。他们根据市场的需求进购当时非常抢手的风扇、尼龙布、雨伞、收录机等商品,有些大批量的商品还直接送货上门,以减少库存仓租的压力,由于货如轮转,资金周转得快,货栈很快就开始赢利。摩托车是当时的紧俏商品,就是货源难到手,陈成稳开动脑筋,用人民币兑换港币,再用港币交易的形式联系到货源。求购者趋之若鹜,大宁货栈一时成为消费者关注的焦点。大宁货栈生意火起来,却引起一些人的妒忌而告状,最后有关部门以非法兑换港币之名查封了货栈。

一年后,永不言败的陈成稳和他的合作伙伴东山再起,他承包了虎门贸易公司,并在镇上人民路附近,买地建了一家商场,贸易做得顺风顺水,几个人发誓要比大宁货栈更上一个台阶。由于自信心爆棚,他们进口了两万支价值830万元的14寸彩色显像管,这批货物长期积压在仓库,费尽心机依然无法推销出去,由于对市场变幻的一次误判,最后只好吞下巨额亏损的苦果。

这次失误是惨痛的,它让成稳意识到商海是一门精深的学问,它具有高度的风险与绝对的残酷,它既可以把你托向浪峰,亦可以把你摔进谷底;既考验你敢于冲浪的胆识,也考验你的驾驭风浪的智慧。多年的商海沉浮使他意识到选择的重要性,人撞了南墙要懂得回头,经营不能在一棵树上吊死。他根据自己的长板与短肋和手头上已有的资源,开始涉足开拓纸业市场。

纸品生意的客户主要是印刷厂,对他来说是一片空白,可最难也要闯,陈成稳首选华东市场,开始了一次艰辛的推销之旅。一个客户都不认识找谁去?下飞机一到旅馆,他不由得发起愁来。猛然,他发现床头柜上放着一本厚厚的黄页电话本,心中一阵窃喜:"有了,这就是我们的扶手棍!"于是他行李还没来得及收拾,就翻起电话簿来找印刷厂的电话号码"来个全面撒网,重点钓鱼"。凡在电话中有洽谈意向的他就带着纸版前往洽谈,凡没有意向的暂且搁在一边。28天行程,成稳马不停蹄走过了南京、镇江、常州、无锡、苏州、上海和杭州7个城市,当地知名的印刷厂几乎都跑遍了，除了镇江，其他6个城市均有收获，签订了550吨纸张的订单。首次出征告捷，其中含有多少艰辛和体验，多少应急的智慧，讲起来真像"一匹布那么长"。而最大的收获是让他深深意识到："这是一条能打得通的推销之路！"

一炮打响之后，陈成稳纸业销售的版图迅速扩大，在向北方进军的号角声中，在北京、天津等大城市都建立了营销网点。两年之后，贸易公司年度销售额突破一个亿。成稳再出新招，公司定期去广州这个华南的最大都市包一个星级宾馆召开业务洽谈会，诚邀全国各地的客户、商家和纸品供应商前来参观展品洽谈业务，成了纸品供应商中的一匹黑马，一颗耀目的明星，更主要的是销售网络广了，公司的信誉度高了，纸品销售额直线上升。

推销的收获不仅是纸品的数量，成稳感到最大的收获是懂得踏着巨人的肩膀前行。每次在机场候机，发现书店推销最多的是经营管理的书，他每次都挑一本来买，让他最崇拜的有两个企业家：一是台商王永庆，二是日本的松下幸之助。王永庆1954年筹资创办台塑公司，靠"坚持两权彻底分离"的管理制度，他的"台塑集团"发展成为台湾企业的王中之王，是台湾唯一进入"世界企业500强"的企业王。日本松下幸之助是"松下电器"的创始人，被称为"经营之神"，"终身雇佣制""年功序列"等日本企业管理制度都由他首创。他把这两位巨人当作导师，他要摸透他们的经营宝典，以他们为偶像，踏出一条成功的路。

印刷王国

在与纸品接触中，精明的成稳看到纸品与印刷密不可分的依存关系，而且让他强烈预感到印刷是一个朝阳产业。从贸易买空卖空的现状与彩色显像管的大批压积的深刻教训中，他总结出"要干就要干朝阳的产业"的商业理念，这亦是成稳转向印刷业的动机和出发点。

1988年，成稳在虎门东校场买下了6亩地，这是一个杂草丛生的乱葬岗，解放前太平的福言堂把逝去的天主教徒及大旱无人认领的饿殍都葬在此，漫山遍野都矗起带十字架的墓碑，还有入墓园的石牛石马，一到阴天与黑夜，便听到一片寒鸦啼叫，一片凄厉的狼嗥。机器的轰鸣与尘土的飞扬，唤醒这片沉寂近一世纪的土地。路过的行人，对在此建厂露出不解和疑惑，令人意想不到的是一个庞大的印刷王国却从这里生机勃勃地走了出来。

厂房依山而立，机器随之以分期付款的方式源源运至。员工很快招进厂，其中一部分学历相对高点的被派至杭州彩印厂和广州新华印刷厂学习印刷机的操作（包括胶版印刷和凸版印刷）、学习制版、学习装订等一整套印刷技术。人们都说"同行如敌国"，可是虎彩得到同行鼎力的相助，不论是员工的培训，还是实习都给予精心的安排，哪怕是那些技术含量高的秘招也毫无保留地予以相授。这不仅因为这些厂都是成稳供纸的客户，更主要的是认定成稳是信得过的朋友，可做并肩前行的同一战壕的战友。

从贸易到办厂，这是一次艰难的转型，贸易可以"空手套白狼"，而搞实业则是"无毛鸡打架唉唉到肉"。成稳清醒地认识到，友厂相帮，这是垫点开张的基础，他从王永庆、松下幸之助师傅的管理艺术中得到启发，企业要高效运行还需三要点：一是一种思路（包括目标、时间表、路线图），二是两个机制（运行机制、激励机制），三是三支队伍（管理队伍、技术队伍、营运队伍）。其中他把激励机制看得很重，员工的工资与奖金一定要跟他产生的效益挂钩，这才能打破大锅饭，充分调动他们的积极性。

在20世纪90年代初期，虎彩承接了一批云南昭通卷烟厂的烟包印刷业务，他把原包装的烟包拿来细细把玩，觉得色彩还比不上当年老爸染出的色草那么漂亮。成稳从中看出一抹曙光：刚从计划经济的桎梏中解放出来，许多商品仍不免残留一个时代的烙印，色彩的单调与印刷技术的落后，造成当时香烟包装的简陋与粗糙，几乎所有的烟包都以灰头土脸的形象出现在市场上。中国内地的烟草市场是二流的产品，三流的包装，对于印刷业来说，烟包市场蕴藏着巨大的商机，因为香烟包装的改良，虽不能改变烟的质量，但它可以给消费者带来愉悦和审美的冲击，可以通过精美的外形设计去提高它的档次和品位，增加品牌的附加值。

随着烟包印刷业务量的增加，成稳成立烟包设计部，将先进的美学理念、时代元素融入烟包的设计，突破原来简单的平面图案，注入丰富的色彩、艺术的想象以及时代的理念，使烟包包装有个质的飞跃，为烟草企业提供了设计、印刷一条龙服务，受到客户的欢迎，并在烟草行业引发了一场深刻的革命。

与此同时，成稳迅速淘汰一批老旧设备，购进了一批进口印刷机器。在包装的材质上也来一次变革，从铜版软包到普通白卡、玻璃卡和铝箔金银卡硬包，再到镜面复合卡，还引进高档的磨砂工艺，这些革命性的变化给烟草行业带来强烈的冲击波，引领了一场新的时尚风潮。

20世纪90年代中期，凹版印刷流行，成稳并不跟风，他认为凹版印刷有墨色饱满、富有立体感、质量稳定等优点，但制版复杂，而最大的弊病会造成环境污染，这是有强烈环保意识的他不能容忍的。他另辟蹊径，引进容易提高产品质量、缩短生产周期而且不易造成环境污染的UV印刷。世界闻名的德国曼·罗兰公司在中国销售的第一台罗兰UV印刷机从此在虎彩安家。先进的设备使虎彩如虎添翼，振翅腾飞。

1995年，虎彩的营业额首次突破一个亿，随后与长沙烟厂、常德烟厂、兰州烟厂、南昌烟厂等众多知名企业结成了战略合作伙伴，此后几年，虎彩的营业额均以每年40%的速度增长，为虎彩印刷王国奠定了基础。

多元嬗变

"不能将所有鸡蛋装在一个篮子里"是他在商业上历经多年摸爬滚打得出来的商业理念。多元化经营，行业跨越分担风险，是成稳心中思考已久的一个问题。他认为：激光材料、包装印刷、文具生产，这种集中印刷上、中、下游一体化布局，有助于虎彩集团深度业务的开发，而以印刷为核心，集中有限资源审慎投资，进行适当的跨行业经营的方法，他称之为"低度多元化"。

1996年，他创立了七彩贺卡文具有限公司，努力拓展下游印刷业务，致力于实现文具生产商、商售商、品牌运营三位一体的战略，主要产品有贺卡、信纸、文具、记事本等，业务开展得十分红火。

2000年8月，虎彩集团收购了濒临倒闭的山东泰安啤酒厂。据调查，这厂占地面积为74841平方米，坐落在驰名中外的泰山风景区山脚下，东临京沪铁路，西靠京福、京沪高速公路、50104国道，交通十分方便，各方面条件相当不错，倒闭的主要原因是经营不善。当然，要找准盘活的思路才会接，盘活思路决定产品的出路。

思路在哪里？在产品差异化！

泰安啤酒的差异化在哪儿？

首先是酒的区别，白酒讲究的是陈酿，而啤酒讲究的是新鲜。其次，啤酒之间的区别，泰安啤酒原浆7天，其优点就是时间短不用杀菌，不用放添加剂，保持酵母的活性。最后是地域的区别，泰安地处泰山的脚下，可采集泰山山脉地下287米深处的天然泉水，是酿造啤酒难得的"宝地"。只要强化这三点差异，品牌便能打响，产品便会有出路。

为了强化这差异，成稳来了四招："一改三引"。

一改是：品牌改名。把泰安啤酒改成泰山啤酒，借泰山的影响增加品牌的含金量。三引是：一是机器引进。全套引进德国、丹麦等国家和中国香港地区的先进设备。二是材料的引进，以澳大利亚、加拿大等地出产的优质进口麦芽及纯正德国酵母，专业生产优质啤酒。三是技术的引进。聘请德国著名啤酒专家罗伯特·克利策先生、卢特·哈德为常年技术顾问，使引进德国先进的酿酒技术得以有效落实。

这种鲜啤品质虽好，由于推广不力，开头两年有20%～30%的啤酒要倒掉。成稳再来两个创新。一是渠道创新：产品要从山东走出去，渠道一定要畅通。其一，自己在各大中城市开店；其二，直通加盟店；其三，配合朋友圈，点到泰山啤酒，20分钟便可通过快递送到。二是物流创新：各大城市产品即日到达。啤酒每天零点出炉，早上9点便可到北京。

公司开发生产的"泰山""克利策"两大系列近10种的啤酒产品，这些啤酒，不杀菌、不过滤，最大限度保留了鲜啤所有的优点，发酵彻底，口感清爽，有浓浓的麦香味，活酵的味道也是甜甜的，水质非常棒。酒花味道清新淡雅带有花香，绝对是人间美味，颇得消费者欢迎，畅销山东、河南、河北、山西、辽宁、海南、江苏、安徽、广东、天津等地。

2006年，虎彩又收购了莱芜啤酒厂。2008年，虎彩将山东泰山啤酒扩大规模，投资3.5亿元，在500亩的土地上，再建一个年产40万吨的新厂。

文具与啤酒的发展，成了印刷主业的两翼，让虎彩这只猛虎插上翅膀，在滚滚的经济大潮中腾飞。

世界版图

成稳把他的创业生涯总结为三个阶段：第一阶段，是从1989年到1997年，在这8年时间里，虎彩产值从零做到了1亿元。这一阶段的成功，是借改革开放的机遇，抓住时代的大潮，靠的是胆量。第二阶段，是从1998年到2005年的另一个8年，虎彩产值从1亿元做到10亿元。这8年有两个节点：一是2000年，正式涉足啤酒行业。二是2003年，先后成立了青海虎彩、绍兴虎彩，陈村印刷工业园正式投产营运，开始了王国业务的布局，更大胆地进行了多元化探索。第三阶段，就是2000年一直到今天，产值从10亿元到100亿元。他北上首都，成立京华虎彩。2009年，在香港组建虎彩印刷国际有限公司。2010年9月，与以色列惠普签约，正式宣布进军数字印刷领域。成稳感到，终于找到了未来的方向。

成稳认为："近几年，从内部看，传统的包装印刷业务始终处于瓶颈期,这说明市场容量已趋于饱和状态。从外部看,互联网的上半场——消费互联网时代,市场也已经趋于饱和。无论是存在已久的各大互联网巨头,还是新的创业公司,都将互联网的下半场——产业互联网视为蓝海市场并摩拳擦掌。"

我不得不佩服成稳富于前瞻的眼光,8年前他便看到这种趋势并以"印刷+互联网"为核心,进行三大业务板块的布局,并随之进行了一系列的组织、流程、资源的调整和匹配。

今天,虎彩已拥有三大业务板块:一是传统包装与小量、多批次包装并存的包装事业部;二是有了针对出版行业高库存、断货等痛点而打造一本起印,零库存能力的出版事业部;三是为了顺应产业整合趋势,从影像印刷走向产业链上游,进入摄影领域,开启了"鲜檬"的新影像时代的新影像部。

在三大业务板块,都是围绕印刷这一核心,将产业与互联网进行深度融合,目的是最终打造属于虎彩自己的工业互联网模式。

为了这个终极目标,成稳思考了很久,最终确定要集虎彩全集团之力,来打造他们自己的三大能力,也就是智能化工厂、大平台、大数据。

在智能化工厂方面,他们已经在广东东莞、浙江绍兴、山东泰安、河北固安、湖北武汉5个产业基地加快布局。在大平台方面,虎彩打造基于小批量包装、个性影像、按需印刷和按需出版等多个垂直生态平台,从销售到生产,重要节点系统基本覆盖,销售端业务系统也形成统一的中台管理。在大数据方面,建立产品结构、色彩、工艺标准数据,建成图书大数据、影像图片大数据,对消费者在线上消费产生的海量数据,分析用户偏好和消费习惯,进行精准营销;打造组织系统中台、后台大数据等。

为什么虎彩要花那么大的代价去打造这三种能力?成稳说得很干脆:只有自己拥有了核心的技术和底层的系统,才有可能在未来更深远的竞争中保持独立与自主,才能不被资本或市场裹挟,才能有机会真正构建基于用户需求的C2M平台,而不是沦为巨头的供应商或者产业生态中的边缘者，在下一个时代彻底丢失话语权。

看，多超前的意识，多科学的思维，多奋进的姿态！

成稳要建成一座矗立南天的印刷王国，他要把印刷的版图扩至世界。他谦逊而又自信地说："罗马不是一天建成的，虎彩所憧憬的这三大能力，要实现这个梦想，虎彩还有很长的一段路要走，但是，只要方向对了，就不怕路远。褚时健先生74岁在哀牢山二次创业，10年之后才名闻天下。75岁的任正非先生同样站在一线，面对全球媒体慨然发声，为华为竖起舆论的盾牌。今年我才64岁，我相信在我的坚持与努力下，虎彩的宏图一定能变为现实，开启属于虎彩的新时代篇章。"

我突然记起，成稳临别时交给我一张联络的名片，在微信号跃出"睿虎"这个昵称！我从心底暗暗地佩服，他的确无愧于"睿虎"这个称谓。

啊！虎彩，虎的风采，你不仅十分勇猛，而且相当睿智，愿你插上开拓创新的翅膀，用更新的姿态、更高的速度飞向理想的明天。

泛舟其中仿如在太空飘浮，而当你奋桨向前则产生一种穿越时空隧道之感。在朦朦胧胧中一些与伶仃洋有关的历史人物在向我们走来……

夜探伶仃洋

　　夜探伶仃洋，是我多年的夙愿。伶仃洋之夜，魅力来自渔火，这渔火神奇之处则是可幻变成海市蜃楼。早在孩提时，我就听村中老人说过，当时我将信将疑，真想邀几位小伙伴，撑一竹筏去探个究竟。

　　既长，翻阅旧县志，果有如此记载：伶仃洋海市蜃楼出现时"海光忽生，水面尽赤，有无数灯光往来，楼台、城堞、人物、车马尽现；螺女鲛人，喧声笑语，卖珠、裁锦、数钱、量米之声热闹非凡，至晓方止"。如此奇观，名传四海。据说，当时被贬惠州的东坡居士，亦欲购舟前往，但终没成行。当时，我就有种去续东坡居士之愿的冲动，看看能否有幸碰到海市蜃楼的幻现，看看能否拾到前人遗漏的诗句。后因离开故乡，此愿便一直搁了下来。

　　今秋回乡，终还了愿。这晚，繁星闪烁，我约了虎门的几位文友，划着一只小艇，直闯伶仃洋。桨儿敲碎了一河灯影，浪花惊飞一路鸥鸟。嗬，伶仃洋！你那滔滔的雪浪哪里去了呢？你那翔集的帆影又到哪里去了呢？只见在烟水迷蒙处，龙穴岛像盏神灯在波涛起伏中忽隐忽现。蔚为壮观的是那一盏盏渔火，一串串，一簇簇，跟天上的繁星、跟双桨击出的磷火、跟岸边的灯光交织一起，分不清哪儿是天，哪儿是地，哪儿是海，哪儿是天，泛舟其中仿如在太空飘浮，而当你奋桨向前则产生一种穿越时空隧道之感。在朦朦胧胧中一些与伶仃洋有关的历史人物在向我们走来。

看，一叶扁舟向我们漂了过来，船头屹立着一位长者，海风撩起他破旧的青衫和飘飘的长髯，迷蒙的月色映照着他那张冷峻的脸……

他是谁？啊，是著名将领文天祥！

宋代大臣文天祥，1278年年底，率军在广东五坡岭与元军激战，兵败被俘，正被押解在船上过伶仃洋。此刻，他眺望着那寥落的半江渔火，想起那连年的战火和那破碎的半壁山河，想起那飘零的身世和未酬的壮志，一时万千感慨涌上心头——

  辛苦遭逢起一经，干戈寥落四周星。
  山河破碎风飘絮，身世浮沉雨打萍。
  惶恐滩头说惶恐，零丁洋里叹零丁。
  人生自古谁无死，留取丹心照汗青。

这，便是千古绝唱《过零丁洋》！好一个"留取丹心照汗青"！

我听到一个不屈的灵魂在呐喊，我看见一颗坚贞的丹心在燃烧！这不屈的灵魂和燃烧的丹心，为扑朔迷离的伶仃洋平添一股凛然的正气！这种高风亮节、舍生取义的人生观，为中华民族树立一个光辉的典范！

看，一艘快艇泊向沙角的岸边，艇上走出三位顶戴花翎的大员，为首者双目炯炯，刚毅的脸上透出几分豪迈几分儒雅。

他是谁？啊，是钦差大臣林则徐！

几个月前，他奉旨南下禁烟，在龙穴岛收缴外国不法商人两万多箱鸦片，他坐镇虎头山督战，在虎门海滩把鸦片销毁。他清楚以英夷为首的侵略者是不会善罢甘休的。于是他在虎门日夜巡察海防，在虎门江口设立6个炮台，筑起一道铁锁铜关，时刻准备痛击来犯之敌！此刻，他正偕同邓廷桢、关天培两位爱国将领，踏着中秋的月色，徒步登上虎门要塞最前沿的沙角炮台。极目远眺，眼底的伶仃洋，玉盘涌上，海天一色，月华烟细，潮声带雨，十里渔火，浪中明灭！如此大好河山岂能被污染、被践踏？！他拿起望远镜轻轻地击着手掌，在他心中升腾一腔浩气——

蛮烟一扫海如镜，清风长此留炎州。
…………

啊，我听到一个爱国者的誓言在大海中回响，我看到高挺的民族脊梁屹立在祖国南疆！这不屈的誓言与坚挺的脊梁为波涛汹涌的伶仃洋，平添一股气壮山河的豪情！他的这股浩气跟他后来因主张禁烟而受到谪贬伊犁充军，被迫在西安与家人分别时写的《赴戍登程口占示家人》"苟利国家生死以，岂因祸福避趋之"的爱国情感与大无畏精神一脉相承，光照千秋！

听，这是什么在嘶鸣？似涛吼，似海啸！啊，这是陈连升将军的战马！

有时历史真会嘲弄人，且令爱国者仰天长啸。果不出林则徐所料，英国派出东方远征舰队大举向虎门进攻，林则徐率领爱国军民七次击败英夷的进攻。英夷只好挥师北上。腐败无能的清政府害怕洋人的坚船利炮，竟撤了林则徐的职，并把封锁敌舰进攻的拦江铁链拆除，自毁虎门坚固的海防。英军乘虚再犯虎门。镇守在虎门第一重门户沙角炮台的守将陈连升父子，在大兵压境、后续无援的情况下，率600官兵孤军浴血奋战。他们凭着天险击退敌人数次的进攻，终因寡不敌众，炮台被攻破。陈连升跨上战马带头冲入敌阵与敌人展开肉搏战。他血染战袍依然挥刀砍杀数十鬼子，最后不幸中弹身亡。全炮台将士也全部壮烈牺牲，鲜血染红了伶仃洋畔！后来，当地群众把没人认领的骸骨收集起来，在炮台后面的白草山麓筑起一个"节兵义坟"，陈连升的坐骑则被英军掳去香港，战马终日向着虎门方向嘶鸣，最后绝食而亡。

啊，人们说它的灵魂不灭。是的，那雪鬃飘飘的浪潮不正是节马的化身吗？那日夜轰响的涛声不正是战马的嘶鸣？！节马的故事脍炙人口，说的是节马，其实赞的是英勇坚贞的马的主人！

听，这是什么在轰响？似山崩，似地裂！啊，这是威远炮台的炮声！

这炮声是水师提督关天培亲自点燃的！在惨烈的鸦片战争中关天培忠实执行林则徐的抗敌路线，在虎门要塞筑起铁锁铜关，把来犯之敌打得屁滚尿流。林则徐、邓廷桢被撤职之后，他独撑虎门御敌的重担。沙角战役一打响，坐镇虎门要塞第三重门户威远炮台的他，便向琦善告急，琦善这投降派哪肯拨救兵？得知沙角失守，战将陈连升阵亡，关将军愤懑填胸，老泪纵横！当英国的铁甲舰队向威远进攻，这位62岁高龄的主帅，横刀立马，率领全炮台将士奋起还击，他身负重伤数十处，仍然亲自发炮，一发炮弹射来，只剩半截身躯的他，依然横刀怒目屹立在炮台上，吓得英兵滚下台去⋯⋯

啊，那在岁月蒸腾中依然像南疆"海上长城"巍然屹立的威远炮台，不正是关老将军伟岸的身影？那在潮汐拍击下，依然发出炸雷般回响的雄关涛吼，不正是威远那不屈的炮声？！

一声汽笛把我们从历史的隧道拽回现实中来，一艘万吨巨轮从我们身边驶过掀起的排天巨浪，一下子把我们的小艇托向峰尖！霎时间，我的眼前一片通明，只见南岸的南沙港口，一艘艘巨型商船停泊在海面上，像一座璀璨的水上皇宫，那渔舟客艇闪烁的星星渔火，则像这皇宫飞泻下来的流苏！那排排吊货机横空出世，展开铁臂在装卸着集装箱，那进进出出的车流像鱼儿般穿梭，一切都显得那么繁忙而有序，好一个大型的港口。目前港口码头泊位92个，其中万吨级以上的泊位已达16个。开通65条国际航线、53条"穿梭巴士"，吞吐量已达2.82亿吨，其中集装箱吞吐量达1177万标箱，与世界80多个国家和地区的350个港口有海运往来。对内则确立"泛珠三角"交通一体化新概念，依广州港据珠三角东翼而成为华南对外贸易枢纽港，腹地延伸到广西、云南、四川、贵州、湖南、湖北等地，成了"一带一路"的一个黄金停泊点。广州南沙自贸区正在红红火火建立，现已有1007家全国各地电商企业在南沙落地，更使南沙名震中外。目前，正在策划的粤港澳大湾区，南沙也将是其中的一大重镇。

设立在伶仃洋畔的"海战纪念馆"晚上依然开放，一排排红棉树高擎千支火炬，一簇簇广榔树翻滚着绿色波涛！纪念馆仿如一座古堡，闪着幽幽的灯光，参观的人潮一浪接着一浪，传统爱国主义教育在这片英雄的土地一直没停息过。

那横跨珠江口的虎门大桥，远看像一条镶满夜明珠的巨龙横卧在伶仃洋上，其主干道跨径888米，大桥两岸引道工程11.16千米，桥下可通过10万吨的巨轮。近看这座桥则像一把竖琴，是中国第一座悬索桥，亦被誉为"世界第一跨"。它连接珠江口东西两岸，把虎门与南沙接驳起来，成了广东东西两翼的交通枢纽，是贯穿深圳、珠海、香港、澳门的咽喉，使珠江经济走廊四通八达，其作用非一般桥梁所能比拟。

嗬，夜探伶仃洋，我们觅不到那海市蜃楼，这不能不说是件憾事。据说这海市蜃楼是银海般的盐田，在夕阳辉映下对周围城镇的一种反照，早在清朝乾隆年间，伶仃洋畔撤了盐场，这海市再未出现过。我等平庸之辈，当然搜索枯肠也难拾到前人遗漏的佳句。然而，我们却深深触摸到"留取丹心照汗青"的民族之魂，他们把对祖国的无比坚贞用一腔热血把文天祥的千古绝句，写在伶仃洋上；正是这一颗颗丹心燃沸一腔腔热血，化作排天的怒潮把侵略者葬入海底！也正是这一颗颗丹心点燃建设者的一腔腔烈火，在伶仃洋上托出两座不夜的新城。

民族英雄林则徐，在被撤职离开虎门前夕，策马登上大人山巅，向虎门的山山水水投以深情一瞥……

胜览太平

踏着落日的余晖，我登上虎门的制高点大人山。山顶上，一道古城墙沿着山脊蜿蜒而去，在夕阳照耀下仿若南疆飞下的一道长城，在城墙下一座天安门式的排楼，巍巍然飞峙在壁立千仞的峭崖上，排楼上的巨幅横匾，用隶书潇洒沉雄地写着"胜览太平"四个大字。

好一个胜览太平。太平，历来是虎门的别称，登楼远眺，虎门全景尽向眼底奔来。

远处，烟波缥缈的珠江口，落霞与白帆齐飞，江水与长天一色，海浪与江涛交织，渔歌与笛声互答。龙穴岛在夕照下像一颗明珠在伶仃洋上闪耀；矗立于穿鼻洋的上下横档岛，酷似壁立珠江咽喉地带的两扇铁门，而雄踞在狮子洋的大、小虎岛，则像两只守卫这南大门的猛虎！

近处，河汊纵横的太平港，高楼如林，车流如泻，货柜车拖着轻烟从广深高速公路急奔而来，飞翼船鸣着汽笛从海关码头飞出港口。从沙角电厂射出的高压线横空掠过，仿如在蓝天中架起一硕大无朋的古琴。从三门口穿山而过飞越珠江口南北两岸的虎门大桥，简直就是一条裂石穿云的游龙。

山下，高低错落的虎泉山庄，林荫蔽日，曲径通幽，亭榭参差，瀑泻泉吟。在山庄的腹地一泓清幽的泉水，俯卧着一只猛虎，虎背上骑着一位俏丽的小龙女。这座栩栩如生的雕塑，有点唯美，有点神奇，让人不得不联想起关于虎门的传说，联想起太平的来历。

从虎泉山庄取道登山，有一道长长的青石梯，傍着古城墙从山腰直铺云雾缭绕的山顶。在山顶的牌楼下筑有一座又高又大的平台，平台背靠巨大的峭壁，仿如一道横空出世的天然屏障，雕在上面"虎门雄风"的巨幅行草仿如虎啸龙吟，苍劲而又潇洒，把虎门人那种虎虎生威的豪气表达得淋漓尽致！平台的正中巍然屹立着民族英雄林则徐的塑像，他当年就在此山麓指挥焚销鸦片的，只见他身披战袍，手执望远镜，用深沉而又睿智的目光，眺望着烟水笼罩的珠江口……

这虎门的传说，这南疆长城，这"虎门雄风"的屏障，这林则徐的雕塑，勾勒出虎门近代史的人文底蕴。它们在夕阳的照射下，互相辉映，构成一轴气壮山河的画卷，让人看了热血腾升。每当此时，我的眼前总浮现一幅历史的镜头：民族英雄林则徐，在被撤职调离虎门前夕，策马登上当年坐镇指挥焚销鸦片这大人山巅，向虎门的山山水水投以深情的一瞥，然后扬鞭而去，留下一串马蹄声。这马蹄声可是一种历史的拷问啊，个人的荣辱对于民族英雄来说早已置之度外，可国力的强弱人民的安危才叫人揪心啊！发一声仰天长啸那只是英雄气短的无奈，国泰民安才是他的希冀！这蹄声掀起了珠江口的拍天涛涌，这蹄声久久回荡在虎门大地，这蹄声不时地叩击我的心弦，让我对虎门的历史与现实进行深深的思索。

啊，虎门——太平！无论是传说还是现实，这方水土的人民从来就不畏强暴且渴望太平。然而，虎门这片土地又何曾真正太平过，单从近代说起，英夷的三桅船的炮火、日寇飞机的炸弹以及海盗的血刃几乎令这片土地成为焦土。

历来有反暴传统的虎门人民当然不会屈服，他们与恶势力进行一场场殊死的斗争。在鸦片战争前夕，在林则徐的率领下，在龙穴岛一带收缴一船船的鸦片，在虎门海滩将它们化为灰烬；在鸦片战争中，组织了敢死队与爱国将领关天培、陈连升一道，为保卫祖国的疆土，把热血染遍了虎门的山山水水。在抗日战争中，他们参加了东江纵队，转战在大岭山根据地。在解放战争中，这里成了解放广州的大后方，支前工作搞得轰轰烈烈；在土地改革中，他们响应政府的号召，积极进行了清匪反霸，保一方平安。

中华人民共和国成立了，虎门是太平了，盛世则是遥不可及。由于各种天灾人祸和错误路线的影响和干扰，这片土地也没少受折腾，这个历来被称作物华天宝的鱼米之乡，也没摆脱贫困的缠绕。

当改革开放的世纪飓风，刚刚在珠江三角洲这片热土掠起时，历来就"敢为天下先"的虎门人民醒悟最早，早在国门半启的1978年，虎门便办起全国第一家来料加工厂，镇政府充分利用地缘和人脉的优势，大量招商引资，为了改善投资环境，建起了海关边检大楼，开启了往返港澳的飞翔船，建起了3000吨级的集装箱码头，开通了数万门程控电话，建起了每日发电能力为1680万千瓦的沙角发电厂，架起连接广深高速公路与珠江三角洲西岸的虎门大桥，它像横卧珠江口的一道彩虹，成了珠江三角洲运输的大动脉。停泊万吨巨轮的深水码头矗立在南沙港口，吊机横空，货柜如流，吞吐如海，是一个繁忙的港口。如今全镇拥有中外合资厂近2000家，服装、电器与电力三大工业支柱撑起了"全国第一镇"的天空。2020年全镇工农业总产值已超600亿元，税收则超60亿元，并早已摘下"全国财政之星""全国乡镇之星""综合实力全国第一"三项桂冠！

夜幕降临了，虎门霎时成了一片灯的海洋。

灯饰最为撩人处莫过于虎门标志性的建筑，四座五星级的宾馆可称其中的代表。

索菲特酒店，楼高62层，巍然耸立在珠江河畔，虽是霓虹闪烁，灯影幢幢，夜幕下依然浑身黛色，颇像一位身穿燕尾服、头戴黑礼帽、手执文明杖，风流倜傥的绅士，那银色的流苏则像他挂在胸前怀表的表链。而与之相依相偎的黄河服装城则像浑身珠光宝气的贵夫人，他们携手伫立在珠江的岸边，俯视着从眼下流泻而过的一条条"彩色的河"！

矗立在虎门运河与人民路交叉处的豪门大酒店，楼高22层，峥嵘而又典雅，它的外墙均为西班牙进口沙安娜大理石砌成，用的是18世纪欧洲巴洛克式建筑风格，呈现现代化建筑的高科技与古典、尊贵、豪华艺术和追求无限完美的特质，在华灯的照耀下呈一种乳白色的蜡质之光，外形与质感，颇像夜色下西欧莱茵河畔的一座华灯璀璨的城堡，给人一种迷蒙美与穿越时空之感。

在连升中路金洲段，龙泉国际大酒店拔地而起，楼高27层，占地8万多平方米，清一色钢结构的玻璃幕墙，微呈弧度，在银色的月光下，颇像一道飞流直下的瀑布，流溢银光闪烁飞花碎玉之神韵，楼顶那几盏探照灯，在天幕上来回扫射，仿如几条蛟龙在薄雾中飞跃腾挪，好不壮观。

飞峙在五点梅水库的丰泰花园酒店，远远望去，仿若停泊在湖心的一艘画舫，它桅樯高耸，酒旗摇风，雪浪轻拍，笙歌飞扬。拿望远镜细细观之，则见褐瓦盖顶，楼宇参差，错落在亭台水榭花园茵地之间，只见波光粼粼，灯影幢幢，椰林掩映，凤竹扶疏，流溢一股浓郁的热带雨林的风韵，别有一番东南亚的情趣。

与这四大坐标夜韵相配搭的是穿镇而过的珠江太平河段。它虽没有广州珠江夜韵的那种璀璨，却别具另一番神韵，两岸闪烁着疏疏的灯影，一江流动着十里渔火，它从太平港的码头，一直向珠江口蜿蜒而去，仿若为珠江这条玉带镶上玛瑙和红宝石。它们在月色与灯影下讲述着深邃而又神秘的故事，为这千年古镇平添几分沧桑感与现代味。

灯火最明亮处可数太平广场，在百亩宽阔的广场上，在6盏太阳灯的聚射下，一座雕塑拔地而起，只见一双擎天巨手，把一支鸦片烟枪拦腰折断！这是大雕塑家潘鹤的得意之作，作为虎门镇的镇标，与之相辉映的是一组音乐喷泉，随着一曲悠扬的乐韵响起，喷射出数千条五光十色的水柱，然后洒落着数万颗溢彩流光的明珠。广场的四周挤满了放气球、放风筝和放和平鸽与跳广场舞的人群，这一切都为虎门平添一种祥和的气氛。

与虎门广场相映成趣的是虎门的两大公园，广场这边是一场的沸腾，而公园那两边则是两园的幽静。

执信公园，是朱执信牺牲之地。朱执信在此牺牲的当年，虎门人蒋光鼐便在此地竖立起纪念碑，如今虎门政府把它修葺一新。碑前玉兰与紫荆花相互簇拥，碑后则如火炬般高擎的木棉花做盾，为这座公园染上爱国主义的底色。为了让这公园形成一种文化氛围，镇政府做了两大动作：一是把海军医院改成虎门图书馆，让数百万册的图书分藏于数栋红墙绿瓦花树摇风的小洋楼中，在馆中辟了一角建起一座虎门籍的岭南书画大家卢子枢的纪念馆，让图书馆平增岭南文化的意蕴。二是把虎门中学改成虎门中心小学。此举对于老虎中人来说有点不舍，镇政府是出于长远的考虑：首先，随着教育的发展，原虎门中学作为虎门最高学府，地方远远不够大，就让她迁至虎门公园旁，面积扩至数倍，还把虎中的精神之树——红棉树移植到新校区里去。其次，让虎门学子从小就接受传统的爱国思想教育，也让莘莘学子接近虎门图书馆，让他们从小就能在知识的海洋中邀游。

虎门富起来了，涌现出的一股潮流是重视教育，"花血本供子女读书"成了虎门人一种至上的追求，镇政府与各管理区投入最多的是教育。在明末清初虎门有三大书院，如今虎门几乎所有管理区都拥有一所花园式的学校，镇里除了有完全中学之外，还办起了外语学校和职业中学。凡能考上全国或省重点大学的，镇与管理区均有重赏，虎门学子考上清华、北大及省重点大学每年均有一批。他们学成之后都想干出一番事业来。1967年出生于南栅的王志东，1984年考上北大的无线电电子工程系，毕业后成了中国IT的先驱者，他是新浪网的创始人，成了新浪网的首任总裁。当然，还有不少学成之后回乡创业的。出生于金洲的谭颂斌，1988年考入华南理工大学无线电工程系，1991年毕业后又在外语外贸大学读了两年，1993年返回虎门镇政府任职，他1997年丢掉铁饭碗创造了银禧科技公司，获得了"高阻燃低烟无牙齿电缆护套料及其制备方法"等10项发明专利。经过20年的发展，成为国家高新技术企业，在东莞、中山、苏州设有生产研发基地，产品覆盖改性塑料、金属精密结构等领域，成为"全国优秀民营科技企业"，李克强总理曾到企业考察。2020年银禧科技总资产为15.97亿元，总收入为16.4亿元。虎门，新一代人正在崛起。

执信公园,最热闹的是清晨与黄昏。一是一群老人在舞太极剑或打太极拳;二是少年儿童在念英语或背唐诗宋词。晚上,则是红墙绿瓦的图书馆透过广榔树与棕榈树露出疏疏的灯影,以及从校园中隐隐传来的朗朗读书声……

虎门公园,坐落在连升路的中段,位于龙泉国际大酒店的北端,潺潺流水的运河绕园而过,园中有座山冈巍然耸起,整个公园占地面积1100多亩,在寸金尺土的黄金地带,拿这么多的宝地做虎门最大的气肺与休闲及文化中心,可见当时执掌镇生杀大权的领导,心中有股江山大气!这公园有几大好去处:一是山顶的风亭。它六角飞檐,犹如大鹏展开的彩翼,人们登亭可沿盘山的林荫小道而上,在亭上凭栏眺望,珠江口那波光与帆影尽收眼底。二是山麓的人工湖。这湖有小桥,有流水,有栈道,有湖心亭,有畅游的水鸟,有凌波的轻舟,两侧则有荷塘与玫瑰园。"接天莲叶无穷碧,映日荷花别样红",杨万里的诗句可是这荷园的真实写照。而伫立枝头的红蜻蜓,与那跃出水面叼食荷花的鱼儿,又为荷塘平增几分动感。那玫瑰园,红玫瑰、黄玫瑰、蓝玫瑰、黑玫瑰,攀天而长,可谓姹紫嫣红,微风徐来,花枝摇曳,暗香浮动,真让人心旷神怡!三是艺术长廊。这长廊与人工湖遥遥相对,紫荆花簕杜鹃三角梅搭起一林荫长廊。镇里的文学艺术联合会就设在这里,作家协会、书画协会、摄影协会、曲艺协会均在此挂起牌匾。虎门早已成为小康社会,虎门人在富起来之后,追求更高的精神生活成了另一股潮流,各种文化活动风起云涌。文艺创作从原来的文学会改为市作家协会的分会,拥有近百名会员,涌现了一大批后起之秀,在东莞文坛占有一席之地。书画协会的不少作品参加省市的各类书画大展,捧回不少奖状。摄影协会经常吹集结号,足迹踏进大江南北与世界的南北极,像卢伟尧出版摄影集多册,作品屡屡在世界摄影大赛中摘取桂冠,并于2019年被评为"广东十大摄影家"。曲艺协会亦相当活跃,镇与各管理区设有不少私伙局,省粤剧团丁凡、蒋文端等名伶常来虎门传艺,老书记孙耀全亦经常披挂上阵任台柱子,并出了多盒粤曲演唱录音带。文学艺术联合会在艺术长廊辟了个展览馆,"书画""摄影"展览层出不穷,可谓千姿百态,姹紫嫣红,引来不少观众,让这些高雅的艺术在普罗大众中播种。此外,镇政府紧锣密鼓地筹划在园中建雕塑园与碑廊,把虎门历史的人物塑在园中,把虎门历代的诗文刻在碑廊上,让虎门的历史文化底蕴更好地传承与发扬。

虎门公园,是虎门人晨练的天堂,天刚露一点曙色,这里就汹涌着登山的人流,玩卡拉OK的,玩乐器的,玩武术的,玩民族舞的,在这儿各占一块福地,玩累了,便到对面的龙泉宾馆大酒店的四季厅,来个一盅二件。入夜,星空下一园幽静,见只见玫瑰园摇曳的花枝、荷塘芙蓉出水的身姿以及山顶那风亭上玲珑的倩影;可闻芙蓉与玫瑰交织徐来的暗香;当然,还可隐隐听到从艺术长廊传来的几声鸟啼和私伙局传来经典的粤曲小调。

如今,徜徉在霓虹闪烁的大街上,或静坐在烛光摇曳的咖啡厅,或漫步在公园的曲径上,你再也看不到穿着西装打着领带却土得掉渣的形象,看到的是一脸脱俗一脸阳光充满自信的脸,你简直无法分出哪是香港客,哪是广州来,哪是本地人。说不定那身穿休闲服与牛头裤,脚跋拖鞋,抽着椰树香烟的正是位亿万富翁呢。社会变文明了,人民生活变富裕了,人的气质与素质也在变。

嗨,广场上的太阳灯,五星宾馆的探照灯,商业街上的霓虹灯,虎门山山水水的万家灯火,太平河十里的渔火,伶仃洋的航灯与虎门大桥的华灯,织成一个彩色的夜。广场上洋溢的歌舞声,职校传来的读书声,艺术长廊私伙局传来的粤曲声,与珠江口深水码头的打桩声、万吨巨轮驶过的汽笛声,汇成一支雄浑的交响曲。

好一幅太平盛世图。

嗨!此刻,我又听见了马蹄声。我想,虎门无论是那血与火的凝重历史,还是一日千里的辉煌现实,无一不是燃烧着强我中华的浩然正气,而这凝重的历史和辉煌的现实,也足以告慰林公深情的一瞥了。

在淡淡的月色下,踯躅阅江楼,思索良多。"胜览太平"的设计者可谓用心良苦，其意蕴是多维的：其一是胜览太平的全景；其二是胜览太平盛世之景象；其三是思索太平的过去、现在和未来。有几股强烈的思绪拍击着我的心弦：其一，这太平盛世得来不易。我想，如果国力不强，路线不正确，一方水土哪怕人再杰，地再灵，恐怕也只能逞一时之勇，创一时之盛，根本无法去扭转乾坤。其二，太平盛世之景，绝不是高枕无忧的通行证。越是一片娱乐声平的凯歌中，越要保持头脑的清醒，越要有一种强烈的忧患意识。看那绿野渐渐消失，那溪水不时断流，不正是过度开发带来土地资源的透支？那清清小河的变黑，那芦花与水草的枯萎，不正是农耕文明向工业文明过渡的进程中带来的环境污染？那交通的梗塞和案件的频发，不正是外来人口剧增，而相应的硬件和管理尚未适应所带来的困扰？这一切的一切都是必须面对的严峻问题，从某种意义上说，这也是一场没有硝烟的战争，只有消除这些隐患，国泰民安才能持久，整个社会才能和谐，才能科学地发展，才能实现一日千里的腾飞。

东莞为配合《粤港澳大湾区规划纲要》划出交椅湾、沙角半岛和威远岛三大板块组成一个海滨新区，规划面积达841平方公里，其中沙角半岛与威远岛两大板块是虎门原来的地界，占地面积60多平方公里。确立了"一廊两轴三板块"空间格局，明确了"集聚高端制造业总部、发展现代服务业，建设战略性新兴产业研发基地"三大产业定位。

这规划是何等宏伟，何等远大。我认为还有三点是千万不能忘记的：一是千万别忘记打好虎门特有的好牌。历史上虎门曾用三张牌，创造了三段辉煌期，一是盐牌，二是草牌，三是服装牌。如今打什么牌，应好好去探索。二是千万别忘记用好虎门历史文化的底蕴这张牌。这张特有的牌其他地域难寻，这是推动社会前进的永恒动力。三是千万别忘记用好待好虎门人。长在这块英雄土地上的虎门人，有股"敢为天下先"的勇气和永不言败的豪气，有勇于创新和善于创新的智慧，也有决心有能力续写好虎门的故事。

太阳，每天都是新的；

虎门，每一页都应是崭新的！

跋

梦中的水声
——读卢锡铭散文集《枕水听涛》
范若丁

近日，我常常似梦似幻地听到水声。有大江大海相拥掀起的激越巨浪，有灌溉千顷良田的涓涓清流，有渔舟唱晚的桨橹，有孩子们嬉水的喧闹，我正迷惑这些或悲壮或柔和或欢快的声音由何而来，忽然看到身旁一部书稿——作家卢锡铭的新作散文集《枕水听涛》。

卢锡铭的故乡在虎门——一个从历史到现实都非常有名的地方，虽然随着时代的变迁，它前后有天壤的变化。人们对故乡大都有一种依恋之情，这不仅因为故乡的风光，而且有他少年生活的记忆。卢锡铭的《枕水听涛》是写故乡虎门，而且多是写虎门的水。虎门为珠江八个出海口之首，它靠江靠海，也有大岭山、象山、三台山、眼眉山、钓鱼岗等起伏的山冈和万顷良田，但水是它最美最让人难忘的地方。

我是外乡人，其实我与虎门可早有缘分，1952年我到过那里。当时国家要对烟酒实行专卖，我和几位参加筹建广东专卖事业管理局的同事到各地调查情况，给筹建工作提供依据。现代人很难想象，当时我是坐单车去的。从广州乘火车先到石龙，石龙离太平（虎门）还有几十公里，就只有去乘单车了，那时候珠江三角洲的主要交通工具就是单车。后来我再去时，就坐花尾渡船。就像卢锡铭文中所说，花尾渡是一种靠火船拉动的巨大客船，有两三层高，白色，每次拉动像一只在水中滑行的白天鹅。沿途每到一码头，岸上就会有清脆的钟声飘过来，随后上来几个乘客。随着时代的变化，交通工具也有变化，到了20世纪90年代，广州到虎门已经有了水上飞翼船和高速公路的公共汽车，现在就乘高铁和城轨了。交通便利了，人民的生活更是日新月异。作家卢锡铭虽然出外工作数十年，但对故乡却念念不忘。2008年，他让我联系几位作家到他家乡走一趟，采访和参观。我们也都有这个心愿，了解一下开放改革之后城乡的发展变化。于是金敬迈、章以武、左多夫、伊始、艾云、张梅、郭玉山和我就随着卢锡铭走进虎门。我负责采访南栅村，蒋光鼐的故居就在这条村。它位于广济河口，古代河道口设置栅栏，缉查私盐，派兵驻守。到公社化时，农民只能在地里刨食，一年三造还填不饱肚子。收入最好的生产队，社员每10个工分为1.2元，最差的只有0.6元。采访当年已实现全区人平均收入14535元。如今的南栅更是工厂林立，街道纵横，昔日的农村嬗变成一个繁华的小镇，气象万千啊！历史的嬗变超出了人们的想象，今后的样子也难以猜想。

卢锡铭的散文新作，有其鲜明的特点：即写真情实感。真情实感是普通的，人人有之，但非人皆用之。通过真情实感书写，透视社会前进的履痕，更不是一般人所能企及。文章写得再美，空空如也，也只是一纸彩色废纸而已。这本书稿最感人的就是动真情抒实感，神思飞扬，力透纸背，展示"中国近代史的缩影"与"农耕文明向工业文明嬗变活的标本"，更非一般乡愁文章可比。

我读老卢的文章，每个细节都会在我心里响动，如那岭南水乡女人爱穿的木屐在石板路敲出的踢踏声，常在我心内回旋，这就是他成功之处。

啊！枕着水韵入梦，听见时代涛声。

（范若丁：花城出版社原社长兼总编辑，《花城》杂志原主编）

打开秘扃之匙

——读卢锡铭散文集《枕水听涛》

黄树森

浪打山崖,风过海滩。

《枕水听涛》,把虎门浇灌得起伏跌宕,渲染得色彩斑斓。带着慵懒的海风,云的气氛,把我所有的虎门记忆东莞记忆燃烧。袁崇焕的"横戈原不为封侯",蒋光鼐的"黄蕉红荔是吾乡",坦荡与余韵,历历跃上心头。锡铭是虎门人,我和虎门也有一个多甲子呈多空纠缠的情缘,这是一种沉浸式的互文体验。

六十四年前的1958年,我在中山大学中文系念书,那是个反右年代,"大跃进"年代。我辈暗如渊壑的生命,有些温暖和光亮,皆在中山大学,那里不仅学术气场强大,人格气场精神气场也足够强大,代表人物是陈寅恪和容庚,让我们备受熏陶浸润。

我的授课老师,东莞人容庚教授没有读过大学,开疆拓土却延续罗振玉、王国维学脉,成为中国顶级古文字家,使这一冷绝之学,兴于岭南。他敢言善辩,结局却非我的另一授课老师,戏曲专家董每戡教授那么凄惨悲怆。容庚自称是匹难以驯服的"野马"和把难以打开的"鬼锁"。其实，"野马""鬼锁"之语，正反映了容庚独立自强的性格品质。

虎门也是一把"鬼锁"

也许，社会上很多人只知道，虎门是林则徐销鸦片的地方，它掀开了中国近代史的第一页，但对它的前世今生并不那么了解，从这角度看虎门也是一把难以打开的"鬼锁"。

1958年，我们在中山大学北门乘船，往虎门劳动锻炼，与农民同吃同住同劳动。站在北门码头，珠江水从"国立中山大学"巍巍牌坊旁流过。逆流而上，往西看，对岸长堤是旧时富可敌国的十三行所在地；顺流而下，往东看，走十海里，便是汪洋浩瀚的珠江口，这里发生了两场堪称转折点的战争：崖山海战和鸦片战争。陈寅恪认为："华夏民族之文化，历数千载之演进，而造极于赵宋之世，后渐衰微，终必复振。"这"终必复振"之地，就是崖山之战的珠江口、鸦片之战的珠江口。这一地理形态的奇雄，梁启超、法国年鉴学派大师布罗代尔、汤显祖都有论及。

我们坐的船，就是锡铭在《枕水听涛》中写的"火船拖省渡"，那船，走了一整个晚上。我们走的水道，就是白鹅潭—海心沙—伶仃洋—虎门，孙中山、蒋介石、文天祥、汤显祖、苏东坡当年走过的水道。

《枕水听涛》说：东莞三件宝 "莞盐""莞香""莞草"，虎门是主要产区。

我住在虎门白沙一户农民家里，厅堂里堆放着虎门特产的水草，几台打席机日夜穿梭不停织着草帘。草帘，即日本酒吧咖啡吧门口挂的那种。

除了盛产这三件宝，虎门还有很多特别的生活情趣。

有一天，三同户抓了一窝田鼠，通体透红，尚未开眼，送了我两只。说非常干净，叫我含着烧酒吞下，很滋补的。

十九年前的2003年，在陕西电视台，京沪陕粤四地文化学者做一个

"非典与文化"的专题节目,我讲了这段经历,惹得在场的陕西师范大学学生十分惊讶,大声质疑,怪不得广东是非典的发源地。我回答说:吃鼠之风,源于中原。广东很多方面,乃中原旧文化旧风俗的"保留所"而已。著名经济学家,我在校时任副校长的陈序经在《广东与中国》(《东方杂志》1939年第36卷第2号)中说:"古代燕赵慷慨悲歌之士,喜吃狗肉之风,至今还遗留在广东。战国载,周人谓鼠未腊者朴,那么周人不但吃鼠,而且有腊鼠。"据考据,陈先生所言"战国载",即载于《尹文子》(《四部丛刊》景明覆宋本),吃腊鼠事,在北宋沈与秋《龟溪集》和元人贾铭《饮食须知》中也有记载。(周松芳《食鼠记》,《广州文艺》2015年第8期)

珠江口八门之首——虎门,深藏秘扃

唐宋以来,中国经济文化走势,顺东向南,出口"终复必振"的大门,就在珠江口。珠江口两岸有八门:虎门、蕉门、洪奇门、横门、磨刀门、鸡啼门、虎跳门、崖门,虎门乃八门之首。

珠江口省港澳大三角,大湾区前海—横琴—南沙小三角,咽喉之地几何中心就在虎门。《枕水听涛》以历史之门、南疆之门、物华之门、人杰之门、嬗变之门叙述阐析。它是中国晚清和当代现代化的登陆地。

门,是连接不同空间的关节点,具有穿行、防御及过渡的功能,成为视觉聚焦的中心点。也是一种信息载体。一种象征之物,不仅具有标志性、地理性的功能构筑物,有特定的文化指向和民族民间审美暗示。

《枕水听涛》写到虎门地理形势之雄奇:前有珠江蜿蜒而过,东江南端在此地交汇,南流不过十里便是伶仃洋,西流不足十里便是狮子洋。

新石器时代,先人已在此"划舟捕鱼、踏滩采贝";三国时期至宋,虎门煮海熬盐,趋于鼎盛;莞草种植,节节火爆;"香市"元、明、清三朝已远播海内外。

清嘉庆，太平设墟，三江货物汇集，商贾如云。民国时期，太平墟扩大，流通畅达，市场繁荣，太平河口，渔舟货艇即达四五百艘，工商铺500家。法兰西香水、意大利皮鞋、日本时辰钟、美国"胜家"缝纫机、英国的"三支枪"自行车，洋货浸漫。

千年虎门，仅1600年到1795年约200年间，荷兰联合印度公司、英国东印度公司和法国公司派遣出航中国，经过虎门这座大门的，船只数量达到每年17702千艘。（廖炳惠《吃的后现代》，台湾二鱼文化事业有限公司2004年版）

1993年，改革开放兴旺时，全国有四分之一的货车开往珠三角，连接珠江口东西岸的虎门大桥，应运而生。在南沙我见证霍英东这一构想的出台。

改革开放40年，在城乡综合发展指数测试中，虎门居于全国千个强镇之首。

《枕水听涛》非一般意义上的乡愁之作、抒旧之作。中国社会结构巨变，突出表现为都市化迅猛发展。锡铭写了个变迁和重构状态的虎门，写了个都市型未来生活的虎门，溢出文学边缘。

我在虎门食的经历，从食饱—食好—美食；行的经历，从火船省渡—高速列车—城轨。财富增长，带来的生活变革，观念的变迁。

明末清初著名学者屈大均在《广东文征·东莞诗集序》中说："此广东之所受以文明者也，而东莞辄先得之。"东莞的风气之先，先贤已有预言，在当代表象和文化根脉、在现实认知和历史体验，是否成为打开虎门这把"鬼锁"的钥匙之一。

大湾区东莞虎门的"香"，神异奇崛

在寮步牙香街博物馆，有四个字：馩、馣、秘、馞。解释者，都面有难色，心存敬畏。

真正能够穿透历史的，不是铁血，而是铁血背后的柔情；真正的大门禁开，不是响声震天的敲锣打鼓，而是润物细无声的灵魂抵达。虎门的铁血，就是北大性学博士张竞生的名言："丢那妈，顶硬上！"精神，这就是广东精神，岭南精神。东莞人很铁血、很能打，袁崇焕打辽东战争，东莞兵喊着"丢那妈，顶硬上！"冲锋，蒋光鼐打淞沪战争，东莞兵也喊着"丢那妈，顶硬上！"冲锋。虎门人民在重大的历史关头，在现实嬗变中的艰难险阻面前，同样是喊着"丢那妈，顶硬上！"这是拨开重重迷雾之桨，这是破开重重恶浪之帆，这是打开重重"鬼锁"之匙。

虎门的柔情和灵魂抵达便是开启"鬼锁"之匙。

就是《枕水听涛》中那林林总总、蔚为大观的情节谱系，就是专门性、地方性、历史性的与时空的文化背景和个人记忆有关三大传说：阿娘绣花鞋传说、引入番薯的故事、苏东坡夜探海康市集史事；三件宝：莞盐、莞香、莞草。尺幅之间，舒展自如。

就是那丰厚风俗：过省渡，吃田螺，趁天光墟和"和米龙虱""腊鸭软喉""莲子糖水"和来往虎门香港的"南进丸"，以及"斩草的"乡丁壮男，"疍民"的漂流风俗，"咸水歌里"的"水上人家"，"撑篙"的传人，船艇小孩腰间挂着的小葫芦。一经击发，四围共鸣。

承接虎门器道香火，续写大湾区精神纽带的，非"莞香"莫属。

2006年，我以广东省人民政府参事身份，在东莞做田野调查，跑了18个镇，听了一百多人的故事，在大岭山鸡翅村，碰到一位香农，种了数十亩"莞香树"（沉香树的一种）。他说，祖祖辈辈，以此为生，别看中断了一百多年，他坚信东莞大地会重新漫山遍野地种莞香树，在当时所有会议上，我问到与会者，竟无人知道东莞和这种树有何关系。

2008年，在钩稽文献，网罗遗逸，主编《东莞九章》过程中，重读明代冒辟疆的散文名著《影梅庵忆语》，里边的香缘、品香、焚香、辨香，在作者的雕刻抒写中细腻精致，水灵鲜活，令人情理互交，心身皆醉，文章结尾处有"又东莞以女儿香为绝品""余曾得数块于汪友处，姬最珍之"。姬者，"秦淮八绝"的董小宛是也。叶灵凤的《香港方物志》把香港得名，归于莞香。《东莞九章》据此把"莞香"定为东莞历史文化的精髓之一，此书一纸风行，第一版印了5万册，造成一个热门话题，"一个文化元素激活一场经济寂静的风暴"。

2009年10月10日，寮步"千年香都现代香市"讲坛开坛，我和郎咸平、何绍田做了《文化软实力提升来推动经济发展战略》的对话。

2019年12月，中国（东莞）国际沉香文化产业博览会组委会授我"香博会十年特别贡献奖"。我很看重这个奖。

香器有形，香道无价。浮生如香，在哪儿漂泊缭绕，就在哪儿释放光华。

15年光阴，弹指而过。在2019年香博会获悉，现如今，香业香事，十分火爆。中国沉香种植，以东莞为始，粤桂滇海南跟进，已种植250万苗，约5亿株。在广东，"香铺"探骊得珠，"香人"别具手眼，"香生活"精彩纷呈；东莞"牙香街"，中山"香街"，电白"香街"，香囊香粉香膏香油美容、祭祀、医药之物，琳琅满目；长篇小说《百年莞香》卖得很火，舞蹈《莞香》斩获大奖，33集电视连续剧《莞香》收视不凡。早已非"秦淮八绝"名妓和慈禧龙床上的"香"，而进入百姓日常生活。

"中国香薰传统不仅历来就是医药传统的重要组成部分，与文化史、思想史、学术史的起承转合之间，有密切的内在相关性，重建中国香学，恢复中国香道，还原传统香生活，践行传统香药观的本质，是重建中国文化的向度问题。"（秦燕春的《"香"为何物，"学"向何方——中国香学刍议》，载《艺术学研究》2022年1月号）

"莞香"，勾连着东莞与香港澳门的历史渊源和历史传承，也预示着莞港澳不仅在行进中的历史是辉煌的，而且过往的历史也是辉煌的。香港得名由来，有几种传说：一说缘出"香江"，一说来自"香菇"（海盗刘香之传说）。比较可信的说法是，香港得名与香树、香市有关。著名史学家罗香林和郑日娥合著的《香港前代史》、叶灵凤的《香港方物志》都论证了这一说法。明神宗万历元年（1573）以前，香港、中山（旧称香山）

澳门（旧属中山）均属东莞，香港大埔、沙田一带是莞香著名集散地，史书上说"莞香盛时，岁售逾数万金"。香港尖沙咀，古称"香埗头"，是转运香料的港口，故称香港。澳门香的贸易，元代戏剧家汤显祖，诗词中也多处提到。

在东莞，在大湾区，研究开发"莞香树"的衍生品牌产品；普及"香生活"；孕育"中国香学"高端刊物和学术著作出版；引进香学高端研究人才；在中山大学东莞理工学院设立香学系和香学专业，是建立大湾区香文化经济跨界融合的迫切理论和实践问题。倘若虎门能浓墨重彩再种植和开发"莞香"，又会有一番新的腾飞的光景。

陈序经讲到广东文化是旧文化的保留所，同时也讲到广东是新文化的创新之地。这也是虎门这把"鬼锁"，难以打开的根性缘由之一。

锡铭写作《枕水听涛》时，是想要写出一个从农业文明到工业文明的虎门。农业文明实质上是一种血缘文明，工业文明实质上是一种市场文明。这本著作写了一个传承性的虎门，也写了一个变异性的虎门。

虎门人的观念，在岭南文化的版图上，按屈大均说：东莞居于东边，得风气之先。我一直在做一篇"东莞发展与东莞观念"的文章，记忆中留下许多故事：

在桥头，一位企业家说，他的愿景，就是"春天的故事"要天天讲，天天唱。他的家庭教育方法是，他儿子在广州读大学，须徒步赴校，不准乘车。

在虎门，几位浙商对笔者说：虎门粤商"敏于行"，不打嘴炮，一个早茶商议的事，中午就可践行；信誉度高，大家有利可图；低调务实。中国富豪榜的胡润说："有资格上富豪榜的，东莞还有许多，东莞的富豪都比较务实，低调，不太注意媒体宣传，只管踏踏实实做事。"

在东莞，笔者跟几家私人博物馆馆主交谈，他们都是把赚到的钱，变成文物收藏，并作为遗产传之子孙。子孙文化素质高低、经历水平大小、办事能力强弱，决定他们未来财运的贫富。这一新伦理观念，在香港《大公报》刊出后，引起强烈反响。

  《枕水听涛》透视千年虎门从"疍家女""自梳女""撑篙工"向现代服装业制造工的过渡；从传统香农香商向当代"香道""香生活"的转型；从农耕时代向现代城市化的重构，"衣食住用行"，由省渡向高铁，由温饱向美食，由"香装饰"向"香生活"变迁、重构。"中国民俗学即便已经认识到'传统'既有不可改变的传承性侧面，又有被创造出来的变异性侧面，在中国民俗学中提出'生活革命'和现代日常生活的理念，具有不可言喻的重要性。"（周星：《"生活革命"与中国民俗学的方向》，载《民俗研究》2019年第1期）全国千强镇之首的虎门，是这一生活革命和现代日常生活理念的经典个案。

  暮齿之年，春秋数易，蓦然回首，恍若隔世，追忆无尽，此情依旧。

广州东湖
2022年1月30日

（黄树森：广东省文艺评论家协会名誉主席，广东省人民政府原参事，第三届"广东文艺终身成就奖"得主）

散文林中的一支响箭
——读卢锡铭长篇散文《枕水听涛》

章以武

春天里,日照朗朗,读罢锡铭的长篇散文《枕水听涛》,心潮起伏,十分感动!

那是散文林中的一支响箭!

作者以深邃的思想、生花妙笔,书写了他的故乡,千年古镇虎门。

那里不仅是水声水汽水韵水情,不仅是乡愁绵绵,蕉林牧歌,渔火闪烁,吊脚楼婀娜,咸水歌婉转,摆渡人豪迈!我们更佩服作者大气磅礴、纵深壮阔地书写了历史烟云滚滚与改革开放春潮排空史诗式的故事。

虎门,中国近代史的缩影,农耕文明向工业文明嬗变活的标本。要写得深刻感人,不能只写闲情逸趣,杯底风波,而是要紧抓大文的发力点!

发力点在哪儿?在《浪拍虎门千帆疾》,在《夜探伶仃洋》,在《龙的嬗变》……这是与逝去岁月深沉的对话,这是对历史的清醒卓见,这给后来人以思索与启迪!

虎门,东莞的虎门,与中国改革开放的排头兵深圳为邻,地处穗、港、澳几何中心。它是最早沐浴现代风之地，最早引进外资掀起建设大潮之地，最早思想解放的火花飞溅之地！虎门的人们，个个心里都有一朵小红花！他们脚有海水，胸有豪情，描绘华彩壮丽的山河！

虎门的动人故事似星星！锡铭独具慧眼，善于捕捉发现它们，经淬炼，将一个个有趣故事、个性人物、动人细节、生猛言语、活跃思辨、拼搏场景，呈现在我们面前，烟火味呛人，好不亲切！

锡铭对我说：不因年龄而停止写作，停止写作会快老！

斯言有理！

何等自信！

你这部散文挖掘如此深妙，文坛罕见；这本大作的光华，拓宽了岭南散文创作的新边疆啊！

由衷为你喝彩！

（章以武：广州大学人文学院教授，广东省作家协会原副主席，广州市作家协会原主席，第二届"广东文艺终身成就奖"得主）

虎门散文第一书

——读卢锡铭散文集《枕水听涛》

左多夫

卢锡铭在《枕水听涛》前言说：虎门是历史之门、南疆之门、物华之门、人杰之门、英雄之门、嬗变之门。他这样概括，也这样写，讲述的是虎门古今的地域、血脉、文化、生存，释放出的是种种个人的感悟和思考，令人犹如身临其境地融入历史现场和现实生活氛围里。这里有新石器时代末至商时代沙角遗址，有三国时期、南北宋间的商埠，见证过文天祥、林则徐、关天培的浩荡正气。改革浪潮汹涌澎湃，这里又率先办起全国第一家"来料加工厂"。电器、服装、电子三大行业撑起中国第一强镇的天空。

卢锡铭的散文写作形成了相对稳定的风格，其作品的厚重感和对时代主潮的表述，源自非常接近脚下的这片土地。他写独特的乡土风情。富有个性的人物形象、传奇的民间故事、别致的海上捕捞场景……写烟雨蜃楼、流动骑楼、傍河小巷、咸水歌、木屐声……还写横水撑渡人、缠脚秀才娘、自梳草织女、孤墩守夜人……这就足见作者视野开阔、运笔纵横的鲜明特点，他确实把虎门的精华所在统摄于笔下，让人真切地感受到此地此水风情万种和时代的脉动。

卢锡铭祖祖辈辈定居于虎门，本人亦生于斯长于斯。亲历，带动着强烈的情感，让埋藏的心绪力透纸背，大气磅礴。

全书由41篇散文组成，篇篇写虎门，写得全面，写得精妙，一个个活脱脱的故事，细细品来"可见中国近代史的缩影，可见农耕文明向工业文明嬗变活的标本"。仿佛一波一波珠江水从心中流过，一声一声南海涛在耳边鸣响。

卢锡铭《枕水听涛》：虎门散文第一书。

（左多夫：高级编辑，《羊城晚报·花地》原主编）

鲜活着的民间记忆
——读卢锡铭散文集《枕水听涛》

伊 始

卢锡铭笔下的虎门,虎体斓斑,异彩纷呈,令人神摇意夺,倍生感慨。

作家大块噫气,奔雷走笔,将一座古镇的千年变局,演绎成一出威武壮阔的历史剧,这,实在是一大快事。在我看来,书中更堪玩味的是一些有关民间人物的文字。

《横水撑渡人》中的阿驼,《孤墩守夜人》中的端伯,《三弦弹出盲佬歌》中的明叔,《古屋飘溢翰墨香》中的十公,《安伯坟前三支烟》中的安伯,《带走一盏渔火》中的虎叔,还有缠脚梅娘、自梳女阿莲、乡干部老陈等一干人等,在古镇无比厚重的历史面前,他们实在是卑微得如同草芥一般,在外人眼里,充其量也就是些微不足道的里巷鄙夫、乡村拙妇,然而,作家却如数家珍般地将他们一一收进书中,或施以浓墨重彩,或简约勾勒几笔,笔触所及,不但传神,而且饱含蕴藉,也并非一味温暖柔软,熨帖人心,其间还夹杂着些许冷硬、粗粝、锐利的文字,或许还连带一道刺目的血痕。

正所谓，市井长巷，聚拢的是人间烟火，展开的是世态炎凉。

为小人物立传，其实是一件相当伟大的事情。很欣赏林徽因的一段话："我们应当相信，每个人都是带着使命来到人间的。无论他多么平凡渺小，多么微不足道，总有一个角落会将他搁置，总有一个人需要他的存在。有些人在属于自己的狭小世界里，守着简单的安稳与幸福，不惊不扰地过一生。有些人在纷扰的世俗中，以华丽的姿态尽情地演绎一场场悲喜人生。"

华丽也罢，渺小也罢，或许"这一个"的存在，对"另一个"就如夜幕中的渔火。正如作家自道，尽管30多年再未谋面，但虎叔于他，就如那盏一再闯进梦中的渔火，"它像一颗晶莹剔透的心，教我善良地对人；它像一盏明灯，让我分清黑白是非；它像一支火炬，教我自强"。

写到这里，不由想起我的孩童时代，大半个世纪过去了，当年的滨海小城已晋级为省会之城，而人们所津津乐道的依然是那些传奇般存在的草根名流："红坎坡捉蛇五""做起蒙家泰""狗肉爹长哥溜""前线球场瘦仔5号""东门走神玉英"……历任市长书记，各路头家，反而再也无人提起。

渔火不灭，涛声依旧。鲜活着的，永远是宝贵的民间记忆。

（伊始：广东省作家协会原副主席，广东省文学院原院长）

史与诗的调性
——读卢锡铭散文集《枕水听涛》

郭小东

卢锡铭的《枕水听涛》，与其说是散文集，不如说是一个地方的人物风习史，是沙田水秀的抒情诗，是乡土文明的符号和切口，更是大湾区行吟的诗篇。

旧时的乡土，连同已经逝去的人生，它们以生命的方式，结构而成的自然和人文环境，包括对沉融其中的现实、浪漫以及穷极的想象，都严密地、完整地，但是以蛰伏的形态，静止地存活在残缺的岁月与零碎的时间中。这些残缺与零碎，像不同的色块，如此鲜明地呈现在卢锡铭的画布中，虎门虎虎，珠水汩汩，沙田风起，枕水听涛……是散文，是小说，是纪实，是评论……是什么不重要，只要读出中国故事、中国抒情、中国乡村素朴的浪漫就够了。

是枕水听涛，卢锡铭在生命的抒情中走笔沙田，在稿纸上书写大地的耕耘。卢锡铭以最朴素的字眼、最丰富的行状、最纯真的浪漫、最忧伤的抒情，写一个30岁的男人，三个儿女的父亲，在1978年那个历史的非凡时刻，搭省渡，去省城上大学。那一幕：父亲母亲，妻儿小女，乡亲父老，渡口送别。这是这本书，一个最为动人，也最为深刻的文化切口。说是文化切口，因为这一幕不但是个体的，更象征了一个国家经历非常岁月之后的苏醒与更新。它为全书的叙述，设定了一个深刻的历史前提：一代人青春的牺牲，迎来的是国家全新的建设。他们所肩负的历史责任与使命，是从个体出发，而过程和结果更是国家的。

这个男人与父亲，他背后的家国，他身边的乡土，他内心深处的忧喜，他以往的抱负，与岁月中蹉跎的惆怅，连同踽踽独行时的孤寂与伤痛……都在这一刻，以生命的桩杆，死死地深驻进他脚下的土地，成为他文学的原点和原乡的情怀。他此生的一切奋斗砥砺，终将是对此的回眸与反哺。这个情节与场面的思想蕴含，决定了这本书：言史与咏诗的调性。

《枕水听涛》的每一个字，都在努力张扬着这种急逼趋回的情势。这种情势，和作者企图以优雅的叙述、缓慢的节奏，去求诸美文效果，在语法上形成的冲突，使这部书中的文章，发出不同凡响的声音。也恰恰是这种冲突，令全书有一种激越而又沉稳的文章大气。作者书写的每一件俗事，每一个凡人，每一段慵懒的状态，都因此而互相贯通，向着一个大大的出口，通向历史的深巷，或是门外阔大的世界。

卢锡铭是第一个把虎门虎虎，写得如此市井，如此情色缱绻，如此沧桑沉甸，又明丽艳烈的作家。如果作家不是在1978年，不是那个30岁离家上大学的男人，不是有三个儿女的父亲，不是有好成绩却只上了当时还很一般的师院，不是有这个特殊的经历、氛围和背景，并处于这个和国家大事大政紧密关联的时代，那么，作品中所有的叙述，也都只能是一般的文学叙述，而不可能是有强烈话语的文学叙事。

记住1978年，记住有三个儿女的30岁的大学生，记住这个人后来的岁月和与文学的关系，我们才能理解《枕水听涛》里的每一个情节、每一段故事、每一只花尾渡、每一个蛋家人，记住他们生命中的忧伤和欢乐，才能对这本《枕水听涛》的史诗性调性，有足够充足的肯定。

我不想对这本书做一个庸常的文体定义，所谓大文化散文，所谓诗性散文，所谓各种花样各种命名的散文，诸如此类的概括与评判，都与我个人的阅读感觉无关。《枕水听涛》，它使我读出了我与我的同龄人的童年、少年和中年的时间，那些窘迫的或者欢欣的时间，油然而生一些感同身受的艰辛或欢娱。许多平常人，在书页中走进走出，却走出非常的人生，有想象的人生。他们和读者一起完成了阅读，完成了生命的旅程。这种文学文本的质地，生长着对历史的抒情，对乡土的礼赞，对人生素朴的浪漫，对千百人日常生存的白描，对故乡、对亲人、对友朋的眷顾，对乡土的愁绪，对自己的珍重。卢锡铭的艺术才情，就在这种质朴但不失隽永的描述中，从"我"出发，以热烈情愫，包裹人和世界。

沉溺于《枕水听涛》，是多年来我对散文的矫情与虚假，极度厌倦之后的一次留驻。我看见一个踽踽独行的男人的背影，在沙田水秀的荫蔽中，在桑基蕉雨、花尾渡和阿驼"三宝"中，沉郁而又兴奋地讲述，说着一些我们熟悉而又陌生的故事，一些为之共鸣的情绪，一些沉埋岁月多时的风物……

一个家族，一个村庄，以至于村庄以外，一个广袤的世界，它们终将以沉寂的，纸面上的行为，成为许多人的个人记忆，同时或清晰或模糊着历史的面貌。但是，这一切的逝去与失落所构成的文明，在文学的想象与象征上，却有望被真实，而不是事实地活跃起来，存在下去，并以抒情的方式，讲述与呈现。卢锡铭的散文集《枕水听涛》，非常出色地实现这种真实。

我想摘录以下四段文字，以证。

附　录

摘录一

表哥来到虎门最爱看的是那山林、绿野、池塘、河涌等自然风光，最爱食的是白煮麻虾、清蒸黄皮头、焗蟹饼、炒田螺，兴趣几乎与我一样。表哥亦有调皮的时候,他喜欢用红砖头在墙上画画,他不画刘、关、张,不画宋江、林冲、鲁智深,他喜欢画刘胡兰英勇就义、画董存瑞炸碉堡、画黄继光堵枪眼,还特别喜欢画邱少云强忍烈火烧身,画美国佬缴枪投降,那时正是抗美援朝最火热的时候。我自小学二年级开始与我表哥通信,信中他教我怎么学习,怎么读课外书,怎么写日记,我的每一封信表哥都帮我修改,然后寄回给我,也寄了《卓娅和舒拉的故事》《钢铁是怎样炼成的》《牛虻》等名著。

摘录二

花尾渡速度慢,抗风能力差,给安全埋下隐患。在20世纪70年代中期一些发达的地区已逐渐淘汰,加之1982年2月7日凌晨,"曙光401号"在开平水口以西五公里的潭江河面遇强台风翻船,死难301人;同年11月26日,广西"桂民301号"于南丹遇台风翻沉死100人,自几个沉船意外后,花尾渡已消失在内河客运上。虎门至广州改乘的是"红星"客轮,但虎门人依然称之为省渡。

登省渡,最令我没齿难忘的是赴广州上大学的情景。那是1978年初春一个中午,春雨绵绵,春风扑面,我太太带着三个小孩,还有一帮亲戚朋友送我上船,场面异常热烈。我能上大学在当时的乡间可算是个奇迹。我高中毕业于1966年,5月考完毕业试,7月准备考大学,谁知6月那场运动就爆发了,高考从此中断了11年,到1977年8月恢复高考。我高考的分数线达到全国重点大学,中山大学录取时说我已30岁,老了点;华南师范大学招生的见我已是三个孩子的爸爸,家庭负担重了点,也把我的档案丢了出来。系主任黄守登老师,是专捡漏网之鱼的,他翻开我的档案,见我当过乡村中学校长,又当过大队干部,而且发表过不少文章,有篇还被省里选进高一语文教材,认为是一个难得的人才,这一捡便改变了我人生的轨迹。踏上省渡跳板的那一刻,我相当兴奋,回眸一望,大家都向我招手,我看到我爱人抱着的小女儿一面向我招手一面哭泣:"爸爸再见,爸爸再见!"我的热泪马上从眼眶涌出,心情从兴奋转为沉重。兴奋的是我终于圆了读大学的梦，沉重的是一家的重担全压在爱人的身上，她刚招工回城工作，每月仅得30元的工资。省渡离岸远行，送行人还站在岸上纹丝不动，影影绰绰可见他们在不断地挥手，小女儿的哭泣声渐渐被轮船犁开的浪涛声所淹没，可它却永远撞击我的心弦。

摘录三

我们是从贤思涌的码头上的船，阿水长篙往岸上一点，小艇便箭一般射出海湾。我发现渔艇有点像江南水乡的乌篷船，艇比乌篷船大一点，却没乌篷船涂得那么黑，艇板上涂满桐油灰和漆上光油，显得闪闪发亮。艇舱，灌上水便是鱼舱，摆上餐桌便是饭厅，铺上甲板便是客房。舱前、舱后、舱中均吊着马灯，夜幕中它们便是在浪中闪烁的渔火。阿水在船头撑篙兼撒网，阿娣在船尾摆橹偶尔还轻轻地哼着咸水歌，那婉转的歌声和着欸乃的橹声以及哗啦哗啦的水声，在低吟浅唱，在轻奏和音。两旁海滩不断闪过芦花荡、水草丛与红树林，也不时从那儿飞出野鸭、海鸥与水鸟！小艇沿着伶仃洋与狮子洋的浅水滩游弋，阿水站在船头，看准了水韵，"星星索"就是一网，然后慢慢地收网，在斜阳照耀下，网上银闪闪地跳着鱼虾，有小白鲳，有黄脚立，有乌头鱼，有麻虾、竹节虾和白鳝虾。当然，也不时有网空，网到的只是一些水流柴和一些浮游物。每过一段时间，就收艇尾的拖网，网上挂着狮子鱼（当地叫黄皮头）、小黄鱼还有庵丁鱼。海面的风景更叫人赞叹：早上，可以看到旭日从伶仃洋的地平线上喷薄而出，朝霞在天边变幻无穷；傍晚，可以看到归帆追着落霞齐飞，可以听到晚唱的渔歌互答；入夜，可以看到江面上十里渔火在闪烁，看到天幕上的星河在流动；夜深，可躲在摇篮般的艇上，枕着涛声入梦。当然，一日三餐也令人极为惬意，阿娣是位烹调的高手，早餐一窝沙窝粥热气腾腾，粥中有鲜鱿鱼，有鲍鱼仔，还有膏蟹，粥煮沸良久，再加点葱花撒点胡椒粉，味道鲜极了。正餐，待饭煮到"起虾眼"，打开煲盖，把刚捞上来的白鳝、黄杉、红支笔往煲里一放，煲盖一盖，顷刻鱼香四溢，食得满嘴流油，齿有余香。有顿饭阿娣特意为我换了些口味，拿出早准备的食材，来了一碟咸鱼蒸花腩肉，并在腩上面加点虾酱，另加一碟生晒的鱼干虾干，让我着实领略了另一番野味。

摘录四

人们说阿驼有三件宝："撑篙、老婆与竹刀！"

阿驼的撑篙，油光滑溜，杯口般粗，近两丈长，选材楠竹，坚硬而又柔韧。他手中的撑篙，仿如孙悟空手中的金箍棒，使得出神入化。乘客上船时，他把撑篙往桥柱一搭，成了乘客的扶手棍。乘客上齐了，他把撑篙往浮桥一点，艇便像离弦的箭射向江心。在江面上，他挥动着撑篙，东一篙，西一篙，像跳着撑篙舞，躲过一个个扑来的浪头，避过一只只穿梭而过的船艇。靠码头了，他把撑篙往江中一插，船儿轻轻地泊向码头，那撑篙此刻又仿如定海神针，任凭风浪起，小艇稳如山！阿驼就是这样，手执撑篙一年四季风里来雨里去，没有白天，也没有黑夜。春日的早晨，他用撑篙点破一江春水，拨开一江烟雨；夏日正午，他用撑篙勇闯汹涌急流，洒满一河江花；秋日傍晚，他用撑篙，拨动一江秋水，追着白鹭与晚霞齐飞；冬日夜深，他用撑篙，拨动一河磷火，扬起一江流星雨。阿驼的撑篙仿如一支彩笔，写着跳跃的诗，绘着飘动的画，谱着流淌的音符。其实，阿驼的甘苦有谁知？早期阿驼食宿全在一艘破旧的艇上，艇舱盖着一个乌黑乌黑的船篷，铺盖、炉灶均在艇舱内，这条旧艇系在渡口旁，掩没在芦苇荡中。神奇的是哪怕是深夜，只有两岸稍有人要渡河的动静，他马上本能地从床上弹起，岸上有脚步声，他马上持篙在渡口等候；对岸若有电筒或马灯在晃动，他马上把艇撑往对岸。诸如寒风腊月夜抢渡难产产妇、狂风暴雨抢渡重伤病人、潮猛浪急抢运上岛防汛护堤的人群、三更半夜接送迟归者等等"江湖救急"故事，人们讲起来如数家珍。

（郭小东：广东省作家协会原副主席，二级教授）

后记

并非一抹乡愁了得

一个游子,最难抹的恐怕是那一缕浓浓的乡愁,古今皆然。

我祖祖辈辈均定居于虎门,我亦生于斯长于斯。1966年高中毕业,适逢"文革"狂飙席卷而至,高考中断了。时隔十一年恢复高考,我考上了华南师范大学才离开虎门。那时我已过而立之年,且是三个孩子的父亲,可以说我的前半生是在虎门度过的。

大学毕业后我留在省城,不久,便把爱人和小孩亦迁来广州,可我跟虎门的联系从未中断过。20世纪80年代之初,我跟省作协的陈庆祥兄回乡组织了文学会。20世纪80年代末,一些传媒对虎门的改革开放浪潮有点非议,我当即回虎门进行调研,写了两篇长篇报告文学《虎门涛声》《虎跃龙腾》刊登在当时月发行量140万册的《黄金时代》上,为虎门的改革开放鼓与呼。20世纪90年代我与时任镇长钟淦泉和文化站站长邓慕尧策划并主编了《虎门风》一书,既研究了历史,亦叙述了现实,意在让世人认识虎门。虎门掀起引资高潮，我曾通过《新疆青年》杂志社的小马从新疆引进近200万元的资金，在虎门办起了大富豪宾馆。虎门搞国际时装节，我找来的美国时装设计师罗发展，当了他们首席设计师，他不仅为时装节弄了很多花样，还把虎门的时装带到美国三藩市展示。跨进新世纪虎门要创历史名镇，我受聘当了两年顾问组的组长，在此期间我曾偕省参事室黄树森一道通过充分的调查研究，策划在威远岛建一个虎门近代史公园，方案几易其稿，由于种种原因没实施。在庆祝改革开放30周年之际，我亦受镇党委之邀，带了省上一批名作家在虎门进行为期近半月的采访，撰写了一报告文学集《潮立江湖》，先在《作品》出了一期专刊，然后在广东省人民出版社出版。

我在新闻出版战线摸爬滚打数十年，走遍了国内外千山万水，蓦然回首，发现我的精神原乡还是在虎门，并深深扎根于此。虎门的山山水水、一草一木我是那么熟悉。虎门，不仅有小桥、流水、人家那种江南水乡意韵，亦有小艇、渔火、吊脚寮的岭南水乡风情；而且有大江东去，涛涌浪飞，白帆追着落霞齐飞的那种江山大气。它位于珠江口东岸，是咸淡水交汇之地，海洋文化与珠江文化在这里碰撞，不仅演绎出与众不同的万种风情，而且雕塑出"敢为天下先"的虎门人的性格特质，历朝历代惊动江湖与庙堂的动人故事实在可大书特书。

那些历史与现实的人或事，那些历史进程嬗变的喜或悲，仿如一股股浪潮不断拍击我的心弦，引起我写作的冲动，我也忙中抽闲断断续续写了点以故乡为背景的散文刊登在《南方日报》《羊城晚报》《花城》《随笔》《作品》等报刊上。后来编作一辑收在我的第三本散文集《带走一盏渔火》上。

记得这集子的首发式与研讨会也是在故乡虎门召开的。那次研讨会可谓阵容鼎盛，群贤毕至。

那次研讨会由省作家协会主办，花城出版社、广东教育出版社、虎门镇政府协办。参会的领导都做了讲话，文坛名家都做了发言，中宣部原出版局局长伍杰因事没到会却写篇长发言稿委托人来宣读。

这次研讨会的隆重与认真真让我动容,而它在社会上的影响力则是我意想不到的。

首先,研讨会上专家评价都很高。其中著名的散文评论家陈剑晖说"这是我这几年读过最具岭南散文味的散文",他的评论文章在《羊城晚报》全文转载。

其次,媒体反应很热切。《南方日报·海风》做了报道,《羊城晚报·花地》登了一整版,当地《虎门报》推出两版评论文章。东莞市电视台花了不少时间,专门录制了一专题片《岁月的渔火》,在省电视台播出。

随后,《带走一盏渔火》获得了全国第四届"冰心散文奖"。

这本书社会反应为何那么热烈?

《带走一盏渔火》获"冰心散文奖"后,其中一评委对我说,您写岭南的文章特别引评委注目。

《岭南现当代散文史》用一节篇幅介绍了我的散文创作,文中把我的散文定位为:"他的散文创作师承了秦牧等老一辈岭南散文家的传统,而又有所突破。"

《带走一盏渔火》这集子主要写了岭南,而"一方水土"这一辑主要写了岭南的我的故土,但我深深觉得,它远远没有写尽我想写的东西。要写一本故土的散文集,真有点让我魂牵梦绕。那次虎门研讨会结束,当即有不少与会者动议我写这么一本散文,亦有不少乡亲与笔友催促我早点动笔。

一晃十余年,为何我一直没有动笔?

有三件事一直困扰着我。

其一,写了《带走一盏渔火》之后,我继续担任广东省期刊协会会长,2010年还被聘为广东省人民政府参事,当的是闲职,干的却是实活,要抽一整段时间静下心来写作,实在是难。

其二,忙于写《水云问渡》,这散文集子是多年前应的约,出版社催得急，忙中偷闲也只好把时间花在写这本集子上。

其三，怎么写？这一问题一直在我脑际打转，尤其是在省政府参事室十来年的磨炼，让我站得高了，视野广了，看问题深刻了，觉得写这本书绝非吐一吐一抹乡愁了得，乡愁只是一种催化剂、一种心绪、一种情结。要写好它则要从更高的角度，花点时间去认真思考一下，花点心神去好好梳理一番。

要写好这集散文，归纳起来应有四个着力点。

其一，着力写得深厚点。

参加省文艺创作轻骑队下乡讲课，我讲的主题就是《谈乡愁散文的创作》，在谈到乡愁散文写作的体会时，我归纳了四点：一是要捕捉独特体验的情绪；二是要找到与情绪相对应的美的意象来表现；三是要调动与之相对应的艺术手法（哪怕是跨界的手法）来书写；四是在精妙的意象基础上提炼相应的哲思。我想，我写这本散文集应在这基础上有所突破。虎门，这个千年古镇在全国的地位有点独特，她既有厚重的历史，亦有辉煌的现实。历史，她掀开中国近代史的第一页；现实，她在改革开放大潮中成了"全国综合实力第一镇"。她是中国近代史的一个缩影，是农耕文明向工业文明嬗变的一个活的标本。所以我要着力把它当部史诗来写。这并非用点美学的意念、用点散文的笔触所能奏效的，它得动用历史学、社会学、经济学、哲学，乃至全部学养来审视甚至剖析，而且要不着痕迹，这就有点考人了。

其二，着力写得温润点。

这本集子有两样东西是不能回避的：一是历史；二是改革开放的成果。前者，不能演绎，它有点硬邦邦的；后者，不能虚化，一串串数字有点枯燥无味。对于历史我有两招：第一，我用前言做个高度的概括；第二，把一些历史事件及人物融进具体篇目中穿插地写。对改革成果：第一，选择最典型的来写；第二，尽量把其数字具象化。总体来说，我要用岭南散文温润的笔触说好虎门的故事。

其三，着力写得真实点。

虎门，是富饶的鱼米之乡，但绝非世外桃源，在历史的嬗变中亦有它的阵痛，有它的教训，甚至有它的血与泪，历次运动我都经历过，对此有深切的体会。所以，写这集子绝不能只用田园牧笛，也要用匕首与解剖刀，直面历史与现实，只有这样，才能认识到今天的日子得来不易，才能吸取历史教训，才能更好地传承与发展，而少走点弯路，才能对得起一个作家的良知，才能对得起故园的父老乡亲。

其四，着力写得辩证点。

虎门，在历史嬗变过程中虽摔过跤，其可贵之处就是能迅速爬起来，拍掉身上的灰尘，揩干泪血，抚平伤痕，勇敢而又智慧地突破难关，继续前进，迈向辉煌。所以，我们在叙述这种嬗变中要用历史辩证法来审视，在揭示其问题时并不是仇视，而是正视；在赞扬其辉煌时不是虚饰，而是求真。这就须来个科学的审视，提炼出理性的升华，用虎门的故事，去透视整个社会前进的足迹，去触摸时代跳动的脉搏，从而增强制度的自信。

虎门，最能拨动我心弦的是什么？

是水声！

它既有高山清泉涓涓细流叮咚的低吟，亦有平原河汉波澜不惊的浅唱，更有大江大海浪飞涛涌的激越高歌。这是一首既悠扬又雄壮的交响曲，自然环境如此，人文环境亦如此；历史如此，现实也如此。上善若水啊，我深以为然！本集子取名《枕水听涛》便源于此。当然，写得如何，也只能让方家与读者来评判了。

出这本书，我要感激的人实在太多，花城出版社原社长詹秀敏积极策划，现任社长张懿大力支持，《花城》编辑部副主任杜小烨认真当好责编。广东文坛"吉祥三宝"：原花城出版社老社长范若丁，为我的《带走一盏渔火》写序时，题目就叫"感恩大地"，这大地从狭义讲就是生我育我的这片故土，也一直叮嘱我那是我写作的源泉，要好好地挖掘；著名文化人黄树森在中大读书时就在虎门体验生活住了半年多，后又与我一道策划虎门现代史公园，他对我写虎门特别上心，一再叮嘱我要把虎门写好！"广东文艺终身成就奖"得主章以武偕同《羊城晚报·花地》老主编左多夫以及省作协原副主席、文学院院长伊始，省作协原副主席、二级教授郭小东认真帮我审阅初稿并提出宝贵的修改意见。当年，他们都是赴虎门写《潮立江海》报告文学集的大手笔。这六位文学大咖都为我的集子写了跋。著名散文评论家陈剑晖教授，在百忙中为我写了序。感谢装帧设计师黎国泰为我设计封面与版式，感谢省期刊协会黄秀玲不厌其烦为我录入所有文稿并作为第一读者提供很有价值的读书心得，感谢我的胞弟卢伟尧为本书插图提供不少图片。当然，我还要感谢我的爱人林雪梅以及我的女儿、女婿，没有他们的鼎力支持，我什么也干不成，这本书也没那么顺利写成。我要感谢的人还有很多，但在这里无法一一列举。

卢锡铭于羊城东堤湾
2021年10月25日